世界经典文学名著（全译本） ZUIYUFA

罪与罚

（俄）陀思妥耶夫斯基 著 齐正学 译

安徽师范大学出版社

责任编辑：童　睿
封面设计：嫁衣工舍
版式设计：中图传媒

图书在版编目（CIP）数据

罪与罚 /（俄）陀思妥耶夫斯基著；齐正学译.
—芜湖：安徽师范大学出版社，2012.12
（世界经典文学名著：全译本）
ISBN 978-7-81141-996-2
Ⅰ. ①罪… Ⅱ. ①陀… ②齐… Ⅲ. ①长篇小说—俄罗斯
—近代 Ⅳ. ①I512.44
中国版本图书馆CIP数据核字（2012）第290239号

罪与罚

（俄）陀思妥耶夫斯基　著；齐正学　译

出版发行：安徽师范大学出版社
芜湖市九华南路189号安徽师范大学花津校区　邮政编码：241002
网　　址：http://www.ahnupress.com/
发 行 部：（0553）3883578/5910327/5910310（传真）
E-mail：asdcbsfxb@126.com
经　　销：全国新华书店
印　　制：三河市杨庄双菱印装厂
版　　次：2013年4月第1版
印　　次：2013年4月第1次印刷
规　　格：787×1092　1/16
印　　张：29
字　　数：503千
书　　号：ISBN 978-7-81141-996-2
定　　价：45.60元

目 录

第一章

第一节

七月刚刚到来，天气酷热难耐[1]，傍晚时分，一个年轻人走出他从C巷二房东那儿租来的一间小屋，慢慢地、踌躇不定地向K桥方向走去。

他顺利地避免了在楼梯上遇到他的女房东。他那间小屋，在一栋五层高楼的屋顶下面，与其说像个住人的房间，不如说更像一个大柜子。他从女房东那里租来这个小房间是包括伙食和女仆侍候的。女房东住在楼下的一个单人房中，每当他外出时，都得经过她的厨房门，厨房的门朝着楼梯，几乎一直都大开着。每回那个年轻人经过时，便会产生痛苦而又胆怯的感觉，为此他羞愧得皱起眉头。他欠着女房东很多债，因此害怕见到她。

倒不是说他习惯了胆小和怯懦，甚至完全相反；但从某个时期开始，他一直处于一种很烦躁不安的紧张状态，像患了多疑症。他时常苦思冥想，离群索居，不仅害怕与女房东见面，甚至害怕见到任何人。他被贫穷压得喘不过气来了，但最近就连窘迫的处境也已不再使他感到苦恼。他已经不再去做日常必需的事，也不想去做那些事情。事实上，女房东他一点儿都不怕，无论她打算怎样跟他作对。然而，与其站在楼梯上听这些与他毫不相干的日常生活中鸡毛蒜皮的事，被女房东追着讨债、威胁、埋怨，自己却又要想方设法地摆脱、道歉、撒谎，那么，还不如想个办法像猫儿似的从楼梯上悄悄地溜下去，不让任何人看见他。

可是，这一次出来的时候，那种害怕遇到女债主的恐惧心情，就连他自己也感到惊讶。

---

[1] 据作者说，小说中的故事发生在1865年，这年的夏天异常炎热。

2

“想做那样一件事情，但却害怕一些零零散散的琐事！”他想，脸上露出复杂的微笑。“嗯……是的……事在人为嘛，他却只是由于胆怯而错过一切……这可是显而易见的道理……真想知道，人们最害怕什么？他们最害怕迈出新的一步，最害怕讲出自己的新想法……不过，我空话说得太多了。正是因为我尽说空话，所以我什么事也不做。不过，大概也可能是这样：因为我什么也不做，所以才都说空话。最近一个月来我才学会了说空话，整天躺在角落里，想着一些荒诞不经的事。嗯，现在我为什么要去那儿呢？我能去做成这个事情吗？这个事很严肃吗？不是的！这不过是异想天开，为了梦想，自己安慰自己。儿戏。对，大概是儿戏！”

街上热得可怕，而且空气很闷，人群拥挤，到处都是石灰浆、脚手架、砖瓦、灰尘以及那种夏天特有的臭气，这是每个无法租到一座别墅消夏的彼得堡人都很熟悉的臭气——所有这一切一下子就强烈地震撼了这个年轻人本已不正常的神经。在城市的这一带，小酒馆特别多，从这些小酒馆里飘出的臭气，还有那些虽然在工作时间，却不断会碰到的醉汉，给这幅画面又添上了一笔令人厌恶的忧郁色彩。刹那间，极端厌恶的神情出现在这个青年人清秀的面庞上。顺便说一声，他长得很俊美，有一双吸引人的黑眼睛，一头褐色的头发，身材在中等以上，纤细而匀称。但是不久他又仿佛陷入了沉思，说得更准确些，似乎陷入了出神的状态。他往前走去，不但不注意周围的一切，甚至不想去注意。他只是偶尔自言自语，对这一习惯，现在他已经自己私下承认了。这会儿他自己也意识到，他的思想有时是混沌的，而且他的身体十分虚弱，已经有一天多的时间他几乎什么也没吃了。

他穿得很破，如果换一个人，就算对此已经习以为常的人，衣衫如此褴褛，白天上街也会感到不好意思。不过在这街区，穿什么样的衣服都不会让人感到惊讶。由于这儿靠近干草广场[1]，有许多为人熟知的茶坊酒肆，而且聚集在彼得堡市中心这些大街小巷里的居民，主要是些手艺人和工人，因此这儿人员复杂，要是遇见一个怪异的人就大惊小怪，反倒是让人觉得奇怪。但是由于这个年轻人心里满是怨愤和轻蔑，所以尽管他有时也像青年人那样爱面子，可是穿着这身破烂儿外出，他却丝毫也不觉得不好意思。当然，要是遇见他某些熟人和老同学的时候，那就是另一回事了，他一向不愿意见到他们……然而在这时，有个醉汉，不知是何缘故，坐在一辆由一匹高头大马拉着的大车上从街上经过，

[1] 彼得堡的一个广场。

也不知是要把他送往哪里去，这醉鬼从他身旁驶过的时候，突然向他大喝一声："喂，你这个戴德国帽的！"那人用手指着他，大声喊道。这时，年轻人突然停了下来，慌忙地抓住了自己的帽子。这是一顶从齐梅尔曼[1]帽店里买来的高筒圆帽，已经戴得破旧不堪，颜色也因为年久而变色，上面尽是破洞和污迹，连帽檐也没有，帽筒也歪到了一边，上面折出一个很难看的角来。但他感觉到的不是羞愧，而完全是另一种感觉，甚至是一种很像恐惧的感觉。

"我就知道！"他惊慌地嘟哝说，"我就这样想过！这真糟糕透了！这样的糊涂事，这样的微不足道的细节会破坏整个计划！是的，帽子过于显眼……它有些可笑，因此才引人注目……我的破衣烂衫要配一个制帽，哪怕是一个旧的薄饼似的帽子也总比这怪样子的好。谁都不戴这样的帽子，一俄里之内人们就会发现并记住的……重要的是，它要在人心里留下印象，那它就成了一条罪证了。这种情况就应该尽量地不惹眼……细节，细节是重要的事！这样的细节往往会破坏整件事……"

他不需要走多远。他甚至知道，离他公寓的大门有多少步：整整七百三十步。有一次他想入非非出了神的时候，曾经数过。那时他并不相信这些幻想，只不过是让那种荒唐而又诱人的鲁莽行为来刺激一下自己罢了。然而现在，一个月以后，他已经开始以另一种眼光来看待这些幻想了，尽管他总是在自言自语，嘲笑自己无能和不果断，却不知怎么，他已经习惯不由自主地把这"没有道理"的幻想看作一项正在实施的事业了，虽说他仍然不相信自己能够办到。现在他甚至想着为完成自己的这一项事业去进行试探，因此每往前走一步路，他心里的忐忑不安就强烈一些。

他的心跳得很厉害，几乎要停止了，神经也开始战栗，他走到一幢很大的大房子前，房子的一面临河，另一面墙临街。房子里有很多小房间，里面住满了形形色色的工人——裁缝、铜匠、女厨，各式各样的德国人、妓女以及一些小官吏等。人们不停地在两道大门和两个院子里进进出出。这儿有三四个打扫院子的。那个年轻人走过的时候谁也没有碰到，就神不知鬼不觉地溜进了大门，往右边的楼梯一拐就上楼去了。楼梯是一条又暗又窄的"后楼梯"，但是对这一切他都已经很熟悉了，并且察看过了，他很喜欢这里的整个环境：这样到处都是处于黑暗之中，即使好奇的目光也没有什么危险性。"如果我现在就这么害怕，那到时候我如果真的要去干那件事的话，又该怎么做呢……"当他走上四

---

[1] 当时开设在彼得堡的一家帽店，老板为齐梅尔曼。

楼的时候，他不由地想。忽然，几个当搬运工的退伍士兵在这里挡住了他的去路，他们正从一间屋里往外搬家具。以前他就已经知道，这间屋子里住着一个有家眷的德国人，并且是个官吏。“看样子，这个德国人大概要搬走了，也就是说，在四楼，在由这道楼梯上来的这个楼梯上，在以后的一段时间内就只剩下老太婆的房间里还住人。这好极了……万一……”他又想，一面又拉了拉老太婆房间的门铃。门铃发出轻微的响声，好像这个铃不是铜的，而是用白铁做的。在这样的楼房中，差不多都使用这样的门铃。他已经忘记了这种门铃的声音是什么样的了，现在这很特别的铃声突然又让他想起了什么，并且使得这件事很清晰地浮现在他脑海里……他不禁战栗了一下，这回他的神经已经相当脆弱了。过了一会儿，房门开了一条小缝：门里的那个女人带着明显的疑虑从门缝里细细打量着来客，只能看到她那双在黑暗中闪光的小眼睛。但是当她瞥见楼梯平台上有不少人的时候，她壮起胆子来，把房门完全打开了。于是年轻人跨过了门槛，走进漆黑的过道。过道被隔板隔开，它后面是个小厨房。老太婆一声不吭地站在他面前，疑惑地打量着他。这是一个矮小干瘪的老太婆，六十来岁的样子，有一双目光犀利并且凶恶的小眼睛，小鼻子尖尖的，头上没包头巾，厚厚的发油涂满了她那两鬓淡黄色的头发上。她细长的脖子宛如鸡腿，上面缠着一块破旧的法兰绒围巾，天虽然很热，但她肩上还披着一件破旧不堪、已经发黄的毛皮女短上衣。老太婆不停地咳嗽，发出呼哧呼哧的声音。准是因为年轻人用异样的眼光瞟了她一眼，因而她眼睛里又忽地闪过先前那种不信任的神情。

“拉斯柯尔尼科夫，大学生，一个月以前您到这儿来过，”年轻人急忙嘟囔说，并且微鞠了一下躬，因为他想起，应该和气一些。

“我记得，先生，记得十分清楚，您是来过，”老太婆说，把每个字都说得很清晰，但是仍然用疑问的眼光看着年轻人。

“哦，是这么回事……又是为同样的事来的……”拉斯柯尔尼科夫接着说，有点局促不安，并且对老太婆的不信任感到诧异。

“也许她一直都是这样，只不过我上次没有注意罢了，”他带着不愉快的心情想。

老太婆什么也没说，好像在沉思，然后退到一边，指着通向房间的门，让客人先走，并且说：

“请进，先生。”

年轻人走进去的那间屋并不大，屋里贴着黄色的墙纸，窗台上摆着天竺葵，窗上挂着细纱窗帘，落日的余晖照得屋里亮堂堂的。“那时候，太阳可能也像这样照着吧……”这想法不经意地从拉斯柯尔尼科夫的脑海中掠过，于是他迅速地扫描了一下屋里的一切，想尽可能察看并把屋里的布局记住。不过屋里并没有什么特殊的东西。家具都很陈旧了，都是黄木做的，一张带有庞大的木头靠背的沙发，沙发前面摆着一张椭圆形的桌子，窗和门之间放着一个带镜子的梳妆台，靠着墙壁放了几把椅子，还有两三幅装在黄色的画框里的没有价值的图画，上面画着几个手里拿着小鸟的德国小姐——这就是全部的家具。墙角里，在一座不大的神像前点着一盏神灯。一切都很干净：家具和地板都擦得锃亮，一切都亮晶晶的。“这是丽莎维塔干的活，”年轻人想。整个屋子里找不出一点灰尘。“凶恶的老寡妇家里时常会这么干净，”拉斯柯尔尼科夫继续暗自思忖，并且好奇地向通往另一间房间的门上的印花布门帘瞟了一眼，那间屋里摆放着老太婆的床和一个抽屉柜，他还从来没有朝那屋里看过呢。整套房子就是这两间房间。

“你是为何而来？”老太婆走进屋来，阴沉着脸说，仍然和先前一样正对着他站着，眼睛直直地瞅着他的脸。

“我拿了一件抵押品来，您瞧，就是这个！”说着他从衣袋里掏出一块旧的扁平银表。表的背面刻着一个地球。表链是钢制成的。

“要知道，您上次抵押在这的东西已经到期了。一个月的期限在前天已经到了。”

“我再付给您一个月的利息，请您宽限几天。”

“先生，是宽限几天还是把您的东西卖掉，这都得由我来决定。”

“这表可以当很多钱吧，阿廖娜·卡捷琳娜·伊凡诺夫娜？”

“先生，你拿来的东西都是些不值钱的，几乎一文不值。上次您拿过来的那个戒指我给了您两个卢布，但是在首饰店里，花一个半卢布就能买个新的了。”

“请给我四个卢布吧，因为这是我父亲的东西，我一定会来赎。我很快就会得到一笔钱了。”

“要是您愿意的话，一个半卢布，预扣利息。”

“一个半卢布！”年轻人大叫了起来。

“随您便。”说着老太婆把表递还给他。年轻人接过表来，气愤得想要走了，但立刻又改了主意，因为他想起，没有别的地方可去，而且他来这儿还有另外的目的。

“把钱拿来吧！”他粗暴地说。

老太婆手伸进到衣袋里去掏钥匙，然后走向门帘后面的另一间屋子。年轻人独自一人站在房屋中间，一面好奇地侧耳倾听，一面暗自揣测。他听到她打开了抽屉柜。“准是上面的一个抽屉，”他这样想着。“这么说，钥匙是装在她右边口袋里……全都串在一起，串在一个钢圈儿上……其中有一把最大的钥匙，比其他钥匙大，带有很多锯齿，当然不是开抽屉柜的……可能还有别的什么首饰盒或者小箱子……瞧，这多么让人好奇。小箱子的钥匙都是这样的……不过，这是多么卑鄙啊……”

老太婆出来了。

“您瞧，先生：一个卢布，每个月您应付的利息是十个戈比，那么一个半卢布，我该先收您十五个戈比，作为这个月的利息。但是上次您借去的那两个卢布也应该照这样计算，那么我该先收您二十戈比。这么算起来总共是三十五戈比。所以现在您抵押这块表，我还应该给您一卢布十五戈比。那请收下吧。”

“怎么！现在就只有一卢布十五戈比了呀？”

“没有错。”

年轻人没有辩解，收下了钱。他看着老太婆，却并不着急走出去，似乎他还想说点儿什么，或者是做点儿什么，但好像他自己也不知道自己到底要干什么……

“阿廖娜·卡捷琳娜·伊凡诺夫娜，也许，过几天，我也许还会给您拿一件东西来……银的……很精致的……烟盒……只等我从朋友那里取回来之后……”他心里乱得说不下去了。

“好，那到时再说吧，先生。”

“再见！您总是一个人在家吗？您妹妹不在吗？”他走到过道的时候，尽可能装出随随便便的样子问道。

“先生，您找她有什么事情吗？”

“啊，没什么。我不过这么问问。您现在就……再见，阿廖娜·卡捷琳娜·伊凡诺夫娜！”

拉斯柯尔尼科夫心慌意乱地从屋里出来。这不安的心情越来越厉害了。下楼梯的时候他甚至又停下来好几次，仿佛有什么事情突然使他吃了一惊。他在街上终于喊了出来。

“噢，上帝！这一切是多么令人厌恶！难道，难道我……不，这是胡说，这太荒唐了！”他斩钉截铁地补充道。

“难道这样可怕的想法会出现在我的头脑里？可是我却能想到做这种肮脏的事情！主要的是：肮脏，卑劣，可恶，可恶！……而我，整整一个月……”

但是他既不能用语言、也不能用感叹来表达自己的激动心情。一种极端厌恶的心情在他上老太婆那去的时候就开始使他的心感到憋闷和不安，现在这种心情已经达到如此程度并表现明显，以至他根本不知怎样去逃避。他像喝醉了酒似的沿着人行道走着，没注意到来往行人，老撞到他们，直到走到了另一条街上时他才清醒过来。他四下环顾，发觉自己已经站在了一家小酒馆旁边，要进酒馆就得顺着人行道阶梯往下，走到地下室去。就在这个时候，两个醉醺醺的人恰好从门里走出来，他们互相搀扶、对骂，顺着楼梯走上了街。拉斯柯尔尼科夫没有多想，就立刻走了下去。在此以前他从未进过酒馆，但是现在他感到头昏目眩，而且正被火烧火燎的干渴折磨着。他想喝点儿冰啤酒，而且他认为自己突然感到的虚弱都源自饥饿。他走到又暗又脏的角落里，坐在一张黏糊糊的小桌旁边，要了一瓶啤酒，贪婪地喝干了第一杯。他立刻觉得全身舒服，思想也变得清晰了。“这一切都是胡说八道，”他满怀希望地说，“根本没有什么可怕的！只不过是身体失调罢了！只要喝一杯啤酒，吃一小块干面包，——瞧，转瞬间就变好了，头脑清楚了，意志也坚定了！呸！这一切是多么微不足道……”但是，尽管他轻蔑地啐了一口唾沫，他却显得很高兴，仿佛突然卸下了一副可怕的重担，并且带着目光友好地扫视了一下周围的人。不过就是在这时候，他也朦胧地预感到，他这种好转起来的心境也是不正常的。

此时，小酒馆中的人已经变少了。除去他在阶梯上碰见的那两个醉鬼之外，紧接着一大群人——五个男人带着一个姑娘，拿着手风琴也吵吵嚷嚷地离开了。他们走了之后，屋子里面就变得安静、宽敞了。剩下一个小市民模样的人，正坐在那里喝啤酒，脸上已经有几分醉意；另一个是他的同伴，魁梧健壮，长着脸灰白的胡子，穿着短外套，腰部已出现了褶皱，他已经喝得烂醉如泥，正躺在长凳上打瞌睡，偶尔，他突然半睡半醒地张开双臂，把手指头弹得啪啪直响，上身不时地动一下，可是他并没有从凳子上站起来，却胡乱地哼起一支什么曲子还尽量地回忆歌词，好像在唱：我宠爱妻子一年了，我宠爱妻子一年了……或者忽然醒来，继续唱道：我走在波德雅切街上，找到了自己的旧相好……可是没有人与他分享幸福。他那个沉默寡言的朋友对他的这种突然发作甚至持敌对、怀疑的态度。屋子那边还坐着个人，看上去，像个退职的官吏。他独自坐在那儿，面前摆着个小酒壶，时不时地喝一口，朝四周望望，看上去也有点儿心神不安。

第二节

拉斯柯尔尼科夫不习惯与人来往，而且正像上面说过的那样，他总是避免一切交际应酬，特别是最近一段时间。但现在不知是什么东西使他想跟人接触了。他心里似乎产生了一些变化，于是他开始渴望与人交往。积压在心里整整一个月的忧郁紧张的心情折磨着他，他已经感到疲倦不堪，因此他希望能在另一个世界里喘一口气，哪怕只是一分钟也好，无论在什么样的环境都可以。因此尽管这里肮脏不堪，他现在还是很高兴待在这个小酒馆里。

尽管酒馆的老板在另一个房间里，但他常常来正堂，每次他不知道从什么地方来。沿着台阶下来进正堂的时候人们首先看到的是一双精致的、擦了鞋油的、带有红色大翻口的皮靴。他穿着一件腰间打褶的长外衣与一件油迹斑斑的黑缎背心，没系领带，脸上似乎涂上了一层厚厚的油，简直就像是一把铁锁。柜台后边站着一个大约十四五岁的小伙计，另一个年纪小一点儿的男孩儿在照应顾客，将客人要的东西端上去。一些黄瓜片、黑面包干和一块块鱼放在柜台上面，一股刺鼻的气味从这些东西中散发出来。屋里闷热得让人无法忍受，浓重的酒气充满了整间屋子，在这种空气中似乎不消五分钟，人就会醉了。

有一些时候，当我们忽然遇见一些陌生人，即使与他们素不相识，可不知是何缘故，看到他们第一眼的时候就忽然对他们产生了兴趣。那个坐在距拉斯柯尔尼科夫稍微远一点儿，看起来像个退职官吏的顾客，就给拉斯柯尔尼科夫留下这种印象。后来这个年轻人经常回想起这首次的印象，他甚至认为它是一种预感。他之所以再三打量那位官吏，是因为那位官吏也在目不转睛地看他，明明是很想和他搭话。这位官吏对待在酒店中的另外一些人，包括老板在内，似乎已经看惯了，甚至感到厌烦，而且他对那些人持有几分高傲的蔑视态度，似乎他们身份都比他低，也不如他有学识，所以他觉得和他们无话可谈。这个人五十多岁，中等身高，身体很结实，头发花白，已经秃顶，由于常常酗酒，脸有些肿且黄里透青，眼皮有些肿，两条细缝似的兴奋而稍红的小眼睛在眼睑后边闪着光。但他身上有某种十分古怪的东西，他的目光中甚至显露出一种兴高采烈的神色，或许还带有聪明与才智，不过同时又仿佛隐约显出精神失常的神态。他身穿一件破旧不堪的黑色燕尾服，纽扣差不多已经掉光了，只有一颗还勉强挂在那儿，他系上这个纽扣，很明显是为了保持一点儿体面。皱巴巴的、污迹斑斑的胸衣从他那件土黄色布背心中露出来。他的脸也像按官吏的规定刮过的[1]，不过看样子已经刮了很长时间了，所以现在下巴又长出了密密麻麻的青灰色胡茬，在风度举止方面，他确实带点儿官吏的派头。但他又坐立不安。他将头发弄得乱七八糟，有时候把头埋在手里，闷闷不乐地把套在两只破袖子中的手肘支在洒满酒的黏糊糊的桌子上。最后，他直截了当地看了一眼拉斯柯尔尼科夫，大声断然地说：

"先生，恕我冒昧，可否请您赐教？因为尽管您外表平常，可是我的经验告诉我，您是个知识分子，并且很少喝酒。我向来都很尊敬有真挚的感情又受过教育的人，除此之外，我还是一个九等文官[2]。我姓马尔美拉多夫，九等文官。恕我冒昧地问一句，您在哪高就？"

"不，我还在念书……"年轻人答道。那个人温文尔雅的言谈与直截了当的搭讪方式令他有点儿吃惊。虽然刚才他有一刹那渴望和别人有点交往，但是真有人先和他说话的时候，他又忽然感到像平时一样地厌恶和愤怒：他平时对任何一个接近他或者想接近他的陌生人都感到反感。

"原来您是一个大学生啊，或以前是个大学生，"那个官吏大声喊道，"果然不出我所料啊！我有着丰富经验，先生，不止一次的经验！"他将一个手指按到脑门上，以示骄傲，"当过大学生，或者研究过学问！请允许我……"他摇摇晃晃地欠起身，端着他的酒器与酒杯，走到年轻人身边坐下，脸微微斜对着他。他醉了，不过说起话来滔滔不绝，十分利落，只是稍有些语无伦次和拖泥带水。他几乎有点儿急切地抓住拉斯柯尔尼科夫，似乎他已经足足一个月没和人说过话了。

"先生，"他庄重地说，"贫非罪，这是真理。我知道，酗酒不是美德，这话更有道理。可是，先生，赤贫却是罪恶呀。贫穷的时候，您还可以保持您与生俱有的高尚品德，一旦一无所有，您就绝对办不到了——谁也不能做到！一个一无所有的人，不是被别人拿着棍子从人类社会中赶出去，就是被人拿扫帚清扫出去，是为了让他受到更大的侮辱。这么做并没有错，因为在赤贫的情况下，我首先凌辱我自己。所以

---

[1]　按沙俄当时的规定，官吏不得留须。

[2]　1772年，彼得大帝制定"等级表"，所有文武官员分十四等，九等文官相当于军队中的大尉。

我才到酒馆里来！先生，一个月前，列别贾特尼科夫先生把我太太毒打了一顿。我太太可不是我！您能听懂我的话吗？请允许我问您一下，纯粹是出于好奇：您有没有在涅瓦河上，在运送干草的驳船上[1]过夜？”

“没有，从来没有，”拉斯柯尔尼科夫答道，“您为何问这个？”

“告诉你，我就是从那里来的，而且已经是第五个晚上了。”他倒了一杯酒，一饮而尽，然后陷入了深思之中。他的衣服和头发里的确能看见一些干草屑。他也许已经五天没换过衣服、没洗过脸了。尤其是他那双手脏兮兮的，又红又肥，指甲也黑糊糊的。

他的话似乎吸引了人们的注意，尽管这种注意是没精打采的。柜台后边的小伙计们咯咯地笑起来。此时老板也特意从上面一间房间中下来，有意想听一下这个“逗乐的家伙”的话。他在稍远一些的地方坐下，偶尔懒懒地而又神气地打个哈欠。很明显，马尔美拉多夫在这儿是早就被人们熟悉的。也许正是因为经常和酒馆中形形色色的陌生人谈话，因此他能滔滔不绝地讲个不停。对于某些酒徒而言，这种习惯已经成了一种不可或缺的需要，尤其是那些在家被管得很严、受到残酷压制的人。因此跟酒友们在一块儿时，他们便尽力想办法替自己辩解，甚至如果有可能的话，还想得到别人的尊重。

“逗乐的家伙！”老板大声喊道，“那你为什么不去工作？既然是个官儿，为何不去上班？”

“为何我不去上班，先生？”马尔美拉多夫接着说，他只对着拉斯柯尔尼科夫讲话，似乎这问题是他问的一样。“为什么我不去上班吗？一想起我平白无故地过着这种可怜的穷日子，难道我不心痛？一个月前，列别贾特尼科夫先生打我太太时，我正喝醉了躺在床上，难道我不痛苦？很抱歉，年轻人，您应该也有过……嗯……毫无希望地开口向人借钱的时候吧？”

“是的……但您所说的毫无希望该是什么意思？”

“就是连想都不用想，事先就知道，根本借不到钱。比如说，您事先一定了解这个人，这个最善良、最乐于助人的公民绝对不会借钱给您，请问，他为何要把钱借给我呢？他明明知道我不会还。为了同情我吗？不过随时注意各种新思想的列别贾特尼科夫先生几天前跟我解释过：在现在的社会，同情心甚至不是科学所允许的，在创立了政治经济学的英国[2]就是这样的。请问，他为什么要把钱借给我？尽管事先早就

[1] 19世纪60年代，彼得堡的流浪汉过夜之处。

[2] 此处指英国经济学家、哲学家约·斯·米利的《政治经济学原理》。

知道他不会借，您还是去他那里了，于是……”

“那还去干什么？”拉斯柯尔尼科夫插嘴道。

“如果无人可找，没有别的地方可去呢！要知道每个人都要有条路可走。因为有时一个人至少要有一个可以去的地方！当我的独生女儿第一次拿着一张黄色执照[1]出去时，那时我也去了……（因为我的女儿靠黄色执照吃饭……）”他附带着加了一句，有点儿神色不安地望着年轻人。“没有关系，先生，没有关系！”柜台后边的两个小伙计吃吃地笑着，老板带着微笑，此时他急忙声明，不过神情看起来很平静。“没有什么！这种摇头微笑并不会让我发慌，因为这个事情大家都知道，一切隐藏的事情就都公开了[2]。我并非以轻蔑而是以逆来顺受的心情来看待这件事的。随便他们怎么说吧！由他们说去！‘你们看这个人！’[3]很抱歉，年轻人，你可不可以……不，说得更有力、更明白一些，不是您能不能，而是您敢不敢看着我，坚定地说我不是一只猪？”

年轻人没有给予回答。

“算了，”等屋里随之而来的笑声停下之后，这位演说家才郑重地、甚至更加严肃地继续说道，“好了，即使我是一只猪，但她是一位太太！我一副猪狗相，可是我的夫人，卡捷琳娜·伊凡诺夫娜——她可是一位有教养的人，一位军官的女儿。虽然，虽然我是一个无赖，但她是一个心地纯洁的人，有着崇高的情操。可是……唉，如果她同情我的话，那该多好！先生，先生，要知道每个人都至少需要有一个地方被人同情呀！但是，卡捷琳娜·伊凡诺夫娜呢，尽管她心胸开阔，可是她一点儿都不公平……虽然我也知道，她拉扯我的头发只是出于同情心。（“我没有感到不好意思，我向您再重复一遍，年轻人，因为她的确在拉扯我的头发。”他又听到一阵嘻嘻的笑声，便更加郑重地承认道。）可是，上帝呀，就算她只有一次……但是不，不！那都是枉然的，没有什么好说的！没有什么好说的……因为，我的愿望已经实现过很多次，我也经常得到同情，但是……这就是我的特点，我天生就是畜生！”

“那还用说！”老板打着呵欠说道。马尔美拉多夫狠劲地将拳头捶在桌子上。

“我就是这副德性！您知道不知道，先生，您知道不知道，我把她的袜子都拿去卖掉，买酒喝了？不是她的鞋子，因为这多少还合乎

[1] 沙俄时代妓女的执照。

[2] 《圣经·新约全书·马可福音》第四章。

[3] 《圣经·新约全书·约翰福音》第十九章。

常情，我拿的是袜子，我把她的袜子卖掉，买酒喝了！她的一条羊毛头巾，也被我卖掉，买酒喝了，那是以前别人送给她的，是她自己的东西，而不是我的。我们住在一个冰冷的破屋里，今年冬季她感冒，咳嗽起来，开始吐血。我们有三个孩子，卡捷琳娜·伊凡诺夫娜起早贪黑地忙个不停，她擦呀，洗呀，给几个孩子洗澡，因为她从小就喜欢干净。但她的肺不好，似乎患了肺痨，这一点我感觉到了。难道我感觉不出来吗？我喝的酒愈多，就愈感觉得出。我正是为了这个才喝酒。我想在这酒里寻找同情与感情……我喝酒，因为我想更加痛苦！”他绝望地将头垂到桌子上。

“年轻人，”他又抬起头，继续说，“我从您脸上似乎看到了某种不幸。您进门的时候我就发现了，因此我才马上和您交谈。我把我的经历告诉您，并不是想在这些游手好闲的人面前作践自己，反正我不说他们也知道，我要找的是一个多愁善感的、有文化的人。您要知道，我太太是在一座省立贵族女子中学毕业的，毕业时，她在省长与其他大人物面前跳过披肩舞[1]，所以得到了一枚金质奖章和一张奖状。奖章……对，奖章被我卖了……很久以前就卖了……啊……奖状到现在还收藏在她的箱子里。不久前她还给女房东看过。尽管她常常和女房东争吵，但她总想在别人面前炫耀一下，告诉人家以前的幸福生活。我不怪她，我不怪她，因为这件事还留在她的记忆里，其他的一切已经烟消云散了。

“是的，是的，她是位性情急躁、高傲、倔强的太太。她自己擦地板，虽然吃的是黑面包，但她绝不允许别人不尊重她。因此她不肯原谅列别贾特尼科夫先生对她的侮辱，他为这打了她，她便倒在了床上。可是这与其说是因为挨打，毋宁说是因为她的自尊心受伤。我和她结婚时，她是一位带着三个孩子的寡妇，孩子一个比一个小。她的前夫是一位步兵军官，她因为爱他，所以嫁给了他，并且从她父母那里跟他私奔了。她深深地爱着她丈夫，但他打牌上了瘾，后来出庭受审，就这样死了。最后，他常常打她。尽管她不饶恕他，我知道，我看过文件，这是真的。可是直到现在，她说起他时还是眼泪汪汪的，而且比着他来骂我，但我还是很开心，很开心，因为好歹她还能想象一下自己过去的幸福……

“他死了以后，她带着三个年幼的孩子住在一个偏僻的县城里，那时候我恰巧也在那里。那时她无路可走，一无所有，甚至连我这样一个饱经沧桑的人，也无法描述她那时的状况。她的亲戚都不理她。但是她很高傲，高傲得有些过分……当时，先生，当时，我也是个鳏夫，身旁

[1] 这是对学习成绩特别优异的毕业生的一种奖励。

有前妻撇下的一个十四岁的女儿，因为看到她那样子受苦我于心不忍，于是就向她求了婚。她，一个有学问、有教养的大家闺秀，居然会同意嫁给我，由此可见，她已经处于什么困境！可是她还是嫁给了我！她哭啊，闹啊，痛不欲生，不过最后还是嫁给了我！正是由于她已经走投无路了！您明白吗，先生，您明白吗，一个人在走投无路的时候是什么心情啊？不，您还不理解……

"整整一年，我虔诚地、神圣地履行自己的职责，从未碰过这玩意儿（他用手指了指那），因为我是一个有感情的人。但是，即使这样，我也没有赢得她的欢心。接着我又丢了工作，但是这不能怪我，而是因为人事压缩。于是我便喝起来了！……通过长途跋涉，历尽千辛万苦，一年半前，我终于来到了这个有多处名胜古迹的雄壮的都市。在这里，我终于谋到一份差事……谋了一份差事，但又把它丢了。您可知道？这回是由于我自己的错误弄丢的：由于我暴露出了自己的本性……如今我们住在阿玛莉娅·费多罗夫娜·利佩韦赫泽尔家的半个房间里。我们靠什么谋生，用什么交房租，就连我自己都不清楚。除去我们，还有许多人住在那里……像所多玛城[1]一样乱七八糟……哦……是的……现在我前妻的女儿已长大了；她是如何在她继母的残酷对待下成长的，这我就不提了。因为尽管卡捷琳娜·伊凡诺夫娜心胸开阔，可她是一位情绪不稳定的太太，她一生气，就骂人……是的！如今想这些又有什么用！可想而知，索尼娅没怎么受教育。三四年前，我曾尝试教她地理与世界通史，但是由于我懂得太少，而且没有合适的教科书，我们有的是怎么样的书籍呀……啊！……总之眼下那些书已经没了，所以我们的教育也就结束了。我们就学到波斯国王居鲁士就不学了。她长大之后，看了几本言情小说，不久前，她还阅读了列别贾特尼科夫先生给她借来的一本刘易士的《生理学》[2]——您看过这本书吗？——她对此很感兴趣，还从中选了几个片断读给我们听。这便是她所受的全部教育。先生，此刻我想请教您一个私人问题：在您看来，一个贫穷却很纯洁的姑娘凭借辛苦的劳动能挣多少钱呢？……先生，如果她守身如玉，可又没有任何出众之处，她一天连十五个戈比都挣不到，哪怕她一刻也不停地拼命干！不但如此，五等文官伊凡·伊万诺维奇·克洛普什托克——您有没有听说过这个人？——至今还没将她给他做的半打荷兰衬衫的工钱给她，甚至

[1] 《圣经·旧约》记载，所多玛因罪孽深重，被上帝用硫黄和火烧毁。

[2] 英国实证主义哲学家和达尔文生理学家乔治·刘易士的《日常生活的生理学》。

还跺着脚破口大骂，仗势欺人，野蛮地将她赶了出来，理由是衬衫的领子做得尺寸不对，并且缝歪了。现在家里的孩子们都没吃没喝……

“卡捷琳娜·伊凡诺夫娜急得团团转，极其绝望，脸上泛出潮红，得这种病的人总是这样。她说：‘你这个游手好闲的家伙，住在我们家，连吃带喝又取暖’，孩子们经常一连三天看不到一点儿面包皮，怎么会连吃带喝呢！那时我正躺在床上……唉，这算什么！那时我躺在床上，喝得醉醺醺地听见我的索尼娅说话了。她说：‘卡捷琳娜·伊凡诺夫娜，难道一定要让我去干这种事儿吗？’达丽娅·弗兰佐芙娜，警察局很清楚的那个居心不良的女人，已经让女房东带她来过三次了。‘怎么，’卡捷琳娜·伊凡诺夫娜嘲弄道，‘心疼了？哟，真是个宝贝！’但是不要呵斥她，不要责备她，先生，不要责备她！她说这句话时丧失了理智，她心烦意乱，而且正在生病，何况孩子们饿着肚子，哭个不停，她说这话，并非真是这个意思，这可能是在气她……由于卡捷琳娜·伊凡诺夫娜就是这样，孩子们一哭，即使是饿哭了，她也会立即举手就打。将近六点时，我看到索涅奇卡起来了，围好头巾，披上披肩，从家里走了出来，八点多钟才回去。她径直走到卡捷琳娜·伊凡诺夫娜面前，一言不发地将三十个卢布放到她身边的桌上。尽管她瞟了她一眼，可是一声不吭，只是拿起我们那条绿色的细呢大头巾（我们有一条一起使用的长围巾，是细呢子的），把头、脸都蒙起来，躺到床上，脸冲墙，只见她那瘦小的肩膀与全身一个劲儿地颤抖……我仍像先前一样躺在那里……当时我看到，年轻人，我看到，然后，卡捷琳娜·伊凡诺夫娜也一言不发地走到索涅奇卡的床前，在她身旁跪了一整夜，亲吻着她的脚，不愿站起来，后来她们俩就这样拥抱着睡着了……拥抱在一起……一起……是的……我呢……却烂醉如泥地躺在那儿。”

马尔美拉多夫不说话了，似乎声音断了一样。他突然匆忙地倒了一杯酒，一口喝干，清了清嗓子。

“从那时起，先生，”沉默了片刻，他接着说，“从那时起，由于一件不幸的事和一些居心不良的人的出卖（这主要是达丽娅·弗兰佐夫娜暗地里使坏，似乎是因为她没有得到应有的尊重），从那时起，我女儿索菲娅·谢苗诺夫娜便不得不去领了一张黄色执照，为此，她也不能和我们住在一起了，因为我们的女房东阿玛莉娅·费多罗夫娜也不同意她住在这儿了（虽然她也帮过达丽娅·弗兰佐夫娜的忙），列别贾特尼科夫先生也……唉……他与卡捷琳娜·伊凡诺夫娜之间发生的那件不快的事都是为了索尼娅。开始他千方百计要跟索涅奇卡来往，但这时他突然变得清高了：‘嘻，’他说，‘我这么一个有知识的人，能和这种女人住在一个房间里吗？’卡捷琳娜·伊凡诺夫娜极为气愤，她出面辩解……于是事情便越闹越大。如今索涅奇卡一直在天黑之后才回来，帮卡捷琳娜·伊凡诺夫娜做点儿事，并且尽量带点儿钱回来……现在她住在裁缝卡佩尔纳乌莫夫家，从他们那儿租了一间屋。卡佩尔纳乌莫夫腿瘸，口齿不清，他一家人都口齿不清。他老婆也是如此……他们住在一间屋里，但索尼娅自己有一间屋子，用隔板分开……啊……对……都是些穷人，都口齿不清……对。那天早晨我起床以后，穿上我的破衣烂衫，高举双手，祷告上天，就去见伊万·阿凡纳西耶维奇大人了。伊万·阿凡纳西耶维奇大人，您认不认识？不认识？嘿，您居然不认识这么一位品行高尚的人！他是蜜蜡，上帝面前的蜜蜡，像蜜蜡一样融化！他听完我的话之后，竟然流泪了。他说：‘马尔美拉多夫，上一次你就辜负了我的期望……现在我再次任用你，给你点儿活儿干。’他就是这样说的。‘你要记住，’他说，‘走吧。’我亲吻了一下他面前的土地，在想象中吻，因为他不会真叫我这么做的，他是一位大官，一个有新治国思想的领头人物。我回了家，在我说出我又找到了工作，又可以领到薪酬时，天啊，家里是多么高兴呀！……”

马尔美拉多夫再次激动得停下了。此时几个之前就喝醉的醉鬼从外面进来了。门口响起租来的手摇风琴声与一个七岁孩子唱《小小农庄》[1]的稚嫩的童声。屋里立刻一片喧哗。酒馆老板与伙计们都忙着招待进来的客人。马尔美拉多夫对那些刚来的人熟视无睹，接着讲故事。这时他似乎很虚弱，可是他醉得愈厉害，就愈滔滔不绝。一想起最近顺利找到了工作，他好像变得兴奋了，就连脸上都光彩焕发。拉斯柯尔尼科夫专注地听着。

“那是五个星期之前的事了，先生。是的……卡捷琳娜·伊凡诺夫娜和索涅奇卡两人一听见此事，天哪，就好像进入天堂一样。以前，我只能像牲口一样躺在那里，天天挨骂，但眼下呢？她们都轻轻地走路，让孩子们安静下来：‘谢苗·扎哈雷奇在政府机关里工作累了，正在休息呢，轻点儿！’我上班之前，她们给我煮咖啡，热奶油！她们为我弄来了纯正的奶油，您听到了吗？我真搞不懂，她们从哪儿积攒下来的钱，居然给我做了一套考究的衣服——十一卢布五十戈比呢！有靴子和细棉布胸衣，非常体面，还有一身制服，这几样东西花了她们十一个半卢布，而且是按最新的款式做的。第一天上午我从政府机关里办公回来，看到卡捷琳娜·伊凡诺夫娜已经为我准备了两道菜——一道汤，一

[1] 根据俄罗斯诗人阿·弗·科里佐夫的诗谱写成的一首流行歌。

道洋姜作配料的腌牛肉——在此之前，我们从来不敢想这一切。她没有像样的衣服……一件都没有，可是现在她穿戴起来就像要去做客一样，她之前根本没有什么衣服，但是忽然之间，她什么都不用就让自己换了个样儿：她梳好头，换上干净的衣领和套袖，看，她简直判若两人了，比过去年轻了，也漂亮了。我的宝贝索涅奇卡以前时常接济我们。‘从今以后，’她说，‘我就不能经常到这儿来了，除了天黑之后，在别人看不清的时候。’您听见了吗？您听见了吗？那天吃完午饭，我回家歇息了一会儿，您猜发生了什么事？卡捷琳娜·伊凡诺夫娜一周之前还和女房东阿玛莉娅·费多罗夫娜大吵大闹，这时她却请她来喝咖啡了。她们坐在那儿，闲聊了两个小时：‘谢苗·扎哈雷奇如今又有差事了，可以领到薪水了，’她说，‘他去找大人，大人亲自接见，让其他人都在那儿等候着，他还拉着谢苗·扎哈雷奇的手，从大家跟前走过，将他领进了办公室。’您听到了吗？您听到了吗？‘说真的，’他说，‘谢苗·扎哈雷奇，我忘不了您之前的功劳，’他说，‘即使您有些轻率的缺点，但是，这次您已经答应了，并且您不在，我们的事也不顺利（您到了吗？您到了吗？），所以，’他说，‘我希望您能履行您珍贵的诺言。’说真的，这些话全是她信口胡编的，她这么说并非轻率，也不是吹嘘。不，对于这些事她都当真了，用自己的想象来聊以自慰，确实是这样的！我不怪她，不，对这件事我不怪她！……六天前，我将赚到的第一笔薪水——二十三卢布四十戈比——全部交给她时，她称呼我为‘小宝贝’，她说，‘我的小宝贝。’当只剩下我们两个时，您知道吗？我哪里值得称赞，又算得了什么丈夫？但是，她拧了我的脸蛋儿一下说，‘我的小宝贝。’”

马尔美拉多夫讲到这里止住了，他本来想笑一下，可是他的下巴突然颤抖起来。不过他控制住了。这个小酒馆，这副穷困窘迫的样子，睡在干草船上的五夜，一俄升酒，再加上对老婆与家庭的那种不合情理的爱，让听他说这些话的拉斯柯尔尼科夫感到疑惑不解。拉斯柯尔尼科夫专注而痛苦地听着。他为来这里而感到懊悔。

“先生，先生，”马尔美拉多夫恢复正常以后，又喊道，“啊，先生，也许您和其他人一样，把这些事情当成笑柄吧，也许我将家里这些细小琐碎的小事告诉您，只能让您厌恶，可是我并不觉得它可笑！因为这些事都是我的亲身经历……而我，在我一生中最幸福的那一天一夜，全部都是在心驰神往的想象中度过的，或者说，我想象着怎么把握一切，如何让孩子们穿上新衣服，如何让她清静几天，如何把我的宝贝独生女儿从那肮脏的火坑中解救出来，让她重回家庭的环境中……还有很多，很多……但这些都是可以做到的，先生。那么，先生，（马尔美拉多夫突然似乎颤了一下，把头抬起，望着他的作者）唉，我在做完这些美梦之后，第二天（正好五天以前），傍晚时刻，我使了个巧妙的手段，像黑暗里的小偷一样，将卡捷琳娜·伊凡诺夫娜锁箱子的钥匙偷偷拿走了，取出我带回家的所有的薪水，总数到底是多少，我也不记得了，就这样，您再来看看我，各位都来看看！今天是我离开家的第五天，家人到处都在找我，工作没了，制服放在埃及桥附近的一个小酒馆中，用它换了我身上这套衣服……一切全完了！”

马尔美拉多夫握起拳头敲了敲自己的前额，咬紧了牙，闭上眼睛，使劲地把胳膊撑在桌上。可是一分钟之后，他面色突然变了，用一种假装出来的狡猾语气与恬不知耻的神情，看了看拉斯柯尔尼科夫，笑道：

“今天，我去了索尼娅那里，向她要钱买酒喝！嘿嘿嘿！”

“她给了吗？”在刚进来的顾客中，一个人大声说道，说完便开怀大笑。

“这半俄升酒就是拿她给的钱买的，”马尔美拉多夫说，他的话是专门对拉斯柯尔尼科夫说的，“她给了我三十戈比，这是她所剩的最后一点儿钱……我亲眼看见的。她一句话没说，只是一言不发地看着我……世间没有这种事，而在那里……才会替别人难过，痛哭，却不指责他们，不指责他们！可是这更让人伤心，不指责更让人伤心……三十戈比，是的！这会儿她不是急需这笔钱吗？您说对吗，我敬爱的先生？因为她如今要穿得整洁干净点儿，那种特殊的美需要花钱，您知道吗？您知道吗？啊，她需要购买化妆品，没有行不通啊！还要买上了浆的裙子、鞋子之类的，那鞋子必须漂亮一点儿，这样在迈过小水坑时就会展露出她的小脚。您知道吗，先生，您懂得那种整洁意味着什么？而我，她的亲生父亲，居然把这三十戈比拿去买酒喝了！我正喝着呢！而且我已经喝完了……您说，我这种人值得同情吗？嗯？先生，现在您还同情我吗？说啊，先生，还同情我吗？嘿嘿嘿嘿！”

他还想把酒杯倒满，但一滴酒都不剩了，半俄升酒都喝光了。

“为什么要同情你啊？”老板再次来到他们身边，喊道。

紧接着一阵哄然大笑，甚至还夹杂着一些咒骂声。那些听他讲话的人和并没有听他讲话的人都在哄笑，叫骂，每次他们看见这个丢掉职位的小官吏的样子，就边笑边咒骂。

“同情！我为什么要人同情！”马尔美拉多夫突然高声喊道，他将一条胳膊向前伸着，站起身来，异常激动，似乎就等着这句话一样。

“你说，我为什么要人同情？对！我不值得同情，应该将我钉死，钉死在十字架上，而不应该同情！哦，法官，将他钉死吧，钉死他以后，再同情他吧！到时候，我会亲自走到你面前，请你钉死我，因为我并不期盼欢乐，而是期盼烦恼和泪水……卖酒的，你认为你的那瓶酒让我欢乐了吗？烦恼，我去瓶底找寻烦恼，是烦恼与泪水，我已经品尝到了，也找寻到了。可怜所有的人的那个人才会可怜我们。他了解每一个人，也了解每一件事，他就是独一的主，只有他才是法官。他总有一天会来的，他会问：'那个为了她暴躁凶狠的、得肺痨的继母，为别人年幼的孩子出卖自己的女儿在哪里？那个很不得体的醉鬼，她的亲生父亲，却不害怕他的兽行的女儿在哪里？'他会说：'你过来！我已经饶恕了你一次……我已经宽恕了你一次……你很多罪都会宽恕的，因为你有更多的爱……'[1]他会宽恕我的索尼娅，会宽恕的，我知道他会宽恕的……几天前我在她那里时，我的心便知晓到了这一点！……他将审判所有的人，宽恕所有的人，善良的人，凶恶的人，聪明的人，老实的人……他裁决他们之后，就要来审判我们。'你们也来吧，'他会说，'过来，醉鬼们，过来，没用的人们，过来，卑贱的人们！'到时候，我们就会毫不知羞愧地走过去，站到他面前。他说：'你们是猪，都是按牲口的样子造的，都有畜生的印记；不过，你们一起来吧！'[2]于是，圣人和智者就会说：'哦，上帝，您为什么接受他们？'他就会说：'我之所以会接受他们，圣人，我之所以会接受他们，智者，是因为这些人中谁都不会觉得自己有资格受到这种对待……'于是，他便把手伸向我们，我们就伏在他跟前的地上……痛哭流涕……我们会领悟一切！到那个时候我们就会领悟一切！……人们都会突然醒悟……就连卡捷琳娜·伊凡诺夫娜……她也会理解的……上帝，您的天国肯定会到来！"

他坐到长凳上，疲惫不堪，十分的虚弱，他没看别人，好像忘记周围人的存在，陷入了深思之中。他的这番话给人留下了某种印象，一时间寂静无声，可是，不久便传出刚才的大笑与咒骂声。

"他大发议论了！"

"真是胡说八道！"

"毕竟当过官儿嘛！"

等等，等等，还有很多类似的谈话。

"先生，我们走吧，"马尔美拉多夫突然抬起头，对拉斯柯尔尼科夫说，"您把我送回去……柯舍尔公寓，穿过院子。是时候回去了……

[1]　《新约全书·路加福音》第七章。

[2]　《新约全书·启示录》第十三章。

回去见卡捷琳娜·伊凡诺夫娜……”

拉斯柯尔尼科夫早就想走了。他想送他回家。马尔美拉多夫的双脚比他的话要软弱得多，他紧紧依靠着年轻人。大约走了两三百步，愈走近家门，醉鬼的神情就愈惶恐，愈紧张。

“我现在并不惧怕卡捷琳娜·伊凡诺夫娜，”他忐忑不安地嚷嚷道，“我并不是怕她揪我的头发，揪头发有什么了不起的！……这根本不值一提！这是我说的！假如她揪我的头发倒好了！那样我并不怕！……我……怕的是她那双眼睛……对，眼睛……也怕她脸上的红晕……还有，我怕听到她呼吸……您知道那种病人在不高兴愤怒时怎么呼吸吗？我也怕听到孩子们的哭声……因为，假如不是索尼娅养着他们……我不知道会怎样！我不知道！但是我并不怕挨打……先生，您知道吗，为这种事挨打我不但感觉不到疼痛，反而感到很痛快……事实上，不挨打我的确很难受，挨打倒舒服些。就让她打吧，发泄一下……打了反而更好一些……公寓到了。柯舍尔公寓，一名钳工的房子，他是个德国人，十分富有……带我进去吧！”

他们从院子里走了进去，上了四楼。愈往上，楼梯就愈暗。这个时候大约十一点，尽管在这个季节彼得堡没有真正的夜晚[1]，但在楼梯顶上很暗。

在楼梯尽头，在尽头，开着一扇被烟熏黑的小门。一个大约长十步的很破很旧的房间，用一支短蜡烛照明，从过廊里就能看到整个房间。房间中乱七八糟的，尤其是孩子们的破衣烂衫丢得整个地上都是。角落里挂着一块破洞累累的床单，床单后边或许是一张床。房间里只有两把椅子与一张破旧不堪的漆布面长沙发，沙发前边放着一张厨房用的用松木桌，既没有油漆过，也没有铺桌布。桌边一个铁烛台中点着一个即将燃尽的牛油蜡烛头。原来，马尔美拉多夫一家人有独自的一间屋子，而并非一个房间的一部分，但这个房间其实只是一条走廊。继续向前走，通向阿玛莉娅·利佩韦赫泽尔住房的那扇门半掩着。这个住处分隔成几个小间，像鸽子笼一样小。那儿人声杂乱，喧闹不堪。人们开怀大笑，似乎在打牌、喝茶。不时地还传来几句不堪入耳的语句。

拉斯柯尔尼科夫立刻认出了卡捷琳娜·伊凡诺夫娜。这是一个瘦骨嶙峋的女人，身材又瘦又高，长得倒也匀称，还有一头深褐色的秀发，面颊上确实泛着潮红。她正在她那个小屋里走来走去，双手用力按

---

[1] 在彼得堡，春夏两季夜晚极短，黄昏后很快是晨曦，因此称为白夜。

在胸前，口干唇裂，呼吸快慢不定，时断时续。双眼像得了寒热一样发光，目光犀利却呆滞。那张肺痨病人的兴奋不安的脸，在蜡烛头摇曳的最后的光亮下，给人留下了一种痛苦的印象。拉斯柯尔尼科夫认为她大约三十岁，和马尔美拉多夫确实不相配……她既听不到，也没看到他们走进来。她好像正处于一种麻木状态，对一切都充耳不闻，视若无睹。房间里很闷，但她没开窗子。从楼梯上传来一股臭气，但是通往楼梯的门没关。一缕缕香烟的烟雾从后面房间那扇半掩着的门里冲进来，她不停地咳嗽，可是她并没有去关门。最小的那个六岁的女孩睡在地板上，不知为什么蜷缩着身子，坐在那儿，头枕着沙发睡着。一个比她大一岁的男孩儿站在角落里，一边哭一边瑟瑟发抖。或许他刚挨了打。一个九岁的女孩刚好站在她弟弟的身边，她就好像一根火柴一样细长，穿着一件千疮百孔的衬衣，赤裸的双肩上披着一件薄呢的旧斗篷，这件斗篷大概已经做了两年，如今连她的膝盖都遮不到。她用一只像火柴棍一样瘦的长胳膊搂着弟弟的脖子。她似乎在哄他，低语地和他说着什么，想尽办法让他别再次哭起来。同时，她的一双大大的黑眼睛正惶恐地望着妈妈，在她那瘦削、恐惧的小脸儿上，这双眼睛看起来更大了。马尔美拉多夫没进去，就跪在了门口，他将拉斯柯尔尼科夫推到前边。那个女人看到一个不认识的人，就不知所措地在他跟前停下了，她忽然明白过来，好像在猜测：他到这儿来做什么？但是也许她马上想到，他是要去其他房间的，因为他们的房间是一条走廊。想到这儿，她便不再注意他，只是走上前去想关上过廊的门，但是这时她看见丈夫正跪在门槛上，就忽然大叫一声。

“啊！”她疯狂地喊道，“回来了！囚犯！恶棍……钱呢？你兜里装着什么？让我看看！你的衣服也不是原来那套了！衣服呢？钱又在什么地方呢？说啊……”

她冲过去搜他的身。马尔美拉多夫立刻听话地伸开双臂，以便让她搜口袋时更轻松一点儿。可是她连一个戈比都没搜到。

“钱都到哪儿去了？”她嚷道，“哦，上帝，难道他把钱全用来喝酒了！要知道，箱子里还剩整整十二个卢布……”然后她突然发疯般地一下揪住他的头发，将他拖进屋里。为免她费力，马尔美拉多夫顺从地在地板上跪着爬了进去。

“这是我的快乐！我并不觉得疼痛，我觉得这是一种享受，先生。”他大声喊道，他的头发被揪着，磕磕碰碰，甚至有一次额头碰到了地板上。睡在地板上的孩子被吵醒了，号啕大哭起来。角落里的那个男孩儿止不住地全身颤抖，一边歇斯底里地大喊大叫，一边恐惧地扑进姐姐怀里，似乎都快昏倒了。大女儿刚被惊醒，正像树叶一样簌簌发抖。

“喝光了！全喝光了！”不幸的女人绝望痛苦地叫道，“衣服也不是原来那套了！他们都在饿肚子，正在饿肚子呢！哦，可恶的生活！可是您，您就不感到羞愧吗？”她突然转向拉斯柯尔尼科夫吼道，“从酒馆里来的！你和他一起喝酒了？你和他一起喝过！滚！”

年轻人沉默不言，赶紧出去了。这时候里边那扇门打开了，一些人正好奇地从门里向外张望。一张张粗俗鄙夷的笑脸，衔着烟斗与香烟和戴小圆帽的脑袋，都由门里探出来。可以看到里边有敞着怀穿睡衣的人与穿着衣衫不整的人，有人手中还拿着纸牌。在马尔美拉多夫被揪着头发拖着走，并且还大喊这是享受时，那些人便笑得特别大声。他们甚至进入屋里。最后，突然听见一阵可怕的大叫声：这是阿玛莉娅·利佩韦赫泽尔亲自挤到前边来了。她想按自己的老办法下命令，（口出恶言，叫她明天就搬家）她已经是第一百次威胁那个不幸的女人吧。拉斯柯尔尼科夫在走之前，将手放到衣兜里，掏出几个他在酒馆中用一个卢布找来的铜币，悄悄地搁到了窗台上。但是走到楼梯上时，他突然改变主意，打算回去。

“唉，我这是干了件多傻的蠢事，”他想，“他们这里有索尼娅呢，而我自己却急需钱。”但是想到把钱拿回来已经不可能了，并且就算能拿回来，他也不会去拿，于是挥了挥手，回自己的住所去了。“索尼娅也需要买化妆用的香膏，不是吗，”在街上行走着的时候，他继续想，并且讽刺地冷笑了一声，“要保持这种干净整齐就得花钱……嗯哼！看来索尼娅今天也不一定会弄到钱，不是吗？因为猎珍贵的野兽……开采金矿……一样会有风险……所以，假如没有我这些钱，他们明天就得喝西北风了……唉，可怜的索尼娅！可是他们居然挖出一口多好的矿井！而且在开采！不是吗，是在开采嘛！而且也习以为常了。哭过一阵子，也就习惯了。人——这种卑劣的东西，什么都可以习惯的！”

他陷入了沉思。

“唉，如果我想的不正确呢，”他忽然不由自主地提高声音说，“假如，总的来说，整个人种，全人类，当真不是卑劣的东西，那么就说明，其他一切全都是偏见，只不过是心造的惶恐，任何障碍都不存在，而那也就理所应当了……”

第三节

第二天，时间已经很晚了，他才从梦中醒来，夜里睡得很不安稳，睡眠并没能使他恢复精神。他醒来时脾气很暴躁，很容易激动，凶狠地，而且憎恶地看了看他自己那间小屋。这是一间破旧并且空间很小的陋室，只有六步长，墙纸都已经发黄，布满了灰尘，而且都快从墙上掉下来了，小屋那么矮，个头高一点点的人在屋里就会感到忐忑不安，老是觉得，似乎头就要顶到天花板上。家具和这样的小屋倒是挺搭配：三把破旧不堪的旧椅子，一张上过漆的桌子放置在墙角落里，桌上搁着几本练习本和几本书，练习本和书上都落满灰尘，只从这一方面就可以看出，已经很长时间没有人摸过它们了。最后，还有一张笨重不堪的大沙发，几乎占满了一面墙壁和大半个屋子，沙发上以前蒙着带着印花的布，可是现在面子已经破旧肮脏，这张沙发也就是拉斯柯尔尼科夫的床铺。他时常穿衣睡在沙发上，没有床单，把自己上大学时穿的那件脏旧的大衣盖在身上，床头摆放了一个小枕头，他把一切的内衣，不管是整洁的，或是穿脏了的，全部都塞到枕头底下，这样能让枕头显得高一些。沙发前摆放着一张小桌。

不修边幅，邋里邋遢，已经到了忍无可忍的地步，但是在现在的精神状态下，拉斯柯尔尼科夫甚至觉得，这样反而很自在。他毫不犹豫地离群索居，就仿佛乌龟缩进了龟甲，就连有心想要服侍他的女仆时不时地朝他屋里看上一眼，一旦见到她的脸，也会惹得他大发脾气，使他痉挛。有一些极度专心思索问题的偏执狂一般就是这样的。他的女房东加起来已经有两个星期不再给他送饭了，虽然他没有饭吃，可到了现在他也没有想过要去和她谈论一下这个问题。女房东的女厨子和仅有的女仆娜斯塔霞反倒有点儿喜欢房客的这种状态，于是干脆不再来收拾、打扫他的房间了，只是一星期里时不时拿起扫帚来清扫一下。现在就是她吵醒了他。

"起床，还睡呢！"她冲他大声喊叫，"九点多了。我给你端来了茶。想喝不？可能饿坏了吧？"

房客睁开眼，打了个寒战，发现是娜斯塔霞。

"是不是女房东让你送茶来的？"他问，接着缓缓地、一副生病的样子由沙发上直起身来。

“怎么可能是女房东让人送的呢！”

她把她那个带裂纹的破旧茶壶搁到他面前，里边有已经喝过的剩茶，并且还放了两小块发黄的糖。

“给，娜斯塔霞，请你拿着。”他在衣服兜里掏了掏（穿衣服睡觉，一直是他的习惯），取出几枚铜币。“麻烦你给我买一个小面包。再去灌肠店里给我买一些便宜的灌肠。”

“面包我马上给你买去，你想不想喝一些菜汤，灌肠是不是就不用买了？菜汤很香，昨天做的。昨天我就给你留着，可是你回来得太晚。味道很香的汤。”

汤端来之后，他便喝起来。娜斯塔霞坐到他旁边的沙发里，两人开始闲谈。这是一个乡下女人，总是喜欢东拉西扯。

“普拉斯科维娅·巴甫洛夫娜要去警察局告你。”她说。

他紧皱眉头。

“去警察局？为什么？”

“你交不出房租，又不搬走。她为什么这样做你还不清楚吗？”

“唉！真见鬼，”他愤怒地小声叫骂道，“不！现在……这对我……真不是时间……她这个笨蛋，”他又高声说了一句，“今天我就去找她协商一下。”

“虽然她很傻，像我一样，可是你呢？你很聪明，可总是像一个布袋一样整天闲躺在那儿，这又有什么用呢。你说，你从前给孩子上过课，但是现在为什么什么都不干了？”

“我正在做……”拉斯柯尔尼科夫不高兴地阴沉着脸说。

“你正在干什么工作？”

“工作……”

“什么工作？”

“我正在思考呢，”沉默了一会儿之后，他认真严肃地答道。

娜斯塔霞笑弯了腰。她这个人很喜欢笑，每次遇到什么让她觉得好笑的事，她便不出声地笑着，全身抖动，前仰后合地笑得没有力气方才罢休。

“你想到挣钱的方法了？”她最终说出了这句话。

“没有靴子没法去给孩子上课，况且我也看不起那份工作。”

“你看不起得未免有点太早了。”

“教孩子能挣多少钱？几个戈比能做什么？”他很不高兴地答道，好像在回答自己的想法一样。

“你不会是想发一笔大财吧？”

他用奇怪的眼神看了看她。

“没错，发一笔大财，”想了一会儿，他毅然决然地回答说。

“哎哟，你最好还是一点一点地来，不然，你会吓死人的。用我去给你买面包吗？”

“随便。”

“啊，我忘了！昨天你不在家，有人给你送来一封信。”

“信？我的！谁的信？”

“我也不知道谁的，我给了邮差三个戈比。你赶快还给我吧？”

“快，看在上帝的面子上，赶快拿过来吧！”拉斯柯尔尼科夫迫不及待地喊道，“上帝！”

顷刻间，信便送来了。正如他所想，信是从P省他母亲那儿寄过来的。他拿过信，面无血色。他已经有很长一段时间没收到家信了，但是现在还有一件心事拉扯着他的心。

“娜斯塔霞，你出去好吗，看在上帝的面子上。这三个戈比还给你，看在上帝的面子上，你赶快出去吧！”

信在他手中颤抖着，他不想在她面前打开：他想要独自一个人看这封信。娜斯塔霞走了以后，他马上将信放到唇边亲吻，接着长时间目不转睛地盯着信封上的笔迹，看着那熟悉而亲切的隽秀的斜体字，当时教他念书、写字的母亲的笔迹。他犹豫着，好像害怕什么一样。最后，他打开了：这是重两洛特[1]的一封非常厚重的信，两张信纸上布满了密密麻麻的小字：

我心爱的罗佳，我已两个多月没写信和你谈心了，这令我感到十分伤心，甚至有时候反复思索，坐立难安。可是，对我这种被逼无奈的沉默，你应该会理解我吧。你知道我有多爱你；你是我们——我与杜尼娅唯一的亲人，你是我们的一切，我们所有的希望与寄托。当我听说你因为没有谋生的门路，已经离校数月，并且不再教书，又没有其他收入的时候，我多难过呀！我一年内只能领到一百二十卢布的退休金，该怎么帮你呢？你要清楚，四个月前我给你寄去的十五卢布，是我扣除退休金从我们这儿的一位商人阿凡纳西·伊万诺维奇·瓦赫鲁申那儿借来的。他是一个善良的人，和你父亲是朋友。因为我将为我领取退休金的权利交给了他，所以我只能等着还清这笔债，现在这债刚还上，所以在这段

[1] 旧俄重量单位，一洛特等于十二点八克。

时间里我没有给你寄钱。但是现在，谢天谢地，我又可以再给你寄一点儿了，并且此刻我们甚至可以确定，我们交了好运，这便是我现在很想让你知道的。首先，亲爱的罗佳，你知道吗，你妹妹和我住在一起已有一个半月了，并且以后我们将不再分开。感谢上帝！她的苦难终于结束了，可是我想将所有的事仔细地告诉你，使你了解事情的经过和我们至今一直不让你知道的事。两个月前，你写来了信，你听别人说杜尼娅在斯维里加洛夫先生家遭受了许多屈辱，你让我详细地告诉你，但是当时我该怎么给你回信呢？如果我在信里将一切真相全部告诉你，你可能会放弃一切，即使走路，也会回到我们身边的，因为我了解你的脾气与性格，你绝不会忍受自己的妹妹被人侮辱的。当时，我也是没有办法。可是我能怎么办呢？那时候连我都不清楚到底发生了什么事。最大的麻烦是，去年杜涅奇卡到他们家当老师时，预支过一百卢布，说好每个月从薪水中扣除，所以在债没还清之前，她便不能辞职不干。她借这些钱的（我的宝贝，罗佳，我现在就把这一切经过告诉你）主要原因是想给你寄六十卢布，你那时正急需这些钱，就是去年你收到的我们寄去的那些钱。那时我们隐瞒着你，在信上说这些钱是杜涅奇卡的积蓄，其实并不是真的。现在我才将真相告诉你，因为，感谢上帝，现在一切都忽然变好了，而且还可以告诉你，杜尼娅非常爱你，她有一颗善良的心。开始斯维里加洛夫先生对她确实没有礼貌，总是在餐桌上失礼和取笑她……

不过我就不和你详谈这些令人气愤的小事了，因为现在一切都已经过去了，我不想再让你感到伤心难过。说得直白一些，虽然斯维里加洛夫的太太玛尔法·彼得罗夫娜和她的家人都对她不错，仁慈善良，可是杜涅奇卡过得很痛苦，尤其是斯维里加洛夫先生犯了在军队中的老毛病，受到巴克斯[1]的影响时。可是后来又怎么样了？你想象一下，那个野蛮嚣张的家伙早就对杜尼娅有非分之想，表面上却用无礼和轻蔑掩饰一切。也许他见自己年龄太大，况且又是一家之主，对这种轻佻轻浮荒谬的念头，他自己也觉得惭愧而害怕，所以不禁对杜尼娅大发脾气。也许他是借残酷与轻蔑的态度掩人耳目。可是，他最终忍受不了相思之苦，竟然厚着脸皮公开向杜尼娅求婚，他答应给她各种嫁妆，还保证要不顾一切，和她一起逃到另一个村庄里去，甚至出国。你能想象得出她当时是多么烦恼！马上提出辞职根本不行，这不仅考虑到欠着债，并且还想到可怜的玛尔法·彼得罗夫娜，因为这么做会使她突然产生怀疑，之后就会带来一场家庭纠纷。并且杜涅奇卡也肯定会非常丢人，这是难

[1] 古罗马神话里的酒神，此处借指酒醉。

以避免的。之外还有其他多方面的原因，所以在六周之前，不管怎样杜尼娅也不能离开那个令人战栗的人家。当然，你很了解杜尼娅，也知道她非常聪明，她的性格是多么刚强。杜涅奇卡能够忍辱负重，就算在非常窘迫的时候，她也非常乐观，不屈不挠。虽然我们经常写信联系，可是为了不让我伤心，她竟然没在信里将事实详情告诉我。这件事的结局令人感到意外。玛尔法·彼得罗夫娜无意中偷听见她丈夫在花园中恳求杜涅奇卡，但她把他的话理解错误了，她将一切都怪到杜尼娅的头上，认定她是祸源。她们立即在花园中大吵大闹起来。

玛尔法·彼得罗夫娜甚至动手打了杜尼娅，不分缘由地无礼地吵闹了足足一个小时，最后，她让人马上用一辆庄稼汉的大车将杜尼娅送到城里我的身边来，将她的所有，内衣以及外衣，不收拾也不包扎，便全部扔上了大车。此时，瓢泼大雨倾泻而下，杜尼娅带着满腹委屈，无可奈何地和一个庄稼汉坐着一辆敞篷大车，走了十七俄里路。此刻你想一下，我该怎么回答我在两个月之前接到的你那封信？我又该在信上写些什么？那时候我悲观绝望。在信里告诉你实情吧，我不敢，因为那样会让你感到痛苦、难过和愤慨，再说你又能怎么做呢？也许你会毁了自己，况且杜尼娅不让我这么做；让我在悲痛之际在信上写些日常小事和别的什么话，我又做不到。此事闹得满城风雨，整整一个月谣言纷飞，甚至落到了这种田地：我和杜尼娅连教堂也不去了，因为总得面对那些蔑视的目光和窃窃私议，甚至是当面的高声议论。熟人们都不跟我们来往，在街上相遇也不问好，我还清楚地听到过，某些商店伙计和某些小公务员竟然在卑鄙地侮辱我们，想在我们家的大门上涂柏油[1]。所以房东就让我们搬走。这些都是因为玛尔法·彼得罗夫娜散布的谣言，她已跑遍了每家每户，说杜尼娅的坏话，使她名誉受损。

我们这里的人她全都认识，这个月，她也经常进城，因为她有些多嘴，爱谈自己的家庭琐碎事情，尤其爱当着大家的面数落自己的丈夫——这样做是很糟糕的——所以没过多久，这件事不仅传遍了全城，还传遍了全县。我一气之下，就病倒了。不过，杜涅奇卡的心胸比我开阔，要是你能够看到她该多好，看她是怎么忍受这些屈辱，又怎么劝慰我、鼓舞我的！她就是个天使！到最后，由于上帝的仁慈，我们的悲苦结束了——斯维里加洛夫先生良心发现，他感到后悔了，也许是对杜尼娅产生了悲悯之情，他让玛尔法·彼得罗夫娜看到了足以证明杜尼娅清

---

[1] 俄罗斯风俗，在大门上涂柏油是对未婚少女的侮辱，表示她已失去贞操。

白的铁证。那是一封信，是玛尔法·彼得罗夫娜在花园里遇到他们以前，杜尼娅为了拒绝他当面谈心的要求和隐秘约会而被逼无奈写给他的。杜涅奇卡走后，这封信一直在斯维里加洛夫先生手上。在信里，她非常激烈而又满腔愤怒地斥责他对玛尔法·彼得罗夫娜的那种可耻行为。并告诉他，他是一个父亲，是个有家室的人，欺骗伤害一个已经可怜无辜的无依无靠的姑娘，是多卑鄙无耻的行为。总的来说，我亲爱的罗佳，这封信写得这么高尚，这么感人，竟然让我一边读一边失声痛哭。就是现在，我看到它，也还会泣不成声。除了这个，佣人们的证词也为杜尼娅的清白提供了证据。他们的所见所闻，比斯维里加洛夫先生本人料想的要多，本来也一直是这样的。玛尔法·彼得罗夫娜非常震惊，就像她后来向我们坦诚的那样，她“又陷入了痛不欲生”，可是她已经完全相信了杜尼娅的清白。第二天是星期天，她直接坐车去了大教堂，在圣母像前跪下，哭着祈求圣母赐予她力量以对抗这个新的考验，并能尽到自己的责任。然后她哪儿也没去，又从教堂直接坐车来了我们家，将事情一五一十原原本本地讲给我们听，她哭得很厉害，并痛苦地搂着杜尼娅，求她原谅她。那个早晨，她又马不停蹄地从我们这儿往城里跑遍了每家每户，哭着用最感动的言词换来杜涅奇卡清白，证明她的清白与她崇高的精神品质。不仅如此，她还将杜尼娅亲手写给斯维里加洛夫先生的信让每一个人看，念给他们听，甚至还请人来抄录（我认为这是多此一举的）。她就这样接连几天坐车在城里挨家挨户地跑，因为有人见她先去别的人家而不愉快，所以就排了次序，每户人家都事先在那里等着，所有人都清楚玛尔法·彼得罗夫娜将在什么时候，在哪里读那封信，每当她开始读信，那些按次序在自己家或者其他已经听了几遍的人都会再来听。我觉得，这么做完全是没有意义的，可玛尔法·彼得罗夫娜就是这种脾气。她至少是把杜涅奇卡的名誉彻底恢复了，可是她丈夫却成了祸根。这事所有卑鄙可耻的指责都落在了他身上，成了他抹不掉的耻辱，以至于我有点儿同情他了，对这个狂妄的人也确实太严厉了一些。马上就有几户人家请杜尼娅去教课，可她全都拒绝了。总之，人们都忽然变得对她非常敬重。而所有的一切，总的说来，就促成了那个想都想不到的机遇，在这个机遇中，可以这么说，现在我们的全部命运都发生了变化。我亲爱的罗佳，你知道的，已经有人向杜尼娅求婚了，并且她也表现出了愿意，我就是想赶紧把这事告诉你。尽管我没提前跟你商量就定下了这件事，但我想你应该不会埋怨我和你妹妹的，因为你以后会知道，这的确是迫不得已的，我们不能等到你回信的那天。而且你也不在这里，也无法准确又全面地考虑。是这样的：他叫彼得·彼得罗维奇·卢仁，是一个七等文官，玛尔法·彼得罗夫娜的一个远房亲戚，这桩亲事就是她极力促成的。起初他先通过她表示有意愿认识我们。于是受到了我们的热情招待，还喝了我们的咖啡，第二天，他就给我们写了一封信，很有礼貌地提出了求婚，并且请我们马上给他一个明确的答复。他既聪明又能干，是个大忙人，眼下正急着去彼得堡，所以他的每一分钟都是很宝贵的。开始我们感到不可思议，因为这一切都来得太突然、太出乎人的预料了。就在那天，我们整整想了一天，犹豫不决。他是一个老实的富人，供职于两个地方，并且已经拥有了数目可观的财产。的确，他已经四十五岁了，可是仪表堂堂，十分讨女人喜欢，他是个十分严谨的体面人，不过稍微有点儿内向，好像还有点儿骄傲。可是这大概只是他给人的最初印象。罗佳，我必须先提示你一下，你过一段时间就会在彼得堡和他见面。不过，第一眼看上去，要是你觉得他有什么不合适的地方的话，一定不能主观臆断，急着做出判断，因为你一直就是这种性格。虽然我认为他会让你得到不错的印象，但是我仍然有言在先，以防万一。而且要是想了解什么人，必须慢慢地、认真地观察他，免得引起误会，那可是事后难以纠正，也无法挽回的。从各方面看来，彼得·彼得罗维奇·卢仁起码是个可敬重的人。初次登门的时候，他就跟我们说，他是一个注重现实的人，但是，他也表示他在很多地方赞成"我们这最新一代人的看法"，而且他还是所有偏见的敌人。他还说了许多话，仿佛有些爱慕虚荣，还喜欢大家听他讲话，但是这也没什么不好的。当然了，我知道的也很少，只是杜尼娅给我解释说，他虽然没受过高等教育，却非常精明，并且似乎很善良。亲爱的罗佳，你知道你妹妹的脾气。她个性刚毅，是非分明，即使有一颗热情的心，也能屈能伸。这点，我是清楚的。不过，无论是在她这一方，还是在他那一方，根本都没有什么特殊的爱情，可杜尼娅是个聪明的姑娘，并且品质高尚，就像个天使，她会把丈夫的幸福当做是自己的责任，而他也会给她幸福。我们现在还没有太多的理由来怀疑这一点，虽然我们必须知道此事办得太匆忙点儿。

除了这些，他也是个聪明人，当然了，他自己也会发现，要是杜涅奇卡嫁给他，她愈幸福，他自己的幸福也就愈可靠。至于性格的一些不同，以及过去养成的习惯，甚至是某些想法方面的差异（即使最幸福的婚姻也是免不了的），关于这一点，杜涅奇卡也跟我谈过，说这都得看她自己，没什么好担心的，许多事情她都能忍受，只要他们将来的关系是忠诚、平等的就行了。比如，一开始可能会觉得他说的话似乎有点儿不中听，但是那或许是因为他是一个性格率直的人，一定是这样的。再比如，自从杜尼娅接受了他，他第二次到我们家的时候，就说在认识杜尼娅以前，他就打算娶一个忠诚且没有陪嫁的姑娘，必须娶一个经历过苦难的姑娘。从他的话中，我听到一个丈夫不能受到妻子的丝毫恩赐，而是让妻子将丈夫当成自己的恩人才更好一些的道理。我应当再补充一下，他说的比我写的还要动听温和一点儿，因为我记不得他的原话了，只记了个大概。而且他说这话的时候并没有考虑，很明显是谈兴正浓的时候随口说的，而后来他也力图改正，想把这话变得委婉一点儿。可我还是觉得这话说得有点儿不客气，后来也把这个想法告诉了杜尼娅。但杜尼娅却不愉快地对我说："说话并不代表行动。"这话肯定也有一定道理。杜涅奇卡在做出这个决定以前，一晚上没有合眼，她以为我已经睡了，就下了床，整整一夜在房间中走来走去。后来，她又跪到神像前，久久地充满热情地祈祷。第二天清晨她就对我说，她已经决定了。

我之前说过，现在彼得·彼得罗维奇·卢仁已经去了彼得堡。他在那里有很多重要的事情要做，他打算在彼得堡开办一个公共律师事务所。他早已经接受过种种诉讼案件，前一阵子他刚打赢了一场重要的官司。他一定要去彼得堡，因为他要为一件重要的案件出席参政院会议。所以，罗佳，就各方面而言，他都将对你大有益处，我跟杜尼娅都觉得，从现在开始，你就可以安排你将来的事业了，并且，你还可以把这当成是你命中注定的。呀，希望能一切顺利！这么好的事情，这是上帝直接赐予我们的恩惠。杜尼娅一直在想这件事。关于这一点，我们甚至大胆地向彼得·彼得罗维奇·卢仁透露过。但是他讲话非常严谨，他说既然他不能没有秘书，那与其把薪水发给别人，不如付给亲戚，但这位亲戚必须能恪尽职守（你会称职的）。不过他也有所顾虑，因为你还在大学读书，也许没有时间到他的事务所去办公。这一次，事情就谈到这儿为止，但是杜尼娅到现在还想着这事，其他的什么都不想。这几天，她几乎一直处在狂热的状态，还拟订了一个全面的计划，好让你日后可以当彼得·彼得罗维奇·卢仁诉讼事务方面的助手，或者是合伙人，这主要是因为你自己本来就是学法律的。亲爱的罗佳，我很支持她的想法，也赞成她的整个计划和一切愿望。我觉得，她是肯定能如愿的，虽然彼得·彼得罗维奇·卢仁仍然犹豫不决，但是他现在这种态度也完全可以理解。杜尼娅一直相信，只要她对她的未婚夫施加好的影响，任何事情都可以成真，她对这一点深信不疑。不过我们也必须注意，不要向彼得·彼得罗维奇·卢仁提起半点我们对将来的希望，特别是你要当他的合伙人这件事。他是一个正派的人，对此大概会非常冷淡，因为他认为，这些都只是空想。我跟杜尼娅一样，没把我们强烈的意愿向他透露过一个字，那就是在你大学毕业之前，请他出钱资助你。我们没有告诉他，第一，因为这事将来会顺理成章地成真，也许不用过多提出来，他也会自己提出帮你，而且你会在事务所里做他的得力助手，你得到这些帮助也不算是接受别人的恩惠，而是得到自己应得的薪水。杜涅奇卡是这么计划的，我很支持她的想法。第二，我们之所以没跟他提起这事，是因为我强烈地希望，在我们即将见面的时候，可以让你和他处于完全平等的地位。在杜尼娅兴致勃勃地跟他提起你的时候，他说过，判断任何一个人，都要自己事先观察，并且尽可能地接近，他想等跟你认识之后，再亲自对你提出他的意见。你知道吗，亲爱的罗佳宝贝？我觉得，从几个方面想，在他们结婚之后，我仍然可以像现在一样，一个人生活，最好不跟他们一起过。我相信胸怀宽广的他，一定会亲自来邀请我，不让我跟女儿分离，要是他到现在还未表达出这种意思，那也许是因为这是不用言明、理所当然的。不过，我是不会答应的。我这一生已经见过无数次了，女婿通常是不喜欢丈母娘的，我也不想做别人哪怕是小小的包袱，更想保持足够的自由，在我还有饭吃，还有你和杜涅奇卡这两个孩子的时候，要是有机会，我会住到离你们两个人都很近的某个地方。还有，我亲爱的罗佳，我把一个最令人振奋高兴的消息留到此信的结尾：可爱的孩子，你得知道，我们一家大概很快就能团聚了，经过了大约三年的分开和离别，我们三个人马上就可以相互拥抱在一起了！我与杜尼娅肯定是要去彼得堡的，具体是什么时候出发，还没有确定，但不管怎样，这时间不会很久了，也许就在一周后。所有的事情都得取决于彼得·彼得罗维奇·卢仁的安排，当他熟悉了彼得堡的环境后，就会立刻通知我们。从某方面考虑，他希望尽早举行婚礼，可能的话，就在这个开斋期[1]，但是如果因为时间太紧，来不及准备的话，就定在夏收季节马上完婚。啊，我要把你紧紧地抱在胸前，太幸福了！杜尼娅一想到马上就能见到你，心情不知道会多激动！有一天她还跟我开玩笑，说就为了这一点，她也愿意和彼得·彼得罗维奇·卢仁结婚。她真是天使！现在，她就不给你写信了，她让我在信上附带着写两句，她要对你说的话实在太多，一时也无从下笔，因为只言片语是无法讲明她要说的话，这些只会令她徒增烦恼。她让我紧紧地拥抱你并代她吻你一万次。虽然我们也许在不久以后就将相聚，然而在这期间我依然会给你寄点钱。如今人人都知道，杜涅奇卡将要和彼得·彼得罗维奇·卢仁结婚了，我的信誉也一下子上升了不少。我肯定，现在用扣退休金的办

[1] 东正教规定，斋期内不能举行婚礼，只能在开斋后。

法，阿凡纳西·伊万诺维奇一定会相信我，也许还会把借款涨到七十五卢布，所以大概我可以寄给你二十五到三十卢布。我很想多给你寄一点儿钱，但是我担心我们的路费不够。不过，彼得·彼得罗维奇·卢仁热情地要为我们分担一些赴京的费用，也就是说，他主动提出了由他来付钱，把我们的行李和大箱运去，但是，我们怎么也不能忽视到达彼得堡之后的开销。到了那里，起码在开始的几天，我们是不能身无分文的。我与杜涅奇卡已经都算好了，发现其实花不了什么路费。从我们这里到火车站一共才要九十俄里，我们已经和一个认识的赶车的庄稼汉讲好了，要是有必要，我们就乘坐他的车，然后我和杜涅奇卡就可以顺利地坐上三等车走了。所以，如果安排得当，我也许能设法给你寄三十卢布，而不是二十五卢布。好吧，我已经写了密密麻麻的两张信纸了，也无地方写了。我将整个事情详细地都对你讲了一遍。的确，这么多事都被我凑到了一起！

此刻，我的罗佳宝贝，我们很快就要团聚了，我会紧紧地抱住你，妈妈为你祈祷。可爱的罗佳，你得爱你的妹妹杜尼娅，就像她爱你那样爱她，记住了，她对你的爱是无限的，胜过了她对自己的爱。她是个天使，而你——罗佳，就是我们的全部——我们的希望和寄托。只有你幸福，我们才幸福。我的罗佳，你是否还跟过去一样向上帝祈祷？是否还依然相信我们的创世主与救世主的仁慈？我担心你也感染上最近流行的那种不信教的思想，要真是这样，我只能为你祈祷了。你必须思考一下，亲爱的宝贝，你小的时候，你父亲还在的时候，你是怎么在我腿上坐着，口里咿咿呀呀地念祷词的，那时候的我们是多么幸福的一家呀。别了，还是说再见的好！我紧紧地把你拥抱，无数次地亲吻你。

一直爱你的

普莉赫丽娅·拉斯柯尔尼科娃

从拉斯柯尔尼科夫一开始看信起，几乎在看信的所有过程里，他的脸上就一直挂满了泪珠。但是在他看完之后，他的脸色就变得惨白了。由于颤抖，整个脸都扭歪了，一丝悲痛、懊恼和凶狠的微笑掠过他的嘴唇。他把头栽进很薄的破枕头里，思考起来，思考了很久。他的心在狂烈地跳动，思想也如波涛一般汹涌地翻腾。最终，他感到在这个像大橱子或箱子、墙纸已经发黄破旧的小屋里又闷又热，憋得喘不过气来。无论是思想，还是视线都要求广阔的空间。他一把把帽子抓起，走了出来。这次，他已不担心会在楼梯上遇到人，也已不记得有这样的事了。他从B大街穿过，向着瓦西利耶夫岛的方向走去，好像着急去那里办什么事，不过走路的时候却习惯性地不看路，而是嘴里喃喃地自言自语，甚至发出声音来，这使过往的行人觉得奇怪，有不少人把他当成了醉汉。

第四节

母亲的来信让他痛苦到了极点。至于信中最关键、最基本的那点，他还在看信的时候，也一刻也没有怀疑过。他头脑里已经形成了最重要的实质性的意见，并且是完全决定了：“只要我还活着，就不会让这门亲事成功，让卢仁先生见鬼去吧！”

“这事情再明显不过，”他嘟囔着自言自语，还暗自得意地微笑着，满怀着愤恨预祝自己的决定一定成功。

“不行，妈妈，不行，杜尼娅，你们是骗不了我的……你们得为没征求我的意见，没得到我的同意就擅自决定而向我道歉！不是吗？你们以为，到这个时候我就不能破坏这门婚事了。咱们倒是来瞧瞧——是能，还是不能！多么冠冕堂皇的借口：‘彼得·彼得罗维奇·卢仁是这样一位大忙人，所以得尽快举行婚礼，而且越快越好。’不能，杜涅奇卡，我能看出来，也明白你打算跟我讲的那些许多话是什么，你整夜在屋里走来走去都想了些什么，我还明白你跪在妈妈卧室里那个喀山圣母像[1]前祈祷什么。去外地是痛苦的。哼……这么一来，就算最终决定了——阿芙朵佳·罗曼诺夫娜，你就嫁给一个精明能干、深明事理的人吧，他可是拥有一大笔资产（他已经有了自己的财产，这更可靠，更吸引人了），还同时在两处供职的人，而且他还赞同我们最新一代人的信念（妈妈在信上就是这么说的），‘好像心地善良’，那是杜涅奇卡的话，这一点是关键了！所以这位杜涅奇卡就要嫁给这个‘好像心地善良’的人了……真是妙极了！棒极了……我倒是不知道了，妈妈为什么在信上要跟我提起‘最新一代人’。是为了描述那人的个性，还是有更深层的含义呢，为了让我事先对卢仁先生产生兴趣？啊，真是复杂！我还想知道另一件事，在那天夜里和以后的每一天，她们之间到底熟悉到了什么地步？是将她们之间的一切话直言不讳都说出来呢，还是她们两

[1] 喀山圣母像在俄罗斯民间极受尊重，被视为孤儿和穷人的保护者。

个都深刻了解对方心中的感受，所以想的一样，也不用大声讲出来，所以就不说，或许在一定程度上是这样？从信里也看得出来，妈妈觉得他说话有些不中听，单纯的妈妈就把她的看法直接告诉了杜尼娅。杜尼娅听了以后自然很不高兴，她就不高兴地回答了她。肯定是这样的！事情已经很明显了，也没必要问那些可笑的问题，并且已经决定了，没什么谈的必要，这个时候谁听了都会生气。还有她在信里对我说：‘罗佳，你一定要爱杜尼娅，她爱你胜过爱她自己’，这又是为什么？她是在为自己同意为了儿子牺牲女儿，而感到良心不安吗？我们都指望你了，我们把一切希望都寄托在你身上’，啊，我的妈妈！”

他越想越恨，满肚子的怒火。要是他现在遇到卢仁先生，说不定会杀死他。

“啊，这也不错，”他脑海里快速刮过一阵旋风，随着思绪，他继续思忖，“这也不错，‘要想完全了解一个人，需要一步步地，认真观察他’，卢仁先生的为人已经很清楚了，重点是，他是个‘聪明能干并且好像十分善良的人’，他愿意为她们支付运走行李和一个大箱子的费用，这几乎是件天大的事！难道还能说他心地不善良吗？可是她们两个，一个是自己的未婚妻，一个是未婚妻的母亲，却要搭乘一辆农夫的带席篷的大车上路！这也没关系？不过九十俄里而已，‘而在那里，我们就能顺利地坐上三等车走了’，要走一千俄里啊。这也是有道理的？人应当量力而为？可是，卢仁先生，您在搞什么？她不是您的未婚妻吗？您不会不知道，她们的路费是她的母亲预支的自己的退休金？那当然，这可是笔生意，一笔对双方都有好处的生意，股份对半，开支均等，就像谚语里说的，一起吃面包和盐，一起抽烟叶。可是这个聪明能干的人似乎是欺骗了她们。其实，运行李的费用比她们的路费要少，而且说不定根本不用花钱。这一切她们两个人为何一点儿都看不出来呢，还是她们两个故意回避了呢？可是她们又那么满足！想一想，这还只是个开始，更厉害的还在后头！重点不是小气，也不是吝啬，而是他在这些事情上面的作风！因为这就隐射了他结婚之后的做事的风格，这是一个预兆……妈妈为什么高兴成那样？她能带多少钱去彼得堡呢？是三个卢布，或是两张‘钞票’，正如她……那老太婆说的……哈！日后她在彼得堡靠什么生活呢？她依据某些现象已经猜到了，他们结婚后不可能让她和杜尼娅住在一起，甚至连第一个月也不能。也许是那个善良的人说漏了嘴，显露出了他的真正性格，虽然妈妈坚定地否认了这一点，她说，她自己是不会接受的。那她又是把希望寄托在谁身上的呢，那一百二十卢布的退休金吗？还要扣掉还给阿凡纳西·伊万诺维奇的钱！

她编织着那些冬季用的头巾与绣套袖，把老花眼都弄坏了。可织头巾的所有收入，一年也只有一百二十卢布加二十个卢布！这一点我很清楚。这么说，还是得指望大度的卢仁先生了——‘我相信胸怀宽广的他，一定会亲自来邀请我，不让我跟女儿分离’。做梦！席勒[1]笔下的那些好人通常都是这样的，到了最后一刻，也不忘给别人插上根孔雀羽毛，把别人打扮得漂漂亮亮的，甚至到最后一刻，还在往最好的一面想，而不去想坏的一面。尽管他们已经预感到了勋章的反面，但他们事前无论如何都不会对自己讲真话，甚至就连这样一想，他们也会感到憎恶。他们回避真理，直到被他们所打扮的那个人亲自欺骗为止。我很想知道卢仁先生到底有没有勋章，我敢打赌，他的扣眼里一定挂着一枚安娜勋章[2]，在和包工以及商人们吃饭的时候，他一定会戴着它。也许他在结婚的时候，也会戴上！可是，让他去见鬼吧……”

“……我不怪妈妈，她本来就是这样的人，上帝保佑。可杜尼娅是怎么了？亲爱的杜涅奇卡，我知道你的性格！我们最后一次见面的时候，你快二十了。那个时候，我就很了解你。妈妈在信里说，杜涅奇卡能忍受许多痛苦。这点我也了解。两年半以前我就知道了，在这两年半里，我常常想起这一点，也常常思考这一点——杜涅奇卡能承受很多痛苦？既然她能承受斯维里加洛夫先生以及由他带来的所有后果，那么，她确实能承受很多痛苦。可是如今在妈妈与她看来，她也能够容忍自己未来的先生，这个人宣称，说从穷人家娶来的妻子，是受到了丈夫的恩惠，那才是最好的妻子，而就在差不多是初次会面的时候，他就这么说了。暂时想象成是他‘说漏了嘴’吧。他确实是一个深明事理的人（也就是说，压根儿不是说漏嘴，而是故意要讲清楚），可杜尼娅，杜尼娅呢？她把这样的人看得很清楚，可还要和他一起过日子。她是宁愿吃黑面包，喝自来水，也绝不会牺牲自己的，她不会为了贪图安稳的生活而糟蹋自己，更不可能出卖自己去换取整个什列苏益格与荷尔斯泰因[3]，就更别提卢仁先生的钱了。不是的，杜尼娅不会是这样的人，我知道的……然而，她到现在也没变！这是自然的！斯维里加洛夫夫妇是很难让人忍受的！为了一年两百卢布就漂泊在外地，做一辈子家庭教师

---

[1] 德国诗人、戏剧家、美学家，其创作对陀思妥耶夫斯基影响颇大。

[2] 帝俄时期授予文官的勋章，共四级，最高奖励为一级圣安娜勋章，此处指四级安娜勋章，无足轻重。

[3] 日德兰南部的一块土地，普鲁士、丹麦、奥地利为争夺它先后进行两次战争。

东奔西走，多痛苦呀！我还知道她宁可去给美国的农场主当黑奴，或是到波罗的海东岸的日耳曼人那里做一个拉脱维亚的苦工，也不想自己的尊严与道德遭到践踏，更不会为了个人的利益而和一个她既不尊重，又跟他没有共同语言的人一起生活！即便卢仁先生是用纯金做的，或是用一块整的金刚钻雕的，她也一定不会答应去做卢仁先生公开的情妇！可是现在她为什么又答应了呢？这是怎么了？这要怎么解释？事情摆在眼前，她若是为了自己，为了自己的幸福安稳，甚至是自己的生命，也绝不会牺牲自己，可眼下，她为了拯救别人糟蹋了自己！为了心爱的人，为了自己爱的人，她竟然愿意出卖自己，就是这样——为了哥哥，为了母亲，她要出卖自己！出卖自己的所有！啊，一旦有必要，我们会克制我们的良心和道德。自由、安宁，就连良心，这一切都可以拿到旧货市场上卖掉。就让我把自己的生命献出来吧！为了让心爱的人得到幸福。不仅如此，我们还会编出一套荒谬毫无道理的借口，效仿耶稣会会员[1]的做法，或许可以暂且安慰自己，让我们自己相信理应如此，为了好的目的真的可以这样。我们就是这样一类人，一切都像白昼一样显而易见。”

“明显，罗吉昂·罗曼诺维奇·拉斯柯尔尼科夫是这儿最重要的人物，除了他就没有别人了。可那又怎样，这会给他带来幸福，可以让他大学毕业，可以让他成为事务所的合伙人，让他的一生都得到保障；或许他以后还会成为一个富翁，享有荣誉和世人的尊重，甚至还会成一个体面的人物！但是母亲呢？要知道，现在说的是罗佳，她亲爱的大儿子罗佳就是所有！为了这么一个儿子，就算牺牲女儿也没什么！呀，不公平啊！可那又怎样，我们甚至还可以接受索涅奇卡那样的命运。索涅奇卡，索涅奇卡·马尔美拉多娃呀！只要世界还在，索涅奇卡就是一直存在。你们都把这样的牺牲详细地评估过了，你们的牺牲值吗？仔细估计了吗？能实现吗？有什么利益？合不合理？您知道不知道，杜涅奇卡、索涅奇卡的命运一点儿都不比您和卢仁先生生活在一起的命运更可恶？妈妈在信里说，谈不上什么特殊爱情。假如真的没有爱情，也没有尊重，那会怎样，相反的，要是已经产生了厌恶、轻视和极端的反感，又会怎样？要是那样大概你也将不得不‘保持整洁的外表’了，对吗？你懂不懂那种整洁意味着什么？你明不明白？明白吗？你明白吗，卢仁太太的整洁和索涅奇卡的整洁是完全一样的，或许还更糟一些，更丑陋，更无耻一些？就是您的原因，杜涅奇卡，究竟是为了获得没有意义的安

[1] 耶稣会是1534年根据罗马天主教教义创办的一个教会。

逸，可是对索涅奇卡来说，那真的是饿死的问题了。‘杜涅奇卡，这种整洁的代价太大，太大！’哎，要是您将感到力不能及，您会不会懊悔？会生出多少烦恼、忧虑、诅咒和在人们面前掩饰起来的泪水呀。您毕竟不是玛尔法·彼得罗夫娜。到那时，母亲会又怎么样呢？现在她已经感到不安和苦恼了，到了那时，当她看明白一切真相以后，她会怎样呢？还有，我又会怎样呢……事实上，在您眼里，我是怎样的呢？我不需要您为我牺牲，杜涅奇卡，我不需要，亲爱的妈妈！只要我还活着，就一定不能这样做，绝不能，绝不能！我不答应！”

他忽然由沉思中回过神来，停住脚步。

“不能这么干？可是你有什么办法来取消这门婚事？阻止吗？但是你凭什么？对你而言，你要对她们做出什么承诺才能让她们给你这种权利？在你大学毕业，找到工作以后，你会把你的命运和整个前途都献给她们吗？类似这样的话我们以前都已经听说过，这都是纸上谈兵罢了，可是现在要怎么办？现在就应该马上做点儿什么事，你知不知道？你现在是在做什么？你把她们的最后一点儿钱都掠走了。她们的钱就是一百卢布的退休金和从斯维里加洛夫一家预支的薪水！你这个未来的富翁，你这个决定她们命运的宙斯，你将用什么办法来让她们摆脱斯维里加洛夫们的剥削，摆脱阿凡纳西·伊万诺维奇·瓦赫鲁申的剥削？十年够不够？可是在这十年里，妈妈就会为编织头巾而熬瞎那双老眼，也可能哭坏眼睛。她会因省吃俭用而变得枯瘦如柴。而妹妹，想一想，十年以后，或者就在这十年里，你妹妹会变成什么样？你能想象吗？”

他就这样用这些问题来折磨自己，挖苦自己，甚至感到这让他很快乐。实际上这些问题都不是他突然想起的新问题，而是很久以前就出现的，急需解决的老问题。以前，这些问题就已经折磨着他的心灵，让他痛苦到了极点。以前，这些烦恼就已经在他心里产生了，并且一天天地增强，在日积月累之下日渐成熟，最终集中在一起，就成了这个荒谬且无法解决的问题。这问题把他搞得心烦意乱，头昏脑胀，极力要求解决。现在，他母亲寄来的信正好是当头一棒。显然，现在不是犯愁和消极难过的时候，也不能只谈论问题而不去解决它，应当采取行动，而且越早越好。不管怎样，一定得做出决定，不管是什么决定，或者是……

“或者是放弃生活！”他突然像发疯地叫道，“顺应天命，一劳永逸，把心里的一切永远扼杀，放弃一切行动、生活与爱的权利！”

“您明白吗，这位先生，当您迷茫不知所去是什么滋味吗？”他忽然想起了昨天马尔美拉多夫提出的一个问题，

“因为每个人都至少得有一个地方是可以去的呀……”

突然，他大吃一惊：就在前一天产生过的一个念头，又在他的头脑中重新浮现。而他之所以大吃一惊，并不是因为脑海中掠过的念头，而是因为他知道，他能预感到这种念头一定会“浮现出来”，他已经等了它很久；而且，这也不是昨天才产生的念头。唯一的不同是，就在一个月前，甚至是前一天，这个念头还只是一个幻想，可现在……现在这突然不再是幻想了，而是以一种崭新的、使人战栗的、十分陌生的形式浮现出来。他突然想通了这一点，顿时感到头晕，眼前一片黑暗。

他急急忙忙地向周围看了看，似乎在寻找某个东西。他是在找长椅，想在长椅上坐下。那时，他正在林荫道上行走。前边一百步左右处，有一张长椅。于是，他飞快地走过去，不过，途中发生了一件突发的小事儿，在几分钟之内引起了他的注意。

他找到长椅的时候，看到一个女人在他前边大约二十步的地方走着，一开始他一点都没有注意到她，就像他根本没注意这之前从他眼前一闪而过的所有东西一样。比如，他已经有过许多次，回家时完全不记得他曾经走过的路，他已经习惯了这样的走路方式。走在他前边的那个女人很奇怪，一下子就引起了他的注意，他的全部注意力一点一点被吸引到她身上去了——一开始是毫无意识的，好像有点儿懊恼，到后来就越来越入神了。他忽然想知道，这女人究竟有什么让人觉得怪异的地方？首先，她也许是一位非常年轻的姑娘，但在这么炎热的天气里，她竟然没有戴帽子和手套，也没打阳伞[1]。她一边走着，一边可笑地挥动双臂，穿着一件用轻柔的丝织料子做的连衫裙，扣子也没扣上，而裙子上面接近腰部后面的地方撕开了一个裂口，一大块布料耷拉下来，垂在那边。裸露的脖子上围了一块小三角头巾，歪在一边。那姑娘走路的脚步不稳，甚至是摇摇晃晃、踉踉跄跄的样子。这引起了拉斯柯尔尼科夫的注意。在他走到长椅前的时候，他跟姑娘相遇了。她一走到那里就在长椅的一头躺下了，把头直接靠在椅背上，闭着双眼，看得出，她已经十分疲惫。拉斯柯尔尼科夫把她仔细观察了一阵，立刻明白她已经完全喝醉了。这种景象让人觉得非常不合情理，他甚至觉得是自己弄错了。他看见了一张很年轻的小脸儿，大概十六岁，也或许只有十五岁。一头金发下面，是美丽的容貌，但是满脸通红，似乎还有点儿肿。这姑娘好像不知道自己在做什么，把一条腿搭到另一条腿上，把不该露出的部分袒露在外边，一切迹象表现出她似乎不知道自己是在大街上。

---

[1] 当时阳伞和手套是上流社会妇女必备的两样东西，无此标志，说明此女出身卑微。

拉斯柯尔尼科夫并没有坐到椅子上，但他也不想走开，只是踌躇不决地站在她跟前。这条林荫路上向来没有人经过，这时候大概是下午一点，天气又热，几乎是一个人也没有。可是，就在林荫路的旁边，大约十五步远的地方，站着一位先生。显然，他带着目的很想到这个姑娘面前来。他大概也是从远处看到了她，所以就跟了过来，可是拉斯柯尔尼科夫在那儿，让他不能走近。他凶恶地看着拉斯柯尔尼科夫，但是他又极力不想让拉斯柯尔尼科夫看到他，他着急地等着这个使他厌恶的衣衫褴褛的穷人离开，以便自己走过来。事情很明显。这位先生三十岁左右，身材健壮且很胖，衣着考究，面色红润，嘴唇是粉红色，上面有一撇小胡子。拉斯柯尔尼科夫非常恼怒，他突然想揍这个油头粉面的花花公子一顿。于是，他暂且丢下那位姑娘，走到那位先生面前。

“嘿！是您啊，斯维里加洛夫！您在这里打算做什么？”他攥起拳头，狞笑着高声吼道，连嘴里的唾沫都溅出了愤怒。

“这是怎么一回事？”这位先生紧皱眉头，露出孤傲而讶异的神情，面色阴沉。

“给我滚开，就这样。”

“你居然敢，你这个流氓！……”

他把手杖挥了挥。拉斯柯尔尼科夫也攥起拳头朝他扑过去，他显然没有考虑到，那位身体健壮的先生能应付两个像他这样的人。但是，就在此时，有人从后面使劲抓住了他，一个警察站在了他们中间。

“好了，二位先生，不允许在公共场合打架。您想做什么？您叫什么名字？”他严厉地问拉斯柯尔尼科夫，用眼睛看着他身上那破烂的衣服。

拉斯柯尔尼科夫认真地打量着他。那是一张雄壮威武的士兵的脸，长着灰白的络腮胡和锐利的眼睛。

“我正想去找您呢，”拉斯柯尔尼科夫一把抓住他的胳膊叫道，“我以前是一个大学生，叫拉斯柯尔尼科夫……这个您可以去查，”他对那位警察说，“请您过来一下，我想让您瞧一瞧。”

他一边说着，一边抓着警察的胳膊，把他拉到长椅前。

“请瞧一瞧她，完全喝醉了，刚才从林荫道上走到这里来的。没人知道她是什么人，反正不像是干那一行的。很可能是在什么地方被灌醉了的，然后骗了她的……第一次……您明白吗？然后，就这样把她撵出了大街。您看她的衣服，被人撕成什么样子，再瞧瞧她的衣服又是怎样穿的：很明显，是别人给她穿上的，而不是她自己穿的，还是一个粗笨的男人的手给穿上的。这很明显。再看看这里，我想和他打架的这个表面衣着光鲜的家伙，我和他完全不认识，第一次见面，他也是刚才在路上看到她的，看到她醉了，无法控制自己，所以他就很想走过来，占有她，趁她正处于现在这种状态的时候把她带到某个地方去……肯定是这样的，我的判断不会错。我亲眼看到他在四处张望，还跟踪她，却被我破坏了好事儿，所以无法动手。现在，他就是在等着我离开。您看，他已经稍稍走开了一点，就在那里站着，装着在卷烟卷儿……我们要怎样才能制止他呢？如何才能把她送回家呢？您想想办法吧！”

警察马上明白了一切，并且思考起来。那位胖先生的意图自然是不难看出，主要是这个小姑娘的问题。这位警察俯下身，凑近姑娘仔细看了看，脸上露出真挚的怜悯之情。

“啊，多可怜呀！”他摇摇头，“她还是个孩子！她肯定是被人骗了，就是这么回事。嘿，这位姑娘，”他试图叫醒她，“您的家在哪里？”姑娘睁开疲倦空洞的双眼，面无表情地看了一眼询问她的人，又挥挥手让他走开。

“喂，”拉斯柯尔尼科夫说，“给，”他伸手从衣兜里掏出二十戈比，“拿去，去叫一辆马车来，让车夫把她送回去。可是，我们得先问清楚她的地址！”

“姑娘，姑娘！”警察把钱收下，又喊了几声，“我这就去叫一辆马车来，亲自把送您回家。告诉我，我该把您送到哪儿去？您住在什么地方？”

“走开……别老是对我纠缠不休！”那姑娘又嘟囔着挥了挥手。

“啊，啊，多丢人！啊，真不好，姑娘，太不像话了！”他又摇摇头，露出惋惜而愤怒的神情奚落她。“真头疼，”警察一边对拉斯柯尔尼科夫说，一边匆匆地把拉斯柯尔尼科夫从上到下端详了一番。他也觉得拉斯柯尔尼科夫这人非常奇怪，穿着那么破旧，还要给人家钱！

“您是在离这里很远的地方发现她的吗？”警察又问。

“我跟您说了，她就在我前边走着，摇摇晃晃的，就在那里，那林荫路上。她一走到椅子前，就躺下了。”

“啊，上帝啊！现在世上有多么可耻的事呀！这么年轻的一个姑娘，就这么喝得醉醺醺的！她肯定是被什么人给糟蹋了。你看，她那衣服都被撕破了……哎，现在居然有这么道德败坏的事……她可能出身名门，也可能家里很穷……近来这种事多着呢。像个娇滴滴的小姐。”他又俯下身去观察她，他可能也有几个这样的女儿，像个娇滴滴的小姐，举止优雅，追求时髦，穿着入时……

“更重要的是，”拉斯柯尔尼科夫焦急地说，“别让她落到那个坏蛋的手里！他为什么还想糟蹋她！他的企图只一眼就能看出，那个败类，看那样子还不肯罢休！”

拉斯柯尔尼科夫用手指了指他高声说。那个人一听，好像又要发怒一样，可是接下来马上又变了主意，只是用鄙夷的目光看了看他，随后慢慢地走开十几步，然后又停下。

“不让她落到他手里是可以的，”警察若有所思，“要是她能告诉我们她的住址，要不然……姑娘，嘿，姑娘！”他又俯下身去唤她。

忽然，姑娘睁开了眼睛，认真看了他一眼，仿佛知道是怎么回事了，立刻站起身来，又向着她来的那个方向走去。

“呸！无耻的家伙，老是对我纠缠不休！”她又挥了挥手。

她走得很快，和原先一样摇晃得十分厉害。那个油头粉面的花花公子也在另一条林荫路上紧跟着她走了，死死盯着她不放。

“不用担心，我不会让他得逞的。”胡子警察坚定地说，然后跟在他们后边走去。“哎，近来居然有这么多伤风败俗的事！”他叹息着高声说了一遍。

这时，好像有什么东西扎了拉斯柯尔尼科夫一下，突然，他似乎感到十分悲伤。

“嘿，听我说！”他在胡子警察后边大声喊叫道。

警察回过头。

“别管了！您管这个没用，别管了！让他（他指那个花花公子）去关心她吧。这和您无关！”

警察被弄得一头雾水，睁大了双眼看着他。拉斯柯尔尼科夫大笑起来。

“哎呀！”那位警察挥挥手，跟着花花公子和小姑娘一起走了，可能他把拉斯柯尔尼科夫看成疯子或者比疯子还要可恶的人了。

“把我的二十戈比也带走了，”只剩下他一人的时候，拉斯柯尔尼科夫气愤地说。“那好呀，叫他从那个家伙手里也要点钱，然后答应那家伙把姑娘带走，就这么了结这事吧。我为什么一定要卷进去？我没权力帮她，也用不着帮她，让他们把彼此都活活吞掉吧，这跟我有什么关系？我怎么会想到把这二十戈比给别人？难道那钱不是我的？”

虽然他讲出这些怪异的话，心情却很沉重。他在空椅子上坐下，思绪万千……他感觉这时不管思索什么都非常痛苦。他希望自己马上失去知觉，把这一切都忘记，一觉醒来，一切又从零开始……

“可怜的姑娘！”他向椅子上空着的一端看了看，“她醒来以后，一定会大哭一场，然后她母亲就知道了……接着就把她痛打一顿，用鞭子狠狠地抽她，羞辱她一顿，或许还会把她撵出家门……就算不撵出去，也会被达丽娅·弗兰佐夫娜之类的人知道，这样一来，那位姑娘就得东奔西走……随后马上到医院去（那些和正派母亲住在一起，暗地里做不正当事的姑娘都是这样的）。接着……再到医院去……然后是酒……到酒馆去……再进医院……两三年后就结束了，那时候她也不过十八九岁……难道我没有见过这种姑娘吗？她们是怎样沦落到这种地步的？就是这样堕落到这种地步的……我呸！我才不管它呢！据说那也是应该的。听说，每年都有百分之几的人要走上……走上那条路……见鬼去吧，想必是为了保住别人的纯洁，且不遭到伤害。百分之几的人！用词多好听呀！那么科学，那么让人欣慰……只要一句‘百分之几的人’，就没什么值得担忧的了。要是换成另一个词……也许就会引发恐慌了……可是，要是杜涅奇卡也沦为这百分之几当中，那又该怎么办呢……不落到这个百分之几中，又要落到哪个百分之几中去呢[1]？”

“我究竟要到哪里去？”他忽然想道，“奇怪。我是为了什么出来的？看了那封信，我就出来了……我是要到瓦西利耶夫岛找拉祖米欣去的，此刻……就是到那里去，我想起来了。可是，去干什么呢？为什么我偏偏要在现在想起要去拉祖米欣那里呢？奇怪。”

他对自己的行为感到诧异。拉祖米欣是他从前的大学同学。更奇怪的是，拉斯柯尔尼科夫在大学中几乎没有朋友，他跟任何人都不来往，从不去找别人，也不喜欢让别人来找他。于是没过多久，就没有人再理他了。同学们聚会、讨论或者娱乐，他一概不参加。他废寝忘食地学习，也因此得到了人们的尊重，可大家都对他敬而远之。他很穷，又有点儿孤傲，不喜欢社交；他好像有什么秘密。有些同学甚至觉得，他似乎把他们都看作小孩儿，瞧不起他们，似乎在文化程度、知识和信念方面，他都超过大家，他把大家的信念与兴趣好像都看成没有意义的东西。

不知为什么，他和拉祖米欣情投意合，其实倒也谈不上情投意合，只是和拉祖米欣比较接近，也较为坦诚。但是，他和拉祖米欣的关系也不可能不是这样。这是一个十分活泼和善于交际的小伙子，善良到了老实的程度。不过在这老实的外表下却暗藏着深刻的思想和自尊。他最要好的同学都知道这些，大家都非常喜欢他。他十分聪明，虽说有时确实有点儿单纯而轻信。他外表很富有表情——身材高高瘦瘦的，脸总是刮得不太干净，还有一头黑发。他有时也胡闹，是个有名的大力士。

---

[1] 此处暗指比利时统计学家、数学家、经济学家凯特勒的理论。

有一次，他和朋友们在一起，一拳头打倒了一个两俄尺十二俄寸[1]高的警察。他的酒量也很大，可以一直不停地喝，也可以滴酒不沾。他有时调皮起来会达到让人忍无可忍的地步，但也有一本正经、严谨认真的时候。拉祖米欣还有一个惹人注目的特点，任何失败也永远不可能使他感到不安，任何恶劣的处境也似乎不能让他感到气馁。他可以住在房顶上，能忍受别人无法忍受的饥饿和寒冷。他非常穷，并且完全依靠自己来维持生活，有工作就做，自己挣点儿钱。他的财源很多，当然是用自己的劳动来换取报酬的。有一年冬天，他的屋子根本没生炉子，并且宣称这样显得更为舒适，因为屋子越冷，就越是睡得香甜。目前，他也不得不暂时辍学，但不会很久，他正努力设法改善经济状况，好完成学业。拉斯柯尔尼科夫已经有将近四个月没去他那儿了，拉祖米欣也不知道他搬到了哪里。一次，大概两个月以前，他们在街上不期而遇，可是拉斯柯尔尼科夫不理睬他，甚至躲到马路对面去了，为的就是不让他看见。拉祖米欣即使看见了他，也只是从一旁走了过去，不愿意打扰朋友。

第五节

“确实，前不久我还想到拉祖米欣那儿去，请他给我找点儿活干或者让我去教书，或者随便给我介绍个其他的工作……”拉斯柯尔尼科夫想起来了，“不过现在他有什么可以帮我的呢？假定他给我找到教书的工作，甚至把自己最后的几个戈比也分给我一些，要是他手头有钱的话，可以让我买双靴子，把衣服弄得像样一些去给孩子教课……啊……嗯，那么以后呢？只有几个戈比，我能干什么？难道我现在只需要弄几个钱来用吗？是呀，我去投靠拉祖米欣，这真太可笑了……”

他为什么想去找拉祖米欣，这个问题弄得他十分不安，甚至比他原来想象的还要令他烦躁不安。他焦急地在这个很平常的举动中寻找某种预兆不祥的寓意。

“怎么了，难道我真想只靠拉祖米欣一个人来解决所有问题，在拉祖米欣那儿为解决一切困难找办法吗？”他讶异地问自己。

[1] 将近两米。

他苦苦思索，揉揉自己的脑门。说也奇怪，深思熟虑很长时间以后，像是自发地，又像是无意地，他的脑子里蓦然浮现出一个十分怪异的想法。

“啊……找拉祖米欣，”他忽然十分平静地说，好像做出了最后的决定，“我当然要去拉祖米欣那儿，这是肯定的……但是——不是现在……我要完成那件事情以后第二天去他那儿……那时候，那件事已经结束，一切又重新开始的时候再过去……”

他忽然清醒过来。

“结束了那件事之后，”他从长椅上跳起身来大声喊道，“可是那件事真的会发生吗？难道真的可能发生吗？”

他从长椅上站起来，差不多像奔跑一样走了。他原打算转身回家，但又不想回去了，他心中忽然感到十分厌恶。一切都在那里，在那小小的衣柜中成熟起来的，而且已经有一个月多了。然后他又漫无目的地往前走去。

他那神经质的战栗变得像感冒发作一样。这么热的天，他竟然感到浑身发冷。他似乎毫无意识地，在他内心某种需要的驱使下，开始努力注视面前遇到的一切，似乎在尽全力寻找能够分散注意力的东西一样，可是没有成功，却不断地思索着什么。当他第二次战栗着抬起头来环顾四周的时候，他又马上忘了他刚才在想些什么，甚至忘了他刚才从哪里来。就在这种情况下，他把瓦西利耶夫岛走了个遍，一直走到小涅瓦河边，过了桥，又转弯走到其他的岛屿去。

一开始的时候，一片生机勃勃的绿荫让他疲倦的双眼感到惬意。他每天在城里看到的不是灰尘、石灰，就是相互挤压、令人窒息的高楼大厦。而这里根本没有闷热的感觉，也没有恶臭，更没有小酒馆。可是，不一会儿，那种令人耳目一新和快乐的感受也转变成了痛苦与愤怒。他时不时地停在绿树成荫、装扮一新的别墅前，向围墙里探望，远远看着阳台上与露台上盛装的女人和在花园中奔跑的小孩儿。最吸引他的是鲜花，他花了很长时间来欣赏鲜花。他还碰到了一些豪华的马车与男女骑手。他用好奇的目光打量他们，不过在他们尚未从他的视野消失的时候，他就把他们彻底忘记了。他还停下脚步数了数自己的钱，发现自己还有大约三十戈比。“给了警察二十戈比，给了娜斯塔霞三个戈比的送信钱，这样一来，昨天我就给了马尔美拉多夫家四十七或五十个戈比，”他心里想着，不知为何突然数起钱来，但是他随即又忘了自己为何要把钱从衣兜里拿出来。路过一家貌似小饭馆的饮食店门口时，他才记了起来，那时他感觉饿了。他走进小饭馆，点了一杯伏特加酒，和一个不知是什么馅的馅饼。走在路上，他才把它吃完。他很久没喝伏特加了，虽然只喝了一杯，酒劲儿就立刻冲了上来。他的双腿浑然感觉像灌了铅，开始觉得很想睡觉。他动身往回家的方向走去，但是走到彼得罗夫岛，他又停了下来，觉得疲惫不堪，然后他就离开了大路，走进了灌木丛，在草地上躺下，不久就进入了梦乡。

人们在病态中做的梦，总是十分清楚、逼真的，和现实极其符合。有时候甚至会出现一些可怕的梦境，但是四周的环境和梦的整个过程却又是十分真实的，梦里的情节是那么详细，那么逼真，在艺术上和整个梦境和谐地融合在一起，即便是像普希金或屠格涅夫一样的艺术家，醒着的时候也不见得可以想象出来。这种梦，这种在病态中做的梦，常常会使人久久都不能忘记，并对病态的而兴奋的机体产生很深的印象。

拉斯柯尔尼科夫做了个噩梦。他梦到了自己的童年，在他们从前生活过的那个小城里，他七岁那年，在一个节日的黄昏，他和父亲一起在城外散步。那是阴沉而闷热的一天。地点跟他记忆里的一模一样，甚至比记忆中的印象更加清晰。这个巴掌大的小城，从远处望去，一切都尽收眼底，四周连一棵柳树都没有，只可以看到遥远的地方，有一片黑糊糊的小林子。在城边最后一块菜园几步之外的地方，是一个酒馆，一个很大的酒馆，当他和父亲路过那里的时候，这个酒馆时常会让他产生反感，甚至恐惧。那儿经常挤着一大群人，大声喧哗，调笑，谩骂，哑着嗓子唱着不成调子的歌。还经常斗殴，醉鬼与面貌狰狞的人们在酒馆四周晃悠……一遇到这些人，他就紧紧地依靠着父亲，怕得全身哆嗦。酒馆旁是一条路，一条乡间小路，路上始终有一层尘土罩着，尘土始终是那么黑。这条蜿蜒曲折的路，在前面三百步之外，绕过一片小城的墓地向右延伸。墓地中央，是一个绿色圆房顶的石头教堂。他和父母每年都到那去做一两次礼拜，去追悼他从未见过面的去世已久的祖母。他们去做礼拜的时候，总会带一种蜜粥，把它盛在白色的盘子里，再用餐巾包上。蜜粥很甜，是用大米和糖做成的，还有葡萄干拼成的十字架。他很喜欢那个教堂和教堂里大多数没有金属衣饰的古老的神像和那个颤巍巍的老神父。在他祖母的用一块石板盖着的坟边，是他弟弟的墓地。那个弟弟刚刚出生六个月就死了，他并不认识这个弟弟，所以也忘记了，但他也听大家提过，他以前有个小弟弟，所以他有机会去上坟的时候，总会恭敬庄严地在胸前画一个十字，并向坟墓鞠躬行礼，并亲吻一下它。现在他梦到的他和他父亲在通往墓地的路上走着，路过那家酒馆；他把父亲的手抓住，担心地转头望望那个酒馆。一个特殊的情景引起了他的注意：这一次，这儿似乎在搞什么游园会，一群装扮得很时髦漂亮的小市民、乡下女人和她们的丈夫，还有一些地痞流氓全都聚集在这儿，喝得大醉，大声地唱着歌。一辆大车停在酒馆门前的台阶旁边，那是一辆很奇特的大车。这是一种四轮的、套着大马的运载货物或者酒桶的大车。他很喜欢看这些拉车的高大的骏马，有长长的鬃毛和粗壮的腿，静静地迈着匀称的脚步，它们不紧不慢地拉着堆积如山的货物，好像拉车比不拉车更轻松。可是这个时候，真的很让人纳闷，这么大的一辆车上套着的却是一匹农人养的精瘦的黄褐色驽马。他经常看到这种马，拉着一大车柴火或干草，累得筋疲力尽，特别是当车轮进入泥泞或车辙中的时候。在这种情况下，农民们时常会没命地鞭打它们，甚至朝着它们的脸和眼睛上劈头盖脸地抽。他看见这种情景总是感到很伤心，差点要哭了，却又总是被妈妈拉着从窗前走开。此刻，忽然传来一阵嘈杂声，一群身材高大、酩酊大醉的庄稼汉吵嚷着，唱着歌，还弹起了三弦琴，从酒馆中走了出来。他们穿着红色或者蓝色的衬衫，有的还披着厚呢子外衣。“上车吧，请到车上来！”其中一个年轻人叫道，那人的脖子很粗，脸又胖又红，像根胡萝卜似的。“我将把大家都送回去，快点上车吧！”可是马上爆发出一阵哄笑与惊叫声。

“这么小的一匹马，还能把我们送回去！”

“米柯尔卡，你疯了吗？把这样一匹小母马套在这么大的车上！”

“朋友们，这匹黄毛黑鬃马一定可以再活二十年！”

“上车，我来送大家！”米柯尔卡又喊了起来，他第一个跳上车，一把抓住缰绳，挺直了身子站在前面。“枣红马刚被马特维牵走了，”他叫道，“伙计们呀，就这匹小母马太让我难过了，我真想把它剁了，基本上是白吃食！嘿，上车呀！我要让它飞奔起来！它会飞奔起来的！”他双手把鞭子举起，高兴地想要准备鞭打那匹黄毛黑鬃马。

“上车呀！为什么不上来！”大家哈哈笑了起来，“听到没有？它会飞奔起来！”

“它大概十年没有飞奔了吧。”

“它会跳起来的！”

“不要同情它，伙计，每人拿一根鞭子，准备好了！”

“对的！抽它一鞭！”

他们大笑着，一边说着俏皮话一边爬到米柯尔卡的大车里。最后总共上去了六个人，还可以再坐下几个，于是他们又把一个面色红润的胖女人拉了上去。她穿了一身红布衣裳，头上戴着一顶镶了小玻璃珠的帽子，脚上是厚厚的靴子。她一边嗑着榛子，一边笑嘻嘻的。车前围着的一帮人也在嬉笑，说实话，怎么能不笑呢：用那么瘦小的马拉这么大的车，还要飞奔的！车上两个小伙子立马把一条鞭子抓在手里，准备帮着米柯尔卡赶车。随着一声“驾”，可怜无辜的小马就拼命向前拉，可是它非但不能飞奔，甚至连步子都迈不开，它竭力向前挪动，喘着气，一阵雨点般的鞭子落到它身上，把它抽得腿直打弯。大车上和人群里的笑声变得更大了，但米柯尔卡却发怒了，他不断地凶恶地鞭打那匹瘦弱的母马，好像真的认为它可以飞奔起来一样。

“伙计，把我也拉上去！”人群中有个想找乐子的小伙子叫道。

“上来呀，大家都坐上来，”米柯尔卡说。“它会把大家统统送回去的。看我不打死它！”然后，他又一鞭鞭地打向小马，气得似乎不知拿什么打它才解气。

“父亲，父亲，”拉斯柯尔尼科夫对父亲说，“父亲，你看他们在做什么！父亲，他们在打那匹可怜的小母马！”

“走吧，走！”父亲说，“他们都是醉鬼，瞎折腾，太傻了。走吧，我们别看他们了！”父亲想要领走他，可他却挣脱了父亲的手，按捺不住地朝着马奔去。但是可怜的小马已经快支撑不住了，它喘息着，时不时地停下来，又拼命地向前拉一下，差点摔倒在地。

“把它打死！”米柯尔卡又叫道。“它就是欠打。我要把它打死！”

“难道你没有良知了，你这恶魔！”人群中有个老头儿吼道。

“哪里有让这样小的一匹马拉这么大的车？”另一个人说道。

“你想把它累死吗！”第三个人也开口了。

“别多管闲事！这马是我的！我爱怎样就怎样。再来几个！全都上来！我就是要让它飞奔！”

突然间，很多人一起大笑起来，把所有的声音都压倒了。小母马承受不住愈来愈快的抽打，开始无力地尥起了蹶子。就连那老头儿都止不住地笑了：说实话，就这么一匹瘦弱的小母马，怎么还想踢人呢！

人群里有两个年轻人，也各自拿起一条鞭子，快速走到小马的前面，从两边开始抽打。

“照着它的脸打，抽它的眼睛，对准眼睛。”米柯尔卡吼道。

“唱歌吧，伙计，”有人在大车上叫道，然后车上的人都随声附和起来，唱起了欢快的歌。把小手鼓上的铃铛摇得叮当作响，还掺杂着口哨的声音。胖女人依旧在嗑榛子，不住嘿嘿地笑着。……拉斯柯尔尼科夫奔到小马旁边，然后又绕到小马前面。他看见了人们如何鞭打小马的眼睛，端端地打在它的眼睛上！他流下泪来，气得泣不成声。一个打马的人把鞭梢儿抽在了他的脸上，可是他一点都不觉得疼。他非常难过地叫喊着，跑到白胡子老头儿面前，那个老头儿正摇着头对这一切表示谴责。一个乡下女人打算拉起他的手，把他领走，可是他逃脱出来，又跑到小马前面。那匹马就快死了，可它忽然抬起腿来。

“去见鬼吧！”米柯尔卡狂怒地咆哮。他把手里的鞭子丢下，俯下身在车子下面抽出一根又长又粗的圆木，双手抓住一头，使劲朝小黄马身上打去。

“你会把它打死的！”周围的人开始阻止，“会打死它的！”

“这马是我的，”米柯尔卡吼道，用力把圆木抡起，朝着马背打去。只传来一阵沉重的打击声。

“打它呀，打它呀！为什么不打呀？”人群中有人叫道。

米柯尔卡又一次抡起了圆木，向可怜的瘦马打去。马一屁股坐下去，坐在地上，然后又立即摇摇晃晃地跳起来，使尽了全身的力气，使劲向左右两边拉动大车，想把车子拉起来。这时，六条鞭子从四面八方落下，那根圆木也被举得很高，第三次了，然后是第四次，有力又有节奏地打在它身上，米柯尔卡因为没办法立即打死它而气得发疯。

“它的生命力还真强！”四周的人叫了起来。

“伙计，它就快倒下了，马上就死了！”人群中一个看热闹的人又喊了出来。

“为什么不直接给它一斧子！一下就把它的性命结果了！”又有第三个人喊道。

“哈，你去见鬼吧！快闪开！”米柯尔卡丧失心智般地叫喊着，把圆木丢下，又弯腰从大车上抽出一根铁棒。“小心！”他喊了一声，使出浑身的力气向可怜的小马打去。铁棒砰的一声落下。小马摇晃了一下，倒了下去，它本想站起身来拉车，可是又引来铁棒猛地一击，然后它跌倒在地，似乎是被忽然砍断了四条腿一样。

“再抽几下！”米柯尔卡一面叫着，一面发疯似的从车上跳下来。另外几个醉醺醺、满面通红的小伙子也随便抓起他们能拿到的任何东西——鞭子或者木棍，又或者是圆木——迅速走到临死的小母马面前。米柯尔卡在一边站着，用铁棒一下接一下地向马身上打去。马把脑袋伸得笔直，长长喘了一口气，就死了。

“它被打死了！”人群中有人喊道。

“谁让它奔不起来呢！”

“这马是我的！”米柯尔卡喊了一声，他手中拿着铁棒，两眼血红地站在那里，仿佛是在遗憾再也没有别的东西可以发泄了。

“你太没人性了！”很多人对他叫道。

而那个可怜的孩子也再没办法控制自己了。拉斯柯尔尼科夫大声叫着从人群中跑到小黄马跟前，把它那已经断气的鲜血淋漓的脑袋抱起来，亲吻它，亲吻它的眼睛和它的嘴……然后一下子跑起来，攥着两个小拳头，发疯一样地向米柯尔卡跑去。他父亲一直在后边追赶他，最后一下子把他抓住了，把他从人群中拉回去。

“走吧，走吧，跟我回家！”父亲说。

“父亲！为什么……他们打死……那匹小的……可怜的马呢？”他哭得喘不过气来，叫喊着把憋在胸中的痛苦喷发出来。

“他们是醉鬼……就会瞎折腾……这不关我们的事！走呀！”父亲说。

他双手把父亲搂住，胸口憋闷不已。他想喘口气，想大叫一声……突然，他惊醒了。

他醒来的时候出了一身大汗，汗水甚至浸湿了头发。他喘着气，惊恐地坐起身。

“感谢老天，这不过是一场梦！”他在树下坐着，长长地缓了口气，“可这到底是怎么回事？该不会又发烧了吧，这场梦真可怕呀！”

他觉得全身像散了架一样，烦躁不安，心里空荡荡的。他把胳膊放到膝盖上，双手托起头。

“我的上帝！”他忽然叫道，“莫非，莫非我当真会举起斧子，对准她的头砍下去，把她的头盖骨砍得稀烂……随后再在黏糊糊、热乎乎的血上踩几脚。我缓缓地走过去，把锁撬开，然后偷盗，接着发抖，最后全身满是鲜血……把斧子举起……藏起来。我的上帝，真的会是这样吗？”

他说出这些话的时候，颤抖得像风雨中的一片树叶。

“我这是怎么了！”他继续想道，又把身子坐直了，仿佛非常吃惊一样。“我早就明白，我不能做出这样的事，可是为什么直到现在我还让自己痛苦呢？要明白，前一天，前一天，我是去……进行试探的时候，昨天，我就很清楚了，我会受不了的……那我为什么还在想这件事呢？为什么我至今还犹豫不决呢？我昨天下楼的时候，就跟自己说，这件事是羞耻的，龌龊的，很恶劣，很恶劣……我一醒来，一想起这事就感到痛苦，就恐惧……不要，我会受不了的！我受不了的！即使我的一切计划都毫无疑问，即使这一个月来我所决定的事都像白昼一般清晰，像算术一样准确……我的上帝！我还是不忍心！我知道，我受不了的！我受不了的！……可是，我为什么，为什么直到现在……”

他站起身来，惊恐地朝四周看了看，好像因自己在这么一个地方而惊讶，然后他朝T桥走去。面色惨白，眼睛发着金光，浑身一点力气也没有，但是他忽然间似乎呼吸轻松了一点儿。他觉得他已经摆脱了长期压在他身上的沉重的负担，他的心突然变得轻松、安宁了。

“主啊！”他开始祈祷，“为我指明道路吧，我要摆脱我那个可恶的……期望！”

过桥的时候，他悠然平静地望着涅瓦河，看着晚霞中鲜红的夕阳。虽然他的身体很虚弱，他却似乎一点儿也不感到疲惫。好像最近一个月来在他心中形成的脓疮，一下子消失了。他自由了，是自由了！此刻他已经摆脱了那个魔法、妖术，那个魔力的诱惑和束缚，他得到了自由！

这以后，每当他想起这段时间，想起那几天内每一分钟发生的事情的时候，总会迷信般地吃惊一种情况，这种情况事实上并没有什么十分特殊的地方，但是此后在他眼里，那就是他命中注定的。他永远都不明白，也无法跟自己解释。那时，他已经累得不行了，按说他应该选择最近最直的路回家，而他却穿过干草广场向家走去。事实上，走这条路是真的多余，尽管并没绕太大的弯，但是这明显是毫无必要的。不过，以前他回家的时候，也记不住要走的路，这种情况出现过几十次了。但是他常常扪心自问——为什么在干草广场（他没必要走这条路）会有对他那么重要、那么具有决定意义、并且那么巧合的一次相逢呢？这恰恰就发生在他一生中的那一刻，那一分。就在他的心情与境况都处在那种情况的时候——那个时候，那次相逢对他一生的命运产生了举足轻重且极根本的影响。它似乎是有意等在那儿的。

他穿过干草广场时，才九点左右。这时，所有的摆货摊、顶托盘、开小铺的商贩们都在收拾自己的货物准备关店门，跟顾客们一样打算回家。干草广场的肮脏、臭气熏天的院子里，云集了各种手艺人和衣服破旧的人，尤其是卖零酒的小铺附近的人最多。拉斯柯尔尼科夫曾经毫无目的地出门逛游，他喜欢这些地方与附近的几条小巷。在那些地方，他褴褛的衣衫不会惹来高傲的目光，不管他穿什么衣服，都不会让别人觉得难堪。在K巷的一个角落，有一个小贩和一个女人——他老婆，正摆着两张货桌做生意。桌子上放着线、带子和花布头巾等。他们也站起身来准备回家，但是他们又停了一会儿，和一个刚到他们跟前的熟人聊起了天。这丽莎维塔·伊凡诺夫娜，或许跟大家一样，丽莎维塔她就是那个“十四等文官”的太太，那个放高利贷的女人阿廖娜·卡捷琳娜·伊凡诺夫娜，即拉斯柯尔尼科夫前一天去她那里抵押过表，还试探过一次那个老太婆的妹妹……他掌握了丽莎维塔的所有情况，她也算认识他。她已经三十五岁了，却没有出嫁，身材魁梧，反应有些迟钝，但是性情温和，甚至是懦弱，像个白痴。她几乎是她姐姐的奴隶，没日没夜地干活儿，见到姐姐就浑身颤抖，甚至还经常挨姐姐的打。这时，她正拿着一个包袱，踌躇不定地站在小贩和她的老婆面前，小心地听他们说话。他们两个正十分热心地跟她解释什么。拉斯柯尔尼科夫突然看到她的时候，心中突然产生了一种似乎是十分惊诧的奇特的感觉，尽管这次与她相遇并没有任何值得惊奇的地方。

“丽莎维塔·伊凡诺夫娜，您该自己做主，”小贩高声说着，“您明天六点再来吧，他们也会准时的。”“明天！”丽莎维塔拉长了声音，若有所思地回答，好像有点儿不知所措一样。

“哎呀，阿廖娜·卡捷琳娜·伊凡诺夫娜将您吓成这样！”小贩老婆——一个机智果断的矮小的女人喋喋不休，“我看您就像是个乳臭未干的孩子。她可不是您的亲姐姐，不是一个妈生的，未免也管得太多了！”

“这次您先回家，对阿廖娜·卡捷琳娜·伊凡诺夫娜什么都别说，”她的丈夫插了一句，“我们好心提醒您，您以后再来我们这里，就别去征求她的同意了。这是件好事。以后您姐姐会明白的。”

“那您会来吗？”

“明天呀，六点多。他们也有几个人要来。您得自己决定。”

“我们会准备茶的，”他老婆补了一句。

“那好，我来，”丽莎维塔说道，讲话的语气仍然有点儿犹豫不决，但她总算慢腾腾地走了。

拉斯柯尔尼科夫这时已经走过去了，再也没听见什么话。他轻轻地走了过去，竭力不把他们的每一句话漏下。他最初感到的惊讶渐渐变成了惊恐，仿佛有一股冷气从他的背脊掠过。他得知，彻底出乎意外地得知，明天晚上，丽莎维塔，那个老太婆的妹妹，也就是唯一和她住在一起的人，从家里出去，那么晚上七点整的时候，就只有那个老太婆一个人待在家里。

离他的住所就剩几步了。他像一个被判处死刑的人一样走进自己的屋子。他什么也没想，也彻底丧失了思考的能力。他忽然全身心地感觉到，他永远失去了思考的自由，也再没有任何意志，一切一下子都最后决定了。

当然了，他曾一整年一整年地等待一个适当的时机，却从未期望过会有比目前突然出现的机会更好的时机，这个时机能更顺利地实现那个计划。不管怎样，很难在前一天的晚上确切得知，并且尽可能了解到准确无误的信息，以减少风险，也不必一再冒险去打听或调查，就可确认明天的某时某刻，自己打算去谋害的那个老太婆，会独自一人在家。

第六节

后来拉斯柯尔尼科夫偶然得知，那个小市民和他老婆究竟为什么请丽莎维塔上他们那儿去。事情很平常，并没有任何特别的地方。有一家外地来的人家，日子越过越穷，要变卖旧东西、衣服等等，全都是女人用的东西。因为在市场上卖不合算，所以想找个代卖东西的人。丽莎维塔正是干这一行的：她给人代卖东西，拿点儿佣金，走东家串西家地跑生意，而且经验丰富，因为她为人诚实，定价公道，她说个什么价，就照这个价钱成交。她一向话不多，而且就像上面已经说过的那样，她性情温顺，胆子也小……

可是最近一段时间，拉斯柯尔尼科夫变得迷信起来。过了很久以后，他身上还留有迷信的思想，几乎无法消除了。后来他爱从整件事情中寻找某种奇怪和神秘的东西，仿佛有某些特殊的影响和巧合。去年冬天，他认识的一个大学生波柯列夫要去哈尔科夫的时候，有一次在谈话中把老太婆阿廖娜·卡捷琳娜·伊凡诺夫娜的地址告诉了他，以便他万一有急需，要去抵押什么东西。很久他都没去找她，因为他在教书，生活还勉强能够过得去。大约一个半月以前，他想起了这个地址。他有两样可以拿去抵押的东西：父亲的一块旧银表和一枚镶有三颗红宝石的小金戒指，这是妹妹在临别时送给他作纪念的。他决定拿戒指去。找到老太婆以后，虽然他还不了解她为人有什么特殊的地方，但第一眼看上去，就对她产生了一种无法克服的厌恶情绪，从她那里拿了两张一卢布的票子，回家的路上顺路去了一家很简陋的小饭馆吃东西。他要了一杯茶，坐了下来，陷入了沉思。他的脑子里忽然就像小鸡要破壳而出那样，出现一个奇怪的想法，这想法深深地吸引了他。

差不多就挨着他的一张小桌子上，有一个他根本不认识，也不记得以前是否见过面的大学生坐在那儿，还有一位年轻军官。他们刚打完一局台球，此时正在饮茶。突然他听到大学生和军官聊起了那个放高利贷的阿廖娜·卡捷琳娜·伊凡诺夫娜，一位小官吏的太太，而且将她的地址告诉了他。单单这一点，拉斯柯尔尼科夫觉得就好像有点儿奇怪，他刚从她那里来，在这儿又马上谈论起她。当然，这只是个巧合，但他却摆脱不开一个极不寻常的印象，这时候又好像有人在故意讨好他：那个大学生突然开始将阿廖娜·卡捷琳娜·伊凡诺夫娜的详细情况告诉他的朋友。

“她很出名，”他说，“你随时都能在她那里弄到钱。她就像犹太人一样富有，一次能够借给你五千卢布，不过一个卢布的抵押品她也不嫌弃。我们这些人中有许多人都去过她那里。但是她也太坏了……”

于是他叙述起了她的心有多狠毒，而且翻脸不认人，如果你的抵押品过期一天，你的东西就拿不回来了。她借给你的钱只有抵押品价值的四分之一，但她却要收取五厘甚至七厘的利息，等等。大学生口若悬河地说个不停，然后他说她还有个妹妹叫丽莎维塔。那个该死的矮老太婆经常打她，几乎把她当成奴隶，将她当成小孩，虽然丽莎维塔最少也有两俄尺八俄寸[1]高……

“那也是一个十分少有的人物！”大学生叫道，随后放声大笑起来。

他们开始谈论丽莎维塔。大学生谈论她的时候特别高兴，一直在笑，军官兴致勃勃地听着，请他叫丽莎维塔去给自己补衣服。拉斯柯尔尼科夫没听漏一句话，他突然什么都搞明白了，丽莎维塔是老太婆同父异母的妹妹（不是同一个母亲所生），她已经三十五岁，不分昼夜地给她姐姐干活儿，除了给她做饭洗衣以外，还要做针线活儿拿出去卖，甚至去给别人擦地板，把挣到的钱全都给她姐姐。没有得到她姐姐的允许，她不敢接做其他的外活儿。老太婆早已立下了遗嘱，丽莎维塔自己也知道。根据她的遗嘱，除去一些动产、椅子等之外，丽莎维塔一个钱都不会得到，所有的钱都捐给了H省的一座修道院，作为长期追悼她的亡魂之用。丽莎维塔是一个普通小市民，并非官太太，她没有出嫁，长得很难看，个子非常高，两只长长的八字脚，总是穿着一双破烂的山羊皮鞋，身上倒挺干净。那个大学生感到惊讶和可笑的是丽莎维塔经常怀孕……

“你不是说她相貌丑陋吗？”军官说。

“是的，她的皮肤非常黑，简直像一个乔装打扮的大兵，但是你要知道，她长得并不难看。她的脸和眼睛都很善良。简直十分善良。许多人都喜欢她，这就是证据。她是个很娴静、温和、和蔼的女人，她唯命是从，愿意承受一切。而她笑起来甚至还很可爱。”

“这么说你也喜欢她了？”军官笑了起来。

“因为她很奇怪。不，让我告诉你吧：我真恨不得把那个该死的老太婆杀掉，把她的钱夺走，我向你保证，我一点儿都不会感到良心不安。”大学生激动地说道。

[1] 相当于1.78米。

军官又放声大笑起来，拉斯柯尔尼科夫不禁打了个寒噤。这简直太奇怪了！

“对不起，我想认真地问你一个问题，”大学生十分激动地说道，“我刚才当然是在开玩笑，但是你看：从一方面来说，那个老太婆又蠢、又无用、冷酷无情、体弱多病，不仅对谁都没用，恰恰相反，对大家都有害处，她自己也不知道为什么还活着，很有可能她明天就会自己死掉。你明白吗？你明白吗？”

“唔，我明白。”军官答道，与此同时全神贯注地盯着他那情绪激动的朋友。

“你听我说下去。从另一个方面来说，年轻的新生力量由于得不到帮助而陷入了绝境，这样的情况何止成千上万，几乎比比皆是！用老太婆捐给修道院的那些钱，可以促成成百上千件好事！可以让上百个，或许会让千千万万个人走上正路，可以把几十户人家从贫困、落魄、死亡、毁灭和性病医院中拯救出来——这一切用她的钱都可以办到。杀掉她，夺走她的钱，然后用她的钱让你自己为整个人类和大众谋福利——你觉得怎样？几千件好事难道无法抵消一件小小的罪行吗？用一个人的性命来换得成千上万个人的生命，使其免受苦难，用一个人的死来换得一百个人的生——这是很简单的数学啊！这么一个害痨病、愚昧透顶、心狠手辣的老太婆的生命，在大众的天平上又能算什么呢？充其量是一只虱子，一只蟑螂的生命而已，实际上她还不如虱子与蟑螂呢，因为这老太婆活着是有害处的。她在吸人们的血——前几天她为了发泄满腔的仇恨，竟然咬了丽莎维塔的手指头，险些没动手术切掉。”

“她当然不配活在世上，”军官说，“但这是天意呀。”

“喂，老兄，天意也是可以修正和引导的呀，不然，我们就要淹没在偏见的大海中了。否则，世上连一个伟人都不可能出现了。大家都谈‘责任’谈‘良心’，我一点儿也不反对责任与良心，可是我们如何理解责任和良心的含义呢？等一等，我还想问你个问题。你听好了！”

“不，你先别急，我倒想问你一个问题。你听好了！”

“说吧！”

“你此刻夸夸其谈，高谈阔论，那请问：你会亲自杀掉那个老太婆吗？”

“当然不会！我只是为了正义……但问题不在我……”

“照我看，假如你自己都下不了决心做这件事，那就没有什么正义可言了……我们再去玩一盘台球吧。”

拉斯柯尔尼科夫非常激动。当然了，这都是些最一般、最常听见的年轻人的言论与思想，他已经多次听说过，只是谈论的形式与话题有点儿不同而已。可是，为什么恰好是现在，在他的头脑中也刚刚产生……一样的想法时，就恰好听见这种言论与想法呢？而且为什么恰巧就在现在，当他从老太婆那里刚出来就产生了这种想法时，他就遇到人们在谈这个老太婆呢？……他一向觉得这种巧合是不可思议的。小饭馆中的这次无足轻重的谈论，在事情的继续发展上对他产生了极不寻常的影响。好像其中真的有某种定数和指示一样……

从干草广场回来后，他跌坐在沙发上，一动不动地坐了一个钟头。这时候天已经完全黑了，他这儿没蜡烛，也没想到去要点蜡烛。后来他无论如何也想不起来，他那时候有没有想过什么。最后，他又感到，不久前得过的寒热在他的身上再次发作了，他高兴地想到，他又可以躺在沙发上了。不一会儿，铅一般重的睡意袭来，仿佛将他压倒了似的。

他这一觉睡了很久，连梦都没做。第二天早晨十点，娜斯塔霞来到他的房间里，费了很大力气才将他叫醒。她为他端来了茶与面包。茶依然是冲淡了的剩茶，而且用的还是她自己的茶壶。

“看，睡得多死！”她愤怒地叫道，“他总是睡个没完！”

他费了好大的劲才抬起身子。他的头很疼，他站起身来，在小屋里走了一圈，又一头倒在沙发上。

“又睡啦，”娜斯塔霞喊道，“你生病了吗？”

他一言不发。

“想要喝茶吗？”

“等会儿再喝。”他费劲地说，又合上了眼睛，把脸转过去对着墙。娜斯塔霞在他身边站了片刻。

“或许他真的生病了。”她说完转身就走了。

下午两点，她又端来一碗汤。他仍然像先前那样躺在那儿。茶还原封没动地放在那里。娜斯塔霞有点儿生气了，她开始用力推他。

“你怎么睡个没完？”她生气地看着他，喊道。

他略微欠了欠身坐起来，一声不吭，看着地板。

“你生病了吗？”娜斯塔霞问道，仍然没有回答，“你还不如出去走一走，吹吹风，”她沉默了片刻说，“你想吃东西吗？”

“一会儿再吃，”他低声说，“你走吧。”他挥了一下手。

她又站了一会儿，同情地瞅了瞅他，就走了。

几分钟之后，他睁开了双眼，久久地看着那壶茶和汤。随后他拿起一片面包，又拿起匙子，开始吃饭。

他一点儿胃口都没有，只吃了一丁点儿，喝了三四汤匙，好像是身不由己似的。他的头好些。吃完饭以后，他又伸直身子躺在沙发上，但是已经没有睡意了。他一动不动地把脸朝下趴在沙发上，脸埋在枕头里。这时候他不断地产生一些稀奇古怪的幻想，想得最多的是：他在非洲的某个地方，在埃及，在一片绿洲上。商队正在休息，骆驼安静地躺在那儿，周围长满了棕榈树，大伙儿都在吃饭。他却不断地喝水，径直从小溪里舀水喝，这条小溪就在他身旁缓缓地流着。淡蓝色的水是那么凉爽，那么奇妙、清凉，它从五颜六色的石子上流过，从金光闪闪而干净的细沙上流过……蓦地，他清清楚楚地听到了钟声。他突然惊醒，把头抬起来，看了看外面，估计了一下时间，随后一跃而起，彻底醒了过来，就好像有人把他从沙发上揪起来的似的。他轻手轻脚地来到门前，慢慢地打开一条缝儿，听听下边楼梯有什么动静。他的心怦怦跳得厉害。可是楼梯上一片寂静，似乎人们都睡熟了……他感到神秘和惊奇，他居然从昨天开始迷迷糊糊地一直睡到现在，还什么事都没做，什么都没准备……刚才很可能已经敲过六点了……从梦里与昏迷状态中醒过来之后，他忽然神经质、惊慌失措地忙起来。可是他需要准备的事并不多。他全神贯注地想了一会儿，免得忘记什么事。他的心还在狂跳，使他呼吸都感到困难了。首先他要做一个绳套，再把它缝在大衣里——那只要一分钟就能做完。他把手伸到枕头下面，从塞在底下的一堆内衣中找到了一件破旧的、没洗的旧衬衫。他从旧衬衫上扯下一条宽一俄寸，长大约八俄寸的布条。他把布条对折起来，脱下他那宽大结实的、用粗棉布做成的夏装大衣（他仅有的一件外表），把布条两头缝到大衣里面的左腋下面。缝的时候他双手打战，可是他忍住了，他缝制得非常好，再穿上大衣时，从外边一点儿都看不出痕迹。他早就把针线准备好，用一张纸包起来，放在抽屉里面。至于绳套，那是他的一项很巧妙的发明。这绳套是用来挂斧子的。手里拿着斧子可不能在大街上走。如果藏在大衣里面，还要用手扶着，这样会被别人看出来的。如今有了这个环扣，只要把斧头挂进去，斧子就会一路上稳稳当当地挂在大衣里的胳膊下。他的一只插到大衣口袋里的手，就可以扶着斧子把，不使它来回晃动，他的大衣很宽大，像一条口袋，因此从外面看不出他用手在口袋里扶着什么东西。这个绳套也是他在两周以前就想好了的。

做完这件事之后，他将手指伸到他的“土耳其式”沙发与地板之间的一条缝隙里，在靠左边的角落里摸了一会儿，取出了一件抵押品。那是他早就藏在那儿的。这样东西并不能算是什么抵押品，它只不过是和银烟盒一般大小和厚薄的、刨得非常光滑的一块木头。他在院子里散步的时候，偶然发现的。这个院子的厢房中有一个作坊。后来他又给这块木头加了一块又薄又平的薄铁片——可能是从某个东西上拆下来的——那是他那天在大街上捡拾到的。他将面积稍微小一点儿的铁片叠放在木头上，用线十字交叉着牢牢地绕了几圈，随后用一张非常干净的白纸将它们整整齐齐地、美观地包好，他捆得这么紧是为了暂且分散老太婆的注意力，当她动手解结子时，就可以伺机动手。给木头上加块铁皮是为了增加重量，这样老太婆就不会立刻猜出这件“东西”是木头做的了。这些东西他都提前放在沙发下面了。他刚将他的“抵押品”取出来，就听见有人在院子里嚷嚷：

“六点早就过了！”

“早过了！我的上帝啊！”

他跑到门口，听了一会儿，随后拿起帽子，像猫一样，轻手轻脚、悄无声息地走下了十三级楼梯。他还有一件最重要的事需要去做——从厨房中把斧子偷走。他早就做出了决定，这件事一定要用斧子去执行。他还有一个花匠用的折刀，但是他不能用这把小刀，更不能凭他自己的力气去做事，因此最后决定用斧子。顺便我们要指出他在这件事上所做出的一切最后决定的一个特征。这些决定都有一个奇怪的特征：愈到最后的紧要关头，在他看来就变得愈荒谬、愈不合理。无论他心里的斗争有多痛苦，在这段时间里，他始终不相信自己的计划是可以实现的。

即便一切，就连细节，他都仔细研究过，都最终决定了，也再也没有可怀疑的了，即便这样，他也好像会将一切立即放弃，将它们看成荒谬的、耸人听闻的和不可能做到的事。但是，事实上还有许许多多没有解决的问题与疑问。至于到哪里去弄那把斧子，这件微不足道的小事儿并没有让他感到困扰，因为再也没有比这更简单的事了。是这么回事：娜斯塔霞常常出去，尤其是晚上。她经常去邻居家串门，或去小铺子里买东西，并且经常不锁门。女房东为这事儿经常和她争吵。所以，到时候他只需要神不知鬼不觉地进入厨房，把斧子偷出来，一个小时之内做完所有的事情，再进去，将斧子放回原地。可是还有点儿疑虑，如果他在一个小时之后回来了，去把斧子放回原处，娜斯塔霞正好在那儿，那该怎么办呢？当然不得不走过去，等她再出来。但是，如果她发现斧子没了，着手寻找，而且大喊大叫，那该怎么办呢？那一定会引起众人的怀疑，或者至少这是有可能引起怀疑的事。

可这都是些细节，他根本还没开始考虑，并且也没工夫去考虑。他考虑的是大事，在他尚未深信不疑的时候，他将那些不足挂齿的小事儿暂且搁置一边。可那件事是绝不可能办成的，起码他自己是这样认为的。比如说，他几乎不敢想象，有一天他会不再去想，站起来，直接去那儿……甚至他不久前的一次试探（就是为了解现场去的那一次），也只是试一下而已，根本不能当真，而只是："来，我可以去试一试，为什么总是幻想呢！"——但是他马上就受不了了，啐了一口就跑回来了，而且痛恨自己。从道德上解决问题来讲，他做的一切分析这时候好像已经彻底结束了：不管怎么说都有理，他自己心中已经没有有意识的反驳意见了。可是到最后，他几乎不敢相信自己了，他固执地、漫无目的地从各个方面去摸索、寻找反对的理由，似乎有人在强迫他、逼他这么做一样。这最后一天的来临是这样出人意料，它立刻就对一切都做出了决定，而他对于这一天的反应则差不多完全是毫无意识的：好像有个人拉住他的一只手，用一种超自然的力拖着他毫无目的地向前走，让他难以抗拒，不容反对。好像他衣服的一角被车轮扯住，继而整个人也被卷了进去一样。

开始——但已经是许久以前的事情了——他总是在思考一个问题：为什么所有的罪行差不多都那么容易被发现，那么容易败露，为什么每个罪犯的犯罪痕迹都那么明显呢？他渐渐得出了很多有意思的结论，他认为，最重要的原因不在于犯罪根本不是掩盖住了物就可以当没有发生过的，关键在于罪犯本人，差不多每个罪犯，在犯罪时都意志衰退，失去了理智，相反，在最需要保持清醒与慎重时，却被天真的、少有的草率所取代。他坚信，这种一时糊涂与意志衰退像瘟疫一样朝人袭来，慢慢地扩散开去，而且在犯罪前很快就能到达极点，这样的情况在犯罪的那一刹那间依旧在继续，而在犯罪之后，还会根据每个人的情况持续很长时间，最后像疾病一样慢慢地消失。关键是：疾病导致犯罪，还是犯罪因为它本身的特殊性质，始终伴随着某种像疾病一样的现象呢？这个问题他认为自己无力解决。

得出这种结论之后，他肯定，在他这件事上，他自己身上是绝对不会发生这种病态的转变的，他认为自己在执行事先想好的计划时，他的理智与意志会坚如磐石，唯一的原因是他所构思的计划"并非犯罪"……我们将省去他做出最后决定的过程，因为我们已经大大地偏离了主题……此刻我们只想再说明一点：事实上，物质方面的困难在他心中只是次要的。"只要保持自己全部的意志和理智去面对那些困难，在你了解了事情的一切细节以后，所有的困难都会克服的……"可是事情还没有开始。他依然不十分相信自己最后的决定，但是时间一到，一切都改变了，好像是那么突然，甚至完全出乎意料。

在他没有下楼之前，就有一件微不足道的小事让他感到进退两难。他来到女房东的厨房门前的时候，那扇门像往常一样开着，他谨慎地朝里面看了看，想先看一下，如果娜斯塔霞没在那儿，女房东是否在。假如不在，那她屋里的门是否关严实了？当他走进去拿斧子时，千万不能被她从里边看到。可是，当他忽然看到这一次不仅娜斯塔霞在家，在厨房，并且正在那里干活儿时，他感到多么惊讶呀！她正从篮子里拿出衣服往绳子上晾。她一看到他，就不再晾衣服了，转过身看着他，直到他走过来。他将目光移向别处，假装什么都没看到走了过去。但是，事情已经完了：拿不到斧子！他受到了很大的打击。

“我凭什么会以为，”他来到大门口的时候想道，“我凭什么断定她现在肯定不在家呢？为什么，为什么，为什么我这样想呢？”他感到很沮丧，甚至感觉受到了伤害。他想愤怒地嘲讽自己。一种闷闷不乐的动物般的愤怒在他心中升起。

他站在大门口犹豫起来。假装去街上走走吧——他感到厌烦；回家吧——更感到厌烦。“我失去了一个多么合适的机会呀！”他含糊不清地自言自语道，漫无目的地站在大门前，正好面对看门人那个阴暗的小屋，门也敞开着。他突然打了个寒战。在距他只有两步远的看门人的小屋中，在板凳下边，靠右边，有一样亮闪闪的东西进入了他的视线……他朝周围看了看——一个人也没有。于是他轻手轻脚走到小屋门前，走下两级台阶，轻声叫了一声看门人。“果然没在家！或许就在院里，在附近的什么地方，因为门开着。”他快速地跑到斧子跟前（这是一把斧子），把它从板凳下面的两块劈柴之间拖出来。在他走出屋子之前，就立刻把斧子挂在环扣上，他双手插进口袋，从看门人的小屋里走出来了——没有人看到！“不是理性，而是魔鬼来帮我！”他想，怪模怪样地冷笑着。这个机会使他受到了很大的鼓舞。

为了不引起人们的怀疑，他缓缓地、稳重地、不急不慢地走着。他很少去看行人，甚至极力不去看他们的脸，尽量不引人注意。这时候他突然记起了自己那顶帽子。“我的天哪！前天我手中还有点儿钱，但是竟没有去换顶帽子！”他在心里咒骂自己。

他偶然朝一家小铺子里瞅了一眼，看到墙上的挂钟已经指向七点十分了。他一定得赶快走，同时还得转个弯，好绕道从另外一边走到那所房子前面去……

以前，当他在想象中思考这一切时，有时候他想，他肯定会很害怕。但是此刻他并没有感到害怕，甚至根本不觉得害怕。并且此时他想的全是一些别的事，尽管无论想什么，时间都不会太长。路过尤苏波夫花园时，他甚至认真想起应当建一些高大的喷泉计划，这些喷泉在每一个广场上会让空气变得清新干净。他渐渐地得出一个结论：假若把夏季花园扩大到马尔索广场，甚至将它和米哈依洛夫宫连成一片，那会是一件很好的、对城市极其有益的事。然后，他忽然对一个问题产生了浓厚的兴趣：在任何一座大城市里，为什么人们并不是因为无奈，而是非常高兴住在没有花园和喷泉的地方，高兴住在肮脏、臭气熏天、堆满各种垃圾的地方呢？然后他又想到他自己去干草广场散步的事情，突然间，他惊醒了。“多么荒谬！”他思忖道，“不，最好是什么都不要去想！”

“被押往刑场的人可能就是这样，依依不舍地思考着沿途看见的所有东西，”他脑海里闪过这种想法，然而只是像闪电一样一闪而过，他马上消除了这种念头……此刻他愈走愈近了，就是这所房屋，就是这扇门。忽然不清楚哪里的时钟敲响了。“这是怎么了，难道已经七点半了？不可能的，可能是时钟快了！”

幸好，大门口的一切都非常顺利。不但这样，甚至在那一刹那，似乎特地给他安排好了一样，有一辆装干草的大车正好驶入大门，当他从门洞进去时将他彻底挡住了。大车刚刚从大门口驶入院子，他就趁机溜到了右侧。他听到在大车的另一边，有些人在叫喊、争执，可是谁也没有发现他，他也没遇到什么人。冲着四方形大院的很多窗子当时都敞开着，可是他一直低着头——他害怕。通往老太婆那里的楼梯非常近，进大门向右拐就是。这时候他已经到楼梯上了……

他松了一口气，用手按住他那颗狂跳不止的心，这时候他摸了摸斧子，重新把它扶正，随后悄悄地、慢慢地上了楼，不停地竖耳聆听着。但是当时楼梯上空无一人，每一扇门都关着，没有遇到任何人。不错，在二楼上，有个无人住的套间的门敞开着，油漆匠正在里边干活儿，但是他们没正眼看他。他停下来思考了一会儿，接着朝前走去。“如果他们没有在这里，当然最好不过了，但是……上边还有两层呢。”

已经到四楼了，正是这扇房门，正是对面那间屋子；另一套空着。在三楼，老太婆房间下面的那个房间很明显空着，在门上钉着的名片已经取走——他们已经搬走了！……他感到呼吸十分困难。突然间，脑海中闪出一个想法：“回去吗？”可是他并没有回答这个问题，而是开始竖耳聆听老太婆房间里的动静：一片寂静。随后他又竖耳聆听下边楼梯上是否有什么动静，他仔细地倾听，听了很长时间……接着，他又最后一次朝四周看了看，整理了一下衣服，理了理头发，又摸了一下挂在环扣上的斧子。“我的脸是不是……太白了？”他思忖道，“我是否异常激动？她这个人生性多疑……最好再等会儿……等我的心平静下来？……”

但是心跳没有停止。刚好相反，好像故意为难他似的，跳得越来越厉害，越来越厉害……他忍不住了，慢慢把手伸向门铃，拉了拉铃。过了半分钟，又拉了拉门铃，拉得更响一些。

没有反应。可别胡乱拉铃，而且他这样做也不合适。老太婆当然在家，不过她疑心重重，而且就只有她独自一个人。他多少有点儿了解她的习惯……于是又一次把耳朵紧贴在门上。是他的听觉如此敏锐（一般说这是难以设想的），还是当真可以听清里面的声音？不过他突然听到了仿佛是手摸到门锁把手上的小心翼翼的轻微响声，还听到了仿佛是衣服碰到门上的嘈杂的响声。有人不动声色地站在门锁前，也像他在外面这样，躲在里面侧耳谛听，而且好像也把耳朵贴到了门上……

他故意稍微动了动，稍微提高声音不清不楚地说了句什么，以免让人看出他在躲躲藏藏，然后又第三次拉了拉门铃，不过拉得很轻，大摇大摆的，让人听不出有任何急不可耐的情绪。后来回想起这一切，清晰地、鲜明地回忆起这一切时，这一分钟已永远铭刻在他的心中。他不能理解，他打哪儿来的这么多花招，何况他的头脑这时没有思考能力，连自己的身躯他也几乎感觉不到了……稍过了一会儿，听到了开门钩的响声。

第七节

像那次一样，房门开了很窄的一条缝，又是两道锐利和多疑的目光从黑暗中注视着他。这时拉斯柯尔尼科夫发了慌，差点犯了一个严重错误。

他担心，老太婆会觉得害怕，因为只有他们两个人，而且也不指望他的外表能消除她的疑心，于是他一把抓住房门，朝自己这边猛一拉，以免老太婆忽然再把门关上。看到这一情况，她并没有把门拉回去，可是也没放开门锁上的把手，这样一来，因此他差点儿没有把她连门一道拉到楼梯口去。他看到她拦在门口，不让他进去，他一直朝她走了过去。她吃惊地往旁边一闪，想要说什么似的，可是又好像说不出来，只是瞪大了双眼直瞅着他。

“您好，阿廖娜·卡捷琳娜·伊凡诺夫娜，”他尽可能随随便便地说，可是他的声音不听话，猝然中断了，而且颤抖起来，“我给您……拿来一件东西……嗯，最好我们还是到这儿来……到有亮光的地方来……”说着，他丢下她，不待邀请，径直走进屋里。老太婆跟在他后面跑进来，滔滔不绝地说起来了。

“上帝啊！您想要干什么？……您是什么人？您有什么事？”

“怎么啦，阿廖娜·卡捷琳娜·伊凡诺夫娜……您的熟人……拉斯柯尔尼科夫……瞧，拿来了抵押品，前两天说过要拿来的……”说着，他把抵押品递给了她。

老太婆刚想看那件抵押品，但马上又用双眼盯着这个不速之客的眼睛。她目不转睛地、凶狠地、不信任地瞅着他。约摸过了一分钟的样子，他甚至好像觉得，她眼睛里有类似嘲笑的神情，似乎她已经什么都猜到了。他感到惊慌失措，几乎感到可怕，可怕到了这种程度，似乎她再这样沉默不语地瞅着他，再瞅上半分钟，他一定会从这儿逃跑了。

“唉，您干吗这样看着我，好像不认识我似的？”他突然恶狠狠地问道。“您愿意，就拿去，不然，我就去找别人，我没空。”

他本来不想说这些话，可是这些话却突然脱口而出。

老太婆明白过来了，看来，客人的坚决语调使她受到了鼓励。

“你这是怎么回事，先生，这么突然……这是什么啊？”她瞅着那件抵押品问道。

“银烟盒。我上次说过的。”

她伸出手来。

“哎呀，可您的脸色怎么这么白？手也在发抖！洗了一澡，是吗，先生？”

“发热了，”他吞吞吐吐地回答。“不由自主地脸色发白……没有吃的，”他补上一句，勉强才把这句话说了出来。他又觉得没有力气了。但是这回答似乎合情合理。老太婆把抵押品接了过去。

“这是什么啊？”她问，手里估量那件抵押品，又一次盯着拉斯柯尔尼科夫仔细看了看。

“这东西……烟盒……是银的……您看看吧。”

“可怎么，不太像银的……咦，怎么包得这么严实。”

她竭力想解开捆在上面的细绳，转过身面对着窗户，朝着亮光（尽管天气闷热，她的窗子全都关着），有几秒钟背对他站着，完全把他搁在一边。他解开大衣，从环扣上取下斧头，不过还没有完全拿出来，而只是用右手在衣服里面轻轻地攥着。他的手非常虚弱，他自己感觉到，每一瞬间他的手都越来越麻木，越来越僵硬了。他担心会放开手，把斧头掉下去……突然他好像头晕起来。

“哼，他怎么把东西捆得那么紧！”老太婆愤怒地喊了一声，朝他这边微微动了动。

再不能错过这一秒钟的时间了。他把斧头完全拿了出来，双手抡起斧头，几乎不知不觉，几乎不费一点力气，几乎不由自主地用斧背朝她的头上砍去。这时他仿佛根本没有力气。但是他刚把斧头砍下去，身上立刻有了力气。

和往常一样，老太婆头上没有包头巾。她那稀疏、斑白、和往常一样厚厚搽了一层油的浅色头发，编成一条老鼠尾巴似的细辫子，盘在头上，后脑勺上翘着一把角质的破梳子。因为她个子矮小，所以一斧子下去，正打在她的头顶上，她叫喊了一声，但是声音十分微弱，于是突然全身像瘫痪了似的坐到了地板上，不过她还是举起了双手想保护自己的脑袋。她一只手里还拿着那件“抵押品”。这时他使出浑身的力气又打了一下，两下，一直是用斧背，而且都打在她的头顶上。血像从翻倒的杯子里迸涌出来似的，身子仰面倒了下去。他往后退了一步，让她完全倒下，然后又立刻俯下身子，看看她的脸——她已经死了。她两只眼睛瞪得老大，眼珠仿佛想从眼眶里跳出来，由于抽搐，前额和脸都皱起来了，变得很难看。

他把斧头放到地板上、尸体的旁边，立刻伸手去摸她的口袋，竭力不让还在流淌的血沾到身上，——他摸的是右边的口袋，她上次就是从这边衣袋里掏出钥匙的。他头脑十分清醒，神志不清和头晕已经消失，不过手一直依旧在发抖。他后来回想起当时的情况，那时他甚至特别细心，十分谨慎，一直竭力不让身上沾上血迹……他马上掏出钥匙，所有钥匙都像上次一样串在一起，串在一个小钢圈儿上。于是他立刻拿着钥匙跑进卧室。这是一间很小的房间，屋里有个供着圣像的、很大的神龛。另一边靠墙摆着一张大床，床上很干净，上面有一床棉被，被面是用零碎绸缎拼接起来的。第三面墙边放着一个抽屉柜。说也奇怪，他刚把钥匙插到抽屉柜的锁孔上，才听到钥匙的响声，突然觉得全身一阵痉挛。他突然又想丢下一切，离开这里。但这只是一瞬间的事。要走已经太晚了。他甚至嘲笑自己了，突然又一个让人惊慌不安的想法使他吃了一惊。他突然觉得，老太婆好像还没死，还可能苏醒过来。他丢下钥匙和抽屉柜，跑回尸体那里，拿起斧头，又一次对准老太婆抡起斧子，但是没有砍下去。毫无疑问，她已经死了。他又弯下腰，距离近点仔细看了看她，他清清楚楚看到，颅骨已经被打碎了，甚至稍稍歪到了一边。他本想用手指摸一摸，但马上把手缩了回来——就是不摸也一目了然。这时地上已经流了一大摊血。突然他发现，她脖子上有一根细线带，他拉了拉它，但线带很结实，拉不断，而且让血给浸透了。他试着把它从她怀里拉出来，但不知有什么东西碍事，给挡住了。他不可耐烦地又抡起斧头，本想从上边，就在那儿，在尸体上砍断那根细带，可是没敢这么做。他忙碌了两分钟，两手和斧头都沾上了鲜血，才割断那根细带，没让斧头碰到尸体，把线带拉了出来。他没猜错——这是一个钱袋。带子上挂着两个十字架，一个是柏木做的，一个是铜的，还有一个珐琅小圣像，和这些东西系在一起的，还有一个油渍斑斑、不大的麂皮钱袋，钱袋上还有个小钢圈儿和小圆环。钱袋装得满满的。拉斯柯尔尼科夫没有细看，就把它塞进了自己的口袋，两个十字架却丢到了老太婆的胸上，这一次还拿上了斧头，然后跑回老太婆的卧室。

他非常慌张，抓起那些钥匙，又忙乱起来。但是总是开不开：钥匙都插不进锁孔。倒不是因为他的手抖得太厉害，但他总是弄错：例如，他明明看出，不是这把钥匙，插不进去，可还是往里插。他突然想起，也猜出，这把和其他几把小钥匙挂在一起的、带锯齿的大钥匙肯定不是开抽屉柜的（上次他就想到了），而是开某个小箱子的，可能所有的财物都藏在这个小箱子里。他撇下抽屉柜，立刻跑到床底下，因为他知道，老太婆们通常都是把小箱子放在床底下的。果不其然。那里有个相当大的箱子，一俄尺多长，箱盖是隆起的，蒙着红色的精制山羊皮，上面还钉着些小钢钉。那把带锯齿的钥匙刚好合适，把箱子打开了。最上面是一条白床单，床单底下是一件兔皮小袄，皮袄下面是一件绸料连衫裙，再下面是一条披巾，再往下好像都尽是些破破烂烂的旧衣服。他首先把那块红色法国图尔绸拿来擦净了自己那双沾满血污的手。“这是红的，血擦在红色的东西上看不大出来，”他这么想着，可是突然醒悟过来：“上帝啊！我疯了吗？”他惊恐地想。

但是他的手刚去翻了翻这堆破旧衣服，突然从皮袄下面溜出一块金表来。他急忙把这堆东西全都翻了一遍。真的，在那些破旧衣服里果然混杂着一些金首饰，——大概都是些抵押品，有会来赎回的，也有不会来赎的——有金镯子、金表链、金耳环、金佩针，还有些别的东西。有的装在小盒子里，有的用报纸包着，用两层纸仔细地包得整整齐齐，看来十分珍惜，还用带子捆着。他一刻也不耽搁，立刻把这些东西塞满裤袋和大衣口袋，既不挑选，也没把那些小包和小盒子打开看看，东西这么多，他来不及……

他好像突然听到老太婆所在的那间屋里有人走动的声音。他马上停了下来，像死人样一动不动。但是毫无动静，这么说，恐怕是他的幻觉。但他突然听到一声轻微的叫喊，或者似乎是有人轻轻地、断断续续地呻吟，接着又没声了。后来又是死一般的寂静，约摸有一两分钟寂静无声。他蹲在箱子旁边等待着，大气也不敢出，但是突然跳起来，拿了斧头，跑出了卧室。

丽莎维塔站在房屋中间，双手抱着个大包袱，呆呆地望着被人杀害的姐姐，脸色白得跟麻布似的，似乎连叫喊的力气都没有了。看到他跑出来，她就像片树叶样浑身打战，轻轻颤抖，脸上一阵痉挛，她稍稍举起一只手，张开了嘴，但还是没有叫喊，于是慢慢地后退着躲开他，退到墙角落里，两眼直愣愣地注视着他，可是一直没有叫喊，仿佛她气不足，喊不出来。他拿着斧头向她扑了过去：她的嘴唇抽搐起来，一脸苦相，样子那么悲哀，就像很小的小孩子叫什么给吓着了，直盯着让他们感到害怕的那个东西，想大声叫喊时一样。这丽莎维塔老实到了这种程度，甚至护着自己的脸，虽说在这时候，这是最必要、也是最自然的动作，因为斧头正对准她的脸高高举了起来。她只不过稍稍抬起空着的左手，不过离脸还很远，而是慢慢地向他伸过去，好像是要推开他。斧刃正好劈到她的颅骨上，立刻把前额的上半部整个劈开。她一下子倒了下去。拉斯柯尔尼科夫完全慌了神，拿起她的包袱，又把它扔掉，往过道跑去。

他越来越害怕了，尤其是在第二次完全出乎意外地杀人以后。他想赶快逃离这儿。如果那时候他能较为正确地想象和思考；如要是他还能考虑到自己处境的困难，考虑到他已毫无出路，知道自己多么不像话，多么荒唐，要是他能够理解，要想从这儿逃走，逃回家去，他还得克服多少困难，甚至还得再干很多罪恶之事，那么很有可能，他会抛弃一切，立刻前去自首，而且甚至不是由于为自己担心，而仅仅是由于对他的所作所为感到恐怖和厌恶。他心中的厌恶情绪特别强烈，而且一分钟比一分钟强烈。现在他无论如何也不会再到那个箱子跟前去，甚至再也不会进那两间房间了。

但是，慢慢地他有点儿心不在焉了，甚至仿佛若有所思：有时他似乎忘却了一切，或者不如说，忘记了主要的事情，却牢牢记住了细小的小事。不过他朝厨房里看了看，看到长凳子上放着个盛了半桶水的水桶，于是想到，该洗净自己的手和斧子。他的双手都沾满了血，黏糊糊的。他把斧刃直接放进水里，又拿起放在小窗台上破碟子里的一小块肥皂，就开始在桶里洗起手来。手洗净了之后，他把斧头也拿出来，洗净铁的部分，然后花了好长时间，大约有三分钟的样子，洗净木头上沾上了血的地方，甚至试着用肥皂来洗掉上面的血迹。然后，他拿起晾在厨房里绳上的一件内衣把一切全都擦干，随后又在窗前把斧头细心地检查了一遍，检查了很久。血迹已经没有了，只不过斧柄还是潮的。他细心地把斧头套在大衣里面的环扣里。然后，在厨房里昏暗的灯光下尽可能仔细检查了一下大衣、长裤和靴子。从外面乍看，第一眼看上去似乎什么也没有，只不过靴子上有几点污迹。他浸湿了一块抹布，擦净了靴子。不过他知道，他检查得不够仔细，说不定还有什么引人注目的地方他没发现。他站在房屋当中陷入了沉思。他心中涌起了一个痛苦的、模模糊糊的想法——他想：他疯了，在这个时候他已经既不能思考，也无力保护自己，而且也许根本就不应该做他现在所做的这一切……“我的天哪！应该逃跑，逃跑！”他咕哝着，于是往过道跑去。但这儿等待他的却是一桩惊恐的事，这样惊恐的事，当然啦，他还从经历过。

他站在那儿望着，简直不相信自己的眼睛：外面的门，从过道通往楼梯的门，外面的房门，就是不久前他拉门铃、从那里进来的那道房门开着，甚至敞开了有整整一个手掌那么宽的一道缝：在整个这段时间里既没锁上，也没扣上门钩！老太婆可能是出于谨慎在他进去以后没有把门锁上。可是天哪！后来他分明看见了丽莎维塔！他怎么能，怎么能没想到，她总得从什么地方进来！总不会是穿墙进来的吧。

他冲到门口，把门扣上了。

“不过不对，又做错了！该走了，该走了……”

他拉下门钩，打开房门，开始倾听楼梯上有没有动静。

他留神听了好久。下边很远的地方，大概是大门口，有两个人的声音在高声刺耳地叫喊，争吵，对骂。“他们在干什么？……”他耐心等着。终于一下子静了下来，叫喊声戛然而止，人也散了。他已经想要出去了，但是突然下面一层楼上，通楼梯的房门哗啦一声开开了，有人哼着什么曲调，往楼下走下去。“他们干吗老是这么闹哄哄的！”这想法在他头脑里忽然一闪。他又掩上房门，等着。终于一切都安静下来，一个人也没有了。他已经往楼梯上迈了一步，突然又传来不知是什么人的、新的脚步声。

这脚步声听起来很远，刚刚上楼，但是他记得清清楚楚，刚一听到响声，不知为什么他就怀疑，这人一定是来这儿到四楼找老太婆的。为什么呢？是脚步声特别、与众不同吗？脚步声沉重，均匀，从容不迫。听，他已经走完第一层的楼梯，又在往上走。听得越来越清楚了！可以听到上来的那个人沉重的喘息声。听，已经上第三层了……往这儿来了！他突然觉得，他好像全身都僵硬了，就像在梦中一样，梦见有人追他，已经离逼近了，想要杀死他，可他仿佛在原地扎了根，连胳膊都不能动弹了。

最后，当这个客人已经开始上四楼的时候，他猝然一惊，即刻迅速、机警地从过道溜进屋里，随手关上了房门。然后抓起门钩，轻轻地、悄无声息地把它扣进铁环。他的本能帮助了他。扣上门以后，他立刻屏住呼吸，就躲在了房门后面。那位不速之客已经来到门口。现在他们两个是面对面站着，就跟刚才他和老太婆隔着房门面对面站着一样，他在侧耳倾听。

客人重重地喘了好几口气。"这个人一定是个大胖子，"拉斯柯尔尼科夫想，手里紧握着斧头。真的，这一切仿佛都是在做梦。客人拉住门铃，用力拉了拉。

白铁门铃刚一响，他突然好像觉得，房间里有什么东西在动。他甚至认真仔细听了几秒钟。陌生人又拉了一次门铃，然后又等了等，突然急不可耐地拼命地猛拉房门上的把手。拉斯柯尔尼科夫惊恐地瞅着在铁环里跳动的门钩，隐隐怀着恐惧心情等待着，眼看门钩就要跳出来了。真的，这看来是可能的——拉得那么猛。他本想用手去按住门钩，可是那个人会猜到的。他的头好像又开始晕起来。"我这就要昏倒了！"这个想法在他脑子里突然一闪，可是那个陌生人说话了，于是他立刻惊醒过来。

"她们在里面干什么，睡大觉呢，还是有人把她们给掐死了！该死的！"他好像在桶里说话似的吼叫起来。"喂，阿廖娜·卡捷琳娜·伊凡诺夫娜，丽莎维塔·伊凡诺夫娜，没法儿形容的美人儿！请开门！嘿，该死的，她们在睡觉，还是怎么的？"

他暴跳如雷，又使出浑身的力气一连拉了十次门铃。不用说这是个颇有权势、跟她们关系亲密的人。

就在这时候，突然从楼梯上不远的地方传来一阵细碎急促的脚步声。又有人走过来了。拉斯柯尔尼科夫一开始就没有听清。

"怎么一个人也不在家？"那个走过来的人声音响亮而愉快地对第一个来访者喊道，后者一直还在拉铃。"您好哇，柯赫！"

"从声音判断，大概是个很年轻的人。"拉斯柯尔尼科夫突然想。

“鬼知道她们，门上的锁差点儿没弄断了，”柯赫回答。“可请问您是怎么认得我的？”

“啊，是这么回事！前天，在‘加姆布里努斯’啤酒公司[1]我一连赢了您三盘台球。”

“啊……”

“这么说她们不在家吗？奇怪。真是岂有此理。老太婆能上哪儿去呢？我有事。”

“我也有事呀，老兄！”

“唉，怎么办呢？看来，只好回去了。唉——！我本想弄点儿钱用呢，”年轻人大声嚷。

“当然只好回去，可是她为什么约我来呢？老巫婆自己约我这个时候来的。要知道，我还绕了个弯儿特意赶来的。真是见鬼，我真不明白，她跑到哪儿闲逛去了？老巫婆一年到头坐在家里，萎靡不振，腿又痛，可是这会儿怎么突然散步去了呢！”

“不去问问看门的吗？”

“问什么？”

“她上哪儿去了，什么时候回来？”

“嗯……见鬼……问……要知道，她哪儿也不去……”他又拉了拉门锁上的把手。“见鬼，没有办法，走吧！”

“等等！”年轻人突然叫喊起来，“您瞧：看到了吗，拉门的时候，门在晃动？”

“那又怎么呢？”

“说明门没上锁，而是用门钩，也就是说用门钩扣着的！听到门钩在响了吗？”

“那又怎么样？”

“唉，您怎么还不明白？这说明她们两人当中总有一个在家。要是她们都出去了，一定会用钥匙从外面锁上门，而不会从里面把门扣上。可这会儿，——您听见门钩在嗒嗒地响吗？要从里面把门扣上，得有人在家才行，明白了吗？可见她们一定在家，可就是不开门！”

“哦！真的是这么回事！”感到惊讶的柯赫高声叫嚷起来。“那么她们在里面干什么？”于是他又发狂地拉起门来。

---

[1] 在瓦西利耶夫岛上开的啤酒馆。加姆布里努斯是传说中佛来米的国王，据说啤酒是他发明的。

“等等！”那个年轻人又叫喊起来，“您别拉了！这有点儿不对劲……您不是已经拉过铃，拉过门了吗——可她们就是不开；这么说，要么是她们俩都昏迷不醒，要么就是……”

“什么？”

“这么办吧：咱们去叫看门的，让他来叫醒她们。”

“有道理！”两人一起往楼下走去。

“等等！请您留在这儿，我跑下去叫管理院子的。”

“干吗留下？”

“以防万一……”

“好吧……”

“要知道，我打算当法院侦查员！很明显，显——而——易——见，这有点儿不对头！”年轻人着急地叫嚷着，跑下去了。

柯赫留了下来，又轻轻拉了拉门铃，铃又地响了一声。随后他仿佛在反复思考，细心察看，轻轻转动门把手，往外一拉，然后放开，想再一次证实，门只是用门钩扣着。然后气喘吁吁地弯下腰，往锁孔里张望，可是因为钥匙从里面插在锁孔里，所以什么也看不见。

拉斯柯尔尼科夫站在门边，紧紧攥着斧头。他好像在发高烧。他甚至做好了准备，等他们一进来，就和他们搏斗。当他们敲门和商议的时候，有好几次他突然起了这样的念头：从门后对他们大声叫喊，一下子把一切结束。有时他想和他们对骂，戏弄他们，直到把门打开。“但愿快一点儿！”这个想法在他脑子里一闪而过。

“可是他，见鬼……”

时间在过去，一分钟，两分钟——一个人也没来。柯赫动了动。

“可是见鬼……”他突然喊了一声，不耐烦地撇开自己的任务，也匆匆下楼去了，只听见靴子在楼梯上咚咚地响。脚步声消失了。

“上帝啊，怎么办呢？”

拉斯柯尔尼科夫拔下门钩，把门微微打开一条缝，一点声音也听不到，突然，他一点也不犹豫，走了出来，随手掩上房门，尽可能把它关严一些，然后走下楼去了。

他已经下了三道楼梯，下面突然传来一阵很吵闹的喧闹声，——躲到哪儿去呢！无处可以藏身。他本想往回跑，想要重新回到房间里去。

“哎，妖怪，魔鬼！抓住他！”

有人大喊道，不知从哪套房子里冲出来，不是跑下楼梯去，而好像是从楼梯上跌了下去，同时还扯着嗓子大喊：

“米季卡！米季卡！米季卡！米季卡！米季卡！活见鬼！”这阵喊声以一声尖叫结束，最后的尾音已经是从院子里传来的了——一切恢复平静。但就在这个时候，有好几个人急速地高声说着话，闹嚷嚷地走上楼来了。一共有三四个人。他听出了那个年轻人的声音。“是他们！”

他完全绝望了，一直迎着他们走去：豁出去了！如果他们拦住他，那就全完了；让他走，也完了：他们准会记住他。他们已经快要碰到一起了，在他们之间总共只剩了一道楼梯，——可是他突然得救了！离他只有几级楼梯，右边有一套空房子，房门大敞四开，就是二楼上有一些工人在里面油漆房间的那套房子，可这会儿，就像安排好了似的，工人都出去了。大概刚才正是他们大喊跑了出去。地板刚刚油漆过，房屋中间放着一个小桶和一个小罐，里面盛着油漆和一把刷子。他一溜烟就溜进敞着的门内，躲在墙后边，也正是这个时候，他们已经站在楼梯平台上了。接着他们拐弯往上走去，高声谈论着，从门前经过，上四楼去了。他等了一会儿，踮着脚尖走出了房门，跑下楼去。

楼梯上一个人也没有！大门口也没有人。他急忙穿过门洞，往左一拐上了街上。

他清楚地知道，知道得清清楚楚，他们这时已经在那套房子里了，看到房门没扣，他们一定感到十分惊讶，因为房门刚刚还是扣着的，他们此刻在看尸体了，而且过不了多久就会猜到，而且完全明白，刚刚凶手就在这儿，他不知躲到哪里，从他们身边溜走，逃跑了；也许他们还会猜到，他们上楼的时候，凶手就躲在那套空房子里。然而无论如何他也不敢加快脚步，走得太快，虽然距离第一个拐弯处已经只剩下百来步远了。“要不要溜进门洞里，在一个不熟悉的楼梯上等一会儿？不，绝对不行！要不要把斧头扔掉呢？要不要叫辆马车！糟糕，真糟糕！”

他终于看到一条胡同，于是他半死不活地转弯进了胡同。这时他已经差不多得救了，他明白这一点：在这儿嫌疑会小一些，何况这里来来往往的人多得很，他可以像一粒沙一样消失在人群之中。但是所有这些痛苦已经使他疲惫不堪，他几乎走不动了。他汗如雨下，脖子全都湿了。“瞧，他喝醉了！”当他走到运河边的时候，有人冲着他喊了一声。

他现在有点儿迷迷糊糊，越往前走，越发控制不住自己。可是他还记得，当他走到运河边的时候，突然吃了一惊，因为这儿人少，比较惹人注意，于是想转回到巷子里去。尽管他几乎要跌倒了，可还是绕了个弯，完全从另一个不同的方向走回家去。

他进自己住房的大门时，神智不完全清醒，至少到他已经上了楼梯的时候，才想起那把斧头来。可还有一件非常重要的任事情须完成：把斧子放回原处，而且要尽可能不被任何人发觉。当然，他已经没有思考判断的能力了，也许他压根儿不把斧头放回原处，而是把它扔到别人家的院子里，哪怕是以后这么做，也要比现在放回去好得多。

可是一切都很顺利。看门的人住的小屋门虚掩着，不过没有锁上，可见看门的人多半在家，可是他已经失去思考的能力，所以连想也没想，居然径直走近看门的人的住房，推开了门。如果看门的人问他："干什么？"说不定他会把斧子直接交给他。可是看门的人又没在家，他立刻把斧子放回长凳底下原来的地方，甚至仍然用一块劈柴把它遮住。以后，一直到他回到自己屋里，连一个人，连一个人影也没碰到。女房东的门关上了。走进自己屋里，他立刻和衣倒在长沙发上，他没睡，但是处于一种昏昏沉沉的状态。如果当时有人走进他的屋子，他准会立刻跳起来，大声叫喊。一些零零碎碎的思想片断飞也似掠过他的脑海，但是他一点儿也弄不懂自己在想什么，甚至不管他如何努力集中思想，却怎么也不能让思想停留在某一点上……

第二章

第一节

他这样躺了很久。有时他也仿佛醒了，在醒来的时候他发觉早已是夜里了，可是他根本不想起来。最后他发现天已经明亮起来。他仰面躺在沙发上，由于不久前的昏睡，这时他还在呆呆地出神。街上一阵阵可怕而绝望的哀号传到他的耳中，听起来十分刺耳，每天夜里两点多钟他都听到自己窗下有这种声音。现在正是这阵号哭声吵醒了他。“啊！那些喝醉酒的人已经从小酒馆里出来了，”他想，“两点多钟了，”想到这里，他突然一跃而起，好像有人把他从沙发上猛地拉了起来。“怎么，已经两点多了！”他坐到沙发上，——立刻想起了一切！突然，霎时间他什么都想起来了！

最初一瞬间，他认为自己准是疯了。他的全身因为害怕而战栗，不过打寒战一部分是由于发烧，他睡着的时候身上开始发烧了。现在突然一阵发冷，冷得差不多牙齿都要蹦出来，浑身猛烈地哆嗦起来。他打开房门，开始倾听外面的动静：整幢房子完全都处于梦乡。他惊奇地打量了一下自己，打量着屋内的一切，他不明白：昨天晚上他进来以后怎么会不扣上门钩，不仅没有脱衣服，甚至连帽子也没摘，就倒到沙发上了：帽子掉了下来，滚到了枕头旁边的地板上。“要是有人进来过，他会怎么想呢？他会认为我喝醉了，不过……”他冲到窗前。天已经大亮了，他赶快从头到脚，把自己身上的一切认真检查了一遍，还仔细察看了大衣：有没有什么血迹？不过这样看还不行。他打着寒战，一面动手脱下所有衣服，又把全身仔仔细细检查了一遍。他把衣服都翻过来，连一根线、最后一块布也不放过，他不相信自己，反复检查了三遍。可是什么也没看出来，似乎没留下任何痕迹，只是在裤子下面的角上磨破了的地方留下一片浓浓的、已经凝结起来的血迹。他拿起一把大折刀，把裤子毛边割了下来。好像再没有什么痕迹了。突然他想起来他从老太婆身上和箱子里拿来的钱袋和那些东西，到现在还放在他的几个口袋里！至今他还没想到要把这些拿出来藏好！甚至现在，他察看衣服的时候，也还没有想到那些东西！这该怎么办呢？他马上急急忙忙把它们掏出来，扔在了桌子上。他把这些东西全都拿了出来，连口袋都翻过来看了看，看看是否还有什么留在里面，然后把这堆东西统统拿到墙角落里。就在那个角落里，墙脚下有的地方的墙纸已经剥落，还被撕了一个窟窿，他马上动手把所有东西塞进那儿的一个窟窿里，塞到墙纸下面，“塞进去了！什么东西都看不见了，钱袋也藏起来了！”他高兴地想，然后站起起身来，呆呆地望着那个角落，望着那个塞得鼓起来的窟窿。突然他惊恐地全身哆嗦了一下：“我的天哪，”他绝望地嘟囔着：“我怎么啦？难道这就叫藏起来了吗？有这样藏的吗？”

不错，他本来就没想过要藏东西，他只是想要钱，所以他没有提前找好藏东西的地方。“但是现在，现在我有什么值得高兴的呢？”他想，“难道有这样藏东西的吗？我的大脑真不管用！”他疲惫不堪地在沙发上坐了下来，马上又无法忍受地全身颤抖。他不由自主地从旁边的椅子上拿起他当大学生时穿过的一件冬大衣，虽然大衣已经千疮百孔了，但是仍然很暖和，他盖上大衣，又一次进入睡梦和昏迷的状态。他沉沉地睡去了。

过了不到五分钟，他又从沙发上一跃而起，又立刻丧失理智地朝自己那件衣服扑过去。“事情还没有完全办好，我怎么又睡觉呢？可不是，可不是：我现在还没拆掉腋下的环扣呢！我忘了，居然把这事儿给忘了！那可是一件明显的罪证！”他扯下环扣，连忙把它撕碎了，然后塞进了枕头下面的衣服里。“撕碎的布是完全不可能引起人们注意的，不可能的，不可能的！”他反复说着。他站在房间中央，又开始聚精会神地检查起四周的一切，把地板与每个角落都仔细检查过了，看看还有没有什么东西被漏掉。他深信，他的一切，甚至记忆力，就连最简单的思维能力都消失了，为此他感到十分痛苦。“怎么，难道已经临头了？难道我的惩罚已经来了吗？看，看，真是这样！”真的，他从裤子上割下来的毛布条，就那样丢在房间里的地上，任何人进来都能看见！“我到底怎么啦？”他失魂落魄地叫喊起来。

这时候他脑子里产生了一个古奇的念头：也许他的衣服上全沾上了血迹，可能有许多血迹，只是他看不见，没有发现而已，因为他的思考能力减弱了，不管用了……他大脑中一片混乱……突然他想到钱包上也沾上了血。“哎呀，那我的口袋里面肯定也有血，因为我把血还没干的钱包装进口袋了！”他立刻把口袋翻过来，一点儿没错！口袋的里子上血迹斑斑，一块块的斑点！“也许我还没有彻底丧失理智，还有理解力和记忆力，我既然忽然发现、想起了这一点，”他得意洋洋地想着，长长地、愉快地敞开胸怀舒了口气，“只是发烧后的虚弱，暂时的神志不清。”然后他把左侧裤兜的里子全都撕掉了。这时候阳光照到他的左靴上：从破靴洞里露出来的袜子上似乎也能看到血迹。他急忙脱下靴子：“真的有血！袜尖上沾满了血”，当时他肯定是不小心踩在那摊血上了……“但是现在该怎么办呢？袜子、破布条、衣兜，这些东西我该藏到什么地方去呢？”

他捧着这些东西，站在房间中间。“扔到炉子里去吗？但是他们肯定会先检查炉子的。烧掉吗？但是拿什么烧呀？连根火柴都没有。不，不如去外面，把它们扔到什么地方。是的！最好是把它们扔掉！”他不停地说着，然后又在沙发上坐下，“现在就去，马上就去，不能拖延……”可是他并没有那么做，他的头重新又躺回到了枕头上，那种无法忍受的寒战又传遍了他的全身，他又拉过那件大衣盖在了身上。过了很久，也许有好几个钟头，他总觉得神志不清，他断断续续地想着：“得立刻走，不能耽搁，不管去哪里，把这些全都扔了，以免有人发现它们，快一点儿，快一点儿！”他好几次试图挣扎着由沙发上爬起来，但怎么也爬不起来。一阵响亮的敲门声总算把他完全惊醒了。

“快开门，你到底死了还是活着？他总是睡不醒！”娜斯塔霞喊着，用拳头使劲儿砸门，“一天到晚，像狗似的只知道睡觉！真像一条狗。快开门。已经十点多了。”

“他可能没在家吧！”一个男人说道。

“哎呀，这是那个看门人的声音……他要做什么？”

他赶紧爬起来，坐在了沙发上。他狂跳的心感到痛楚。

“那又是谁反锁了这门呢？”娜斯塔霞反驳道，“看，把门锁上了！怕他自己给人偷走吗？快开门，傻瓜，快醒醒！’，

“他们要来做什么？看门的来干什么？难道被人发现了？到底是拒捕还是把门打开呢？豁出去……”

他抬起上半身，向前探着，把门钩取了下来。

他这个房间那么小，在床上也能拿掉门钩。果然，看门的和娜斯塔霞站在门口。

娜斯塔霞用有点怪异的目光看了看他。他带着一种挑衅而绝望的神

情瞥了看门人一眼。看门人一言不发，把一张对折着并用火漆封住的灰纸向他递去。

“这是局里的传票。”他把那张纸向他递过去的同时说道。

“什么局……”

“警察局，传你去局里。什么局还不是很明显嘛。”

“去警察局……干什么……”

“我怎么知道？让你去，你就去吧。”看门的认真看了看，又四下里看了看，转身准备走了。

“他好像病得很重！”娜斯塔霞目不转睛地看着他说。看门的也扭头仔细看了他片刻。“他从昨天开始就在发烧。”她又补充了一句。

拉斯柯尔尼科夫没有回答，他手里拿着那张纸，并没有去打开它。

“那你就别起来了，”娜斯塔霞接着说，她看到他的脚从沙发上伸下来，不由得对他同情起来了。“既然生病，就别去了。不着急。你手中拿着什么？”

他看了看。他右手抓着割掉的破布条、袜子与撕下来的衣兜的破布。他就这样拿着这些东西昏睡过去了。后来他思考这些事情的时候，他想起他发烧的时候迷迷糊糊，将这些东西紧紧地抓在手中，就这样又睡着了。

“看，他抓着一堆破烂儿，拿着它睡觉，好像是抓着什么宝贝一样……”接着娜斯塔霞发疯般地哈哈大笑起来。他马上把这些东西全部塞到大衣底下，目不转睛地看着她。尽管当时他还不太可能完全有条理地思考问题，可是他感觉到，假如是来逮捕他的，那不可能用这样的态度来对待他了。“但是……警察局？”

“喝杯茶好吧？要吗？我给你端过来，还剩一点儿……”

“不……我去吧。我马上就去。”他含糊不清地说着站起身来。

“你八成连楼梯也下不了吧？”

“我要去……”

“随便你。”

她跟在看门人后面离开了。他马上跑到有光亮处，看着那只袜子与破布条。

“有血迹，但是不太明显；都弄脏了，被蹭掉了，而且也褪了色。事先不知道的人，是不会发现什么的。因此，谢天谢地，娜斯塔霞站在远处，她什么都不会注意的！”然后他胆战心惊地打开那张传票看起来，他看了很长时间，好容易才看明白。这只不过是区里送来的一张普通传票，让他那天九点半到警察分局长的办公室去。

“这是什么时候的事呀？我和警察局从来没有过什么关系呀！为什么偏偏今天让我去呢？”他在痛苦的狐疑中思忖着，“主啊，快点儿吧！”他刚想跪下去祷告，却又自己大笑起来——并不是笑祷告，而是笑他自己。他急忙穿好衣服。“豁出去了，总之是一样的！穿好袜子！”他突然想起来，“多吃点儿尘土，血迹就看不出来了。”不过他刚穿好袜子，立刻又厌恶而恐惧地脱下了它。可是脱下来以后，想起没有其他袜子，只好又将它捡起来重新穿上，他又放声大笑起来。“什么都有条件的，什么都是相对的，这只不过是一种形式罢了，”他匆匆想道，但是这种想法只是迅速地一闪而过，他自己却在浑身颤抖，“结果我还是穿上了！到底穿上它了！”可是他的笑声马上又成了悲伤和绝望。“不行，我实在无法忍受……”他心想。他的双腿颤抖不已。“这是因为害怕，”他含糊不清地喃喃自语道。他的头因为发烧而感到又晕又疼。“这是个诡计！他们是要把我骗到那里去，然后再给我来个猝不及防？”他出来走到楼梯上时，继续这样想着，“可恶的是我好像是在胡说八道……我会胡说八道的……”

踏上楼梯时，他想到把那些东西全都那样藏在墙窟窿里了，“没准他们打算趁我出去时来这儿搜查。”他想着，于是停住了脚步。但这时候他又忽然感到悲观绝望了，油然生出一种或许可以称作豁出去了的心理，于是他挥了挥手又接着朝前走去。

“只是再快点儿就好了……”

街上热得使人难以忍受，这些天里哪怕只落一滴雨也行啊。又是尘土、砖与石灰，又有小铺子与小酒馆中散发出来的臭气，还有随时都会碰到的醉汉、芬兰小贩和东倒西歪的破马车。阳光强烈地照在他眼上，让他看东西的时候感到刺痛，他头晕目眩了——在阳光灿烂的天气，一个患了寒热的人突然从房间里跑出来，一般都会产生这种感觉。

当他来到昨天那条大街转弯处的时候，他怀着痛苦而又惊慌的心情鬼鬼祟祟地向那条街、那座房子看了一眼……可是马上立刻就将目光移开了。

“要是他们问我，我说不定会向他们和盘托出。”在走到警察局附近时，他这样想着。

警察局和他的住处只相隔大约四分之一俄里，最近刚搬到一座新住房四楼的一个套间里。以前的警察局他去过，只停留了很短的一会儿工夫，但那已经是很久前的事了。走到门洞里时，他看到右边有楼梯，一个乡下人正拿着一个户口簿下楼：“看样子这是看门的。这么说，这里就是警察局了。”然后他就想当然地上楼去了。他不想向别人打听什么事情。

“我一进门就跪下，把一切都说出来……”他到了四楼以后这样想。

楼梯又窄又陡，遍地污水。四层楼上所有住房的厨房的门全是朝楼梯开着，并且几乎整天都这样敞开着，所以极其闷热。人们在川流不息地上上下下：有胳膊底下夹着本子的看门人，有当差的，也有各种各样来办事的男人女人。警察局的门也总是开着。他走进去，在过廊里站住了。经常有一些乡下汉站在这儿等候。这儿也热得可怕，另外，重新漆过的房间里散发着一种还没有完全干透的、带有臭味的油漆味，简直令人作呕。片刻之后，他打定主意继续向前走，走到里边那个房间。每一个房间都是又矮又小。一种急不可耐的心情不断地驱使他向前走。谁都没有留意到他。在第二个屋子里，有几个职员正坐在那里抄写什么，他们的穿着不过比他好一点儿，看起来都古里古怪的。他朝其中的一个人走过去。

“你有事儿吗？”

他掏出警察局送去的传票。

“您是一名大学生吗？”那个人扫了一眼传票，问道。

“是，以前是大学生。”

职员毫不好奇地看了看他。那个人的头发很乱，眼中透露出一种木然的神色。

“从这个人嘴里是打听不到任何消息的，因为他对什么都漠不关心。”拉斯柯尔尼科夫想道。

“去那里找办事员。”秘书用手指了指最后那个房间说。

他走到那个房间里（第四间屋子），房间很小，里边挤了很多人，比其他房间里的人们穿得稍微整齐点儿。在来访者当中还有两位妇女。一位身着丧服，穿着很寒酸，她就坐在小公务员对面的桌旁，一边听他口授一边写些什么。另外一个女人很胖，脸色紫红，脸上长着斑点，身材高大，衣着非常华丽，胸前戴着一枚跟茶碟一样大的胸针。她就站在旁边，分明是在等着什么。拉斯柯尔尼科夫将传票递到办事员面前。办事员迅速地扫了一眼，说了句“待会儿”，于是又去给那个穿丧服的女人口授些东西。

拉斯柯尔尼科夫较为畅快地松了口气。“大概和那件事没关系！”他慢慢地打起了精神，竭力鼓舞自己要振作起来，必须保持清醒。

“要是稍一糊涂，稍微有一点儿疏忽，就有可能暴露自己！嗯……只是这里的空气不好……”他继续想着，“实在太闷……使我头晕得更厉害，大脑也……”

他感到心烦意乱。他唯恐不能自已。他极力要把注意力集中到什么事情上去，随便是什么毫不相关的事情，然而做不到。但是，那名办事员引起了他极大的兴趣：他总想从他的表情中看出他在想些什么，并把他品透。这个办事员还很年轻，二十二岁左右，一张黝黑而富于表情的脸，显得要比实际年龄大些。他的衣服非常时尚，俨然是个花花公子，头发在脑袋后边分开，梳理得很整齐，而且涂过发油。他那用刷子刷得干干净净的白皙的手指上戴着有宝石的和没有宝石的戒指，坎肩上挂着一条金链。他还对曾来过这个房间的一个外国人用法语说过几句话，并且说得还很好。

“拉薇莎·卡捷琳娜·伊凡诺夫娜，请坐吧，”他随口对那个脸色紫红、衣着十分讲究的女人说，那个女人还是站在那里，虽然身边就放着把椅子，却仿佛不敢坐下一样。

“谢谢您，”那个女人说道，绸衣服沙沙地响了几下，就小心翼翼地坐在椅子上了。她那条镶着白花边的淡蓝色连衣裙，就像个气球似的在椅子四周散开了，几乎占了半个房间。她身上还散发着一股香水味。就是因为她占了半个房间，身上还有这样一股浓郁的香味，因此她很明显有些不安。尽管她既无耻又放肆地笑着，可是仍然显出局促不安的神情。

穿丧服的女人总算办完了她的手续，正要站起身来时，突然听到一阵脚步声，然后一个警官神气十足地走了进来，他每走一步就颇为奇怪地晃动一下肩膀，他把带有帽徽的军帽往桌上一扔，坐进一把圈椅里。穿着华丽的女人一看到他，就马上从椅子上霍地站起身来，带着一种特别高兴的神色向他屈膝行礼，可是警官丝毫没有注意到她，她也没敢再当着他的面坐下。这个人是警察分局的副局长，他的鼻子、眼睛都小得出奇，棕黄色的八字胡平行着伸向两边，脸上有些傲慢无礼的神情，但除此之外，也没有什么特别的。他带着几分怒气扫了拉斯柯尔尼科夫一眼：拉斯柯尔尼科夫的衣服实在太破太脏，不像样儿了，但是不管他多么贫穷，他的神情气派还是和他的衣服丝毫都不相配。拉斯柯尔尼科夫由于太不谨慎，竟直勾勾地盯着那位警官很久，因而惹怒了他。

“你有什么事吗？”他喊道，这个穿着破衣烂衫的家伙并没有因他闪电般的目光而惊慌失措，这也许使他感到非常惊讶。

“你们让我来的……发了传票……”拉斯柯尔尼科夫从容不迫地说道。

“这是向大学生追讨欠款的案子，”办事员放下手中的文件，忙不迭地插嘴说，“这个！”他向拉斯柯尔尼科夫扔过去一个本子，指了指上边的一个地方。“您自己看吧！”

“欠款？什么欠款？”拉斯柯尔尼科夫心想，“但是……看来不是那件事。”他兴奋得颤抖起来，突然感到一种难以形容的轻松，如释重负。

“先生，通知您几点来的？”那名中尉喊道。不知道为什么，他似乎愈来愈生气了，“让您九点来，可现在已经十二点了！”

“传票是一刻钟前才交给我的，”拉斯柯尔尼科夫回过头去高声回答道。他也突然出人意料地发起脾气来了，并且对此感到有种愉悦感，“我病了，发着烧就跑到这里来了，这难道还不够吗？”

“您不要大声嚷嚷！”

“我并没有大声嚷嚷，我说话很心平气和，是您在对我大吼大叫。我是名大学生，我不允许任何人对我乱吼乱叫的。”

副局长气得暴跳如雷，忽然连话都讲不出来了，只是不停地从他嘴里飞出一些唾沫。他从座位上霍地跳起来。

“闭——嘴！您这是在政府机关里。请不要放——肆，先生！”

“您也是在政府机关里，”拉斯柯尔尼科夫大声吼道，“您不仅在这大吼大叫，还在吸烟呢，由此可见，您不尊重我们大家。”说完这些话之后，拉斯柯尔尼科夫感到有一种无以言表的愉快。

办事员笑容可掬地看着他们两个。脾气暴躁的中尉看起来非常窘迫。

“这不用您管！”他最后用一种有点儿异样的声音高声叫道，“请您现在书面回答，回答对您的控诉。叫他看一看，亚历山大·格里戈里耶维奇。有人控诉您！您欠钱不还！哼，这还算是什么好汉！”

拉斯柯尔尼科夫早就不再听他说了。他迫不及待地拿过那份控诉书，急着要寻找答案。他看了一遍、两遍，依然没看懂。

“这到底是怎么回事？”他向办事员问道。

“这是凭借据要求您还钱，追讨欠款。您要么立刻把所有的诉讼费用、罚金等完全还清，要么立下书面字据，写清什么时间可以偿还债款，并且担保在还清欠款以前不离开首都，也不变卖或藏起自己的财物。债权人可以变卖您的财产并且依法向您提出控诉。”

“但是我……没有欠过谁的钱啊！”

“那不关我们的事。这是您九个月以前写给八等文官扎尔尼岑寡妇的一张一百一十五卢布的借据，这张借据早就已经过期了，已依法做出拒付证书，扎尔尼岑寡妇又将这张借据转让给了七等文官切巴罗夫，现在这张借据已经递交给我们要求追索，正是因此，我们才将您请来作出答复。”

“她不就是我的女房东吗！”

“是您的女房东又怎么样呢？”

办事员露出一种同情与宽厚的笑容看着他，与此同时还带着些许得意洋洋的神情，仿佛看着一个初上战场的新兵，在说：“哎，现在你感觉怎么样啊？”不过现在他哪里还有心情去管什么借据，去管什么追索欠款呢！如今这件事值得担心吗！或者说值得在意吗！他就在那儿看着，听着，回答着，甚至自己还在提问，但这一切都是毫无意识的。有一种保全了自己的喜悦和从致命的危险中解脱出来的侥幸的感觉此时此刻涌遍了他的全身，他没有预测，没有分析，没有对将来的猜测或者推测，也没有疑虑和追问。这一时刻的欢乐是充分的、纯真的，纯粹是动物性的欢乐。可就在这个时候，办公室里发生了一件事情，像雷鸣电闪般突然和使人震惊。中尉被拉斯柯尔尼科夫的放肆惹怒了，火冒三丈，脸气得发红，为了维护自己被伤害的尊严，他把满腔怒火十分明显地全都发泄到那个不幸的“穿着华丽的太太”身上。那个女人在他进来之后就一直带着那种愚蠢的微笑看着他。

“你这个没皮没脸、不知羞耻的下贱货！”突然，他提高嗓门大喊大叫（穿丧服的女人此刻已出去）。“昨天晚上你家里发生什么事了？嗯？又丢人现眼地把整条街都吵翻了天。又是斗殴又是喝酒。你是不是想进拘留所呀？我已经警告你有十次了，早对你说过，第十一次绝不会饶你的！但你还是，还是不知羞耻、没皮没脸的！”

拉斯柯尔尼科夫手中的公文也落到了地上，他惊异地看着那个受到无礼谩骂的穿着华丽的太太，可是他不久便搞清了怎么回事，所以他立刻又开始对这件事感到满意了。他快乐地倾听着，真想放声大笑，哈哈大笑，哈哈大笑……他所有的神经好像完全处于极度的兴奋状态中。

“伊利亚·彼得罗维奇！”那名办事员刚要关切地说，可是又立马闭了嘴，对这个大发雷霆的中尉，除了拼命抓住他的手之外，根据自己的经验是没有其他办法能够把他制止住。

而那位穿着华丽的太太，开始被这阵雷电似的大骂吓得全身发抖，但是说来也怪，骂得愈凶，她就显得愈殷勤，愈是带着迷人的笑容看着那位面目狰狞的中尉。她在那里踏着碎步，不停地屈膝行礼，而且急不可耐地等待说话的机会，最后她终于等到了机会。

“长官先生，我家没人闹事，也没人打架，”她突然喋喋不休地说起话来，就像一把豌豆突然撒落到地上似的。她的俄语说得非常利落，尽管带着很重的德国口音，“我也没干什么丢脸的事，他们是喝醉以后来的，我说的全都是事实，长官先生，这不是我的错……我家是很规矩的，长官先生，我的态度也很规矩的！长官先生，我向来，向来，我不喜欢干丢脸的事。但他们是完全喝醉了以后来的，然后又要了三瓶，后来有个人抬起腿来，用脚去弹钢琴，在一个规规矩矩的人家，这么做很不好，他把钢琴都给弄坏了，于是我说，这也太不像话了。他便抓起酒瓶，见人就打，用酒瓶捅人的后背。这时候我赶紧叫来了看门的。卡尔一来，他就揪住卡尔，打了卡尔的眼睛，然后还打了亨利埃特的眼睛，我的脸也挨了五巴掌。在一个本分的家庭里这么做是非常不礼貌的，长官先生，我就开始大喊大叫。于是他推开临河的窗子，站在窗前像小猪似的叫唤。这太丢人了。怎么能站在窗前像小猪似的冲着大街号叫呢！呸！呸！呸！于是，卡尔便从背后扯住他的燕尾服，将他从窗户那儿拉走，这都是事实，长官先生，他撕破了他的燕尾服。他就嚷嚷着要赔他十五卢布。长官先生，我于是掏出五个卢布给了他。这可不是一个规矩的客人，长官先生，任何丢脸的事他都做得出来！他还说：‘我将发文来讽刺你们，因为我可以在任何报纸上发表文章骂你们。’”

“这样说来，他是个舞文弄墨的了？”

“没错，长官先生，在一个规规矩矩的人家，这是个多不规矩的客人呀……”

“行了，行了，行了！别说了！我已经告诉过你了，告诉过，我不是告诉过你吗……”

“伊利亚·彼得罗维奇！”办事员又耐人寻味地喊了他一声。中尉匆匆地瞥了他一眼，办事员微微地点了点头。

“……我再最后告诉你一次，尊敬的拉薇莎·卡捷琳娜·伊凡诺夫娜，这可是最后一次了，”中尉继续说，“如果在你那个规矩的家里再发生什么吵闹打架的丑事，哪怕再发生一次，那我也会像用高雅话说的那样‘查办’。听到了吗？一个文学家，一个舞文弄墨的，在一个‘规矩的家庭里’为了一件上衣的后襟被撕破，就拿走人家五卢布？哼，这些舞文弄墨的！”说完，他向拉斯柯尔尼科夫轻蔑地瞥了一眼，“前天在一个酒馆中也发生过这样一件丑事：吃了饭不想付，还说：‘我要发表一篇文章，将你们大加讽刺一番。’上个星期，还有一个文人，在一只轮船上，居然用最不堪入耳的话骂一位五等文官的家眷，骂了他的夫人和女儿。几天前，还有一个人被人家从一个点心店赶了出来。哼，这些舞文弄墨的，文学家们，大学生们，人民的喉舌们，全都是这号人物……呸！滚你的吧！有朝一日我会亲自去那里看你，你可小心着点儿吧！听到没有？”

拉薇莎·卡捷琳娜·伊凡诺夫娜赶紧万分殷勤地向各方行屈膝礼，一边行礼，一边后退到门口，可是在门口她居然一屁股撞到了一名相貌英俊的警官身上，这个人方面大耳，容光焕发，留了一脸很漂亮的浓密的淡黄色络腮胡子。这正是警察分局长尼科吉姆·弗米契本人。拉薇莎·卡捷琳娜·伊凡诺夫娜连忙行屈膝礼，差一点碰到地板，随后迈着飞快的碎步连蹦带跳地朝办公室外面跑去。

“又是轰隆作响，又是打雷闪电，又是龙卷风和暴风雨！”尼科吉姆·弗米契客气而友善地对伊利亚·彼得罗维奇说，“又生气，又发脾气了！我还在楼梯上就听见了！”

“那又怎么了！”伊利亚·彼得罗维奇以一种高傲的满不在乎的态度说，然后拿起几份公文，向另一张桌子走去，他每迈一步都会装腔作势地扭动一下肩膀，脚向哪边迈，肩膀也就随之向哪边歪，“请看这位：一个舞文弄墨的，不，一名大学生，也就是说，从前是名大学生，这家伙欠钱不肯还，立了期票。到期不肯还，还不肯搬家，债主不断控诉他，但是他还非常不满，嫌我在他面前吸烟！自己的做法下流无耻，您看，请您再看看他，瞧他现在的样子多么讨人喜欢！”

“贫非罪，我的朋友，这算不了什么。人人都知道他脾气暴躁，受不得委屈。他肯定有什么地方得罪了您，因此您才忍不住了。”尼科吉姆·弗米契转过脸去，客气地看着拉斯柯尔尼科夫，又说，“但是您又何必呢！他是一个非常好的人，可就像是炸药、炸药！一点就着，发一通火，也就什么事都没了！全都过去了！归根到底还是有一颗像金子一般的心！在部队里，大家都叫他‘炸药中尉’……”

“这是多么好的部队啊！”伊利亚·彼得罗维奇感慨万千地说，他对这种友好的打趣感到非常满意，虽然还在气头上。

拉斯柯尔尼科夫突然想起要对他们大家说些十分中听的话。

“对不起，长官。”他突然转身面向尼科吉姆·弗米契，毫不拘束地说道，“请您站在我的角度为我考虑一下……如果我有什么地方得罪了那位先生，我会祈求他的原谅。我是个贫病交加的穷大学生。我被贫困给压垮了。我从前是名大学生，由于我目前连自己的生活都无法维持，不过我很快就会得到一笔钱……我母亲与妹妹在某省……当她们把钱给我汇来以后，我一定……会偿还债款的。我的女房东是一个心地善良的人，但是我因为丢掉了教学的工作，已经有三个多月没有交房租了，这把她给气坏了，甚至连饭也不让我吃……我完全不知道这是一张什么期票！她现在让我凭这张借据还她钱，可是我拿什么还她呀？你们想一下……”

“这事与我们无关……”办事员插嘴说。

“是啊，是啊，您说得很对，我完全赞同您的说法。但是请允许我说明一下……”拉斯柯尔尼科夫继续说，可是他没有对办事员说，而一直在对尼科吉姆·弗米契说，并且也竭力表示对伊利亚·彼得罗维奇说，这时候那位副局长正固执地装出一副翻阅公文的样子，轻蔑地摆出一副不理睬他的样子。“请允许我来解释一下，自从我从外省到这里以来，就一直住在她那儿，住了差不多将近三年了，当初……当初……我为什么不实话实说呢，当初我答应要和她女儿结婚，这只是口头上答应，随便说说而已……她是位年轻姑娘……实际上我也喜欢她……尽管我并不爱她……总的来说，年轻嘛，我想说的是，当初我的女房东慷慨地借给我许多钱，我就在某种程度上过那种日子……我太轻率了……”

“谁也没有让你谈这些隐私，先生，再说也没时间。”伊利亚·彼得罗维奇用一种粗鲁的、洋洋得意的口气打断了他的话，可是拉斯柯尔尼科夫激动地打断了他，尽管他突然感觉讲话十分费力。

“请允许我，允许我说把话说完……说清这件事的来龙去脉……对我来说……说这些话虽然是多余的。我赞同你们的看法，但是一年前，那位姑娘患伤寒病死了。我跟以前一样住在她那里，我的女房东搬进现在这套住房时，她对我说……客气地对我说……她非常相信我……不过问我愿不愿意给她立一张一百一十五卢布的借据，她觉得我一共应该还她这么多钱。对不起，她就是这样说的，我如果给她立了这个借据，她还可以继续借钱给我。想借多少就借多少，我能还清钱之前，她绝不，绝不——这都是她亲口说的——她绝不使用这张借据……可是现在，在我丢掉了教学的工作，衣食没有着落时，她却提出讨债……现在我还有什么可说的呢？”

“这些感人的故事都与我们无关，先生，”伊利亚·彼得罗维奇再次蛮横无理地把他的话打断了，“您必须作书面回答与保证，而您在什么地方爱上了什么人与这一切悲剧性的故事，都不关我们的事。”

“你也未免……太残酷无情了……”尼科吉姆·弗米契含糊不清地说着在桌前坐下了，然后就在文件上开始签字。他不知怎的，看起来也有些难为情。

“写。”办事员对拉斯柯尔尼科夫说道。

“写什么呀？”拉斯柯尔尼科夫非常粗暴地问。

“我念，您来写。”

拉斯柯尔尼科夫感觉到，在他做出这番自白之后，办事员对他更不客气，更不把他当回事了，然而，奇怪的是，他又突然发现他对所有人的看法都毫不在乎了，而这个变化仅仅发生在一刹那间，在一分钟之内发生的。如果他能动动脑筋的话，那么，他当然就非常惊讶，一分钟之前他怎么会对他们说这种话，而且奢望用自己的感情博得他们的同情呢？这些感情又是从哪儿来的呢？正好相反，要是这会儿挤满这个房间的不是警官，而是他最好的朋友，他肯定不会有一句含有人情的话来对他们说，他的心猛然变得那么空虚啊！他忽然清楚地意识到，他心里感觉到痛苦、无止境的孤独以及与世隔绝的冷漠。使他发生变化的并不是他在伊利亚·彼得罗维奇面前真情流露的卑劣，也不是中尉在他面前不可一世的表现。唉，现在他怎么还会有心情理会自己行为的卑鄙！怎么还有心思去理会这些人的轻蔑和什么警官、德国女人、索债、警察局等等呢！如果这时候他被宣判受火刑处罚，他也不会在意的，甚至连判决书也不见得会仔细去听。在他心中现在正发生着某种对他来说完全陌生的、全新的、突然的而且从来没有过的变化。他不但理解，并且也已经清楚地感觉到，全身心地感觉到，他不但无法再像不久前那么感情用事，也无法再以任何方式向警察局里的人说什么，哪怕这些人全是他的兄弟姐妹而不是警官，他也完全不需要再对他们吐露内心的任何感情了，而且这一生无论在什么情况下都无须再这样去做了。到这一分钟为止，他还从未体验过这么奇怪而可怕的感觉。最让他难过的是，这是一种意识与理智之外的感觉，一种直觉，一种他生平经历过的所有感觉中最令他痛苦的感觉。

这时候办事员向他口授了类似此案的一般字据格式，即：我无法偿付欠款，保证在某月某日偿还，保证不离开本市，不变卖财产，不赠送他人等等。

“您没法写字了，您几乎连笔都拿不住，”办事员怀着好奇心看着拉斯柯尔尼科夫说，“您不舒服吗？”

“是啊……头晕……说下去吧！”

“好了，请签名吧。”

办事员把字据拿走了，又去忙着办别人的事了。

拉斯柯尔尼科夫把笔还给人家，但是没有站起来，走出去，却把两个胳膊肘支在桌子上，双手紧紧地抱住了头。仿佛有人往他头顶上钉上了钉子。他突然产生了一个奇怪的想法：他想立刻站起来，到尼科吉姆·弗米契跟前去，把昨天的事原原本本地告诉他，直到最后一个细节都不遗漏，然后带他去自己的住处，把藏在墙角落那个窟窿里的东西都指给他看。这个想法是如此强烈，他已经站起来，打算这么做了。“是不是再考虑一下，哪怕再考虑一分钟呢？”这样的想法忽然又掠过他的脑海。“不，最好别考虑，从肩上卸下这副重担吧！”但是他突然呆呆地站住了：尼科吉姆·弗米契正在激动地和伊利亚·彼得罗维奇谈论着什么，这样的一些话传到了他的耳边：

“这不可能，两人都要释放。第一，一切都是自相矛盾。您想想看，如果事情是他们干的，他们干吗要去叫看门的？自己揭发自己吗？或者想耍花招呢？不会的，不然就太狡猾了！最后还有，大学生佩斯特里雅科夫进去的时候，两个看门的和一个妇女都在大门口看到了他：他和三个朋友一起来的，到了大门口才和他们分手，他向看门的打听老太婆的住址时，朋友们都还在。他要是怀着这样的目的前来，还会打听她的住址吗？至于柯赫，去老太婆那里以前，他在底下一个银匠那儿坐了半个钟头，从他那儿上楼去找老太婆时，正好是七点三刻。现在请您想想看……”

“不过，请问，他们的口供怎么会这么自相矛盾呢？他们肯定地说，他们敲门的时候门是拴着的，可是三分钟以后，他们和看门的一道上去，却发现门是开着的，这是怎么回事？”

“问题就在这里了：凶手一定是把门钩扣上，坐在里面，要不是柯赫干了件蠢事，也去找看门的，准会当场抓住凶手。而他正是在这个当口下了楼，设法从他们身边溜走的。柯赫用双手画着十字，说：‘我要留在那里的话，他准会跳出来，用斧子把我砍死的。’他还想去做俄罗斯式的祈祷呢，嘿——嘿……”

“那么谁也没看见凶手吗？”

“哪里能看得见呢？那幢房子简直像个诺亚方舟，”坐在自己座位上留神听着的办事员插了一句。

“事情是很清楚的，事情是很清楚的！”尼科吉姆·弗米契激动地反复说。

“不，事情一点儿不清楚，”伊利亚·彼得罗维奇像作结论似的说道。

拉斯柯尔尼科夫拿起自己的帽子，往门口走去，可是他没有走到门口……

当他清醒过来的时候，他发现自己坐在一把椅子上，有个人从右边扶着他，左边站着另一个人，这人拿着一个发黄的玻璃杯，杯里装满黄色的水，尼科吉姆·弗米契站在他面前，目不转睛地注视着他。他从椅子上站了起来。

“您怎么，病了吗？”尼科吉姆·弗米契用相当生硬的语气问道。

“他签名的时候，几乎连笔都拿不住了，”办事员说着坐到自己位子上，又去看公文。

“您早就病了吗？”伊利亚·彼得罗维奇从自己座位上严厉地问，他在翻阅公文。病人晕倒的时候，他当然也来观看过，不过等病人清醒过来，他就立刻走开了。

“从昨天起……”拉斯柯尔尼科夫含糊不清地回答。

“昨天您出来过吗？”

“出来过。”

“已经病了？”

“病了。”

“几点钟出来的？”

“晚上七点多。”

“去哪里呢，请问？”

“上街。”

“又简短，又明了。”

拉斯柯尔尼科夫的回答语气生硬、说话简短，脸色煞白像纸一样，在伊利亚·彼得罗维奇的目光关注下，他那双布满血丝的黑眼睛并没有低垂下去。

“他简直都站不住了，可你……”尼科吉姆·弗米契说。

“没——关——系！”伊利亚·彼得罗维奇不知怎的用一种很奇怪的语气说。尼科吉姆·弗米契本想再补上几句，可是望了望也在凝神注视着他的办事员，就没再说什么。突然大家都不说话了。奇怪。

“嗯，好吧，”伊利亚·彼得罗维奇结束了谈话，“我们不留您了。”

拉斯柯尔尼科夫出去了。他还能清清楚楚听到，他一出去之后，屋里突然立刻热烈地谈论起来，其中听得最清楚的是尼科吉姆·弗米契发问的声音……在街上他完全清醒了过来。

“搜查，搜查，马上就要去搜查了！”他慌忙地赶回家去，暗自反复思索，“这些强盗！怀疑我了！”不久前的恐惧又控制了他，从头到脚控制了他的全身。

第二节

“如果他们早就已经搜查过了呢，那该怎么办？如果我回到家里，正好碰到他们去搜查，那该怎么办呢？”

但是，这就是他的房间。任何事情都没有发生，什么人都没有，谁也没来搜查过。连娜斯塔霞都没有动过房间中的东西。但是天哪！他当初怎么会将这些东西藏在这个墙窟窿里呢？

他慌忙地朝那个角落跑去，把手伸到壁纸底下，掏出里边的东西，装到口袋里。原来总共有八样东西：两只小盒子，里边装着耳环或类似的东西——他没有仔细去看；另外还有四个不大的小山羊皮盒子。一条金链子就随随便便地包在一张报纸里。还有一个用报纸包着的东西，好像是枚勋章……

他将这堆东西分装到大衣的几个口袋里和剩下的那个右边的裤兜里，装得尽可能不惹人注意。他把钱包和其他东西也都带在身上。随后朝房间外面走去，这次，他甚至让门敞开着就走了。

他行色匆匆，脚步很坚决，尽管他感觉自己已经完全垮了，可是他的神志仍然十分清醒。他害怕被人追捕，害怕半小时或者一刻钟以后，可能会发出监视他的指示，所以，他无论如何都要在那之前把所有的罪证都消除干净。他要趁他现在还有一点气力、还多少有些思考能力的时候赶快把事情办好……上哪去呢？

这已经早就决定了：“把所有东西都扔到河里去，任何痕迹都不留下，那么事情就全完了。”昨天夜里，当他迷迷糊糊的时候，他就这样决定了，他记得，当时有好几次他竭力想要起来，跑出去：“快点，快点，把所有东西统统扔掉。”但要扔掉，却不是那么容易的。

他已经在叶卡捷琳娜运河堤岸上徘徊了约摸半个钟头了，也许还不止半个钟头，他有好几次仔细察看所碰到的岸边斜坡，但是要实现自己的意图，却是根本没有可能：要么是有木筏停靠在岸边，还有些女人在木筏上洗衣服，要么是停靠着一些小船，到处人来人往，人头攒动，而且从堤岸上，从四面八方，到处都可以看到他，注意他。要是有一个人故意走下台阶，站在那里，把什么东西扔到水里，那是要引起猜疑的。万一小盒子不沉下去，而在水面上漂流呢？当然会这样。人人都会看到。就是不扔东西，大家都已经这样盯着他了，碰到他的人都要仔细打量他，好像他们就爱注意他一个人似的。“为什么会这样呢，可能是自我感觉吧，”他想。

最后，他忽然想到，去涅瓦河边会不会好些呢？那里人比较少，也不大惹人注意，无论如何都比较合适，主要是离这儿远一些。他突然感到奇怪：他怎么能满腹忧虑，心急如焚，在这危险的地方徘徊了整整半个钟头，怎么早点儿没想出这个主意！为干一件冒冒失失的事浪费了整整半个钟头，这都是因为，这一轻率的主意是在梦中，在神智昏迷的状态中决定的！他变得非常心不在焉和健忘，他自己也知道这一点。毫无疑问，得抓紧时间去！

他沿着B大街往涅瓦河走去，但是半路上突然又有一个想法进入他的脑海：“干吗要去涅瓦河呢？干吗要扔在水里呢？还不如到一个很远很远的地方去，就是去群岛也可以，在那儿随便什么地方，找个僻静的地方，在森林里，把这些东西都埋在树林里，或者灌木丛下，而且记住这棵树，这样是不是更好呢？”虽然他觉得这时候他不能清楚、合理地把一切都考虑得十分周到，但是他觉得这个想法是没有错的。

但是命中注定去不成群岛，发生的却是另一回事：当他从B大街来到广场的时候，突然看到左边有一个院子的入口，院子四周的围墙上完全没有门窗。一进大门，邻居家一幢四层楼房的一道没有粉刷过、也没有门窗的墙壁，从右面一直延伸到院子里很远的地方。左侧，也是一扇大门，与那道没有门窗的围墙平行，还有一道木栅栏，深入院子约二十来步，然后又往左边拐去。这是一个荒凉、僻静、与外部隔绝的地方，里面堆放着些不知什么材料。再进去，在院子深处，板墙后露出一座被熏黑了的、低矮难看的石头棚子的一角，显然是个什么作坊的一部分。这儿大概是个什么作坊，制造马车的，或者是搞装配的，或者是什么其他这一类的作坊，几乎从一进大门，到处都是黑乎乎的煤灰。“哈，这真是个扔东西的好地方，扔完就走！”他不由得想。他看见院子里一个人也没有，于是就走进大门，刚好看到，就在大门口附近，板墙边有一条斜沟（在有许多工厂工人、劳动组合的工匠、马车夫等的这种房子里，常常有这样的斜沟），斜沟上方，就在木栅栏上，用粉笔写着一句在这种场合常见的俏皮话：“次（此）处金（禁）止站立”。[1]所以，这真是太好了，来这儿站一会儿，是不会引起任何怀疑的。“在这儿把

[1]　这类流水槽是供人小便用的，“此处严禁站立”意为“禁止小便”，是俏皮话。

所有东西随便扔到垃圾堆里，扔完就走！”

他又环顾了一下四周，这时他已把一只手伸到兜里去了，突然发现在外边那道围墙旁边，在大门与斜沟之间，相距最多一俄尺宽的那块空地上，有一大块没有加工的石头，看起来大约有一普特[1]半，就在临街的石头墙旁边。墙那一面就是街道，是人行道，可以听见过路人匆匆的脚步声——这个地区的行人一直熙熙攘攘，但是，从大门外边谁也发现不了他，除非有人从街上走进来，但是，这也不是没有可能，因此行动必须要快。

他在石头那儿弯下腰去，用手使劲儿抱住石头上面，竭尽全力将石头翻转过来。石头下面已经出现了一个小坑，他立刻把口袋里的东西全部掏出来，扔进坑里。钱包掉在最上边，但是坑里还有些空余的地方。随后，他又抱起石头，猛地将它滚回先前那个方向，石头正好落到原来的地方，只不过看上去比原先稍微高出了一点儿。不过他挖了些土，又用脚把周围给踩硬了，看不出任何痕迹。

然后他出了大门，朝广场走去。霎时间，又是一阵非常强烈的、几乎无法抑制的喜悦充满了他的心，就像当初在警察局里时一样。“罪证已经没有了！谁，谁会想到去这块石头下面找呢？这块石头，也许从这所房子建成那天起，就放在这里了，并且将来还会在这儿放这么多年。即使有人看到了，谁又会想到是我呢？一切都结束了！罪证销毁了！”他于是大笑起来。不错，他后来仍然记得，他这次的笑，是发疯般的、轻轻的、不出声的、长久的傻笑，并且是毫不停歇的笑，他经过广场的这段时间里，一直都在这样笑。可是当他走上K林荫大道时，就是前天碰到那女孩的地方，他的笑声戛然而止了。他的大脑中又有一些念头冒出来了。他忽然觉得，他现在所经过的那把长椅，正是在那位姑娘走后，他曾经坐在上边陷入沉思的那把长椅，这让他感到十分厌恶。要是他这时候再碰到从他手中抢走二十戈比的那个胡子警察，会让他感到心情更沉重的：“叫他死去吧！”

他一边走着，一边心不在焉地、满腹怨恨地四下张望。他此时的思想全都围绕着一个主要问题运转——他自己也感觉到了，这确实是个很关键的问题，现在，正是现在，他要独自一人面对这个主要问题了——这甚至是两个月以来的第一次。

“让一切全都见鬼去吧！”他忽然把满腹牢骚倒灌出来，愤愤地想道：“已经开始了，那就这样开始吧，叫它和新生活全都见鬼去吧！

[1]　1普特等于16.38千克。

天哪，这真是太愚蠢了……我今天撒了多少次谎，干了多少坏事呀！我刚才多么无耻地讨好和吹嘘那个极端可恶的伊利亚·彼得罗维奇呀！但是，这些都是胡说八道！我鄙视那些人，更鄙视我对他们的讨好！我错了！完全错了！……”

他突然停下了，又有一个新的问题，一个完全意外的和极其平常的问题，一时间居然使他糊涂了，并且还痛苦地折磨着他：

“要是这件事从头至尾，当真是有意干的，而不是稀里糊涂干的，如果你确实有一个确切而坚定的目的，那么，直到现在，你为什么连瞧都没有瞧过那钱包一眼，不知道你到底能弄到什么，不知道你到底为什么去受这些罪，有意识地去干这样低级下流、卑鄙无耻的事？刚才你不是想立刻把它，把那个钱包，和那些你从未在乎过的东西，一同扔进水里去吗？……这到底是怎么回事呢？”

是的，就是这样，完全是这样的。实际上他以前就知道会是这样，对他来说，这完全算不上什么新问题：深更半夜，在他打定主意要扔进水里的时候，那个决定毫不犹豫，就那样，就好像不得不那么做，除此之外，没有别的办法……是的，这些，他全都很清楚，全都记忆犹新；昨天，当他蹲着翻箱子，在箱子里拖出盒子的时候，他几乎就已经做出了这个决定……难道不是这样吗！……

“这完全是因为我患了重病，”最后他终于忧伤地这样断定，“我自我折磨，在自寻烦恼，连我都不清楚自己在干什么……昨天、前天，整整三天，这段时间里我一直都在自寻烦恼……等我病好之后，就……就不再自寻烦恼了……假如我的病不能好起来，那该怎么办呀？天哪！这些多么让我厌烦呀！……”他一刻不停地朝前走着。他一直在想办法散散心，但是他不知道怎么办才好，应当采取什么办法。一种前所未有的、无法克服的感觉在支配他，而且仿佛每一分钟都在增强：这是对他所碰到的一切及身边的一切的一种极端的、甚至是生理上的厌恶，挥之不去的、充满悲愤的和好像有深仇大恨的反感。他厌恶他迎面碰到的每一个人——他厌恶他们的面孔，厌恶他们走路的姿态，厌恶他们的任何动作。如果有人开口和他攀谈，也许他会干脆向那个人啐一脸唾沫，或是咬他一口……

当他走到小涅瓦河的堤岸上时，突然在瓦西利耶夫岛的一座桥旁停下了。“看，这就是他住的房子，”他心想，“这到底是怎么回事，仿佛我自己又走到拉祖米欣这儿来了！又是那样的，像上次一样……说来也怪：是我主动来的，还是我信步走着，无意间走到这里来的呢？反正都一样。前天……我说了……干了那件事情后的第二天去他家里，那好吧，去就去！似乎我如今不能去了……”

他上到五楼，找拉祖米欣去了。

拉祖米欣正好在家，他走进他那个小房间里，这时他正在努力工作，正在写些什么，他亲自给他开的门。他们已经有差不多四个月没见过面了。拉祖米欣在家只穿一件破破烂烂的睡衣，光脚穿着便鞋，头发蓬乱，胡子拉碴，脸也没洗。他显出一脸惊讶的神情。

“你怎么了？”他从上到下打量着走进来的同学，吃惊地大叫起来。接下来是片刻的沉默，吹了个口哨。

“情况有这么糟糕吗？你啊，老兄，在我们之中你的衣着向来是最讲究的，”他看着拉斯柯尔尼科夫那身褴褛的衣衫，又补充了一句，“坐呀，你肯定非常累了吧！”拉斯柯尔尼科夫躺在漆布包面的土耳其沙发上，这时候，拉祖米欣才看出他的客人病了。

“你病得不轻，知道吗？”他按住了他的脉，但是被拉斯柯尔尼科夫甩开了。

“不用，”他说，“我来……是这么回事：我教书的工作丢了……我原本打算……实际上，我完全可以不教书……”

“你知不知道？你根本就是在说胡话！”一直在凝神认真观察着他的拉祖米欣说。

“不，我没有说胡话……”拉斯柯尔尼科夫从沙发上站了起来。他到楼上来找拉祖米欣的时候，根本没想过他会和他面对面地在一起。这时，这一瞬间，他已经通过亲身的经历明白了，现在，他最讨厌同世界上随便哪个人——无论他是谁——面对面地在一起。他心里的满腔怒火突然爆发了。他刚走到拉祖米欣家里，就开始痛恨自己了，这使他几乎喘不过气来。

“再见！”他冷不丁地说道，然后便朝门口走去。

“你等一下，等一下，真是个怪家伙！”

“不用了！……”他又重复说道，把手挣脱出来。

“既然如此，那你他妈的到这儿来干什么？你疯了吗？要知道，你这……真让人感到难过。我绝不会就这样放你走的。”

“那好，听着：我到你这里来，是因为除了你以外，我再也不认识其他可以帮我的人……当初……因为你最热心肠，我是说，你比大家更聪明，能够去分析……但是我现在发现，我现在什么都不需要了，听到没有？完全不需要了……任何人的帮助、任何人的关怀都不需要了……我自己……独自一人……好啦，够啦！让我静一静吧！”

“等等，扫烟囱的！你真是个疯子！随便你吧，反正我也无所谓。

你看，我也无书可教了，我也看不起教书。在旧货市场上有一位书店老板，姓赫鲁维莫夫，实际上，从某种角度来说这也算是一份教书的工作。现在如果有五个商人同时来聘请我去当家庭教师，那我也宁愿选择他那行而放弃教书这个工作。他做的是小小的出版工作，出版自然科学的小册子——卖得非常好！仅书名就值不少钱！你总是说我笨，但是，老兄，有人确实比我更笨！他现在也正在赶潮流；自己什么都不懂，而我呢，当然鼓励他这么做。看，这是两个多印张的德文原作——我认为，这是愚蠢无比的招摇撞骗的东西：一句话，研究女人是不是人。唉，其结果当然是得意洋洋地证明女人是人。赫鲁维莫夫打算出版这本针对妇女问题的小册子，让我来翻译。他想要将这两个半印张拉长到六个印张，我们再拟定一个印半页的极其堂皇的书名，每本书的定价是半卢布，公开出售。肯定能行！稿酬，每个印张给我六卢布，这么一来，我总共可以拿到十五卢布，我现在已经预支了六卢布。把这个翻译完以后，我们打算翻译一部有关鲸鱼的书，接下来，《忏悔录》第二部中的某些最枯燥乏味的废话，我们也做好了标记，正打算翻译。赫鲁维莫夫听说卢梭是拉吉舍夫[1]，我当然没有反对，爱怎么说就怎么说吧，我才不管他呢！你想不想翻译《女人是不是人？》的第二印张？你如果愿意的话，现在就可以把原文、笔和纸给你——这都是免费提供的——另外再给你三卢布。由于我已经从所有的翻译中预支了钱，第一印张与第二印张全都预支了，因此你的这部分预支稿费应当是三卢布。等你把这个印张译完了，还可以拿到三卢布。噢，另外，请你不要以为我是在帮你什么。正好相反，你刚进来时，我就盘算着，你肯定能在哪方面帮助到我。首先，我对正字法不怎么了解；其次，我的德文根本不行，因此我哪儿是在翻译呀，多半是我自己在胡编。唯一可以安慰自己的，是我胡编之后，文章却比原文要好得多。唉，谁知道，也可能没有原文好，或许更差了……你做吗？”

拉斯柯尔尼科夫静静地将那几页德文论文拿了过去，连同那三个卢布也接过去，一言不发地走了。拉祖米欣吃惊地目送着他。可是，当拉斯柯尔尼科夫走到第一条大街的时候，却突然转回去，又上楼去找拉祖米欣了，他把德文论文与三卢布搁在桌子上，又默不作声地走了。

“难道你发酒疯了不成？”拉祖米欣最后气得高声叫喊起来，“你装模作样的，想干什么！连我都被你搞糊涂了……既然这样，你还回来干什么？可恶！”

---

[1] 俄国启蒙主义作家，主要作品为《从彼得堡到莫斯科旅行记》。

“别……翻译……”拉斯柯尔尼科夫下楼梯时才含糊不清地说了一句。

“可是你他妈的要做什么？”拉祖米欣在上边扯着嗓门喊道。拉斯柯尔尼科夫还在不停地往下走。

“哎，你！你住在什么地方呀？”

没有听到回答。

“那就随……随你便吧……”

可是拉斯柯尔尼科夫这时候已经来到了大街上。走上了尼古拉耶夫桥，因为遇到了一件使他十分不愉快的事，他再次彻底清地醒了。一辆四轮马车的车夫用力在他的后背抽了一鞭，因为他险些被马踩着，车夫尽管已经对他喊了三四声。这一鞭使他生气了，他跳到桥栏杆旁边，凶狠地把牙齿磨得咔咔作响。不用说，四周爆发出一阵哄笑声。

“该抽！”

“肯定是一个无赖。”

“肯定是装醉，成心要钻到车轱辘低下去，而你却必须对他负责。”

“他们就靠这一行生活，先生，就靠这一行生活……”

可是，他还站在栏杆旁，一直在毫无意义、愤怒地看着渐渐走远的四轮马车，揉着自己的后背时，突然他感觉有个人往他手中塞钱。他仔细一瞧：原来那是一位上了岁数的商人太太，戴着头巾，穿着一双山羊皮皮鞋，她还带着一位头戴帽子、打着一把绿色阳伞的姑娘，或许那是她女儿。“小兄弟，看在基督的份儿上，收下吧。”他把钱接了过来，于是她们从身边走过去了。这是一枚二十戈比的铜币。看他的穿着和样子，她们也许是把他当成乞丐了，当成经常在街上行乞的真正的乞丐了，他挨的那一鞭子，使她们产生了怜悯之心，于是给了他二十戈比。

他手里攥着这二十戈比铜币，走了十几步，回头面向涅瓦河，向皇宫那边看去。天上万里无云，河水差不多是蓝色的，涅瓦河上这种景象是不常见的。大教堂的圆顶，不管在哪里都比不上在这儿，在离小教堂二十几步远的桥上看得更清楚。它光彩四射，透过纯净的空气，就连圆顶上的每样饰物都看得清清楚楚。挨鞭子的疼痛已经消失了，拉斯柯尔尼科夫也就忘了挨鞭打的事，这时，只有一个使人忧虑而又不怎么明确的想法控制着他。他就在那里，好长时间眺望着远方，这个地区他非常熟悉。他在上大学时——常常是在放学回去的路上——一般都会停在这儿，全神贯注地注视这一辉煌壮丽的景色，像这样，他也许有一百多次了，而且差不多每一次，他都因自己的一种不太明确而又无法理解的印象感到吃惊。他总感觉这一雄伟壮观的景象对他散发着一种逼人的寒气，在他看来，这片壮丽的景色显得寂静、荒凉……每次，他都因为自己忧郁的、莫名其妙的印象感到差异，但是由于怀疑自己能做出圆满的解释，就不得不留到以后去解开这个不解之谜。这时候，他忽然清楚地想起了他原来的这些疑问和困惑，他认为他这时想起这些并不是没有缘由的。他觉得只是这点好像就已经非常奇怪和离奇了：他竟然像从前一样，还是在那个地方停下来，似乎他真以为他现在还可以像从前那样思考相同的问题，对以前——还在以前让他产生兴趣的那些论题和景色感到有兴趣一样……他甚至感到很可笑，可同时胸部又被这一点压得很痛。他这时感觉，过去的一切：过去的想法，过去的理想，过去的题目，过去的印象，还有这片景色，以及他本人，总之，这所有的东西，全部被埋在大地深处了，埋在他脚下一个依稀可辨的地方……似乎他正在离地飞起，不知飞往何处，这些都从他的眼前消失了……他的手不由自主地动了一下，突然感觉到自己的手里还拿着那二十戈比铜币。他张开手，凝神看着那枚钱币，挥手把它扔到水里，然后他转过身子朝家走去。他感觉在这一刹那，他好像在用一把剪刀把自己和一切人与事物都剪断了。

他走进家里的时候，几乎快到傍晚了，这样说来，他一直走了差不多六个多小时。他是从什么地方，又是如何回来的，他都想不起来了。他脱掉衣服，像一匹筋疲力尽的马一样，全身颤抖，倒在了沙发上。拿过大衣往身上一盖，马上就昏昏沉沉地睡着了……

暮色笼罩了大地，他忽然被一阵叫喊声惊醒了。天啊，这是什么声音！这种极不正常的声音，这种嚎哭、哀嚎、咬牙切齿、泪水、痛打和臭骂，他以前从未听过，也从来没有见过。这样残暴、盛怒的情景是他所想象不出的。他惊恐万分，欠起身来，木木地坐在自己的床上，无时无刻不屏住呼吸，心如刀绞。但是吵闹、痛哭和咒骂愈来愈凶。这时候，让他深感惊讶的是，他突然听到他女房东的声音。她正在嚎哭、叫喊、数落，急促而又匆忙，她说出的话含糊不清，几乎听不清，她正在请求什么——无疑是在求人家住手，因为她在楼梯上正被人毫不留情地毒打。因为愤恨和疯狂，打人者的声音变得极其可怕：只听到一阵沙哑的叫喊，但是虽然这样，打人的人也在说着什么，而且说得非常快，模模糊糊，气喘吁吁。突然拉斯柯尔尼科夫像树叶似的簌簌发抖：他听出了这个声音，这正是伊利亚·彼得罗维奇的声音。伊利亚·彼得罗维奇到这里来了，他正在打女房东！他正在用脚踢她，把她的头用力撞在楼梯上——这很清楚，从种种响声、哭声和拳脚相加的声音能够听得出来！这到底是怎么回事，乱套了吗？他还能听出人们从每层楼、从每道楼梯上陆续跑下来，能听到说话声、惊呼声、上楼的脚步声、敲门和噼噼啪啪关门的声音、人们聚在一起的声音。“但是，出什么事了，出什么事了……这像什么话！”他反复这样想着，当真以为自己已经疯了。可是，不，他听得清清楚楚！……假如真是这样，那么，他们很快就会来他屋里了，“因为……这肯定是因为那件事……因为昨天那件事……天哪！”他打算扣上门钩，可是手怎么也抬不起来……再说，这样做也是白费！恐惧好比冰块一样围住了他的心，让他异常难受，还全身冰冷……可是这阵吵闹声持续了足足十分钟，最后总算渐渐平静下来。女房东还在呻吟和叹气，伊利亚·彼得罗维奇还在恐吓和咒骂……终于，他好容易也平静下来，这时他的声音消失了。“莫非他走了？天哪！”没错，女房东这个时候也走了，她依旧在呻吟和痛哭……就在这时，她的房门也猛地被关上了……人群都散开了，正在朝楼下走，各自回家了——他们正在惊叹，议论着，互相呼唤，时而大声叫喊，时而又压低声音，好像在耳语。想必有很多人，几乎这座房子里的人都跑来了。“但是，天啊，怎么会发生这种事吗？他为什么来这里呢？”

拉斯柯尔尼科夫软弱无力地在沙发上躺着，然而他已经睡不着了。他就这样在痛苦不堪、无法忍受、前所未有、极端恐惧的感觉中躺了半个钟头左右。突然，一束光亮把他的房间照亮了：娜斯塔霞端着蜡烛和一盘汤走了进来。她仔细打量了他一番，发现他还没睡，于是将蜡烛放到桌上，把她端来的那些东西：面包、盐、汤盘和匙子一一摆在桌上。

“你从昨天开始也许就没有吃过东西吧。自己都烧成这副模样了，还成天在外边闲逛。”

“娜斯塔霞……为什么要打女房东？”

她仔细看了看他。

“谁打女房东了？”

“就是刚才……半个钟头前，伊利亚·彼得罗维奇，警察分局的副局长，就在楼梯上……他为什么要这样无情地打她呀？他……来干什么？……”

娜斯塔霞皱着双眉，一声不响地仔细观察着他，就这样打量了他很久。他感到这样看着他让他很不愉快，甚至有些害怕。

“娜斯塔霞，你为什么不说话了？”后来他怯生生地、用有气无力的声音说。

“这是血，”她终于轻轻地回答，仿佛自言自语。

“血！……什么血？……”他含糊不清地说，脸色煞白，并且往墙那边躲开一些。娜斯塔霞继续默默地瞅着他。

“谁都没打女房东，”她又用严厉而坚定的口气说。他望着她，差点喘不过气来。

“我亲耳听到了……我没有睡……我一直坐着，”他变得更加忐忑不安，“我一直在听……后来副局长来了……大家都跑上了楼梯，从所有房间里……”

“谁都没有来过。这是你身上的血在沸腾。血没地方流的时候，就会结成血块，于是就会觉得好像看见什么，听到什么……你要吃点儿什么吗？”

他没再出声。娜斯塔霞一直站在他身边，凝神望着他，没有离开。

“给我喝点儿水……娜斯塔西尤什卡。”

她走了下去，两分钟以后，用一个带把的白瓷杯盛了一杯水回来。他已经记不得后来发生的事了，只记得，他喝的是冷水，还把杯里的水都洒到了自己的胸膛上。然后就没了知觉。

第三节

但是，他生病的这段日子里，并非完全不省人事。他发烧的时候，一直在说胡话，是一种半昏迷的状态。后来，他想起了许多事情。一会儿他似乎觉得，有很多人聚集在他周围，他们都想逮住他，把他送到哪里去，还为他展开了很激烈的争论，甚至争吵起来；一会儿又突然只剩他一个人在屋里，大家都离开因为很怕他，只是时不时地稍稍打开房门看看他，恐吓他，相互间也不知在商量什么。他们还在嘲笑，在逗弄他。他还记得娜斯塔霞经常在他身边，并认出了一个人，似乎是他很熟的一个熟人，但究竟是谁，他却怎么也记不起来，为此他十分痛苦以至于哭了。有时他似乎觉得，他已经躺了一个月了，有时他又觉得，自己还在同一天里。可那件事——那件事他却忘得一干二净，却又时刻记得，他忘记了一件无法忘记的事——他苦苦地回忆，非常苦恼，痛苦不已。他呻吟，疯狂，甚至陷于无法忍受的极端恐惧当中。于是他竭尽全力挣扎起来，想逃，但总有人制止他，迫使他躺下。然后，他又陷入了虚弱无力，昏迷不醒的状态。最后，他才完全清醒过来。

那是在上午十点钟的时候，阳光灿烂的日子里，在上午这个时候，总是有阳光照到他右边的墙上，把门边上的那个角落照亮。娜斯塔霞站在他床边，身边还有一个人，正非常好奇地细细打量着他。他完全不认识这个人，那个年轻小伙子，穿了一件束着腰带的长上衣，下巴上还留着小胡子，看起来像个送信的。女房东在半开着的房门外向里面张望。拉斯柯尔尼科夫欠起身来。

“娜斯塔霞，这是谁？”他用手指了指那小伙子。

“看呀，他醒了！”她说。

“醒了。”那个管事也跟着响应。从门里偷看的女房东猜到他醒了，马上关上房门，走了。她一直很腼腆，跟人谈话或解释什么，对她而言都是一件很困难的事情。她四十出头，长得很胖，有两道浓浓的眉毛和一双黝黑发亮的眼睛。因为肥胖与那慵懒的样子，她看上去十分平易近人，人也长得比较标致。可就是腼腆得有点过分。

“您是……什么人？”他仍旧向那个管事询问。

但就在这时候，房门一下子打开了，拉祖米欣弯着腰走了进来，因为他个子太高了。

“这儿就像个船舱。”他一进来就大声说，“我老是会碰到头，这也能算是住房！兄弟，你醒了？我是刚从帕申卡那听说的。”

“他刚醒的。”娜斯塔霞回答说。

“刚醒。”管事也面带微笑地说。

“您是谁？”拉祖米欣忽然问道，“您来看，我的姓是弗拉祖米欣，不是大家一向称呼的拉祖米欣，而是弗拉祖米欣。我是一个大学生，是个贵族子弟。他是我的朋友。所以，您是哪位呢？”

“我是我们办事员的一个管事，是商人舍洛帕耶夫派我到这里办事情。”

“坐吧，”拉祖米欣说，自己也坐在桌子另一端的另外一把椅子上，“兄弟，你醒过来了，这真是好极了，”然后他又对拉斯柯尔尼科夫说，“已经是第四天了，你都滴水未进。不过，我们用小匙子喂过你一点儿茶。我和佐西莫夫一起来探望过您两次。您还记得起佐西莫夫吗？他给您做了全面检查，他说这病不严重——可能是因为大脑受了刺激。就是一种神经性的没有什么大碍的病，他还说，可能是由于伙食太差，啤酒和洋姜吃得少了，所以才生病的，但是这都没关系，一切都会好的，一切都会好起来，佐西莫夫真是太棒了！他要开始为您检查了。呀，我不耽误您，”他又转身对管事说，“可否告诉我们，您来这里有何贵干？您知道的，我们的罗佳，这是那个办事员第二次派人过来了。可是第一次来的不是这位，而是另外一位，我还跟他谈过话。在您之前是谁来的？”

“也许就是前天，先生，是前天，先生。来的那个叫阿列克谢·谢苗诺维奇，也是我们办事员的人，先生。”

“他比您聪明。您觉得怎样呢？”

“是，先生，他的确比我聪明，先生。”

“非常好，那么请您继续吧。”

“阿凡纳西·伊万诺维奇·瓦赫鲁申按照您母亲的要求，通过我们商号给您汇了一点钱来，瓦赫鲁申这人，您也听说过许多次了吧，先生？”那人开门见山地对拉斯柯尔尼科夫说，“假使您现在真的醒了，我将奉命给您三十五卢布，因为像以前一样，阿列克谢·谢苗诺维奇接到了阿凡纳西·伊万诺维奇按照您母亲的请求给您寄来的汇款通知。这事你知道吗，先生？”

“是，记得的……瓦赫鲁申……”拉斯柯尔尼科夫若有所思地说道。

“您听见了——他记起商人瓦赫鲁申了，”拉祖米欣大叫一声，“怎么可以说他的神志不清醒呢？但是，此刻我发觉您也是个精明能干的人。啊！大家都喜欢听聪明人说话。”

“也就是他，先生，阿凡纳西·伊万诺维奇·瓦赫鲁申。曾经，您母亲用这种方法托他给您寄过一笔钱，他这次也接受了，答应了令堂的要求，前几天从当地通知阿列克谢·谢苗诺维奇给您汇来三十五卢布，所以先生，祝您万事如意。”

“‘祝您万事如意’这话，是您讲的所有话中最好的一句，至于‘您母亲’这个词也很好。啊，怎么，您看他这是醒着的，还是昏迷着呢，嗯？”

“我觉得，没事了，先生。可是，这个需要签名，先生。”

“他至少是可以签字的！您带簿子来了吗？”

“簿子在这儿。先生。”

“来，亲爱的罗佳，坐起身来。我扶着你，给他写上‘拉斯柯尔尼科夫’几个字，拿好笔。兄弟啊，对我们而言，现在的钱比蜜糖还甜！”

“我不要。”拉斯柯尔尼科夫将笔推开说道。

“为什么？”

“我不要签字。”

“啊，真见鬼，怎么可以不签字呢？”

“我不要……钱……”

“不要钱！啊，兄弟，我发誓，您在撒谎。别担心，这没什么……

他又开始犯糊涂了。但是，他清醒的时候也经常这样……您是一个明事理的人，我们可以劝劝他，我说，干脆抓住他的手在纸上画。不就是签名嘛，来呀……”

“我下次再来也没关系。先生。”

“不用，不用，为什么再跑一趟呢，您是一个明事理的人……嘿，罗佳，别耽误客人的时间……您自己看，人家正等着您呢。”他真的要去抓住拉斯柯尔尼科夫的手。

“放开我。我自己来……”拉斯柯尔尼科夫说，他拿起笔，在簿子上签上了字。

那个管事把钱掏了出来，然后就离开了。

“太棒了！兄弟，这会儿您想吃点什么吗？”

“想吃。”拉斯柯尔尼科夫答道。

“你们这儿有汤吗？”

“昨天剩了一点。”娜斯塔霞一直站在旁边。

“汤里有土豆和大米吗？”

“有。”

“我就知道肯定是这种汤。把汤端来，再拿点茶来。”

“立刻端来。”

拉斯柯尔尼科夫以一种十分惊奇和模糊而又无谓的恐惧心理看着一切。他决定一言不发，等着接下来即将发生的事情。“我似乎并没有处于昏迷状态，”他想着，“这好像都是真的。”

两分钟以后，娜斯塔霞端着汤进来了，同时还说茶马上拿来。她也拿来了两把汤匙、两只盘子和一整套调味瓶，比如盐瓶、胡椒瓶和吃牛肉时需要的芥末以及其他东西。在这之前，这些东西已经很久没有像现在这样整齐地摆出来了。桌布也十分干净。

“娜斯塔霞，如果普拉斯科维娅·巴甫洛夫娜让你给送两瓶啤酒过来，那真是很好。我们会吃个痛快。”

“你可真机灵。”娜斯塔霞小声说，接着就照他的吩咐去办了。

拉斯柯尔尼科夫依旧用怪异的眼光看着这一切。这时，拉祖米欣坐到了沙发上，在他身边坐着，像一只熊一样笨拙地用左胳膊抱起他的头，右手舀起一勺汤，生怕烫到他，自己还用嘴吹了几次，然后再放到他嘴边。其实拉斯柯尔尼科夫已经可以坐起来了，而汤也只是温的。拉斯柯尔尼科夫立即喝下一勺汤，接着又喝了第二匙、第三匙。但是拉祖米欣给他喂了几匙以后，就突然停下了，他说得问一下佐西莫夫，还能不能喝。

娜斯塔霞拿着两瓶啤酒走入屋里。

“想喝茶吗？”

“很想。”

“娜斯塔霞，赶紧端茶来，喝茶，应该不用问医生。看吧，啤酒也来了！”他又坐回自己那把椅子，把汤和牛肉放在自己面前，接着又大口大口地吃了起来，好像三天没吃东西一样。

“罗佳，现在我得每天都像这样在你这里吃饭了，”他塞了一嘴的牛肉，嘟囔道，“这都是你那可爱的女房东帕申卡做的，她很热情地招待我。我并没强求她，也没有提出什么异议。看呀，娜斯塔霞端茶进来了。真快！娜斯钦卡，你想喝啤酒吗？”

“你个调皮鬼！”

“那就喝点茶？”

“茶还差不多。”

“倒上吧。等一下，我亲自给你倒。你在桌子跟前坐好。”

他立马开始布置起来，倒好两杯茶，然后放下早餐坐回到沙发上。就像刚才那样，他又用左胳膊把病人的头抱住，把他扶起来，往他嘴里喝茶，依然不断地、非常热心地吹着匙子里的茶，好像吹茶这件事情是恢复健康的最重要且最有效的办法。拉斯柯尔尼科夫默不作声，也没有拒绝人家这么做，尽管他感觉自己已经能够直起身来，不用别人帮助就可以在沙发上坐下，而且他不但能拿住汤匙或杯子，基本上还能下床走路。但是因为某种古怪的、近似于野兽的那种狡诈心理，他突然认为应当暂时隐瞒自己的气力，不要让任何人看出来，要是有必要，甚至可以装作还没有完全清醒，好借这个机会留心听到底发生了什么事情。可是他也无法控制自己的贪欲，喝了十几勺茶以后，他忽然把头挣脱出来，执拗地推开了汤匙，自己躺在枕头上。这时，在他头下垫着的是真正的鸭绒枕头，还套着洁白的枕套。这一点他是发现了的，并且也思考过。

“应该让帕申卡今天就给我们送点儿覆盆子酱来，让他喝点覆盆子水。”拉祖米欣坐在自己的座位上继续喝着汤和啤酒。

“她上哪儿给你弄覆盆子？”娜斯塔霞用伸开的五个手指托着碟子，嘴里含着一块糖喝着茶。

“到小铺里就可以买到覆盆子。你看呀，罗佳，自从你病了，这儿发生了很多事情。那天你偷偷从我家逃跑，连地址都不告诉我，当时我差点气疯了，决定一定要把你找到，要惩罚你。那天我就开始着手做了。我四方奔走，各处打听！你现在的地址我是不记得了。事实上我一直都未记住过，因为我根本不清楚。啊，你以前的地址，我只知道是在五角地的哈尔拉莫夫公寓。然后我就找呀，找呀，就找那座哈尔拉莫夫公寓，后来我才知道那并不是什么哈尔拉莫夫公寓，而是叫布赫公寓。人们有时候就会把读音弄错！我真气坏了，一气之下，第二天就去找居民地址查询处。你猜怎么着，他们不到两分钟就把你给我查到了。那里登记了你的名字。”

“登记了我的名字！”

“是呀，可是我在那里的时候，他们要找柯别列夫将军，却怎么都找不到。啊，这话说来就长了。我刚到这里来，就马上了解了有关你的情况，一切情况。兄弟，我知道了全部的事情，什么都知道了。娜斯塔霞也看到了，我和尼科吉姆·弗米契认识。人们还让我见到了伊利亚·彼得罗维奇，又认识了看门的和扎梅托夫先生，就是警察局的那个办事员——亚历山大·格里戈里耶维奇。后来，我又认识了帕申卡——这是最重要的。对，对此娜斯塔霞都知道……”

“她是被你用阿谀奉承巴结上的。”娜斯塔霞狡黠地笑了笑，小声说道。

“我要是您，最好把糖放到茶里喝了[1]，娜斯塔霞·尼吉福罗夫娜。”

“你见鬼去吧，你个狗东西！”娜斯塔霞忽然大声说，接着大笑起来，“我可不是姓尼吉福罗娃的，我是姓彼得罗娃的。”她不再笑了，就添了一句。“以后一定要记住。听好了，兄弟，别说废话，一开始我以为按一下电钮就能把这儿的所有偏见都根除，可帕申卡还是赢了。兄弟，我真没想到她居然这么……令人喜欢，啊？你有什么意见？”

拉斯柯尔尼科夫一声不吭，可是他一刻都没有将自己惶恐的目光从他朋友的身上移开过，此刻他仍旧目不转睛地注视着她。

“的确很迷人，”拉祖米欣接着说，拉斯柯尔尼科夫的默不作声并没有令他感到尴尬，仿佛他已经得到了答案，仿佛也同意一样，“她任何一个方面都非常迷人。”

“啊哟，你这个坏蛋！”娜斯塔霞又大声说，这场谈话好像给她带来了一种无法形容的快乐。

“兄弟，遗憾的是你一开始就没有把事情处理好。你应该用另一种方式来对待她。她的性格真是让人捉摸不透！可是，她性格方面的问题，我们还是留着以后再说吧……你怎么把事情弄到了这个地步，比如，把她弄得竟然敢不送饭过来？再比如说，那张期票，你一定是疯

[1] 此话一语双关，照应上句“用阿谀奉承巴结上”。

了，才会发出那张期票！再比如说，她的女儿娜塔莉娅·叶戈列夫娜还在世的时候，你说过要跟她结婚……这些我都知道！可是我知道那是个十分难解决的问题，而我自己又是头笨驴。抱歉，顺便说说愚蠢这个问题，兄弟，你知道普拉斯科维娅·巴甫洛夫娜难道像你第一眼看上去所想象的那样愚蠢吗？”

“是……”拉斯柯尔尼科夫望着旁边，从嘴里不清不楚地挤出这样一句话，但是他知道，把谈话继续下去会更有好处。

“难道不是这样吗？”拉祖米欣高声喊了出来。他得到拉斯柯尔尼科夫的回答，很高兴，“可她并不聪明，不是吗？她的性格是一点都猜不透的！你得相信我，兄弟，有时几乎把我弄得不知该怎么办……她一定有四十岁了。可她却说她只有三十六岁，她当然有说这话的权利。但我跟你起誓，我是从理性上这么来认为的，完全依靠玄学，兄弟，我们之间的关系像你的代数一样是具有象征性的！我真的完全弄不懂！这一切都是瞎扯。可她知道你现在已不是大学生了，连教课的工作也没有了，也没件像样的衣服，小姐死了以后，她也没有必要将你当成亲戚看，所以她突然感到害怕。因为你躲在屋角里，跟她断绝了以前的关系，她便想把你赶走。她早就这么打算了，只是有些不舍得那张借据。更何况你亲自跟她保证了，你母亲会还给她的……”

“我说这种话是因为我太不知羞耻了……我母亲似乎就是在要求别人的施舍……我对她撒了谎，是为了让她同意我继续在这儿住着……供我吃的。”拉斯柯尔尼科夫高声说得很清楚。

“是，你做得很有道理。可问题在于，这时那个又是七等文官又是商人的切巴罗夫忽然出现了。要是没有他，帕申卡是什么诡计都想不出来的。她这个人很内向，但那个商人可是厚颜无耻的，他肯定会提出这样一个问题——借据能换到钱吗？回答是——能拿到，因为他有个母亲，宁愿自己挨饿，也会从自己的一百二十五个卢布的退休金里拿出钱来接济亲爱的罗佳；他还有一个妹妹，她为了哥哥，宁愿卖身去做奴隶。这就是他的资本……兄弟，你的所有底细目前我都摸清了，当你还是帕申卡的亲戚的时候，怪不得你要对帕申卡坦白，我现在对你说这些并没有什么恶意……事情如此：一个正直且富有热情的人开诚布公，一个商人却在边听边吃，最后把他彻底吃掉。[1]好呀，所以她现在似乎是在以付什么账的方式把你的期票让给了切巴罗夫。可他，又恬不知耻地正式向你讨债。当知道这些情况的时候，为了避免良心的谴责，我原本

[1] 典出俄国19世纪寓言作家克雷洛夫的寓言诗《猫和厨子》。

也想出口气。但这时，帕申卡和我关系不错，所以我吩咐把这件事大事化小，小事化无，我想说，从根本上结束，保证你一定会还钱。兄弟，我跟你保证，你听到了吗？我们把切巴罗夫叫过来，先给了他十个卢布，把那张借据拿回来。呐，我很荣幸地把它交还给你——现在不要字据就说明她相信你了。请收下吧，看，我已经把它撕烂了。”

拉祖米欣把借据放在桌上。拉斯柯尔尼科夫看了看他，一声不吭地把脸转了过去，对着墙。这种态度就连拉祖米欣也觉得讨厌。

“要我看，兄弟，”过了一会儿他说，“我又干了一件蠢事。我想使你高兴起来，想闲扯几句话来给你解闷，但是却惹你生气了。”

“当我昏迷的时候，有个人我一直没认出来，那个人是不是你？”拉斯柯尔尼科夫也沉默了一会儿，然后问出了这样的问题。但是他依旧没有回头。

“是，你还非常生气，尤其是我将扎梅托夫带来的那一次。”

“扎梅托夫？……那个小办事员？……为什么要带他来这儿？”拉斯柯尔尼科夫很快地转过头，死死地盯着他。

“你为什么要这样……急什么呀？他想跟你见见面，因为我跟他谈了许多关于你的事儿，所以他才想见见你……不然，我还能从谁那儿知道这么多有关你的情况呢？他真是一个非常好的人，至少就某一方面而言是这样的。现在我们俩成了朋友，可以说每天都见面，因为我也搬到这个地区来住了。你还不知道，我刚搬过来的。我已经跟他一起去看过两次拉薇莎了……你还能记得拉薇莎·伊万诺夫娜吗？”

“我有没有说过什么？”

“那还用说！你是没办法控制的。”

“我说了什么？”

“天啦！你说了什么？很明显，大家都在说什么……得了，兄弟，现在我们应当抓紧时间，开始行动。”他从椅子上站起来，抓着帽子。

“我都说了些什么？”

“啊，老是问这个！莫非你害怕说了什么不该说的话？放心吧，关于伯爵夫人的，你一个字也没有说。可是你倒说了不少关于什么叭儿狗、耳环、链子、克列斯托夫岛，还有什么看门的，还说了尼科吉姆·弗米契，警察分局的副局长伊利亚·彼得罗维奇，说了好多。还有，你对自己的袜子异常关心，关心得令人匪夷所思！你不停唠叨：‘把袜子给我。’扎梅托夫亲自将各个角落都找遍了，就找你的袜子。然后他就用自己那双在香水里洗过的，戴着戒指的手，拿着这个脏东西交给你。到那时，你才放下心来，你把自己的这只破袜子拽在手里，一直死死地攥着，我们想从你手里抢都抢不过来。现在它一定还在你的被子下面。或者你就会要你裤腿上的毛边。那可是真正的苦苦哀求啊！我们想知道你说的毛边到底是什么东西，但不管怎样都搞不明白……好了，现在谈正经事！这里有三十五个卢布，我从这里拿走十个卢布。过两个小时，我再给你报细账。我现在得要通知佐西莫夫，其实他早就该过来了，因为现在已经超过十一点了。娜斯钦卡，我不在这里的时候，请你经常来看他，看他需要喝水或者需要其他的什么东西。我得马上亲自告诉帕申卡她需要做什么。再会。”

“你看他，叫她帕申卡！真是个狡猾的人！”娜斯塔霞对着他远去的身影说。

然后，她把门打开，矗在那儿偷听，又忍不住自己冲下楼去。她很想听听他在楼下和女房东说什么。总而言之，显而易见，拉祖米欣已经把她给迷住了。

她离开房间关上门的一刻，病人就马上把被子掀掉，发疯似的从床上跳起来。他心急如焚，焦躁不安地等着他们一个个出去，好去做他自己的事情。但是做什么，什么事情呢？似乎是老天在故意为难他一样，他偏偏忘记自己要做什么事儿了。“天啦！我只想知道，他们是不是已经知道那些事情了？要是他们知道了，只是装作不知道的样子，在我躺着时来戏弄我，然后不知道什么时候，又忽然走进来，告诉我这些事大家早就知道了，只是故意这样……现在我该怎么办呢？似乎是故意的，我竟然把这件事情忘了。一下子就忘了，刚才我还记得清清楚楚！”

他在屋子中央站着，不停地打量着四周。他来到房门边，把门推开，侧着耳倾听。但这并不是他要做的事情。突然，他似乎记起了什么，连忙冲到壁纸后面有个窟窿的那个墙角，开始认真检查起这个窟窿，他把手伸到窟窿里摸索着——但是这也不是他原先想做的事情。然后，他又来到火炉旁，打开炉门，在炉灰里又摸了一会儿。磨破的裤腿上的毛边和从衣服袋上扯掉的破布片还在那里，跟他从前丢进去的时候一样，显而易见谁都没有检查过！然后他又想起拉祖米欣刚才提到的那只袜子。对，袜子真的就在沙发上的被子底下，但是从那时候起直到现在，已经穿破而且弄得很脏了，扎梅托夫一定没有在袜子上发现什么。

“啊！扎梅托夫！……警察分局！……他们为什么要让我去警察局呢？传票在哪里？呀！……都搅糊涂了。当时他们让我去的。当时我也正好在检查这只袜子，但是现在……现在我又病了一场。但是扎梅托夫来这里做什么？拉祖米欣把他带来干什么？……”他虚弱无力地自言自语，坐回到沙发里，“这究竟是怎么了？是我神志依然不清呢，还是这都是真的？好像是真的……啊，我记得了。我得逃走！立刻逃走，一定，一定得逃走！对的……但逃到哪里呢？我的衣裳在哪儿？靴子也没有！全都被拿走藏起来了！我就知道！啊，大衣还在这里——他们没注意到它。钱就放在桌上，感谢老天！还有这张期票……我把钱带走，到别的地方租间房子，他们就找不到我了！……是，可是地址查询处怎么办呢？他们还是能找到！拉祖米欣就能找到我。还是一走了之好了……离这里远远的……到美国去，他们就没办法了！期票也一并拿走……在那里会有用的……还要带些什么东西呢？他们以为我病了！他们还不知道我能走路，哈哈哈……我从他们的目光中知道，他们已经明白了全部！只要能跑下楼就行了。但是要是那里有把守——警察，那可怎么办！这是什么东西？茶吗？啊，还有一点啤酒，是半瓶，还是凉的！”

他把还剩下整整一杯啤酒的瓶子拿起，愉快地喝完了，似乎想浇灭胸中的火焰。可是，还不到一分钟的光景，酒劲儿就涌到了脑门，一阵轻微而愉快的寒意从他的后背掠过。他躺下来，把被子拉过来盖到身上。他那原本就混乱的思想愈来愈混乱，过了一会儿，他感觉一阵轻松愉快的睡意袭来。他把头舒适地枕到枕头上，把那床此刻代替之前那件破大衣、如今盖在身上的柔软的棉被裹得更紧些，然后深深出一口气，深沉而酣畅地睡着了。

他听到有人来到了他的房间，所以又醒了过来，睁大了眼睛，看到拉祖米欣把门打开了，在门边站着，正在迟疑应不应该进来。拉斯柯尔尼科夫立即从沙发上直起身来，望着他，似乎在竭力想记起什么一样。

“啊，原来你还没睡呀，我进来了！娜斯塔霞，把包袱拿来！”拉祖米欣冲着楼下叫了一声，“我马上向你报账……”

“现在几点？”拉斯柯尔尼科夫问道，他惊慌地环顾四周。

“你睡得真好，兄弟，现在已经天黑了，差不多六点了。你睡了超过六个小时……”

“天啦！我怎么了！”

“这又怎样？好好睡一觉！用不着着急！又不是去赴约会，现在时间都是我们的。我可等了你三小时，到这里来了两次，你一直在睡觉。我又到佐西莫夫那里去了两趟，他也没在家！不过没关系，他会过来的！……我又出去给自己办了一些事儿。你知道，今天我搬家了，搬走到和我伯父一起。现在有一个伯父住在我那里……说正经的事吧。把包袱给我，娜斯钦卡。我们马上就……你现在觉得怎么样，兄弟？”

“我很好呀，我没生病……拉祖米欣，你来很久了吗？”

“我刚说过了，我等了你三个小时。”

“不是的，我是指在这之前。”

“之前什么？”

“你从什么时候开始常常到这里来的？”

“我早就跟你说过了——你难道忘了？”

拉斯柯尔尼科夫陷入了沉思之中。他隐约地记起前不久发生的事，就像在做梦。但是他一个人根本记不起来，所以他疑问似的看着拉祖米欣。

“啊！”拉祖米欣又说，“你忘了。刚才我还以为你的神志没什么……现在睡一觉醒来，健康就恢复了。的确，你看起来好了许多。太棒了！现在我们来谈正事！你马上就会记起来的。看我这里，亲爱的兄弟。”

他开始把包袱打开，显而易见，他对这个包袱超乎寻常地感兴趣。

“兄弟，你知道不，这是我最关心的一件事情。我们要把你弄得像个人样。来吧，我们先从头起。看见这顶便帽了吗？”他边说边从包袱里拿出一顶非常精致，又显得极为普通和廉价的帽子。“让我帮你戴上，行吗？”

“以后再戴，以后再说。”拉斯柯尔尼科夫不满地摆了摆手说。

“不行，罗佳，别拒绝，以后就没机会了。而且我也会无法入睡，因为我不知道尺寸，是凭感觉买的。刚好合适！”他把帽子给罗佳戴上，得意地大叫起来，“你戴上正好。兄弟，看这帽子。在一个人的衣服当中是最最重要的一件东西，仿佛一封介绍信。我有个朋友托斯佳科夫，在不管去哪里人们都戴着礼帽或便帽的公共场合，他总会把自己的帽子摘下，人们都觉得这是出于他的奴性，事实上这只是因为他不想人们注意他那顶像鸟窝一样的帽子而已。他这个人就是这么内向！来吧，娜斯钦卡，送你两顶帽子。这顶是帕麦斯顿（他从角落里拿出拉斯柯尔尼科夫的那顶破旧的圆形呢帽，不知为什么把它叫做帕麦斯顿），这是顶精致点的帽子。你要哪个？罗佳你猜一下价格。猜我花了多少钱？娜斯塔西尤什卡，你也猜猜？”他看到拉斯柯尔尼科夫默不作声，就转身对她说。

“花了二十戈比，”娜斯塔霞说。

“才二十戈比，笨蛋！”他气得大叫起来，“现在二十戈比就连你也买不下来——是八十戈比！而且还是顶旧的。的确，还谈妥了条件。这顶是坏的，明年再免费送你一顶，是真的！我们现在来看看美利坚合众国[1]，我们念中学的时候都这样叫。我得先声明，我可是很满意这条

[1] “合众国”的英文与“裤子”的俄文发音相近。

裤子，”他把一条夏季穿的柔软的灰毛料裤子摆在拉斯柯尔尼科夫面前，“没破洞的，很干净，虽然不是新的，但还是很好，可以配一件同样的背心，配上同样的颜色，非常时兴。至于旧的，说实话，这样会更好，更暖和，穿起来也更舒服……你看，罗佳，我觉得，要想在社会上出人头地，只要时刻注意下季节就可以了。要是一月份你不想吃芦笋，你的钱包里就会多几个卢布。现在买东西同样如此。现在是夏天，所以我为你买了夏装，到秋季得穿更厚一点的衣裳，总之全都得丢掉……特别是因为到时候这些东西都穿不了了，或者因为你穿得过分考究，抑或因为它本身就不够结实。好吧，你猜一下！看这值多少？我花了两个卢布二十五戈比！你得记住，还是刚才说的那个条件。把这些穿破了，明年还会免费换一套给你，费佳耶夫商店做生意一直是这个规矩——你给一次钱，就会让你一直满意，因此你下次就不会去了。好吧，我们来看看靴子——如何？这显然是旧的，可是还可以多穿两个月，因为这是外国制造的，是洋货，是上星期英国大使馆秘书在旧货市场卖的。他就只穿过六天，他急着等钱用。才一卢布五十戈比。很便宜吧？”

“可能穿着不合适！”娜斯塔霞说道。

“怎么会不合适！”说完他从口袋里拿出拉斯柯尔尼科夫的一只笨重的、满是泥巴的旧靴子，“我是拿着这个去的，他们就是凭这个怪物量出精确的尺寸。为了这件事情我可真是煞费苦心了。而且内衣，已经跟女房东说好了。首先是三件粗麻布衬衫，但是领子要时髦的……啊，一共是：帽子是八十戈比，衣服两卢布二十五戈比，一共三卢布零五戈比，靴子一卢布五十戈比——由于这是一双很好的靴子——一共四卢布五十五戈比，内衣五卢布——批发价——这样一来正好一共九卢布五十五戈比。该找四十五戈比，都是五戈比的铜币，在这里，都收下吧。现在，罗佳，你又有一整套的衣服了，并且你的大衣样式还十分优雅。沙尔美[1]服装店里定做的衣服就是不错！而你的袜子跟其他的东西，还是自己去买好些。我们还剩下二十五卢布。有关帕申卡和交房租的事情，你就放心吧。我之前说过，信贷是不限期的。兄弟，这会儿我来帮你换一下内衣吧，不然，病魔可能这会儿就躲在你的衬衣里……”

“放开我！我不要换！”拉斯柯尔尼科夫摆着手让他走开。他一直非常厌恶地听着拉祖米欣紧张又像开玩笑似的向他报告买这些衣服的账……

“兄弟，这肯定不行。我把鞋底都磨破了，是为什么！”拉祖米欣

[1] 当时彼得堡一家有名的裁缝店。

继续说，“娜斯塔西尤什卡，别害羞，帮一下忙，就这么着！”虽然拉斯柯尔尼科夫反抗，他还是帮他换下了内衣。拉斯柯尔尼科夫躺在枕头上，有那么两分钟没说一句话。

“想把他们摆脱了真难，”他暗自想道，“这些东西是谁花钱买的？”他最后对着墙问。

“花谁的钱？啊！当然是花你自己的钱。前不久来了一个管事，就是瓦赫鲁申派来的，你妈妈给你寄钱了，难道你连这个也不记得了？”

“现在我记起来了……”拉斯柯尔尼科夫阴郁地思忖了许久，接着才开口。拉祖米欣紧蹙着眉头，焦虑地打量着他。

这时门开了，一个健壮的高个子走进屋来。这人，拉斯柯尔尼科夫仿佛认识他。

“是佐西莫夫！你总算是来了！”拉祖米欣高兴地喊道。

第四节

佐西莫夫是个高大有点肥胖的人，脸不但浮肿而且苍白，脸刮得很干净，一头淡黄色的直发，戴了副眼镜，一只胖得有点儿发肿的手指上戴着一枚很大的金戒指。他大概二十六七岁，穿了一件料子十分考究又轻又薄的宽松大衣，和一条夏季穿的浅色长裤。总之，他着装全都是宽大的，十分考究，且很新。内衣也很精致，还有一条又粗又重的表链。他一举一动都是很慢，似乎有点萎靡不振，同时又故意摆出一副很随便的样子，时刻流露出高傲清高的神情，不过他竭力想把自己的骄傲隐藏起来。所有认识他的人都认为他是个不好相处的人，但都说，他的业务很好。

“兄弟，我到你那儿去了两次……你看，他醒了！”拉祖米欣大声地说。

“我看见了，看见了。嘿，此刻感觉怎么样，啊？”佐西莫夫对拉斯柯尔尼科夫说，一边凝神打量着他。

他在他的脚边坐下，马上就懒洋洋地靠在沙发上了。

“心情一直处于忧郁中，”拉祖米欣回答，“我们刚给他换下了内衣，差点儿把他弄哭了。”

“这是能够理解的。内衣可以以后再换也不迟，既然他不愿意的话……脉搏十分正常。头还有点儿疼，对吧？”

“我没得病，我完全健康！”拉斯柯尔尼科夫执拗而又气愤地说，一下子从沙发上欠起身来，两眼炯炯地发着光，但是又立刻倒到枕头上，转过脸去面向墙壁。

佐西莫夫则凝神地注视着他。

“非常好……一切都非常好，”他懒懒地说，“吃过什么吗？”

“跟他说了，还问，能给他吃什么。”

“什么都可以给他吃……汤呀，茶呀……蘑菇和黄瓜当然是不能吃的，牛肉也不可以……还有就是……呀，怎么尽说些没意思的话……”他和拉祖米欣互相对视了一眼，“药水也不要喝了，什么都别吃。等明天我再来瞧瞧……本来今天也可以……啊，对的……”

“明天晚上我带他出去散散步！”拉祖米欣说，“到尤苏波夫花园去，接着去‘水晶宫’[1]。”

“要是我，明天就不会来骚扰他，可是……稍稍活动活动……啊，到时再说吧。”

“啊，太可惜了！今天我正在准备庆祝乔迁之喜，就两步路那么远。他要是也可以去该有多好。他跟我们大家坐在一块儿，在沙发上躺着也可以！你去不去？”拉祖米欣突然向佐西莫夫问，“小心，别忘了，你答应过我的。”

“可以呀，可能会稍微迟一些。你都准备了些什么？”

“也没什么，只有茶、伏特加酒和鲱鱼，还有点馅饼。请些朋友来聚一聚。”

“是些什么人？”

“都是这附近的，基本上都是新朋友，是真的，除了我伯父以外，其实甚至他也是新人——他昨天才到彼得堡，不知来做什么事情，我和他隔了五年才见了一次。”

“他是干什么的？”

“他一辈子都是县邮政局的局长……最后得了一笔不多的退休金。他已经六十五了，没什么可说的……可是我很爱他。波尔费利·彼得罗维奇也要来，他是我们这区的法院侦查员……从法学院毕业的。你应该认识他吧……”

“他是你的亲戚对吗？”

“最远的远房亲戚。你为什么紧皱眉头？就因为你们吵过一架，你

[1] 彼得堡的一家大饭店。

就不想过来了吗？”

“我瞧不起他……”

“那太棒了！啊，还有几个大学生，一个教师、一个当官的、一个乐师、一个军官，还有扎梅托夫……”

“请跟我说，你或者他，”佐西莫夫一边用手指着拉斯柯尔尼科夫，“和扎梅托夫有什么相同的地方呢？”

“啊，这些爱唠叨的人！开口闭口都是原则！你就站在原则上，好像是站在弹簧上一样。甚至不敢随心所欲地转个身。要我看，人好就是原则，除了这个，我什么都不想知道。扎梅托夫是一个很出色的人。”

“他徇私舞弊。”

“对，徇私舞弊，就瞧不起！徇私舞弊又是怎么了！”拉祖米欣忽然放大了音量，他装出有些生气的样子，“我赞美过他徇私舞弊吗？我只是说，就某方面来说，他这人很棒！要是对一个人从各方面来看，那么这世上就没多少好人了！要是那样，我深信我这个人可能连下水加到一块儿也只值一个烤葱头，也许还要搭上你！”

“那真是太罕见了，要是买你，我愿意出两个烤葱头……”

“可是，如果你买我只想给一个。开个玩笑！扎梅托夫还是一个小孩子，还需要我来把他的头发揪住认真教导他，因为该把他拉过来，而不是把他推开。把一个人推开——他就很难学好了，特别是对孩子。对于小孩子，更应该加倍小心。你们这些自以为是的笨蛋，你们什么都不知道！你们不懂得尊重他人，那也是在侮辱自己……要是你想知道，我们之间可能有件事要同做。”

“我想知道。”

“是一个和油漆匠有关的事情，就是关于一个油漆工人的事情……我们必须要把他拯救出来！可是，现在已经没什么大不了的了。眼下案情已经非常明了了！我们只需再加油。”

“你说的是哪个油漆工人？”

“怎么了？难道我没跟你说过？没说过吗？啊，我只跟你说了一开始的情况……是一个有关放高利贷的老太婆——一位官吏的寡妇被人谋杀的案子……现在一个油漆匠也被牵扯进去了……”

“谋杀案，我以前就听说了，我也对这宗案子很感兴趣……这多多少少是……因为……一次偶然机会……我在报纸上读到……可是……”

“丽莎维塔也死了，”娜斯塔霞忽然冒昧地对拉斯柯尔尼科夫说。她一边站在房门口一边听他们讲话。

“丽莎维塔也死了？”拉斯柯尔尼科夫轻声说，声音小得基本上听不到。

“就是那个卖旧衣服的丽莎维塔。你不记得了吗？她经常到这楼下来。她还给你补过衬衣呢。”

拉斯柯尔尼科夫转过脸面对着墙壁，在很脏的黄色壁纸上的白色小花之间挑了一朵最难看的白花，花上还有褐色条纹，就开始仔细地观察着：这朵花共有几片花瓣，花瓣上的锯齿是什么样子的，有多少根叶脉。他觉得自己的胳膊和腿都麻木了，失去了知觉，但是他并没有试着动一动，只是呆呆地望着那朵花。

“这跟那个油漆匠有什么关系！”佐西莫夫不高兴地打断娜斯塔霞的话。她哀叹一声，就沉默了。

“他也成了嫌疑犯，”拉祖米欣情绪高涨地继续说。

“有证据吗？”

“证据有什么用！但是，正因为有证据，不过这证据也不能说是证据，这就是需要我们证明的。这就跟他们逮捕和怀疑的那两个人一样，他们的名字……柯赫和佩斯特里雅科夫。我呸！这一切做得真傻，连旁观者听了都觉得太可恶！佩斯特里雅科夫今天可能会来我这里……顺便插一句，罗佳啊，这事你也是知道的，在你生病之前就发生了。他们在那谈起这个案子的时候，你就在警察局里晕倒了，事情就发生在那个案子的头一天。”

佐西莫夫充满好奇地看了看拉斯柯尔尼科夫，拉斯柯尔尼科夫一动不动。

“你觉得吗，拉祖米欣？我觉得你管得太多了！”佐西莫夫开口了。

“就算我管得多，可是，我们必须要把他救出来。”拉祖米欣握着拳头捶了一下桌子，“你知道这件事情最令人气愤的是什么吗？倒不是他们撒谎，撒谎一直都是可以得到宽恕，可以原谅的，因为谎言也能够引出真理。不是，令人气愤的是，他们不仅撒了谎，还对他们自己的谎言一直崇拜。我一向很尊重波尔费利，但是……比如说，一开始是什么把他们搞糊涂的呢？房门本来就是关着的，可是当他们和看门的一道回来的时候，门就是敞开的了。所以，就断定柯赫与佩斯特里雅科夫是杀人凶手——这就是他们的思考方式！”

“你别急，现在只是把他们拘留了而已。总不能……再说，柯赫那种人我见过。之前，他就一直在老太婆那儿收购过期的抵押品，不是吗？”

“对啊，他就是个骗子。他还在收购期票。他专门干这个勾当。去他娘的！你知道我为什么气愤吗？我气的是他们那陈腐庸俗一成不变的恶习……在这件案子上就能够发现一条新的途径。只凭心理上的感觉，就能看出来，应当怎样去寻找真正线索。‘我们有证据，’他们这么说，但是证据并不是全部。起码事情的大半部分取决于怎么分析这些证据！”

“你能够正确地分析这些证据吗？”

“当一个人觉察到，准确地觉察到，他能对这个案件提供帮助时，他是不可能一言不发的，除非……啊！……你知道这个案子的详细情况吗？”

“我正等着听那个油漆匠的事情呢。”

“对啊！听着，是这样的。在案子发生之后的第三天上午，就在他们还纠缠在柯赫和佩斯特里雅科夫身上的时候——尽管他们俩都能够证明自己的清白，证据是充分的，大家都看见了——可是突然发生了一个让人难以接受的事实。一个姓杜什金的农民，就是在事发的那座房子对面开小酒店的老板，把一个装了一副金耳环的首饰匣送到了警察局，而且仔仔细细地讲述了整件事情：‘前一天晚上，大概是八点多一点儿’，听到了吗？——这是案子发生的日期和时间！‘那天我这里来过一个油漆匠，名字叫米柯拉，他到我这里来，带来了这个装着金耳环和宝石的小匣子，打算把它当做抵押，跟我借两个卢布。我问他是从哪里弄到的？他说是人行道上捡来的。我没再问下去。我给了他一张钞票，因为我想，如果他不将这样东西抵押给我，他肯定会抵押给别人。总之他会用钱买酒喝，还不如将东西在我这里放着，更能保存好，也更有用。万一出了什么事儿，或者出了什么谣言，就立刻将它交出去。’这全都是假话，都是胡扯。因为我认识这个杜什金，他本来就是个开抵押店放高利贷专门窝藏赃物的家伙，他绝不会为了把这个东西‘交出去’而把米柯拉手里价值三十卢布的东西骗过来。这只是因为他害怕了。这姑且不提，听着，杜什金还说：‘小时候我就认得这个农民米柯拉·杰缅捷夫，我们是同省同县的，都是扎莱斯克县的，也都是梁赞省的人。米柯拉不是酒鬼可是也贪杯，我们都知道他在那座出事的房子里做工，负责油漆房屋，和米特列在一起，他和米特列也是老乡。他一拿到钱，就把它们换开了，马上喝了两杯，拿着剩下的钱离开了。当时我并没有看到米特列和他在一起。第二天，我听说有人用斧头杀死了阿廖娜·卡捷琳娜·伊凡诺夫娜同她妹妹丽莎维塔·伊万诺夫娜。她们姐妹两个我们都认识，因此我就立即对那些耳环起了疑心，因为我知道，死的那两个人是开抵押店放债的。所以我就去那座房子里找他们，仔细地偷偷地打听，我先问：米柯拉在吗？米特列就说，米柯拉出去了，黎明时分才醉醺醺地回来，大概在家待了十分钟，就又走了。在这之后米特列就没再看过他，只好一个人把活儿干完了。他们正好在二楼干活儿，跟死者走的是同一座楼梯。听了这些话，我并没有对什么人说过，我将这宗凶杀案尽量了解清楚之后，就回到家里，心里也泛起了嘀咕。那时就是今天上午八点，已经是出事的第三天了，你明白吗？我看到米柯拉来找我，尽管他的头脑不清醒，但也说不上醉得什么都不知道，跟他说几句，他还是有反应的。他在长凳上坐着，一声不吭。那时酒店里除了他只有一个外人，还有一个我认识的人躺在板凳上睡觉，然后是他们的两个小伙计。我就问他："有没有看到米特列？""没有，我没看见，"他说："也没来这吗？""从前一天起他就没有见过。""你昨晚在哪里过夜的？""在沙滩，最后住在科洛姆纳。[1]""那耳环是从什么地方弄来的？"我问。"我在人行道上捡的，"米柯拉说话的时候神情不太对，并且没有看我。"那天晚上，有没有听到那座楼梯上发生了什么？"我又问，"没有，"他说，"我没听见，"可是他却觉得米柯拉的眼睛瞪得大大的，脸色也突然变得惨白就跟白粉一样。所以我就一边讲给他听，一边仔细观察他，米柯拉拿起帽子，站起来想离开。我那时候想把米柯拉留住，就说："等等，再喝一杯吧？"然后向小伙计使了一个眼色，让他看好门，自己则从柜台后边走出来：而米柯拉却忽然从我身旁跑开，逃到大街上去了，一直拐进一条小巷——转眼就不见了。那时我就坚信不疑，显而易见，米柯拉就是罪犯……"

"那是当然！"佐西莫夫说。

"等等！先听我把话说完。当然了，他们马上去找米柯拉，也拘留了杜什金，进行搜查。米特列也被抓到了。那几个科洛姆纳人也被一一审问——可是前天，他们突然把米柯拉带来了：在某城关旁边的一家客店里逮捕了他。他到那里的时候，从脖子上摘下一个银十字架，想拿它来换酒喝。他们给他换了酒，过了一会儿，一个女人就去了牛棚，通过墙缝向里面张望，看到他在隔壁的板棚中把腰带拴到房梁上，打了一个活扣，站在一块木头上，正想把脖子套进去。那个女人就大叫起来，把人们都招来了：'啊，这就是你要做的事！'当时米柯拉就说：'你们把我送到警察分局去吧，我都招了。'然后，他们就把他送到某个警察分局——也就是这里。他们仔细审问了他——名字、职业、年龄之类的一些问题。还问他：'某天某时，和米特列一起干活的时候，看

[1] 沙滩和科洛姆纳都属彼得堡管辖，前者在彼得堡远郊，后者在市内，相距颇远。

到楼梯上还有别人吗？’他回答：‘大家都知道的，一直有人进进出出的，可是我们没注意。’‘你听到什么声音了吗？比如什么喧闹声？’他回答说：‘没有听见异常的声音。’‘既然如此，米柯拉，你知道吗，就是在那天，也是那天那个时候，有一个寡妇和她妹妹一起被人谋杀了，还遭到了抢劫？’‘对此我一点都不知道。前天还是第一次听阿凡纳西·伊万诺维奇在小酒馆里提到的呢。’‘那耳环是从哪里弄来的？’‘在人行道捡的。’‘那第二天你怎么不跟米特列一起干活儿？’‘因为我到外面去玩了。’‘去了哪里？’‘一个地方。’‘那你为什么要从杜什金那里逃走？’‘因为我当时十分害怕。’‘你怕什么？’‘怕给我判罪。’‘既然你觉得自己没有犯罪，又怎么会感到害怕呢……’我说佐西莫夫，随便你信不信，他们就是这么问的，米柯拉也是这么说的，一字不差，我知道的，这是别人十分准确地把原话讲给我听的。怎么样，怎么样？”

“呀，但是，证据仍然存在。”

“我这会儿说的不是证据，我说的是那问题，说的是他们怎么理解证据。啊，见鬼！他们一直在威胁他，对他逼供，最后他也只能招认了，他又说：‘我并没有在人行道上捡什么盒子，而是在和米特列刷油漆的那间房子里捡到的。’‘怎样捡到的？’‘是这样：米特列和我在那里刷了一天的油漆，一直到晚上八点钟，准备收工的时候，米特列拿起刷子，抹了我一脸的油漆，接着就转身跑了，然后我就在他后面追。我一边追，一边拼命地喊。从楼梯追到门口的时候，我突然撞到看门的和几位先生的身上——我想不起来是几位先生了。那个看门的对我大骂，另外一个看门的也把我骂了一通，那时看门人的老婆还从房间里出来，也把我们骂了一顿，还有一位先生和一位太太也恰好走了进来，因为我和米特列挡住了路，他们也把我们臭骂了一顿。我就把米特列的头发死死揪住，把他摔倒在地，抡起拳头就打。米特列也揪住我的头发打我。我们就这样打了一架，也不是因为谁恨谁，而是因为我们之间的感情很好，是闹着玩儿的。米特列最后挣脱了出来，转眼就跑到了大街上，我一直在后边追，但没有追上，所以只好一人又回到那套房子里，因为我要收拾一下。我一边收拾，一边等着米特列回来，他可能会回来的。就在那时，我经过廊门后的墙角的时候，突然踩到一个小盒子。我一看，小盒子外面还包着纸。我把纸包拆开，看到盒子上有几个小挂钩，又把挂钩打开，就看到盒子里放着耳环………”

“是门后面吗？放在门后面的？确定是门后面？”拉斯柯尔尼科夫突然大声叫道，他用一种慌张的目光看着拉祖米欣，一手撑着沙发，缓慢地把身子直起来。

“是呀，可那又怎么样？你怎么啦？怎么这么大反应？”拉祖米欣也轻轻地从座位上站起来。

“没什么……”拉斯柯尔尼科夫用蚂蚁般的声音回答说，然后又倒在枕头上，转过脸对着墙壁。大家都沉默了片刻。

“他可能是打盹儿了，还没睡醒，”拉祖米欣最后说，疑惑地看了佐西莫夫一眼。佐西莫夫轻轻地摇了摇头，不同意他的看法。

“好吧，接着往下说吧，”佐西莫夫说，“那之后怎么样了？”

“之后怎么样了？他一见到耳环，就马上把那套房子和米特列忘得一干二净，戴上帽子，就到杜什金那里去了，然后就是大家都知道的，他从杜什金那里换了一个卢布，还跟杜什金撒了谎，说耳环是从人行道上捡到的，随即马上喝酒了。关于谋杀的事，他依旧重复自己的话：‘对此我完全不知道，是前天才听人说起的。’‘那你为什么到现在才出现？’‘因为我害怕。’‘那又为什么要上吊？’‘因为我很担心。’‘有什么可担心的？’‘担心我会被逮捕。’这就是整件事情的过程。现在你是怎样想的，他们就凭这个得出了什么结论？”

“有什么好考虑的？线索已经很明显了，不管是什么线索，总之是有了。这是证据。该不会是把你的油漆匠释放了吧？”

“可是现在他们直接将他当成了杀人凶手！他们基本上毫不怀疑……”

“瞎说，你也太急了吧。那耳环是从哪里得来的？你必须承认，如果在那天那个时候，耳环是从老太婆的箱子落在尼古拉[1]。手中的——你得承认，它们之所以会落在他手上一定是有原因的。这在侦查的时候是十分关键的一件事情。”

“怎么可能在他手里！怎么可能在他手里呢？”拉祖米欣大声说，“你是一个医生，你首先应该研究的是人，你比所有的人都更应该研究人的本性——难道通过这些材料你还不能看出这个尼古拉的本性是什么样的吗？难道你就不能从中看出，他在受审的时候所提供的一切，都是不容怀疑的事实吗？耳环就像他说的那样落在了他的手上——他踩到了一个盒子，然后把它捡起来！”

“好一个不可置否的事实！但是他自己不也招认了一开始就撒谎了吗？”

“你听着，好好地听着。那个看门的，还有柯赫和佩斯特里雅科夫，还有另外一个看门的和第一个看门人的老婆，还有当时正坐在她们

[1] 即米柯拉。

房中的另外一个女人和七等文官克柳科夫，那时他正从马车走下来，胳膊上挽着一位夫人走进门，总共有八个或者十个证人，都能证明尼古拉将德米特里即米特列。按在地上，压在他身上揍他，而且德米特里把他的头发揪住打他。两个人就横躺在路上，把路也挡住了。人们还都在骂他们，他们却‘跟小孩子一样’（这是证人说的），骑在对方的身上，尖声大吵大闹，大打出手、放肆地大笑，都在哈哈大笑，做着最滑稽的鬼脸，然后又像孩子一样互相追赶，跑到大街上去。你听明白了吗？之后请注意这一点，楼上的尸体还有温度，你听到了没？尸体被发现的时候，还有温度！要是那两个人是被他们杀死的，或者是被尼古拉杀的，并且他在行凶的时候还砸开了锁抢走了箱子里的财物，或者只是以一种什么样的方式参与了抢劫，那么请让我问你一个问题，他们当时的心情，比如尖声大笑，在大门口孩子气地打架——这些跟斧头、鲜血、居心叵测的谋杀、小心谨慎的抢劫等等能够对得起来吗？他们在五分钟或十分钟之前才杀死了人，他们明知立刻就会有人去那里，他们还会突然把尸体丢下，也不关门就走出了那套房子，还同时扔下赃物，像小孩一样在地上打滚，大笑，引起所有人的注意吗？这个情况可是有十个证人亲眼看到的！”

“当然非常奇怪！不用说，这一定不可能，可是……”

“不是，兄弟，没什么可是。要是在那同一天，同一时间，从尼古拉那里看到的耳环的确能够构成起诉他的一个重要的物证——可是用他的口供也可以直接解释清楚，所以那还只是一个有争议的物证——那么也该考虑到那些证明他是没有罪的证据，而且这些事实都是无可辩驳的事实。你觉得呢？从我们法学的角度来看，他们会不会接受，或者说能不能接受这种事实——这个事实建立在心理上的不可能性和精神状态上——，把它当成一个不可反驳的事实，并且把所有认为他有罪的事实和物证予以否定，不论那是什么东西？不会，他们不会这么干，无论如何都不会这么做，因为他们找到了那个盒子和那个想上吊的人。‘要是他认为自己无罪，他就不会这么去上吊的。’这就是最关键的问题，我之所以着急也就是为了这个！你明白的！”

“我看得出你很焦虑！等等，我忘了问：是用什么来证明那个耳环盒子的确是从老太婆箱子中拿出来的？”

“这个已经证实了，”拉祖米欣紧皱眉头，好像不太愿意说，“是柯赫认出来的，同时认出了谁是抵押人，而他也确实证明了那东西是他的。”

“不好。当前还有一个问题，当柯赫和佩斯特里雅科夫上楼的时候，是不是有人看到过尼古拉？有没有可能来证明这一点？”

“问题在于就是没人见过他，”拉祖米欣又说，“坏就坏在这里。柯赫同佩斯特里雅科夫上楼经过的时候，也没有看见他们，即使他们的口供如今没有太大的意义。他们说：‘我们看到那套房间的门没有关上，以为有人在里边做工，所以我们经过时没太注意，记不清当时有没有工人在里面干活儿了。’”

“啊……显而易见，我们唯一的证据，就是他们当时互相打来打去时的放声大笑。我们假设这是一个很有力的证据，可是……现在请问，你自己又怎样来解释这些事实呢？要是的确像他说的那样，耳环就是他在那样的情况下捡到的，你又怎么来解释这副耳环呢？”

“我怎么解释？没什么可解释的，事情很明显。至少侦查的途径已经很清楚了，而且已经得到了证实，证实它的正好是这个盒子。这副耳环是真凶落下的。当柯赫和佩斯特里雅科夫敲门的时候，凶手就待在楼上，把自己关在房间里。柯赫做了一件傻事，他下楼了，这时凶手就跳出来，因为他没有其他的办法。就从楼梯上，在尼古拉和德米特里从空房间里跑出去的时候，他就溜进了这个空房子，躲在门后面，避开了柯赫与佩斯特里雅科夫。当看门的和另外的人走上楼时，他就躲在那里一直等着他们的脚步声消失，那时德米特里和尼古拉就跑到街上去了，然后人全都散了，大门口也没人，凶手故作镇定地走下楼。可能有人看到过他，其他人没怎么注意。进出的人很多。耳环盒子一定是在他躲到门后的时候，不小心从衣兜里掉出来的，因为那时他顾不上这些。这个盒子准确地证明了，他当时就躲在那里！这就是全部的情况。”

“一点也不简单！不对，伙计，这简直是太巧妙了。真的太巧妙了！”

“可是为什么呢？为什么？”

“因为这一切都发生得太凑巧……还错综复杂……就像演戏一样。”

“啊！”拉祖米欣正想大叫的时候，门开了，进来一个从未露过面的人，在座的各位谁也不认识他。

第五节

这是一位已经不是很年轻的先生，拘谨古板的神态脸上庄严的表情给人以严厉谨慎、牢骚满腹的印象。他一走进来，先在门口站着，带着让人厌恶且毫不掩饰的惊讶神色往四下里打量了一番，似乎是用目光在问："我这是到哪儿了？"他有点故作惊恐状，像是受了侮辱的样子，环顾拉斯柯尔尼科夫这间狭小、低矮的"船舱"。他又带着同样讶异的神情把目光转移到拉斯柯尔尼科夫身上，然后凝神看着他。拉斯柯尔尼科夫没穿外衣，披散着头发，没洗脸，在一张小得可怜的脏沙发上躺着，也在目不转睛细细地打量他。随后他又同样不紧不慢地打量衣衫不整，没刮脸、也没梳头的拉祖米欣，拉祖米欣没有从自己的座位离开，也用疑问的目光直视他的眼睛。紧张的沉默僵持了一分钟左右，然后，气氛发生了一点小小的变化，而这也是可以预料的。根据某种不十分明显的反应。进来的这位先生可能也意识到，在此地，在这样一间"船舱"里，过分的威严姿态起不了任何作用，所以他的态度变得稍微温和些了，虽然有点儿严厉，却是彬彬有礼地问佐西莫夫："您是罗吉昂·罗曼诺维奇·拉斯柯尔尼科夫，一个大学生，或者以前是个大学生吗？"

佐西莫夫缓缓地动了动身子，原本他是要回答的，但是却被与这个问题毫不相干的拉祖米欣抢先回答了。

"他正在沙发上躺着！您有什么事吗？"

这句随便的"您有什么事吗"，让古板绅士愣了一下。他差点向拉祖米欣转过身去，不过又立刻控制住了自己，转身望向佐西莫夫。

"这便是拉斯柯尔尼科夫，"佐西莫夫用手指了指拉斯柯尔尼科夫，没精打采地说，然后打了个哈欠。不知为什么，他把嘴张得特别大，而且那大张着嘴巴的姿势持续了很久。后来他把一只手慢腾腾地伸进渗进背心的兜里，拿出一块又大又鼓的，带着盖的金表，他把表打开，看了一眼，又慢腾腾地，没精打采地把表装回口袋。

拉斯柯尔尼科夫一声不吭地仰面躺在那里，尽管脑子里一片空白，什么都没想，却一直目不转睛地看着来客。这时他的脸已不再面对墙上那朵有趣的小花了，他面色惨白，露出一种异乎寻常的痛苦的神情，似乎刚做完一次痛苦的手术，或是刚在刑讯室里受了几次拷打。然而，刚走进来的这位先生慢慢地引起了他的注意，然后又让他感到困惑，产生了怀疑，甚至好像变成了害怕。当佐西莫夫用手指着他说"这便是拉斯柯尔尼科夫"的时候，他一下子仿佛是跳起来一样立即坐在沙发上，他在床上坐着，用一种几乎是挑衅的，却又时断时续的微弱的声音说："是！我就是拉斯柯尔尼科夫！您有什么事吗？"

客人仔细地端详了一下他，严肃地说道："我是彼得·彼得罗维奇·卢仁。我的名字您应该听说过吧。"

可是拉斯柯尔尼科夫所等待的根本不是这句话，他面无表情地望着他，什么也没说，仿佛彼得·彼得罗维奇·卢仁这个名字他是第一次听到一样。

“怎么了？难道您到现在还没有得到什么消息？”彼得·彼得罗维奇·卢仁有点儿不高兴地问。

拉斯柯尔尼科夫的回答则是不紧不慢地倒在枕头上，把双手放在头下，盯着天花板。此时卢仁的脸上流露出一种烦恼的神情。佐西莫夫和拉祖米欣的好奇心变得更加强烈，他们也端详着他，直到最后他发窘了。

“我记得，”他的口齿含糊不清，“十几天前，基本上是两个星期前，收到了一封信……”

“您怎么总是站在门口？”拉祖米欣忽然打断他的话，“您要是有话要说，那就请进来吧。您和娜斯塔霞两个人站在那里未免太挤了。娜斯塔西尤什卡赶紧让一下，请他进来！请进吧，这有椅子，请坐下！挤挤吧！”

他把自己的椅子从桌边挪开一点，在桌子同他的膝盖之间腾出一点点空间，以一种有些紧张的姿势坐在那里等着客人“挤进”这条夹缝。

他选的时间正好，让人不好回绝，所以那位客人慌忙地从这狭窄的空隙挤了进去。他走到椅子边，坐了下去，怀疑地望了望拉祖米欣。

“可是，您也别觉得尴尬，”拉祖米欣突然开口，“罗佳已经病了四天了，今天算是第五天，他整整说了三天的胡话，目前是清醒的，连胃口也变好了。这位是他的医生，刚给他做了检查。我是他的同学，以前也是一名大学生，现在正负责照顾他。您不要顾忌我们，也别拘束，想说什么您就说吧。”

“谢谢。可是我在这里说话，会不会吵到病人？”彼得·彼得罗维奇·卢仁向佐西莫夫问道。

“不会——不会的，”佐西莫夫面无表情地说，“您或许还能为他排忧解闷。”他说完又开始打哈欠。

“啊，他已经彻底清醒了，早晨就醒了！”拉祖米欣继续说着。他那种随和的态度让人感到很真诚朴实，于是，彼得·彼得罗维奇·卢仁思索了片刻后，就鼓足了勇气，这也多多少少是因为这个衣服破旧态度放肆的人声称自己是名大学生的原因。

“您的母亲……”卢仁开口道。

“啊！”拉祖米欣清了清嗓子。卢仁疑惑地看了他一眼。

“没，我没有什么其他的意思，您继续说吧……”

卢仁耸了一下肩。

“当我还在她们那里的时候，您母亲就已经给您写信寄来了。我来到这里以后，特意等了几天没有直接来探望您，是为了确认您已经知道了一切，可如今，令我感到讶异的是……”

“知道了，知道了！”拉斯柯尔尼科夫忽然一脸不耐烦地说，“就是您呀？我妹妹的未婚夫？啊，我知道了！……别再说了！”

这可把彼得·彼得罗维奇·卢仁气坏了，但是他没有说什么。他尽力想知道这一切到底意味着什么。接着大家又沉默了一会儿。

拉斯柯尔尼科夫在回答他时，原本稍稍向他转过去的身子，现在又突然怀着某种特殊的好奇目不转睛地看着他，好像刚才他还没将他看清楚一样，又似乎是他身上有某种新东西令他大吃一惊。就为了这个，他甚至还故意从枕头上微微欠起身子。的确，彼得·彼得罗维奇·卢仁的整个外表有一种不同寻常的地方，好像足以证明拉斯柯尔尼科夫刚才为什么那么无礼地将他称为“未婚夫”。首先，显然，甚至是太明显了，彼得·彼得罗维奇·卢仁尽可能地利用了待在首都的这几天的时间，让自己穿得非常考究，进行了一番刻意美化，以便等候未婚妻的到来——但是这是无可指摘和被允许的。在这样的情况下，他想到的，甚至是洋洋自得地发现自己的外表焕然一新，也是可以理解的，因为他彼得·彼得罗维奇·卢仁是个“未婚夫”。他穿的衣服全是才从成衣店里买来的，除了那“崭新的”圆顶礼帽过于明显地暴露了某种目的，其他的都非常好。彼得·彼得罗维奇·卢仁不知是为了什么对这顶礼帽有点儿过分尊敬，过分认真地拿着它。那副真正的卢万式的、漂亮的雪青色手套同样也说明了这个目的，只需要看他不把它戴上，而是拿在手里摆派头这一点，就足以明白了。彼得·彼得罗维奇·卢仁的衣服，大部分是浅色系的适合年轻人的。他穿了一件漂亮的浅褐色上装，浅色的薄料长裤和一件相同质地的背心和刚买来的做工精细的内衣，打了一条用上等细麻纱做的带玫瑰色条纹的领带。最妙的是，这些对彼得·彼得罗维奇·卢仁来说是相当合适的。他那张精神矍铄的甚至几乎能称得上是好看的脸，看起来不像是四十五岁的样子。乌黑的连鬓胡子像两块牛排似的将两颊醒目地遮住了，在刮得十分干净的、闪亮的下巴两边又浓密又漂亮地长着，就连他那在理发店中梳过、烫过、却有点花白的头发，也丝毫没有让他的外貌看上去好笑，尽管就常理而言，烫头发一定会让人的脸像个正在举行婚礼的德国人。如果说，在他那衣冠楚楚少许英俊的脸上真有那么一点儿令人感到不快的或者让人讨厌的地方，那确实是由于其他原因。拉斯柯尔尼科夫放肆地朝卢仁先生的脸上看了又看，然后露出了恶毒的笑容，接着便倒在枕头里，像之前那一样望着天花板。

但是，卢仁先生忍住了，好像暂时不去计较这些怪癖。

“看到您此刻的样子，我感到非常、非常难过，”他又开口，尽全力打破沉默，“要是我知道您身体欠佳，我就会早点儿来看望您了。可是您知道的，我的事情太多……而且，我还要在参政院办理一件和我的律师事务有很重要关系的事情。先不说那些急着办的事情了，这些事您能猜到的。我一直在等您的家人——就是您母亲和妹妹的到来……”

拉斯柯尔尼科夫动了动，好像想说什么，他的脸上露出一丝激动。彼得·彼得罗维奇·卢仁停了下来，等了一会儿。由于沉默依旧，他又继续往下说：“……我一直都在等她们。我已经帮她们找好了一所房子，暂时把她们安顿在那儿……”

“哪里？”拉斯柯尔尼科夫虚弱无力地问。

“离这儿不远的巴卡列夫公寓……”

“是在沃兹涅先斯克大街上，”拉祖米欣插嘴说，“那房子被改成了两层的最低级的公寓，是一个姓尤申的商人开的。我到那里去过。”

“是，是公寓……”

“糟糕透顶，又脏又臭，还是一个有点离谱的地方，经常发生各种离奇的事情，而且天知道住在那里的都是什么人……我自己就为了一件不好意思的事情去过那里。可是，房租倒是很便宜。”

“我知道的当然不是这些情况，因为我也是才到这里来的，”彼得·彼得罗维奇·卢仁很要面子地辩驳道，“可是，有两间干净整洁的房间，因为我们只在这里住一段很短的时间……我已找好了一套正式的房子，就是我们未来的住房，”他转过脸对拉斯柯尔尼科夫说，“现在正在装修，我自己也在一家这样的房间里挤着，距这里没多远，是利佩韦赫泽尔夫，我和一个年轻的朋友安德烈·谢苗诺维奇·列别贾特尼科夫住在一室里。巴卡列夫公寓就是他给我介绍的……”

“您说列别贾特尼科夫？”拉斯柯尔尼科夫说，好像记起了什么。

“对呀，安德烈·谢苗诺维·列别贾特尼科夫，在一个部里工作。您跟他认识？”

“是……没……”拉斯柯尔尼科夫答道。

“非常抱歉，我是从您的言辞里这样猜的。我以前是他的监护人……他是个很不错的年轻人……非常注重……我一直特别喜欢年轻人。我总能从他们那儿知道一些新鲜事儿。”彼得·彼得罗维奇·卢仁看了看在场的每一个人。

“您指的是什么方面？”拉祖米欣问。

“最重要的就是，事情最根本的东西，”彼得·彼得罗维奇·卢仁继续往下说，他似乎对此很感兴趣。“你知道，我已经有十年没来过彼得堡了。我们一切的新事物，改革，还有新思想——都传到我们省了，但是想要看得更清楚些，要想什么都看见，就应该来彼得堡。啊，我也是这样想的。只需要观察我们的年轻一代，就能看见最多的东西，知道最多的东西。我实话告诉你们：我特别高兴……”

“高兴什么？”

“您的问题涉及得太广泛了。也许我会弄错，但是我觉得，我找出了更为明确的观点，更形象地说是批评的精神，越发务实的精神……”

“这话很对。”佐西莫夫心不在焉地说。

“你瞎说！根本不存在什么务实精神，”拉祖米欣死死抓住了他说的这句话，“务实精神是很不容易拥有的东西，它是不会从天而降的。我们跟各种事业几乎隔绝了二百年……各种各样的思想确实有很多，”他对彼得·彼得罗维奇·卢仁说，“善良的愿望也是有的，即使比较幼稚；即使这里出现了许多骗子，但是仍能发现正直的行径，可就是缺乏那种务实精神。想有务实精神没那么简单。”

“我不同意您的观点，”彼得·彼得罗维奇·卢仁反驳道，他明显非常高兴，“人们当然是有迷恋的，也会出差错，可是不能苛刻责备。迷恋正好是因为对事业怀有热情，也同样说明了事业所处的那个外部环境不正常。要是做得不多，那是因为时间不够。至于途径，我就不多说了。要我看，也可以说一下，已经做了一点事情：一些新的好思想已经传播开了，并流传出了一些新的好作品，还取代了之前那些幻想的浪漫主义作品，文学因此就有了更为成熟的特色，许多不良的偏见也得到消除，受到鄙视……总之，我们已经回头让自己跟过去一刀两断了，我觉得，这就是成就……”

“老套！就会自吹自擂。”拉斯柯尔尼科夫忽然插嘴说。

“您说什么？”彼得·彼得罗维奇·卢仁问，他没有听清拉斯柯尔尼科夫说的是什么，可他却没有回答他。

“这话说得都很对。”佐西莫夫立即插了一句。

“难道错了吗？”彼得·彼得罗维奇·卢仁继续说，他愉快地看了佐西莫夫一眼，“您得承认，”他又跟拉祖米欣说，但是脸上早已露出了某种自负的神情，就差再补一句“年轻人”了，“有了伟大的成就，或者用现在人的话，是进步，即使就科学与经济学的真理来说……”

“老生常谈！”

“不是，这并不是老生常谈！比如说，要是以前有人对我说：

‘要去爱人。’所以我就爱了，可是最后又怎样呢？”彼得·彼得罗维奇·卢仁继续说，可能说得太快了，“到最后，就是我把我的外衣撕作两半，跟别人分着穿，所以我们两个都裸露着一半身体，就像俄国的一句谚语：‘假如你同时去追几只兔子，最后一只都追不上。’可是科学让我们知道：我们第一要爱自己，因为世上的一切都立足于个人利益上。如果只爱自己，你就可以把自己的事儿做好，你就不会撕破自己的上衣。经济学的真理又补了一句：‘在社会里，私人事业愈多，说明完整的上衣也愈多，社会的基础就愈牢固，公共事情也就办得愈好。’因此，我就为我一个人打算，我同时也是在为大家着想，让别人得到比撕破的上衣更多的东西，而这并不是来自个人的恩赐，而是源于社会的繁荣。[1]这种见解很常见，但是倒霉的是，很久以来都没能被大家所接受，它被疯狂的激情和幻想遮蔽了，其中的道理好像不需要太多的机智就能领会……”

“实在抱歉，我并不聪明，”拉祖米欣忽然打断了他的话，“所以我们不要再说了。你知道，我这样说是有原因的，可是这种自我安慰的废话，这种无休止的陈词滥调，翻来覆去总是那么几句，老是重复，三年来都让我听腻烦了。我可以发誓，不要说我了，一听到这些，我就觉得脸红。您当然急于夸耀自己的学识，那是可以理解的，我并没有要责备您的意思。此刻我只想知道您是谁，正如您知道的，最近，有许多各式各样的企业家都投身到了公共事业，他们考虑的是自己的利益，把他们所接触的一切都误会了，所以整个事业都被他们弄得乱七八糟。好了，就这样！”

“先生，”卢仁先生怀着极其强烈的自尊心大声说，“您就打算这么无礼地暗示，我也……”

“啊，我没有，我没有……我怎么可能呢！啊，够了！”拉祖米欣断然转过脸面对佐西莫夫，和他继续之前的谈话。

彼得·彼得罗维奇·卢仁显得十分聪明，他马上接受了这种解释。总之他已经决定再过两分钟就离开这里。

“既然我们已经见面了，”他对拉斯柯尔尼科夫说道，“我希望在您的健康恢复之后，因为您所了解的那些情况……我们以后的关系会更加亲密……我特别希望您早日恢复健康……”

拉斯柯尔尼科夫连头也没回过来。彼得·彼得罗维奇·卢仁慢慢地

[1] 卢仁在此宣扬的是英国经济学家、哲学家边塔姆及其信徒米利的实用主义观点。

从椅子上站起身。

“一定是一个抵押过物品的人杀的。”佐西莫夫说得很坚定。

“一定是一个抵押过物品的人，”拉祖米欣也跟着说，“波尔费利不愿将他自己的想法说出来，但对于抵押过物品的人来说，他还在审讯……”

“开始审讯抵押过物品的人吗？”拉斯柯尔尼科夫高声问。

“是呀，怎么啦？”

“没事。”

“是在什么地方找到他们的？”

“柯赫说记得一些人，另一些人的名字也被他写在包东西的纸上。还有一些人一听说这件事，就自动现身了……”

“哈，那肯定是个狡猾老练的坏家伙！胆子这么大！这么果断！”

“恰恰相反！”拉祖米欣打断他，“就是这一点让你们迷惑不解。要我看，他既不狡猾也不熟练，或许他是第一次作案！至于说这是蓄谋已久的，这是个诡计多端的老手，那就不能解释了。要是凶手毫无经验，那结果就很明显，只是一个很巧的机会才使他有幸逃脱，一个千载难逢的机会，有什么事情办不成呢？不对，可能他连会碰到的障碍都没有想到！但他是怎么做的呢？他带走了几件值一二十个卢布的东西，把自己的衣兜塞得满满的，把老太婆的箱子里那堆破旧的衣服乱翻了一通——后来就在抽屉柜上面一格抽屉的一个首饰匣中，发现了一千五百卢布的现金，和一些债券！他连抢劫都不会，他只清楚怎样杀人！听我说，他这是第一次作案，肯定是初犯，因为他发慌了！他能逃走的原因，就是那千载难逢的机会，而不是他老谋深算！”

“这好像是在说不久前杀死一个老太婆，一位官吏的妻子的事。”彼得·彼得罗维奇·卢仁打断了佐西莫夫的话说。这时他已站了起来，手里依旧拿着帽子和手套，不过想在走之前再卖弄几句聪明的话。显而易见他想给人留下一个好印象，他的虚荣心战胜了理智。

“对呀。您也听说了吗？”

“那当然，我们是邻居嘛……”

“您知道详细的细节吗？”

“那我可不好说。可我感兴趣的是因此而出现的另一个情况，可以说是一切的问题。不用多说，近五年来，下层阶级的犯罪是日益增多了，先不说到处都有的抢劫案和纵火案，让我觉得奇怪的是，与此同时在上流社会中，犯罪日益增多。在某个地方，听说过去的一个大学生在大道上抢劫邮车——在另一个地方，有一些上层社会的人还在制造假钞。不久前，就在莫斯科，又逮捕了一伙伪造最近发行的有奖债券的罪犯——其中的主犯还是一位世界史的讲师。我们大使馆的一个秘书也在国外被人谋杀……因为钱财和其他微不足道的理由……要是那个放高利贷的老太婆是被一个上层社会的人杀害的（农民是不可能去抵押金器的），这样一来，对我们社会中文明人士的堕落如何解释呢？”

“经济发生了很多变化……”佐西莫夫回答。

“怎么解释？”拉祖米欣问道。

“不妨这么来看，正是因为有太多的陋习，严重缺乏务实精神。”

“此话怎讲？”

“就在莫斯科，您说的那位讲师，人们就问他，为什么要伪造有奖债券，他是这样回答的：‘人们都想尽了各种各样的办法发财，因此我也急于发财。’原话我记不得了，总之他就是想不花力气就能迅速发财！人们已经习惯了坐享其成，靠别人生活，吃别人咀嚼过的东西。啊，要是那个伟大的时刻来到，任何人都会露出自己的本色……”

“可是，话说回来，那么道德呢？还有也可以说，做人的原则……”

“您没必要操心呀，”拉斯柯尔尼科夫突然插嘴说，“它已经在您的理论里产生结果了。”

“为什么是在我的理论里？”

“照您刚才宣扬的那一套，推论出的结果就是可以杀人……”

“千万别那样想！”卢仁大声叫喊。

“不是，不是的。”佐西莫夫反驳。

这时，拉斯柯尔尼科夫躺在床上，面色依旧惨白，上嘴唇还在颤抖，正困难地呼吸着。

“什么事儿都有一个限度，”卢仁高傲地继续说，“经济观念并不是就让你去杀人，只是比如……”

“真的吗？”拉斯柯尔尼科夫忽然再次打断卢仁的话说，气得声音颤抖，却感到很高兴，“真的吗？您在向您的未婚妻求婚的时候……得到同意之后，您就跟她说，您觉得最高兴的是……她很贫穷……因为您觉得娶一个穷人老婆更有利，因为可以控制她……指责她，说她是受了您的恩赐，是吗？”

“先生，”卢仁气得凶神恶煞般地大叫起来，面红耳赤，一副窘相，“先生……您误会了！请原谅，但是我必须得告诉您，传到您耳朵里的那个流言，或者说是故意让您知道的那个没有根据的流言……我怀疑有人……反正……这是支冷箭……反正，您母亲……我觉得，虽然她有很多优点，可是思想方面多多少少有一些狂热和浪漫主义色彩……但是我怎么也没有想到她对这事会这样莫名其妙地进行歪曲……还归根结蒂……归根结蒂地……”

“您听着，”拉斯柯尔尼科夫大声叫喊，他从枕头上直起身子，用那双锐利逼人的眼睛注视着他，“您听我说。”

“说什么？”卢仁停下不说了，并用一种受到侮辱的挑衅的神情等待着。这沉默大约保持了一分钟。

“要是您……再提起我的母亲……就算是再提一个字……我就让您立刻滚出去！”

“你怎么啦？”拉祖米欣大声说道。

“啊，原来如此！”卢仁的脸一下子变白了，紧紧咬住嘴唇，“您听着，先生，”他一字一顿地说着，并且竭力控制着自己，可仍然被气得气喘吁吁。“之前，我刚进来的时候，我就发现您对我的态度不是很友好，可是我故意待在这儿以便多知道一些情况。对一个生病的人以及亲戚，我是可以宽容的，可是现在……我对您……永远想都别想……”

“我不是病人！”拉斯柯尔尼科夫大声说。

“那就更不可能……”

“你滚，见鬼去！”

但是卢仁已经自己走了，在拉斯柯尔尼科夫的话说完以前，就挤了出去。

这一次，拉祖米欣自己站了起来，给他让了道。卢仁谁也不看，甚至也没跟佐西莫夫点一下头，即使后者早已向他点头示意，叫他不要再打扰病人了。

卢仁走了出去，当他稍稍走出房门的时候，小心地把帽子举到肩膀那么高，就连弯腰的姿势也似乎想表现出他带走了多么严重的侮辱。

“可以这样吗，可以这样吗？”疑惑不解的拉祖米欣摇着头说。

“你们别管我，都别管我！”拉斯柯尔尼科夫发狂似的叫喊。“你们究竟能让我安静一下不，你们这些磨人的家伙！我可不怕你们！我现在谁也不怕，谁都不怕！都给我滚！我想一个人待在这儿，就一个人，一个人，一个人！”

“我们走吧，”佐西莫夫对拉祖米欣点点头。

“那怎么可以，难道就这样丢下他不管吗？”

“我们走吧！”佐西莫夫又重申了一遍，说完就走了出去。

拉祖米欣想了想也跑出去追他。

“要是我们不听他的话，那只会更糟，”佐西莫夫到了楼梯上说。“不能让他生气……”

“他怎么啦？”

“要是有什么有利的因素推动他一下就好了！他刚才的精神还好……听我说，他有心事！一件怎么也放不下，让他非常苦恼的心事……这一点我很是担心，一定是这么回事！”

“可能就是这位叫彼得·彼得罗维奇·卢仁的先生吧！从谈话里也听得出，他就要娶他的妹妹了，罗佳生病以前确实接到过一封信，信里就提到了这件事……”

“对啊，见鬼去吧，他偏偏在这个时候来了。也许会把事情全部弄糟。你发现没有，他对什么都漠不关心，对什么都不回答，只有一件事，这件事老是让他失去自制，就是咱们谈的这件凶杀案……”

“对的，对的！”拉祖米欣附和道，“我不仅发现了，还十分注意！他非常关心，也非常害怕。原因就在于他生病的那天有人威胁过他，就在警察局局长的办公室里面，他就在那里昏过去了。”

“今晚你把这件事详细给我说说，以后我再跟你说一件事。他让我非常感兴趣，非常感兴趣！我半小时后再去看他……他应该不会发炎的……”

“谢谢你啦！这段时间，我在帕申卡那里等着，通过娜斯塔霞照料他……”

只剩下拉斯柯尔尼科夫一个人了，他迫不及待、满腹忧虑地看看娜斯塔霞。可她还拖着不走。

“现在想喝茶吗？”她问道。

“过会儿喝！我现在想睡觉！不要管我……”

他痉挛地转过身面对着墙壁。娜斯塔霞走了出去。

第六节

但是她前脚走，他后脚就爬起来，锁上房门，解开拉祖米欣刚拿来、又重新包好的那包衣服，穿了起来。奇怪，好像他变得安静了，既不像不久前那样神经兮兮，满口胡话，也不像最近这段时间那么恐慌。

这是一种奇怪的安静的一瞬间。他的动作没有丝毫差错，目的也很明确，表现出他的坚定的意图。“今天了，就是今天了……”他自言自语。他心里明白，自己还很虚弱，极度紧张使他变得冷静下来，也给了他力量和信心，他只希望自己不要跌倒在街上。他换上新衣服看着桌子上的钱，想了一下，把钱都装进了衣服口袋里。总共二十五卢布。他也把那几个五戈比的铜币带上了，那是拉祖米欣买了衣服找回的零钱。接着，他把门钩轻轻取下，走出屋子，下来楼梯，朝敞开的厨房门里面张了一眼：娜斯塔霞背对着他站着，弯下腰，正在给房东吹旺茶炊的火。她什么也没听见。谁会知道他要出去呢？没过多久，他就已经到街上了。

八点钟，太阳落山，照旧闷热，然而他还是呼吸了一口污浊的、满是尘土的、被城市污染了的空气。他的头有点眩晕起来，双眼红肿带有浑浊，可十分消瘦的脸上却有某种奇怪的神情和旺盛精力。他自己也不知道，也没想过自己要到哪里去。他只知道：“这一切必须要在今天结束，一下子都结束，而且是马上结束，否则我就不回家，因为我不想这样活下去。”可是要怎么结束呢？用什么办法才可以结束？他完全不知道，也不想去想它。他赶走了这个想法，因为它使他痛苦。他只是觉得，并且知道：必须一切都要变化，不这样变，就那样变，“无论怎么变都行。”他怀着绝望与执拗的自信和决心反复说。

因为以前养成的习惯，他顺着路走向干草广场。还没到干草广场，就在一家小铺的门前，一个身背手摇风琴的黑发年轻流浪乐师站在马路边，正在弹奏着一首抒情的乐曲。他是在为他前面的人行道上站着的一个姑娘伴奏。她大概有十四五岁，打扮得像个小姐，穿了一条钟式裙，披着披肩，戴着手套，头上戴着一顶红帽子——这都是些破旧的东西。她用街头卖唱的声音演唱那首抒情歌曲，声音颤抖但却充满感染力，期盼着小铺子里会有谁丢给她两个戈比。拉斯柯尔尼科夫停了下来，在两三个听众身边站着，听了一阵子，然后掏出一枚五戈比的铜币，递给姑娘。她那时正唱到最动人的高音上，突然不唱了，猝然中断了歌声，并用尖锐的声音向摇琴的乐师喊了声：“够了！”然后两人便慢慢往前，向另一家小铺子走去。

“您喜欢听街头卖唱吗？”拉斯柯尔尼科夫突然问一个和他一起站在摇手风琴的乐师身旁的过路行人，那人看起来已不算年轻了，感觉是个游手好闲的人。那人莫名其妙地看了他一眼，有些吃惊。“我喜欢听，”拉斯柯尔尼科夫接着说，但是看他的神情，却好像根本不是在谈街头卖唱，“在一个寒冷、阴暗而且潮湿的秋天晚上，一定得是在潮湿的晚上，行人都瑟瑟发抖面带病态，这时我喜欢听在手摇风琴伴奏下唱歌；或者，没风，潮湿的雪直接从天上飘落的时候，那就更棒了。您能了解吗？在雪花和煤气路灯闪闪烁烁的间隙里……”

“我不明白……对不起……”那个人自言自语道，拉斯柯尔尼科夫的问题和他那奇怪的神情使他着实吃了一惊，他穿过街道走向对面。

拉斯柯尔尼科夫还在朝前走，一直来到干草市场的一个拐弯处，就是那天有个小贩和他老婆跟丽莎维塔说话的地方。只是此刻他们没在这儿。他认出了这个地方，就停下脚步，向周围望了望，然后和一个衣着时尚的年轻人闲聊起来。

“有个小贩和他老婆是不是在这个拐弯处做生意？”

“做生意的人多了去了。”小伙子高傲地看着拉斯柯尔尼科夫说。

“他叫什么名字？”

“就叫洗礼时给他取的那个名字。”

“你也是扎莱斯克人，对吗？哪个省的人？”

小伙子又看了看拉斯柯尔尼科夫。

“我们那里不叫省，先生，我们是县。我哥哥出门了，我在家里待着，所以我不清楚……抱歉，先生，见谅！”

“楼上有一个饭馆，对吗？”

“是有一个饭馆，还有个弹子台。在那儿甚至还能看到公主……美呆了！”

拉斯柯尔尼科夫经过广场。那边拐弯的地方有一大圈人，都是庄稼人。他在最密集的人群中挤着，端详着那些人的脸。他突然很想和人说话，但是那些庄稼汉都没有理会他，他们三五成群地在一起围着，嗡嗡地不停地说着话。他在那里停了片刻，然后就向右拐，一直沿着人行道，朝B大街走去。他穿过了广场，进了一个小巷……

在以前，他也经常从这个很短的小巷经过，它从广场通向花园街。近段日子，只要他心里不爽，总会想到这个地方转悠一下，“为了让心里变得更加烦闷”。他什么都不思考就进去了。这里有一座大房子，里边是酒馆和饭馆，偶尔有女人从这个房子中跑出来，打扮一般，也没有戴帽子，更没包头巾，就穿着连衣裙，像“到邻居家串门儿”一样。她们经常两三人在几个地方围坐一圈，大多数时候是在楼房入口处，从那里往下走一两个台阶，就可进入各种娱乐场所。那时候，某个娱乐场所里，就会传出一阵震惊整条街的敲击声与喧闹声，还有叮咚乱弹的吉他和人的歌声，非常热闹。也有许多女人聚在门口，有的就在台阶上坐着，另外一些在人行道上坐着，还有的在那里站着闲聊。附近的马路上，正有一个喝得醉醺醺的兵士在转悠，他叼着烟在大声骂人，他好像想去哪儿，可似乎又忘了究竟要去什么地方。还有一个衣衫褴褛的人正在跟另外一个穿着破烂的人吵架，马路中央横躺着一个醉醺醺的家伙。拉斯柯尔尼科夫在一群女人身边停住了。她们低声交谈着。那些女人都穿着印花布连衣裙和山羊皮鞋，没有戴帽子，也没包头巾。有的四十多岁，有的不到十七岁，几乎每个人的眼睛都是黑的。

他不由得被下面传上来的歌声、敲打声、吵闹声所吸引住了……从那里可以听到，在那些捧腹大笑和尖利的怪叫声中，在非常欢快的曲调和又尖又细的假嗓子的伴唱下与吉他的演奏中，有人正拼命地跳着舞，用鞋的后跟打着拍子。他全神贯注地，阴郁地若有所思地听着，在门口弯下腰，好奇地从人行道上往过廊里看。

我漂亮的警察大人，不要白白地打我，

歌手尖细的嗓子发出动听的声音。拉斯柯尔尼科夫很想知道在唱什么歌，好像所有的问题都取决于能不能听清楚这首歌。

"我应该进去吗？"他问自己，"他们在毫无遮拦地大笑！全喝醉了。我也想一醉方休。"

"您不进去吗，尊敬的老爷？"一个女人向他问道。她的声音洪亮。她很年轻，长得也不算难看——是那些女人中唯一的一个。

"看呀，你真美。"他稍稍把身子挺直，望了她一眼。

她露出微笑，因为喜欢这句奉承话。

"您也十分漂亮。"她说。

"您真瘦！"另一个女人说，"是刚从医院出来吗？"

"你看起来倒像是将军的女儿，不过都是些翘鼻子。"一个刚进来不久，还稍带醉意的庄稼汉忽然插了一句。那件宽松的外衣没系扣子，而丑陋的脸上还带着狡黠的笑。"看呀，好快活啊！"

"既然来了，不如进去吧！"

"我当然是要进去的！宝贝！"

他缓缓地一摇一晃地走进去。

拉斯柯尔尼科夫朝前走去。

"嘿，亲爱的老爷。"姑娘在后边冲他喊了一声。

"有什么事吗？"

她有些害羞。

"啊，我的好老爷，我愿意陪你玩一些时候，可现在不知为什么，我一见到您就怎么都鼓不起勇气来了。可爱的老爷，你给我六个戈比买杯酒喝吧！"

拉斯柯尔尼科夫从衣兜中取出三个五戈比的铜币，给她。

“呀，这位老爷的心肠真好！”

“你叫什么名字？”

“你问杜克莉达去吧。”

“不行，这像什么话，”人群里忽然有个女人对杜克莉达摇了摇头，“我真搞不懂，你居然这样向人要钱！换作是我，我会惭愧得钻到地缝儿里去的……”

拉斯柯尔尼科夫惊奇地看着说这句话的那个女人。这是一个三十岁左右，脸上长了麻子的姑娘，满脸是伤，上嘴唇有点肿。她讲话与责备别人时一脸严肃与镇静。

“这是在哪里，”拉斯柯尔尼科夫一边朝前走一边想着，“我在哪里读过：有一个判了死刑的人，在他被行刑前的一个小时，讲过或者想过的，如果他必须活在一座高高的悬崖峭壁上，而且是一块小得只能下脚的地方，四周是关于死亡的深渊与寒风，如果他必须终生站在那仅有一俄尺大的地方，站上一千年，甚至是永远——这样活下去，都比立刻死了的好！只要能够活下去，活下去，活下去！无论怎样活着——只要能够活下去！[1]……这话是多么正确！人是无耻的！”过了片刻，他又说，“认为人是无耻的那个人，同样是无耻的。”

他又走到了另一条街上。“啊！是‘水晶宫’！拉祖米欣之前还谈到‘水晶宫’了。可是我到底想干什么？对呀，看报纸……佐西莫夫说的，他是在报上看见的……”

他走进了一个干净而宽敞的饭馆里问：“有报纸吗？”

这家饭馆总共有几间房，空荡荡的。有两三位客人正在一件房里喝茶，另一个房间有四五个人坐着，喝着香槟。拉斯柯尔尼科夫感觉扎梅托夫似乎也和他们在一起。可是因为离得远，不能看太清楚。

“不管他！”他心想道。

“要伏特加吗？”跑堂的过来招呼。

“我要一杯茶。还要几份报纸，要旧的，最近四五天的统统拿来，我会多给你几个酒钱的。”

“明白，先生。这有今天的报纸。要伏特加吗？”

跑堂的把旧报纸和茶都拿过来了，拉斯柯尔尼科夫坐在那儿开始翻找：

“伊兹列尔——伊兹列尔——阿兹德克人——阿兹德克人——伊兹

---

[1] 指法国作家雨果的长篇名著《巴黎圣母院》。

列尔——巴尔托拉——马西莫——阿兹德克人——伊兹列尔[1]……”

“呸！见鬼了！呀，这儿有几个新闻——一个女人从楼梯上摔了下来——一个小商死于酗酒——沙滩上发生了火灾——彼得堡岛发生火灾——又是彼得堡岛发生火灾[2]——又是彼得堡岛发生火灾——是伊兹列尔——伊兹列尔——伊兹列尔——伊兹列尔——马西莫……呀，在这里……”

他最终找到了他想找的消息，就看了起来。一行行的字跃入他的眼睛里，他将所有的“消息”都看了一遍，焦急地翻着后续报道。他翻报纸的时候，双手在焦急慌乱与急不可耐的心情下颤个不停。忽然有人走到他前面，坐在他桌旁。他抬头一看，是扎梅托夫，他还是那个样子，手上戴了好几个戒指，表链挂在衣服上，乌黑的卷发在两边梳着，还打过发油，身上穿着考究的背心和不太整洁的衣装。他心情十分愉快，甚至在非常愉快和温和地笑着。因为喝了香槟酒，他那黝黑的脸上稍稍泛起了红晕。

“呀！您在这儿？”他疑惑地说道，就像他和拉斯柯尔尼科夫是老相识一样。“拉祖米欣昨天还跟我说您一直处于昏迷中呢。真是怪了！你知道吗，我去过您那儿……”

拉斯柯尔尼科夫料到扎梅托夫一定会过来的。他把报纸扔到一边，转头面向扎梅托夫。他嘴边带了一点儿冷笑，冷笑中带着嘲讽和不耐烦。

“我知道您来过，”他说道，“我已经听他们说了。你帮我找我的一只袜子……您知道拉祖米欣对您十分钦佩吗？他说他和您一同去拉薇莎·伊万诺夫娜那儿，您知道吗，那一天，就为了她，您跟那个炸药中尉不停地使眼色，可是他怎么都没明白您的意思，您没忘吧？为什么没明白——这不是明摆着的事吗？”

“他就喜欢惹是生非！”

“是炸药吗？”

“不是，您那位朋友拉祖米欣……”

“扎梅托夫先生，您的生活过得挺不错吧——可以去最快乐的地方。刚才又是谁给您倒的香槟酒？”

“我们……是一块儿喝酒……不该倒酒吗！”

---

[1] 这是报纸上的广告。

[2] 彼得堡区与市中心区之间仅隔涅瓦河，当时那里全是木房子，1865年夏季天气炎热，因此发生火灾。

“报酬呀！您完全可以拥有所有！”拉斯柯尔尼科夫笑了，“没事，好家伙，没事！”他拍了一下扎梅托夫的肩，又补充了一句，“我说这些，并没恶意，‘纯粹是因为要好，才开的玩笑’，就那个老太婆的案子，你们那个工人用拳头打米季卡的时候说的那样……”

“您怎么知道这些？”

“我可能比您知道的还要多呢。”

“您这人真怪……可能您病得非常严重。您不该出来……”

“你觉得我奇怪吗？”

“是呀。您在看报对吗？”

“是。”

“看了许多关于发生火灾的报道。”

“不是，我没看什么发生火灾的报道。”这时，他神秘兮兮地看了看扎梅托夫，嘴巴一歪，露出了讥讽的笑，“不是，我没看发生火灾的报道，”他又说了一次，并向扎梅托夫递了一个眼色。“可是，年轻的亲爱的朋友，您得承认，您是很想知道我在看什么的吧？”

“我一点也不想知道，只是问一下罢了。难道不能问？您怎么老是……”

“嘿，您是个上过学的文化人，不是吧？”

“我只读到中学六年级。”扎梅托夫颇为自负地说。

“六年级！啊哟，你呀，宝贝儿！还梳着分头，戴了戒指——很富有嘛！哈，一个可爱的年轻人！”这时，拉斯柯尔尼科夫对着扎梅托夫的脸神经质地狂笑不止。扎梅托夫匆忙躲开，倒不是因为他生气了，而是他惊呆了。

“啊哟，这人太奇怪了！”扎梅托夫郑重其事地说，“我觉得您一直在胡说八道。”

“我胡说？乱弹琴，宝贝儿！您说我很奇怪，是吗？那好呀，您是不是对我感兴趣？不感兴趣吗？”

“是感兴趣。”

“您的意思就是，您很想知道，我看的是什么报道，在找什么消息，是吧？看呀，我让他们找来这么多报纸！很可疑，是吗？”

“那么，您就说吧。”

“你把耳朵竖起来了没？”

“竖起耳朵，你什么意思？”

“我以后再跟您说竖耳朵是什么意思，现在，我最可爱的朋友，我要跟您说……不是，该说，我得承认……不对，不，该说，我招了，在您的审讯下，就这样！那我招了，我在看，我在关注……我就在找……正在找……”拉斯柯尔尼科夫闭上眼睛，等了一会儿。“我就是在找——我正是因为这件事才来这里的——谋害那老太婆的报道。”他把脸凑近扎梅托夫的脸，艰难地低声耳语般地说出来。扎梅托夫凝神看着他，纹丝不动，也没把脸躲开。最后，在扎梅托夫看来最奇怪的是，他们两个相对无言了一分钟。

“您在看那些报道，又怎样？”他不耐烦地说；“这跟我有什么关系？不关我的事。”

“就是那老太婆，”拉斯柯尔尼科夫听到扎梅托夫的叫喊，没什么反应，又悄悄地接着说，“您还能记得吗，你们在警察局里提到她的时候，我就晕了。现在您都知道了吧？”

“这是什么话？什么叫……‘您知道’？”扎梅托夫有些慌张地问。

拉斯柯尔尼科夫那张呆板、严肃的脸霎时间变了样儿，他突然又像之前那样神经质地放声大笑，自己像失了控。他顿时想起刚才那一刻，清楚地浮现自己的脑海里，那时他拿着斧头站在门后，门钩还在动，他们大声地叫骂着，想到屋里去，而他忽然想对他们大嚷一声，跟他们对骂，朝他们吐舌头，讥讽他们，耍他们，放肆地大笑，大声地大笑，哈哈大笑！

“您并不是疯了，而是……”扎梅托夫说——他忽然不说了，似乎是脑海中忽然产生的一个念头将他吓呆了。

“而是？什么‘而是’？啊，什么呀？嘿，您说话啊！”

“没事，”扎梅托夫生气地说，“简直一派胡言！”

两人都沉默了，在之前那阵突发的狂笑过后，拉斯柯尔尼科夫突然陷入了沉思之中，变得闷闷的。他把胳膊肘放在桌上，一手托着脑袋。他似乎将扎梅托夫忘得一干二净了。沉默了许久。

“您怎么没喝茶？茶都凉了。”扎梅托夫说。

“呀？什么呀？茶吗？……啊，好的……”拉斯柯尔尼科夫拿起玻璃杯喝了一口，又把一小块面包塞到嘴里，然后，迅速看了扎梅托夫一眼，好像什么都记起来了一样，他突然振作起了精神，脸上又露出嘲讽的表情，然后，继续喝茶。

“最近像这样的诈骗案真多，”扎梅托夫说，“前些日子，我在《莫斯科新闻》上看到一则新闻，莫斯科捕获一伙伪造假币的骗子。他们是一个集团的，专门制造假钞。”

“啊，这事已经过去很长时间了！就一个月前，我在报上就看到了，”拉斯柯尔尼科夫心平气和地说，“那您认为，他们是骗子吗？”

他冷笑着。

“当然是骗子！”

“他们吗？他们还都是孩子，不该是骗子！为了达到那个目的，他们集聚了五十多个人，难道可以这么做吗？要干这种勾当，三个人就够多的了，而且还得彼此信任，所有的人都必须比相信自己更相信别人！如果一个人说漏了嘴，那就彻底完了！孩子啊！他们找了一些不可靠的人去银行办事处换债券——能把这样的事情随便交给一个人去做吗？好吧，假定这些小子做好了，每人可以获得一百万卢布，那然后呢？这辈子要怎么活呢？每个人这一生都跟别人有牵连！还不如上吊来得干脆些！可是他们却不会兑换钞票。有人去办事处兑换，得到了五千卢布，然后手就哆嗦个不停。他还没数完四千就把钱装入了口袋。只想把钱装到衣兜里，赶紧溜走。这样一来，就引起了注意。一切都是被这个傻瓜毁了！难道这么做是对的吗？”

“他的双手在发抖吗？”扎梅托夫插嘴说，“不对，这极有可能。不对，我坚信这极有可能。有时就受不了。”

“莫非受不了这个？”

“没准儿您受得呢？不是，我是真的受不了！为了一百卢布的蝇头小利去做这么冒险的事儿！带了一身的假钞票——到什么地方去呢？——到银行办事处去——那儿的辨认假钞票的人最在行！不对，我肯定会惶恐不安的。您就不会紧张吗？”

忽然，拉斯柯尔尼科夫很想“把舌头伸出来”。一阵寒战忽然掠过他的脊背。

“我绝对做不到，”拉斯柯尔尼科夫拐弯抹角地说，“要是我，就这么兑换：把第一个一千张钞票来回点三四次，认认真真地看每一张钞票，然后再点第二个一千张，点到一半又停下来，把一张五十卢布的钞票抽出来放到亮光下边看，再翻到亮光处看——看看是真是假？‘我担心，’我会说，‘我有个女亲戚前两天就是这样白白损失了二十五个卢布’，然后我就编个故事讲给他们听。数到第三个一千张的时候，我就说，不好意思，我在第二个一千张中好像把第七个一百张点错了，我不知道。’然后我就把第三个一千张放下，把第二个一千张重数一遍——就这样把五千数完。把所有的都数完以后，我再分别从第五个一千张和第二个一千张里面拿出一张钞票，仔细看看又说，请再换一张，直到把那办事员弄得不知所措，想快点摆脱我为止！到最后，等全部点清以后，我走到门口——本来该开门走了——可是，不是，不好意思，我会再回去，提一个问题，或者要一个说法——要是我，我就会这么干！”

“啊哟！您说的真可怕！”扎梅托夫面带微笑地说，“可是，这些话都只是说说而已，要是您真的去干的话，肯定会手忙脚乱的。实话跟您说吧，我认为，不要说您跟我，即使是一个有很丰富经验的人，对这种事都不敢确保万无一失。用不着到远处去找——附近就有一个现成的例子。我们区有个老太婆被杀了。凶手可能是一个不要命的家伙，他大白天里冒着种种危险，去杀人，除非出现奇迹才能逃脱——就算是这样，他的手还是会颤抖，他最后也没能偷走任何东西，他是受不了了。从案情就可以看出来……”

拉斯柯尔尼科夫似乎受到了侮辱。

“可以看出来！那你们现在就去抓他呀！”他幸灾乐祸地鼓动扎梅托夫说。

“那又怎样，会把他抓到的。”

“谁抓？您？您去抓他吗？您会觉得累到无力！在您看来最重要的是，这人是不是会大手大脚地花钱？要是他原本没有钱，突然挥霍起来——就肯定是他了？就像这样，连小孩都能骗得了您，要是他想这么做！”

“他们通常是这么干的，”扎梅托夫答道，“一个人狡猾地把人杀了，连命都不要了，然后马上去酒店，在那儿被抓了。当他们挥霍无度的时候逮捕他们。他们都不如您狡猾。您一定不会去酒店，对吗？”

拉斯柯尔尼科夫紧蹙双眉，凝神望着扎梅托夫。

“您好像尝到了甜头，您还非常想知道，要是我，又会怎么做？”他不快地说。

“我是非常想知道，”扎梅托夫严肃而肯定地回答说。不知怎么的，他说话的语气与眼神都变得太过认真了。

“非常想知道？”

“非常想知道！”

“那好吧。我会这么做，”拉斯柯尔尼科夫说，又突然将脸凑近扎梅托夫的脸，凝神望着他，像说悄悄话一样，这次居然让扎梅托夫打了一个冷战，“我会这么做：我会把钱和东西都拿走，离开那里，哪儿也不去，马上找一个只有围墙，几乎没人的僻静的地方——一个菜园或类似的地方。我在这院子里提前找一块一普特或一普特半重的石头，这块石头也许早就被放在这个地方了；我会把那块石头搬开（石头底下一定有个小坑）——把东西和钱都放到那个小坑里。放好以后，我就把石头搬回到原来的地方，让它恢复原样，再用脚踩平了，踩平之后就离开这里。过个一两年，甚至是三年，我都不会去取——好吧，你们就去找呀！什么都找不到了！”

“您是个疯子！”扎梅托夫不知怎的也用耳语般的声音说，而且不知怎的，他突然躲开拉斯柯尔尼科夫。拉斯柯尔尼科夫的双眼炯炯有神，面色苍白，上嘴唇动了一下，开始轻轻地颤动。他弯下腰，尽量凑近扎梅托夫，抽动着嘴唇，但是一句话也没说，就这样保持了半分钟。他知道自己在做什么，但是他无法控制自己，有一句可怕的话忽然涌到他嘴边，就像那时候门上的门钩跳动一样——马上就要说出口了，那句话就快说出来了，马上要说出来了！

“要是那个老太婆和丽莎维塔是我杀的，那又怎样？”他忽然开口，又立刻醒悟了。

扎梅托夫惊诧地望了望他，脸突然也变白了，像一块白色的桌布。他的脸也变了形，露出了一丝苦笑。

“会吗？”他用低得几乎听不到的声音说。

拉斯柯尔尼科夫凶狠地看了看他。

“您索性就招了吧，您相信这句话，对吗？是不是？您相信，对吗？”

“当然是怀疑的！我这时比任何时候都更怀疑了！”扎梅托夫连忙说。

“总算是抓住了！把小宝贝儿抓住了！既然您‘这时候比任何时候都更怀疑了’，由此可见，您以前是毫不怀疑的，对吗？”

“对！”扎梅托夫叫着说，很明显是感到非常困窘，“您在吓唬我，不就是想让我上当吗？”

“那您怀疑吗？那时，我走出警察局的时候，你们在私下里是怎么说我的？我晕倒了以后，炸药中尉为什么还来问我？嘿，你过来，”他一下子站了起来，拿起帽子冲着跑堂的大叫，“一共多少钱？”

“三十戈比。”跑堂的跑来回答。

“再给你二十戈比小费。你看，有多少！”他把拿着几张钞票的，瑟瑟发抖的手伸到扎梅托夫面前，“红的和蓝的，一共二十五卢布。是从哪儿弄来的？新衣服又是从哪儿弄来的？您知道的我是连一个戈比都没有的！你们审问过我的女房东了……好呀，够了！闲扯得合适了，再见吧……希望下次见面会十分愉快！……”

他离开了，全身颤抖不已，这种感觉里也夹杂着一些克制不住的高兴——可是他的神色依然阴郁，而且非常累，脸也变形了，像刚生了一场大病那样。他越发困了，他的精力此刻正随着第一次的刺激，随着内心的怒火而迸发出疯狂的情感，又随着这种感觉的消失在迅速衰退。

当只剩下扎梅托夫一个人以后，他又在那个地方坐了很长时间，沉思着。拉斯柯尔尼科夫不经意间把他对某点的一切看法完全改变了，让他最后肯定了自己的看法。

“伊利亚·彼得罗维奇是一个蠢货！”他最后得出这么一个结论。

拉斯柯尔尼科夫刚打开通向大街上的门，就忽然在台阶上和正朝里走来的拉祖米欣迎面遇上了。他们谁也没看到谁，没能面对面碰到。两个人相互看了一会儿。先是拉祖米欣大吃一惊，但是他的眼睛又忽然可怕地迸发出一股怒火，一股真正的怒火。

“啊哈，你原来在这里！”他扯着嗓子叫道，“你从床上逃跑了！可是我连沙发下面都找了！甚至还去了顶楼上找！就因为你，我几乎想将娜斯塔霞痛打一顿……你原来在这里，罗佳！这是什么话？你把实话都说出来！说话啊！听到了没？”

“因为你们都快把我烦死了，我想一个人待一会儿，没别的意思。”拉斯柯尔尼科夫平心静气地说。

“一个人？现在你连路都走不了，你脸色苍白，呼吸还那么困难！笨蛋！……你在‘水晶宫’里做了什么了！快跟我说！”

“让我离开吧！”拉斯柯尔尼科夫一边说，一边想从他身旁走开。拉祖米欣于是大发雷霆，用力抓住了他的肩膀。

“让你离开？你居然还敢说：‘让我离开’？你知道我现在想怎么对付你吗？我要把你抱住，再捆起来，带回家里，关起来！”

“你听我说，拉祖米欣，”拉斯柯尔尼科夫轻轻地，明显十分镇静地说，“你难道还没看出来，我不想你对我好吗？你为什么对那些……根本不领你的好的人施恩呢？特别是为什么对那些为此感到十分痛苦的人关怀备至呢？从我一开始生病，你就不知为了什么找我，可能那时我是很想死呢？难道我还不够坦白吗？我已经跟你说过，你这是在折磨我，我觉得你……很烦！实话说，你怎么那么折磨人呢！实话说，你的行为严重影响我恢复健康，因为老是让我生气。你知道吗，佐西莫夫刚才之所以走了，就是因为不想惹我生气。看在上帝的面上，千万不要来纠缠我了！你没权利强制我，你难道看不出，我现在完全是清醒着的吗？我怎么样才可以，请你教我，我怎么才可以求你不要缠着我，不要为我做好事呢？即使我卑鄙无耻，请你们大家看在上帝的面子上，别纠缠我！别纠缠我！别纠缠我！”

他刚开始说的时候是心平气和的，对于那些要发泄的凶狠的话，有一种快感，但是到最后，他异常激动，就像不久前和卢仁说话的时候那样。

拉祖米欣站在那儿想了一会儿，就松开了他的手。

“滚吧，你去见鬼吧，”他沉默着轻声说，“等等，”拉斯柯尔尼科夫刚想走，他突然叫了起来。“你听好，我跟你说，你们这些人，没一个例外，都是爱撒谎吹牛的家伙！你们只要遇到一点不顺心的事，就会像下蛋的母鸡那样瞎唠叨。就算对于这件事情你们同样是剽窃别人的词句。你们身上没有一点独立的影子。你们是用鲸蜡膏[1]做的，你们的血管中流的是血清，而不是人血。你们这些人，我谁都不相信！不管在什么情况下，你们第一应该关心的是怎么做才不像个人！等一一等！”看到拉斯柯尔尼科夫又要走，他比先前更气愤地大叫了一声，“听我把话说完！你知道吗，今天大家打算去我家聚会的，为了庆贺我搬家，这会儿可能已经来了，我让我舅舅在家招待客人。如果你不是一个无可救药的大笨蛋……你知道的，罗佳，我承认你非常聪明，但你真的很傻！如果你不是很傻，那你今天最好还是到我那儿去住一晚，这比白白磨坏你的靴子要好很多！你既然已经出来了，就必须得去！我会给你找几把软绵绵的扶手椅子，我的房东那里有……你可以喝些茶，热闹热闹……要是不行，我可以让你在长沙发上躺着——那样也算和我们在一起……佐西莫夫也会去。你来，好吧？”

“不来。”

“瞎说！”拉祖米欣不禁叫了起来，“你怎么回事呢？你根本没办法对自己的行为负责！你对此什么都不知道……我曾经就这样跟人发生过一千次争执，到后来我又去找他们……觉得羞愧难当——又去找那人！所以记住了，波钦科夫公寓……三楼……”

“拉祖米欣，为了行善事而获得快乐，你或许愿意让别人痛打一顿吧。”

“谁？我！谁敢这样想试试，我就把他的鼻子拧掉，波钦科夫公寓四十七号，文官巴布什金的家……”

“我不会去的，拉祖米欣。”拉斯柯尔尼科夫调头就走了。

“我敢肯定，你一定会来！”拉祖米欣在后边大叫道，“要是你不来……我以后就再不理你了！嘿，等等！扎梅托夫在里面吗？”

“他在。”

“你见到他了？”

“见到了。”

“说话了没？”

[1] 鲸蜡膏是从抹香鲸头颅中提炼出的一种油膏，既能药用，也可用于制造香料，此处指拉斯柯尔尼科夫他们是软体动物，毫无自己的思想。

“说了。”

“说了什么？好吧，你走吧，什么也别说了！波钦科夫公寓四十七号，巴布什金的家，记住了！”

拉斯柯尔尼科夫来到花园街，拐一个弯。拉祖米欣若有所思地看着他的背影，最后一挥手，走到里面去了，但刚到楼梯，就停下来了。

“去见鬼吧！”他几乎出声地接着想，“他的话倒是很在理，可是似乎……我也是个傻子！难道疯子的话就没道理了吗？我想佐西莫夫担心的也正是这一点。”他用手拍了下额头，“要是……现在怎么可以让他自己离开呢？他搞不好会淹死的……啊，我太疏忽了！不要！”接着他转身去追拉斯柯尔尼科夫了，可是已看不到他的影子了。他叹了一口气，又急忙转身，飞快地跑到“水晶宫”去问扎梅托夫。

拉斯柯尔尼科夫径直走上X桥，在桥中央的栏杆前停住了，把两个胳膊放在栏杆上，凝视着河面。跟拉祖米欣分开后，他感到自己虚弱到了极点，好不容易才来到这里。他很想在街上的某个地方坐下来，或躺下。他面对河面看着夕阳淡红色的余晖与夜幕降临时一排排逐渐变暗的房子。在河左岸的远处有一个顶楼的窗子，在落日的余晖中像着了火一样一下子射出通红的光芒。他看着不断变黑的河水似乎是在凝视。到最后，红色的圆圈儿在他面前打着转，房子也在动。路人、岸堤、车马——一切都在四处旋转，跳着舞。他忽然大吃一惊，可能因为一个古怪而丑陋的幻象，救了他一次，没让他昏过去。他感到有个人站在他身边。他转身一看，原来是一个女人，长得高高的，头上包了块头巾，下面是一张又黄又瘦的长脸，两只微微发红的眼睛深陷着。她一动不动地看着他，可是她却什么都看不到，谁也没认出来。忽然，她右手抓住栏杆，抬起右腿跨过了栏杆，翻身跳入了河里。肮脏的河水被一分为二，转眼就把供品吞没了，但是过了一会儿，那个投河的女人又从水面浮了出来，顺着水流悄无声息地往下游漂去。她的头和腿浸泡在水中，裙子在河面上被冲得胀鼓鼓的，像枕头一样。

“有个女人跳河了！有个女人跳河了！”几十个声音一起喊起来。人们都跑了过来，河岸挤满了看热闹的人，在桥上面，在拉斯柯尔尼科夫四周聚集着很多人，在他身后一个劲儿地挤着。

“啊哟，那是我们的阿芙罗辛纽什卡！”附近的一个女人在哭哭啼啼，“啊哟，赶紧救她吧！善良的人们，把她拉上来呀！”

“找条小船！找条小船！”人群中有人喊道。

可是，已经不需要什么小船了：一个警察从台阶上直奔到河边，脱下衣服，跳进水里。没费多大的力气，在那个跳河的女人顺水漂到距台阶只有两步远的地方的时候，他伸出右手抓住了她的衣服，同时用左手抓住了一个同伴伸给他的竿子，很快就把那个投河的女人救了上来。他们把她搬到台阶的花岗岩上。一会儿她便醒了过来，她支起身坐着，一开始还打了一会儿喷嚏，喷了下鼻子，没有任何意义地用两手擦着那湿淋淋的衣服。她什么也没说。

“她喝得烂醉，啊哟，她醉了，”刚才站在阿芙罗辛纽什卡身旁的女人，哭喊着，“她前几天还想上吊，后来把她从绳子上救下来了。我刚去小铺，派一个小姑娘守着她——看呀，又出了这种事！她是做生意的，这位大伯，她是做小生意的，就在这里住着，从边上数过去第二个房子，就是那里……”

人们都散开了，警察在这个女人周围忙个不停，有人叫了一声，去警察局……拉斯柯尔尼科夫始终怀着一种冷漠与不动声色的奇怪心情看着这一切。他此刻感到厌恶起来。“不烦……跳河……不值，”他自言自语，“根本不会有结果的，”他又补充，“也用不着等了。警察局是怎么了……扎梅托夫为什么没有待在警察局？九点过了警察局还在上班……”他转身背对着栏杆，看着周围的一切。

“那就这么着吧！好了！”他坚定地说，从那座桥上走下来，朝着警察局走去。他的心感到空虚而麻木，什么也不愿想，连厌烦的心情都没有了。他从家里出来的时候就想要“结束这一切”，而此刻，那种决心却消失得无影无踪了。随之而来的是完全的冷漠。

“啊，这倒是一条不错的出路，”他想着，一边悄悄地、沮丧地沿着运河的堤岸离开了，“不管怎样，我还是要把它结束，因为我想……可是，这是条出路吗？都一样！有一俄尺大的空间就行了——哈！可这又是个什么结局啊！真的是结束了吗？我该不该告诉他们？啊……见鬼了！我好累。要是能够尽快找个什么地方坐下，或者躺下，那可多好！最丢人的是太蠢。可我对此毫不在乎。哎呀，脑子里怎么产生了这么愚蠢的想法呀！……”

如果去警察局，必须一直往前走，在第二个拐弯的地方再左拐，到了那里，警察局就不远了。但是他来到第二个拐弯处的时候就停下了，想了一会儿，就拐到一个小巷子里，又绕了一个大圈，穿过了两条街。他这么做可能没有任何目的，想再拖延哪怕一分钟，赢得一点时间。他眼睛一直盯着地面朝前走。忽然有人对着他低声耳语。他抬起头来一看，原来他正在那座房子的门口站着。那天晚上以后，他还没有来过这里，更没有从这个门口经过。

一种不可抗拒的魔力让他走进这个房子，从门洞穿过，然后走进右侧的第一个入口，沿着他熟悉的那道楼梯向四楼走去。又陡又窄的楼梯上一片漆黑。他每走到一个楼梯口，都会停下脚步，惊奇地向四周张望一下。一楼楼梯口的窗框已经全部拆了。“当时是没有拆的，”他想着。这就是二楼尼柯拉什卡和米季卡干活的那个房间。“门是刚刷上油漆的，已经被锁了。一定是准备出租。”他又走到三楼……四楼那里……“这儿！”看到这个房间的门开着，他觉得很奇怪。屋里有人说话的声音。这是他怎么也没有想到的。犹豫片刻之后，他就跨上了最后几个楼梯，走到了屋里。

原来这个房间正在装修。里面有工人，这似乎也让他非常惊讶。尸首也可能还在地板原来的地方躺着，不知怎么的，他觉得一切都会和他走的时候一样。但是此刻四壁空荡荡的，什么家具也没有。这真是怪了！他来到窗户前面，坐在窗台上。

屋里有两个年轻的工人，一个年龄偏大一点儿，另外一个比他还年轻。他们正在用画着紫花的崭新的白色壁纸裱糊墙壁，以遮住以前那些破旧的黄色壁纸。不知为什么，拉斯柯尔尼科夫讨厌换掉墙纸，他不怀好意地看着这些新壁纸，似乎看到这一切就觉得非常惋惜。

那两个工人显然是因为什么事耽误了时间，现在正匆匆忙忙地卷着纸，打算离开。拉斯柯尔尼科夫的到来，几乎没有引起他们的注意。他们好像在说什么。拉斯柯尔尼科夫双手交叉，听他们谈话。

“她几天前一大早就去我那里，”年纪大的工人对那个年轻的说，“是一大早，大清早的，收拾得干净漂亮。我就说：‘你为什么在我面前装腔作势，为什么在我面前扭来扭去？’她回答：‘季特·瓦西列维奇，从此刻开始，我什么都听您的。’事情就是这样！她穿得漂漂亮亮的——就像时装杂志上的一样，几乎是一模一样！”

“叔叔啊，什么是时装杂志？”年轻的问。他明显一直在向这个“叔叔”求教。

“小孩子，时装杂志就是彩色的画册，每个星期六国外都给这儿的裁缝寄一本，上面教人怎样穿衣服，男人穿什么，女人穿什么。都是一些图画。男人多数穿腰部带褶的大衣，至于女人嘛，小朋友，都是花里胡哨的，很华丽的衣服，几乎没办法形容。”

“彼得堡什么东西都有！”那个年轻的羡慕地大声说道，“除了父母亲没得买，其他的什么都可以买到！”

“小朋友，除了这，什么都能买到。”年纪大的那个用教导的口气肯定地说。

拉斯柯尔尼科夫站起来，向另一个房间走去，那儿之前摆着小箱子、床和抽屉柜，没有别的家具，他觉得这个房间特别小。壁纸还是之前的那个，角落里原本放神龛的地方，在壁纸上留下了清晰的痕迹。他看了一阵子，又走到原来的窗前。年纪稍大的工人正斜着眼睛端详着他。

“您有什么事吗？”他突然问道。

拉斯柯尔尼科夫没有说话，又站了起来，走进了过廊，他把门铃拉响了。依旧是以前的那个门铃，还是那个洋铁皮的声音。他又拉了一次，再一次。他听着，想着。他清晰地回想到当时那种痛苦逼真的厌恶感觉，门铃每响一声，他就颤一下，同时也觉得愈来愈高兴。

“您到底想干什么？您是哪位？”那个工人走了出来，在他跟前站着，大声地问他。拉斯柯尔尼科夫又走进房间。

“我想租一套房子，”他回答，“来看看。”

“夜里不是租房子的时候。而且，您该和看门的一起来！”

“地板已经洗干净了，还要刷上漆吗？”拉斯柯尔尼科夫继续说，“把血洗掉了？”

“血？”

“有个老太婆和她妹妹在这里被人杀了。这儿曾经有许多血。”

“您到底是什么人？”那个工人有些心神不宁。

“我吗？”

“是呀。”

“你想知道吗？我们到警察局去，我会在那儿告诉你的。”

两个工人用奇怪的眼神望着他。

“我们该回家了，时候不早了。走了，阿廖什卡。记得锁上门。”年纪稍大的工人说。

“那么我们一起走吧，”拉斯柯尔尼科夫冷漠地说，他最先离开了房间，慢慢地走下楼梯。

走到门口的时候，他大声叫道：“嘿，看门的人！”

有几个人在这个房子临街的入口处站着，盯着川流不息的行人。他们是两个看门人和一个乡下女人，还有一个穿大褂的手工业工匠，另外还有几个人。拉斯柯尔尼科夫直接朝他们走去。

“您有什么事吗？”一个看门人问道。

“你到警察局去过了吗？”

“去过了。您有什么事儿吗？”

“那里现在下班了吗？”

“还在上班。”

“副局长在吗？”

“他出现过。您有什么事儿吗？”

拉斯柯尔尼科夫没有说话，在他身边站着，思考着。

“他来看房子的。”年纪稍大的工人走上前来说。

“什么房子？”

“就是我们正装修的那套。他还说：‘为什么把血洗了？那儿曾经发生了凶杀案，我来是想租房子的。’然后就开始拉门铃，差点儿没把铃绳拉断。还叫我们到警察局去，还说，他会在那里把一切都说出来。他老是纠缠着我们。”

看门的困惑地皱着眉头，上上下下地打量拉斯柯尔尼科夫。

“您是哪位？”他严厉地问道。

“我叫罗吉昂·罗曼诺维奇·拉斯柯尔尼科夫，曾经是个大学生。我住在西尔公寓十四号，就在这里的胡同里，离这里不远。你可以问下看门的……他们认识我。”拉斯柯尔尼科夫用一种懒散思考的语气这样说，他并没有回头，只凝神注视着黑漆漆的街道。

“您为什么要到那个房间去？”

“想去看一下。”

“那里有什么可看的？”

“把他抓住，抓到警察局去！”手工业工匠忽然插了这么一句，然后就不说话了。

拉斯柯尔尼科夫回头斜视着他，仔细打量了一番，用依旧微弱与懒散的语气说：

“走呀！”

“直接把他带走！”那个手工业工匠鼓了鼓勇气，又继续说，“他怎么老是提那件事呀？他心里在想什么？啊？”

“是不是喝醉了，只有上帝知道。”工人嘟囔着说。

“您到底想怎么样？”看门的又大声问道，他是真的生气了，“您怎么总是来打扰我们？”

“你是不是不敢去警察局？”拉斯柯尔尼科夫嘲讽似的对他说。

“有什么不敢的？您为什么老是缠着我们不放？”

“你个骗子！”乡下女人大声喊起来。

“跟他闲扯什么，”另一个看门的嚷道，那是一个身体魁梧的庄稼汉，敞着外衣，腰间还挂着一串钥匙，“滚开！……就是个真正的骗子……滚开！”

他一下子揪住拉斯柯尔尼科夫的衣领，把他推到街上。拉斯柯尔尼科夫差点儿摔倒，但是没倒，他把身子挺直了，默默地看了看周围的人，然后继续朝前走。

“怪人！”那工人说。

“现在，人都变得神经兮兮的。”乡下女人说。

“最好把他送到警察局去。”手工业工匠又补充了一句。

“别跟他瞎扯，”魁梧的看门人坚定地说，“就是个骗子！把他带到警察局去，他正巴不得呢，要真跟他扯上了，怎么都甩不了……我们知道这种人！”

“可是，是去，还是不去呢？”拉斯柯尔尼科夫想，一边在十字路口马路当中停下脚步下来，向着四下望望，似乎在等待什么人说出最后一句具有决定意义的话。但是哪里都没有反应；一切都死气沉沉的，不过只对他一个人来说是死气沉沉的，只是对他一个人……忽然，远处传来嘈杂的人声，离他二百步远的地方，街道的尽头，可以看见，在越来越浓的黑暗中有一群人。他可以听到他们的谈话声和呼喊声……人群中有一辆马车停着……街道中闪闪烁烁的是微弱的街灯。“这是怎么了？”拉斯柯尔尼科夫往右一拐，朝着人群走去，似乎是要抓住一切可以利用的机会。想到这些，他禁不住冷笑一声，因为有关去警察局的事，他已经大致作出了决定，他明确地知道，这一切马上就要结束了。

第七节

马路当中停着一辆十分漂亮、豪华的四轮马车，车前面套着两匹灰色的烈马，车上没有乘客。车夫也已经从自己座位上爬下来，站在旁边他拉住马的笼头。四周挤了一大群人，站在最前面的是几个警察。其中一个警察手里提着一盏点着的提灯，正弯着腰，用提灯照着马路上车轮旁边的一件什么东西。大家都在谈论着，叫喊着，叹息着，车夫似乎感到手足无措，不时重复说：

“真倒霉！上帝啊，真倒霉啊！”

拉斯柯尔尼科夫拼命挤进人群，终于看到了这起引起骚动和好奇的目标。地上躺着一个刚刚被马踩伤的人，看来已经失去了知觉，那人衣衫褴褛，但衣服却是“上等人”的装束，浑身是血。脸上、头上鲜血直淌，脸已经给踩坏了，满脸伤痕，已经完全变了样。看得出来，踩得不轻。

“天哪！”车夫哭着说，“这可叫人怎么提防啊！又不是我赶车赶得飞快，或者是没喊他，那还可以怪我，可是我赶得不慌不忙的。大家都可以作证：别人怎样赶，我也怎样赶。谁也知道——一个醉汉不会好好走路的！……我看到他穿马路的时候就摇摇晃晃，差点儿没有跌倒，——我对他喊了一次，两次，三次，还勒住了马，他却径直摔到了马蹄底下去了！也许他故意的，要么是他已经喝得烂醉了……马还小，容易受惊，——它们猛地一拉，他大喊一声——它们更害怕了……这样一来，就出事了。”

“事情确实是这样！”人群中有一人高声作证。

“他确实喊过，一点不错，向他喊了三次，”另一个声音证明。

“他的确是喊了三次，大家都听到的，”第三个大声嚷。

不过车夫并不十分沮丧，也不太害怕。看得出来，那马车属于一个有钱有势的主人，而他正在什么地方等着那辆马车。警察当然要考虑到这个情况，想尽快解决这次车祸。目前要做的是，把受伤的人送到警察分局，然后再送到医院去。但是没有人知道他的名字。

这时拉斯柯尔尼科夫挤了进来，弯下腰，凑得更近一些。突然灯光照亮了这个不幸的人的脸。他认出了他。

“我认识他，我认识！”他完全挤上前去，高声大喊，“这是位官吏，退职的，九等文官，马尔美拉多夫！他就住在这儿附近，住在柯舍尔的房子里……赶快去请医生！我付钱，瞧！”他从口袋里掏出钱来，给警察看了看。他激动极了。

有人认出了被踩伤的人，警察很高兴。拉斯柯尔尼科夫，把自己的名字、自己的地址告诉了他们，并且尽力劝说赶快把失去知觉的马尔美拉多夫抬回家去，他那样尽心竭力，就像给踩伤的是他的亲爹一样。

“就在这儿，再过去三幢房子，”他急急忙忙地说，“柯舍尔公寓，一个很有钱的德国人的房子……刚刚他大概是喝醉了，现在要回家去。我认识他……他是个酒鬼……他的家就在那里，有妻子，有几个孩子，还有一个女儿。一时半会儿还送不到医院，可这儿，那幢房子里大概有个医生！我付钱，我付钱！……在家里好歹有自己人照料，马上就会进行急救，不然，不等送到医院，他就会死了……”

他甚至已经不屑把钱塞到警察手里。其实事情很明显，这样做是合情合理的，而且无论如何可以就近采取急救措施。于是他们把受伤的人抬起来，抬走了，有几个人自愿帮忙。柯舍尔公寓离这儿只有三十来步远。拉斯柯尔尼科夫跟在后面，小心翼翼地扶着他的头，给人们指路。

“这边。往这边走！上楼的时候得把头朝上抬着，转弯……这就对了！我付钱，我会谢谢大家的，”他含糊不清地说。

卡捷琳娜·伊凡诺夫娜跟往常一样，一空下来，就立刻双臂交叉紧紧抱在胸前，在自己那间小屋里踱来踱去，从窗口走到炉子前，然后再走回去，一面自言自语，一面不断地咳嗽。最近她越来越喜欢和自己的大女儿、十岁的波琳卡谈话，尽管有很多事情波琳卡还听不懂，可是她倒很明白母亲需要什么，因此她总是用自己那双聪明的大眼睛注视着母亲，竭力装作什么都懂的样子。这时波琳卡正在给一整天不舒服的小弟弟脱衣服，让他躺下睡觉。小男孩等着给他换衬衣，换下来的衬衣要在夜里洗掉，他默默地坐在椅子上，神情严肃，一动不动地伸直两条小腿，脚后跟紧紧并拢，脚尖往两边分开。他在听妈妈和姐姐说话儿，撅着小嘴，瞪着眼睛，一动不动的，就像一个聪明的孩子临睡前坐着让人脱衣服时一样。一个比他还小的小姑娘，正站在屏风旁，穿得完全破破烂烂，等着给她脱衣服。通楼梯的房门开着，这样可以多少吹散从别的房间里像波浪般涌来的烟草的烟雾，烟味经常使得那个可怜的、害肺病的女人不停地咳嗽，咳了很久很久，痛苦不堪。这一个星期以来，卡捷琳娜·伊凡诺夫娜似乎变得更瘦，双颊上的红晕也烧得比以前更鲜艳了。

“你不会相信，你也无法想象，波琳卡，”她一边在屋里走，一边说，“在外公家里的时候，我们过的是多么快乐、多么阔绰的生活，而现在这个酒鬼害得我好苦，也害了你们大家！外公是位上校文官[1]，已经差不多要当省长了，他只差一步就可以当省长了[2]，所以大家都来拜访他，说：‘伊万·米哈依雷奇，我们已经把您看作我们的省长了。’当我……咳，咳！当我……咳——咳——咳……噢，苦命哪！”她大声叫喊，双手抓住胸口，想把痰吐出来，“当我……唉，在最后一次舞会上……在首席贵族的官邸里……别兹泽梅利娜娅公爵夫人看到了我，——后来，我嫁给你爸爸的时候，波琳卡，公爵夫人还曾为我祝福，——立刻就问：‘这是不是在毕业典礼上跳披巾舞的那个漂亮姑娘？’……（破了的地方得缝起来。你去拿针来，照我教你的那样，把它补好，要不，明天……咳！明天……咳——咳——咳！……会破得更大！”她吃力地喊出来）……“那时候宫廷侍从谢果利斯科伊公爵刚从彼得堡来……跟我跳了马祖卡舞，第二天就想来向我求婚，可是我婉言谢绝了，告诉他我的心早已属于别人。这个别人就是你的父亲，波琳

[1] 上校文官相当于四等文官。

[2] 四等文官可以当副省长，省长必须是将军衔。

卡。外公非常生气……水准备好了吗？好，把衬衫拿来，袜子呢？……莉达，”她对小女儿说，“你今晚就不穿衬衣睡吧，凑合着睡一夜……把袜子也放到旁边……一起洗……那个酒鬼怎么还不回来！他把衬衫都穿得像块抹布了，全撕破了……应该一道洗掉，省得一连两夜都得受罪！上帝呀！咳——咳——咳——咳！又咳了！这是怎么回事！”她大声叫喊，朝站在穿堂里的人群望了望，望了望不知抬着什么挤进她屋里来的那些人。“这是什么？抬的是什么？上帝呀！

“把他放到哪儿？”人们把浑身血污、不省人事的马尔美拉多夫抬进屋里以后，一个警察问，说着朝四下里看了看。

“放到沙发上！就放到沙发上，头朝这儿，”拉斯柯尔尼科夫指点着。

“在街上给马车轧伤了！喝醉啦！”穿堂里有人叫喊。

卡捷琳娜·伊凡诺夫娜站在那里，脸色煞白，气都喘不过来。孩子们都吓坏了。小莉多契卡大喊一声，扑到波列契卡身上，抱住她，浑身索索发抖。

把马尔美拉多夫放到沙发上以后，拉斯柯尔尼科夫跑到卡捷琳娜·伊万诺芙娜跟前：

“看在上帝面子上，请您安静下来，不要惊慌！”他说得又急又快，“他穿马路，让马车轧伤了，您别着急，他会醒过来的，是我叫他们抬到这儿来的……我来过你们家，您记得吗……他会醒过来的，我来付钱！”

“他把命赔上了！”卡捷琳娜·伊凡诺夫娜绝望地大喊一声，扑到丈夫身边。

拉斯柯尔尼科夫很快就发觉，这个女人不是那种立刻昏倒的女人。一转眼的工夫，这个惨遭不幸的人头底下就出现了一个枕头——这是无论谁还都没想到的。卡捷琳娜·伊凡诺夫娜动手给他脱掉外衣，察看伤口，忙碌着，没有惶恐不已，她忘记了自己，咬紧发抖的嘴唇，压制着就要从胸中爆发出来的叫喊。

这时拉斯柯尔尼科夫劝说一个人赶快去请医生。原来只隔着一幢房子就住着医生。

“我叫人请医生去了，”他反复地对卡捷琳娜·伊凡诺夫娜说，“请别着急，我来付钱。有水吗？……给我一条餐巾，毛巾也行，随便什么都行，快点儿。还不知道他伤势怎么样……请放心他只是受了伤，没有被轧死，请您相信……看医生会怎么说吧！”

卡捷琳娜·伊凡诺夫娜跑到窗前，那里，墙角落里一把压坏的椅子上有一大瓦盆水，是准备晚上用来给孩子们和丈夫洗衣服的。这种夜里洗衣服的事，都是卡捷琳娜·伊凡诺夫娜亲自动手，至少一星期洗两次，有时洗得更勤，因为已经弄到这种地步，换洗的内衣已经差不多根本没有了，全家每人只有一套衣服，而对于不干净，卡捷琳娜·伊凡诺夫娜却是无法容忍的。她宁愿等大家都睡了以后，自己来干这件力不胜任的活儿，累得要死，以便到早晨能在拉在屋里的绳上把湿衣服晾干，让大家都穿上干净衣服，而不愿看到家里脏得要命。她按照拉斯柯尔尼科夫的要求，端起那盆水，想要端过来递给他，可是差点儿连盆一起摔倒。不过拉斯柯尔尼科夫已经找到了一条毛巾，用水把它浸湿，动手给马尔美拉多夫擦净血迹斑斑的脸。卡捷琳娜·伊凡诺夫娜站在那儿，痛苦地喘着气，双手紧紧捂着胸口。她自己也需要治疗了。拉斯柯尔尼科夫开始明白，他做错了，他不应该劝人们把受伤的人抬到这儿来。那个警察也困惑地站着。

“波琳卡！”卡捷琳娜·伊凡诺夫娜喊了一声，“快跑去找索尼娅，快。要是她不在家，你就给她留个话，告诉她父亲让马给踩伤了，叫她一回家就立刻到这儿来……快点儿，波琳卡！给，包上头巾！”

“拼命跑！”小男孩突然从椅子上喊道，说完又恢复了原来的姿势，笔直地坐在椅子上，一声不响，瞪着眼睛，脚后跟并拢[1]，脚尖朝两边分开。

这时屋里挤满了人，连针都插不进去。警察都走了，只有一个还留在那儿，想把从楼梯上挤进来的人都赶回到楼梯上去。可是利佩韦赫泽尔太太的几乎所有房客都从里屋里跑了出来，起初还只是挤在门口，后来索性成群地涌进屋里来。卡捷琳娜·伊凡诺夫娜气坏了。

“让他安安静静地死，好不好！”她对着那群人叫喊，“你们倒有戏看了！还叼着香烟呢！咳——咳——咳！干脆戴着帽子进来吧！……还真有个人戴着帽子呢……出去！至少也该尊敬死人啊！”

咳嗽憋得她喘不过气来，不过她的叫喊却发生了作用。显然，他们对卡捷琳娜·伊凡诺夫娜有点儿害怕了。那些房客们都怀着一种奇怪的内心满足，一个一个地挤到门口去了。有人突然遇到不幸的时候，甚至是在他最亲近的亲人中，也毫无例外地会发生这种奇怪的心理——尽管他们对亲人的不幸真心实意地感到惋惜，并深表同情。

不过从门外传来的谈话声中提到了医院，还说，不该把这儿搅得不

[1] 原文是“脚后跟朝前”，但前面曾说，他是并拢脚后跟。并拢脚后跟似乎比较合理。

得安宁，完全无此必要。

“死也不应该吗！”卡捷琳娜·伊凡诺夫娜高声叫嚷，已经跑了过去，打开房门，想要把他们痛骂一顿，却在门口碰到了利佩韦赫泽尔太太，她刚刚听说这件不幸的事，就跑来整顿秩序。这是一个非常喜欢吵架、最不负责的德国女人。

“哎呀，我的天哪！”她双手一拍，“您的酒鬼丈夫叫马给踩死了。应该把他送到医院去。我是房东！”

“阿玛莉娅·柳德维戈夫娜！请您回想一下您说过的活，”卡捷琳娜·伊凡诺夫娜高傲地说（她和女房东说话，总是用高傲的语气，好让她“记住自己的地位”，就连现在也不能放弃让自己得到这种快乐的机会），“阿玛莉娅·柳德维戈夫娜……”

“我以前告诉过您，您永远别敢再叫我阿玛莉娅·柳德维戈夫娜了，我是阿玛莉—伊凡！”

“您不是阿玛莉—伊凡，而是阿玛莉娅·柳德维戈夫娜，因为我不像列别贾特尼科夫那样下流无耻、惯于拍马逢迎的人，瞧，现在他正在门外笑呢（门外真的传来了笑声和叫喊声：‘她们吵起来了！’），所以我永远要管您叫阿玛莉娅·柳德维戈夫娜，虽说我根本弄不明白，您为什么不喜欢这个名字。您亲眼看到了，谢苗·扎哈雷奇出了什么事。他快要死了。我请您立刻把这道门关上，别放任何人到这里来。至少也要让他安安静静地死吧！不然的话，老实告诉您，明天省长大人就会知道您的行为。我还是姑娘的时候，公爵大人就认识我，而且对谢苗·扎哈雷奇印象很深，还多次帮过他的忙呢。大家都知道，谢苗·扎哈雷奇有很多朋友和靠山，不过因为出于高尚的自尊心，自己不再去找他们了，因为他自己觉得他有这种不幸的弱点，可是现在（她指指拉斯柯尔尼科夫）已经有一位慷慨的年轻人来帮助我们，他有钱，而且交际很广，谢苗·扎哈雷奇从小就认识他，请您放心吧，阿玛莉娅·柳德维戈夫娜……”

她这些话说得快极了，而且越说越快，但是一阵咳嗽一下子打断了她动人的雄辩。这时那个垂死的人醒过来了，呻吟起来，她赶紧跑到了他的身边。受伤的人睁开了眼睛，还没认出、也不明白，弯着腰站在他面前的是什么人，于是仔细瞅着拉斯柯尔尼科夫。他呼吸困难，深深地、痛苦地吸气，嘴角上渗出鲜血，前额上冒出冷汗。他没认出拉斯柯尔尼科夫，眼珠不安地转动着。卡捷琳娜·伊凡诺夫娜目光悲哀而严厉地看着他，泪珠止不住从眼里流淌出来。

“我的天哪！他的整个胸膛全都给轧伤了！血，血！”她绝望地说，“得把他外面的衣服全脱下来！你稍微侧转身去，谢苗·扎哈雷奇，如果你还能动的话，”她对他大声喊。

马尔美拉多夫认出了她。

“叫神父来！”他声音嘶哑地说。

卡捷琳娜·伊凡诺夫娜走到窗前，前额靠在窗框上，绝望地高声大喊：

“噢，苦命啊！”

“叫神父来！”沉默了一会儿以后，垂死的人又说。

“去——了！”卡捷琳娜·伊凡诺夫娜对着他大声喊。他听从了她的叫喊，不做声了。他用怯生生而又忧郁的目光寻找着她，她又回到他跟前来，站在枕头旁，他稍微安静了些，可是这样并没有多久。不久他的目光又停留在小莉多契卡（他最宠爱的小女儿）身上，她躲在墙角落里，像发病一样，浑身索索发抖，用她那孩子式的惊讶目光呆呆地注视着他。

“啊……啊……”他焦急地指指她。他想要说什么。

“还想说什么？”卡捷琳娜·伊凡诺夫娜高声嚷道。

“她光着脚！脚光着呢！”他含糊不清地说，同时用发狂似的目光望着小姑娘光着的小脚。

“别——说——了！”卡捷琳娜·伊凡诺夫娜气愤地嚷道，“你自己知道，她的脚为什么光着！”

“谢天谢地，医生来了！”拉斯柯尔尼科夫高兴地说。

医生进来了，是个穿着整齐的小老头儿，一个德国人。他用疑虑的神情朝四下里望了望，走到病人跟前，按了按脉，又仔细摸摸他的头，在卡捷琳娜·伊凡诺夫娜的帮助下，解开了那件浸透鲜血的衬衣，让病人胸部裸露出来。整个胸部全都血肉模糊，没有一点完好的地方，右侧的几根肋骨断了。左侧，恰好在心脏的部位，有一块凶险的黄黑色的伤痕，这是马蹄猛踩下去造成的重伤。医生皱起眉头。那个警察对他说，被轧伤的人被卷到了车轮底下，随着车轮在马路上滚动着，给拖了三十来步远。

“奇怪，他怎么还会醒过来呢，”医生悄悄地对拉斯柯尔尼科夫说。

“您看他怎么样？”他问。

“就要死了。”

“难道没有任何希望了？”

“一点儿也没有！只剩最后一口气了……况且头部伤势那么重……

嗯。也许可以放血……不过……这也没有用。五分钟或者十分钟以后，必死无疑。”

“那么您最好还是给放血吧！”

“好吧……不过我预先告诉您，这完全无济于事。”

这时又听到一阵脚步声，过道里的人群让开了，一个头发斑白的小老头儿——拿着圣餐[1]的神甫出现在门口。还在事发时，警察就去请他了。医生立刻把座位让给他，并且意味深长地和他交换了一下眼色。拉斯柯尔尼科夫请求医生至少再稍等一会儿。医生耸耸肩，留了下来。

大家都往后退了几步。不一会儿忏悔礼就结束了。垂死的人未必十分清楚这是在做什么，他只能发出一些断断续续、含糊不清的声音。卡捷琳娜·伊凡诺夫娜拉着莉多契卡，把小男孩从椅子上拉下来，走到墙角落里的炉子跟前跪下，又让两个孩子跪在她前面。小姑娘只是簌簌地发抖，倒是裸露着膝盖跪在地下的小男孩，不慌不忙地抬起一只小手，从肩到腰画着十字，把前额碰到地上磕头，看来，这使他得到了某种特殊的乐趣。卡捷琳娜·伊凡诺夫娜咬住嘴唇，强忍着眼泪，她也在祈祷，偶尔拉拉孩子身上的衬衫，把它拽整齐，一边仍然跪着祈祷，一边从抽屉柜上拿过一块披巾，披到小姑娘裸露的肩膀上。这时里屋的房门又被那些看热闹的人打开了。过道里看热闹的人越来越拥挤，这幢楼上的房客全都跑来了，不过他们都没有跨进这间房子的门槛。只有一段小蜡烛头照亮这整个场面。

这时跑去叫姐姐的波琳卡穿过人群，从过道里急急忙忙地挤了进来。她进来了，由于急急奔跑，还在气喘吁吁，她摘下头巾，一看到母亲，就走到她跟前说：“姐姐来了！在街上遇到了她！”母亲让她也跪在自己身边。一个姑娘不声不响、怯生生地从人群中挤了过来，她突然出现在这间屋里，出现在贫困、褴褛、死亡和绝望之中，让人感到奇怪。她穿的也是破旧的衣服，她的衣服全都很便宜，可是又按照在她们那个特殊社会里形成的趣味和规矩，打扮得颇为入时，而且带有明显、可耻的露骨的目的。索尼娅在过道门口站住了，没有跨进门槛，好像惘然若失地看着屋里，似乎什么也没有意识到，而且忘记了她穿的那件几经转手倒卖她才买到手、可是在这里却有伤大雅的彩色丝绸衣服，丝绸衣服后面的下摆长得出奇，让人觉得好笑，忘记了那条十分宽大、堵住了房门的钟式裙，忘记了她那双浅色皮鞋，忘记了那把夜里并不需要、可她拿在手里的那把小伞，也忘记了那顶插着根鲜艳的火红色羽毛、滑

[1] 指面包和葡萄酒，分别象征着耶稣的肉和血。

稽可笑的圆顶草帽。在这顶像小孩子似的歪戴着的帽子底下露出一张瘦削、苍白、惊恐的小脸，嘴张着，两只眼睛吓得呆呆地一动不动。索尼娅个子很瘦小，有十七八岁的样子，人长得相当好看，金发碧眼的。她凝神注视着床，注视着神父，由于赶了一阵路，她也气喘吁吁的。最后，人群中一阵窃窃私语以及有些话，大概都飞进了她的耳朵里。她低下头，一步跨过门槛，到了屋里，不过仍然站在门口。

忏悔和授圣餐的仪式都结束了。卡捷琳娜·伊凡诺夫娜又走到丈夫床前。神父后退几步，走的时候对卡捷琳娜·伊凡诺夫娜说了几句临别赠言和安慰她的话。

“叫我怎么安置这些孩子呢？”她指着孩子们，激烈地厉声打断了他。

“上帝是仁慈的。信赖至高无上的上帝的帮助吧，”神父说。

“哼！仁慈的，可是不管我们！”

“这是罪过，罪过，夫人，”神父摇着头说。

“可这不是罪过吗？”卡捷琳娜·伊凡诺夫娜指着奄奄一息的丈夫，高声叫喊。

“也许，那些无意中给你们带来不幸的人会同意补偿您，至少会赔偿你们失去的收入……”

“您不理解我的意思！”卡捷琳娜·伊凡诺夫娜挥了挥手，愤怒地嚷道，“为什么赔偿？因为是他，这个醉鬼，自己钻到马蹄底下去的！什么收入？他没有收入，只有给我们带来痛苦。因为他，这个酒鬼，把什么都喝光了。他经常偷走我们的东西，拿到小酒馆去，他把自己的一生，还有我的一生，全都在小酒馆里毁掉了！他要死了，真是谢天谢地！损失也可以减少些了！”

“临终的时刻应当宽恕，夫人，这样说是罪过，这样的情绪是极大的罪过！”

卡捷琳娜·伊凡诺夫娜在受伤的丈夫身边忙乱地照料他，给他水喝，擦掉他头上的汗和血，摆正枕头，虽然忙个不停，偶尔还抽空转过脸去，和神父说几句话。现在她却几乎是发疯似的突然向神父发起火来。

“唉，神父！空话，这只不过是些空话！宽恕！要是他没被马车压着，今天他准又是喝得醉醺醺的回来，他身上只有一件衬衣，已经穿得又脏又破，他倒可以倒头就睡，我却得直到天亮还洗个不停，洗他的破衣烂衫和孩子们的衣服，然后挂在窗外晾干，天蒙蒙亮，我还得坐下来缝缝补补，——我的一夜就这样过！……还谈什么宽恕呢？我本来就已经宽恕了！”

一阵猛烈、可怕的咳嗽打断她的话。她咳出一口痰来，吐在手绢儿上，拿给神父看，同时痛苦地用另一只手紧紧按着胸口。手绢儿上全都是血……

神父低下头，什么话也没说。

马尔美拉多夫已经快咽最后一口气了。他目不转睛地瞅着又俯身看着他的卡捷琳娜·伊凡诺夫娜的脸。他一直想要对她说句什么话，他努力转动着舌头，含糊不清地说出几个字来。但是卡捷琳娜·伊凡诺夫娜懂得他是请求她宽恕，立刻用命令的口吻对他大声喊道：

“别——说——话！用不着！……我知道你想说的是什么！”于是病人不做声了，但这时他那毫无目的东张西望的目光落到了门上，他看到了索尼娅……

“这是谁？这是谁？”他突然万分惊恐地、声音嘶哑、上气不接下气地说，用恐惧的眼神望着门口，女儿就站在那里，他竭力想欠起身来。

“躺下！躺——下！”卡捷琳娜·伊凡诺夫娜嚷道。

可是他终于使出不寻常的力量用一只手撑起了身子。他疯狂地、呆呆地望着女儿，看了好一会工夫，好像没认出来她似的。他还从来没看到她穿着这样的衣服。突然他认出了她，认出了这个受尽侮辱、悲痛万分、打扮得十分漂亮而又羞愧得无地自容的女儿，她正温顺地等着轮到自己和垂死的父亲诀别。她露出了痛苦的表情。

“索尼娅！女儿！原谅我吧！”他大声喊，想要把手伸给她，可是一下子失去了支撑点，脸朝下咕咚一声从沙发上摔下去，跌到了地上。大家赶紧跑过去把他抬起来，放到沙发上，可是他已经要咽气了，与这个世界告别了。索尼娅无力地喊了一声，跑上前去，抱住了他，就这样抱着他一动不动。他死在了她的怀里。

“他如愿以偿了！”卡捷琳娜·伊凡诺夫娜看到丈夫的尸体，大声说，“唉，现在怎么办呢？我拿什么来安葬他！拿什么，明天拿什么来给他们吃啊？”

拉斯柯尔尼科夫走到卡捷琳娜·伊凡诺夫娜跟前。

“卡捷琳娜·伊凡诺夫娜，”他对她说，“上星期，您这位已经去世的丈夫把他的生活状况和所有情况全都告诉了我……请您相信，他谈到您的时候，怀着十分诚挚的敬意。在那天晚上我知道了他对你们大家是多么忠诚，而对您，卡捷琳娜·伊凡诺夫娜，他更是特别尊敬，特别爱您，尽管他有一些不幸的嗜好，从那天晚上起，我们就交上了朋友……现在请允许我……尽绵薄之力……作为对我亡友的一点心意。这里是……二十卢布，似乎，——如果这能对你们多少有点儿帮助，那么……我……总之我还会来的，——我一定来……我说不定明天就来……再见！”

他迅速走出屋去，匆匆地挤出人群，来到了楼梯上，但在人群中突然碰到了尼科吉姆·弗米契，他得知发生了不幸的事，想来亲自处理。从在办公室里发生了那件事情以后，他们还没见过面，可是尼科吉姆·弗米契立刻认出了他。

“啊，是您吗？”他问拉斯柯尔尼科夫。

“他死了，”拉斯柯尔尼科夫回答。“医生来过，神父也来过了，一切都办妥了。请别过分惊动那个可怜的女人了，她本来就有痨病。请设法让她振作起来，如果您做得到的话……因为您是个好心人，我是知道的……”他直瞅着他的眼睛，微微冷笑着补上一句。

“可是您身上怎么沾上了血迹，”尼科吉姆·弗米契说，在灯光下，他看到拉斯柯尔尼科夫的坎肩上有好几块鲜红的血迹。

“是啊，沾上了血……我浑身是血！”拉斯柯尔尼科夫说，他的神态有些特别，说罢微微一笑，点了点头，就下楼去了。

他轻轻地走下楼去，不慌不忙，身上发着烧，但是他并没意识到。他心里充满了一种从未体验过的感觉，仿佛有一种强大的生命力，心里已经无法容纳了。这种感觉就像一个被判处死刑的人出乎意外地突然获得赦免时的感觉一样。下楼下了一半的时候，准备回家去的神父赶上了他。拉斯柯尔尼科夫默默地让神父走到前面去，默默地和他互相点头致意。但是已经在下最后几级楼梯的时候，他突然听到身后有急促的脚步声。有人在追赶他。这是波琳卡，她跑着来追他，还在喊他：“喂！喂！”

他朝她转过身来。她跑下最后一道楼梯，在他跟前站住了，站在比他高一级的楼梯上。暗淡的灯光从院子里照到这里。拉斯柯尔尼科夫看清了小姑娘瘦削然而可爱的小脸，这小脸愉快地向他微笑着，孩子气地瞅着他。她跑来是负有使命的，看来，她自己也很喜欢完成这项使命。

“喂，您叫什么？……还有，您住在哪儿？”她上气不接下气地匆忙地问道。

他把双手放在她的肩上，幸福地看着她。他看着她，觉得那么欣慰，——他自己也不知是为什么。

“谁叫您来的？”

“索尼娅姐姐叫我来的，”小姑娘回答，笑得更开心了。

“我就知道，是姐姐索尼娅叫您来的。”

“妈妈也叫我来。索尼娅姐姐叫我来的时候，妈妈也走过来，说：‘快跑，波琳卡！’”

“您喜欢索尼娅姐姐吗？”

“我最喜欢的就是她了！”波琳卡坚定地说，她的笑容突然变得严肃起来了。

“您会喜欢我吗？”

女孩子没有回答，他只看到小姑娘的小脸向他凑了过来，她那丰满的小嘴唇天真地伸过来，吻了吻他。突然，她那两条骨瘦如柴的胳膊紧紧搂住了他，头靠到他的肩上，小姑娘轻轻地哭了起来，脸越来越紧地贴在他的身上。

“我可怜爸爸！”稍过了一会儿，她说，扬起哭泣的脸，用双手擦去眼泪，“现在老是发生这种不幸的事，”她突然又加上一句，神情特别庄重，每当小孩子突然想要像“大人”那样说话的时候，总是竭力装出这副神气。

“爸爸喜欢你吗？”

“他最喜欢莉多契卡，”她十分认真地接着说，也不笑，已经完全是像大人那样说话了，“他喜欢她，是因为她小，还因为她有病，他常常给她带糖果来，他教我们念书，还教我语法和神学，”她自豪地补充说，“妈妈什么也没说，不过我们知道，她喜欢他教我们，爸爸也知道她喜欢，可妈妈想让他教我学法语，因为我已经该受教育了。”

“您会做祈祷吗？”

“噢，那还用说，我们都会！早就会了。因为我已经大了，经常自己默默地祈祷，科利亚和莉多契卡跟妈妈一起大声祈祷，先念‘圣母’，接着祷告：‘上帝啊，求你赦免索尼娅姐姐，求您赐福给她’，接下来还有：‘上帝啊，求你宽恕和保佑我们的第二个爸爸’，因为我们从前的那个爸爸死了，这一个，是我们的另一个爸爸，我们也为那个爸爸祈祷。”

“波琳卡，我叫罗吉昂，以后什么时候请您也为我祈祷：‘还有你的仆人罗吉昂’——旁的什么也不用说。”

“今后我一辈子都为您祈祷，”小姑娘有说有笑的，又紧紧抱住了他。

拉斯柯尔尼科夫把自己的名字和地址都告诉了她，答应第二天一定来。由于他对她这么好，小姑娘十分高兴地走了。他来到街上的时候，已经十点多了。五分钟以后他已经站在桥上，正好又站在不久前那个女人投河的地方。

“够了！”他毅然决然而郑重其事地说，“滚开吧，幻影，滚开吧，人为的恐惧，滚开吧！……应该活下去！难道我现在不是在活着吗？我的生活还没有和老太婆一同死去！愿她在天国安息，——够了，老大娘，您也该安息了！现在是理智和光明的世界……也是意志和力量主宰一切的时代……现在咱们走着瞧吧！咱们现在来较量较量吧！”他傲慢地加上一句，仿佛是对着某种黑暗的力量说话，向它提出挑战似的。“而我已经同意在一俄尺见方的空间生活了！”

“……这时我身体很虚弱，不过……好像我的病全好了。不久前我出来的时候就知道病会好的。真巧，波钦科夫的公寓离这儿只有几步路。即使不只几步路，我也一定要去找拉祖米欣……这次打的赌就让他赢了吧！……让他也开开心，——没关系，让他开心去吧！……力量，需要力量。没有力量，什么也做不成；而力量一定得用力量来获得，这一点他们可不知道，”他胸有成竹地补上一句，然后勉强拖着两条腿走下桥去。他心中的自豪和自信每分钟都在增长，又过了一分钟，他已经变成和以前完全不同的另一个人。然而究竟发生了什么特殊的事情，是什么使他发生了这么大的变化？连他自己也不知道。他活像抓住了一根稻草，突然觉得，他“还能活下去，他还应该活下去，他的生活并没有和老太婆一同死去”。也许他得出这一结论未免过于仓促了，然而他没有想到这一点。

“可是我请求她也为上帝的仆人罗吉昂祈祷，”这个想法突然在他脑子里一闪而过，“啊，这有什么……以防万一罢了！”他补充说，又立刻感到自己的行为幼稚，于是笑了起来，他的心情异常好。

他很容易就找到了拉祖米欣的住处。波钦科夫的公寓里，大家已经知道这位新房客了，所以看门的立刻告诉他该怎么走。才上了一半楼梯，就能听到一大群人的吵闹声和很热闹的谈话声音了。通楼梯的房门大敞着，可以听到一阵阵叫喊和争论的声音。拉祖米欣的房间相当大，大约有十五个人聚集在那里。拉斯柯尔尼科夫在过道里站住了。这儿，隔板后面，房东的两个女仆正在侍弄两个大茶炊，在一瓶瓶的酒以及大大小小盛着馅饼和下酒菜的盘子、碟子旁边忙碌着，这些东西都是从房东的厨房里拿来的。拉斯柯尔尼科夫叫她们把拉祖米欣叫来。拉祖米欣高兴地跑了出来。一眼就可以看出，他已经喝了很多酒，尽管拉祖米欣几乎从来不会喝得酩酊大醉，但是这一次却可以看出，他已有几分醉意。

“喂，”拉斯柯尔尼科夫连忙说，“我来，只是为了告诉你，这次打赌你赢了，当真是谁也不知道他会发生什么事。我不能进去了。我浑身无力，马上就会跌倒的。因此，我要说声：你好，再见了！明天请到我那里去……”

“这么着吧，我送你回家去！既然你自己说，你浑身无力……”

“客人们呢？刚刚朝这儿张望的那个头发卷曲的人是谁？”

“这一个吗？鬼知道他是谁！大概是舅舅的熟人，可也许是自己来的……我让舅舅留下来招待他们，他是个非常好的人。可惜你现在不能这就跟他认识一下了。不过，去他们的！现在他们哪里还会想到我啊，再说我也需要出去透透气，所以，老兄，你来得正是时候，再过两分钟，我就要跟他们打架了，真的！突然胡说八道起来……你无法想象，人竟会这样胡言乱语！不过，怎么会想象不到呢？难道我们自己不胡扯吗？唉，让他们胡扯去吧，现在扯过了，以后就不扯了……你稍坐一下，我去把佐西莫夫叫出来。”

佐西莫夫几乎是迫不及待地向拉斯柯尔尼科夫跑了过来。显然，他怀有某种特殊的好奇心，不久他脸上的神情很快就变得开朗起来了。

“马上睡觉，”他尽可能给病人检查了一下，作出决定，“夜里要吃一包药。您吃吗？我不久前配的……一包药粉。”

“两包也行，”拉斯柯尔尼科夫回答。

他当时就吃了药。

“你亲自送他回去，这太好了，”佐西莫夫对拉祖米欣说，“明天怎么样，咱们到明天再看，今天挺不错了。比起前段日子有了明显的好转。活到老，学到老呀……”

“你知道咱们出来的时候，刚刚佐西莫夫小声地跟我说了些什么吗？”他们刚刚走到街上，拉祖米欣就脱口而出。“我，老兄，我都直截了当地告诉你，因为他们都是傻瓜。佐西莫夫叫我在路上跟你随便聊聊，也让你随便谈谈，然后把我们的谈话回去都告诉他，因为他有个想法……认为你……是疯子，或者接近疯子。你自己想想看吧！第一，你比他聪明好几倍；第二，如果你不是疯子，那么你可以对他脑子里有的这种荒唐想法嗤之以鼻；第三，这个胖家伙本行是外科医生，现在却转行做了神经科的医生，今天你和扎梅托夫的那场谈话使他确信，他对你的看法是正确的。”

“扎梅托夫把我们的谈话全告诉你了？”

“全告诉了我，他做得很对。现在我已经摸清了全部底细，扎梅托夫也都清楚了……啊，对了，总而言之，罗佳……问题在于……我现在有点儿醉了……不过这没关系……问题在于，这个想法……你明白吗？

确实在他们头脑里冒出来了……你明白吗？也就是说，他们没有人敢大声说出这个想法，因为这是荒唐透顶的，特别是在他们抓到这个油漆工以后，这一切全都不攻自破，永远破产了。为什么他们都是傻瓜呢？当时我把扎梅托夫揍了一顿，只是稍微揍了一下，——这是我们私下说的，老兄，请你千万别说出去，就连暗示都不行，千万别让人知道你知道这件事。我发觉，他很爱面子，这是发生在拉薇莎家里的事。不过今天，今天的事情全都明白了。主要是这个伊利亚·彼得罗维奇！当时他利用了你在办公室里昏倒的机会，但是后来他自己也感到惭愧了。我知道……”

拉斯柯尔尼科夫贪婪地听着。拉祖米欣酒后泄露了机密。

“我当时昏倒是因为闷热还有那股油漆味，”拉斯柯尔尼科夫说。

“这还用得着解释吗！而且不单是因为油漆味——你整整烧了一个月，佐西莫夫可以证明！不过现在这个小子是多么失望，你简直无法想象！他说：‘我连这个人的一个小指头抵不上！’就是说，抵不上你的一个小指头。有时，老兄，有时他心肠也是好的。但是这个教训，今天在‘水晶宫’里对他的这个教训，这真是太棒了！要知道，一开头你可把他吓坏了，吓得他直发抖！你几乎使他相信这荒唐透顶的想法，后来，突然，——向他伸出舌头，那意思就是说：‘给，怎么，逮住了吗！’妙极了！现在他给击败了，羞愧得无地自容！你真是个有本事的人，真的，对他们，就得这样。唉，可惜我不在场！现在他在等着你，很想见到你。波尔费利也想跟你认识认识……”

“可是……这个人也……可是他们为什么硬把我当成疯子呢？”

“我的意思是，并不是把你当成疯子。我，老兄，可能我跟你扯得太多了……你要知道，不久前，他感到惊讶的是：你只对这一点感兴趣。现在弄清楚了你为什么会感兴趣，了解了一切情况……那天那件事让你多么生气，而且和疾病纠缠在一起……我，老兄，稍微有点儿醉了，不过鬼知道他心里有什么想法……我跟你说，我对精神病有很大的兴趣。不过你别在乎……”

有半分钟光景，两人都没有说话。

“喂，拉祖米欣，”拉斯柯尔尼科夫说，“我要老实地告诉你，我刚去过一个死人家里，有个官吏死了……我在那里把我的钱全给了他们……除此而外，刚刚有人吻过我，即使我杀过人，这人也照样吻我……总而言之，在那里我还看到了另一个人……帽子上插着火红色的羽毛……不过，我又在说胡话。我浑身无力，你扶着我点儿……这就到楼梯了，不是吗……”

“你怎么了？你怎么了？”拉祖米欣惊慌地问。

“头有点儿晕，不过问题不在这里，问题是我太伤心了！就像女人似的……真的！你看，这是什么？你瞧，你瞧！”

“什么呀？”

“难道你没看见？我屋里有灯光，你看到了吗？从门缝里……”

他们已经站在最后一道楼梯底下，站在女房东的门边了，从楼下当真可以看到，拉斯柯尔尼科夫的小屋里有灯光。

“奇怪！也许是娜斯塔霞，”拉祖米欣说。

“这个时候她从来不去我屋里，再说，她早就睡了，不过……对我来说，反正一样！再见！”

“你怎么这么说呢？我是送你回家的。咱们一道进去！”

“我知道你会和我一道进去，但我想和你在这里说再见。好，把手伸出来，再见！”

“你怎么了，罗佳？”

“没什么，走吧！你可以做我的证人……”

他们开始上楼梯了，拉祖米欣忽然想到，也许佐西莫夫是对的。“唉！我跟他胡扯，搅得他心烦意乱了！”他喃喃地自言自语。走到房门口的时候，他们突然听到屋里有说话的声音。

“这里到底是怎么回事？”拉祖米欣大声叫喊。

拉斯柯尔尼科夫第一个上去抓门把手，把门大敞开以后，却站在门口呆呆地一动也不动了。

他的母亲和妹妹坐在他屋里的沙发上，已经等了他一个半钟头了。为什么他最没料到的就是她们的到来，对她们也想得最少呢，尽管今天又得到消息，说她们已经动身，已经在路上，马上就会到了？在这一个半钟头里她们争先恐后地向娜斯塔霞打听这个打听那个，现在她还站在她们面前，已经把所有情况告诉了他。她们听说他“今天逃跑了”，可他还有病，而且从她的叙述中可以发觉，他准是还在神志不清，她们都吓坏了！“天哪，他是怎么了！”两人都哭了，在这一个半钟头的等待中，她们都忍受了巨大的痛苦的折磨。

迎接拉斯柯尔尼科夫的是一声充满激情的高兴的呼喊，两人一起向他扑了过来。但是他一动不动地站着，好像是个死人，一种让他无法忍受、突然涌上心头的感觉恰似晴天一声霹雳，击中了他。他的手也没有抬起来去拥抱她们，手抬不起来。母亲和妹妹把他紧紧抱在怀里，吻他，又是笑，又是哭……他后退了一步，摇晃了一下，就昏倒在地板上了。

惊慌，恐惧的呼喊，呻吟……站在门口的拉祖米欣飞快跑进屋里，把病人抱在自己强壮有力的手里，一会儿就醒了过来。

“没关系，没关系！”他对母亲和妹妹大声嚷，“这是昏厥，这不要紧！医生刚刚说过，他好得多了，他身体完全健康！拿水来！瞧，他正在醒过来，瞧，已经醒过来了……”

他一下抓住杜涅奇卡的胳膊，差点儿将她的胳膊关节扭得脱臼了，他让她俯身看“他已经醒了”。她们带着感激的神情看着他，几乎把他看成了天神。从娜斯塔霞那儿，她们已经获悉这个“麻利的年轻人”（普莉赫丽娅·亚历山大罗夫娜·拉斯柯尔尼科娃当晚和杜尼娅密谈时，就用“麻利的年轻人”称呼他），在她们的罗佳有病的这段时间里对他的一切照料。

第三章

第一节

拉斯柯尔尼科夫欠起身来，坐在沙发上。

拉祖米欣正滔滔不绝然而热情洋溢地劝慰母亲和妹妹，他的话前言不搭后语，拉斯柯尔尼科夫软弱无力地朝拉祖米欣挥了挥手，叫他别再说下去了，然后握住母亲和妹妹的手，大约一两分钟，一言不发地一会儿看看这个，一会儿看看那个。他的眼神把他母亲吓坏了。他的目光中流露出一种强烈到痛苦的感情，但同时也显示出甚至几乎是疯狂的呆板神情。普莉赫丽娅·亚历山大罗夫娜哭起来了。

阿芙朵佳·罗曼诺夫娜面色苍白，她的手在哥哥的手里簌簌发抖。

“走吧……和他一块儿走，”他指了指拉祖米欣断断续续地说，“明天见，明天一切就……你们早就来了吗？”

“晚上来的，罗佳，”普莉赫丽娅·亚历山大罗夫娜答道，“火车晚点了，耽搁了很久。但是，罗佳，现在不管怎样我都不会离开你了！我就在这儿过夜，在你身边……”

“不要再折磨我了。”他恼怒地挥着手说。

“我留在这儿陪着他吧，”拉祖米欣喊道，“我一分钟都离不开他，让我的那些客人们全都见鬼去吧！就让他们去生气吧！有我的舅父在那里全权处理呢。”

“让我怎样，怎样感谢您呢！”普莉赫丽娅·亚历山大罗夫娜说，她又一次紧紧地握住了拉祖米欣的手，但拉斯柯尔尼科夫又一次打断了她的话。

“我受不了了，我受不了了，”他恼怒地重复说道，“请你们不要再折磨我了！够了，快走吧……我受不了了！……”

“走吧，妈，哪怕到外边待一会儿也好，”惊恐的杜尼娅低声说，“看样子我们让他很难受。”

“三年不见，难道我连看看他都不可以吗？”普莉赫丽娅·亚历山大罗夫娜哭着说道。

“等一下，”他又一次打断她们的话，“你们总是打断我的思路，我的思想全乱了……你们见过卢仁了吗？”

“没见过，罗佳，但他已知道我们到这来了。罗佳，我们听说，彼得·彼得罗维奇·卢仁很好，他今天来看你了。”普莉赫丽娅·亚历山大罗夫娜有点儿胆怯地补充了后边这一句。

“对……他很好……杜尼娅，我不久前对卢仁说，我要将他赶下楼，我要让他滚蛋了……”

“罗佳，你这是说什么呀！你不会……你不会是想对我们说……”普莉赫丽娅·亚历山大罗夫娜惊恐地说道，她刚一开口，又看了看杜尼娅，将话咽了回去。

阿芙朵佳·罗曼诺夫娜目不转睛地望着哥哥，等着他继续说下去。娜斯塔霞已根据她所了解和所能表达的，把争吵的经过告诉了她们，她们感到莫名其妙，而且因为在等着他，心中万分痛苦。

“杜尼娅，”拉斯柯尔尼科夫使劲地接着说，“我反对这桩婚事，因此你明天一开口就要拒绝卢仁，叫他永远滚蛋。”

“我的上帝！”普莉赫丽娅·亚历山大罗夫娜叫道。

“哥哥，你想想，你这是在说什么啊！”阿芙朵佳·罗曼诺夫娜愤怒地说，但是她马上就控制住了自己，简短地说，“现在你恐怕不能说话，你太累了。”

“难道我说的是胡话？不……你是为了我才答应嫁给卢仁的。但我不想牺牲你。因此，你写封信，明天之前写完，拒绝他……明天早晨给我看一下，这事就到此为止了！”

“这我办不到！”满腹委屈的姑娘高声嚷道，“你有什么权力……”

“杜涅奇卡，你冷静点儿，不要说了，明天……难道你没看到……”母亲不知所措地对杜尼娅说。“唉，我们最好还是走吧！”

“他又在胡说八道！”拉祖米欣醉眼蒙眬地说，“不然的话，他哪敢说出这样的话！明天他就会把所有的胡话忘得干干净净……今天他的确把他轰走了。一点都不错。啊，那个人也生气了……他在这里高谈阔论地卖弄知识，后来他就灰溜溜地走了……”

“那么真有这事了？”普莉赫丽娅·亚历山大罗夫娜惊呼道。

“明天见，哥哥，”杜尼娅体恤地说，“妈妈，咱们走吧……再见，罗佳。”

“听到了没，妹妹？”他使出最后的一丝力气，又对她们重复了一遍，“我没有胡说八道。这桩婚事是一件卑鄙的事。即使我是个卑鄙的人，你可不应该当坏蛋……有一个已经够了……即便我很卑鄙，我也绝不会承认这么一个妹妹。或者要我，或者要卢仁！你们可以走了！……”

“你疯了！专横的暴君！”拉祖米欣叫嚷起来，但拉斯柯尔尼科夫没有答理他，或许他已经没有力气回答了。他躺在沙发上，把脸转过去对着墙，他已筋疲力尽了。阿芙朵佳·罗曼诺夫娜好奇地看着拉祖米欣，她那双乌黑的眼睛炯炯有神，闪闪地发着光，她的这种眼神甚至使拉祖米欣打了一个寒战。

普莉赫丽娅·亚历山大罗夫娜像惊呆了似的，纹丝不动地站在那里。

“无论如何，我都是不会走的，”她用几乎绝望的语调对拉祖米欣低声说道，“我必须待在这里，不管睡在哪儿……请你把杜尼娅送回去吧。”

“这样您会把整个事情弄糟的！”拉祖米欣这个时候已经控制不住，也小声地说道，“不管怎样，我们走吧，到楼梯上去吧。娜斯塔霞，照个明！我向您发誓，”走到楼梯上的时候，他稍微提高了一点嗓门，继续说，“前不久他差点把我和医生都痛打一顿！您能明白吗？是医生哪！就连医生也只得让步，他离开了，以免刺激他，我也只好留在楼下看着他，但他却立即穿好衣服跑出去了。这深更半夜的，您要是把他给惹火了，他还是会跑出去的，而且会做出不利于自己的事来……”

“唉，你在说些什么啊！”

“再说也不能叫阿芙朵佳·罗曼诺夫娜单独住在那个公寓中。想一下，你们住的那是什么地方！彼得·彼得罗维奇·卢仁那个混蛋难道就不能为你们找个舒服点儿的地方住……但是，您也知道，我喝多了，所以……出口伤人，请您不要放在心上……”

“那我找这里的女房东去，”普莉赫丽娅·亚历山大罗夫娜执拗地说。“我去请求她为我与杜尼娅找个住处，让我们住一夜。我不能就这样扔下他，我不能！”

谈这些话的时候，他们正好站在女房东门口的楼梯口上。娜斯塔霞提着灯，站在下边的一级楼梯上给他们照亮。这时拉祖米欣十分兴奋。半个钟头之前，他将拉斯柯尔尼科夫送回来时，他说了很多废话，他也承认这一点，但是尽管他今天晚上喝了很多酒，但他仍然精力充沛，并且头脑几乎是清醒的。这时他好像喜出望外，而且喝进去的酒仿佛以加倍的力量迅速涌了上来，涌进他的脑袋。他和两个女人站在那儿，紧紧地攥住两个人的手，滔滔不绝地劝说她们，很坦率地给她们诉说一个个理由，并且差不多每说完一句话，也许是为了显得更有说服力，都用力狠狠地握一下她们的手，使她们疼得像被虎钳夹了一样，并且他的眼睛贪婪地仿佛要吞掉阿芙朵佳·罗曼诺夫娜。有时她们疼得将手从他那两只骨骼粗大的手中挣脱出来，但他不仅没发觉，反倒更使劲地将她们的手往自己这边拉。要是她们命令他立即头朝下从楼梯上跳下去，替她们效力，他也一定会不假思索地、毫不迟疑地立即照办。尽管普莉赫丽娅·亚历山大罗夫娜感到这个年轻人有点奇怪，并且把她的手攥得很疼，可是因为她忧心忡忡地挂念着她的罗佳，同时又把拉祖米欣视为天神，所以不愿意去注意他这些古怪的小节。阿芙朵佳·罗曼诺夫娜尽管也同样忧虑，何况她也不是个胆小怯懦的人，但是当她看到她哥哥朋友的眼中发出异样的光芒时，也不得不感到惊愕，甚至感到恐惧，只是因为娜斯塔霞讲过有关这个怪人的种种故事，使她对他格外信任，才阻止了她从他身旁逃跑，而且把她母亲也一块儿拉走。她也明白，即使她们此刻想躲开他，恐怕也已经做不到了。然而大约过了十分钟左右，她就完全放下心来：因为拉祖米欣有一个特点，那就是不管在什么心情下，刹那间，他就可以把自己的感情全部流露出来，所以人们也就很快能够了解自己在同什么样的人交往了。

“千万不要去找女房东，这个想法真是太荒唐！”他高声劝说普莉赫丽娅·亚历山大罗夫娜，“尽管您是母亲，要是您留在这儿，同样会把他逼疯的，天知道会发生什么事！听我说，我打算这么做：现在先让娜斯塔霞在他那儿坐一会，我先把你们送回去，你们在大街上单独行走不方便，从这一点来说，在我们彼得堡……不说啦，随它去吧！……然后我立即从你们那儿跑回来，只消一刻钟，我肯定会回来报告你们：他情况如何？是否已经睡着了？等等这种事。然后，听我说！然后我从你们那里快速跑回家去——我家有许多客人，都喝醉了——我将佐西莫夫叫来——这就是给他看治病的那位医生，他现在还在我家坐着，没喝醉，这个人是不会喝醉的，他从来都不会喝醉！我先将他带到罗佳这里，然后立即赶到你们那里，这样你们就能在一个小时之内得到他的两个消息——一个消息是从医生那儿听到的，明白吗，是医生亲口说的；这跟从我嘴里说出来的可大不一样！要是情况很糟糕，我保证会亲自将你们带到这里来；要是情况正常，你们便可以安心地睡觉了。我就在这条走廊里过夜，他不会听见，我让佐西莫夫睡在女房东那里，以便随时找到他。想一下，谁守着他更好：是你们呢，还是医生？当然，还是医生守着要更好一些，而且要好得多。所以，你们还是走吧。到女房东那里去可不行；我可以去，可是你们不可以去。她不可能放你们进去的，因为……因为她很愚蠢。对你们说实话吧，她为了我的缘故会嫉妒阿芙朵佳·罗曼诺夫娜的，也会嫉妒您……但对阿芙朵佳·罗曼诺夫娜，那是一定的……她的脾气简直、简直不可琢磨！不过我也很愚蠢！不管了！我们还是走吧！你们信任我吗？啊，你们信不信任我？”

“我们走吧，妈妈，”阿芙朵佳·罗曼诺夫娜说，“他既然答应了，就肯定会做到的。他已经救了罗佳一命，如果医生真的肯住在这里，那么这不是最好的办法了吗？”

“还是您……您……您了解我，因为您是一个天使！”拉祖米欣非常高兴地喊道，“我们走，娜斯塔霞！快到楼上去，点上灯坐在他身边。一刻钟之后我就回来……”

普莉赫丽娅·亚历山大罗夫娜尽管仍然半信半疑，可是也不再反对了。拉祖米欣挎着她们的胳膊，把她们拉下了楼。不过，他还是令她很不放心：“尽管他又机灵，心肠又好，但他答应的事情真能做得到吗？瞧他现在这副模样儿！……”

“噢，我明白了，您心里在想我现在这副模样儿！”拉祖米欣看出了她的心思，打断了她的思路。说着他就从人行道上迈开大步向前走去，以致两个女人勉强才能跟上他，可是他却没注意到这点。“胡说！就是说……我醉得像傻子似的，但是并不是那么回事。我醉了，但不是喝酒喝的。一看见你们，酒劲儿才冲上了我的头……不过不用管我！请你们不要介意：我这是在胡扯，我配不上你们！……我完全配不上你们！……我将你们送回家之后，马上从这条河里舀两大桶水浇到头上，这样就清醒了……你们要是明白我多爱你们俩该多好！不要嘲笑我，也别生气！你们可以生别人的气，但别生我的气！我是他的朋友，因此也就是你们的朋友。我希望是这样……我早就预感到了……去年，有那么一刹那……话又说回来，我根本没有什么预感，因为你们似乎是从天上掉下来的。我也许今天整个晚上都睡不着……不久之前，这个佐西莫夫怕他发疯……因此不能惹他生气。”

“您说什么！”母亲大声喊道。

“医生真这么说过？”阿芙朵佳·罗曼诺夫娜吃惊地问。

“是的，但事实上并不是这样，完全不是这样。他还让他吃过这种药，一种药粉，我看见的，但就在这时你们来了……唉！……要是你们明天来就好了啊！我们走开是对的。一小时之后，佐西莫夫会把什么事都告诉你们。这个人是喝不醉的！我也不会再喝醉了……那么我为什么喝得这么醉呢？因为他们和我争论，那些该死的家伙！我曾起誓决不和他们争论！……他们只知道胡说八道！我差一点儿和他们打起来。我让我舅舅留在那里招待客人……啊，你们相信吗？他们要求人完全没有个性，觉得这样才有乐趣！好像一个人越不是他自己，越不像自己才好！他们说这才是最大的进步。要是他们胡言乱语是自己的想法，那就算了，但事实上……”

“请听我说！”普莉赫丽娅·亚历山大罗夫娜怯生生地把他的话打断了，但这只是火上浇油。

“您认为怎样？”拉祖米欣提高了嗓门叫道，“您认为我因为他们胡说八道而生气吗？胡扯！我愿意听人们胡扯。那是人类在一切生物中的唯一特权。从胡扯中才能找到真理！因为我也胡扯，因此我也是人。如果不犯十四次错误，或者一百一十四次错误，就不可能得出真理。这从某种观点来看是很值得尊敬的，但我们连用自己的头脑来胡说八道都做不到！你可以跟我胡扯，不过必须按你自己的意思去说，那样我就会吻你。别出心裁地胡说八道比说人家的真理还要好。按前一种情况去做，你是一个人；按后一种情况去做，你只是一只学舌的鹦鹉罢了！真理不会逃走，但生活却会停滞不前，这种例子多得是。譬如说，现在我们怎么样呢？在科学、文化、思维、发明、理想、心愿、自由主义、理智、经验，一切，一切，所有的一切，在任何一个方面，我们都还在中学的预备班！我们喜欢凭借人家的智慧混下去——积习难改呀！对不对？我说的对吗？”拉祖米欣喊道，他握紧两个女人的手摇晃着，“我说得对吗？’

“啊，我的上帝，我不知道。”可怜的普莉赫丽娅·亚历山大罗夫娜说。

“是的，是的……尽管对你的话我并不是完全赞同。”阿芙朵佳·罗曼诺夫娜又郑重地补充了一句，可是又立即大叫了一声，因为这次他把她的手攥得实在太疼了。

“是的？您说是的吗？……好，既然这样，您……您……”他欣喜若狂地说，“您就是仁慈、纯洁、理智性……完美的源泉！把您的手伸给我，伸给我呀……您也将您的手伸给我！我想马上跪下来吻你们俩的手……”

于是他便跪在了人行道上，幸亏那个时候人行道上空无一人。

“不要这样，我请您，您这是干什么？”普莉赫丽娅·亚历山大罗夫娜张皇失措地喊道。

“起来，起来呀！”杜尼娅忙不迭地笑道。

“你们如果不把手伸给我，我就不起来！这就对了，就这样，我起来了，我们走吧！我是个可怜的傻瓜，我配不上你们，我喝醉了，我十分羞愧……我不配爱你们，可是每个人都有尊敬你们的义务，只要他不是个十足的畜生！所以我才表现了自己的景仰……这就是你们的公寓，罗吉昂不久之前赶走了你们的彼得·彼得罗维奇·卢仁，单从这一点而言，他做得没错……他怎么敢让你们住在这种最低级的公寓里呢？真是荒唐！你们知道住在这里的都是些什么样的人？而您还是他的未婚妻呀！您是他的未婚妻，是不是？那好，我必须告诉您，从这一点来看，您未婚夫不是个好东西。”

“喂，拉祖米欣先生，您忘记了……”普莉赫丽娅·亚历山大罗夫娜刚想说下去。

“是的，是的，您说得没错，我太放肆了，我非常惭愧，”拉祖米欣猛然醒悟过来，“可是……可是……您不能因为我说这样的话就生我的气！因为我说这些话完全是出于真诚，而不是因为……啊！那就是无耻的了。总之，不是因为我对您……啊……算了，不说了，我不想说因为什么，我不敢说……可是今天他来的时候，我们大家都看得出来，他和我们不是一路人。并不是因为他在理发店里烫过发，也不是因为他想卖弄自己的才智，而是因为他是一个密探和投机分子，因为他是个吝啬鬼，小丑，这很容易看得出来。你们认为他聪明？不，他是个傻瓜，大傻瓜。啊，他哪儿配得上您？哦，我的上帝！女士们，你们知道吗？”他已经走上公寓的楼梯，又忽然停下了，“那些人尽管在我家都喝醉了，可是他们都很正直，虽然我们在一块儿尽是胡扯，我也在胡扯，但我们会说到真理的，因为我们走的是光明正大的路，彼得·彼得罗维奇·卢仁呢？走的可不是光明正大的路。尽管刚才我把他们骂得一无是处，事实上我还是很尊重他们。对扎梅托夫，尽管我不尊重他，但我喜欢他，因为他是一个小狗崽子。甚至我也喜欢那个蠢猪佐西莫夫，由于他为人正直，并且精通医术……算了，就这样吧，话已经说完了，也得到了宽恕。宽恕了吧，是不是？我们走吧。这道走廊我很熟悉，我常到这儿来。瞧，在这里，在三号房间，曾经发生过一桩丑事……啊，你们住哪个房间？几号？八号吗？好吧，晚上锁好门，不要让任何人进来。一刻钟以后，我回来报告情况，然后再过半个小时，我把佐西莫夫带来，你们会看到他的！再见，我走了！”

“我的上帝，杜涅奇卡，这么下去会怎么样呢？”普莉赫丽娅又焦急又惊慌地对女儿说。

“妈妈，您不用着急，”杜尼娅答道，她摘下帽子，脱下斗篷，“这位先生是上帝派给我们的，虽然他刚才不知道在什么地方喝过酒。对他是完全可以信任的，您就别担心了。再说，他为哥哥做过的一切……”

“唉，杜涅奇卡，谁知道他还会不会回来呢！我怎能决定撇下罗佳呢？……我完全没想到，见到他时他居然会这样！他是那么冷酷，似乎不愿意看到我们似的……”

她的眼睛里噙满了泪水。

“不，妈，不是这样的。那时您一直在哭，您没仔细看。因为他病得很重，心情很糟糕——完全是这个原因。”

“唉，这病啊！会出事儿的！会出事儿的！他当时怎么对你说话的，杜尼娅！”母亲说，她怯生生地看着女儿的眼睛，想看透女儿的全部心思，但杜尼娅替哥哥辩解使她放宽了一半心，看来她已经原谅他了。为了进一步试探女儿的想法，她接着说道：“我相信他明天一定会改变主意的。”

“但我相信，关于那件事……明天他还会说同样的话，”阿芙朵佳·罗曼诺夫娜斩钉截铁地说。当然，问题就在这，因为这是普莉赫丽娅·亚历山大罗夫娜最怕谈起的。

杜尼娅走上前去吻了母亲一下。母亲默默地紧紧抱着她。然后她坐下来，焦急地等拉祖米欣回来，同时又怯生生地望着女儿，杜尼娅正把双臂环抱在胸前，忧心忡忡地在房间里踱来踱去，她也在焦急地等着。阿芙朵佳·罗曼诺夫娜有这样一个习惯，每当陷入深思的时候，就会在房间中踱步，母亲总怕在这个时候打断女儿的思考。

拉祖米欣喝醉酒以后忽然对阿芙朵佳·罗曼诺夫娜产生了强烈的爱情，这当然很可笑。但是，如果人们看见阿芙朵佳·罗曼诺夫娜，特别是看见她现在抱着双臂在房间中踱来踱去，一脸沉思而忧郁的神情，那么恐怕许多人都不会责备他的，何况他这时正处在这样一种不正常的状况中。阿芙朵佳·罗曼诺夫娜长得很漂亮，又高又瘦，体格健壮，非常自信，那种自信从她的一举一动中都能看得出来，可这丝毫不影响她举止的温柔与优雅。她长得很像哥哥，但是她甚至可以称作美人。她长着一头深褐色的头发，比她哥哥的头发稍微浅一点儿，她那双近乎黑色的眼睛，炯炯有神，神情高傲，但是有的时候，刹那间，又显得非常善良。她面色苍白，可是没有病容；她的脸焕发出新鲜与健康的活力。她的嘴稍微有点儿小，红润的下嘴唇与她的下巴都稍微向前突出——这是这张漂亮的脸上唯一的缺点，但这却让她的脸别具特色，显得有些傲慢。她脸上的表情，总是严肃多于快乐，仿佛总是若有所思，可是她那年轻的、无忧无虑的笑声和这张脸是多么相符啊！怪不得拉祖米欣一看到她就神魂颠倒，因为他热情、坦率、单纯、诚实，健壮得像勇士一样，他从未见过像她这样的女孩子，而且又是在喝醉以后。除此之外，凑巧的是，他第一次看见杜尼娅时，正好是在她对她哥哥的爱，以及因和哥哥见面、感到快乐而使她变得很美丽的时候。后来他看到她听到哥哥那粗暴的、冷酷无情的命令而气得下唇发抖的时候——他便再也无法自控了。

然而，拉祖米欣在楼梯上微带醉意说的那番话却是真实的。他说，拉斯柯尔尼科夫的那个性格反常的女房东普拉斯科维娅·巴甫洛夫娜不仅会为了他而嫉妒阿芙朵佳·罗曼诺夫娜，也许甚至还会嫉妒普莉赫丽娅·亚历山大罗夫娜本人。普莉赫丽娅·亚历山大罗夫娜尽管已四十三岁，可是风韵犹存，而且她看起来比她的实际年龄要年轻得多。凡是那些直到老年都能保持心境愉悦头脑灵活、心地正直、纯洁而热情的妇女，差不多都这样。我们顺便说一下，能够保持所有这一切，是使自己即使老了也会风韵犹存的唯一办法。她头发已经变得斑白和稀疏，眼圈周围早就爬满了细小的放射状皱纹，由于操劳与悲伤，双颊也已经深陷下去，可是她的面孔依旧很美。这是一幅杜涅奇卡的肖像，不过是二十年之后的，而且也没有杜涅奇卡那副伸出下嘴唇的表情。普莉赫丽娅·亚历山大罗夫娜是个多愁善感的人，但是丝毫都不过分，她腼腆、温和，不过也是有限度的：她对很多事情都能够让步，就连很多和她的信念矛盾的事，她也能迁就，然而有一条为正直、原则和信念的极点划定的界线，不管怎样都无法让她逾越这条界线。

拉祖米欣离开之后整整二十分钟，有人轻轻地、但是急促地在门上敲了两下——他回来了。

“我不进去了，没有时间了，”门一打开，他就急匆匆地说道，“他睡熟了，睡得很香，愿上帝保佑他睡上十个小时。娜斯塔霞正守在他那儿，我让她在我回去之前不要离开。我现在去把佐西莫夫找来，他会把情况告诉你们的，然后你们就去睡觉，我能看出，你们都累坏了。”

说完，他便走了，沿着走道匆匆离去。

“真能干，真……忠实的年轻人哪！”普莉赫丽娅·亚历山大罗夫娜喜出望外地大声说道。

“这人似乎很不错。”阿芙朵佳·罗曼诺夫娜怀着几分热情地回答道，然后又在房间里不停地踱来踱去。

又过了大约一个小时，走廊里又传来走路的声音，接着就听到了敲门声。两个女人都在等候，这次她们完全信任拉祖米欣的诺言了。他果真把佐西莫夫带回来了。佐西莫夫立即就答应丢下酒会去看拉斯柯尔尼科夫，但是到女士们这儿他却有些勉强，并且疑虑重重，他不相信喝醉了的拉祖米欣。但他的自尊心马上得到了抚慰，甚至深感受宠若惊。他明白了，人家确实像等候先知一样在等着他。他在那里坐了整整十分钟，彻底把普莉赫丽娅·亚历山大罗夫娜说服了，并且使她放心了。他的话中不仅流露出深切的同情，而且还带着一名二十七岁的医生在重要的会诊中所应该具有的那种谨慎而又十分严谨的态度。他没说一句题外话，也丝毫没流露出要和这两位女士建立更为密切的私人关系的愿望。他刚进门便看到阿芙朵佳·罗曼诺夫娜美貌惊人，于是努力在会见她们的这段时间里不去留意她，只和普莉赫丽娅·亚历山大罗夫娜一人说话。这样的做法让他心里获得了很大的满足。至于病人，他说，他认为他这时的情况良好。从他的观察来看，病人之所以得病，除去近几个月糟糕的物质条件外，还有一些精神上的原因，“可以说是很多复杂的物质影响与精神影响的产物，焦急、忧虑、操心、某些思想……诸如此类的产物。”佐西莫夫无意间发现阿芙朵佳·罗曼诺夫娜很专心地在听他说话，就对这个话题多加陈述。当普莉赫丽娅·亚历山大罗夫娜焦急而胆怯地提出“是否有精神失常的可疑性”的问题时，他带着冷静、坦诚地笑着回答道，他的话被过分地夸张了，他说，当然，可以发现病人有一个执拗的念头，有种显示出偏执狂的东西——因为他，佐西莫夫，现在正专门研究医学中这一有趣的项目——但也应当想到，直到现在为止，病人始终处于昏迷不醒的状态中，而且……而且，当然，亲人们的到来将有利于他的复原，消除他的忧虑，促进病情好转，讲到这儿，他又意味深长地补充了一句：“只要避免新的特殊的刺激。”说完，他便起身告别，庄重而亲切地鞠了个躬，此时母女二人向他连声道谢和祝福，并且向他表示了热诚的感激和请求，阿芙朵佳·罗曼诺夫娜甚至不等他说便主动伸出手去和他握别。他走出去的时候，非常满意这次拜访，而对自己则更为满意。

“咱们明天再谈吧，快睡觉，马上去睡，一定要睡！”拉祖米欣和佐西莫夫离开时嘱咐道，“明天我尽可能早点来向你们汇报情况。”

“阿芙朵佳·罗曼诺夫娜真是个迷人的姑娘！”两个人走到街上的时候，佐西莫夫几乎垂涎三尺地说。

“迷人？你说迷人？”拉祖米欣怒吼起来，忽然向佐西莫夫身上扑去，卡住了他的喉咙。“要是你敢……你明不明白？你明不明白？”他喊道，抓着他的衣领一个劲摇晃，把他一直推到墙根下。“你听到了没有？”

“放手，你这个醉鬼！”佐西莫夫极力挣扎着说。当拉祖米欣松手之后，他凝神瞅了他一会儿，忽然放声大笑起来。拉祖米欣垂着双手站在他面前，脸上一副忧郁、严肃、沉思的表情。

“当然，我是一头蠢驴，”他说，他的表情像乌云一样阴沉，“但你要知道……你同样也是蠢驴。”

“不，老伙计，我才不是蠢驴呢。我并不妄想干什么傻事。”

他们俩默默无言地向前走着，快到拉斯柯尔尼科夫的住所时，拉祖米欣才不安地打破了沉默。

“喂，”他对佐西莫夫说，“你这个人倒是挺不错的，但你除去所有的恶习外，您还是个色鬼，而且还是一个可耻的色鬼。你是一个神经质而且软弱的败类，你任意胡来，你吃得脑满肠肥，你养尊处优，恣意妄为——我把这称作卑鄙无耻，由于它会将人一直引到卑鄙无耻的路上去。你已经把自己娇惯成这个地步，不瞒你说，我真不懂为什么你还会是一位善良的，甚至是一位肯自我牺牲的医生。睡在鸭绒褥子上（一个医生），居然每夜爬起来去为病人看病！再过两三年之后，你再也不会爬起床去给人看病了……算了吧，真见鬼，问题不在这里，我想说的是：今天你得在女房东家睡一夜（她好不容易才在我的劝服下答应的）。我睡在厨房里。这样你们就可以有机会更亲密地相互认识一下了！这件事绝不像你想的那样！老伙计，这种事连一点影子都没有……”

“我压根都没想过。”

“老伙计，这个女人腼腆、沉默、羞涩、单纯得很……而且经常唉声叹气，好像蜡一样在熔化，不住地熔化！看在世间一切魔鬼的面上，请你把我从她手心里解救出来吧！她太可爱了！……我会好好地报答你的，哪怕肝脑涂地，我也在所不惜！”

佐西莫夫笑得比刚才更厉害了。

“看，你多么迷恋她啊！那你为什么要把她让给我呢？”

“请你放心，没有什么事可操心的。你只管胡扯就行了，随便你怎么说，但必须坐到她身旁。再说你是个医生，你可以随便给她看看病。我可以向您保证，你肯定不后悔的。她有一架旧式的钢琴，你知道，我也会乱弹几下，我在那儿唱了一首歌，一首真正的俄罗斯歌曲《我洒下热泪……》，她喜欢真正的俄罗斯歌曲——于是就开始唱歌了。你是一个弹钢琴的能手，音乐教师，鲁宾斯坦……请你放心，你绝不会后悔的！”

“那你向她，许下过什么诺言吗？签过什么字据吗？或许还答应过和她结婚吧……”

“没有，没有，绝对没有的事！她也绝不是那种人，切巴罗夫曾对她……”

“啊，那你把她甩了吧！”

“哪能轻易甩掉啊！”

“为什么不能？”

“噢，不知道什么原因，反正就是不能这样！其中有一种吸引人的因素，老伙计。”

“那你为什么要勾引她？”

“我并没引诱她。或许是因为我太傻，所以被她勾引了。你也罢，我也罢，她都不会在乎，只要有人坐在她身边唉声叹气就可以了……老伙计，这情形我形容不出来——喂，你精通数学，我知道，你至今仍在精心研究……那你就给她讲积分学吧，说实话，我不是开玩笑，我是很认真地对你说，这对于她来说反正完全一样：她可以整整一年都瞅着你长吁短叹。顺便说一下，一次，我和她聊了很久，一连两天谈论普鲁士的贵族院（不知和她谈什么）——她不断地叹气，出汗！不过，你别和她谈爱情——她会害羞得全身发抖——但你要装装样子，让她知道你不忍离开她就行。在那里非常舒服，完全跟自己家一样——你可以看书、写字，想坐就坐，想躺就躺。如果你大胆一点儿的话，甚至也可以吻一吻她。”

“我要她干什么？”

“唉，看样子我是跟你说不清了！你知道，你们俩是天生的一对！我以前也想到过你……反正你迟早会结婚的！那早点儿或者晚点儿对你会有什么区别？老伙计，这儿是鸭绒褥子生活的开端——唉！何止是鸭绒褥子！这里有一股很大的力量在吸引你。这里是世界的尽头，靠岸的地方，宁静的避风港，世界的中心，构成世界基础的三条鱼[1]，煎饼、油汪汪的鱼肉馅大饼、黄昏的茶壶轻声叹息、温暖的敞胸女上衣，还有烧热的暖炕的荟萃之所——啊，就仿佛你已经死去，但同时你又活在人世了——真是一举两得了！老伙计，真见鬼，看我都胡说了些什么，睡觉去吧！你听我说，有时候我会半夜醒来，我醒了马上去看他。但是，

---

[1] 按古代传说，大地由三条巨鲸驮在背上支撑起来。

没关系，不会有事儿的，一切都很好。你也不用太担心，要是您高兴地话，就去看看他好了。可是一旦你发现什么情况，比如说胡话，或是发烧，或者其他什么事，你就马上把我叫醒。但是，这是不可能的……

第二节

第二天早上七点多，拉祖米欣醒来的时候，心事重重，神情严肃。这天早晨他突然发现自己面临着许多未曾预见到的、使他困惑不解的新问题。他从来没有想到，有一天他会像这样醒来。他想起昨天的事，甚至每个细节都记得清清楚楚，而且明白他碰到了一件不寻常的事情，使他产生了一种以前从未有过的、跟过去不一样的印象。同时他又清清楚楚地意识到，他头脑中像烈火般在燃烧起来的幻想是绝对不可能实现的——因此，他为这幻想感到十分愧疚，于是他赶快把注意力转移到“该死的昨天”给他遗留下来的更迫切的忧虑和困惑上。

他的最可怕的回忆就是昨天他表现出来的“卑鄙，丑恶”，不仅仅是因为他喝醉了，而且因为那出于愚蠢和匆忙的嫉妒，利用一位姑娘的处境，在她面前大骂她的未婚夫，可是他既不知道他们之间的相互关系和义务，而且对他这个人本身也没好好地了解过。况且他有什么权利用那样鲁莽和轻率的态度对这个人做出判断呢？有谁请他做评判员呢！像阿芙朵佳·罗曼诺夫娜这样一个人，难道会为了钱而嫁给一个配不上他的人吗？可见这个人是有优点的。然而那个公寓呢？可说实在的，他怎么能够知道那是这样低级的公寓？他不是正在准备房间吗？呸，这一切是多么卑鄙！难道因为他喝醉了，就可以为自己辩解？这不过是愚蠢的借口，这种借口会使他显得更加卑鄙！酒后吐真言，真话都说出来了，“也就是说，从他那颗满怀嫉妒、粗暴的心里把所有卑鄙污浊的东西全吐出来！”难道他，拉祖米欣这种多多少少的梦想是可以允许的吗？他跟这样的姑娘相比，像什么人呢——他不过是个喝醉了的不安分的家伙，昨天吹过牛的大王。“难道可以这样无耻、可笑地对比吗？”拉祖米欣想到这里，不禁满脸通红了，同时好像故意似的，就在这一瞬间，他忽然清清楚楚地记起，昨天他站在楼梯上怎么对她们说起女房东会为了他嫉妒阿芙朵佳·罗曼诺夫娜的事来……那简直是不能容忍的。他抡起拳头，对着厨房里的炉灶猛捶了一拳，打伤了自己的手，还捶打下了一块砖头。

“当然，”过了片刻，他带着一种自卑感喃喃自语道，“当然，这一切丑事如今是永远都无法掩饰和改正了……所以想也是白想，因此到她们那里什么都不说……一句话也不说……默默地履行自己的义务……既不请求原谅，也不讲任何话……现在，当然一切都完了！”

可是，他穿衣服时，他比往常更细心地检查了自己的衣服。他没有别的衣服——即便有，他可能也不会穿它。“我一定故意不穿它。”但是，不管怎样做，他再也无法那样邋里邋遢，整天不修边幅了：他没有权利去伤害别人的感情，尤其是在她们需要他的帮助而且请求他去看望她们的时候。他用刷子把自己的衣服刷得干干净净。他的内衣向来很得体，他在这一方面特别整洁。

这天早晨，他细心地洗了洗脸——在娜斯塔霞那里找到了一块肥皂——他把头发、脖子，尤其是手都洗得非常干净。等到要不要刮掉脸上的胡子这个问题时（普拉斯科维娅·巴甫洛夫娜藏有一把很好的刮脸刀，这是扎尔尼岑的遗物），这个问题最后被坚决否定了：“就这样留着好了！她们会认为我刮脸是为了……她们肯定会这么想的！坚决不行！”

“而且……最糟糕的是：他是多么粗鲁肮脏，他的举动那样粗野，而且即使他知道，他有点儿像正直的人……那么做个正直的人又有什么可以值得炫耀的呢？每个人都应当做一个正直的人嘛，而且还应当做得更好一些……此外（他是记得这个的）他也做过一点儿不太体面的事……虽然谈不上不诚实，可是说到底！……而且有的时候他心里怀着什么样的古怪念头啊！哼……还要把这一切放在阿芙朵佳·罗曼诺夫娜的旁边，相提并论！让它见鬼去吧！算了！以后我要故意把自己弄得这样肮脏、细腻、粗俗，我不在乎！并且还要做得更过分一些儿！……”

他正在自言自语的时候，在普拉斯科维娅·巴甫洛夫娜的客厅中待了一夜的佐西莫夫走了来。

他正准备回家，赶紧地去看了看病人。拉祖米欣告诉他说，拉斯柯尔尼科夫睡得像一只土拨鼠似的。佐西莫夫叮嘱不要叫醒他，让他自己醒来。他还答应十点多会再来看他。

“只要他还待在家里就行，”他补充了一句，“咳，活见鬼！一个人要是管不了自己的病人，那他又怎么能给他治病呢？你知道不知道，是他去她们那里去，还是她们到这儿来？”

“我想，她们会来的，”拉祖米欣说，他很明白问这话的含义，“当然要谈谈他们家里的家务事。我先走了。你是医生，当然有比我更多的权利。”

“我又不是接受忏悔的神父，我来一下就走，没有她们，我的事就已经够多了。”

“有一件事让我一直不放心，”拉祖米欣皱起眉头打断了他的话，“昨天，我喝醉了，在回家的路上，我对他讲了很多瞎话……说了各种事……其中有一件是说你担心他……会得精神病。”

“昨天你跟女士们也说了同样的蠢话吧。”

“我明白这件事做得非常愚蠢！你揍我吧！你当真有过什么不可改变的想法吗？”

“胡说，我告诉你：什么不可改变的想法！你带我去看他时，是你，把他描写成一个偏执狂患者的……哦，昨天我们又火上浇油，就是说，是你火上浇油，你说了那些有关……油漆匠的故事，那些话倒好，大概正是这些话让他发疯的！要是我知道当时在警察局中发生的详细情形，知道有个坏蛋为了怀疑这件事……而侮辱他！哼……昨天我绝不允许你谈这些。这些患有偏执狂的人会把一滴水看成大海，是非不分的……我还记得，昨天扎梅托夫说的那些话把我的疑虑消除了一半。是这样的！我打听到一件事：一个四十岁的疑心病患者受不了一个八岁的孩子天天在餐桌上嘲笑他，而将其杀死！当时无非是他衣衫破旧，警察局蛮横无理，疾病开始发作，还遭到这样的怀疑！而且还是对一个狂乱的疑心病患者！何况他还有一种强烈的、独特的虚荣心！这很有可能就是发病的原因！唉，不去管它了！……顺便说一下，扎梅托夫那小子的确不错，但是，嗯……昨天晚上他真不该把这一切都说出来。他说话太不谨慎了！”

“他对什么人说过此事？就你和我？”

“还有波尔费利。”

“对波尔费利说有什么关系呢？”

“顺便问一下，那二位，他的母亲与妹妹会听你的话吗？今天应当对他小心一点儿……”

“她们是可以说服的！”拉祖米欣不乐意地答道。

“他为什么那么生卢仁的气呢？那个人很富有，好像她也并不讨厌他……她们不是身无分文吗？”

“你为什么打听这些？”拉祖米欣生气地喊道，“我怎么知道她们是有钱没钱？你亲自去问，也许能问出来……”

“唉，有时候你多傻呀！昨天晚上的醉意还没完全消除呢……再见，代我向普拉斯科维娅·巴甫洛夫娜表示感谢，感谢她给了我一个过夜的地方。她把自己反锁在房间里，我在门外讨好她，她理都没理，她早晨七点就起床了，茶壶是从厨房里通过楼道拿给她的……我没有荣幸地被她召见……”

九点整，拉祖米欣走到巴卡列夫公寓。二位女士早就十分焦急地在等他了。她们在七点钟左右，甚至更早一些，就起床了。他走进去时，脸色像黑夜一样阴沉，他笨拙地点头行礼，可是马上就因此发火了——当然是生他自己的气。他估计错了：普莉赫丽娅·亚历山大罗夫娜突然扑到他跟前，握住他的两只手，差点没吻它们。他向阿芙朵佳·罗曼诺夫娜怯生生地看了一眼，但在那一刹那间，她那傲慢的脸上也露出感激和友好的表情，一种使他感到意外的由衷的尊敬（不是他想的嘲讽的目光和无意、外露的蔑视！），这使他感到比受到她们的侮辱还要尴尬，要不，真的，他反倒轻松一些。幸亏有一个现成话题，于是他赶快抓住这个话题谈起了正经事。

普莉赫丽娅·亚历山大罗夫娜听说他“还没有睡醒”，但是“一切都很好”的时候，她说这样反倒更好，“因为有一件事她非常，非常需要先谈一谈”。接着她就问他有没有喝过茶，并邀请他和她们一起喝，因为她们为了等他，还没喝茶呢。阿芙朵佳·罗曼诺夫娜按了按铃，随即来一个衣衫褴褛、脏兮兮的人，她吩咐他送茶，茶具也终于摆好了，但是又脏又不成体统，弄得母女二人都不好意思。拉祖米欣刚想把这个公寓大骂一顿，可是想起了卢仁，就立刻不好意思地闭上了嘴，当普莉赫丽娅·亚历山大罗夫娜终于滔滔不绝地向他提出问题时，他简直兴奋极了。

他说了三刻钟，来回答那些问题。她们的提问一再地打断他的话。但是他还是向她们讲述了最近一年来他所了解的关于罗吉昂·拉斯柯尔尼科夫生活中的一切最重要的与最必需的事情，最后他又详细地讲述了他的病情。然而他却省略了很多应当避而不谈的事情，其中有在警察局里的那件事及其一切的后果。她们全神贯注地听他讲述，当他认为他已经把话讲完，并且已经让听众感到满意了的时候，他却发现她们还以为他没有开始呢。

“请您告诉我，告诉我！您认为怎样的？……唉，请原谅，直到现在为止，我还不知您叫什么名字呢！”普莉赫丽娅·亚历山大罗夫娜急忙地说道。

“德米特里·普罗柯费奇。”

“那德米特里·普罗柯费奇，我很想，很想知道……通常而言……他现在是如何看待事物的……也就是说，我的意思是，我该怎么跟您说呢，这样来说吧：他喜欢什么，不喜欢什么？他总是这样容易发脾气吗？如果可以的话，请告诉我，他有什么愿望，或者，或者这样说，有什么幻想？到底是什么东西现在对他有特别的影响？总而言之，我想……”

“哎呦，妈妈，让他怎么能够一下子回答所有这些问题呢！”杜尼娅说道。

“啊，我的上帝啊，我完全，完全没想到，见到他的时候，他会是这个样子，德米特里·普罗柯费奇！”

“这是非常自然的，”德米特里·普罗柯费奇说道，“我母亲已经去世了，我的舅父每年来看望我，尽管他非常聪明，但是他差不多每次来的时候，连我的外表都认不出来了；你们分别了三年，当然变化非常大。其实我能跟你们说些什么呢？我认识罗吉昂已经认识一年半了。他深沉、忧郁、傲慢，最近一段时间他又变得神经过敏过分疑虑。他忠厚老实、心地很好。他性格内向，宁可表现得冷酷无情，而不愿说出自己的心事。但是，有时他一点儿疑心病也没有，只是很冷酷，甚至麻木到了不近人情的程度，说实话，他身上好像有两种截然不同的性格在轮流出现。他有时极端沉默，总是说他没工夫，人家老是妨碍他，但是他自己却整天躺着，什么事都不做。他不喜欢嘲笑，这不是因为他不会讲俏皮话，而是因为他好像没有工夫来浪费在这些琐碎的小事儿上。他一向不肯听完别人的话。从来不喜欢那时候人家都喜欢的事。他自视清高，他好像也并非没有权利这么做。好了，还有什……我认为，你们的到来，对他会产生很大的影响。”

“啊，但愿如此！”普莉赫丽娅·亚历山大罗夫娜叫道，听了拉祖米欣对于她的罗佳的评论，她感到很痛苦。

最后，拉祖米欣终于壮起胆量看了看阿芙朵佳·罗曼诺夫娜。他谈话时常常偷眼看她，不过只是偷偷一瞥，又立刻把目光移到别处。阿芙朵佳·罗曼诺夫娜一会坐在桌旁边仔细聆听，一会站起来，按她以前的习惯在房间里踱来踱去，双臂环抱，抿着嘴唇，偶尔插一句话，可是并没有停下来，继续思考着。她也有不听完别人的话的习惯。她穿着一件薄薄的黑衣服，脖子上系着一条白的透明的围巾。拉祖米欣从很多迹象上立刻看出，这两个女人处于非常贫困的境况中。假如阿芙朵佳·罗曼诺夫娜穿得像皇后一样，那他可能一点儿都不怕她，现在或许正因为她穿得非常寒酸，因为他看出了她们贫困的境况，所以他心里充满了恐惧，对自己所说的每句话，所做的每一个动作都提心吊胆，这当然让一个本来已经缺乏自信的人更拘谨了。

“关于我哥哥的性格，您告诉了我们很多有意思的事，而且……您说得很公正。这太好了。我想，您非常尊敬他，”阿芙朵佳·罗曼诺夫娜微笑着说，“他身边需要一个女人，这话好像也对。”她又若有所思地加了一句。

“我没那样说过。但是您这话说得可能也有道理，只是……”

“什么？”

“他不爱任何人，或许他永远也不会爱上谁。”拉祖米欣毫无顾忌地说道。

“您是说他不知道怎样去爱吗？”

“您听我说，阿芙朵佳·罗曼诺夫娜，您很像您的哥哥，哪儿都像！”他忽然唐突地说，甚至连自己都感到意外，可是他马上又记起他刚才所说的关于她哥哥的话，脸不禁涨得通红，感到很尴尬。阿芙朵佳·罗曼诺夫娜看着他不禁放声笑起来。

“有关罗佳的事情，你们两个人可能都猜错了，”普莉赫丽娅·亚历山大罗夫娜有点儿见怪地接着说，“我指的不是现在的事，杜涅奇卡。彼得·彼得罗维奇·卢仁在这封信上所说的话……以及你我两个人所猜想的，或许都不对，但是，德米特里·普罗柯费奇，您真的想象不出，他是怎样任性地胡思乱想。我永远都摸不透他的脾气，甚至在他只有十五岁时也如此。我深信，现在他会忽然对自己做出一件别人任何时候都不会想去做的事……不用往远处说，您可知道一年半前，他突然异想天开，想娶那个——她叫什么来着？——他的女房东扎尔尼岑娜的女儿，当时他让我多么吃惊，多么震惊啊，差点儿把我的命都送掉了。”

“您知道此事的详细情况吗？”阿芙朵佳·罗曼诺夫娜问。

“您以为——”普莉赫丽娅·亚历山大罗夫娜激动地接着说，“您以为我的泪水，我的悲哀，我的病，我可能因为伤心而死，还有我们的贫困，能让他打消这个念头吗？不，他会若无其事地不顾一切的阻碍。然而难道说，难道说他真的不爱我们吗！”

“关于这件事，他自己从来没有对我说过一个字，”拉祖米欣谨慎地回答说，“不过我从扎尔尼岑太太那里听说过一点，从某一方面来说，她也不是一个善于说话的人。我甚至还听到了些让人觉得奇怪的话……”

“什么，您听说什么了？”母女一同问道。

“不过也没有什么特别的地方，我只是听说，扎尔尼岑太太本人不太满意这门婚事，可是婚事已经安排好了，只是因为新娘死了，才没有结成婚……另外，听说那位姑娘并不好看，也就是说，甚至长得非常难看……并且身患疾病……人还非常古怪……但是，似乎也有一些优点。肯定是有一些优点，不然就完全不可理解了……她什么陪嫁都没有，当然有没有陪嫁，他也不会计较……总而言之，对这样的事很难做出判断。”

“我认为她是一位好姑娘。”阿芙朵佳·罗曼诺夫娜简单地说道。

“上帝宽恕我吧，那时我还因为她的死而感到高兴，尽管我根本不知道，他们两个谁会把谁给毁了——他会毁了她，或者她会毁了他。”最后普莉赫丽娅·亚历山大罗夫娜说道。接着，她小心谨慎、十分犹豫地问起昨天罗佳和卢仁发生争吵的事，她讲话时不时地偷眼看杜尼娅，显然她听后是不高兴的。这件事分明比任何事情都让她不安，甚至引起她的忧虑甚至惊恐。拉祖米欣又把整个过程详详细细地说了一遍，可是这一次他还加上了自己的评论：他干脆责备拉斯柯尔尼科夫有意辱骂彼得·彼得罗维奇·卢仁，这次他不会因为他有病而宽恕他。

“生病前他就想好这么做了。”他又说了一句。

“我也这么打算过，”普莉赫丽娅·亚历山大罗夫娜沮丧地说。可是，听到拉祖米欣这次如此谨慎，甚至好像很尊重地提起彼得·彼得罗维奇·卢仁的时候，她感到十分惊讶。这也让阿芙朵佳·罗曼诺夫娜感到十分惊讶。

“这就是您对彼得·彼得罗维奇·卢仁的态度吗？”普莉赫丽娅·亚历山大罗夫娜忍不住又问了一句。

“对于您女儿的未婚夫，我也不可能有其他的看法，”拉祖米欣坚决而又热情地回答道，“我这样说，不仅仅是出于庸俗的客套，而是因为……因为……只因为阿芙朵佳·罗曼诺夫娜自己，自愿地选择了这个人。如果说昨天我曾经把他大骂了一顿，那是因为昨天我喝得烂醉，并且……而且精神失常了，是的，精神失常，晕头转向，完全发了疯……今天我真觉得羞愧……”他的脸涨得通红，不再说下去。阿芙朵佳·罗曼诺夫娜的脸也涨红了，可是她并没有打破这沉默。从他们开始谈卢仁的那一分钟起，她一直没有说过话。

这个时候，普莉赫丽娅·亚历山大罗夫娜得不到女儿的拥护，显然有些拿不定主意了。最后，她的眼睛不住地看着女儿，支支吾吾地说，现在有件事太让她担忧了。

“您知道，德米特里·普罗柯费奇……”她说，“杜涅奇卡，我和德米特里·普罗柯费奇坦诚地聊一聊，行吗？”

“当然可以，妈妈。”阿芙朵佳·罗曼诺夫娜庄重地说。

“事情是这么回事，”她急忙说，好像准许她谈出她的苦衷，就是给她卸下了如山重负似的，“今天一清晨，我们接到彼得·彼得罗维奇·卢仁的一封短信，是在我们去信通知他我们已经到达之后他给我们的回信。您看，他本来答应过，他昨天应该到车站接我们的。但是他没有去，却派了一个听差去接我们，他让听差把这个公寓的地址捎带了回来，并且给我们当向导。彼得·彼得罗维奇·卢仁让他捎口信给我们，说他今天早晨到我们这里来。但是今天早晨他并有没来，却差人送来了这封短信……您最好自己看一看吧，短信中有一点叫我很担心……您自己马上就会看到这是怎么回事了，同时……请您坦率地告诉我您的意见，德米特里·普罗柯费奇！您比任何人都了解罗佳的性格，比谁都能给我们出出主意。我要事先告诉您，杜涅奇卡已经拿定了主意，可是我还不知该怎么办才好，所以我……我想听听您的意见。”

拉祖米欣拆开了这封写着昨天日期的短信，读到了下面的话：普莉赫丽娅·亚历山大罗夫娜夫人，我谨奉告您：因为忽然有事缠身，不能去站台迎接两位，因此我派了一个很机灵的仆人去迎接。同样，明天早上我也不能幸运地与你们见面，因为我在参政院有一件要紧的事务要办，而且，在您与令郎、阿芙朵佳·罗曼诺夫娜和她哥哥团聚时，我也不便打搅。我准会在明天晚上八点荣幸地到你们的寓所拜访二位，并且向你们致敬。同时恕我冒昧，顺便向您提出一个恳切的、坚决的请求，希望在我们见面的时候，罗吉昂·罗曼诺维奇并不在场，因为昨天我去探望他时，他正生病，他放肆地侮辱了我。另外，因为我打算在某一方面对您做出必要的详细解释，有关这点我也很希望听到您的解释。我提前先奉告，如果不答应我的要求，让我见到罗吉昂·罗曼诺维奇，那我只能马上离开，到那个时候就只能怪您自己了。我之所以这么写，是基于以下几件事：罗吉昂·罗曼诺维奇在我看望他的时候似乎病得不轻，可是在两个小时之后他忽然完全好了，既然他可以出门，就应该能去看望你们。我在一个被马踩伤致死的醉汉家中亲眼看到的事，让我对此深信不疑，他在这个地方以资助丧葬当幌子，给了那个醉汉的女儿多达二十五个卢布，那是个道德败坏、声名狼藉的女子。这事让我感到很惊讶，因为我知道您费尽了心思才弄到了这些钱。最后，请接受我诚挚的致意，并代我向可敬的阿芙朵佳·罗曼诺夫娜问好。

您的忠心的仆人

彼·卢仁“德米特里·普罗柯费奇，我现在该怎么办？”普莉赫丽娅·亚历山大罗夫娜说道，她几乎要哭出来了，“我怎么能够让罗佳不来呢？昨天他那样坚定地要我们拒绝彼得·彼得罗维奇·卢仁，如今人家又嘱咐我们不要让罗佳来！要是他知道的话，他会特意到这里来的，那……到那个时候会怎样呢？”

“那就按阿芙朵佳·罗曼诺夫娜的主意去办吧。”拉祖米欣立即沉着地说道。

“唉，我的上帝哪！她说……天晓得她在说些什么，她也不肯说明她的意图！她说，最好，也可以说不是最好，而且有目的地，似乎非要让罗佳特意在今天八点到这儿来，而且一定要让他们两个人相见……我呢，不想让他看见这封信，还想请您给我想个好办法，不让他来……因为他太容易生气激动了……另外，我完全不明白，是哪个醉汉死了，女儿又是怎么一回事，他又为什么会把自己仅有的一点儿钱全统统给了这个女儿……这些钱……”

“妈妈，为了弄到那笔钱，您费了多少心思呀。”阿芙朵佳·罗曼诺夫娜又补充了一句。

“他昨天的心情很差，”拉祖米欣若有所思地说，“如果你们知道前一天他在酒馆中做了什么就好了，尽管做得很巧妙……哦！昨天，我与他一道回家的时候，他确实对我讲起过一个什么死人与一个什么女人，但我一句都没有听懂……况且，昨天我自己也……”

“妈妈，咱们最好还是亲自到他那里去一趟，您放心，在那里我们就会马上知道该怎么办的。而且，时间已经不早了——天呀！已经十点多了！”她看了看那只华贵的珐琅金表，不由得大叫起来，一根很细的威尼斯制表链将它挂在她脖子上，那只金表和她的其他一些服饰显得非常不协调。“未婚夫的礼物，”拉祖米欣想道。

“哎呀，该走了！……该走了，杜涅奇卡，该走了！”普莉赫丽娅·亚历山大罗夫娜焦急地忙活起来，“我们这么晚了还不过去，他会认为我们是在为昨天那件事生气呢。哎呀，我的上帝啊！”

她一边这样说着，一边急忙地披上了斗篷，戴上帽子。杜涅奇卡也穿上了衣服。拉祖米欣发现她的手套不仅非常旧，而且有了很多洞，这种明显寒酸的衣服赋予这二位女士特别尊严的外表，那些衣着寒酸而又善于穿戴的人，经常有这种特别尊严的外表。拉祖米欣十分尊敬地打量着杜涅奇卡，并且以能带她一同前往而感到自豪。他心想：“在监狱里补袜子的皇后，[1]在那时候看上去，肯定像个真正的皇后，甚至比参加最豪华的盛典与接受朝见时更像一位皇后。”

“我的上帝啊，”普莉赫丽娅·亚历山大罗夫娜喊道，“我简直没有想到我竟然怕看到自己的儿子，看到我亲爱的，亲爱的罗佳，我害怕

[1] 指法王路易十六之妻，她曾于法国大革命时被关进监狱。

呀！……我害怕，德米特里·普罗柯费奇！”她胆怯地看了看他，补充了这一句。

“妈妈，不要害怕，”杜尼娅吻了吻妈妈说，“还是要相信他的好。我就相信他。”

“哎呀，我的上帝！我也相信他，但是我整整一夜没睡着。”可怜的女人喊道。

他们来到了大街上。

“您可知道，杜涅奇卡，今天早晨当我快要睡着的时候，我忽然梦到了已经去世的玛尔法·彼得罗夫娜……她穿着一身白衣服……来到我的面前，抓住我的手，对我摇摇头，神情很严厉，好像在指责我……那是好预兆吗？哎呀，我的上帝，德米特里·普罗柯费奇，您还不知道呢，玛尔法·彼得罗夫娜已经死了！”

“是的，我不知道。哪个玛尔法·彼得罗夫娜？”

“她是猝死的！您想想看……”

“妈妈，改天再说吧，”杜尼娅打断了她的话说，“他还不了解玛尔法·彼得罗夫娜是什么人呢。”

“啊，您不知道吗？我还以为您什么都知道呢。请您原谅我，德米特里·普罗柯费奇，最近几天，我简直是糊涂了。我真把您看成了我们的天神，因此我坚信，您知道一切，我把您当成了亲人看待……我这么说，请您不要见怪！哎呀，我的上帝，您的右手怎么了？受伤了吗？”

“对，受伤了。”感到很幸福的拉祖米欣轻声地回答道。

“有时候我说话太直，所以，杜尼娅常常纠正我……但是，我的上帝，他住在一间什么样的小屋里呀！他到底醒了吗！那个女的，他的女房东，难道真把这当成房子了吗？您听我说，他性格内向，那我的……缺点或许会叫他讨厌吧？……德米特里·普罗柯费奇，您能不能教教我呢？我应当怎样对待他呢？您知道，我真犯愁得要死了。”

“你要是看到他紧皱眉头，就什么都不要多问他，尤其是别追问他的身体状况。他会感到反感的。”

“唉，德米特里·普罗柯费奇，做母亲多难啊！可是又走到这条楼梯前了……多恐怖的楼梯呀！”

“妈妈，您脸色发白，您赶紧安下心来吧，亲爱的妈妈，”杜尼娅对妈妈亲热地说，随后眼睛一闪，又补充了一句，“他看到您，应当感到很幸福，您何必要折磨自己。”

“等一下，我先去看看他醒了没有？”

拉祖米欣走到前边先上楼去，两位女士悄悄地跟在他的后面。走到四楼女房东的房门口时，他们注意到女房东的房门开着一条小缝，一双转动的黑眼睛正从暗处注视着她们。当她们的目光碰到门后的目光时，房门突然砰的一声关上了，吓得普莉赫丽娅·亚历山大罗夫娜差点儿惊叫起来。

第三节

“他好了，他好了！”佐西莫夫一看见他们进来，就兴高采烈地喊道。他已经来了有十分钟了，仍然坐在沙发角上昨天他坐过的那个位置。拉斯柯尔尼科夫则坐在沙发的另一头，衣服已经穿好，甚至还仔仔细细地洗过脸，梳了头，他已经很长时间没有这么做了。房间里一下子就坐满了人，但是娜斯塔霞跟在客人身后挤了进来，在那里听他们谈话。

真的，特别是和昨天的情况相比较，拉斯柯尔尼科夫差不多痊愈了，只是脸色十分惨白，无精打采、闷闷不乐。他看起来很像一个受了伤的人，或受了某种极大的肉体之苦的人：他眉头紧皱，嘴唇紧闭，眼睛通红。他沉默寡言，好像迫不得已或履行义务似的很不乐意地说两句，在他的举止中有时露出某种慌乱。

只差给他的胳膊上吊一条绷带，或给他的手指上戴一个塔夫绸指套，他就会完全像一个，比如说，手指严重化脓或手臂受伤，或者有这类伤痛的人了。

然而，当母亲与妹妹走进门的时候，他那张惨白而阴郁的脸上也发出了光彩，可是这只为他的面部表情增加了好像更大的悲伤，取代以前那种苦闷的、心不在焉的表情。脸上的光彩转眼就消失了，但是悲伤却留了下来。佐西莫夫一直以一个刚刚给人看病的年轻医生的热情，在观察和分析自己的病人，他惊讶地发现亲人们的到来并没有给他带来快乐，而是好像痛苦地准备去忍受一两个小时无法避免的审问似的。后来他看到，在接着进行的谈话中几乎每一句话都触及并刺痛了他病人的伤口或痛处；可是同时他今天克制住和隐藏自己情感的本事大大增加，这使佐西莫夫大为惊讶，因为昨天他还像个患有偏执狂的病人似的，无足轻重的一句话都会使他发疯。

“不错，现在我自己也感觉我好得差不多了。”拉斯柯尔尼科夫说，他亲热地吻了吻母亲与妹妹，这使普莉赫丽娅·亚历山大罗夫娜立即眉开眼笑。“我以后再也不会像昨天那样活了。”他亲热地握了握拉祖米欣的手，对他补充说。

“他今天甚至让我感到很惊讶，”佐西莫夫说，他们来了使他非常快乐，因为他只待了十分钟，就已经和病人无法谈下去了，“再等三四天，假如还这样继续下去的话，他就会像以前一样，就是说跟一个月前或两个月前一样了……或许和三个月前一样？这场病很久以前就已经开始了，由来已久了……是不是？现在您必须承认，这恐怕是您自己错了吧？”他脸上带着小心谨慎的微笑说，似乎他仍然担心一不小心把他惹生气一样。

“很有可能。”拉斯柯尔尼科夫冷冷地回答说。

“我之所以这样说，”佐西莫夫津津乐道地接着说，“因为现在只有靠您自己才能够完全恢复健康。既然此刻现在和您说话，那我就想让您懂得，必须要消除致病的最初的，也就是最根本的原因，这样您才能完全恢复健康，不然甚至会更加恶化的。我不知道这些最初的病因是什么，可是您自己应该知道。您很聪明，当然观察过自己的情况。我觉得，您患病和您辍学或多或少有点儿关系。您不能无所事事，所以我认为，工作与眼前给自己树立一个坚定的目标，对您会有非常大的好处。”

“是的，是的，您说得完全正确……我要赶快回到大学去，那一切就会……迎刃而解了……”

佐西莫夫提起自己聪明的劝慰，多少是为了在两个妇女面前卖弄一番，但是当他将话说完，看了病人一眼之后，从他的脸上清楚地看到了嘲讽的表情，他突然有点儿不知所措。但是这种情况只持续了一会儿。紧接着，普莉赫丽娅·亚历山大罗夫娜就开始向佐西莫夫道谢，特别感谢他昨天夜里还去她们寄宿的地方去看她们。

“怎么！他夜间还到你们那里去过？”拉斯柯尔尼科夫惊讶地问道，“那你们在长途旅行后也不休息吗？”

“啊，罗佳，他们在两点钟以前已经走了。在家的时候，我和杜尼娅从来没有在两点之前睡过觉。”

“我也不知应当如何感谢他才好，”拉斯柯尔尼科夫接着说，他突然紧皱眉头，眼睛看着下面。“先不谈钱的事——请原谅我提到这件事（他转向佐西莫夫）——我真的不知道自己到底哪一点值得您这么特别关心！我简直不理解……同时……同时这使我感到非常苦恼，因为这无法理解：真的，我坦白地对您说吧。”

“您不要激动，”佐西莫夫勉强地笑道，“假如您是我的第一个病人，而我们这些刚刚开始行医的医生对自己的头几个病人，就像对自己的孩子一样疼爱，有时候还几乎爱上了他们。要知道，我的病人并不多。”

“至于他，我也没什么可说，”拉斯柯尔尼科夫指了指拉祖米欣补充了一句，“他在这里，除去侮辱与烦恼之外，也什么都看不到。”

“他简直是胡说八道！今天你的心情很差，是吗？”拉祖米欣嚷道。

如果他的目光锐利一点儿，他就会发现，这儿并没有什么多愁善感的情绪，甚至恰恰相反。但是这一点，阿芙朵佳·罗曼诺夫娜发现了。她焦灼不安地专注地看着哥哥的神色。

“妈妈，对于您，我什么都不敢提了，”他继续说，好像在背一早就背熟了的功课一样。“今天我才能多少体会出，您昨天在这儿等我回来的时候是多么难过。”他说完，突然默不作声地笑着朝他妹妹伸过一只手来。可是这次在微笑中却流露出没有丝毫虚假、真挚的感情。杜尼娅立即抓住伸向她的那只手，亲热地握了握，又兴奋又激动。自从昨天发生争执之后，这是他第一次向她表露自己的感情。母亲看到兄妹之间的这种彻底的、无言的和解，脸上立刻露出笑容，感到很幸福。

“我就喜欢他这点！”遇事常喜欢夸张的拉祖米欣轻声说，他在椅子里突然转了个身，“他经常有这些内心的流露……”

“他做得多好呀，”母亲暗自思忖，“他很高尚，他多么简单、婉转地消除了昨天和妹妹之间的所有误解啊！只是在这种时候伸出手，亲热地看了看……他的眼睛多么美，脸多么漂亮呀！他甚至比杜涅奇卡还要漂亮……但是，我的天哪，他穿的是什么衣服呀，他穿得多么寒酸！阿凡纳西·伊万诺维奇店里的伙计瓦夏也要比他穿得好！……我想，想跑到他面前，紧紧地拥抱他……大哭一场，可是我怕，怕……主啊，他有一种难以言说的味儿……他说话尽管很和蔼，但是我怕！我究竟怕什么呢……”

“哦，罗佳，可能你不相信，”她想要立刻回答这句话时，这时候她忽然接着话茬说，“我和杜涅奇卡昨天多么……不幸呀！现在一切都过去了，过去了，我们两个又觉得幸福了——可以说说了。你要知道，我们刚下火车就直接跑到这里来了，为了和你拥抱，而那个女的——哦，就是她！你好，娜斯塔霞……她突然告诉我们，你害热病正在床上躺着，但是刚才却悄悄地避开医生，逃走了，头脑还不清醒就逃到外面去了，他们正在到处找你。我们心中有多焦急，你根本想象不出！我立刻想到了波丹契科夫中尉的惨死——他是我们的熟人，你父亲的朋友，你恐怕已经忘记他了吧，罗佳——他也是害热病的时候，像这样跑到外边去，掉进了院子里的一口井，直到第二天才将他拖出来。当然，我们将事情说得大了。我们正想去找彼得·彼得罗维奇·卢仁，请他至少帮帮我们……因为我们只有两个人，完全无依无靠，”她悲伤地拉长声音说，说到这里突然停下了，因为她想起了，提起彼得·彼得罗维奇·卢仁还是很不保险的，虽然“大家又都很快乐了”。

“是啊，是啊……这一切当然使人感到很遗憾……”拉斯柯尔尼科夫咕哝地说，但他表情却心不在焉，甚至几乎是漠不关心的，杜涅奇卡惊诧地看了看他。

“我还想说什么来着？”他继续说，回想着，“啊，对了，妈妈，还有你，杜涅奇卡，请你们不要认为我今天不愿意先去看你们，而在这儿等着你们来。”

“你这是说什么呀，罗佳？”普莉赫丽娅·亚历山大罗夫娜喊道，她很吃惊。

“他是由于尽义务才回答我们的吗？”杜涅奇卡想道，“他与人和好，请求宽恕，就像在办公事或背书似的。”

“我刚睡醒，本来想去看望你们，但是因为衣服耽误了。昨天我忘记告诉她……告诉娜斯塔霞……洗净这块血迹……现在才刚刚穿上衣服。”

“血迹！什么血迹？”普莉赫丽娅·亚历山大罗夫娜惊恐不安地问。

“这没什么……别担心。昨天我有点儿神志不清，在街上散步时，遇到一个被马车轧死的人……一个官吏……”

“神志不清？可你不是什么事都还记得吗，”拉祖米欣插嘴说道。

“没错，”拉斯柯尔尼科夫不知怎么特别热切地答道，“我什么事都记得，连最细小的情节都记得，但是你看奇怪不奇怪：我为什么那么做，为什么到那里去，为什么那么说？我可解释不清了。”

“那是极其平常的现象，”佐西莫夫插了一句，“事情有时候做得非常巧妙，也很聪明，但是行为的支配，行动的开端是极其复杂的，它取决于各种病态的想法，就好像是一场梦。”

“他几乎把我看成疯子了，这可能是件好事。”拉斯柯尔尼科夫想道。

“正常人或许也是这样的。”杜涅奇卡说，她不安地看着佐西莫夫。

“你的话很有道理，”佐西莫夫说，“就这一点来讲，我们大家的确很像疯子，不过稍有区别，就是‘病人’或许比我们疯得更厉害一点，所以这儿一定要把界限分清。是的，完全正常的人可以说几乎没有。在几万人，或许几十万人中才能遇见一个，并且那也极其罕见。”

佐西莫夫一提起这个他心爱的话题，就不禁大谈特谈起来、不小心就说漏了嘴，“疯子”这个词冲口而出，大家听见这个词儿以后，都皱起了眉头。拉斯柯尔尼科夫若无其事地坐在那里，像是陷入了沉思，惨白的嘴唇上带着异样的微笑。他在思考什么。

“喂，那个被轧死的人怎样了？我把你的话打断了。”拉祖米欣赶快说。

“什么？”拉斯柯尔尼科夫仿佛刚从梦中醒来一样。“啊……我帮忙把他抬到他家里去，所以身上脏了，沾上了血迹……妈妈，我顺带告诉您一下，昨天我做了一件不可饶恕的事，真是精神失常。我把您寄给我的钱全都给了……他妻子……当做安葬他的费用了。她现在成了寡妇，还有肺痨病，苦命的女人……有三个小孩，都饿着肚子……家里空荡荡的……她还有一个女儿……要是您看到他们，也许您也会把钱给他们的……可是我知道我没有权利这么做，特别是因为我知道您这些钱来之不易。一个人如果想帮别人，首先得有权这么做，否则，那就只有：‘狗东西，要是你们不如意，那就死吧！’”他笑了，“杜尼娅，是不是？”

“不，不。”杜尼娅坚定地回答说。

“啊！原来你也……这么想的！……”他嘟囔道，几乎用憎恨的目光看了她一眼，脸上流露出讽刺的笑容，“我应当猜到这点……这是值得赞扬的，你这样做最好……你会一直走到这么一条界线，不跨过去——你会遭遇不幸……而跨过去——或许会更不幸……但这都是胡说八道！”他愤怒地补充了一句，对于自己情不自禁地说得这么津津有味，感到非常生气。“妈妈，我只是想说，我请您饶恕。”他突然急促地结束了自己的话。

“行了，罗佳，我相信你做的事都是对的。”母亲高兴地说。

“以后您就不能相信了。”他苦笑了一声，回答说。接着就是一片沉寂。在整个谈话中，在沉默、和解和宽恕里面，暗含着紧张气氛，大家都感觉到了这一点。

“他们好像都怕我。”拉斯柯尔尼科夫思忖道，他皱紧眉头看着母亲与妹妹。普莉赫丽娅·亚历山大罗夫娜的确是越不说话心里就越害怕。

“见她们之前，我似乎很爱她们。”他的脑子里闪过这种想法。

“罗佳，你要知道，玛尔法·彼得罗夫娜死了！”普莉赫丽娅·亚历山大罗夫娜忽然插嘴说道。

“哪个玛尔法·彼得罗夫娜？”

“哎呀，我的上帝，是玛尔法·彼得罗夫娜，斯维里加洛夫太太啊。我不是在信里经常和你提到她吗？”

“哦——，是的，我记起来了……那她死了？哎呀，真死了？”他忽然全身打了个哆嗦，好像清醒了一样。“难道她真的死了？她得什么病死的？”

“你想一下，她是暴死的啊，”普莉赫丽娅·亚历山大罗夫娜被他的好奇心所鼓励，连忙说道。“正好在我给你寄信时，就是在那一天！你相信吗，那个可怕的男人看样子就是害死她的罪魁祸首。听说，他将她毒打了一顿。”

“他们难道就这样生活吗？”他问他妹妹。

“不，恰恰相反。他对她总是很有耐心，甚至很客气。在好多事上，他甚至对她的性格太迁就了，整整七年……不知道为什么，他忽然失去了耐心。”

“既然他忍耐了七年，由此可见他并不是太可怕。杜涅奇卡，你好像在替他辩解，是吗？”

“不，不，他是一个可怕的人！我再也想象不出比他更可怕的人了！”杜尼娅几乎是颤抖着说，随后紧锁眉头沉思起来。

“他们这件事是在早晨发生的，”普莉赫丽娅·亚历山大罗夫娜连忙接着说，“事情发生之后，她就立刻吩咐套车，预备吃完饭就进一趟城，因为每当遇到这种事，她总要进城去。听说，她吃午饭时胃口还不错……”

“被打之后吗？”

“……但是，她一向有这个……习惯，午饭过后，她就马上去浴棚里洗澡。以免耽搁动身……要知道，她在那里进行浴疗，他们那里有一口冷泉，她每天都在里面洗澡，一浸入水中，就忽然中风了！”

“那怎么能不中风呢！”佐西莫夫说道。

“他把她打得很严重吗？”

“这反正都一样。”杜尼娅接着说。

“哼！但是，妈妈，您倒有兴致对我说这种闲事。”拉斯柯尔尼科夫烦躁地、好像是无心地忽然说道。

“唉，我的亲爱的，我不知道该说什么才好。”普莉赫丽娅·亚历山大罗夫娜脱口而出。

“怎么，你们大家都怕我？”他不自然地笑着问。

“是的，”杜尼娅板着脸，盯着哥哥说，“妈妈上楼时，甚至吓得不断地画十字。”

他的脸好像抽搐般地扭曲了。

“哎呀，杜尼娅，你在说些什么呀！请你不要生气，罗佳……杜尼娅，你这是干什么呀？”普莉赫丽娅·亚历山大罗夫娜惊慌失措地说，“我坐火车到这儿来时，确实一路上都想象着我们见面的场景，我们如何尽情地谈话……我感到那么高兴，几乎连行程都忘了！我在说些什么啊！我现在也很高兴……你不应该说那种话，杜尼娅……只要见到你，罗佳，我就感到很幸福……”

“妈妈，别说了，”他的眼睛没有看着她，就是紧紧握着她的手，狼狈地嘟囔道，“我们会有时间畅谈的！”

说到这儿，他突然感到害羞，脸色苍白。他不久前的那种恐惧感再次使他打了个冷战。突然，他又十分清楚地意识到他刚才撒了一个可怕的大谎，现在他不但再也不会有时间畅谈，并且现在永远也不能对人说什么了。这种折磨人的念头影响很大，让他刹那间几乎忘记了一切，他由座位上站起身来，谁都不看，就直接走出了房间。

“你怎么了？”拉祖米欣一下抓住他的胳膊喊道。

说着他又坐下了，开始一言不发地环视四周。大家都莫名其妙地瞅着他。

“你们为什么都这么闷闷不乐呢？”他突然出人预料地喊道，“随便说点儿什么！真的，像这样傻坐着干什么！喂，说啊。咱们谈谈吧……我们相聚在一起，可都不讲话……来，谈谈吧！”

“谢天谢地！我还以为他又要像昨天那样呢。”普莉赫丽娅·亚历山大罗夫娜祈祷着说。

“你怎么啦，罗佳？”阿芙朵佳·罗曼诺夫娜疑惑地问。

“噢，没事儿！我记起了一件事。”他答道，忽然笑了起来。

“好，如果你只是记起了什么事，那没有关系！……否则，我还以为……”佐西莫夫嘟囔着从沙发上站起来，“但是，我要走了，或许我还会来的……要是我碰到……”他道了别，然后走了出去。

“多么好的一个人！”普莉赫丽娅·亚历山大罗夫娜说道。

“是啊，人很好，很善良，又有学问，又聪明……”拉斯柯尔尼科夫突然说道，他说话出人意料的快，并且格外兴奋，这是从来没有过的。“我想不起我生病之前在什么地方遇到过他……好像在哪里见过他……这也是一位好人，”他点点头指了指拉祖米欣，“杜尼娅，你喜不喜欢他？”他问她，突然莫名其妙地哈哈大笑。

“非常喜欢。”杜尼娅答道。

“嘿，你真……可恶！”拉祖米欣说，他又羞又窘很不好意思地涨红了脸，从椅子上站了起来。普莉赫丽娅·亚历山大罗夫娜微微一笑，但是拉斯柯尔尼科夫却放声哈哈大笑起来。

“你去哪里？”

“我也……该走了。”

“你用不着走，留下吧！佐西莫夫走了，所以你也要走。不要走……现在几点了？到十二点了吗？杜尼娅，你那块表太好看了！为什么你们都不讲话呢？总是我自己在说！……”

“这是玛尔法·彼得罗夫娜送给我的礼物。”杜尼娅答道。

“非常贵重的表。”普莉赫丽娅·亚历山大罗夫娜补充了一句。

“啊——！太大了，真不像一块女士表。”

“我就喜欢这种表。”杜尼娅说。

“那么说，不是未婚夫送给她的礼物，”拉祖米欣心想，不知为何又高兴起来了。

“我还以为这是卢仁送给你的礼物呢。”拉斯柯尔尼科夫说。

“不，他还什么都没送给杜涅奇卡呢。”

“啊——！妈妈，您还记得我过去恋爱过而且想结婚吗？”他突然说道，一边看着母亲。他突然改变了话题，并且又用那种语调讲话，让他母亲感到很惊讶。

“啊，是呀，我亲爱的孩子。”

普莉赫丽娅·亚历山大罗夫娜和杜涅奇卡及拉祖米欣互相使了个眼色。

“哦！是的！我能和您说点儿什么呢？我也不记得许多了。她是一个病魔缠身的女孩子，”他又接着说，眼睛看着地面，又沉思起来，“她总是生病。她乐于助人，总想进修道院，有一次她跟我谈起这件事的时候，突然大哭了，是啊，是的……我还记得……我记得清清楚楚。她长得很……难看。我真不明白那时候我为什么会喜欢她，我想大概是因为她经常生病的缘故吧……假如她是一个瘸子或驼背，我想我可能会更爱她……就这样……一场春梦而已……”

“不，这不只是一场春梦。”杜涅奇卡激动地说。

他仔细凝视着妹妹，可是没听清或没听明白她的话。然后他陷入了沉思，站了起来，走到母亲面前，吻了吻她，然后又回到原先的座位上，坐了下来。

“你现在还爱她！”普莉赫丽娅·亚历山大罗夫娜感动地说。

“爱她？现在？啊，是的……您指的就是她！不。现在这一切像是另一个世界……这是许久以前的事情了。而且周围的一切，都仿佛不是在这儿发生的一样……”

他聚精会神地看了看他们。

“甚至连你们……我也好像是从千里以外的地方望着你们……可是，天晓得我们谈这事干什么！问东问西地又干什么？”他沮丧地补充了一句，然后咬着自己的手指甲，又一声不吭地沉思起来。

“罗佳，你住的屋子多糟糕呀！像口棺材似的，”普莉赫丽娅·亚历山大罗夫娜忽然打破了这令人不舒服的沉默，说，“我相信，你的抑郁至少有一半是你的房间造成。”

“房间？”他漫不经心地回答，“是啊，房间跟这有非常大的关系……我也这么想过……但是，您知道不知道刚才您说了一个多么奇怪的想法呀，妈妈。”他奇怪地笑了一下，补充了一句。

他和已经离别三年的家人重新相聚了，说话的语调十分亲热，可是不管谈什么都无法继续谈下去，这种情况，再过一会儿他就再也忍受不了了。可是有一件紧急的事无论如何今天一定要解决——还在早晨醒来时他就做出了这个决定。现在他对这件事感到很高兴，把它当成从困境中走出的路。

“听我说，杜尼娅，”他冷淡而严肃地说，“当然，我想请你原谅我昨天的行为，可是我认为我应当再次提醒你，在主要问题上我是绝不会让步的。要卢仁还是我，你自己决定。即使我是个坏蛋，但你不能当坏蛋。有一个已经够了。要是你嫁给卢仁，我就立即和你断绝关系。”

“罗佳！罗佳！这不是还和昨天一样吗，”普莉赫丽娅·亚历山大罗夫娜伤心地喊道，“为什么你就说自己是坏蛋呢？我受不了了！昨天也这样……”

“哥哥，”杜尼娅坚定地回答，口气也十分冷淡，“你在这件事上有一个错误的想法。我认真考虑了一夜，才找到了你的错误。关键在于：你好像认为我是为了什么人而牺牲自己嫁给某个人的。根本不是这样的。我嫁人无非是为了自己，因为我自己心里面非常难过，而且，如果我能对我的亲人有点儿益处，我当然也非常高兴，但这不是我做决定的主要的动机……”

“她在说谎，”他愤恨地咬着手指甲想道，“多高傲的人！她不肯承认她是打算施恩于人！唉，卑劣的人们啊！他们甚至爱的时候也是好像在恨啊！我多么恨他们这些人呀！”

“总之，”杜涅奇卡接着说，“我和彼得·彼得罗维奇·卢仁结婚，是因为两害相权，必取其轻。我打算诚实地去履行他所希望我做的一切，因此，我不会骗他……为什么你刚才这样笑呢？”她满面绯红，眼睛里闪烁着怒火。

“履行所有的义务？”他冷笑着问。

“在一定的界限之内。看彼得·彼得罗维奇·卢仁求婚的做法与作风，我马上就能知道他希望得到什么。当然，他可能把自己看得过高了，不过我也希望他能尊重我……为什么你又在笑？”

“为什么你的脸那么红呢？妹妹呀，你在说谎。只因为你那女人家的执拗，你在故意说谎，以便不听我的忠告，决不退让……你不会尊重卢仁的。我和他见过面，跟他谈过话。可见你是为了钱财而出卖你自己，因此，不管怎样，你的做法是卑鄙的，但令我感到非常高兴的是你至少还会脸红！”

“不对，我没说谎，”杜涅奇卡再也不能保持冷静了，叫嚷起来，“要是我不相信他会尊重我，珍视我，我绝不会嫁给他；我要是不相信我能够尊重他，我也绝不会嫁给他。幸好我对这一点深信不疑，甚至在今天就能够保证。这门亲事并不像你所说的那样无耻！而且，即便你说得对，即便我真的会去做那么无耻的事，你和我这么说话，难道你的心肠还不够狠吗？也许连你自己也没有的英雄气概，为什么要求我表现出来呢？这是专制，这是残暴！如果说我害了谁，那只是害了我自己罢了……我还从未害过别人！……你为什么这样看着我？为什么你的脸色那么难看苍白，你怎么啦？罗佳，亲爱的！……”

“主啊！你把他弄得晕过去了！”普莉赫丽娅·亚历山大罗夫娜高声喊道。

“不，不……不要紧……没有什么！……只是头稍微有点儿晕，根本不是昏迷……你总是念念不忘这些昏迷！……哦！对了……我要说什么来着？啊，今天你有什么办法证明你能尊重他，他也能……尊重你，像你所说的一样呢？你好像是说今天吧？还是我听错了？”

“妈妈，把彼得·彼得罗维奇·卢仁的信拿给哥哥看一看。”杜涅奇卡说。

普莉赫丽娅·亚历山大罗夫娜用颤抖着的双手把信交给他。他怀着强烈的好奇心拿过信去。但是，在打开信以前，他突然用一种惊奇的目光看了看杜涅奇卡。

“奇怪了，”他慢腾腾地说，好像突然被一种新的想法所惊吓，“我为什么要多管闲事？为什么这样大嚷大叫？你愿意嫁给谁就嫁给谁好了！”

他的这番话似乎是对自己说的，可是声音很大，他瞅了瞅妹妹，好像不知道怎么办才好。

他终于还是把信打开了，脸上仍然带着一种奇怪的惊讶表情，然后他开始缓慢地、认真地看下去，一连看了两遍。普莉赫丽娅·亚历山大罗夫娜显得焦灼不安。大家也在等着发生什么特别的事情。

“这让我觉得非常奇怪，”他沉思了一会之后，把信重新递给母亲说道，可是他的话是对某一个人说的，“他是办案的，是个律师，就连讲话都是那种……腔调，写信都语句不通。”

大家都愣住了。因为他们没有预料到会这样。

“要知道，他们这些人都是这样写信的。”拉祖米欣吞吞吐吐地说道。

“你难道读过这封信了？”

“没错。”

“我们让他看的，罗佳，我们……刚才和他商量过。”普莉赫丽娅·亚历山大罗夫娜不知所措地说。

“这就是诉讼文体，”拉祖米欣打断了她的话说，“诉讼格式直至今天都是这么写的。”

“诉讼文体？是的，这正是诉讼文体或者公文文体……说不上语句不通，也谈不上语言规范，是一种公文文体！”

“彼得·彼得罗维奇·卢仁毫不隐瞒自己受的教育少，可是他自我夸耀是靠自己的努力得来的。”阿芙朵佳·罗曼诺夫娜说，她哥哥讲话的那种新的语调使她有点儿不高兴。

“那好吧，既然他自我夸耀，肯定是有道理的，我赞成。妹妹，你好像生气了，因为我读完这封信以后，得出草率的看法，你认为我由于恼怒，才故意利用这样一些微不足道的小事来惹你吗？正好相反，我由那封信的文体得出的一些想法，在目前这种情况下绝不是多余的。信里有一句话很清楚和值得留意，这句话就是‘只有责怪您自己了’，另外还有一句对你们来说带有威胁性的话：假如我去，他就立即走开。‘要离开’这句话等于是在威胁，如果你们不听他的，你们就会被他抛弃，而且是他叫你们来彼得堡的，现在又要弃你们于不顾。哦，你以为怎样，假如卢仁这句话是他（他指指拉祖米欣）或者佐西莫夫，或不论我们当中的哪一个人写的，我们会不生气吗？”

“不——不，”杜尼娅活跃起来，回答道，“我非常清楚，这封信写得太天真了，可能他确实不会写信……你考虑得对，哥哥。我甚至没有想到……”

“这是用诉讼文体写的，诉讼文体也只能写成那个样子，写出来的东西或许比他所想写的东西要粗鲁无礼。可是我应当使你有些失望：这封信里还有一句话是对我的诽谤，而且是很无耻的诽谤。昨天我把钱送给了一个寡妇，一个害痨病的、痛不欲生的女人，我把钱给她，并不是‘以资助丧葬为借口’，而是直接用来丧葬，也不是交给了她的女儿，不是给他在信上所说的那个‘道德品行不端、名声狼藉’的姑娘（昨天我也是第一次看见她），而是给了那个寡妇本人。我从这件事情看出他迫切地想诬蔑我，并且想挑拨我与你们的关系。这也是用诉讼文体表达出来的，也就是说，目的表现得非常明显，而且十分幼稚地急于求成。他是个聪明的人，可是如果想做得精明——光靠聪明根本不行。他的真面目就暴露出来了，并且……我并不认为他对你非常尊重。我把此事告诉你无非是想让你吸取教训，因为我真心希望你好……”

杜涅奇卡没有回答。她刚才已经拿定了主意，她只是等待着晚上的来到。

“那么，罗佳，你是怎样决定的呢？”普莉赫丽娅·亚历山大罗夫娜问道，这种出乎意外的、极其认真的、有条不紊的说话口气，使她比刚才更加担心了。“‘决定’什么？”

“彼得·彼得罗维奇·卢仁不是在信里说，他希望你今晚不要去我们那，如果你来……他就走。那你……去不去呢？”

“这件事可由不得我。首先，应该由您来拿主意，假如彼得·彼得罗维奇·卢仁的这个要求没有侮辱到您；其次，应该由杜尼娅来决定，假如她也没有被侮辱的话。你们觉得怎么好，我就怎么样。”他冷淡地加了一句。

“杜涅奇卡已经做出了决定，我完全赞同她的想法。”普莉赫丽娅·亚历山大罗夫娜连忙插了一句。

“我决定求你，罗佳，坚决请求你去我们那里参加这个会面，”杜尼娅说，“你来不来？”

“我一定来。”

“我也请您八点准时到我们那里，”她对拉祖米欣说，“妈妈，我也邀请他去。”

“好极啦，杜涅奇卡。哦，就照你决定的做吧，”普莉赫丽娅·亚历山大罗夫娜添了一句，“我心中也就轻松多了。我讨厌撒谎和虚伪。最好还是实话实说……现在彼得·彼得罗维奇·卢仁生气也好，不生气也罢，随他的便！”

第四节

正在这个时候，房门轻轻地开了，一个姑娘胆怯地东张西望着，走进屋里来。大家又惊讶又好奇地看着她。拉斯柯尔尼科夫没有马上认出她来。这是索菲娅·谢苗诺夫娜·马尔美拉多娃。昨天他是第一次看到她，但是在那个时候，那样的环境下，她又是那样的穿戴，所以他记忆里她的模样和现在的她完全是不同的。现在她却是一个衣着朴素，甚至穿得和穷人一样的姑娘，她那么年轻，几乎像个小姑娘，谦逊端庄，彬彬有礼，神情开朗，可又好像有点儿胆怯。她穿一件很普通的、家常穿的连衫裙，戴一顶旧帽子，不过还和昨天一样，手里拿着一把小阳伞。出乎意外地看到满满一屋子人，与其说她感到不好意思，倒不如说她完全惊慌失措了，她像小孩子一样觉得害怕，甚至她想要退出去。

“啊……是您吗？……”拉斯柯尔尼科夫十分惊讶地说，他自己突然感到很紧张。

他立刻想到，母亲和妹妹已经从卢仁的信上知道，有这么一个行为“品行不端”的年轻姑娘。他刚刚还在抗议卢仁的恶意诽谤，说他是第一次看到这个姑娘，现在她却突然走到他屋里来了。他还记起，对“行为不端”一词，他也没有什么异议。这一切在他脑子里模模糊糊地一闪而过。但是他出神地看了看她，突然发现这个被侮辱的人竟然低声下气起来，因此顿时可怜起她来。当她吓得想要逃走的时候，他心里真难过极了。

“我从来没想到您会来，”他赶紧说，同时用目光要留住她。“您请坐。您大概是从卡捷琳娜·伊凡诺夫娜那儿来吧。对不起，不是坐这里，请坐这儿……”

索尼娅进来的时候，坐在拉斯柯尔尼科夫三把椅子中紧靠门边那把椅子上的拉祖米欣已经欠起身来，让她过去。起初拉斯柯尔尼科夫想让她坐到佐西莫夫坐过的那个角落里的沙发上，但是他又想到，叫她坐沙发未免过于亲昵了，因为沙发是他当床用的，于是又赶紧让她坐到拉祖米欣坐的那把椅子上。

“你坐在这里，”他对拉祖米欣说，让他坐到佐西莫夫坐过的那个角落里。

索尼娅坐了下来，几乎害怕得浑身发抖，胆怯地看着两个女士。看得出来，她自己都不明白，她怎么能够和她们坐在一起。她想到这一点后，吓得突然又站起来，完全十分窘迫地对拉斯柯尔尼科夫说：

“我……我……我进来只待一会儿，对不起打搅您了，”她结结巴巴地说。“是卡捷琳娜·伊凡诺夫娜让我来的，她没有人可派……卡捷琳娜·伊凡诺夫娜让我请您明天早上去参加安魂祈祷……做完日祷的时候……在米特罗凡涅夫墓地米特罗凡涅夫墓地是埋葬小官吏、手艺人和士兵的公墓，建于1831年霍乱流行的时候。然后到我们家去……去她那里……吃饭……她叫我请您赏光……她叫我来请您。”

索尼娅口吃着说完，说不下去了。

“我一定尽力参加……一定去！”拉斯柯尔尼科夫回答，他也欠起身站起来，也结结巴巴地，而且没有把话说完……“来，您请坐，”他突然说，“我需要跟您谈谈，请坐啊——您也许很忙，但是请给我两分钟时间……”

他把椅子稍微给她移近了一下。索尼娅又坐下来，又怯生生地、不知所措地朝那两位女士赶快看了一眼，突然又低下了头。

拉斯柯尔尼科夫苍白的脸一下涨得通红，他仿佛浑身抽搐了一下，眼睛闪闪发光。

“妈妈，”他坚定而固执地说，“这是索菲娅·谢苗诺夫娜·马尔美拉多娃，就是那位不幸的马尔美拉多夫先生的女儿，昨天我亲眼看到他被马踩伤了，这事我已经跟你们说过……”

普莉赫丽娅·亚历山大罗夫娜稍微眯起了眼睛瞅了索尼娅一眼，尽管在罗佳坚定和挑衅的目光逼视下她感到十分紧张，但是她不管怎样也不能放弃这一让自己得到满足的机会。杜涅奇卡严肃地、全神贯注地注视着这个姑娘面色苍白的脸，莫名其妙地细细打量着她。索尼娅听到在介绍她，又抬起眼来，但是她却比以前更加慌乱了。

“我想请问您，”拉斯柯尔尼科夫急忙对她说，“今天你们那件事是怎么解决的？有没有人来找麻烦？……譬如说，警察。”

“没有，什么都没有发生……因为死因非常清楚了，并没有人来找麻烦，只不过那些房客很生气。”

“为什么？”

“因为尸体停放的时间太久……现在天热，有臭味……所以今天晚祷前就把尸体抬到墓地去了，在小教堂停放到明天。卡捷琳娜·伊凡诺夫娜起初不同意，但是现在她自己也看出，不能再……”

“那么就在今天？”

“她请您明天一定赏脸去参加教堂里的安魂弥撒，然后去她那里吃丧宴。”

“她要举办酬丧宴吗？”

“是的，随便弄几样小吃。她一再嘱咐，叫我谢谢您，谢谢您昨天对我们的帮助……没有您帮助，我们根本没钱安葬，”她的嘴唇和下巴，都突然哆嗦起来，但是她努力克制自己，忍住了，赶忙又垂下眼睛看着地下。

谈话的时候，拉斯柯尔尼科夫凝神仔细地打量她。他看到的是一张瘦削的、十分瘦削的、苍白的小脸，脸型不够端正，有点儿尖，生着小小的鼻子和尖尖的小下巴。她甚至说不上长得漂亮，但是她那双淡蓝色的眼睛却是那么明亮，当它们光彩四射的时候，她脸上的表情就变得那样善良和淳厚，人们不由自主就被她吸引过去。在她的脸上和她的整个体态中又显示出一种不同寻常的性格特点：虽然她已经十八岁了，可看上去简直像一个小姑娘，好像比她的实际年龄小得多，完全像个小孩子，有时这一点甚至会可笑地表现在她的某些动作中。

“可是难道这么一点儿钱，卡捷琳娜·伊凡诺夫娜就够用了，甚至还打算置办丧宴……”拉斯柯尔尼科夫问，他固执地要把谈话继续下去。

“打算只买普通的棺材……一切从简，所以花不了多少钱……刚才我跟卡捷琳娜·伊凡诺夫娜计算过了，还能剩下点儿钱，来置办丧餐……卡捷琳娜·伊凡诺夫娜希望能这么办。因为不能不……对她来说，这也是个慰藉……她就是这样的人，您是知道的……”

“我明白，我明白……当然啦……您为什么看我的屋子？我妈妈也说它像口棺材。”

“您昨天把钱都统统给了我们了！”索涅奇卡突然极富感染力地、很快地低声回答，然后又突然垂下眼睛，看着地下。嘴唇和下巴又一次抖动起来。拉斯柯尔尼科夫的贫困状况早已使她感到惊讶了，现在这些话又不由自主地脱口而出。接着是一阵沉默。杜涅奇卡的眼睛不知何故流露出和蔼可亲的神情，普莉赫丽娅·亚历山大罗夫娜甚至亲切地看了看索尼娅。

“罗佳，”她站起来说，“我们得一起吃午饭了。杜涅奇卡，咱们走吧……而你，罗佳，你最好先去散一会儿步，然后休息休息，躺一躺，早点儿到我们那里去……要不，我怕我们会让你太累了……”

“好，好，我一定来，”他回答，说着慌忙站起来……“不过我还有点事……”

“难道你们要分开吃午饭了？”拉祖米欣惊奇地看着拉斯柯尔尼科夫，高声叫喊，“你这是做什么？”

“是的，是的，我一定来，当然，当然……请你留一会儿。你们现在不需要他了吧，妈妈？也许，我可以把他留下来？”

“啊，不，不！而您，德米特里·普罗柯费奇，请来吃午饭，您肯赏光吗？”

“请您一定来！”杜尼娅请求道。

拉祖米欣笑逐颜开地鞠了个躬。一刹那间大家不知为什么都突然奇怪地感到有些不好意思了。

“别了，罗佳，我是说再见，我不喜欢说‘别了’，别了，娜斯塔霞……唉，我又说‘别了’……”

普莉赫丽娅·亚历山大罗夫娜本想也向索尼娅告别，可是不知何故没有这么做，就急忙从屋里出去了。

但是阿芙朵佳·罗曼诺夫娜仿佛按着顺序等着和大家告别，她跟着母亲从索尼娅身边走过的时候，她殷勤而有礼地对她深深地一躬到地。索涅奇卡有点发慌了，鞠躬还礼时有点儿匆匆忙忙，脸上流露出痛苦的表情，似乎阿芙朵佳·罗曼诺夫娜的客气和殷勤只能使她感到难过和痛苦。

“杜尼娅，别了！”已经到了过道里，拉斯柯尔尼科夫喊道，“握握手吧！”

“我不是已经和你握过手了吗？”杜尼娅温柔而又有点儿不好意思地转身面对着他，回答道。

“那又如何，再握一次吧！”

于是他紧紧地握了握她的手指。杜涅奇卡对他笑了一笑，脸红了起来，赶快把自己的手抽回来，跟着母亲走了，不知为什么她也感到十分幸福。

“啊，好极了！”他回到自己屋里，神情泰然地望了望索尼娅，对她说道，“愿上帝让死者安息吧，但活着的人还得活下去！您说对吗？您说对吗？是这样，不是吗？”

索尼娅甚至感到惊奇地看着他突然发光的脸。他默默地凝神注视了她好一会儿，她已经去世的父亲讲过关于他的那些故事在这一刹那突然掠过他的脑海……

“上帝啊，杜涅奇卡！”普莉赫丽娅·亚历山大罗夫娜和女儿一走到街上，立刻开口说，“我们出来了，我现在倒觉得轻松多了，不知为什么觉得自在些了。唉，昨天坐在车厢里的时候，我哪里会想到，竟然这样我都会感到高兴呢！”

“妈妈，我又要对您说了，他还病得很厉害呢。难道您没看出来吗？也许是因为他非常想念我们，他很痛苦，损害了自己的身体。应该体谅他，这样的话，很多事情都是可以原谅的。”

“你才不体谅呢！”普莉赫丽娅·亚历山大罗夫娜立刻激动而又嫉妒地打断了她。“你知道，杜尼娅，我看看你们兄妹俩，你简直就跟他一模一样，而且与其说是面貌像，不如说是性格像：你们俩都是忧郁的人，两人都性格忧郁，性情急躁，两人都高傲自大，两人都慷慨大度……他不可能成为一个自私自利的人，杜涅奇卡，不是吗……我一想到今天晚上我们那里会发生什么事，我的心都快停止跳动了！”

“您别担心，妈妈，该发生什么事就让它发生吧。”

“杜涅奇卡！你想想看我们现在的处境是什么样的！如果彼得·彼得罗维奇·卢仁取消了婚约，那会怎样呢？”可怜的普莉赫丽娅·亚历山大罗夫娜一不小心吐露出了自己的心声。

“要是那样做的话，他还有哪一点值得留恋呢！”杜涅奇卡生硬而轻蔑地回答。

“现在我们走了，这样做很对，”普莉赫丽娅·亚历山大罗夫娜连忙打断了她的话，“他急着要去什么地方办件事。让他出去走走，呼吸一下新鲜空气……他那儿闷得要命……可是在这儿到哪去找呼吸新鲜空气的地方？就连这里，大街上，也像在没有气窗的屋里似的。上帝呀，这是个什么样的城市啊！等等，快让开，他们会把你撞死的，不知是拉着什么飞跑！原来是一架钢琴，真的……你瞧，横冲直撞的……对这个姑娘，我也非常害怕……”

“哪个姑娘，妈妈？”

“就是这个，就是刚刚在他那儿的索菲娅·谢苗诺夫娜……”

“您她怕什么呢？”

“我有这样一种预感，杜尼娅。嗯，信不信由你，她刚一进来，当时我就想，她就是烦恼的根源……”

“没那回事儿！”杜尼娅遗憾地叫道，“您和您的预感都不对，妈妈！他昨天晚上刚认识她，刚才她进来的时候，他都没认出来。”

“嗯，你会看到的！……她让我心神不宁，你会看到的，你会看到的！我觉得那么害怕：她瞅着我，瞅着我，一双眼睛是那样的，他开始介绍她的时候，我在椅子上都差点坐不住了呢，你记得吗？我觉得奇怪：彼得·彼得罗维奇·卢仁在信上把她说成那样，他还把她介绍给我们，甚至介绍给你！可见在他眼里，她是很重的！”

“管他信上写什么呢！我们也让人家议论过，人家也在信上谈论过我们，您忘记了吗？可我相信，她……是个好姑娘，这些话都是瞎扯！”

“但愿如此吧！”

“彼得·彼得罗维奇·卢仁是个卑鄙的挑拨离间的人，”杜涅奇卡突然毫无顾忌地说。

普莉赫丽娅·亚历山大罗夫娜立刻不做声了。谈话中断了。

“是这样的，我有话要和你说……”拉斯柯尔尼科夫把拉祖米欣拉到窗边，对他说道。

“那么我就告诉卡捷琳娜·伊凡诺夫娜，说您一定来……”索尼娅匆匆地说，于是起身告辞，准备离开。

“等一等，索菲娅·谢苗诺夫娜，我们没有什么保密的事，您不会影响我们……我还两句话要跟您说……是这么回事，”他的话还没说完就忽然停下了，然后转过脸对拉祖米欣说，“你不认识这个……他叫什么来着？……波尔费利·彼得罗维奇，是吗？”

“那还用说！他是我的亲戚。有什么事吗？”他突然产生了好奇心，补充说道。

“现在那个案子……就是那件凶杀案……就是你们昨天谈的……现在是不是他在处理吗？”

“是啊……怎么啦？”拉祖米欣突然瞪大了眼睛。

“他在查问抵押者，我也有些东西在那抵押过，都是些不值钱东西，不过有我妹妹的一个戒指，是我离家的时候她送给我作纪念的，还有我父亲的一块银表。总共也不过值五六个卢布，可是纪念品，所以对我来说都很珍贵。那么现在我该怎么办呢？我不愿遗失这些东西，特别是那块表。刚才我的心一直在怦怦地跳，因为我谈起杜涅奇卡的表的时候，我生怕母亲会问起，要看看我那块表。我父亲死后就只保存下来这唯一的一件东西。如果弄丢了，她准会伤心的！女人嘛！那么该怎么办呢，请你给我出个主意！我知道应该去分局登记。不过直接和波尔费利谈是不是更好呢？你认为该怎么办？这事得快点儿办妥。你等着瞧，午饭前妈妈准会问起！”

“当然不要去分局，直接去找波尔费利就行！”拉祖米欣异常激动地嚷起来了。“啊，我多么高兴！干吗在这儿谈，咱们马上就走，只有几步路，准能找到他！”

“好吧……咱们走……”

“他一定会非常、非常、非常、非常高兴和你认识！我在各种场合跟他讲过关于你的事……昨天我们还谈过。咱们走……那么你认识那个老太婆？难怪了……这一切都弄清了……啊，对了……索菲娅·伊凡诺夫娜……”

“索菲娅·谢苗诺夫娜，”拉斯柯尔尼科夫纠正说，“索菲娅·谢苗诺夫娜，这是我的朋友，拉祖米欣，他是个很好的人……”

“如果你们现在需要出去的话……”索菲娅说，对拉祖米欣连望也没有望一眼，可是这样倒更加不好意思了。

“咱们走吧！”拉斯柯尔尼科夫决定道，“今天我就去您那儿一趟，索菲娅·谢苗诺夫娜，不过请您告诉我，您住在哪儿？”

他也不是感到慌乱，而是好像急于出去，而且故意避开了她的目光。索尼娅给他留下了地址，这时她的脸涨红了。大家一起出去了。

“你难道不锁门吗？”拉祖米欣问，边说边跟着他们下楼去。

“从来不锁……不过两年来我一直想买把锁，”他心不在焉地补充道。“用不着锁门的人是很幸福的，不是吗？”他笑着对索尼娅说。

他们在街上的大门前站住了。

“索菲娅·谢苗诺夫娜，您往右走是吗？顺带问一声：您是怎么找到我的？”他问，仿佛想对她说一件完全不一样的事情。他看着她美丽明亮的眼睛，可不知为什么总是做不到……

“昨天您不是把地址告诉给波列契卡了吗。”

“波琳卡？啊，是的……波列契卡！这个……小姑娘……她是您妹妹？这么说，我给她留下地址了？”

“难道您忘记了吗？”

“不……我记得……”

“我也听我父亲谈起过您……不过那时候还不知道您的姓名，连他也不知道……现在我来……因为昨天我知道了您姓什么……所以我今天还是问：拉斯柯尔尼科夫先生住在这儿的什么地方？我不知道你也是租二房东的房子住……再见了……我就去告诉卡捷琳娜·伊凡诺夫娜……”

她终于可以走了，为此她感到非常高兴。她低着头急急忙忙地走去，希望尽快走出他们的视野，赶紧走完这二十步路，到达转弯的地方，往右一拐，走到大街上。终于等到只剩下她一个人时，又匆匆忙忙地向前走着，既不看任何人，也不注意任何一个情况，只是在想，在回忆，思索着每一句说过的话，每一种情况。她从来、从来没有体会过类似的感觉。一个全新的世界朦胧地、不可理解地进入她的心灵。她突然想起，他打算今天到她那儿去，也许是早晨，也许现在马上就去！

“不过最好不要今天去，千万不要今天去！”她自言自语，心都揪紧了，就好像一个受了惊吓的小孩子在恳求什么人似的。“上帝啊！上我那儿去……到那间屋里去……他会看到……噢，上帝啊！”

这时她当然不会注意到有一个她不认识的先生正在留心注意着她，在后面紧紧地跟着她。一出大门，他就跟踪她了。当他们三个，拉祖米欣，拉斯柯尔尼科夫和她站在人行道上又说了几句话的时候，这个人就从他们身边绕过去，无意中听到索尼娅说的这句话：“我就问，拉斯柯尔尼科夫先生住在这儿什么地方？”好像突然吃了一惊。他迅速细心地把这三个人打量了一番，特别留心地看了看和索尼娅说话的那个拉斯柯尔尼科夫，然后看了看那幢房子，并且记住了它。这一切都发生在他过路的一瞬间，这个过路的人甚至竭力不露痕迹，继续往前走去，只是放慢了脚步，好像是在等待着什么人。他在等着索尼娅。他看到他们正在分手了，现在索尼娅就要回家去了。

“她家住哪呢？这张面孔我在什么地方见过，”他想，一边在回忆索尼娅的面容……“得想办法弄清楚。”

到了转弯的时候，他穿过马路走到街道对面，他回头一看看到索尼娅已经跟着他走了过来，走的也是那同一条街路，可是她什么也没觉察到。她走到转弯处恰好也折到这条街上来了。他就跟在她后面，从对面人行道上直勾勾盯着她，走了五十多步以后，他又穿过马路，回到索尼娅这边的人行道上，追上了她，跟在她后面，和她只隔五步远。

这个人五十岁左右，比中等身材略高一些，又高又胖，肩膀宽大而且向上拱起，所以看上去有点儿驼背。他身穿一身考究而且舒适的衣服，神气十足，完全是一副老爷派头。他手上拄着一根很漂亮的手杖，每走一步，都用手杖在人行道上轻轻地敲一下，手上还戴着一副崭新的手套。他那张颧骨突出宽阔的脸相当讨人喜欢，那种容光焕发的气色，不像彼得堡人的脸。他的头发还很浓密，金黄色之中稍有几根银丝，他那又宽又浓的大胡子像一把铲子，颜色很淡。他的眼睛是蔚蓝色的，看人的时候目光冷冷的，专注的，若有所思，嘴唇颜色是鲜红的。总之，这是一个很懂得保养的人，看上去比他的实际年龄要年轻得多。

索尼娅走到运河边的时候，人行道上只有他们两个人。他在用心观察她，发觉她若有所思，心不在焉。索尼娅走到她住的地方，转弯进了大门，他有点奇怪地跟在她后面，进了院子以后，她往右边拐角走去，通往她住房的楼梯就在那个角落上。“咦！”那个陌生的老爷喃喃地说，也跟在她后面上了楼梯。这时索尼娅才发现到他。她上到三楼，转进一条走廊，拉了拉九号的门铃，房门上用粉笔写着这样几个字：“裁缝卡佩尔纳乌莫夫”。那个陌生人又说了一声“咦！”他对这种奇怪的巧合感到惊讶，他拉了拉紧挨着的八号的门铃。两道门只相隔大约五六步远。

“您住在卡佩尔纳马莫夫家啊！”他望着索尼娅，笑着说。“昨天他给我改过一件背心。我就住在这儿，在您隔壁，住在列斯丽赫·盖尔特鲁达·卡尔洛夫娜太太的房子里。真巧啊！”

索尼娅仔细地看了看他。

“我们是邻居，”他不知为什么特别愉快地接着说。“要知道，我前天才来到城里。好，再见。”

索尼娅没有回答。房门开了，她就悄悄地进了自己的房子里。不知为什么她感到害羞了，而且好像感到害怕……

在去波尔费利家的路上，拉祖米欣异常兴奋。

“老兄，这真好极了，”这句话他重复了好几次，“我也觉得高兴！我很高兴！”

“你高兴什么呢？”拉斯柯尔尼科夫暗自想道。

“我不知道你也在老太婆那儿抵押过东西。还有……还有……很久了吗？也就是说，你是很久以前去她那儿的吗？”

“真是一个天真的傻瓜！”拉斯柯尔尼科夫想。

“什么时候？……”拉斯柯尔尼科夫停顿了一下，他回忆着，“她死前三天我去过她那儿。不过，现在我并不是去赎回那些东西，”他匆忙加上这句话，显得他对这些东西特别关心，“因为我手里又只剩下一个银卢布了……都因为昨天那该死的神志不清……”

神志不清几个字他说得特别有力。

“嗯，对，对，对，”拉祖米欣连忙表示同意，不知是附和他的哪一句话，“所以那时候你之所以……你有点儿吃惊了……你知道吗，你神志不清的时候老是提到什么戒指和表链……嗯，对了，对了……这清楚了，现在一切都清楚了。”

“原来如此！嘿，原来这个想法已经在他们当中流传开来了！这个人将要代我去受极刑。我很高兴，终于明白在我神志不清的时候为什么提到戒指，他们大家准是对此已经深信不疑了……”拉斯柯尔尼科夫心想。

“我们能见到他吗？”他开口问。

“能见到的，能见到的，”拉祖米欣连忙回答，“老兄，他是个很好的人，你见到他就知道了！也许有点儿笨，我的意思是，他是个文质彬彬的人，我说他笨，是指另一方面。是个聪明人，聪明，甚至是聪明过人，不过思想方法跟别人不一样……他多疑，怀疑一切，而且厚颜无耻……喜欢骗人，就是说，不是骗人，而是喜欢愚弄别人……他的侦查方法还是注重事实的老办法……不过他很懂行，精通业务……去年他经办过一件几乎所有线索都断了的凶杀案！他非常、非常、非常想跟你认识认识。”

“他为什么非常想认识我呢？”

“就是说，并不是因为……你要知道，最近一个时期，自从你生病以来，我经常跟他谈起你，谈了你的很多情况……嗯，他听着……听说你是学法律的，可是由于家境的关系，没能毕业，他说：‘多么可惜！’所以我就推断……不仅根据那一件事，而是所有的一切；昨天扎梅托夫……你要知道，罗佳，昨天我喝醉了，送你回家的时候，跟你说了很多胡话……所以我，老兄，我担心你可别把我的话夸大了，你要知道……”

“你指的是什么？是说他们把我看做疯子这件事吗？是的，也许他们是对的。”

他勉强笑了笑。

“是的……是的……也就是说，别理它，不……嗯，而且我所说的一切（还有别的话也一样），全都是醉话，胡说八道。”

“你干吗道歉呢！我对这一切实在是烦透了！”拉斯柯尔尼科夫用十分恼怒的高声喊道。不过有一部分是他装出来的。

“我知道，我知道，我理解。请相信，我是懂得的。甚至说出来，都觉得不好意思……”

“如果不好意思，那就别说了！”

两人都不说话了。拉祖米欣简直高兴极了，拉斯柯尔尼科夫感觉到了这一点，对此感到厌恶。拉祖米欣说到的关于波尔费利的那番话又使他感到不安。

“对这个人也必须装出一副可怜相，”他想，面色苍白，心在怦怦地狂跳，“而且尽可能要做得自然些。还是什么都不装是最自然的了。要尽可能什么也不装！不，尽可能又不自然了……嗯，看情况吧……咱们走着瞧吧……马上……我到那儿去究竟好不好？等于飞蛾扑火，自投罗网。心在跳，这可不好……”

“就在这幢灰色的房子里，”拉祖米欣说。

“最要紧的是，波尔费利知道不知道我昨天去过这个巫婆的住宅……并且问起过那摊血？我一进去马上就弄清楚这一点，从他的脸上观察出来，不——然——的——话……哪怕我要完蛋，也一定要弄清楚！”

“你知道吗？”他突然对拉祖米欣说，脸上露出狡猾的微笑，“老兄，我今天看出，从早上你好像就开始特别激动似的，对吗？”

“什么激动？我一点儿不激动，”拉祖米欣不由得紧张起来。

“不过，老兄，这的确看得出来。刚才你坐在椅子上的姿势是从来没有过的，不知为什么坐在椅子边上，而且一直很不自然地动来动去，好像坐立不安。还无缘由地忽然跳起来。一会儿生气，一会儿不知为什么脸上的表情变得那么甜，甜得像冰糖。你甚至满脸通红了，特别是在请你去吃午饭的时候，你脸红得好厉害。”

“根本没那么回事，你胡说……我说这话是什么意思？”

“你为什么像小学生一样躲躲闪闪的！嘿，活见鬼，你脸又红了！”

“不过，你真是头猪！”

“可你干吗不好意思了？罗密欧[1]啊！你先别忙，今天我可要找个地方把这些都告诉你，哈——哈——哈！让妈妈开心开心……还要让另一个人笑一笑……”

“你听我说，你听我说，你听我说，这可是件严肃的事，因为这……你要说出去，这成何体统，见鬼！”拉祖米欣已经不知所言了，吓得浑身发冷。“你要对她们说什么？我，老兄……呸，你简直是头猪！”

“你简直像一朵春天的玫瑰！你要知道，这个比喻对你是多么贴切，一位两俄尺十俄寸高的罗密欧！啊，今天你洗得多么干净，连手指甲也洗干净了，是不是？什么时候有过这样的事？啊，真的，你的头发搽过油了？你低下头来！”

“猪！”

拉斯柯尔尼科夫笑得那么厉害，好像怎么也忍不住了，于是就这样大笑着走进了波尔费利·彼得罗维奇的寓所。这正是拉斯柯尔尼科夫希望的那样：从屋里可以听到，他们是笑着进来的，在前室里还一直在哈哈大笑。

“一句话也不准提，要不，我就……打碎你的脑袋！”

拉祖米欣抓着拉斯柯尔尼科夫的肩膀，狂怒地低声说。

---

[1] 莎士比亚名剧《罗密欧与朱丽叶》中的男主人公。

第五节

拉斯柯尔尼科夫已经进到屋里了。他进来时，脸上的神情似乎在竭力忍着，免得扑哧一下笑出声来。拉祖米欣怪不好意思地跟在他后面走了进来，又高又瘦，笨手笨脚，涨红了脸，一副沮丧和生气的神情，脸红得像芍药一样。当时他的脸和全身的姿势的确都很好笑，说明拉斯柯尔尼科夫的笑并不是没有道理。拉斯柯尔尼科夫不等被介绍给主人，就向站在屋子当中用疑问的目光向着他们的主人点了点头，伸出手去，和他握手，依旧看得出还在尽最大的力抑制着自己的快乐情绪，以免能用三言两语来作自我介绍。但是等他刚竭力做出一本正经的样子，含糊不清地不知说了些什么——突然，好像身不由己地又朝拉祖米欣看了一眼，立刻就控制不住了：强忍住的笑声突然爆发出来，在这以前越是想忍住，这时就越发抑制不住了。听到这“发自内心”的笑声，拉祖米欣气得发狂，他的愤怒为目前的情景增添了最真诚的愉快气氛，而主要是使它显得更自然了。

“见鬼！”他吼叫起来，把手一挥，刚好打在放着一只喝剩了一点儿茶底的玻璃杯的小圆桌上，桌子上的东西飞起来，在地上摔得很碎。

“先生们，为什么要摔坏杯子？要知道，这为国库造成了多么大的损失！[1]”波尔费利笑嘻嘻地喊道。

当时的场景就是这样：拉斯柯尔尼科夫仍在笑，忘了自己的一只手还被主人握在手里，但是他懂得分寸，因为等一个适当的机会让这一切自然地快速结束。拉祖米欣由于将桌子弄倒了，玻璃杯也被打破了，简直是不知所措，他愁眉苦脸地看着那些碎玻璃，吐了口唾沫，猛地向窗子转过身去，背对着大伙儿站在那里，一脸愤怒，视若无睹地看着外面。波尔费利·彼得罗维奇微笑着，似乎还想继续笑下去，但是很明显他在等待解释。扎梅托夫原本坐在角落里的一把椅子上，客人进门时他站起身，嘴角露出一丝笑意，站在那儿等候着，可是又露出困惑的，甚至好像怀疑的神情看着这个场面，当他看着拉斯柯尔尼科夫时，甚至露出一种慌乱的神气。扎梅托夫的意外在场使拉斯柯尔尼科夫大吃一惊，

[1] 果戈理的喜剧《钦差大臣》第一幕第一场中市长的一句台词。

感到非常不快。

“这需要动动脑筋！”他暗自思忖。

“很抱歉，”他开口说，装出难为情的样子，“敝姓拉斯柯尔尼科夫……”

“不必客气，非常高兴……很高兴您这样光临……怎么，他连问个好都不想吗？”波尔费利·彼得罗维奇向拉祖米欣点了点头。

“说实在的，我不知道他为什么对我发这么大的脾气。途中，我只是告诉他，他像罗密欧，并且……并且的确得到了证实，除此之外好像就再没有其他的了。”

“猪！”拉祖米欣连头都没回地答道。

“只为一句话就大发雷霆，这其中肯定有很重要的原因。”波尔费利放声大笑着说。

“哼，你呀！侦查员！……去你们大家的吧！”拉祖米欣恶狠狠地说，接着，自己也突然哈哈大笑起来。他笑容满面地走近波尔费利·彼得罗维奇，仿佛什么事儿都没发生一样。

“够了，够了！大家都是笨蛋。说正事儿吧：这是我朋友，罗吉昂·罗曼诺维奇·拉斯柯尔尼科夫，首先，你早有耳闻，想和他认识一下；第二，他有一件小事儿想求你。噢！扎梅托夫！你怎么来这里了？难道你们两个认识？你们认识多久了？”

“这是怎么回事？”拉斯柯尔尼科夫不安地思考着。

扎梅托夫露出不好意思的神情，不过并不是很窘迫。

“昨天在你家里认识的。”他漫不经心地说。

“这么说，倒省得我操心了。波尔费利，上个星期，他一直请求我把他介绍给你，现在不用我介绍，你们自己就搞到一起了……你的烟叶在哪里呢？”

波尔费利·彼得罗维奇穿着一身家常便服——睡衣和一件十分洁净的内衣，脚上是一双鞋跟已经穿歪的坏便鞋。他大约三十五岁，中等以下身材，粗粗胖胖，大腹便便，脸上修得很干净，没有蓄胡子，头发剪得短短的，紧贴在头上，一颗大而圆的脑袋又大又圆，后脑勺特别突出。他那张又肥又胖、甚至鼻子有点翘的圆脸上呈现出病态的暗黄色，不过相当有精神，甚至露出一副嘲讽的神情。若非眼神的影响，这甚至就是一张善良的脸，那双眼睛发射出湿漉漉的淡光，一眨一眨的，仿佛给谁使眼色被眼睫毛给遮住了。眼神同他那有点女人相的整个体形十分不相称，这让人觉得他要比初看时严肃得多。

波尔费利·彼得罗维奇一听说客人有点儿“小事”想求他，立刻请他在沙发上坐下，自己则坐在沙发的另一头，双眼目视着客人，迫切地等他说明来意。他聚精会神地，甚至严肃地看着来客，使第一次来找他的人觉得难堪，也很尴尬，特别是与他素不相识，尤其是当您自己认为您所说的事情绝不值得他那样郑重其事地对待您时。然而拉斯柯尔尼科夫却用简短而有条理的几句话准确地表明了自己的来意，并且他对自己十分满意，因为他已趁机仔细地观察了波尔费利一番。波尔费利·彼得罗维奇也一直目不转睛地望着他。坐在同一张桌子对面的拉祖米欣热情而又急不可耐地看着他说清事情的原委。他一会儿看看这个，一会儿又看看那个，显得有失分寸。

“傻瓜！”拉斯柯尔尼科夫在心里暗暗骂道。

“您应当向警察局递一份申请，”波尔费利·彼得罗维奇做出一副公事公办的样子回答道，“就说您得知了此事，就是这件谋杀案过后，您请求警察局通知受理此案的预审员，有哪几件东西是属于您的，您希望把它们赎回来……或者那里……不过他们会书面通知您的。”

“问题就在这里，”拉斯柯尔尼科夫尽可能装出一副为难的样子，“目前我手头比较拮据……就连这么一点儿钱我也没有……您知道，现在我只想声明一点，这几件东西是我的，不过必须等我有钱的时候……”

“那没关系，”波尔费利·彼得罗维奇答道，他冷淡地听着他对自己经济状况所做的解释。“假如您同意，不妨直接写封信给我，内容相同，就说，您得知了某事，声明有几件东西是属于您的，请求……”

“写在普通的纸上？”拉斯柯尔尼科夫连忙打断了他的话，他又把话题转到日常费用上去了。

“噢，就用最普通的纸！”波尔费利·彼得罗维奇眯起眼睛，突然带着一种明显的嘲讽的神气看着他，仿佛还对他眨了眨眼似的，可这或许是拉斯柯尔尼科夫的错觉，因为这只持续了几秒钟。但是至少有过这种神情。拉斯柯尔尼科夫可以发誓，波尔费利·彼得罗维奇的确对他眨了眨眼睛，天知道他这么做是什么原因。

“他知道！”这个想法如同闪电一般在他的脑海闪过。

“请原谅我拿这种小事儿来麻烦您，”他有点儿不知所措地继续说下去，“我的那些东西总共才值五个卢布，不过这是别人的东西，是别人送给我做纪念的，所以我把那些东西看得特别珍贵，说实在的，当我听说那件事时，真是大吃一惊……”

“难怪昨天我对佐西莫夫无意中谈起，波尔费利正在查问抵押东西的人，你就紧张成那样！”拉祖米欣显然故意插了一句。

这真是让人忍无可忍了。拉斯柯尔尼科夫不禁用充满怒气的双眼瞪了他一下。不过立即镇静下来。

“老兄，你好像在取笑我把？”他故意装出恼怒的模样对他说，“我同意，可能我过分关心被你看成一钱不值的破烂东西了，可是绝不能为此将我看作一个自私的人或者一个吝啬鬼。依我看，这两样小东西绝不是毫无用处的东西。我方才已经告诉你了，那块银表或许不值钱，但它是我父亲留下的唯一的一件东西。你嘲笑我吧，不过我母亲来看过我了，”他突然转向波尔费利，“假如她知道那块表没了，”他又很快把脸转向拉祖米欣，竭力发出颤抖的声音，“我敢发誓，她会悲痛欲绝的！女人嘛！”

“根本不是这么回事！我丝毫不是这个意思！我恰好完全相反！”拉祖米欣感到不快地大叫道。

“这么做好不好？自然吗？是不是做得过火了？”拉斯柯尔尼科夫暗自思忖，心怦怦直跳，“我为什么说‘女人嘛’？”

“您妈妈到这儿来看您了？”波尔费利·彼得罗维奇不知道为什么问道。

“是的。”

“她什么时候来的？”

“昨晚。”

波尔费利沉吟了片刻，仿佛正在思考什么。

“您的东西不管怎样都丢不了，”他安详而冷酷地继续说，“我在这里已经等您很久了。”

然后若无其事地、非常关心地给拉祖米欣递过去一只烟灰缸，因为拉祖米欣毫不爱惜地将烟灰弹在地毯上。拉斯柯尔尼科夫哆嗦了一下，可是波尔费利仿佛连看也没看他一眼，只是担心着拉祖米欣的香烟灰。

“什——什么？等他！难道你知道他也在那儿抵押过东西吗？”拉祖米欣大声说。

波尔费利·彼得罗维奇没有答理他，直接对拉斯柯尔尼科夫说：

“您那两件东西，一枚戒指和一块表，用一张纸包起来存放在她那儿，纸上用铅笔清清楚楚地写着您的名字，也写着她收到您这几件东西的月份和日期……”

“您真细心！”拉斯柯尔尼科夫局促不安地微笑了一下，他极力正眼望着他的眼睛，然而他又忍不住忽然补充了一句：“我刚才之所以这么说，是因为，想必有许多人在那里抵押过物品……因此您很难清楚地记得每一个人的名字……但是恰好相反，您却将每一个人的名字都记得这样清楚，而且……而且……”

“真愚蠢！真没用！我为什么要补充这句话呢？”拉斯柯尔尼科夫想。

“差不多所有抵押过东西的人如今都已知道了，只有您一个人还没来过。”波尔费利稍带嘲讽地回答。

“我前几天身体不舒服。”

“这我也听说了。我还听说您为了一件事情心情很苦恼。现在您的脸色好像也很惨白？”

“一点儿都不惨白……恰恰相反，我很健康，”拉斯柯尔尼科夫粗鲁而又毫不客气地回答说，他的语气忽然变了。他变得极其暴躁，满腔怒火。“可是在气头上，我准会说错话的！”他的脑海中突然又掠过这种想法，“但是，他们为什么要折磨我……”

“他身体不太好！”拉祖米欣赶紧接过话头说，“听他胡说！直到昨天为止，他还一直昏迷不醒地胡说……嗯，你信吗，波尔费利，昨天他几乎站不起来，但是我和佐西莫夫刚一离开，他就穿好衣裳，偷偷地跑了出去，到处闲逛，一直到半夜，告诉你吧，这是真正的神志不清，你几乎难以想象！真是太不可思议了！”

“难道他完全神志不清吗？请告诉我！”波尔费利像一个女人一样摇摇头。

“噢，胡说八道！您不要相信！其实您原本就不信！”拉斯柯尔尼科夫真是太生气了，居然脱口而出。可是波尔费利·彼得罗维奇好像并没有听清这些古怪的话。

“若不是你神志不清，你怎么会溜出去呢？”拉祖米欣突然怒火中烧，“你为什么要溜出去？出去干什么？……为什么要悄悄地溜出去？当你这么做时，脑子清楚吗？眼下既然所有的危险都过去了，我就不妨直截了当地告诉你！”

“昨天他们使我烦透了，”拉斯柯尔尼科夫突然流露出一种蛮不讲理的、挑衅般的微笑对波尔费利说，“我离开他们，是想出去租间房子，叫他们找不到我，而且带了一大堆钱，那位扎梅托夫先生看到过这些钱。您说，扎梅托夫先生，昨天我是神志清醒，还是不清醒？您来评判一下我们的争论吧。”

这个时候他恨不得掐死扎梅托夫，他对扎梅托夫的目光和沉默厌恶至极。

“依我看，您说得很对，甚至非常巧妙，不过火气太大。”扎梅托夫冷冷地回答。

“今天尼科吉姆·弗米契告诉我，”波尔费利·彼得罗维奇插了一句，“昨天夜里，他在一个被马踩死的人家里看见了您……”

“那好，就说那个官吏吧，”拉祖米欣继续说，“当时你在他那里时，不像个疯子吗？你把最后一点儿钱都送给那个寡妇当丧葬费了。噢，如果你想帮助她——不妨给她十五个甚至二十个卢布，哪怕给自己剩下三个卢布也好，但是你把二十五个卢布全都非常慷慨地送给了她！”

“或许我在什么地方找到了宝藏，但你还不知道？因此昨天我才变得那样慷慨大方……那位扎梅托夫先生知道，我找到了宝藏……很抱歉，”他双唇颤抖着对波尔费利·彼得罗维奇说。“我们为了这种无关紧要的事打扰了您半个钟头。我们让您感到厌烦了，是吗？”

“没有，恰恰相反，正好——相——反！您要是知道您多么让我感兴趣就好了！看着您，听您讲话，都很有意思……说真的，我非常高兴，您总算来了……”

“您给我们来杯茶呀！我的嗓子干得快冒烟了。”拉祖米欣高声叫喊。

“好主意！也许大家都乐意陪你一起喝。你要不要……先来点儿比茶更重要的呢[1]？”

“去你的！”

波尔费利·彼得罗维奇出去吩咐上茶。

各种各样的想法在拉斯柯尔尼科夫的脑子里像旋风一样飞速旋转。他十分生气。

“最重要的，他们甚至毫不隐瞒，也不想客套！你我都不认识，你凭什么要和尼科吉姆·弗米契提起我呢？可见，他们已不想隐瞒，他们像一群狗一样跟踪我！他们居然毫无顾忌，这样蔑视我！”他气得全身颤抖。“来，打我吧，别再像猫捉老鼠那样捉弄我了！这么做是无礼的，波尔费利·彼得罗维奇，我或许会反对的……我会挺身而出，在大家面前将实情全都说出来，到时候你们便会知道我有多么瞧不起你们……”他吃力地喘了口气，“倘若这只是我的错觉，那又怎样？倘若这是我的幻象，我全都估计错了，我因为毫无经验而发火，因此无法胜任我所扮演的这个卑鄙的角色，那该怎么办？可能这一切都是没有什么意图的？他们所说的话都普普通通，但是其中仍然存在着某种含义……那些话随时都可以说，但仍旧有某种含义。他为什么直截了当地说‘在

[1] 指酒。

她那'呢？扎梅托夫为什么补充说，我说得非常巧妙呢？他为什么用这样的口气说话？……拉祖米欣坐在那里，他为什么什么都没有发觉呢？这个天真的笨蛋是永远都不会发觉的！我又发寒热了！……方才波尔费利是不是朝我眨眼睛了？这当然是小事。他为什么眨眼睛？他们是想刺激我的神经，还是想戏弄我？要么一切都是幻象，要么他们都知道……连扎梅托夫都粗鲁无礼……扎梅托夫粗鲁无礼吗？扎梅托夫一夜之间就改变了看法。我早就知道他会改变看法！他在这里像是自己人，但我是第一次来这里。波尔费利不把他当成客人，他背对着他坐在那里。他们是气味相投，一定是因为我才成了气味相投的！在我们来之前，他们一定在谈我的事情……他们知道租房子的事儿吗？希望快点儿吧！当我说到我昨天逃跑，想去租房子时，他放过去了，没有针对这个发挥什么……我正好将房子的事插入：以后会有用的……说我神志不清……哈哈哈！昨晚发生的事情他全都知道了！但他偏偏不知道我母亲来了……而且那个老巫婆还用铅笔把日子记上了……休想，我绝不会向你们屈服的！这还不是事实，这只是你们的幻象而已！不，你们拿出真凭实据来！连租房子也不是证据，而是我的胡话；我清楚应该跟他说些什么……他们知道租房子的事儿吗？不弄明白我绝不离开！我为什么要来这里？我现在很生气，也许这就是证据吧！噢，我多么容易发火啊！也许这是件好事：我正在扮演一个病人的角色……他在试探我。他想把我搞糊涂。我为什么来这里？"

这一切如同闪电一般从他的脑海中一闪而过。

波尔费利·彼得罗维奇转眼间就回来了。他突然变得非常高兴。

"老兄，昨天赴你的宴会回来，我的头……就连我整个人，都像支持不住了一样。"他用一种奇怪的语气笑着对拉祖米欣说。

"你认为有趣吗？昨天我谈到最有趣的地方时离开了你们，是不是？谁赢了？"

"当然谁都没赢。我们谈到了一些争辩不休的问题，浮想联翩。"

"罗佳，你想一下，我们昨天谈到了什么——有没有犯罪这回事？我说过，我们几乎争论得发疯。"

"这有什么奇怪的？这是个普普通通的社会问题！"拉斯柯尔尼科夫心不在焉地回答说。

"问题不是这么提的。"波尔费利说道。

"确实如此，并不完全这样，"拉祖米欣立即表示赞成，他像往常一样变得匆忙而热烈。"要知道，罗吉昂，你先听着，然后谈一谈你自己的看法，我想听一听你的见解。昨天我拼命和他们争，而且等着你来，我向他们提起了你，说你今天会来……因社会主义者的观点谈起的。这一观点众人皆知：犯罪是对社会制度一种不合理的争论[1]——只是这样，再也没有其他的，除此之外不能有任何原因——什么都没有！……”

“这就是你在胡说八道了！”波尔费利·彼得罗维奇大声说。不难发现，他愈来愈活跃，一直看着拉祖米欣笑，这就使拉祖米欣变得更加激动。

“除此之外不准有任何别的原因！”拉祖米欣慷慨激昂地插嘴道，“我并没有胡说八道……我可以把他们的几本小册子拿来让你看：他们把所有的一切都归咎于‘环境所迫’——此外就没有其他原因了！这便是他们爱说的一句话！由此直接得出一个结论：如果社会正常，所有的犯罪行为都会立即消失，因为没有什么值得抗议的了，所有的人转眼间都变成了正直的人。天性不被考虑在内。天性被排斥在外了，天性根本不应当存在！他们不承认，只要人类一直沿着历史的实际道路向前发展，最后自然会形成一个正常的社会；与之相反，他们认为，从一种数学头脑设计出来的社会制度，立即会将全人类组织起来[2]，令他们转眼间都变得正直和纯洁无瑕，并且这样的过程，不必经过什么活生生的历史道路！所以他们本能地不喜欢历史，觉得‘其中只有丑恶和愚蠢’，而且把一切都说成愚蠢！因此他们就讨厌活生生的实际发展过程，他们不需要活的灵魂！活的灵魂需要生活，活的灵魂不愿受到机械地支配，活的灵魂是值得怀疑的，活的灵魂是保守的！而他们所设想的灵魂尽管散发出死尸的臭味，并且可以用橡胶做成——可是它并非活的，它没有意志，是卑躬屈膝，不会造反！最后他们所有的努力仅仅归结为在法伦斯泰尔[3]里用砖头砌成墙以及安排走廊和房间！法伦斯泰尔大厦竣工了，但是和法伦斯泰尔大厦相匹配的天性还没形成，天性想要生活，它还没有结束生活的过程，想让它进入坟墓还早着呢！只凭逻辑是无法超过天性的！逻辑可以预见到三种情况，可是情况却有千千万万种！将千千万万种情况都摒弃，便会使一切形成一个舒适问题！那是解决问题的最简单办法！很明显这是诱人的，使你根本不用动脑筋！主要的是无

---

[1] 指俄国革命主义者尼·加·车尔尼雪夫斯基的长篇小说《怎么办》和英国空想社会主义者欧文的著作《人的性格的形成》中的观点。

[2] 暗指法国空想社会主义者傅立叶的著作《关于四种运动和普遍命运的理论》及圣西门著作《论万有引力》。

[3] 法伦斯泰尔是傅立叶幻想建立的未来社会的基层组织。

需动脑筋！人生的所有秘密都在两张印刷页上了！”

“开始大发宏论，像打鼓一样！必须制止他，”波尔费利笑着说，“您想一下，”他转过脸对拉斯柯尔尼科夫说道，“昨天晚上，在一间屋子中，六个人一起说话，并且在此之前都被朗姆酒灌醉了——您能想象出当时是什么情况吗？不，老兄，你说错了：‘环境’对犯罪起着重大影响。我敢向你证明。”

“我知道有重要影响，但是你说说看：一个四十岁的男人奸污了一个十岁的小姑娘——这难道是环境迫使他这么做的？”

“那又怎样，严格地说，或许是环境迫使他这么做的，”波尔费利煞有介事地说，“对这个小姑娘所犯下的罪行，是完全可以用‘环境’来解释的。”

拉祖米欣简直气得发狂。

“好，倘若你愿意，我可以立即向你证明，”他吼道，“你之所以有白色的眼睫毛，唯一的原因是因为伊万大帝钟楼高三十五俄丈[1]，我可以清楚地、确切地，甚至还带有自由主义的色彩向你证明这点，怎么样？我马上就证明给你看！来，你敢打赌吗！”

“好，我打赌！让我们来听听，他怎么证明！”

“见鬼！他总是装模作样！”拉祖米欣跳起来，挥了挥手，大声喊道，“不值得和你说！这一切，他都是故意的，你根本就不了解他，罗吉昂！昨天他和他们站在一起，只是想愚弄他们罢了。天啊，昨天他都讲了什么！他们听后却高兴得不得了……他可以像这样谈两个星期。去年，不知道为什么，他向我们断言，他准备出家当修士，这种话他一直说了整整两个月！前不久，他又突然宣布他快结婚了，而且婚礼的一切东西都已准备妥当，就连新衣服都做好了。我们开始向他贺喜。可是最后，连个新娘都没有，什么都没有，一切都是全是幻想！”

“这你就错了！我事先就做好了新衣服。正是因为有了新衣服，我才想糊弄你们。”

“您当真这么善于伪装？”拉斯柯尔尼科夫漫不经心地问。

“难道您觉得我不是这种人？您等着瞧吧，我照样会骗您的，哈哈哈！不，您知道，我将真相都告诉您吧。有关犯罪、环境、小女孩，所有这些问题让我记起了您的一篇论文，我对那篇论文一直非常感兴趣。《论犯罪》……或者您在里面叫它什么，我忘了题目，不记得了。两个

---

[1] 伊万大帝钟楼位于莫斯科克里姆林宫内，始建于1505年至1508年，1600年加高，高81米。一俄丈等于2.134米。

月前，我在《周期评论》上十分高兴地拜读了您的大作。”

“我的论文？在《周期评论》上？”拉斯柯尔尼科夫吃惊地问，“半年前，我从大学退学后，的确写过一篇有关一本书的论文，可是我把它交给了《每周评论》，并没有投寄给《周期评论》。”

“然而却被《周期评论》采用了。”

“《每周评论》已停刊了，因此当时没能发表……”

“是的。但是，《每周评论》停刊时，它与《周期评论》合并了，于是您那篇论文两个月前就登在了《周期评论》上。难道您不知道？”

拉斯柯尔尼科夫确实什么也不知道。

“您怎么了，您可以向他们索要稿酬呀！可是，您的脾气太怪了。您过着这样一种离群索居的生活，甚至直接跟您有关的事儿您竟毫不知情。这是真的。”

“好哇，罗佳！我也什么都不知道！”拉祖米欣大声说，“今天我跑到阅览室借那本杂志。是两个月前的吗？日期是什么时候？总之我会找到。居然有这种事！还对我们保密！”

“您怎么知道那篇论文出自我手？这篇文章是用字母署名的。”

“几天前无意中知道的。从一位编辑那儿知道的。我认识他……我非常感兴趣。”

“我记得，我谈论了一个罪犯在犯罪时的所有心理状态。”

“不错，您还坚持认为，犯罪行为常常和病态伴随发生。这种看法非常新奇，非常有见地，但是……令我最感兴趣的并不是您文章的这一部分，而是在文章结尾提出的一个见解，遗憾的是，您只是模模糊糊地做了一些暗示……总而言之，如果您没有忘记的话，您暗示说，世界上似乎有这么一种人，他们可以……不，不是可以，而是有充分权利去肆意妄为和犯罪，仿佛他们并不受法律的约束。”

拉斯柯尔尼科夫听到这种对于他的观点的夸张和故意予以曲解，只是冷冷一笑。

“怎么？你什么意思？有权犯罪？而不是环境所迫吧？”拉祖米欣甚至有点儿惊恐地问。

“不，不，不完全因为这个，”波尔费利答道，“问题就在于，在他那篇论文中，所有的人不知道为什么都被分成了‘平凡的’和‘不平凡的’两种。平凡的人必须安分守己地过日子，没有犯罪的权利，因为——您知道——他们是平凡的人。但是，不平凡的人，只是因为他们是不平凡的，因此有权为非作歹，有权肆意违法。您的意思大概是这样的，假如我没误解的话，是吗？”

“怎么会这样？绝不可能，他不会说这种话的！”拉祖米欣困惑不解地小声说。

拉斯柯尔尼科夫又冷冷一笑。他一下就明白这是怎么回事了，以及他们想促使他干什么，记得自己写的那篇论文。他下定决心接受挑战。

“我的意思并不完全是这样，”他说得既简洁又谦逊，“但是我承认您说得差不多是对的，倘若您愿意听，甚至完全是对的（似乎他很乐意同意这一点）……唯一的区别是，我并不坚持，不平凡的人必须，并且理应胡作非为，像您说的那样。我甚至认为，这种论文，不能发表。我只是暗示，‘不平凡’的人有权利……也就是说，不是官方给予的正式权利，而是他本人有权利……允许他的良心越过……一些障碍，并且那也仅仅是在要实现他的思想必须这么做时（这种思想有时对全人类来讲是拯救性的）。您说我文章写得很含糊，我很乐意尽可能给您做一番解释。我想，这好像正是您希望我做的，我也许猜对了吧，那就请洗耳恭听吧。我认为，倘若出于某种错综复杂的原因，开普勒[1]和牛顿的发现不能为世人所知，除非牺牲掉妨碍这一发现或阻碍这一发现的一个人、十个人、一百个人或更多人的性命，那么，牛顿就有权，甚至有义务……为了让所有的人知道他的发现，而去消灭那十个人或一百个人。但是，绝不能就此得出一种结论，牛顿有权利任意杀人，有权利杀死任何一个素不相识的人，或者有权利每天去市场上偷窃。往下，我记得我在自己的文章里还进一步说明，任何人……嗯，比如那些人类的立法者和领袖，从远古时代开始一直到后来的莱喀古士[2]、梭伦[3]、穆罕默德[4]、拿破仑等等，无一例外地全是罪犯，就说一件事情吧，当制定新法律时，他们同时也破坏了祖先流传到今天的神圣不可侵犯的古代教义。当然，他们也不可能在需要流血时停下脚步，只要流血（有时是完全无辜的，为古代法律而英勇地流的血）对他们有所帮助。让人们感到奇怪的是，人类的这些恩人和领袖大多数都是很可怕的、嗜血的刽子手。总之，依我看，不仅是伟大的人物，同时也包括那些稍微超出常规的人，也就是说，甚至稍微能提出点儿新看法的人，就他们的本性而言，肯定都是罪人——当然，只是程度不同而已。否则，他们就很难超出常规，想让他们循规蹈矩，就他们的本性而言，他们肯定不会答应，

[1] 德国天文学家兼物理学家，以发现行星围绕太阳运转规律而闻名。

[2] 传说中古斯巴达的立法者。

[3] 古希腊的执政官、立法者。

[4] 伊斯兰教创始人。

在我看来，他们有责任反对。总而言之，您不难看出，这其中并没有什么特别新奇的地方。这种见解已在报刊上发表过上千次，被人们看过上千遍了。要说我把人分为平凡的和不平凡的两种，我承认，这么做有点武断，不过我并不坚持精确的数字。我只是相信自己的主要观点罢了。这个观点就是，依照自然规律，人通常能够分作两种，一种为低等人（平凡的人），意思就是，可以说吧，只是一种繁衍同类的材料；一种是真真正正的人，也就是具有在他们自己的环境中发表新看法的才能或者天赋的人。当然，这其中还能够无止境地划分下去，不过这两种人的区别是非常明显的：第一种，即繁衍同类的材料，通常而言，他们天性保守，循规蹈矩，他们顺从地过日子，并且愿意听话。我认为，他们也应该听话，由于这是他们的使命，对他们而言，这其中并不存在什么伤尊严的事情。第二种人全都违法，根据能力，他们是破坏者或倾向于破坏的人。这些人的罪行自然是相对的，并且是形形色色的，他们绝大多数在各种不同的声明中要求为了更好的将来而破坏现有的东西。可是，如果这种人，为了实现自己的思想，需要迈过一具尸体，或跨过血泊，那么，我认为，他会在内心上，在良心上，准许自己跨过血泊的——但是这要看他的思想和规模来定——请注意这一点。只是就这一点而言，我才在自己那篇论文中谈到他们有权犯罪（您要记得，我们是从法律问题上谈起的）。可是，也无须过分惊慌：群众几乎从来都不承认他们自己有这种权利，处决他们，绞死他们（或多或少），这是非常公正的，这样也就完成了他们保守的使命。不过在以后的几代人中，同样的群众，又会将被处死的人捧得很高，向他们顶礼膜拜（或多或少）。第一种人永远都是当代的主人，而第二种人则是未来的主人。第一种人保全世界，使人的数量得到增加；第二种人推动世界，引导世界走向自己的目的地。两种人都有完全平等的生存权利。总而言之，我认为，两种人都有平等的权利——永恒的战争万岁！——不用说，直到我们建成新耶路撒冷[1]！”

“那么您仍然相信新耶路撒冷吗？”

“我相信。”拉斯柯尔尼科夫坚决地答道。他说这句话时，以及当他滔滔不绝地发表自己冗长的谈话时，他的眼睛一直盯着地上，选中了地毯上的一点，死死地盯着。

“您也……也……也相信上帝？对不起，我很好奇。”

“相信。”拉斯柯尔尼科夫又重复了一遍，抬起头看着波尔费利。

[1] 语出《圣经·新约全书·启示录》第二十一章第二节。

“您也相信拉撒路死而复活吗？[1]”

“我相信。您为什么要问这些？”

“真的相信？”

“是的。”

“原来如此……我只是感到好奇。请原谅。可是，对不起——我又要继续刚才的谈话了——要知道，他们并不都是被处死的，有的人恰好相反……”

“活着时就获得了胜利？噢，是的，有的人活着时就能够达到自己的目的，于是……”

“他们就开始处决别人？”

“必要的时候，您要知道，甚至大多数都是这样。一般而言，您的评论很有道理。”

“非常感谢。不过请您告诉我：您用什么办法把不平凡的人从平凡的人当中区分开的？难道他们天生就有什么标记？我的意思是，应当更精确点儿，即在外貌上就能够明显地看出来：请您原谅我这个讲求实际的善良的人极其自然的焦虑。譬如说，能不能叫他穿一身特殊的衣服，或给他打上一个烙印？……因为，您应当赞成，要是能区分出来，万一这些人中的一位认为自己是另一种人，并且就像您十分愉快地说的那样，‘排除一切障碍’，那么可就……”

“噢，那是经常的事儿！您的这一评论比刚才那个更巧妙……”

“多谢……”

“不要客气。但是请您注意，错误只可能出在第一类人当中，意思就是，只会出在平凡人当中（我这么称呼他们可能欠妥）。尽管他们天生就乐意听话，可是由于连母牛都无法避免的自然的顽劣性，他们当中有很多人喜欢自命为进步人士、‘破坏者’，发表‘新见解’，而且做得非常真诚。同时，他们却往往看不到真正的新人，甚至还蔑视他们，认为他们是落后，低贱的思考者。可是我觉得，这里面并没有太大的危险，您也不必担心，真的，因为他们永远都搞不出什么名堂。当然，由于他们忘乎所以，有时可以鞭策他们，叫他们安于本分，不过也只是这样，甚至不需要什么执行者。他们会相互鞭策，因为他们都是一些品德高尚的人；有的人相互鞭策，有的人则自己亲手惩罚自己……与此同时，他们还进行各种形式的公开忏悔——结果做得非常漂亮，同时很有教育意义，总而言之，您不用担忧……这就是规律。”

---

[1]　参见《圣经·新约全书·约翰福音》第十一章。

“嗯，起码就这方面而言，您让我稍微放心点儿。但是还有一件让人担心的事情：请您告诉我，这些有权杀人的人，这些‘不平凡的’人多吗？我当然愿意崇拜他们，但是您得同意，要是有许多这种人，那就太可怕了，对吗？”

“噢，这您也不必担心，”拉斯柯尔尼科夫以同样的语气继续说，“通常而言，有新见解的人，甚至稍微能说出某种新见解的人，是很少的，甚至少得出奇。只有一点是非常明确的，人类出生的规律，所有这些等级和类别出生的规律必须准确无误地遵循着一种自然法则。这种法则目前还鲜为人知，不过我认为它是存在的，迟早会为人们所认识。广大的群众，也就是那些繁衍同类的材料，他们生存在世上，只是为了最后通过某种努力，经过一种至今仍然非常神秘的过程，利用族类杂交的方式，哪怕是从一千人当中，把一个稍微具有独立精神的人生到世上。或许一万个人里只有一个人（我只是举例大概地说）天生有较大的独立性。而那些有更多的独立精神的人，或许十万个人中间只出一个。至于天才，那几百万人里才会有一人。至于伟大的天才，人类中的完人，或许要在地球上出生亿万人之后才会有一个。事实上，我还没有窥探过在那其中发生这些事情的神秘过程。但是一定存在着某种规律，也必须存在，这绝非是偶然的。”

“怎么，你们两个是不是都在开玩笑？”拉祖米欣终于高声喊道，“你们在相互戏弄对吗？坐在那儿，拿对方开心！罗佳，你是认真说这番话吗？”

拉斯柯尔尼科夫一声不吭地抬起他那惨白的、近乎忧郁的脸，注视着他，什么都没说。拉祖米欣觉得，波尔费利的那种毫不掩饰、不停纠缠的、惹人恼怒的、毫无顾忌的尖酸刻薄态度，和这张温和而忧郁的脸形成了奇怪的对比。

“唉，老兄，倘若这真是当真的，那么……你说这不新奇，这与我们看过和听说过上千次的一切事情一模一样，你这话当然是无可非议的！但是在这些议论当中最新奇的地方——并且使我感到恐惧的是，这种新奇之处确实只属于你自己一人——也就是你觉得可以问心无愧杀人，同时，请原谅我直言，你还如此狂热地发挥……不难发现，这便是你那篇论文的中心思想。依我看，这种问心无愧的杀人……比官方允许的、合法的杀人更恐怖……”

“完全正确，这样更恐怖。”波尔费利回答说。

“不，你多少有点儿发挥过火了！这里面有错误。我要读一读……你发挥过火了！你不可能那么想……我一定要读一读。”

“文章中根本没有那些东西，只有一些暗示。”拉斯柯尔尼科夫说道。

“是的，是的。”波尔费利有些坐立不安，“现在我差不多明白了您对犯罪的见解，但是……请原谅我的纠缠不休（对您的搅扰实在很抱歉！），要知道，您刚才已经大大排除了我对两种人会混淆不清的担忧。但是……还有各种实际情况使我感到不安。倘若有个男子汉，或是年轻人，认为他就是莱喀古士或穆罕默德……不用说是未来的这个人——于是就开始排除所有的障碍……说他准备远征，而远征是需要钱的……因此他就着手为远征弄钱……您懂我的意思吗？”

扎梅托夫从自己的那个角落里忽然笑出声来。拉斯柯尔尼科夫连看都没看他一眼。

“我应当承认，”他平静地回答说，“确实会存在这种情况。蠢货和爱虚荣的人最容易上当。尤其是年轻人。”

“您瞧，存在这样的情况吧。那该怎么办？”

“就这么办，”拉斯柯尔尼科夫冷笑一下，“这并不是我的错。事情现在是这样，以后也永远如此。他（他向拉祖米欣点头）刚才说，我准许杀人。那又怎样？流放、监狱、法庭、苦役，使社会得到了充分的保障——还有什么可担忧的？你们去捉贼好了！……”

“倘若抓到了怎么办？”

“那他活该倒霉。”

“您的话很有道理。但是他的良心呢？”

“这和您有什么相干？”

“是这么回事，出于人道主义。”

“有良心的人，要是意识到自己错了，肯定会感到痛苦。这便是对他的惩罚——苦役之外的惩罚。”

“可是，真正的天才，”拉祖米欣皱着眉头问，“那些有权利杀人的人，即便他们杀了人，也应该不会受到痛苦吧？”

“为什么要用应该这个字眼呢？这不是允许或者禁止的问题。假使他同情受害者，那就叫他去痛苦吧……一个思想开阔而又富有感情的人，总免不了会痛苦和苦恼的。我觉得，真正的伟人在世上肯定会感到非常悲哀。”他突然若有所思地补充了一句，几乎与方才谈话的语气迥然不同。

他抬起眼来，若有所思地看了大家一眼，微笑着，接着拿起帽子。跟他不久前进来的时候比较，此时的他显得那么镇静，他自己也感觉到了这一点。大家都站起身。

“我说，您骂我也罢，发火也罢，”波尔费利·彼得罗维奇开口说，“但是，请允许我再向您提一个小小的问题，我只想谈谈我自己的一个微不足道的想法，以免日后忘了……”

“那好，您就谈谈您那个微不足道的想法吧。”拉斯柯尔尼科夫站在他面前等待着，面色惨白而严肃。

“是这样……我真的不知道应该怎么说才好……这一想法太想入非非了……是心理上的……是这样的，在您写那篇文章时，您自己不可能，嘿嘿！一定将自己看成了一个，按您的说法……‘不平凡的’人（即使有一点也罢），和一个发表新见解的人……是这样的吗？”

“极有可能。”拉斯柯尔尼科夫轻蔑地答道。

拉祖米欣将身子动了动。

“假如是这样的话，由于您在生活上受到了某种挫折和限制，或是设法为了帮助全人类进步，难道您自己也会决定去跨越障碍吗？……嗯，譬如说，去杀人抢劫？……”

他好像朝他眨了眨左眼，无声地笑着——就像不久前一样。

“要是我跨越了，我是不会告诉您的。”拉斯柯尔尼科夫带着一种挑衅的神情，十分傲慢、蔑视地回答。

“不，我只是对此很感兴趣罢了，老实说，为了弄明白您那篇论文，并且谈的完全是语言本身……”

“呸，这真够明显、真够无耻的！”拉斯柯尔尼科夫反感地想。

“请允许我告诉您，”他冷淡地说，“我并没有自以为是穆罕默德或拿破仑……也没有自以为是那一类人物中的任何一个，既然我不属于那种人，因此我就无法给您满意的解释，我如果是他们会采取什么样的行动。”

“噢，够了，今天在我们俄国，谁不认为自己是拿破仑呢？”波尔费利·彼得罗维奇突然带着非常亲热的口吻说。这回甚至从他的语调中也流露出一种非常清楚的意思。

“说不定是个未来的拿破仑，上个星期用斧头劈死阿廖娜·卡捷琳娜·伊凡诺夫娜？”扎梅托夫忽然从角落里说。

拉斯柯尔尼科夫默不作声，只是直勾勾地注视着波尔费利。拉祖米欣忧郁地紧蹙眉头。在此之前，他似乎就有所发觉了。他愤怒地环顾四周。持续了大约一分钟不愉快的沉默。拉斯柯尔尼科夫转身打算离开。

“您想走！”波尔费利十分亲切地说，异常客气地伸出手来，“我很高兴能认识您。至于您的请求，请不要怀疑。您还是按我说的那样写一份声明。不过最好尽量在近几天之内……您亲自去我那里一趟……明天也可以。十一点左右我肯定在。我们会将一切准备就绪……再谈一谈……因为您是去那里的最后一批人中的一个，或许您可以告诉我们一些情况……”他极为和蔼地补充说。

“您打算在法定的场合正式审讯我？”拉斯柯尔尼科夫生硬地问了一句。

“那又何必呢？现在根本没必要这样。您误解了我的意思，要知道，我不会放过任何机会，而且……我和所有抵押人都已谈过……从一些人那儿记下了口供，而您是最后一个……所以，顺便问一下！”他不知道为什么突然高兴起来，扬声说道，“我刚好记起来了，我这是怎么了！……”他转向拉祖米欣说，“您那时候总是跟我唠叨那个尼古拉，我的耳朵都快被磨出茧子了……但是我自己也知道，自己也知道，”他重新回过头对拉斯柯尔尼科夫说，“那小伙子是无辜的，但是有什么法儿呢？并且还要麻烦一下米季卡……问题的关键就在这里：当时从楼梯上经过时……请问您七点多去过那里，是不是？”

“七点多。”拉斯柯尔尼科夫答道，他立即又难过地感觉到，他根本不用说这句话。

“可是，您在七点多上楼时，是否看到二楼上一间开着门的屋子里有两个工人或他们中间的一个？他们正在那里油漆，您看见了吗？这对他们来说是非常、非常重要的！……”

“是油漆匠吗？没有，我没有看到……”拉斯柯尔尼科夫慢吞吞地回答说，好像他正在竭力回忆什么，并且全身紧张，甚至屏住了呼吸，想要尽快猜出圈套究竟设在哪儿，生怕忽略什么东西。“没有，我没看到他们，好像也没看到那样一个开着门的屋子……不过在四楼上，我倒记得有位官吏……就在阿廖娜·卡捷琳娜·伊凡诺夫娜对面的房间中……往外搬家……我记得……这我清清楚楚地记得……有几名兵士正往外抬一张沙发，将我一直挤到了墙边……但是没看到油漆匠，我不记得有油漆匠了……并且那里好像也并没有开着的房门。是的，没有……”

“您怎么了？”拉祖米欣突然大叫一声，好像清醒了过来，明白发生了什么事。“油漆匠是在发生凶杀案的当天在那里刷油漆的，可他是在三天前去那里的。您还问他干什么？”

“噢！我弄错了！”波尔费利拍着自己的脑门，“见鬼，这个案子将我搞糊涂了！”他甚至有点儿表示抱歉一样对拉斯柯尔尼科夫说，“如果能知道，是否有人在七点多看到他们在那套房子里，对我们而言是十分重要的，所以我刚才以为，或许您能向我们提供点儿……完全弄混了！”

“那您就应当更仔细点儿。”拉祖米欣闷闷不乐地说。

最后这几句话是在过道里说的。波尔费利·彼得罗维奇非常客气地将他们送到房门口。他们两个面色阴郁、闷闷不乐地走上大街上，走了几步，仍然什么都没说。拉斯柯尔尼科夫深深地舒了口气……

第六节

“……我不相信！我不能相信！”拉祖米欣感到困惑不解地反复说，竭力想推翻拉斯柯尔尼科夫说的理由。他们已经走近巴卡列夫的寓所，普莉赫丽娅·亚历山大罗夫娜和杜尼娅早就在那儿等着他们了。他们热烈地谈论着，拉祖米欣不时在半路上停下来，他感到惶窘和激动，仅仅是因为他们是头一次公开谈起这件事。

“那你就不相信好了！”拉斯柯尔尼科夫漫不经心地冷笑着，回答说，“你跟往常一样是什么也觉察不到，我可是把每句话都仔细琢磨过了。”

“你神经过敏，所以才去仔细琢磨……嗯……真的，我也认为波尔费利说话的语气相当奇怪，特别是那个卑鄙的扎梅托夫！……你说得对，他心里是有什么想法，——不过为什么呢？为什么呢？”

“一夜之间他就改变了主意。”

“不过恰恰相反，恰恰相反！要是他们真有这个愚蠢想法的话，他们准会竭力隐瞒着它，把自己的牌掩盖起来，以便在以后逮住你……可现在——这是无耻和大意！”

“如果他们有了事实，我说的是确凿的证据，或者哪怕是有点儿根据的怀疑，那么他们确实会把他们玩弄的把戏掩盖起来，以期获得更大的胜利（那样的话，他们早就该去搜查才是！）。可是他们没有证据，一点儿证据也没有——一切都是幻象，一切都模棱两可，只不过是一个毫无根据的想法——所以他们才竭力想用那种厚颜无耻的方式来把我搞糊涂。也许，因为没有证据，他自己恼羞成怒，因为恼怒才脱口而出。不过也许是有什么意图……他倒像是个聪明人……也许他是故意装作知道的样子来吓唬我……老兄，他有他自己的某种心理……不过，要解释这一切就太恶心了。别谈了！”

“太侮辱了，太侮辱了！我理解你！不过……因为现在我们已经明确地谈起这个问题（这很好，我们终于把话挑明了，我很高兴！），那么现在我坦率地告诉你，我早就发觉他们有这个想法了，当然，在整个这段时间里，这只是一个勉强可以察觉的想法，还不敢公然说出来，不过即使不敢公然说出来吧，可这到底是为什么呢！他们怎么敢？他们这样想的根据在哪里，在哪里呢？你知道我感到多么气愤啊！怎么能这样：就因为是个穷大学生，因为他被贫穷和忧郁折磨得精神极不正常，在他神志不清、害了重病的头一天，也许已经开始神志不清了（请记住这一点！），他多疑，自尊心很强，有抱负，六个月来躲在自己屋里，没见过任何人，身上的衣服破破烂烂，靴子也掉了鞋掌——站在那些卑鄙的警察局局长面前，受尽他们的侮辱；而这时又突然面对一笔意想不到的债务，七等文官切巴罗夫交来的一张逾期不还的借据，臭不可闻的油漆味，列氏[1]三十度的高温，空气沉闷，屋里一大堆人，又在谈论一件凶杀案，而头天晚上他刚到被杀害的老太婆那儿去过，这一切加在一起——而且他还没吃饭，饥肠辘辘！他怎么会不昏倒呢！就是根据这个，他们的全部根据就是这些东西！见鬼！我明白，这让人感到愤慨，不过，要是让我处在你的地位上，罗佳，我准会对着他们哈哈大笑，或者最好是啐一口浓痰，吐在他们脸上，越浓越好，还要左右开弓扇他们二十记耳光，这样做很有道理，得经常这样教训教训他们，打过了，就算完了。别理他们！打起精神来！他们这样做太可耻了！”

“他说得倒不错。”拉斯柯尔尼科夫暗想。

“不要理睬他们？但是明天又要审问了！”他痛苦地说，“难道我得和他们解释吗？昨天我在小饭馆里竟然自轻自贱地和扎梅托夫说话……现在想想都感到后悔……”

“真见鬼！我得去找波尔费利！我得用亲戚的身份，逼他说出点儿什么来，让他把心里的想法都和盘托出。至于扎梅托夫……”

“他终于想到点子上了！”拉斯柯尔尼科夫暗想。

“等一下！”拉祖米欣忽然抓住他的肩膀，大声喊道，“等一下！你错了。我经过再三考虑：你错了！这算什么圈套？你说有关那两名工人的问题就是一个圈套吗？你认真想一下：那件事情如果是你做的，你能说自己曾经看到过他们正在油漆那个房间吗？你能说自己看到过那两名工人吗？恰恰相反，即使你真看到了，你也会说自己什么都没有看

[1] 法国物理学家列奥缪尔设计的温度计量单位，其冰点为零度，沸点为八十度。

到。谁会承认不利于自己的事儿呢？”

“要是我做的那件事，我肯定会说曾经看到过那两名工人与那个房间。”拉斯柯尔尼科夫不乐意地，甚至露出了明显的厌恶表情回答说。

“为什么要说不利于自己的事儿呢？”

“因为只有那些村民或最没有见过世面的新手，才会在受审时，不假思索地否认一切事实。一个人只要稍有一点儿知识与经验，他一定会竭力承认所有无法逃避的表面事实，但是他会为这些事实找到一些其他的理由，加入一种独特的、意想不到的特点，从此赋予这些事实完全不同的意义，让它们获得不同的解释。波尔费利或许正想到我肯定会这么回答了，我肯定会说我看到过他们，而且为了说得更合情合理，还会进行解释一番的。”

“不过，他会立刻告诉你，那两个工人两天以前不可能在那里，由此可见在发生凶杀案的那天晚上大约七点多，你一定到那里去过。所以一件不太重要的小事就让你陷入圈套中了！”

“他就是这样盘算的，他认为我来不及好好思考，就会匆匆忙忙地回答得尽可能合情合理一点儿，却忘了那两个工人在两天前根本不在那里。”

“怎么可能会忘记呢？”

“再也没有比这更简单的事情了。狡猾的人容易在这种细小的、容易忽略的小事上被骗，一个人愈是狡黠，他就愈相信自己会在一件普通的小事上上当。就是应该用一件最简单的小事让一个最狡黠的人上当受骗。波尔费利并不像你想象得那么傻……”

“如此说来，他是一个卑鄙的坏蛋！”

拉斯柯尔尼科夫不禁笑起来。但是他觉得他在做最后这些解释的时候所表现出的兴奋与快乐的情绪很奇怪，因为在他讲这些话之前，露出忧郁的厌烦的神情，显然是想达到什么目的，出于无奈才如此的。

“有几点还挺让我感兴趣！”他心想。

但是，几乎就在那一刻，他不知怎的突然又变得焦躁不安起来，仿佛有一种出人意料、让人担忧的想法把他吓坏了。他愈来愈心神不定。这时候他们已经走到了巴卡列夫公寓的门口。

“你先进去吧！”拉斯柯尔尼科夫忽然说，“我立刻就回来。”

“你要去哪里？我们已经到了呀！”

“我必须去，必须去，我有事……半个钟头以后我就回来……请你对她们说一声。”

“随你的便，我和你一块儿去！”

“什么，难道你也要折磨我？”他大声嚷道，声音那样伤心，气愤，并且眼中露出那种绝望的神色，使拉祖米欣无法再坚持和他去了。他在台阶上站了片刻，闷闷不乐地看着拉斯柯尔尼科夫向自己住的那个巷子快速走去。最后，他咬紧牙关，攥紧了拳头，发誓当天去找波尔费利，像挤柠檬一样让他把一切都说出来，于是他到楼上去安慰由于他们迟迟不到而感到焦急的普莉赫丽娅·亚历山大罗夫娜。

拉斯柯尔尼科夫走到他住的那幢房子时，双鬓已经湿透，并且呼吸急促。他赶紧上楼，走入他没有上锁的房间里，马上扣好门钩。随后，他像发狂了似的，跑到墙角，跑到他藏过东西的那个壁纸后边的洞口，把一只手伸到里面，在里边摸索了好半天，把每一个的角落与壁纸的每条皱褶都摸了一遍。他一无所获，便站起来，长长地舒了口气。当他走到巴卡列夫公寓的台阶旁边时，他顿时想到，没准儿有件什么东西，一条链子，一个袖扣，或者一张有老太婆亲手做过标记的包那些东西的纸，当时不知怎么掉出来了，失落在某个地方的一条裂缝中，日后会突然出现，成为他想象不到、也不能抵赖的证据。

他站在那里，似乎陷入了沉思中，嘴角露出一丝奇怪、无可奈何的、几乎惘然的笑。最后，他拿起帽子，轻手轻脚地走出房间。他的思绪乱七八糟，他沉思般地下楼，走到大门口。

“是他！”一个人高声喊道，他抬起头。

看门的在自己的小屋门口站着，把他指给一个矮个子男人，那个人像是一个小市民，身穿一件睡衣似的衣服和背心，远远望去很像一个乡下女人。他戴着油污便帽的头低垂着，看起来好像是个驼背似的。从他长满皱纹、肌肉松弛的脸上看，他大约有五十多岁，一双小眼睛中，露出阴郁、严厉而不满的神情。

“有什么事儿吗？”拉斯柯尔尼科夫走到看门的面前问。

小市民皱着双眉，斜着眼睛看了看他，不紧不慢地把他上上下下打量了一番，随后缓缓地转过身子，一声不吭，走出大门，到了街上。

“这是怎么了？”拉斯柯尔尼科夫喊道。

“这个人刚才问，这儿是不是住着一个大学生，并且他说出了您的名字，还打听您住在谁家的房子里。这时您恰好从楼上下来，所以我就告诉了他，但是他看到后却走了。您瞧，事情就是这样。”

看门的也感到莫名其妙，但不是十分惊讶。他稍微想了一下，就转身走进自己的屋里。

拉斯柯尔尼科夫在后面追那个小市民，他很快便看到那个人迈着和先前一样均匀、不慌不忙的步子在街道对面走着，眼睛看着地面，似乎在想什么事儿一样。他不一会儿便追上了他，在后边跟了一会儿，最后他追上去，和他肩并肩走着，从一侧看了一眼他的脸。那个人马上就认出了他，迅速地看了看他，又低下眼睛，他们就这样默不作声地并肩向前走了片刻。

“您向看门的……打听我了？”拉斯柯尔尼科夫最后问，可是不知道什么原因声音非常低沉。

小市民一句话都没说，甚至都不看他。他们两个又沉默了片刻。

“您为什么……跑来打听我……又不吭声……这究竟是什么意思？”拉斯柯尔尼科夫不连贯地说，不知为什么好像连话都说不清楚。

听到这话，小市民抬起双眼，用阴郁的、凶恶的眼睛看了看拉斯柯尔尼科夫。

“凶手！”他忽然用深沉、清楚并且清晰无误地说……

拉斯柯尔尼科夫走在他身边。他的双腿突然有些酸软，背上感到一阵发冷，一瞬间好像心都不跳了，随后又像脱了钩一样忽然怦怦狂跳。他们两个就这样又默然无语地并肩走了大约一百步。

那个小市民甚至没有看他一眼。

“您说什么……什么……谁是凶手？”拉斯柯尔尼科夫用勉强才能听到的声音说。

“你是凶手！”那人越发清楚并更庄严有力地说，脸上仿佛还挂着一种充满敌意的得意的笑，他又目不转睛地看了看拉斯柯尔尼科夫那惨白的脸和他那目光呆滞的眼。他们两个这时候已经到了十字路口。那个小市民向左一拐，连头都不回地走到一条街上。只剩下拉斯柯尔尼科夫独自一人站在原地，久久地看着他的身影。他见那个人走了五十多步之后，又回头看了看他，他还是一动不动地站在原地。拉斯柯尔尼科夫看得不怎么清楚，可是他好像感觉，这一次，那个人的脸上又显出十分痛恨而冷漠的得意的笑。

拉斯柯尔尼科夫拖着缓慢、疲惫的步子回到家里，他的双腿发抖，全身似乎冻得要命。他上楼走进他那间小屋子里以后，摘下帽子，放到桌上，在桌边一动不动地站了大约十分钟。随后疲惫不堪地躺到沙发上，用微弱的声音轻轻地哼着，难受地挺直身子，紧闭双眼。他这样躺了大约半个钟头。

他的脑海中一片空白。就这样，一些想法，或者不如说是某些想法的片断，某些凌乱无章而又互不相干的模糊印象从他的脑海中掠过——他在童年时代看到过或在什么地方只看到过一次，后来一直没有忘记过的一些人的脸；B教堂的钟楼；一家酒馆的台球桌与一位打台球的军官；从地下室的烟店里散发出的雪茄味道；一个小酒铺；一条黑洞洞的后楼梯，地上到处都是脏水与鸡蛋壳；还有不知道从什么地方传来的星期天的教堂钟声……这些隐隐约约的东西像旋风似的，不停地更替与旋转。某些东西，他甚至还非常喜欢，他想紧紧地抓住它们不放，但是它们突然不见了，总而言之他觉得心里很压抑，但是不怎么厉害。有时还感觉非常好。他还感到有一阵轻微的发冷，但是连这一点，他也几乎感到十分舒适。

他听到拉祖米欣急促的走路声与说话的声音，便把眼睛闭上，假装睡着了。拉祖米欣把房门推开，犹豫不决地在门口站了一会儿，随后悄悄地进入屋里，小心地来到沙发跟前。能够听到娜斯塔霞正在低声说：

“别打扰他！让他好好地睡一觉，然后再吃点东西。”

“说得对！”拉祖米欣答道。

他们两个小心翼翼地走出去，关上了房门。半个小时以后，拉斯柯尔尼科夫睁开双眼，又翻了个身儿，仰面躺在那儿，把手枕在头下面……

“这是谁？这个像是从地下钻出来的人是谁？他那时在什么地方？他看到了什么？毫无疑问，他看到了所有。他那时站在什么地方？他是从什么地方看到的？为什么他现在才从地下钻出来？他怎么能看到呢？难道有这可能吗？……啊……”他又感到一阵发冷，又颤抖地接着思忖，“还有尼古拉在门后发现的那只盒子。这难道也有可能吗？那是不是罪证？你只要疏忽十万分之一的线索——便会留下像埃及金字塔那么大的罪证！一只苍蝇在飞，被它发现了！这种事情难道可能吗？”

突然他非常厌恶地感觉到，他那么虚弱，身体极度虚弱！

“这点我本来就应当知道，”他苦笑着，“既然我有自知之明，预先知道自己会干什么事，我竟敢用斧头杀人呢。我早就该知道的……呀！我事先真的知道！……”他绝望地低语。有时他会出神地想着一个念头：

“不会，那些人可不像我这样。一个随心所欲的真正统治者，他袭击了土伦，在巴黎进行大屠杀，把一支军队忘在埃及，在远征莫斯科的时候消耗了五十万人，最后在维尔诺说了一句双关语以后就敷衍了事。他去世之后，人们还为他树碑立传[1]——从这点可以看出，他可以随心所欲。不是，这样的人显然不是有血有肉的身躯，而是铜铸的！”

突然出现的一个不相干的想法几乎让他捧腹大笑。

[1] 此处说的是拿破仑一世。

“拿破仑啊，金字塔[1]啊，滑铁卢[2]啊——和一个可恶的瘦削的十四等文官之妻，一张床下放着红箱子的放高利贷的老太婆——把这两件事联系起来，哪怕波尔费利·彼得罗维奇也不一定能够明白当中的含义！他们又怎么能明白呢！他们没有这种审美情趣，他们肯定会说：‘拿破仑怎么可能钻到一个老太婆的床底下呢！’哈，蠢货！”

他总感觉自己似乎在胡说八道。他陷入一种神经质的兴奋状态。

“那老太婆真的是胡扯，”他兴奋、毫无头绪地想。“也许那个老太婆是一个错误，问题不在她身上！老太婆只是一个病……我想尽快跨过……我没有杀人，只是在杀原则！原则倒被我杀了，但是我却没有跨过去，我还留在这边……我只会杀人。这样，我是连杀人也不会的……什么原则？那个愚蠢的拉祖米欣刚才为什么骂社会主义者呢？他们全都是勤劳的人，是做买卖的。他们是在为‘公共的幸福’工作……不是，我的生命只有一次，之后绝不会有第二次，我不想坐等‘普遍的幸福’。我想继续活下去，否则宁可不活。怎么样？我不可以让自己的母亲挨饿，而把一个卢布装在衣兜里静静等着‘普遍的幸福’的到来。说什么‘我正为普遍的幸福献出自己的一份力，因此我问心无愧’。[3]啊哈！你们为什么要把我放过呢？我就活了一次，因此我也想……啊，我只是一个有审美力的虱子罢了！”他突然补了一句，像疯子一样放声大笑起来。“对的，我就是一个虱子，”他幸灾乐祸地沉浸在这个念头里，不停地回味着，并把它视为玩物来取乐。“理由有以下几点：第一，我此刻可以说自己是一个虱子；第二，这一个月来，我一直在打扰仁慈的上帝，请他当我的证人，证实我做这件事并不是为了满足我个人的淫欲，而是为了一个伟大而美好的目的——啊哈！第三嘛，因为我决定把这事尽可能做得公平合理，权衡着，计算着，把握分寸，所以我在所有的虱子里选了一只最没用的，打算把她杀了以后，从她那儿取走我第一步所需要的那些钱，既不多取，也不少拿（剩下的会按照她的遗嘱捐给修道院——哈哈！）……所以我是一只真正的虱子，”他紧咬了牙关，“因为我本人或许比我杀了的那个虱子还卑鄙、还可恨，我已经预感到把她杀了以后，我肯定会对自己这样说。难道还有什么事儿可以比得上这样的恐惧吗？啊，太下流了！啊，太可耻了！我完全理解那个手

---

[1] 1798年拿破仑率法军与埃及军队在金字塔附近激战。

[2] 比利时村庄，1815年6月18日拿破仑在此败于英普联军。

[3] 傅立叶的信徒康西德朗及十九世纪三四十年代的空想社会主义者的作品中常见到这样的号召。此处仿用，含讽刺意味。

持军刀、骑着马的‘先知’，他说的：安拉的命令，‘战栗’的畜生一概服从！“先知”指穆罕默德，“战栗的生灵”[1] ‘先知’是对的，他是对的，他在街上修了一个坚固的炮垒，把无论是无辜的还是有罪的人都全部炸死！战栗的畜生只能服从，不能期望什么，因为跟你无关！呀，无论如何，无论如何我都无法原谅那个老太婆！”

他的头发湿透了，颤抖的嘴唇也已干裂，目光直愣愣地注视着天花板。

“亲爱的母亲和妹妹，从前我是多么爱她们！为什么我现在开始恨她们了呢？是呀，我恨她们，我在生理上憎恨她们，我无法忍受她们守候在我身边……我仍然记得，不久之前，我走到母亲面前，亲了她……拥抱她，但是心里在想，要是她知道了，那么……难道我就会告诉她吗？这是我做得出的……啊！她可能和我一样，”他又补了一句，努力地思索着，仿佛在和控制他的昏迷进行搏斗似的。“呀，我现在是那么痛恨那个老太婆！要是她活过来，我可能会再次杀了她！可怜的丽莎维塔！她为什么要在那个时候走进来呢！说也奇怪，我怎么都没想到她，好像我没有把她杀死一样？丽莎维塔！索尼娅！这两个可怜温柔的女人，她们两个都长着一双温柔的眼睛……可爱的女人！……她们为什么不流泪呢？她们怎么没有呻吟呢！她们付出了所有……温顺而静静地看着你。索尼娅，索尼娅！温柔的索尼娅啊！”

他沉思着。他感到非常奇怪，竟想不起自己为什么会在大街上走着。天已经暗下来了，夜色渐浓，一轮圆月也越来越亮了，可是空气却好像格外闷热似的。街上的行人像流水一样，成群结队。手工匠和办公事的人都在赶着回家，也有人正在散步。空气中散发着一种石灰、尘土与死水的臭味儿。拉斯柯尔尼科夫神情阴郁、心事重重地走着，他清楚地记得自己出门是有打算的，必须立刻做一件事情，可是究竟做什么，他竟然忘了。他忽然停了下来，看到一个人站在大街对面的人行道上，在跟他打招呼。他朝那个人走去，但是那个人突然转过身去，把头低下了，若无其事地离开了，连头也不回，一点儿也看不出他刚才跟他打过招呼。“算了吧，他真给我打招呼吗？”拉斯柯尔尼科夫心想，但他还是追了过去，还没走十步，他一下子就认出了他，不禁吓了一跳——是那个小市民，还穿着那件睡衣，还是那样驼背。拉斯柯尔尼科夫远远地跟在他身后，他的心扑通扑通地直跳。他们进入了一条胡同——那人始

[1] 引自普希金的组诗《仿古兰经——献给普·亚·奥西波娃》第一首的最后两句。

终没有回头。“他知不知道我在他后边走呢？”拉斯柯尔尼科夫想。那人从一座大房子的门口走了进去。拉斯柯尔尼科夫也匆忙来到大门口，看看那人是否会回头叫他？不出所料，那人从门口进入院里的时候，果然一下子转过身来，好像又跟他打了个招呼。拉斯柯尔尼科夫立刻经过门洞，可是并没有在院子里看到那个小市民。这样看来他是走进了这儿的第一道楼梯。拉斯柯尔尼科夫连忙跑过去追他。果然，他听到在楼上，隔了两层楼梯，还能听到从容的、不紧不慢的走路声。真是怪了，这楼梯仿佛非常熟悉！那边是一楼的窗子，神秘的月光忧郁地从玻璃窗上照进来，他已经来到了二楼。哎！这是工人刷油漆的那个房间……他为什么没有马上认出来呢？走在前边的那个人的走路声已经消失了：“这么说他是在什么地方停住或躲起来了。”他又走上了三楼。还要继续朝上走吗？上面那么安静，静得让人有些害怕……可他还是走上去了。听到自己的脚步声，他感到非常害怕。天啦，这里真黑！那个小市民准是藏在这里的什么地方。呀！一个房间正对着楼梯敞开着门。他犹豫片刻，就走了进去。过道里漆黑一片，空空如也，好像所有的东西都被搬走了。他轻手轻脚地走进了客厅：整个房间里都是耀眼的月光，椅子、镜子、黄沙发和镶着镜框的画——全都没有变化。窗外一轮又大又圆的红铜色月亮径直照射进来。“这么安静原来是月亮的缘故，”拉斯柯尔尼科夫心想，“它现在一定正在出什么谜语。”他在那里站着，等了好半天，月光越来越静，他的心也跳得越来越快，甚至在隐隐作痛。四周还是一片安静。忽然，他听到一声转瞬即逝的干裂的声音，像是什么劈柴被折断了的声音，然后四周又变得安静了。一只睡醒的苍蝇一下子飞过来，撞在了玻璃窗上，悲戚地嗡嗡作响。正当这时，他看到窗子与小碗柜之间的那个角落里，挂了一件女人的大衣。“这里怎么会挂着一件女人的大衣呢？”他想，“以前没有这件大衣啊……”于是他轻手轻脚地走了过去，觉得仿佛有人藏在大衣后边。他小心地把大衣撩开，看到后面有把椅子，一个老太婆正坐在这把椅子上，弯着腰，低垂着头。他无论如何也看不清她的脸，不过这就是她。他在她跟前站了片刻。“她在害怕！”他心道。所以他轻手轻脚地从环扣上取下斧头，猛地砍向老太婆的头顶，不停地砍。但是真怪，这么砍下去，她竟然一动不动，好像是用木头做的似的。他感到恐惧了，把身子弯得更低了，想仔细看看她，但是她把头低得越来越低。于是他干脆俯下身子一直触到地面，从底下看着她的脸，他一看，马上惊呆了：老太婆在那里大笑着——在静静、轻轻地笑着，并且努力让他听不见她的笑声。他突然感到房门被轻轻地推开了一条缝，屋里也似乎有人发出笑和喃喃低语的声音。这时他几乎要疯了：他使出浑身的力气，猛地砍向老太婆的头，可是斧头每砍一下，卧室里的笑声和喃喃低语声就变得越大，越清楚，而老太婆也已笑得前俯后仰了。他拔腿便跑，可是走廊已经被人堵得水泄不通，楼梯上的门都敞开着，楼梯口，楼梯上，再往下——到处站满了人，人头攒动，所有人都在看他——但是大家都躲在一边，等待着，不发一言。他心里十分紧张，双腿似乎在地上扎了根一样一动也不动……他刚想大叫一声——突然惊醒过来。

他深深地舒了口气——但是让人费解的是他仿佛还在做梦。他的房门敞开着，一个他根本不认识的人，正在门口站着仔细地端详着他。

拉斯柯尔尼科夫还没有把眼睛完全睁开，就很快闭上了。他一动不动地脸朝上躺在那儿。“是不是还在做梦呢？”他心道，又轻轻地抬起眼睛，看了一眼。那个陌生人还是在那儿站着细细地打量着他。突然他小心地迈过门槛，并随手轻轻关上了房门。他在桌子旁边，等了一会儿——在此期间他一直目不转睛地望着他——于是慢慢地、没有一点儿声音地坐在沙发前的一把椅子上。他把礼帽搁在他身旁的地上，双手抓着手杖，下巴靠在手背上。看得出，他准备长时间地等下去。拉斯柯尔尼科夫不停地眨着眼睛，尽可能地看清楚，这人已经不年轻了，但身强体健，留着一把浓密、浅色、几乎已经变白的胡子……

大约过了十多分钟。天还没有黑，但是夜幕已经降临。房间里一片寂静，连楼梯上都听不到半点声音。只听见一只大苍蝇在嗡嗡叫，挣扎着撞到玻璃窗上。最后拉斯柯尔尼科夫真的无法忍受了，他忽然站起身来，在沙发上坐下。

“嘿，你说吧，有什么事？”

“我就知道您根本没睡，只是假装睡着了，”陌生人用奇怪的语气答道，平静地笑了起来，“请允许我自我介绍一下，我叫阿尔卡季·伊万诺维奇·斯维里加洛夫……”

第四章

第一节

“难道我还在做梦吗？”拉斯柯尔尼科夫不禁想道。他仔细地、怀疑地打量着那位不速之客。

“斯维里加洛夫？瞎扯！怎么可能！”最后，他终于困惑地说出声来。

客人对他这一声惊呼似乎并不觉得惊讶。

“我之所以来找您有两个原因：一，希望亲自跟您认识一下，因为我早已久闻您的大名，听到很多令我很感兴趣的恭维您的好话；二，我想您不会拒绝帮我做一件和令妹阿芙朵佳·罗曼诺夫娜有直接利害关系的事情。如果没有您的引见，她可能会把我拒之门外的，由于她对我抱有成见，然而如果有幸得到您的帮助，那情况可就完全不同了，我估计……”

“您估计错了。”拉斯柯尔尼科夫打断了他的话。

“请问，她们不是昨天才到吗？”

拉斯柯尔尼科夫没有回答。

“确实是昨天才到，这个我知道，我也是前天才到的。这样吧，罗吉昂·罗曼诺维奇，关于此事，我把实话告诉您吧：我觉得根本没有必要为自己辩解，但我想请您告诉我：在这件事上我究竟犯了什么大错？请您公正地、不抱丝毫成见地来评一下理。”

拉斯柯尔尼科夫仍然一言不发地打量着他。

“我在自己家里追求一个无依无靠的女子，‘以我无耻的求婚侮辱了她’，是不是？（我自己先挑明吧）可是您要想一下，我也是人，人所固有的……简单地说，我也可能坠入情网，我也可能爱上某个人（意志是决定不了爱的），那么一切就都可以按极自然的方式去解释了。现在问题就在于：我到底是个恶棍，还是个牺牲者？如果我是个牺牲者，又该怎么说？我向我所爱的人建议跟我私奔逃到美国或者瑞士的时候，我对她怀着最尊敬的感情，并且打算靠这样来获得两个人的幸福……要知道，理性总是为热情服务。也许，我才是真正的受害者，您相信吗……"

"问题根本不在这儿，"拉斯柯尔尼科夫厌恶地打断了他的话，"您这个人真可恶，不管您是对还是错，反正她们不想跟您交往，要赶您走，那您就走吧……"

斯维里加洛夫突然哈哈大笑。

"但是您……仍然骗不了您自己呀！"他很坦诚地笑道，"我本想耍耍滑头，但是耍不成，立即就被您一语道破了！"

"您现在仍然在耍滑头。"

"那又怎样？那又怎样？"斯维里加洛夫仍然坦率地笑着，反复说着，"这就是所谓的出奇制胜……但您还是打断了我的话，不管怎样，我还要再说一次：要不是在花园中发生了那件事，也就不会发生什么任何不愉快的事了。玛尔法·彼得罗夫娜……"

"听说，您害死了玛尔法·彼得罗夫娜？"拉斯柯尔尼科夫又毫不客气地打断了他的话。

"啊，原来您也知道这件事了？话又说回来，您怎么会不知道呢……啊，关于您提出的这个问题，我确实不知应该怎样向您解释才好，尽管在这件事上我绝对无愧于心。您不要以为我有什么顾虑：任何事情都照章办事，这是不容置疑的：经过法医鉴定，她是因中风而死，之所以中风，是由于她吃得太饱，又喝了差不多一瓶酒以后，马上去洗澡，而且法医也查不出其他的什么原因……不，先生，有一段时间，尤其是在路上，坐在车里时我曾经想过：是否我在精神上刺激了她，或者类似的另一些原因，因而导致了这件……不幸的事呢？但我得出的最后结论是，这根本不可能。"

拉斯柯尔尼科夫笑了起来。

"那您为什么这么不安！"

"您笑什么？您想想，我只不过用马鞭打了她两下，根本看不出伤痕……请不要以为我是个恬不知耻的人，我很明白，就我而言，这很卑鄙，但我真的知道，玛尔法·彼得罗夫娜也许还非常喜欢我这种所谓的多情呢。您妹妹的那件事已经结束了。玛尔法·彼得罗夫娜迫不得已在家待了三天，她已经没有必要再进城了，再说，她那封信，人们早已听厌了（您听说过她念信的事吗？）。这时，突然两鞭子从天而降打在她身上。她的第一个反应是吩咐人套车……我先不说女人有时候觉得受辱是十分愉快的，尽管她们表面上总是装出很气愤的样子。每一个女人都会遇到这种情况。一般来说，人甚至是十分喜欢受辱，不知您是否注意到了这点？而女人则更是如此。甚至可以说，这是她们唯一的乐趣。”

拉斯柯尔尼科夫一度想起身离开，以这种方式来结束这次会见。可是某种好奇心，甚至是某种打算，又使他停留了一会儿。

“您喜欢打架吗？”他漫不经心地问道。

“不，不大喜欢，”斯维里加洛夫平静地回答道，“我和玛尔法·彼得罗夫娜几乎从来没有打过架。我们在一起生活得很和睦，她对我一直都十分满意。我们在一起生活的七年中，我只用过两次鞭子（第三次不能算，那一次有另外的含意）：第一次是我们结婚两个月的时候，我们刚来到乡下的时候；再就是现在这一次，也就是最后一次。您以为，我是个恶棍，是个顽固落后的家伙，是农奴制的拥护者吗？嘿嘿，我想顺便说一声，罗吉昂·罗曼诺维奇，您可记得，几年前，还是在效果良好的广开言路时期[1]，有个贵族——我忘了他姓什么了！——因为在火车上鞭打过一个德国女人，激起了公愤，遭到了全民的谴责，所有报刊也纷纷予以抨击，弄得他名誉扫地，您还记得这件事吗？好像就在那一年，还发生了《世纪》杂志可耻的行为[2]（您记得当众朗诵《埃及之夜》这件事吗？一双乌黑的眼睛！噢，我们青春的黄金时期，你在哪里！）嗯，这就是我的看法：我并不同情那个鞭打德国女人的先生，因为，说实在的……有什么好同情的呢！不过我也不能不同时声明，有时就是有这样一些惹人恼火的‘德国女人’，我觉得，没有一个进步人士能够完全担保自己绝对不会动怒。当时没有一个人用这个观点来看这个问题，然而事实上这个观点才是真正符合人道主义的观点，确实如此！”

斯维里加洛夫讲完这些话，突然又大笑起来。拉斯柯尔尼科夫清楚地看出，这是一个对一切都主意坚定、胸有成竹的人。

“您也许好几天没跟人交谈了吧？”他问。

[1] 指农奴制改革的准备时期，当时社会思想空前活跃，俄国报刊可以公开揭露警察当局滥用职权。

[2] 《世纪》杂志1861年第八期刊载卡缅·维诺戈洛夫的文章《俄罗斯的怪现象》，诗人、民主主义者米·拉·米哈伊洛夫发表反驳文章《〈世纪〉杂志可耻的行为》。

“可以这么说。怎么，您见我这么随和，也许很惊讶吧？”

“不，我奇怪的是，您这个人太随和了。”

“是因为您的话问得很粗暴，我却不见怪？对吗？不过……何必要生气呢？您怎么问，我就怎么回答呗，”他接着补充了一句，脸上露出一副令人奇怪的天真无邪的表情。“要知道我对任何事物都不是很感兴趣，真的，”他沉思般地接着说，“特别是现在，我没事可做……然而，您也可以这样想，我巴结您是另有企图，何况我也亲口说过，我找令妹有事。不过我对您坦言相告：我确实感到很郁闷，尤其是最近三天，所以看到您我感到很开心……罗吉昂·罗曼诺维奇，您不要生气，可是不知什么原因，我认为您这个人十分古怪。无论如何，我觉得您不太对劲儿，而且就在现在，我并非指此刻，而是一般所说的现在……算啦，算啦，我不说了，您别皱眉！要知道，我并非像您所想的那样是一头熊！”

拉斯柯尔尼科夫阴沉地看了他一眼。

“或许您根本不是熊，”他说，“我甚至认为您是个上流人士，起码要是逮到机会时，您很想做正派人。”

“对任何人的意见我都不是特别感兴趣，”斯维里加洛夫冷冰冰地，甚至有点儿高傲地说，“因此，既然当今社会中，庸俗这顶帽子戴着很舒服，那为什么不做一个庸俗的人……特别是如果有人生来喜欢这么做的话？”他补充地说道，接着又哈哈大笑起来。

“但我听说您在这里有许多熟人。您也并不是那种‘举目无亲’的人。那么，处于这样的情况下，要是没有什么目的，您为什么要找我呢？”

“您说我认识很多人，这不错，”斯维里加洛夫说，可是对主要的一点，他却不予回答。“我已碰到过某些熟人了。这三天我一直在到处游荡。我认出了他们，他们好像也认出了我。那是很自然地，我的衣服很考究，算不上是个穷人，农民改革[1]对我们没有影响：我拥有很多森林与春季淹水的草地，所以收入没有减少，但是……我不愿意去找他们，我本来就讨厌他们：我来这儿已经三天了，没去拜访过一个人……这还算个城市！它是怎样建立的，请您告诉我！这是一个充满办公事的人和形形色色的学生的城市[2]。确实，八年前，当我在这里混日子的时

---

[1] 1861年俄国自上而下实行的所谓“农民改革”，即废除农奴制。

[2] 此处表明陀思妥耶夫斯基对彼得堡的一贯看法：彼得堡是彼得大帝人为地一手建立起来的，它破坏了俄国人民合乎宗教教义的相亲相爱的关系。

候，有很多事情我都没发现……如今我把唯一的希望寄托在解剖学上了，真的！”

“什么解剖学？”

“至于什么俱乐部啦、杜索饭庄啦，还有你们的这些娱乐场所，也许还有什么其他的进步——哼，这就是没有我们，也照样会继续存在，”他继续说，仍然不理会对方提出的问题，“何况谁又想做个赌棍呢？”

“您也做过赌棍？”

“我怎么能不干呢？八年前，我们有一伙人，都是很体面的人，我们在一块儿寻欢作乐。您知不知道，都是有气派的人，有诗人，也有资本家。通常说来，在我们俄国社会里，最有气派的人往往是经常受到打击的人——您注意到这点了吗？我是到了乡下以后，才这样不修边幅的。那时候，因为我欠了从涅任[1]来的一个希腊人的债，差点被抓进监狱。就在那个时候，玛尔法·彼得罗夫娜站了出来，她和他讨价还价，最后用三万银卢布[2]把我赎了出来（我共欠七万卢布）。我和她合法地结了婚，她便立即把我当做宝贝一样带回了她乡下的家里。可是，她比我大五岁。她十分爱我。七年以来，我从来没离开过乡下一步。可是请注意：她拿了三万银卢布的借据（是以别人的名义借的），她一辈子都会用这件事来逼我，因此只要我稍微违背了她的命令——就会立即被抓起来！她肯定能做得出来！在女人看来，这些都是可以并存的。”

“如果不是因为那张借据，您早就逃走了吧？”

“我不知应该怎样对您说才好。那张借据甚至可以说并不能束缚住我。我什么地方都不想去，玛尔法·彼得罗夫娜看见我生活得很无聊，曾两次提出陪我出国走走！真没意思！我从前不止一次地去过国外，总是觉得厌恶。我也说不清这是为什么，一看见黎明啊，那不勒斯海湾啊，大海啊，心中就很忧郁。最可恶的是这使人感觉到一种无法言说的忧伤！不，还是在自己的国家好：在这儿，你至少能什么事都责备别人而替自己辩解。我现在还不如加入探险队到北极去。我喝醉的时候很不好，我讨厌喝酒，但除了喝酒以外，又没有别的事可做。我试过……据说柏格周日将在尤苏波夫花园登上一个大气球升空，收费接纳乘客，这是不是真的？”

“怎么，您还想乘气球升空？”

---

［1］ 乌克兰的一个城市。

［2］ 1银卢布等于3.5纸卢布。

“我？不……我只是……”斯维里加洛夫含糊地说道，似乎正在思考什么。

“他想干什么，他确实是这么想的吗？”拉斯柯尔尼科夫心想。

“不，那张借据束缚不了我，”斯维里加洛夫深思地说道，“是我自己不愿意离开乡下。大约将近一年前，玛尔法·彼得罗夫娜在我过命名日那天，把那张借据还给了我，此外还送给我一笔数目可观的钱。她有自己的一笔财产。‘阿尔卡季·伊万诺维奇，您看我是多么相信你，’她确实说了这样的话。难道您不相信她这样说过？您要知道，我在乡下已成了一个非常正派的当家人，附近的人都认识我。我还订购了一些图书。玛尔法·彼得罗夫娜起初表示赞同，但后来她又怕我读书太多，累坏了身体。”

“您似乎挺思念玛尔法·彼得罗夫娜？”

“我？也许吧。是的，也许是。顺便问一下，您相信有鬼吗？”

“什么鬼？”

“就是一般的鬼，还有什么别的鬼吗？”

“您信不信？”’

“有点儿信，也有点儿不信，为了巴结您……就是说，并非完全不信……”

“鬼经常出现吗？”

斯维里加洛夫用很奇怪的目光看了看他。

“有时玛尔法·彼得罗夫娜回来看我。”他将嘴一撇，露出一丝古怪的微笑。

“她回来看您，这是怎么回事？”

“她已经来过三次了。我看到她的第一次，是在举行葬礼那天，在安葬后一个小时。这件事是在我动身来这前一天发生的。第二次是前天拂晓，在我来这里的路上经过小维舍拉车站时。第三次是在两个小时之前，在我住的房间里，只有我自己一个人在那儿。”

“当时您正醒着？”

“绝对醒着。三次我都很清醒。她来了，和我说上几句话，接着就从门口出去了。她每次走的时候都是从门口出去。甚至好像能听见她出门的声音。”

“不知为什么，我觉得您肯定会碰到这种事。”拉斯柯尔尼科夫忽然这样说了一句，然后自己也大吃一惊，他怎能说出这么一句话。

“是吗？难道您真这么想过？”斯维里加洛夫惊讶地问，“真的？啊，我不是早就说过，我们俩之间有什么共同点，对吗？”

“您从未说过这种话！”拉斯柯尔尼科夫毫不客气地、非常激动地回答道。

“我没说过吗？”

“没有！”

“我觉得我应该说过。刚才我一进门，看到您闭着眼躺在那儿，装出睡着的样子——我就立即告诉自己：‘就是这个人！’”

“‘就是这个人’这是什么意思？您说这句话究竟指的是什么？”拉斯柯尔尼科夫嚷道。

“指的是什么？是啊，连我自己都不知道指的是什么……”斯维里加洛夫直率地嘀咕道，好像他自己也被搞糊涂了。

两个人沉默了一会儿，相互睁大眼睛面面相觑。

“这纯粹是胡说八道！”拉斯柯尔尼科夫恼火地吼道，“她来的时候对您说了什么？”

“她？您想想看，她说的都是些无关紧要的小事，您看，人实在太奇怪了：就是这点让我生气。她第一次来时（要知道，举行葬礼、安魂祈祷、祷告、办丧宴都让我感到很疲倦。一切结束后，我独自坐在书房里，点了根雪茄抽起来，边抽边沉思），她便从门口走进来了，说：‘阿尔卡季·伊万诺维奇，您今天真是忙，连饭厅里那个钟您都忘了上发条。’在这七年中，我确实每周都会亲手给这个钟上一次发条，如果我忘了——她就会提醒我一下。第二天，我动身到这里来。天刚亮时，我进入一个小车站——夜里我小睡了一会儿，浑身酸痛，睡眼惺忪——我要了一杯咖啡，一看，玛尔法·彼得罗夫娜竟然坐到我身边，手中拿着一副牌：‘阿尔卡季·伊万诺维奇，您这次出门，我来给您算个命吧，好吗？’她是一个算命的行家。啊，我怎么也不会宽恕我自己的：我没让她给我算算命。我吓了一跳，赶紧逃跑了，此时正好响铃了。今天我坐在那儿，在小饭馆中吃了一顿糟糕的午饭之后，正坐在那吸烟——玛尔法·彼得罗夫娜突然又走了进来，她打扮得非常漂亮，穿着一条绿色新的连衣裙，裙裾长长地拖在后边，她说：‘您好，阿尔卡季·伊万诺维奇！我这身衣服漂亮吗？阿尼斯卡可没有这样好的手艺！’（阿尼斯卡是我们乡下的一个女裁缝，以前是个农奴，在莫斯科学过手艺——一个好漂亮的姑娘）她站在我跟前，身子转来转去。我仔细打量着她的衣服，接着又仔细地看了一下她的脸，我说：‘玛尔法·彼得罗夫娜，您倒高兴为了这样一件小事儿来打扰我，您也不嫌麻烦。’她答道：‘哎呦，我的上帝，亲爱的，打扰您一下都不行吗！’我便逗她说：‘玛尔法·彼得罗夫娜，我想要结婚。’她说：‘阿尔卡季·伊万诺维奇，我早料到您会这样做。您还没埋葬亡妻，便立即跑来结婚，这可不利于您的名声。如果您能找个好姑娘也行，但我知道——不管是她，还是您，都不会得到幸福的，到最后，您只会变成好心肠的人的笑柄而已。’说罢，她就走了，好像衣裙还在沙沙作响。我简直是胡扯，对吧？”

“也许您这都是在说谎吧？”拉斯柯尔尼科夫说。

“我很少说谎的。”斯维里加洛夫若有所思地回答，似乎并没注意到拉斯柯尔尼科夫这个问题的无礼。

“在这之前，您是不是从来没见过鬼？”

“啊……不，我看见过，可是有生以来只见过一次。六年前，我有个叫菲利卡的家仆，刚埋葬了他，我就忘了这件事，我就叫道：‘菲利卡，把烟袋拿来[1]！’——他就走了进来，径直地朝我放烟袋的碗橱走去。我坐在那里，想道：‘他这是来报复我的！’因为在他死之前我狠狠地骂过他一顿。于是我就说：‘你怎么敢穿着这种破烂的衣服来见我——给我滚出去，混蛋！’他转身离开了，从此再也没来过。那时我没对玛尔法·彼得罗夫娜说这件事。我本想给他做个安魂祈祷，可是又觉得很难为情。”

“您应当去看看医生。”

“您就是不说，我也知道自己有病，尽管我不知究竟得的是什么病。在我看来，我的身体比您强壮五倍。我并不是问您信不信有鬼出现，我是问您相信不相信有鬼？”

“不，不管怎样我都不信！”拉斯柯尔尼科夫甚至凶恶地嚷道。

“人们平时是怎样说的？”斯维里加洛夫低声说道，仿佛是在喃喃自语，他眼睛看着一边，稍稍低下了头。他们说，‘你病了，因此你以为自己看见了东西，但这只不过是事实上根本不存在的幻象而已。’可是这样的说法不符合严密的逻辑。我同意，鬼只会在病人面前出现，但这只能证明，除去病人以外，鬼不会在别人面前出现，却并不能说明鬼不存在。”

“当然不存在！”拉斯柯尔尼科夫气急败坏、坚定不移地说。

“不存在？您这么认为？”斯维里加洛夫接着说，慢条斯理地望了他一眼，“那要是这么考虑呢（请您指教）：‘鬼魂——可以说是另外一个世界的小块与碎片，是另外一个世界的因素。一个身体强健的人，

[1] 当时地主使用的主要是长约一米的长烟袋，因此抽烟时往往有专人伺候。

不用说，无理由看见鬼，因为一个身体强健的人是最平常的人，为了圆满和习俗，他就应当活在这个世上。可是一旦他生病，一旦身体内的正常状态受到了破坏，他跟另一世界接触的可能性就出现了。他的病愈重，他和另外一个世界的接触就愈多，因此，当一个人完全死去，他便完全进入另外一个世界。’我心中早已这么推断过。如果您相信来世，您便会相信这种推论。”

“我不相信来世。”拉斯柯尔尼科夫说。

斯维里加洛夫坐在那里，陷入了深思之中。

“如果那里只有像蜘蛛之类的东西，那会是什么样呢？”突然，他这样说道。

“这是个疯子。”拉斯柯尔尼科夫心想。

“我们一直觉得永恒是一个不可琢磨的概念，是一个庞大的东西！但它为什么就一定庞大呢？一旦和这些相反，您瞧，那里只有一间小房子，和我们农村的澡堂一般大，又黑又脏的，每个角落都是蜘蛛，而这便是全部永恒。您知道，有时候我认为永恒大致上就这样。”

“难道，难道您就想不出比这更让人宽慰和公正的东西！”拉斯柯尔尼科夫痛苦地喊道。

“更加公正？您怎么知道，或许这便是最公正的，您知道吗，一定是成心这么做的。”斯维里加洛夫似笑非笑地答道。

听了这个令人吃惊的回答，拉斯柯尔尼科夫一阵发冷。斯维里加洛夫抬头看了看他，突然哈哈大笑起来。

“不，您再想一下，”他喊道，“半小时之前，我们还没见过面，彼此都视对方为仇敌，我们之间的问题还没有解决；可我们却把它撇到一边了，都谈了些什么！我说我们俩有共同之处，难道不是吗？”

“打扰您一下，”拉斯柯尔尼科夫不耐烦地说，“请您马上说明您的来意，您到底为什么屈尊来找我……而且……而且……我很忙，无暇奉陪，我要出去……”

“好吧。令妹阿芙朵佳·罗曼诺夫娜快要和彼得·彼得罗维奇·卢仁先生结婚了，对吗？”

“您可不可以不打听我妹妹的事，也别提到她的名字。我真不理解，要是您当真是斯维里加洛夫，您怎么有胆量在我面前说出她的名字？”

“我就是为她的事到这里来的，怎能不提到她的名字呢？”

“那好，您说吧，但是请快一点儿！”

“我相信，如果您和这位卢仁先生见过一面，哪怕只有半小时，或者准确可靠地听说过他的一些事，您对他准会有自己的看法（他是我老婆的亲戚）。他配不上阿芙朵佳·罗曼诺夫娜。我认为，阿芙朵佳·罗曼诺夫娜大方而很不合算地为了……为了自己的家庭牺牲了自己。从我所听说的关于您的情况来看，我想，在不损害自己利益的情况下，要是能取消这门亲事，您肯定十分满意。这次我和您见面之后，对于这一点，我已经坚信不疑了。”

“这些话说得很天真。原谅我冒昧地说：简直是卑鄙。”拉斯柯尔尼科夫说。

“您的意思是说，我这么做只是为了我自己。您别担心，罗吉昂·罗曼诺维奇，要是我为了自己谋求好处，就不可能这么坦率地把话说出来了。我才不是傻瓜呢。对于这件事，我想坦率地告诉您一个心理上的怪事：方才我为自己对阿芙朵佳·罗曼诺夫娜的爱情辩解时，说自己是一个牺牲者。好吧，我实话对您说吧，现在我心里连一丁点的爱情都感觉不到了，因此我感到很纳闷，因为我以前的确能感觉得到……”

“这是由于您游手好闲和淫荡好色造成的。”拉斯柯尔尼科夫打断了他的话，说道。

“是的，我是个淫荡好色和游手好闲的人。但令妹有那么多优点，不可能对我没有影响。不过这些全是废话，我现在自己也看出来了。”

“您应该早就看出来了吧？”

“我早就有所察觉，但前天，差不多在我到达彼得堡的那一刻，我才完全相信。话又说回来，在莫斯科的时候，还想和卢仁先生争一高低，把阿芙朵佳·罗曼诺夫娜抢回来。”

“很抱歉，我不得不打断您的话，麻烦您把话说得简单一点儿，直截了当地说明来意。我很忙，我还得出去……”

“好吧。来到这里以后，并且决定要做一次……旅行的时候，我本想先做一些必要的安排。我的孩子们全都留在他们的姨妈家。他们很富裕，因此无需我亲自照料。而且我又算个什么父亲呢！我只拿了玛尔法·彼得罗夫娜一年前留给我的财产。这些足够我用了。对不起，我很快就谈到正题了。在我去旅行以前（这次旅行可能会实现），我想先把卢仁先生那件事解决了。并非因为我讨厌他。当我知道玛尔法·彼得罗夫娜促成这门婚事的时候，就和她大吵了一架，但我们是因为他而吵架的。如今我打算通过您的帮助，或有您在场，见一下阿芙朵佳·罗曼诺夫娜，并且告诉她：第一，她嫁给卢仁先生，只能使她受害，而得不到一点儿好处。第二，请她原谅前些日子发生的这一切令人不愉快的事，请她允许我赠送给她一万卢布，从而使她可以更容易和卢仁先生决裂，我想，如果有机会的话，她本人是不会反对决裂的。”

“您的确是个真正的疯子！”拉斯柯尔尼科夫喊道，与其说他生气，不如说他很吃惊。“您怎么敢说出这种话来！”

“我早就知道您会对我大喊大叫的。但是，第一，尽管我不算富有，但一万卢布我还是能拿得出来，这就是说，我完全不需要这笔钱。要是阿芙朵佳·罗曼诺夫娜拒绝接受这些钱，也许，我会将它胡乱花掉。这是其一。第二，我完全问心无愧，我送这些钱并没有任何企图。不管您是否相信，反正您和阿芙朵佳·罗曼诺夫娜总有一天会知道的。问题是，我的确给令妹添了很多麻烦和不快，因此我感到非常懊悔，衷心希望——不是用钱赎罪，也不是为赔偿她的不快，只是想做点儿对她有益的事，来证明我绝不是一个无恶不作的坏蛋。要是我送给她钱哪怕抱有百万分之一的私心，那我也不会只送给她一万卢布，因为五星期前，我表示愿意送她更多的钱呢。除此之外，可能不久之后，我就要娶一位姑娘了，单从这点来看，所有怀疑我对阿芙朵佳·罗曼诺夫娜怀有企图的说法就不攻自破了。最后我还要再补充一句，阿芙朵佳·罗曼诺夫娜嫁给卢仁先生，也是拿钱，无非是从另一面拿……您不要生气，罗吉昂·罗曼诺维奇，请您冷静、仔细地想一想。”

斯维里加洛夫说这些话时，非常冷静平和。

“请您别再说下去了，”拉斯柯尔尼科夫说，“无论如何，这都是不可原谅的无礼态度。”

“根本谈不上无礼。要是真这样的话，那在这个世上，人与人之间就只能做坏事，相反，由于一些无意义的习俗，人就没有一丁点权利做好事了。这样太荒唐了。譬如说，如果我死了，我在遗嘱中写明把那笔财产送给您妹妹，到时候她也会不接受吗？”

“也许。”

“不见得。话又说回来，不接受也就算了。但在必要的时候一万卢布也是一笔不小的数目啊。不管怎样，请您将我说的这番话转告阿芙朵佳·罗曼诺夫娜吧。”

“不，我不会转告的。”

“既然这样，罗吉昂·罗曼诺维奇，我就只好想办法亲自和她见一面，那可就要打扰她了。”

“如果我转告她，您是不是就不会想办法亲自去见她了？”

“让我怎么回答您呢。我非常想见见她。”

“您别指望了。”

“太遗憾了。但是，您不了解我。或许我们能够成为朋友的。”

“您认为我们会成为朋友吗？”

“怎么不会？”斯维里加洛夫笑着说，他站起身来，拿起帽子，“我倒不是很想打搅您，我到这里来时，也没抱很大的希望……然而，话又说回来，您今天早晨的脸色令我很吃惊……”

“今天早晨您在什么地方看见过我？”拉斯柯尔尼科夫紧张地问道。

“无意间碰到的……我总觉得我们在某些方面有共同之处……可是您别担心，我不是一个讨人厌的人。我和那些赌棍们一直相处得很和睦，我也从来没有使斯维尔别依公爵对我产生反感，他是一位大官，我的一个远亲。我在普里鲁科夫夫人的纪念册上也会写一些评论拉斐尔[1]画圣母像的文字。七年来我从没离开过玛尔法·彼得罗夫娜一步。以前我常常住在干草广场上的维亚泽姆公寓中[2]。我可能还会和柏格一块儿乘气球升空呢。”

“啊，很好。请问，您不久就要去旅行吗？”

“什么旅行？”

“就是您提到的那次‘旅行’……您自己说的。”

“旅行？啊，是的！……我的确对您说过，准备去旅行……啊，这是一个很宽泛的问题……要是您知道您问的是什么就好了，”他接着说，突然短促地放声大笑起来，“也许我不去旅行，而干脆结婚呢。有人在给我做媒。”

“在这里？”

“对。”

“您来得及吗？”

“但我很想见一见阿芙朵佳·罗曼诺夫娜。我郑重地恳求您。好吧，再见……哦，对了！我差点儿忘了一件事。罗吉昂·罗曼诺维奇，请告诉您妹，玛尔法·彼得罗夫娜在遗嘱中提到，送给她三千卢布。这是千真万确的玛尔法·彼得罗夫娜在死前一个星期做出的安排，并且我那时也在场。阿芙朵佳·罗曼诺夫娜在两三个星期后就能拿到这笔钱了。”

“您说的是真的吗？”

“千真万确。请您向她转告一下。好了，我是您的仆人。记住，我

[1] 拉斐尔是意大利文艺复兴时著名画家，圣母像是其绘画艺术的最高成就。

[2] 彼得堡一家著名客店。

住在离您不远的地方。”

斯维里加洛夫离开时，正好在门口遇到了拉祖米欣。

第二节

基本上快八点钟了，他们两人急忙向旅馆走去，因为得在卢仁之前赶到那儿。

“嘿，刚才来的那人是谁？”刚来到大街上，拉祖米欣就问了。

“斯维里加洛夫，就是我妹妹当家教时侮辱她的那个地主。就因为他追求我妹妹，害得我妹妹被他的妻子玛尔法·彼得罗夫娜给赶了出来。后来这个玛尔法·彼得罗夫娜知道了真相，还请求杜尼娅的宽恕。可是，她却突然死了，我们今天早上谈到的就是她。可是，不晓得为什么，我很害怕这个人。他埋葬了妻子以后，就立刻到这儿来了。他这人很怪，而且似乎已经作出了什么决定……似乎他知道什么事……啊，我们得保护好杜尼娅，防着他……我能告诉你的就是这点，你知道吗？”

“保护她？他怎么能跟阿芙朵佳·罗曼诺夫娜过不去呢？好呀，罗佳，你都这么跟我说了，我得谢谢你……我们必须保护她！他现在在哪儿落脚？”

“我不知道。”

“你怎么不问呢？啊，真可惜……但是，我能打听出来的。”

“你见到他了？”一阵沉默后，拉斯柯尔尼科夫又问。

“啊，是呀，见到了，清楚地看见了。”拉斯柯尔尼科夫接着问道。

“你确定是看见了？看清楚了没？”

“啊，是呀，看得清清楚楚，即便他化成灰我也认识他。我记性很好，别人的样子，只要我见过，就不可能忘记。”

大家又沉默了一阵。

“看……就是这儿了……”拉斯柯尔尼科夫模糊不清地说，“说实话，你知道……我以前认为……我一直认为……这或许只是一种幻想。”

“你是指什么？我不懂你的意思。”

“你们都这么说，”拉斯科尔利尼科夫撇撇嘴笑了一下，然后说，

“你们认为我是疯子，现在连我自己也觉得，我说不定真是个疯子，我见到的，也许不过是一个幽灵！”

“你是怎么了？”

“谁知道呀！可能我当真是个疯子，或许这几天发生的所有，都只不过是我想象中的东西……”

“啊，罗佳！你的情绪又被他们破坏了！他究竟说了些什么？他来做什么？”

拉斯柯尔尼科夫并没有回答，拉祖米欣在一旁思考着。

“好吧，我跟你解释一下吧，”他于是说道，“我到你这里来过，可是你在睡觉。后来吃了午饭，我就去找波尔费利了，扎梅托夫也在他那里。我想和他谈谈，但是毫无结果，因为他们似乎根本就不懂，也理解不了我在说什么，可他们一点儿也没不好意思。我就把波尔费利拉到窗户前面，开始跟他说话，但是不知为什么，结果与我想的一点都不一样。他向一边看，我也向一边看。最后我对着他的脸举起了拳头，还说，作为亲戚，我要揍他一顿。他也只看了我一眼，就又看其他的了。所以，我啐了一口唾沫就离开了，一句话也没跟扎梅托夫说。这就是全部。听起来多蠢啊！但是，你知道吗，下楼的时候我突然有一个想法：感觉这件事不对劲，你说我们操的是哪门子的心啊？要是你有危险，如果是你发生这样的事，那当然不可以袖手旁观了。但是这不关你的事！这跟你毫不相干，所以你就别理睬他们啊，有一天我会讽刺他们，那时他们会多尴尬啊！要是我是你，我还会故弄玄虚，耍他们一下呢！他们以后会觉得害臊的！去他们的吧！我们以后可以揍他们，现在我们就笑笑好了！”

“当然了！”拉斯柯尔尼科夫说，“但明天你会怎么说呢？”他心中暗道。因为他很奇怪，到现在为止，他从来都没有想过：“等到拉祖米欣知道了，他会怎么看？”想到这些，拉斯柯尔尼科夫仔细地看了看他。对于拉祖米欣现在说的去会见波尔费利的情况，他没什么兴趣，从哪个时刻起，已经发生了很大的变化！

他们在走廊上碰到了卢仁，他八点整就到了这里，正在找房号，所以他们三个人就一起进去了，不过谁也没理谁，之间也没打招呼。两个年轻人在前面走着，省得尴尬，彼得·彼得罗维奇·卢仁在走廊里把大衣脱了，等了一会儿。普莉赫丽娅·亚历山大罗夫娜就马上出现在了门口来迎接他们。杜尼娅也向哥哥问了好。

彼得·彼得罗维奇·卢仁进门以后，就向两位女士点头致礼，十分客气，但又显得很神气。不过他看上去有点惊慌失措，好像还没想出怎么应付这种局面。普莉赫丽娅·亚历山大罗夫娜似乎也很窘，马上急急忙忙请大家在圆桌边坐下，桌上茶炊已经烧开。杜尼娅和卢仁面对面坐下。拉祖米欣和拉斯柯尔尼科夫在普莉赫丽娅·亚历山大罗夫娜对面坐下，拉祖米欣挨着卢仁，拉斯柯尔尼科夫坐到了妹妹身边。

开始的几分钟里，大家都沉默不语。彼得·彼得罗维奇·卢仁慢慢地掏出一块洒了很多香水的麻纱手帕，擤了擤鼻涕。虽然他表现地很有风度，但总有副尊严受到损害想要求解释的神情。在过道时他就认为，不脱大衣，马上就走，用这样的方式惩罚那两个夫人，给她们留下难忘的印象，让她们立即感受这一行为的可怕后果。但是他没下定决心。主要是他不喜欢不明不白的，一定要把这件事弄清楚。既然他的命令被这样公然地违抗了，一定是有原因的，所以最好还是先了解明白，想惩罚，总是有时间的，主动权在他的手里。

“我说，一路都顺利吧？”他一本正经地跟普莉赫丽娅·亚历山大罗夫娜说。

“是，谢谢上帝，彼得·彼得罗维奇·卢仁。”

“那就好，我就放心了。阿芙朵佳·罗曼诺夫娜也没累着吧？”

“我还年轻，身体很棒，倒没觉得累，就是妈妈累了，”杜涅奇卡说。

“有什么办法啊，我们国家的路真长啊。所谓的‘俄罗斯母亲’太辽阔了……虽然我很想亲自去把你们接过来，但是昨天真的是没有时间。但是，希望你没遇到什么麻烦吧？”

“啊，不，彼得·彼得罗维奇·卢仁，我们昨天真不知道该怎么办，”普莉赫丽娅·亚历山大罗夫娜赶紧用一种特殊的语气说，“昨天要不是上帝亲自把德米特里·普罗柯费奇派到我们身边，我们根本就无所适从。那就是他了，德米特里·普罗柯费奇·拉祖米欣，”她补充道，把他介绍给了卢仁。

“不用介绍，我们昨天……就已经有幸认识了，”卢仁含糊地说，怀着敌对的眼神瞟了拉祖米欣一眼，皱着眉头不说话。一般来说，彼得·彼得罗维奇·卢仁就是这样一类人，在交际场合里，对别人表面上是非常客气，也希望别人对自己有礼貌，但是如果不顺他们的心意，就会马上丢掉那套交际应酬的本事，从一个毫不拘束、温文尔雅、谈笑风生、活跃于交际场所的绅士，变得沉默不语。于是大家又都沉默了。拉斯柯尔尼科夫执拗地不发一言，没到时候，阿芙朵佳·罗曼诺夫娜也不会打破沉默，拉祖米欣没什么话可说，所以普莉赫丽娅·亚历山大罗夫娜又觉得不安了。

“玛尔法·彼得罗夫娜去世了，您知道吗？”她开口了，又是那惯用的一招。

“当然知道了。也有传闻，我就听到啦。我现在特地来通知你，阿尔卡季·伊万诺维奇·斯维里加洛夫葬了他的妻子以后，马上赶到彼得堡来了。至少据我得到的最可靠的消息，他是到这里来了。”

“来彼得堡了？到这里来？”杜涅奇卡焦虑地问，同时跟母亲互相使了个眼色。

“的确是这样的，根据他来得这么匆忙，和现在的各种状态来看，他此行当然不会是没有目的。”

“上帝呀！难道他要让杜涅奇卡在这里也不得安身吗？”普莉赫丽娅·亚历山大罗夫娜突然大声叫道。

“我认为，不用担心，不管是您，或是阿芙朵佳·罗曼诺夫娜，只要你们自己不想跟他发生关系的话，就不会出什么事情的。而我嘛，我会找个人去监视他，此刻正打听他的住处……”

“啊哟，彼得·彼得罗维奇·卢仁，您一定难以相信，您现在把我吓成了什么样子！”普莉赫丽娅·亚历山大罗夫娜接着说，“我一共只见过他两次，我觉得他很可怕，真的是太可怕了！我完全相信，玛尔法·彼得罗夫娜就是被他害死的。”

“现在还不能下结论。我有确切的消息。关于这一点我不想争辩。可以这么说，可能他的种种侮辱在她的精神上产生了一定的影响，加快了她死亡的脚步。至于这人的行为，还有他的道德品质，我很赞同你的观点。我不知他现在是不是很富有，玛尔法·彼得罗夫娜到底留给了他多少财产，关于这一点，在以后我会都知道。但是，在这儿，彼得堡，就算他只有一点儿钱，也一定会很快故态复萌。他是同一类人中最没有道德观念，他已经腐化堕落到无药可救了！我有相当充分的证据可以证实，不幸这么深深爱上他的玛尔法·彼得罗夫娜八年前帮他还了债还把他从狱中赎出来，还帮过他别的忙：她多方奔走，并为此做出牺牲，才把一件刑事案从刚提出公诉的时候压了下去。这是一件十分残暴、离奇的凶杀案。犯了这个案，他本来极有可能被流放到西伯利亚去。要是你们想知道的话，他就是这样一个人。”

“啊哟，上帝！”普莉赫丽娅·亚历山大罗夫娜尖声惊呼，拉斯柯尔尼科夫却在全神贯注地听着。

“您说的，您有十分可靠的证据，是真的吗？”杜尼娅严峻庄重地问。

“我说的只是从玛尔法·彼得罗夫娜那里听说的，是她生前私下亲口告诉我的。但可以明确的是，从法律角度看这个案件很有疑点。从前这里有个姓列斯丽赫的外国女人，现在好像也还住在这儿，不但放高利贷还做其他的生意。很久以前斯维里加洛夫先生就跟这个女人保持着暧昧的关系。她家里住了一个她的一个远房亲戚，似乎是她侄女，一个十五岁的又聋又哑的小姑娘，也许只有十四岁。这个列斯丽赫就很恨她，每吃一小块面包都会骂她一顿，甚至惨无人道地毒打她。有一天，那姑娘就被发现在顶楼上吊死了。法院认定是自杀。经过正常的程序，这个案子就这样结了，可是后来又有人告密，说这孩子……遭受过斯维里加洛夫残暴的虐待。这十分可疑，因为告密的是另外一个臭名昭著的德国女人，她的话并没有人相信。另一边，因为玛尔法·彼得罗夫娜多方奔走，还花了不少钱，这次告密也就不了了之了，只是被当做流言飞语。可这个流言是值得深思的。阿芙朵佳·罗曼诺夫娜，您一定也听说过一个名叫菲利普的仆人的事情吧，他是在六年前被活活折磨死的。”

“我听到的正好相反，说这个菲利普是自己上吊的。”

“确实是这样的，但是是被迫的，或者说，是在斯维里加洛夫先生不断地迫害和处罚下，才产生的这种念头。”

“这我就不知道了，”杜尼娅冷冷地说，“但是，我倒听人们这样说过，说这个菲利普患有忧郁症，是一个家庭哲学家，人们都这么说，他‘书看得太多，把脑子都看糊涂了’，说他上吊多半是因为受到斯维里加洛夫先生的嘲笑，而不是受到他的鞭打或折磨。我看到的，他对待仆人都很好，仆人们也都很喜欢他，不过也确实都把菲利普的死归因于他。”

“我看得出来，阿芙朵佳·罗曼诺夫娜，你开始替他诡辩了，”卢仁撇着嘴道，嘴角上露出具有双重意味的笑。“确实，他是个奸诈之人，在女人眼里，也是很有魅力的，被他深深吸引、死因不明的玛尔法·彼得罗夫娜就是一个可悲的活生生的例子。鉴于他这次到这里来一定是有什么新的企图，所以我要向你提出忠告。至于我自己的看法，我确信，这个人无疑最终会被送进债户拘留所去。要是玛尔法·彼得罗夫娜考虑到孩子们的利益，她永远也不会，也绝对不可能留给他一分钱，就算给他留下了点儿什么，也只是必需的、不值钱的仅供他暂时使用的东西，像他那样恶劣的人恐怕一年就挥霍完了。”

“彼得·彼得罗维奇·卢仁，我求您了，”杜尼娅接着说，“别再说斯维里加洛夫先生的事了。这真的已经让我感到烦了。”

“他刚才到我那儿去过，”拉斯柯尔尼科夫突然开口，第一次打破了沉默。

他的话惊动了在场的人，他们纷纷转过脸来看着他。就连彼得·彼得罗维奇·卢仁也不由得激动起来。

“就在一个半钟头以前，我还在睡觉，他就进来了，并叫醒了我，还自我介绍一番，”拉斯柯尔尼科夫继续说，“他很随便，很高兴希望和我交朋友，顺便说一句，杜尼娅，他一再请求我，让我安排你们见一面。他对你有建议，他已经和我讲过了，此外，他还跟我说，玛尔法·彼得罗夫娜在死前的一个星期立下遗嘱，要给你三千卢布，而且你可以在最短的时间内得到这笔钱。”

“谢天谢地！”普莉赫丽娅·亚历山大罗夫娜高声说道，用手在胸前画了个十字，“替她祈祷吧，杜尼娅，替她祈祷吧！”

“是真的吗？”卢仁脱口而出。

“那后来怎样了？”杜涅奇卡催促说。

“他自己说自己并不富有，把所有田产都留给了孩子们，现在他们在姨母那里住着，后面还说，他在不远的一个地方住着，可究竟是哪里，我也不知道，我也没问他……”

“不过他给杜尼娅提出的是什么建议呢？”惊慌的普莉赫丽娅·亚历山大罗夫娜问，“他跟你说了吗？”

“是，跟我说了。”

“是什么？”

“以后再说吧，”拉斯柯尔尼科夫不说话了，继续喝茶。

彼得·彼得罗维奇·卢仁掏出表来看看。

“我有点事，必须走了，不打扰你了，”他委屈地说道，而且从椅子上站了起来。

“请您留下，彼得·彼得罗维奇·卢仁，”杜尼娅说，“您不是打算在这儿过一晚？而且您信上还说，有事情想要和妈妈谈一谈。”

“是这样的，阿芙朵佳·罗曼诺夫娜，”彼得·彼得罗维奇·卢仁威严地又重新坐到椅子上，不过帽子还是一直拿在手里，“我实际上很想和你们说清楚，我要谈的是极为重要的问题。不过正像您哥哥不能当着我的面说明斯维里加洛夫先生的建议一样，我不能……在别人面前……谈这些非常重要的问题。更何况我那个最主要的和恳切的请求，并未能得到你们的遵守……”

卢仁作出痛心疾首的样子，还叹了一口气，然后就沉默不语了。

“您是说我们见面的时候我哥哥不要在场，我们没有照办，完全是我的主意，”杜尼娅说，“您在信上说的，我哥哥使您受了委屈，我觉得，这件事需要清楚地解释，你们应该尽快和好。要是罗佳当真侮辱了您，他应该向您道歉。”

彼得·彼得罗维奇·卢仁一听，立即清高起来了。

“是有些侮辱，阿芙朵佳·罗曼诺夫娜，即使想要忘记，也是不可能的。一切事情都有个界限，超过这个界限就有危险了，这个雷池一旦越过，就不可能再退回去了。”

“我不是想要说这个，彼得·彼得罗维奇·卢仁，”杜尼娅不耐烦地打断了他，“您要明白，现在，我们的未来取决于这件事能否快速解决。我一开始就很坦率地对您说，对这件事我不会有别的看法的。如果你还有一点尊重我，那么，不管是什么阻碍就应该今天解决。我重申一遍，如果我哥哥错了，他会道歉的。”

“阿芙朵佳·罗曼诺夫娜，你这样提出问题使我很惊讶，”卢仁更加恼怒了。“我敬重您，甚至也可以说爱慕您，但也完全可以同时不喜欢府上的某一个成员。我希望有幸跟您结为百年之好，但我也有权利拒绝我不乐意的义务……”

“啊，请不要斤斤计较，抱怨不休，彼得·彼得罗维奇·卢仁，”杜尼娅很动感情地把他打断了，“请您做一个明白事理、道德高尚的人吧，我一直认为您是这样的人，以后也想把您当成这样的。我已经认真地答应嫁给你，我可是您的未婚妻，这件事您就交给我处理吧，相信我可以做出公正的判断。我自愿充当公断人，这是您和我哥哥都没有想到的。收到您的信，我就邀请他务必今天来参加我们的见面，我从未和他说过我的想法。您得明白，要是你们不能顺利和解的话，那么我就得在你们之间作出选择：或者选您，或者选他。无论是对他，还是对您，我都是平等的。我不想选错，也不能选错，因为我谁都不想伤害。为了您，我必须和哥哥断绝关系；为了哥哥，我会和您决裂。此刻我要知道并且一定能知道，他到底是不是我哥哥？至于您，要看您是不是爱我，您是不是看重我，您是不是我丈夫？”

“阿芙朵佳·罗曼诺夫娜，”卢仁说，他感到不高兴，也不可思议，“对于我，您说得实在太重了，鉴于我在我们的关系中有幸所处的地位，说得更重要些，这些话简直是在侮辱我。先不说你那对比多么令人不快和奇怪，你竟然把我和一个无知青年相提并论……和一个傲慢的青年相提并论。这我暂且不提了，您说了这些，有可能毁掉我们的誓言。您说要么选我，要么选他，可见您是想用这些话来威胁我，对您来说，我太无足轻重了……我们之间虽然有关系……有义务，但我就是不能容忍。”

“怎么了！”杜尼娅的脸突然红了，“我重视您的利益，就好像我重视生活中我一向倍加爱护的一切东西，就好像重视至今组成我的整个生命的一切一样。可您却认为自己受到委屈，觉得我不看重您。”

拉斯柯尔尼科夫一声不吭，讥讽地笑着，拉祖米欣禁不住战栗了一下。可是彼得·彼得罗维奇·卢仁并没有接受杜尼娅的反驳，相反他的话越说越让人生气，他似乎对这场争论产生了很大的兴趣。

“对将来的生活伴侣，对丈夫的挚爱，本就该超过对兄弟的爱，”他好像教训地说，“无论如何我也不可能跟他处于同等的地位……虽然前不久我曾说过，只要有他在场，我就不愿意，说明我来的目的，可是有一个对我非常重要且带有侮辱性的问题，此刻我想请您尊敬的母亲就此作出必要的解释。您的儿子，”他跟普莉赫丽娅·亚历山大罗夫娜说，“昨天在拉苏德金先生的面前（或者……好像是这吧？抱歉，我忘了您贵姓，他客气地向拉祖米欣点了个头），“侮辱了我，他误解那次我喝咖啡时和您的私人谈话。我当时是说，就夫妻关系而言，娶一个经受过生活苦难的贫穷姑娘，比娶一个过惯富裕生活的姑娘更好，因为这在道义上更加有利。他却夸大那句话的意思，把它夸张到了荒唐可笑的地步，还怪我心术不正，而他所根据的，就是您写给他的那封信。要是您，普莉赫丽娅·亚历山大罗夫娜，能够提出相反意见说服我放弃这个恶劣的想法，让我完全放下心来，我会认为自己是很幸福的。请您给我解释，在您写给罗吉昂·罗曼诺维奇的信里，您究竟如何转述我的话的？”

“我不记得了，”普莉赫丽娅·亚历山大罗夫娜感到有些不知所措，“我是照我理解的意思转告他的。我不知道罗佳是对您怎么说的……可能，是他把什么话说大了。”

“没有你的同意，他是不敢的。”

“彼得·彼得罗维奇·卢仁，”普莉赫丽娅·亚历山大罗夫娜的语气变得严肃了，“我们现在在这里，这就能证明，我和杜尼娅并没把您的话想到坏的那方面去。”

“说得很好，妈妈！”杜尼娅赞同地点头。

“这么说来，这是我的错了！”卢仁生气了。

“您看，彼得·彼得罗维奇·卢仁，您老是在责怪罗佳，但是不久前您还在信上说到他的那些话，也不是真话，”普莉赫丽娅·亚历山大罗夫娜鼓起勇气补充道。

“我不记得在信上说了什么不是实情的话。”

“您在信上说了，”拉斯柯尔尼科夫毫不客气地说，但并没把脸向卢仁转过去，“我昨天没有把钱送给那个被马踩死的人的遗孀（事实上我给了她），而是把钱送到了他的女儿手里（在昨天之前我从没见过她）。您说这些，是想让我和亲人发生矛盾，为了达成这个目的，您还用无耻的言辞羞辱一个你所不认识的女生，这是极其卑鄙的。”

“请原谅我，先生，”卢仁气得直哆嗦，“我在我的信上提到您的品质和行为，不过是应您妹妹和母亲的请求请她们说一下：我怎么找到您，您给我留下了什么印象？至于您提到的我信里的那些话，您能找出一句不符合事实的吗？也就是，你从未浪费过钱，而在那个不幸的家庭里，真的没有品行不端的人吗？”

“在我看来，您加上自己的全部身价也比不上您诋毁的那个不幸的姑娘的一个小指头。”

“那么您决定要让她与您妹妹和母亲来往吗？”

“如果你想知道，那么，我告诉你好了，我已经这样做了。今天我就让她和妈妈还有杜尼娅坐在一起了。”

“罗佳！”普莉赫丽娅·亚历山大罗夫娜突然叫了一声。

杜涅奇卡也脸红了，拉祖米欣皱起了眉，卢仁嘲讽地笑了笑。

“您也亲自看到了，阿芙朵佳·罗曼诺夫娜，”他说，“这可能和好吗？此刻我希望，这事算彻底结束和了结了。我现在就走，以免妨碍你们亲人欢聚，谈你们之间的秘密（他从椅子上站起身来拿起了帽子）。走之前请允许我讲一句，希望今后能避免类似的见面，也可以说是交涉，我求您，尊敬的普莉赫丽娅·亚历山大罗夫娜夫人，请注意一点，我的信是写给您的，而不是写给其他人的。”

普莉赫丽娅·亚历山大罗夫娜也有点儿生气。

“你似乎认为我们都应该听您的，彼得·彼得罗维奇·卢仁先生。杜尼娅已经说了违背您的意愿的原因，她是出于一片好心。您给我的信，似乎是命令。我们非得按照您的意思做事吗？正好相反，我得告诉您，现在您应该对我们特别客气和体谅才对，因为信任您，我们才放下了所有到这里来，所以我们本来就已经完全受您支配了。”

“这不完全属实，普莉赫丽娅·亚历山大罗夫娜夫人，特别是在刚才罗佳把玛尔法·彼得罗夫娜遗赠三千卢布的事通知你们以后，您可跟从前不一样了。根据您对我说话的语气来看，那钱正好能用上，”他恶毒地补了一句。

“从这句话来看，的确可以断定，您希望我们无依靠，”杜尼娅生气地指出。

“但现在我不这么想了，而且我也不愿妨碍你们听听阿尔卡季·伊万诺维奇·斯维里加洛夫委托您哥转达的秘密建议，我看得出来，这些建议对你会有用，也许是让您非常高兴的意义。”

“啊呀，我的天！”普莉赫丽娅·亚历山大罗夫娜尖声惊呼。

拉祖米欣也坐不住了。

“你毫无羞耻感吗，妹妹？”拉斯柯尔尼科夫问道。

“是，罗佳，”杜尼娅说，“彼得·彼得罗维奇·卢仁先生，您可以出去了！”她面对着他的脸气得惨白。

彼得·彼得罗维奇·卢仁没想到会是这样的结果。他太自负了，太相信自己的威慑力，也太相信他的牺牲品是处于彻底无依无靠的境地了。直到现在他也不承认事情发展到这一步。他脸色发白，嘴唇哆嗦。

“阿芙朵佳·罗曼诺夫娜，如果听到这样的话，请您仔细地考虑一下——我此刻从这道房门出去，就永远不会再来了。请你好好思考，我说话从不反悔。”

“这么没礼貌！”杜尼娅霍地从座位上站了起来，高声道，“我希望您再也不要来了！”

“怎么了？原来是这样！”卢仁突然高声叫起来，直到最后一刻，他终于惊慌失措了，“原来是这么回事！但是，您得知道，阿芙朵佳·罗曼诺夫娜，我是可以抗议的。”

“你凭什么这么对她说话！”普莉赫丽娅·亚历山大罗夫娜激动地袒护着女儿，“您要怎么提出抗议？您有权力吗？哈，我不会把我的杜尼娅嫁给您这样的人！请您离开吧，永远不要出现在我们面前！这全是我的错，我不该把女儿嫁给你的……”

“但是，普莉赫丽娅·亚历山大罗夫娜，”卢仁气得发狂地咆哮，“您许下的诺言把我束缚住了，现在又不承认了……而且因为这事，我还为你花了一笔钱……”

最后这句怨言把彼得·彼得罗维奇·卢仁的本性暴露无遗，拉斯柯尔尼科夫本来已经气得脸色发白，原本很愤怒，此刻却笑了出来。而普莉赫丽娅·亚历山大罗夫娜失控了。

“您花了钱？花什么钱了？您是不是在说给我们托运箱子的事，要知道那是乘务员白给托运的，根本没花钱，你竟然好意思说托运的事束缚了你！您仔细想想吧，彼得·彼得罗维奇·卢仁，是你欺骗了我们，而不是我们绑住了您！”

“够了，不要再说了！妈妈。”阿芙朵佳·罗曼诺夫娜请求道，“彼得·彼得罗维奇·卢仁，走吧，请您离开吧！”

“我这就离开，不过还有最后一句，就一句话！”他几乎没办法控制自己，“您母亲好像已经完全忘记了，这么说吧，我是在您声誉扫地时，决定娶您。为了您，我不顾社会的舆论，恢复了您的名誉，当然了，我完全可以得到您的回报，甚至可以要求得到您的报答……但是到现在我的眼睛才算看清了！我不顾大众的反对时有多么轻率……”

“他是不是又多长了一个脑袋！”拉祖米欣高喊一声，从椅子上跳了起来，准备收拾他一顿。

“您真是个恶毒的人！”杜尼娅说。

“什么也别说！也别动手！”拉斯柯尔尼科夫高声一喊，止住拉祖米欣，然后来到卢仁面前，几乎贴到他身上：“请您离开！”他清清楚楚地说，“别再说任何话，要不然……”

彼得·彼得罗维奇·卢仁看了他几眼，气得面无血色，然后就转身出去了。当然，不会有什么人像这个人一样痛恨拉斯柯尔尼科夫，他的心中怀着巨大的仇恨，因为他把所有都归罪于拉斯柯尔尼科夫，全怪罪他一个人。但是，就在他下楼时还在想，事情还没有失去希望，但若只是那两个女的，事情甚至是“彻底、彻底”能够好转的。

第三节

主要是，一直到最后一分钟，他怎么也没料到会是这样的结果。他的态度傲慢到了极点，尽管百般威胁，却没料到，这两个平凡的女人竟然可以摆脱他。虚荣心和自鸣得意的过分自信在很大程度上助长了他的嚣张气焰。彼得·彼得罗维奇·卢仁也是出身贫困，等到出人头地的时候，也几乎是病态地习惯了自我欣赏，过于高估自己的聪明才智，有时只有他一个人的时候，甚至会在家对着镜子顾影自怜。但是他最重视的还是他使用一切手段得到的金钱：金钱提高他的地位，让他成为有钱人的。

彼得·彼得罗维奇·卢仁刚才痛苦地暗示杜尼娅，他是不顾一切地娶她，这样说倒是真心的。他对她的“忘恩负义”非常恼火。况且，当时他向杜尼娅求婚的时候，已经确信那些是荒唐可笑的，那个时候，连玛尔法·彼得罗夫娜自己也在四处奔波为杜尼娅恢复名誉，全城的人也都在积极地为杜尼娅辩解。这时他早把这事忘在脑后。事实上，他现在也承认了，那时他就知道一切了。可是，他对自己决定把杜尼娅提高到和自己平等的地位这一行为，依然非常自豪，认为这是一个英勇的决定。刚才他对杜尼娅提到这事，也说出了这个暗藏在自己心里的那种得意的想法，他不能理解，人们怎么不赞赏他这种英勇的做法。他当时去探望拉斯柯尔尼科夫的时候，是以一个恩人的身份上门的，他准备去收获他善行成熟的果实，计划听一些甜言蜜语。此刻，当他下楼的时候，当然认为自己受了奇耻大辱，自己的丰功伟绩没得到人们的奉承。

他不能没有杜尼娅，失去了她，对他来说是毁灭性的打击。他梦想着结婚已经很久了，所以他一直在攒钱，等那一天来到。他在内心深处想象有一个贫穷女子（必须是贫穷的），年轻漂亮且气质高贵，有修养，但胆子很小，受过苦难，百般顺从，把他当成自己一生的恩人，对他崇敬并服从，心里只有他一个。他经常放下工作，静静地坐着休息，围绕着这令人快乐的话题，在幻想中不知创造了多少动人的场景，多少美妙的插曲！就是这个样子，很快就能美梦成真了：阿芙朵佳·罗曼诺夫娜的年轻美貌让他着迷，她那孤苦无依的状况最让他满意。她甚至比他想象中的还要好，她高傲而性格刚强，品德高尚又受过比他还高的教育。就这么一个人，他想让别人像奴隶一样对他低声下气卑躬屈膝地崇拜，他会有充分的权力来掌控他……一切似乎是特地安排好的一样，不久之前，经过长时间的考虑与准备，他决定将自己彻底改变，发展更宽广的活动空间，接着随着这种变化，一步一步地往更高的位置攀登，这是多年来他梦寐以求的……总的来说，他决定到彼得堡碰一下运气。他很清楚，通过女人可以赢得“很多很多”的东西。一个貌美、高尚、有学识的女人能够助他飞黄腾达，也会带给他荣誉，创造锦绣的前程……可是现在，什么都完了！这次让他始料不及的决裂像晴天霹雳一样向他劈头打来。这真是一个天大的笑话，简直是荒谬的！他刚刚使出了不到十分之一的威风，还没来得及说出口……他只是开了个玩笑，说得过分了一点儿，结果却这么严重！他曾经用自己的方式去爱杜尼娅，并且已经在梦想中支配了她——但是忽然……到明天，明天一定要把这一切恢复原样，消除矛盾，重获新生，而至关重要的是，一定要把这个自高自大的乳臭小子除掉，他是祸害。然后，他又非常伤心地想起了拉祖米欣……但是他不久又在这一方面放下心来：“这小子怎么能和他站在一起呢！”他真正担心的，是斯维里加洛夫……总之，以后还会碰到很多烦心的事……

“别，怪我，全怪我！”杜尼娅抱着母亲，吻着她，“我以前是看中了他的钱财，可是，我可以发誓，哥哥，我做梦都没想到他是这样一个无耻之徒。要是我早点儿认识到这一点，我就不会相信他了！不要骂我，哥哥！”

“是上帝救了我们！是上帝救了我们！”普莉赫丽娅·亚历山大罗

夫娜好像有点儿不由自主地轻声呢喃，她似乎还不知道发生了什么事。

大家都很快乐，五分钟过后，甚至都开怀笑了起来。只有杜尼娅时不时会想起方才发生的事，脸色苍白，眉头紧锁。普莉赫丽娅·亚历山大罗夫娜想不到自己会这么愉快，早晨她还认为跟卢仁断绝关系是一件非常可怕的事。拉祖米欣也欣喜若狂，他还不敢把心里的喜悦之情完全表露出来，他高兴得全身颤抖，像在打摆子，似乎是心里卸掉了一个五普特重的秤砣。现在他终于有权把自己的一生献给她们，为她们效劳……谁知道以后还会发生什么！可是他不敢继续想，也不敢去幻想。只有拉斯柯尔尼科夫一直坐在原先的座位上，表现得有点忧郁，漫不经心。他对和卢仁断绝关系的态度尽管是最坚决的，可是现在却对刚才所发生的事似乎无动于衷一样。杜尼娅不禁认为他还在生她的气，普莉赫丽娅·亚历山大罗夫娜则怯生生地待在一旁看着他。

“斯维里加洛夫都跟你说了什么？”杜尼娅来到他身边说。

“啊，对呀，对呀！”普莉赫丽娅·亚历山大罗夫娜叫道。

拉斯柯尔尼科夫把头抬起来。

“他一定要给你一万卢布，热切希望尽快见你一面。”

“见他！不可能！”普莉赫丽娅·亚历山大罗夫娜叫道，“他竟敢给她送钱！”

拉斯柯尔尼科夫把他和斯维里加洛夫谈话的内容告诉了她们，只是省掉了有关玛尔法·彼得罗夫娜鬼魂的事，除了最重要的话以外，他不想提到其他的事。

“那你是怎么答复他的呢？”杜尼娅急切地询问。

“一开始我跟他说，不想转告他任何话。他不择手段想要见你。然后他跟我发誓，已经不爱你，现在对你已经毫无感情了……他只不过是不希望你嫁给卢仁……总之，他的话前后不搭。”

“罗佳，你怎样看他呢？你觉得他人怎么样？”

“说实话，我不懂他的意思。他说要给你一万卢布，可他又说他没有钱。他一会儿说要到别处去旅行，但几分钟以后就忘了自己说的话。后来他又说，他快结婚了，有人向他提亲……总之，他很有可能居心不良。可奇怪的是，假如他真的对你有非分之想，他这么做未免也太愚蠢了……不过，我断然拒绝了那笔钱。反正，我就是认为他非常古怪……而且……好像有点不正常。我也许会判断错误，或许这只是一场误会。玛尔法·彼得罗夫娜的死对他影响很大……”

“主啊，赐予她的灵魂安息吧，”普莉赫丽娅·亚历山大罗夫娜高声说，“我要一直，一直为她祈祷！杜尼娅，要不是这三千卢布，我们怎么落到了这步田地！主啊，简直就是从天而降！啊，罗佳，你知不知道？今天早上我们身上就只剩下三个卢布了，我和杜尼娅一直考虑把她那块表找个地方抵押，免得在那人自己想起给我们钱以前，还要开口问他要。”

斯维里加洛夫来送钱的事，不知道为什么让杜尼娅感到很吃惊。她一直站在那里思考着这件事情。

“我敢断定，他想出了什么可怕的鬼点子。”她喃喃道，害怕得差点哆嗦起来。

拉斯柯尔尼科夫看出了这种异常的恐惧。

“就目前来看，我还要再去跟他见几次面。”他告诉杜尼娅。

“我们得监视他！我一定得找到他！”拉祖米欣高声说道，“我会紧盯他！罗佳已经同意我这么做了。不久以前，他还亲口跟我说，要保护妹妹。阿芙朵佳·罗曼诺夫娜，您也允许我这么做吗？”

杜尼娅微笑着将手伸给他，那种担忧的神情停留在他的脸上。普莉赫丽娅·亚历山大罗夫娜焦虑地看向她，不过那三千卢布明显让她感到踏实了很多。

一刻钟以后，大家高兴地交谈了起来。拉斯柯尔尼科夫虽然没有参与谈话，但他一直在留心听拉祖米欣兴高采烈地高谈阔论。

“什么原因使你们离开的？”他兴高采烈地说道，“你们在那座小城里可以做什么呢？最重要的是，在这里你们能够一家团聚，你们彼此需要——请明白我的意思！哪怕你们只住一段时间……让我成为你的朋友和你一起共事，我肯定我们会有所收获的。请听我说！我要把一切，把整个计划详细地告诉你们！今天早上，什么事都没有发生，我的脑海里就出现了这个想法……是这么的，我有一个舅舅（我要介绍你们认识，他是一位可尊敬的，平易的老头），他有一千卢布的财产，但是他依靠退休金生活，不用这些钱。这两年，他说愿意把这一千卢布借给我，只需六厘利息。我明白他的意思，他也是想帮我。去年我也用不着这笔钱，但是今年，他来的时候，我一定把这笔钱借来。要是你们从你们的三千卢布里再拿出一千卢布，这样，我们就可以一起干一番事业了！我们要干些什么呢？”

接着，拉祖米欣开始口若悬河地聊着自己的计划：“我们的书商与出版商对他们出版的书报差不多都不清楚，他们往往不善经营，可是好的出版物大多数时候是能够收回成本的，并且还能盈利，有时候可以赚一大笔钱。”拉祖米欣一直梦想从事出版事业，他替别人译书已经两年了，精通三国语言，外语水平也不错，尽管他在六天前还对拉斯柯尔尼科夫说自己的德语“不怎么样”，那是想让他帮着做一半的翻译工作，并且把三卢布的预支稿酬收下：他只是出于好心撒了个谎，而拉斯柯尔尼科夫也对此心知肚明。

“既然我们有了成功基本要素——我们自己的钱，那我们为什么要放过这个好机会呢？”拉祖米欣有些激动，“我们肯定要付出劳动，并且将努力去做，您啊，阿芙朵佳·罗曼诺夫娜，我啊，再加上罗佳，一定能把这些事情做好……现在有一些出版物的盈利很大！我们的优势就是我们知道该翻译什么。我们可以一起做翻译，做出版，做研究，大家一起干。我经验丰富可以一起干。我在出版界快混了两年了，完全熟悉他们的底细，相信我吧，这种事什么人都可以做！为什么呢，为什么我们要放过这个机会呢！我晓得有几本书——到现在我一直守着这个秘密——只要咱们能把它们翻译过来出版，每本就能得到一百卢布。可是，当中有几本书，即使给我五百卢布我也不想推荐给别人出版。你们觉得这个建议怎样？要是我去把这个建议告诉一个出版商，要是他还犹豫不决，他就是个傻瓜！至于一些具体的事情，像印刷、纸张、发行等等，你们可以全部交给我去做。我知道所有的秘密！我们可以先小规模做，再慢慢扩大规模，先用它做养家糊口的工作。不管怎样，我们至少是可以把本钱挣回来的。”

杜尼娅的眼睛放出了亮光。

“对于你讲的事我非常感兴趣，德米特里·普罗柯费奇！”她说。

“当然了，这事我是一点儿都不在行，”普莉赫丽娅·亚历山大罗夫娜回答，“这或许是一个不错的建议，可是，谁知道呀。这是件鲜为人知的事，大家都不在行，当然了，我们会留在这一段时间……”她看了看罗佳。

“哥哥，你有什么看法？”杜尼娅问。

“我觉得这是个不错的想法，”他回答，“不过，现在用不着太早地计划办什么公司，不过出版五六本书倒没问题，肯定可以做得很好。我也了解，有一本书的销路一定很好。至于拉祖米欣是不是有能力经营业务，那是毋庸置疑的……不过你们日后还要仔细商量一下……”

“太好了！”拉祖米欣叫道，“先打断一句，我知道这儿有一套房子，那套房子，也是这个房东的。这是个单独的房间，房租也便宜。你们可以暂时把它租下来。明天我就把表拿去抵押了，把钱给你们送来，这样一切就都办好了。关键是你们三个人可以在一起住着，罗佳也跟你们在一块儿……你到哪里去呀，罗佳？”

“怎么啦，罗佳，你这就要离开了吗？”普莉赫丽娅·亚历山大罗夫娜有点惊慌失措地问。

“这是什么时候！”拉祖米欣喊道。

杜尼娅吃惊地看着哥哥。他已经把便帽拿在了手里，正想离开。

“你们这种说话的语气，就像我快死了或永别一样。”他有点儿不知所云地说。

他脸上带着种似笑非笑的表情。

“天知道，说不定这是我们最后一次见面了……”他突然又说了一句。

这本是他在心中想的事，不知为什么一下就说出了口。

“你怎么啦？”母亲惊讶地叫道。

“罗佳，你到哪儿去？”杜尼娅焦急地询问。

“别担心，我有点重要的事要……”他搪塞地回答说，仿佛对自己想要说的话还是犹豫不决。但是他惨白的脸上有一种坚定的表情。

“我想要跟你们说……我到这里来……就想告诉你们，妈妈，还有你杜尼娅，我们还是分开住一段时间好。我觉得很不舒服，心中很不安……我以后会来看你们的，我自己会来的，等到……等到能来的时候。我不会把你们忘记的，我爱你们……让我走吧！让我一人静静地待一会儿吧！我早就打算好了……我早就准备了……不管出什么事都是我一个人的事。请你们把我忘掉吧。这样会让你们生活得好一些……不要去打听我的行踪。可能的话，我会亲自来看你们的，或许……来接你们。也许还能像以往一样！但是现在，如果爱我，就不要管我……否则我会恨你们的，我觉得……再见吧！”

“主啊！”普莉赫丽娅·亚历山大罗夫娜叫道。

母亲与妹妹都吓坏了。拉祖米欣也被这突如其来的话震住了。

“我的罗佳，罗佳啊，让我们像以前一样亲密无间吧！”可怜的母亲叫道。

他没说话，只是缓缓转过身，准备离开这个房间。杜尼娅追上了他。

“哥哥，你怎么能这样对待妈妈呢？”她小声说着，眼中充满了怒火。

他痛苦地望着她。

“没什么，我会回来看你们的！”他喃喃自语道，似乎自己也听不清楚自己在说什么，然后走出了房间。

“狠心的自私的人！”杜尼娅喊道。

“他疯了，完全不近人情。他是疯了！您难道没有看出来？请不要这么说，要不然倒显得您没人情了！”拉祖米欣用力抓住了她的手，在她耳边激动地说着。

“我去去就回。”他对恐慌得面无血色的普莉赫丽娅·亚历山大罗夫娜喊了一声，就跑出了房间。

拉斯柯尔尼科夫在一旁等着他。

“我早就猜到你一定会跑出来的，”他说，“快回去吧，跟她们在一起吧……永远地和她们待在一起。我……可能会来的……要是办得到的话。再见了！”

他没有跟他握手道别，就转身离开了。

“你到哪里去？你怎么啦？你到底是怎么了！”拉祖米欣不知所措地问。

拉斯柯尔尼科夫又一次停下了。

“现在我说最后一遍，以后不要什么事都问我。我也没有什么可对你说的……请你以后别来找我。也许我还会回来，你不要离开她们。你懂我的意思吗？”

楼道里的光线变得昏暗，两人相对无言，对视了一阵。拉祖米欣永远都无法忘记这一分钟，这一分钟就像几个世纪一般的漫长。拉斯柯尔尼科夫那坚强而热烈的眼神仿佛要把他穿透了一样。拉祖米欣突然吃了一惊。两人之间好像有什么东西闪过……一个念头，像某种暗示似的转瞬即逝，双方以为那是罪恶的东西……拉祖米欣突然脸色惨白。

“你现在明白了吗……”拉斯柯尔尼科夫忽然开口，他的脸因悲伤而变了颜色。“回去吧，回到她们身边去吧。”他补充道，说完就走出了这间房子。

我不想描述那晚普莉赫丽娅·亚历山大罗夫娜的情况，也不想描述拉祖米欣是怎么回到母女俩身边去的，又是怎么安慰她们，怎么坚决要求罗佳去养病的。他发誓说罗佳一定会来的，每天都会来，说他烦躁不安不要再刺激他，而他自己——拉祖米欣，会请最出色的医生医治他，并且一直照顾他……总之，从那晚起，拉祖米欣就变成了儿子与哥哥。

第四节

拉斯柯尔尼科夫径直向运河边上索尼娅的住处走去。这是一座老房子，有三层楼，依稀可辨是绿色的。他找到了看门人，向他打听关于裁缝卡佩尔纳乌莫夫的事，从看门人那里打听到了卡佩尔纳乌莫夫大概的住处。他在院子的一个角落里找到了看门人说的那个窄小阴暗的楼梯入口，然后他顺着楼梯摸索着上了二楼，来到一条回廊上，这条走廊从靠院子的那侧开始，环绕整个二楼一圈。拉斯柯尔尼科夫在黑暗里继续摸索着向前走，心里嘀咕着卡佩尔纳乌莫夫家的入口到底在哪里，这时离他三步远的一扇门突然被从里面推开了，他不由自主地拉住了这扇门。

“谁？”一个女人略带惊慌地问道。

“是我……我是来找您的。”拉斯柯尔尼科夫有点紧张地回答，之后走进那条狭窄的过道。一把破旧不堪的椅子上摆着一个歪歪扭扭的烛台，烛台上歪着一截蜡烛。

“是您！天啊！”索尼娅失声喊道，她极力压低自己的声调，整个人像一棵生根的草一样站在那里不能挪动。

“去您的住处怎么走？这边吗？”

拉斯柯尔尼科夫尽量不抬眼看她，自个儿径直朝房间走去。

片刻之后，索尼娅也端着蜡烛跟了进来，她把端着的烛台放下，来到客人面前，显得有点不知所措，但难以掩饰那种难以名状的兴奋和激动，显然，这位客人的来访是个意外的惊喜。索尼娅那一贯惨白的脸颊上此时也泛起了罕见的红晕，眼里饱含泪水……她既难过，又害羞，又高兴……拉斯柯尔尼科夫慌忙转身坐进桌前的一把椅子里，趁此环顾了一下整个房间。

这是一个还算宽敞的房间，可是屋顶很矮，也是卡佩尔纳乌莫夫唯一的一间出租屋。左边的墙上有扇紧锁着的门，与卡佩尔纳乌莫夫家相连；右面的墙上，还有一扇门，也上了锁。隔壁是邻居家的套房，房号也不一样。索尼娅的房间是个很不规则的四边形，十分难看，简直像一个储藏室。临河的一面墙上有三扇窗户，这堵墙斜着与房子的另两堵墙接起来，一端形成了一个非常尖的锐角，深深地穿了进去，在昏暗的光线下几乎难以辨认那是个角落；另一个角落可想而知是一个很愚蠢的钝角。在这个大房间中，几乎没有什么家具：靠右的墙角里摆着一张床，床前的门口，搁着把椅子。有床的那面墙前面，也就是通向邻居家的套房的那扇门的前面，摆着一张用木板钉起来的常见的桌子，上面铺了蓝色的桌布，桌子的周围摆着两把藤椅。另外，在靠近那个锐角的墙前面，有一个用普通木材做的抽屉柜，小小的一个柜子，孤零零地待在那里。这就是索尼亚房间里的全部摆设。角落里肮脏破旧的黄色墙纸都已经发黑了。想必这儿的冬季是既潮湿，又烟雾弥漫。拮据是毫无疑问的，因为床前连张帷帐都没有。

索尼娅静静地看着面前的不速之客，这个客人正在仔细打量着她的房间。最后她不知怎么哆嗦起来了，她就像站在审判官面前，站在决定她生死的人面前一样。

“我迟到了……有十一点了吧？”拉斯柯尔尼科夫问，仍然低垂着眼。

“是，”索尼娅轻声说。“啊，是的，十一点了。”她急忙补充道，仿佛她的生路就在这儿一样，“房东家的钟刚刚打过点……我亲耳听到的……确实十一点了。”

“我这是最后一次来看您了，”拉斯柯尔尼科夫忧郁地说，当然这也只是第一次，“可能我以后再也见不到您了……”

“您要……出门吗？”

“说不准……一切都看明天……”

“那您明天不去卡捷琳娜·伊凡诺夫娜那里了吗？”索尼娅的声音有点儿发抖。

“我还不确定，那得看明天早晨了……问题不在这儿。我来是有句话想跟您说的……”

他终于抬起低垂着的眼睛，看着她。突然发现自己一直是坐着，而索尼娅却是始终站在他面前的。

“您干吗站着呀？坐啊！”他突然改变腔调，语气中充满了亲切和温和。

索尼娅顺从地坐下。他用和蔼、近乎是同情的眼神端详了面前的这位姑娘一阵。

“瞧您的手，多么瘦，而且是苍白的，和死人的手有什么区别？”他抓起她的手。她微微笑了一笑。

“我一直都是这样啊。”她支吾着。

“在家时也是如此吗？”

“嗯，是的。”

“哦，那肯定！”他补充道，突然他的脸色与声音再次发生了变化。他又向四周扫视了一圈。

“这房子是租卡佩尔纳乌莫夫家的吗？”

“嗯……”

“他们就住在隔壁吗？”

“嗯……他们住的也是这样的房间。”

“一家人住在一个房间？”

“嗯。”

“要是我在这个房间里住，晚上肯定会感到害怕的。”他略带伤感地说道。

“房东家的人都挺好的，很亲切，”索尼娅说，她依然有点没有完全平静下来，好像还没睡醒一样。“这里所有的家具，也就是一切……都是房东的。他们的心眼都特别好，孩子们也经常上我这儿来玩……”

“他们都吐字不清，是不是？”

“不错……他不仅说话结巴，而且腿也有点儿一瘸一拐。他老婆也这个样子的……她不是真说话结巴，倒像心中有话说不出一样。她是一个心地善良的人，待人很好。可是她以前是地主家的佣人，家里有七个孩子……老大说话口吃，其他的都只是有病……说话并不结巴……您是怎么知道他们的事的？”她略显惊讶地问。

“您父亲在那时把一切都告诉了我。他告诉了我您的处境……他还说，您有一次六点出门，八点多了才回来。他还对我说，卡捷琳娜·伊凡诺夫娜如何跪在您床边请求您的原谅。”

索尼娅觉得有点难为情。

“我好像今天看到他了。”她迟疑地低声说。

“谁？”

“我父亲。大概九点多的样子。当时我正走在大街上，就在那个拐弯处，他走在我前边。那个人看起来非常像他。当时，我正想去卡捷琳娜·伊凡诺夫娜家里……”

“您是出去散步吗？”

“是的。”索尼娅断断续续地低声诉说着。她又有点不好意思了，埋下了头。

“您跟父亲一起住时，卡捷琳娜·伊凡诺夫娜经常殴打您，有吗？”

“哦，没有，您这是在说什么呢，您讲这些干什么？哪有这样的事！”索尼娅近乎惊恐地看了他一眼。

“那您喜欢她吗？”

“卡捷琳娜·伊凡诺夫娜？当然了！”索尼娅拖长声调回答，她突然伤心起来了，手交叉在一起。“唉！您对她……您如果能了解她的处境就好了！她简直就像个孩子……她简直像疯了一样……是愁得发疯的。从前，她是多么机灵的一个人啊……那么大方……心眼儿那么好！您……什么……什么都不了解……唉！”

索尼娅说出这些话，似乎有点悲伤。随后她陷入了绝望之中，脸上带着兴奋又夹杂着痛苦的神情，她那张惨白的脸顿时又涨得红起来了，双眼中含着痛苦，显然，她的心灵受到了猛烈的冲击。她似乎极力想表达什么，想说什么，想替哪位辩护。突然她的脸上分明地显现出对某人的无限怜悯，如果可以这么说的话。

“打我！您怎么能这样说啊！主啊，打我！就算她打过我，那又怎样呢！那又怎样呢？您不清楚，您什么都不清楚……她的命运实在太苦了，唔，她的命可真苦！而且她还有病……她只是在寻求公正……她是那么天真。她以为任何事情都是公正的，她要求公正……即使她会遭受痛苦，她也要坚持做公正的事。可是她不知道，要求人人都公正是不现实的，所以她总是很气愤……像个孩子，像个孩子！她是公正的，公正的！”

“那您今后打算怎么办？”

索尼娅迷惘地瞟了他一眼。

“您可知道，他们都得依靠您来生活。以前也都依靠您生活……您那个已经去世了的酒鬼父亲也经常来您这里要钱买酒。唉，以后可怎么办呢？”

“不知道。”索尼娅忧郁地说。

“他们还愿意住在那里吗？”

“我不知道……他们欠着人家的房租。不过听说女房东要赶他们走，可是卡捷琳娜·伊凡诺夫娜说，她一分钟都不想在那里待下去了。”

“她怎么可以说出这样的话？她想要您来养活吗？”

“唉，不，千万不要这么说！……都是一家人，我们共同生活，”索尼娅又有点激动了，甚至还有点儿恼怒，活像一只被惹恼了的金丝雀或是其他什么小鸟儿。“她有什么办法呢？啊，她又该怎么办呢？”她急促地问，很激动。“今天她又不知道哭了多少次了！她已经疯了，您没有发现吗？真的疯了。有时候，她就像小孩一样，幻想明天的一切都会变得很美好，她会认真准备下酒菜还有其他的东西……有时她又陷入深深的痛苦之中，咳血，大哭不止，甚至会突然绝望地把头往墙上撞，有时她又会自我安慰把希望寄托在您身上，她这辈子可就靠您了，她说您不会不管她的。她想从什么地方借点儿钱，和我一起回她的家乡，为上流社会的女孩子办一所寄宿学校，我去做学监，那样的话我们就会过上幸福的新生活了。她当时是这么说的，一边吻着我，抱着我，宽慰我，因为她信心十足，憧憬着美好的未来。我怎么忍心反驳她呢？今天一早，她就开始洗洗涮涮，缝缝补补，忙到晚上。她用那两只纤弱的手把一个巨大洗衣盆拖进房间，累得上气不接下气，一下子瘫躺在床上。但是今天早上，我还和她去逛商场，本打算给波列契卡和廖尼娅买一双新鞋，她们两个的鞋都破得挂不住了。可是我们凑了所有的钱，还是不够，还差许多。她选中了两双非常漂亮的小皮鞋，她自己有审美观，您不知道……就因为钱差得太多，她竟然在铺子里当着老板伙计们的面放声号啕大哭……唉，她那憔悴的样子真叫人心酸。

“听了您这一番话，我恍然大悟……您就是……过这样的日子。”拉斯柯尔尼科夫不自然地笑了笑说。

“难道您不认为她值得同情吗？您不同情她吗？”索尼娅几乎要叫起来了，“没错，虽然您还没看到什么，您就将您仅有的积蓄全都给了她；如果您看到了一切的话，啊，主啊！有多少次，我惹得她伤心流泪呀！就在上个星期我还又惹她伤心了呢！唉，我呀！这也就在他去世以前的一个礼拜。我那时候做得是太绝情了！这样的事我已经做过不止一次两次了。现在我总在想这些事，一想起来就伤心呀！”

索尼娅一提起这些往事，就非常痛苦，说话的时候使劲扭着手。

“您是无情的人吗？”

“我，是呀！有一天我回去看他们，”她哭着诉说着，“先父说，‘念一段话给我听听吧，索尼娅，我的头有点儿疼，念一段话给我……这里有书。’他真有那么本书，是从安德烈·谢苗诺维奇·列别贾特尼科夫那里弄来的，他就住在附近的一个地方，他总是有办法搞到这种很有意思的书。可是我却说：‘我该走了，’我才不想读呢。我去那里的目的主要是想让卡捷琳娜·伊凡诺夫娜看一下几条衣领，那个小贩丽莎维塔卖给我一些便宜的衣领和套袖，但是很好看的，崭新的，还绣着花呢。卡捷琳娜·伊凡诺夫娜很钟爱这些东西，她戴起那些东西来，在镜子前照了又照，爱不释手。她说：‘亲爱的索尼娅，请把这些东西送给我吧，’她居然用了‘请’字，看得出她是多么喜爱这些东西。但是，她要这些东西有什么用呢？只会勾起她对从前快乐生活的回忆。她在镜子前面孤芳自赏，但是她连件像样的衣服都没有，她几乎一无所有，已经有很多年了！她从来不向别人开口要东西，她是个傲慢的人，她甚至会把自己仅有的一点儿东西送给人家，但是现在她居然开口跟我要这些东西——她是多么喜欢这些东西啊！可是我却不舍得送给她，我说：‘卡捷琳娜·伊凡诺夫娜，您要这些东西有什么用呢？’我就是这么说的：‘有什么用呢’。我真不该这样跟她说话呀！她盯着我，我最终没有给她。她伤心欲绝，我看她真的很可怜……她并不是因为没得到衣领而难过，难过的是我拒绝了她，我很明白。哦，现在我多么想把以前说过的话收回来呀，让时间倒流，那该有多好！唉，我……为什么！……

但是，这在您看来，算不了什么！”

“您认识那个小贩丽莎维塔吗？”

“嗯……难道您也认识她？”索尼娅有点儿吃惊地反问道。

“卡捷琳娜·伊凡诺夫娜有痨病，而且病得非常严重，她可能不久就会死的。”拉斯柯尔尼科夫没有回答索尼娅的提问，沉默了片刻，接着说。

“啊，不，不，不！”

索尼娅不由自主地抓住了他的手，似乎哀求他别让卡捷琳娜·伊凡诺夫娜死掉一样。

“她死了反而更好。”

“不，不好，不好，一点儿都不好！”她惊慌失措地、失魂落魄地重复道。

“如果那样的话，孩子们怎么办呢？只好让他们住在您这里了，否则您还能将他们送到哪里去呢？”

“唉，那我也许就办不到了。”索尼娅用手抓着头发，近乎绝望地哀号。由此看来，以前她肯定早盘算过这个问题了，此刻这种意识又被重新唤醒了。

“还有，现在卡捷琳娜·伊凡诺夫娜还活着，可是您如果生了病，住进了医院，后果会怎样呢？”他继续无情地说道。

“哎呦，您这是说的什么话呀，您这是说的什么话呀！这是永远都不可能的！”

索尼娅的脸都吓得扭曲了。

“为什么不会发生呢？”拉斯柯尔尼科夫嘴角抽动了一下，接着往下说，“您没买保险吧？到那时他们又有什么办法呢？他们不得不流落街头，卡捷琳娜·伊凡诺夫娜一边咳嗽一边乞讨。她又会把头往墙上撞，就像今天这样，而孩子们呢，则号啕大哭……然后她可能倒在街头，被送到警察局，住进医院，随后死在那儿，而孩子们……”

“啊，不……上帝不会让他们落到如此境地的！”从索尼娅压抑的胸腔中最后迸发出这样一句话。她听着，望着他，眼里充满期待，她默默地合着双手祈求，仿佛他们的一切都掌握在她手中一样。

拉斯柯尔尼科夫站了起来，在房间里来回踱着步。大概一分钟以后，索尼娅放下双手，垂着头站在那里，心中满是悲戚。

“您不能攒点钱吗？把钱攒起来以备不时之需？”他突然在她跟前停下脚步。

“没办法啊。”索尼娅轻声说。

“当然不能！那么您有没有尝试过？”他有点嘲笑地补了一句。

“试过。”

“但是攒不起来！唉，那当然了！这还有疑问吗？”

他又在房间里踱来踱去。又过了大概一分钟。

“您不是天天都能够挣到钱吧？”

索尼娅比先前更窘了，她的脸又涨得通红。

“当然不是的。”她悲伤地、费力地低声说。

“波列契卡可能也会跟您走同一条路的。”他忽然说。

“不！不！不能够，不！”索尼娅绝望地大声呼喊，仿佛有人用尖刀捅向了她的心窝似的。“上帝，上帝绝不会容许这种悲惨的事发生的！”

“但是上帝允许别人呀。”

“不，不！上帝会保佑她的，上帝……”她喃喃自语道。

“但是，或许上帝并不存在。”拉斯柯尔尼科夫有点儿幸灾乐祸地说道，他看了她一眼，冷笑了起来。

索尼娅的脸色突然变了：面部肌肉痉挛。她用一种难以名状的怨恨的目光看了看他，她本想说点儿什么，但是最后什么都没有说出来，她把脸埋在手中，悲恸地哭起来。

“您说卡捷琳娜·伊凡诺夫娜疯了，您自己才真正疯了呢。”他沉默了一会儿，又开口说道。

又过了大概五分钟。他仍然一言不发地在房间里走来走去，并不抬头看她。最后他走到她面前停下来。他的眼里闪着光，把手放在她的肩膀上，凝视着她那泪痕斑斑的脸。他的目光是冷漠的，又带着兴奋和敏锐，他的嘴唇直颤抖……突然，他俯下身去，伏在地上，开始吻她的脚。索尼娅吓得连忙退到一边，像避开一个疯子一样。他看起来真像个疯子。

“您这是怎么了，您在做什么？在我面前！”她含糊不清地说，面色苍白，她的心忽然揪紧了，又一阵伤心。

他赶紧站起身来。

“我不是向你下跪，而是向人世间的所有苦难下跪。”他有点儿摸不着头脑地说，随后又走到窗前。“你听着，”片刻之后，他又走回她面前，说，“前一阵，我跟一个欺负人的家伙说，他就连你的一个小手指头都比不上……我还说，今天我叫我妹妹坐在你旁边，她应该感到荣幸。”

“啊，您为什么要对他们说这种话呢？而且当着她的面？”索尼娅惊惶失措地喊道，“和我坐在一起！荣幸！但我是一个……下贱的人呀……啊，我是个有罪的人！唉，您为什么说这种话呢！”

“我之所以说这种话并不是因为你下贱和有罪，而是因为你所忍受的如此的痛苦。但是，您确实是一个犯了重罪的人，”他几乎是兴奋地加了一句，“您之所以是个罪人，主要是因为你白白地糟蹋自己，出卖了自己的肉体和灵魂。难道这不严重么？你过着自己深恶痛绝的肮脏的生活，难道这还不严重么！而且你自己也清楚（你只要睁开眼看看）你过这样的生活与别人无关，也无力拯救谁。最后，请您回答我，”他发狂般地说，“这么耻辱与下贱的生活，怎么能够与神圣的感情同时存在于你一人的身上呢？索性不如跳河自尽，了却终生，倒还明智一点，要正确一千倍，聪明一千倍！”

“那么他们该怎么办呢？”索尼娅虚弱地问，她非常难过地望了望他，可是并没有对他的这个建议感到一丝惊讶。拉斯柯尔尼科夫惶惑地扫了她一眼。

他从她的目光中看出一切。她自己肯定早就有过这个念头，或许她在绝望中已经不止一次地思索过如何结束这一切，所以此刻对他的建议几乎不觉得奇怪了。她不认为他的话有什么不妥（当然，她也没有觉察出他的意思和对她耻辱的特别看法，这点他看得十分清楚）。但是他十分明白，她每当想起自己那卑贱的、可耻的身份时，就陷入无尽的痛苦，伤心欲绝，并且她受这种折磨已经很长时间了。他心里琢磨，到底是什么支撑她不顾一切走到现在呢？现在，他终于知道了，那些苦难的、未成人的孩子们，还有这个可怜的、疯了的、有痨病的、头往墙上撞的卡捷琳娜·伊凡诺夫娜，对她有多重要的意义啊。

但是，他也明白，以索尼娅的脾气与她受的教育来讲，不管怎样，她都不能再这样下去了。但是对他来说，心里仍然存在的疑问是：既然她没有跳河自尽，她为什么能这么久地处于这种环境中而没有发疯呢？当然他知道索尼娅的处境在社会上毕竟是一个偶然，尽管这种现象令人痛心，不是独一无二，也不是屈指可数的。可是，这种偶然性，她所受的那些教育，还有她过去的全部生活，或许刚走上那条可耻的道路，就会让她产生自杀的欲望，那支撑着她的到底是什么呢？不会是放荡吧？这些污秽的词只是机械地涉及她，真正的堕落还没有侵蚀她的心灵。这一点他也看得出。这不是在梦里，她真实地站在他跟前……

“她有三条路可以选择，”他思忖道，“跳河，进疯人院，或……或继续堕落，让头脑麻木，让心变得无情。”他最厌恶的是第三条路。但是他总是持怀疑的态度，他还年轻，不能理解现实生活，因此也就非常残酷，所以他不能不信，最后一条路，也就是继续堕落，可能性是最大的。

“可是，难道真有这种事吗？”他在心中呼喊，“一个像她这样仍然保持纯洁心灵的人，难道最后真要有意地被拖进那个臭气熏天的火坑中吗？难道这已经开始了？直至现在她之所以能承受，难道是因为她已经感受不到耻辱了吗？不，不，那绝不可能！”他像索尼娅刚才一样喊道，“不，至今为止，阻止她投河自尽的，是罪恶和他们那些孩子们……假如她至今还没发疯……但是谁说她还没疯呢？她的头脑清醒吗？难道一个正常人可以像她这样说话吗？难道一个神志清醒的人能像她这样考虑问题吗？难道一个人能处在罪恶的边缘，处在她正要被拉进去的臭气熏天的深渊的边上，当有人提醒她说这儿不安全时，她还能充耳不闻吗？她怎么了？在期待奇迹出现吗？肯定是这样的。难道这些不是发疯的迹象吗？”

他固执地这样定论。和其他的解释相比较，他更愿意接受这个解释。他愈发全神贯注地注视着她。

“索尼娅，你经常虔诚地向上帝祈祷吗？”他问道。

索尼娅没有回答。他站在她身边等待答案。

“如果上帝不存在我会怎样呢？”她轻声说，但是说得又快又坚决，那双突然闪闪发亮的眼睛匆忙看了看他，她用力地攥住他的手。

“嗯，果真是这样的！”他想道。

“那上帝为了报答您，眷顾过您吗？”他问，带着试探的口吻。

索尼娅沉默了许久，仿佛不知如何解答这个问题。她那瘦弱的胸脯由于激动不停地上下起伏。

“不要说了！不要问我！您不配！……”她突然嚷道，神情严峻地、气愤地盯着他。

“一定是这样的，一定是这样的。”他在心中坚决地重复道。

“他做了一切！”她又立刻低下头轻声说。

“应当这么解释！这种解释一定是对的！”他暗暗地做出判断，同时怀着强烈的好奇心看着她。他用一种前所未有的、怪异的、几乎是悲痛的眼神看着那张惨白的、瘦弱的、颧骨很高而又轮廓不端正的小脸，看着那由于气愤仍然发颤的瘦小的身体和那双含情脉脉的蓝色眼睛。这双眼睛居然能闪烁出这么严肃和坚决的光芒。他觉得这一切愈来愈不可思议，认为这几乎是不可能的。“一个宗教偏执狂，一个宗教偏执狂！”他心中这样想道。

抽屉柜上有一本书。他在房间里走来走去时，每当路过，都会看到这本书，此刻他把它拿在手中，看了一眼，原来是《新约全书》的俄译本，书是用皮面装的，已经破了。

“这是从哪儿弄来的？”他在房间的另一头对她大声说道。她仍然站在距离桌子有三步远的地方。

“别人给我带来的，”她仿佛十分不情愿地回答，没有抬眼看他。

“谁带来的？”

“丽莎维塔带来的，我让她拿来的。”

“丽莎维塔！奇怪！”他思忖道。索尼娅的一切好像时时刻刻都在发生变化，变得越来越离奇，越来越令人难以捉摸。他把书拿到蜡烛前，开始翻看。

“拉撒路的故事在哪一页？”他突然问。

索尼娅赌气地看着地板，默不作声。她稍稍斜对着桌子站在那儿。

“有关拉撒路复活的那一章在哪一页上？指给我看，索尼娅。”

她斜眼瞟了他一眼。

“您不要看那里……在第四篇福音中。”她并没有朝他走去，冷冰冰地低声说。

“您找出来念给我听听。”他说，随后他坐下了，把臂肘支在桌上，用一只手托着头，神情忧郁地看着一边，做出仔细倾听的样子。

“再过两三个星期，她就要被送进疯人院了，太好了！我可能也会去那里，如果不是最糟糕的话。”他轻声地自言自语，脚步停在原地没有挪动。

索尼娅听到拉斯柯尔尼科夫那个古怪的消息之后，将信将疑、迟疑不定地走到桌前。但是到底还是捧起了书。

“您以前难道没有读过？”她问，抬起头隔着桌子看了看他。她的声音愈来愈严肃。

“很早以前看过……上学的时候。念吧！”

“您在教堂里也没听过吗？”

“我……不去教堂。你经常去教堂吗？”

“不——不，”索尼娅轻声说。

拉斯柯尔尼科夫冷淡地笑了笑。

“我明白……那明天你不准备去参加父亲的葬礼吗？”

“去。上个星期我也去过教堂……去做安魂祈祷。”

“为谁做祈祷？”

“丽莎维塔，她叫人用斧子砍死了。”

他的神经突然受到更大的刺激，头有点儿发晕。

“你和丽莎维塔相处得很好吗？”

“是的……她人挺好的……她来找过我……但不经常来……她不能经常来。我和她一起看《圣经》还有……聊天。她能看见神[1]。”

套用《圣经》的这句话，他听后觉得很刺耳，又是让人意想不到的事：她和丽莎维塔暗地里来往，她们两个人都是狂热的信徒。

“连我都快要变成狂热的信徒了！这会传染的！”他想。

“念呀！”他急不可待地喊道。

索尼娅仍然迟疑不定，她的心剧烈地跳动着。她不知道为什么不敢给他念。他几乎是痛苦地看着这个“可怜的女疯子”。

“您想干什么？您不是不信主吗？”她轻声说道，像是胸口憋闷，透不过气来。

“念呀！我让你念，”他又说，“你不是给丽莎塔维念过吗！”

索尼娅将书翻开，找到要念的那一段。她的手不停地颤抖，声音几乎发不出来。她试了两次，但是连第一个音节都念不出来。

“有一个叫拉撒路的病人，住在伯大尼[2]就这样，他念到了第十九节……”她总算用力念了出来，可是刚念到第三个字，她的声音忽然变得尖细，继而停下了，就像一根绷得太紧的弦忽然断了一样。她呼吸困难，胸口感到憋闷。

拉斯柯尔尼科夫有点儿明白了索尼娅为什么不想念给他听的原因了。他愈是明白了这点，就愈是粗野和恼怒地逼她念下去。他懂了，此刻让她坦白地说出埋藏在她心里的一切，会让她更加难过。他懂了，这种感情的确一直是她很久以来的秘密，或许早在她还是个少女时就种在心中了。那时候她还住在家中，在可怜的爸爸与发疯的继母身边，与饥肠辘辘的弟妹们生活在一起，耳边是令人毛骨悚然的吼叫与责骂声。他现在也知道了，并且非常清楚地知道，尽管她开始念时，心中非常痛苦，并且有些顾虑，可是她自己也是很想念的，而且就想念给他听，叫他听到，而且必须现在就念。“无论今后发生什么事！”……他从她的双眼中看到了这一点，从她那喜悦的激动中读到了这一点……她克制着自己，控制住开始念第一节的时候让她发不出声来的抽噎，接着念《约翰福音》的第十一章。

“很多犹太人来看马大和马利亚，要为她的兄弟安慰她们。马大听见耶稣来了，就出去迎接，马利亚还在家里坐着。马大对耶稣说：‘主

---

[1] 语出《新约全书·马太福音》第五章。

[2] 见《新约全书·约翰福音》第十一章。

啊，你若早些到这里，我兄弟必不死。不过现在，我知道，你向神无论求什么，神也必会赐给你。’”

她念到这停下了，害羞地预感到，她的声音还会发抖和中断……

“耶稣说：‘你兄弟必复活’。马大说：‘我知道，他在世界末日复活的日子会复活’。耶稣对她说：‘复活在我，生命也在我；信我的人，虽然死了，可必复活；凡活着信我的人，也必不死，你相信吗？’”她对他说。（索尼娅痛苦地哈了口气，又清晰而有力地念起来，仿佛在公开祈悔似的。）

“主啊，我信，你是基督，是神的儿子，是我们盼了很久要降临到世界的救世主。”

一会儿，她停住了，抬起头慌张地瞅了他一眼，可是她又马上调整好状态，继续往下念。拉斯柯尔尼科夫一动不动地坐在那里倾听，没转过身来，把臂肘支在桌上，眼睛盯着其他的地方。他读到第三十二节了。

“马利亚到了耶稣那里，看见他就伏在他脚前，说：‘主啊，你若早到这里，我兄弟必不死，’耶稣看见她哭，同她前来的犹太人也哭，就心里悲伤，十分忧愁，就说：‘你们把他葬在哪里？’他们说：‘请主来看。’耶稣哭了，犹太人于是说：‘你看，他何等地爱这个人啊。’其中有人就说：‘他既然让瞎子能重见光明，难道不能叫人不死吗？’”

此时此刻，拉斯柯尔尼科夫把脸转向她，激动地盯着她：是啊，果真是这样的！她现在整个身体都在发抖，她的热病发作了。他早就想到会出现这种状况。她就要念到那最高尚的、前所未有的奇境了，她心中充满了无限的喜悦。她的嗓音像铜铃，像银铛，声音中饱含着快乐和喜悦，这让她的声音变得更加铿锵有力。她觉得眼前一片黑暗，一行行字在她眼前变得模糊不清，可是她念的那些章节她早已滚瓜烂熟了。念到最后一节“他既然能让瞎子重见光明，怎么就不能……”，她压低声音，用激动而热情洋溢的话语表达对那些无知的、不信仰上帝的犹太人的不解、责备和谴责，很快他们就会像遭到雷击一样跪在他脚前，痛哭流涕地表示他们的信仰……“他，他——也是无知的，不信仰上帝，他立刻也会听见，他也会信上帝的，是的，是的！立刻。”她这么想象着，因为快乐的等待而浑身发抖。

“耶稣心里悲叹，来到墓前，那坟墓是个洞，被一块石头挡着。耶稣说：‘你们把石头移开。’马大对他说：‘主啊，他肯定是臭了，因为他死了四天了。’”

她把“四”特别有力地念出来。

“耶稣说：‘我对你讲过，你若信，就肯定会看见神的荣耀！’”他们把大石移开，耶稣抬头对天说：‘父啊，我感谢你，因为你已经听我；我知道你常听我，但我是为周围站着的人说这话，叫他们相信是你派我来。’说完，就大声说道：‘拉撒路出来。’那死去的人就出来了。（她兴奋地高声念着，发着抖，也发冷，似乎亲眼看见一样）手脚缠着布，脸上包着手巾，耶稣对他们说：‘解开，让他走！’”那些来看马利亚的犹太人，目睹了耶稣所做的事，有很多就信了他。她停了下来，再也无法继续念下去了，她把书合起来，从椅子上站了起来。

“这就是拉撒路复活的故事，”她快速地、冷静地轻声说。随后转过脸去，安静地站在那儿，没有勇气又似乎不好意思地抬起眼来瞅着他。她那由于热病发作的颤抖仍然没有停下来。这时即将燃尽的蜡烛头在那个斜着的烛台上马上就要熄灭了，它黯淡地照着这个简陋的房间中的杀人犯与妓女。他们两个人凑在一起是多么的不可思议，还读着这本不朽的书。大概过了五分钟，也许更久。“我来是想跟你谈一件事，”拉斯柯尔尼科夫忽然皱起眉头提高嗓门说。他站起来，走到索尼娅面前。索尼娅抬起头静静地看着他。此时，他的目光显得格外严肃，眼中流露出一种坚定的决心。

“我今天离开了亲人，”他说，“母亲和妹妹。我从今以后再也不去她们那里了，我和她们决裂了。”

“为什么？”索尼娅惊讶地问道。最近她和他的母亲与妹妹见过面之后，在她心里留下了一种她自己都说不清到底是什么的强烈的印象。她听见他和她们决裂的消息之后，差不多惊呆了。

“如今你是我唯一的亲人了，”他接着说道，“我们一起走吧……我们现在在一起了。我们两个都是被责骂的人，我们就一起走吧！”

他的眼睛里闪着光。“真是疯了，”索尼娅也这样想道。

“去哪里呢？”她惴惴地问，不禁向后退了一步。

“我也不知道。我只知道我们两个同是天涯沦落人，这是肯定的——仅此而已。目标一样！”

她看着他，根本不懂他的意思。但她知道，他是不幸的。

“如果你去跟他们讲，没有人会明白的，可是我明白。我需要你，因此我来找你了，”他继续说。

“我还是不明白……”索尼娅轻轻地说。

“以后你会懂的。难道你没有干过这样的事吗？你也越轨了……有可能越轨了。你毁了你自己，毁了自己的生命……你自己的。你本可以理智地精神百倍地生活，可是你却在干草广场上结束生命……但是你又支持不住，假如你独自一人生活的话，你会像我一样发疯的。眼下你已经像个疯子了。因此我们俩应当一起走，走同一条路！我们走吧？”

“为什么？您为什么这样说！”索尼娅说。他的话让她感到困惑，难以理解，甚至引起不安。

“为什么？你要知道，你不能再这样堕落了——就是因为这个！应当最后认真地、仔细地考虑一下了，而不该像个孩子一样哭闹，说上帝不允许！要是你明天真的被送进了医院，怎么办呢？她精神失常，得了痨病，不久便会死掉，孩子们怎么生活呢？难道波列契卡能不走这条罪恶的路？你难道没看到街头上被母亲赶出来要饭的孩子们吗？我知道他们的母亲住在什么地方，过的是一种什么样的日子。在那里，孩子就不可能还是天真无邪的孩子！七岁的孩子就学坏，成了小偷。要知道，孩子是基督的形象啊！‘天国是属于这样的人的。’[1]基督让我们爱他们，尊敬他们，他们是人类的希望……”

“那该怎么办，怎么做呢？”索尼娅重复道，她哭出了声音，不停地来回揉搓着双手。

“怎样做？应该毁灭的就让它去吧，一劳永逸，自己来承受痛苦！怎么？你还不明白吗？今后你慢慢会明白的……自由与权力，特别是权力！主宰一切活动的生灵和芸芸众生的权力！……这就是目标！一定要记住这一点！这是我送给你的临别赠言。这也许是我最后一次跟你说话。如果我明天没有来，你会听说事情的经过的，那就请你牢记我此刻说的这些话。许多年以后，等你总结出丰富的生活经验，或许有朝一日你会明白这些话的意思的。要是我明天来，我会告诉你是谁杀了丽莎维塔，再见！”

索尼娅吓得全身止不住的颤抖。

“莫非您知道谁是杀害丽莎维塔的凶手？”她胆战心惊得问，恐惧地看着他。

“知道，我会来告诉你……告诉你，只告诉你，我看中了你。我到这里来不是祈求你的原谅，只是想告诉你：我早就想到了你，准备把这件事告诉你，就在你父亲跟我谈起你时，那时候丽莎维塔还没死，我就想这么做了。再见，不要和我握手，明天见！”

他离开了这间屋子。索尼娅像看一个疯子一样看着他，可是她似乎也疯了，而且自己意识到了这点。她的头有点儿晕。“主呀，他怎么会

[1]《圣经·新约全书·马太福音》第十九章。

知道杀害丽莎维塔的凶手是谁呢？这话到底是什么意思？这真是太可怕了！”可是在当时，她并没有觉察。绝对不会！绝对不会！……“啊，他肯定很悲惨！……他跟母亲和妹妹断绝了来往。为什么呢？发生了什么事？他想干什么？他跟她说了什么？他曾吻着她的脚说……说（这话她说得非常清楚）要是没有她，他就活不下去了……啊，主啊！”

一整晚索尼娅都在发烧，不停地说胡话。有时候她会突然坐起来，伤心地哭，悲痛欲绝，哭完后就又发着烧昏昏沉沉地睡过去了。她梦见波列契卡、卡捷琳娜·伊凡诺夫娜还有丽莎维塔，梦见她在念《福音书》，梦见他……他面色枯槁，眼睛发光……他吻她的脚，痛哭着……哦，主啊！

在门外右侧，就是将索尼娅的屋子和盖尔特鲁达·卡尔洛夫娜·列斯丽赫的套间隔开的那道门的后侧，有一个空了很久的房间，这个房间是列斯丽赫太太套间之一，是要被租出去的，门上挂着出租的牌子，在靠河的窗子上也贴着招租告示。索尼娅已经习惯把它当成一个空房间。但是那个时候，斯维里加洛夫先生一直躲在那个空房间的门后面，躲在那儿偷听他们的谈话。拉斯柯尔尼科夫离开后，他还在那里站了一阵，像是在思索什么，然后蹑手蹑脚地走回和那个空房间相连的自己的房间。他搬了一把椅子，轻轻地把它放在紧靠着索尼娅房间的门口。他认为他们俩的谈话非常有趣，看得出，他听后很兴奋，因此他干脆搬来一把椅子，便于以后，比如说明天吧，不必再像受罪一样站上一个小时，可以舒服地坐着听，尽情享受其中的乐趣。

第五节

第二天上午十一点钟，拉斯柯尔尼科夫向X分局侦查科走去，求见波尔费利·彼得罗维奇，可是波尔费利·彼得罗维奇好久都没出来接见他，他有点莫名其妙了：足足等了十分钟，才叫他进去。他想象着，似乎应该马上就会被问很多问题。然而他呆呆地站在接待室里，一些人从他身边过来过去，看样子，都无视他的存在。后面一间似乎是办公室的房间里，坐着几个职员，正在埋头写着什么。显然，他们当中甚至没有人知道，谁是拉斯柯尔尼科夫，他是何等人物。他不安和疑惑地打量着自己周围的一切，暗暗忖度他身旁有没有卫兵，有没有盯着他的神秘的目光，以防他会逃跑？可是事实上根本没有这样的事，完全是他自己的错觉。他只看见一些小职员，一些为琐碎事务操心的人的脸，还看见另一些人，可是完全没有人理会他：他喜欢去哪里就去哪里好了，没人在意他。他越来越坚定地认为：如果昨天那个神秘的人，那个从地底下钻出来的幽灵当真什么都听到了，什么都看到了——那么他，拉斯柯尔尼科夫，现在还能这样站在这里，安然无恙地等待吗？难道要在这里一直等到十一点钟，让他自己来自首吗？可见，或者是那个人还没来告发，或许就是……只是他自己什么都不知道，什么也没看见（他怎么会看见呢？），所以，他，拉斯柯尔尼科夫，昨天所发生的一切，不过是在他那受刺激的、发狂的想象力驱使之下的夸大了的主观臆想。甚至就在昨天，在他感到焦躁不安、悲观绝望的时候，这个猜测就已经在他心中渐渐清晰了。现在他把前前后后又认认真真地盘算了一遍，准备投入新的战斗，但是却突然感到，不停地打战，——一想到他居然会让可恨的波尔费利·彼得罗维奇吓得发抖，他怒火中烧。在他看来，现在最难办的就是又要见到这个人：他恨透了他，恨得咬牙切齿，甚至担心自己的这种仇视态度会暴露自己。他心中这股强烈的愤怒，竟然战胜了恐惧，他不再发抖了。他打算冷静地走进去，装出一副若无其事的样子。他应该尽量保持沉默，留心观察，留神别人的谈话，至少这一次无论如何也要控制自己那种愚蠢的一触即发的激动。这时有人来叫他去见波尔费利·彼得罗维奇。

原来办公室里只有波尔费利·彼得罗维奇一个人在。他的办公室不算很大，但也不算小。一张漆布面的长沙发前摆着一张大写字台和一张办公桌，角落里摆着一个公文橱子，还有几把椅子——都是公家的家具。家具都是用磨光的黄色木料做的。后边那面墙的角落里，或许说是在隔板上更贴切，有一扇门，是锁着的，似乎在隔板后面，好像还有几个房间。看见拉斯柯尔尼科夫走了进来，波尔费利·彼得罗维奇赶紧去把他进来时走的那道门掩上，于是屋里就只有他们两个人了。看来，他在极力装出最愉快、最亲切的态度来迎接自己的客人。不过，几分钟以后，拉斯柯尔尼科夫根据某些迹象判断，他心里好像有点儿慌乱，——仿佛他突然给搞糊涂了，或者是被人发现了什么不可告人的秘密。

“啊，尊贵至上的朋友！瞧，您也……上我们这地方来了……”波尔费利说着，向他伸出了双手。“好，请坐，老兄！也许您不乐意管您叫尊贵至上的朋友和……老兄，——不喜欢这样亲昵？请不要认为我是在做作……这边坐吧，坐在沙发上。”

拉斯柯尔尼科夫坐下来，眼睛死死地盯着他。

“我们这地方，”为了掩饰刚才过分的亲昵而请求原谅，那个法国词“亲昵”以及其他的一切都是明显的迹象。“然而，他把两只手都向我伸了过来，可是并没有跟我握手，就马上缩回去了，”这个疑问在他脑子里一闪而过。两人互相注视着对方，但是他们的目光一交汇，立即就像触电一般躲开了。

“我是给您送申请书来的……关于那块表的……就在这里。您看这样写行吗，还是得重新写一份呢？”

“什么？申请书？哦，哦……您别担心，这样写就可以了，”波尔费利·彼得罗维奇说。他好像急着要到哪里去似的，说完了这些话，才接过申请书去，看了一遍。“对，这样写就可以了，不需要再写什么了。”他又很快地重复了一遍上句话，随手把申请书放到了桌子上。他们很快就谈起了别的事情，过了一会儿，他又从桌子上拿起申请书，把它放到自己的办公桌上。

“昨天您是不是好像说过，想要问问我……正式地……问问我是否认识那个……被害的老太婆？”拉斯柯尔尼科夫接着说，“唉，我为什么要说好像呢？”他脑子里又匆匆闪过这个想法。“可我为什么为了说了个好像又担心起来了呢？”立刻又有另一个想法犹如闪电般在他脑子里忽地一闪。

他突然感觉到，刚与波尔费利接触，才说了一两句话，仅仅交换了一两次目光，他的神经过敏就已经发展到了令人吃惊的程度了……这是非常可怕的：神经紧张起来，恐惧增强了。“糟糕！糟透了！……我又说漏了嘴。”

“对——对——对！不必担心！时间还多，来得及的，”波尔费利·彼得罗维奇含糊其辞地说。他在桌子旁毫无目的地走来走去，一会儿走到窗前，一会儿走到办公桌边，一会儿又回到桌子这里，一会儿故意回避拉斯柯尔尼科夫疑惑的目光，一会儿又突然站住，目不转睛地盯着他。他那又胖又圆的矮小身躯给人一种滑稽的感觉，好像一个圆球，一会儿滚到这边，一会儿滚到那边，撞到墙上或角落里，又被反弹回来。

“不急，不急……您抽烟吗？带烟了吗？来，抽支香烟吧……”他说着递给客人一支香烟。“您知道吗，我接待您的这个地方，就是我的住址，我就住在隔板后面……公家的房子，不过现在我在外面自己租了个房子，临时住几天，这儿需要修缮一下。现在差不多就要完工了……公家的房子，这种待遇真是诱人，——不是吗？您认为呢？”

“是啊，当然好，”拉斯柯尔尼科夫带着鄙夷的神色望着他回答。

“好得很，好得很……”波尔费利·彼得罗维奇喃喃着，似乎突然转向思考与此毫无瓜葛的问题来了，“对！好得很！”最后他几乎是高声叫喊起来，突然抬起眼来看了看拉斯柯尔尼科夫，在离他两步远的地方停了下来。他愚蠢地重复说着公家的房子是多么好。一个俗不可耐的人，可是他现在突然又用严肃、深思和神秘的目光注视着面前的客人，这与前面表现出的庸俗极不协调。

但是这种眼神更加激怒了拉斯柯尔尼科夫，他无论如何无法控制自己的情绪了，忍不住要含讥带讽，粗鲁地向波尔费利挑战。

“您知道吗，”他突然问，傲慢无礼地看着波尔费利，仿佛从自己的无礼中感受到一种满足，“似乎司法界存在这样的一个不成文的规矩，有个司法界通用的方法——对所有侦查员都适用的手法，即首先从远处着手，从一些无足轻重的小事谈起，有时也可能从严肃的问题开始，只不过是毫不相干的问题，这样的话，与其说是鼓励，不如说是分散受审人的注意力，使他放松警惕，然后出其不意地，冷不防向他提出最具有决定意义的关键性问题，一举击中要害，就像一下子击中天灵盖一样，是这样吗？似乎到目前，所有规章和指南上还都神圣地列着这一项，是吧？”

“是这样的，是这样的……怎么了，您以为，我跟您谈公家的房子就是……啊？”波尔费利·彼得罗维奇说。说完这句话，他眯缝起眼来，眨了眨，脸上掠过一丝快乐和狡黠的神情。额上的皱纹此时也不见了，一笑起来眼睛更是眯成了两条细缝，脸也拉长了几寸，突然他又神经质地哈哈大笑起来，没完没了，全身抖动着，摇晃着，直盯着拉斯柯尔尼科夫的眼睛。拉斯柯尔尼科夫也笑了起来，不过笑得很不自然。可是波尔费利看到他也在笑，于是便放声狂笑起来，笑得脸都涨得通红，这时拉斯柯尔尼科夫突然对他产生了极强的厌恶，突破了小心谨慎的界线：他止住了笑，皱起眉头，一直目不转睛地注视着他，而波尔费利好像故意夸张地大笑不止。不过，双方显然都不小心：波尔费利·彼得罗维奇毫不客气地嘲笑这个不喜欢他这样大笑的人，而且他觉得一切都理所当然。对拉斯柯尔尼科夫来说，这一点意义非凡：他突然意识到，波尔费利·彼得罗维奇刚才根本就没有发窘，反而，倒是他，拉斯柯尔尼科夫，落入了圈套。这儿似乎有什么他没有想清楚的地方，好像他有什么意图，也许一切早已计划妥当，马上就会见分晓，马上就会降临到他头上来了……

他站起身，拿起制帽，干脆直截了当地谈到正题上来。

“波尔费利·彼得罗维奇，”他果断地开口说，不过语气中明显带着气愤，“您昨天说，希望我今天来这里接受审问（他特别强调了审问这个词），我来了，如果您要审问我，那么就请开始吧；不然的话，请允许我告退。我没空，我还有事……我得去参加那个被马踩死的官员的葬礼，那个人……您也认识的……”他加了一句，可是立刻又为自己多此一举生起气来，越来越感到气恼，“我早就对这一切感到厌烦了，您听到了吗？早就厌烦了……我生病，在某种程度上就是这个原因……总之，”他几乎是高声嚷叫起来，谈到生病，觉得又更加不合时宜。“总而言之，请您要么立刻审问我，要么让我走……如果审问，一定要合乎手续！否则我是不答应的；因此我暂时告辞了，因为现在我们两个人在一起没有什么事情可做了。”

“上帝啊！您这是怎么了！为什么审问您呢，”波尔费利·彼得罗维奇突然抑扬顿挫地说，改变了语气和神情，止住了笑。“您尽管放心好了，”他忙碌起来，一会儿焦躁地走来走去，一会儿突然让拉斯柯尔尼科夫坐下，“时间来得及，来得及的，这只不过是些小事而已！我，怎么会审讯你呢，您到我们这儿来了，我感到多么的高兴……我是把您作为客人来接待的。而这该死的笑，您，罗吉昂·罗曼诺维奇老兄，就请您原谅我吧。是罗吉昂·罗曼诺维奇吧？好像，您的父名是这样吧？……我有些神经质，您那些机智的俏皮话逗乐了我。有时，真的，我会笑得像橡皮一样抖个不停，就这样笑上半个小时……我是个爱笑的人。想到我的体质，我甚至害怕会瘫痪。嗳，您请坐啊，您怎么了？……请坐，老兄，要不，我还以为您生气了……”

拉斯柯尔尼科夫没有说话，他还在听着，注视着，依然气鼓鼓地双眉紧锁着。但是他到底还是坐下了，不过没有把帽子放下。

“罗吉昂·罗曼诺维奇老兄。我想对您谈一谈关于我的事，也就是，跟您说说我的性格，”波尔费利·彼得罗维奇继续说，仍然在房间里急匆匆地来回走动，而且像刚才那样，好像在刻意避免和客人的目光接触。“您也知道，我是个单身汉，一个渺小的、没有名望的人，品质极差，并且已经发展到极致了，这已经成了定局，已经在走下坡路了，并且……并且……您发现了吧，罗吉昂·罗曼诺维奇，在我们这里，我指的是在我们俄国，尤其是在我们彼得堡各界，假如两个聪明人凑到一块儿，即使这两个人从来没见过面，彼此不怎么熟悉，然而可以肯定地说，都很尊重对方，就像您和我这样。他们会整整半个小时找不到任何话题，一动不动地相对而坐，双方都感到别扭。大家都有交谈的话题，比如说，女士们……上流社会谈吐文雅的先生们，总会有他们感兴趣的话题，这是不可少的。可是像我们这种中等人士，就是说善于思考的人，往往却容易发窘，找不到话题。这是怎么回事呢，老兄？是对我们的共同利益不感兴趣呢，还是我们都那么正直，不肯欺骗对方呢？我真搞不明白了。嗯？您是怎么认为的呢？请放下帽子吧，您就像急着要走似的，让人看着怪不舒服的……其实，我很高兴……”

拉斯柯尔尼科夫放下帽子，仍然阴沉着脸，面无表情，安静地听着波尔费利语无伦次的空谈。他心想：“他难道真的要用这些愚蠢的胡言乱语来打消我的警惕心吗？”

“我就不请您喝咖啡了，这儿不太合适。但是为什么不能和朋友待上五分钟聊聊天呢？”波尔费利滔滔不绝地说着，“您要知道，这些公事……我总是这样在房间里走来走去，请您不要介意，请多多包涵，老兄，我真担心会得罪您，但活动一下身子又是不得不做的。我一直这么坐着，因此很喜欢每隔五分钟就来回走动一下……我生了痔疮……一直想采用体操疗法。据说，五等文官、四等文官包括三等文官都爱跳绳。当今社会，科学如此发达……不错……而这里的公事，什么审问呀，其他各种各样的手续呀……老兄，您自己不是刚刚也提起过审问吗？您要知道，罗吉昂·罗曼诺维奇老兄，这种审问，的的确确，有时候会把审问的人搞得比受审的人更糊涂……这一个问题，老兄，您刚才准确而又机智地表达了自己的意见（拉斯柯尔尼科夫并没有发表意见），让人摸不着头脑！真会让人晕头转向的！翻来覆去总是那些老套，像打鼓似的！如今正在改革[1]，我们也要换个名称了！嘿嘿嘿！而我们司法界的手段——就像您刚才说的——我完全赞同您的说法。所有的被告，就连那些愚昧无知的村民们——他们有谁会知道，刚开始都是用一些毫不相关的问题来麻痹他们，接着冷不防地给他狠狠一击呢，用斧背，嘿嘿嘿！用您那巧妙无比的比喻来说，就是当头狠狠地给他一棒！嘿嘿！当我说起官房时，您真的认为我是想分散您的……嘿嘿！您可真会开玩笑！好了，我也不再多说什么了！啊，对了，顺便说一句……一句话会引出另外一句话，一个想法会引出另一个想法。您刚才提起手续……您知道吧，有关审问的手续……按手续办事又怎么了！您要知道，在很多情况下手续是没有任何意义的。有时，像朋友一样来谈反倒会更有用。但手续是必须有的，这件事您就放心好了。请问，手续的实质是什么？一个法院预审侦查员不能每走一步都要受手续的束缚。法院侦查员的工作可谓是一种与众不同的自由艺术，或者与此类似……嘿嘿嘿！”

说到这里，波尔费利·彼得罗维奇停了下来，稍微喘了口气。他刚

[1] 指1864年俄国的司法改革。

才不知疲倦地一口气说了一大堆，时而说一些毫无意义的废话，时而又突然插进几句难以琢磨的话，然后又颠三倒四地胡扯一通乱七八糟的。他在房间里几乎要跑起来了，两条腿换得愈来愈快，双眼一直看着地面，倒背着右手，不断地晃动着左手，做着不同的手势，可是每个手势都和他说的内容不协调。拉斯柯尔尼科夫突然发现，他在房间里跑来跑去时，有两次仿佛在门口停留了片刻，好像还在留神聆听……“他会不会是在等什么？”

“您说得十分正确，”波尔费利又快活地笑着说，他装出一副憨厚的样子看着拉斯柯尔尼科夫（这种神情使他吃了一惊，马上警惕起来），“您这样巧妙地嘲笑我们的法律手续，您说得完全正确，嘿嘿！我们有些（当然是某些）用意深刻的心理手段确实很可笑，可能是毫无用处的，如果凡事都受手续束缚的话。是的……我又说起手续来了：嗯，倘若我认定，或者换句话说，我怀疑，在我侦查的案件中，某个人，这个或者那个是罪犯……您学的也是法律，罗吉昂·罗曼诺维奇，对吧？”

“没错，我学的是法律……”

“那么，这可以算是您以后参考的一个所谓的案例——但是您可不要认为我是在卖弄：您发表过的有关犯罪的文章可不少啊！不，我只是把它作为一件实际案例提供给您而已——比如，要是我觉得这个或者那个人是罪犯，如果我既然已经有了能证明他有罪的证据，为什么还要早早地打草惊蛇呢？有些罪犯我必须马上逮捕，可是有些罪犯，并非这种情况，为什么不能让他在城里多逛些日子呢？嘿嘿！不，我看您似乎并没有完全理解我说的话，因此我得把它尽量说清楚。如果我早早地把他关起来，那么这样大概就给了他所谓的精神支柱，嘿嘿！您觉得好笑吗？（拉斯柯尔尼科夫根本不想笑：他咬紧牙关坐着，兴奋地盯着波尔费利·彼得罗维奇的眼睛）但事实确实是这样的，尤其是对付某一类人。因为各种各样的人都有，只能从实践中来把握。这会儿您也许会说：拿出罪证来。我们假设有了罪证，不过，老兄，您要知道，很多罪证都存在不同的解释。我是个法院侦查员，所以我不否认我是个能力不够强的人：我总奢望调查的结果可以像数学一样清清楚楚，我总想弄到像二二得四这样明白无误的证据，而且是直接、确凿的证据，如果还不到时候我就把他关起来——就算我深信他就是罪犯——那么我可能自己打破了继续揭发他的计划，这是为什么呢？因为我让他明白了自己的处境，或者说，我从心理上让他更明确、更放心了，于是他便摆脱了我的掌控，缩进他的壳里了：因为他总算明白了，他是个囚犯。听说，在塞瓦斯托波尔，阿尔玛战役[1]刚结束，有些聪明人生怕敌人会立刻公然进攻，一举夺取塞瓦斯托波尔，可是等他们发现敌人宁愿采用传统围困的办法，而且第一条战壕已经开挖的时候，那些聪明人都挺高兴，也安心了。这说明，战事至少会拖延两个月，因为敌人要用传统围攻方法攻取塞瓦斯托波尔！您又笑了，您仍然觉得不足为信吗？当然，您说得也有道理，也有道理！我赞同您的观点，刚才我所说的都是特殊情况，我们所说的情况确实都很特殊！不过您从这里也可以发现，善良的罗吉昂·罗曼诺维奇，通常情况，也就是说符合所有章程和法规的，还有这些章程和法规所援引并写到书上的案件，是完全不存在的。因为每一宗案子，比如说犯罪行为，如果真的发生后，就会立刻演变为一个极为特殊的案子，有时候几乎会变得和曾发生过的任何案件都毫无共同之处。有时这种滑稽可笑的案件真的会发生。我要是让某位先生完全自由，不去逮捕他，也不惊动他，但是时时都要让他明白，或是起码总是在猜疑，我是否已经弄清他的全部情况，并且日日夜夜都在观察他，警惕地监视他，要是他有意识地自己整天都处于无休止的怀疑中，每时每刻都提心吊胆，那他肯定会心慌意乱地来自首的，可能还会做点儿其他对我们有利的事，就像二二得四一样，像数学一样准确无误——这可是让人兴奋的事。连一个呆头笨脑的庄稼汉都能想到这样干，更别说像我们这些现代化的有头脑的，并且在某种意义上还颇有教养的人了！我亲爱的朋友，所以，要知道一个人受过什么样的教育，是非常重要的。而神经问题，神经问题，您忽略神经问题了！因为现在的人都是有毛病的、不健康的、容易受刺激的……因此他们都脾气暴躁！我告诉您，有时候这就像是座矿场！让他在城里尽管活动好了，我何必要为此担忧呢！由他去吧，让他自由几天吧，反正他已经是我囊中的猎物，再也不可能逃出我的手掌了。他还能跑到哪里去，嘿嘿！逃到国外吗？一个波兰人会逃亡国外[2]，可是他却逃不掉，有我的监视，另外还采取了其他的措施。逃到内地吗？要知道，住在那儿的可都是农民，穿着粗麻布衣服，地地道道的粗俗的俄国农民，一个受过现代高等教育的人宁可去坐牢，也不愿意和跟我们国家的农民那样的外国人一起生活吧，嘿嘿！但这些都是没有意义的，都是些表面的东西。逃跑有什么用呢？那只是个形式而已。可这不是问题的关键，他不但因为无路可走逃不出我的手掌，而且

---

[1] 在克里米亚战争期间，俄军于1854年9月8日在阿尔玛战役中失败。

[2] 1863—1864年，波兰人为民族独立发动武装起义，遭到沙皇俄国镇压，起义失败后，大批波兰人逃往国外。

他在心理上也逃不掉，嘿嘿！这个词用在这里太恰当不过了！从自然法则来说，就算他有地方去，他也无法逃出我的手掌。您没见过飞蛾扑火吗？他会像只飞蛾一样，一圈圈地围着我不停地转。对他来说，自由已经不那么舒服了，他会冥思苦想，自寻烦恼，作茧自缚，惶惶不可终日……这些还不够：我给他一段自由活动的时间，他还会主动给我送来二二得四那种像数学一样明确无误的证据……他会一直围着我转啊转，越来越向我靠近，最后啪一下飞进我嘴里来，于是我便把它一口吞掉，这真是激动人心的事啊，嘿嘿嘿！您难道不相信吗？”

拉斯柯尔尼科夫没有回答，他面无血色，纹丝不动地在那里坐着，仍然那样神情紧张地看着波尔费利的脸。

“这是个严重的教训，”他暗自想着，吓得浑身瑟瑟发抖，“这已经跟昨天那猫抓老鼠的游戏大不相同了。他绝不是毫无目的地向我炫耀他的才能……他是在暗示我：他在这方面是非常擅长的……这其中肯定另有所谋，到底是什么呢？喂，老兄，根本没有这回事，你是在吓我，和我耍花招，你并没有掌握证据。我昨天见到的那个人也是胡编的！你只是想先惹我生气，然后再把我搞糊涂了，于是就在这种情况下出其不意地将我抓获。你这简直是白日做梦，你打错算盘了，打错算盘了！但是，为什么他要这么明显地暗示我呢？……难道他以为我神经不正常吗？不，老兄，你甭想，你打错主意了，虽然你已为我布下了陷阱……那我们就且看看你究竟为我布下了什么陷阱吧。”

然后他鼓起勇气，做好思想准备去迎接那场无法预测的可怕的灾难。有时候他真恨不得扑向波尔费利，立刻掐死他。从他刚一进门那刻起，他就担心自己会发怒。他感觉自己唇干舌燥，心狂跳不止，嘴角已经聚起了白沫。可他决定继续沉默下去，不到最后关头不开口。他知道，就他现在的处境来看，这样做是最合适的。因为这样他不仅可以避免自己说漏嘴，并且可以用自己的沉默来惹恼对方。这样，也许对方会不慎失言，向他透露出什么秘密来。这正是他所希望的。

“不，我觉得您并不相信我，您一直认为我是在跟您开一些无关紧要的玩笑，”波尔费利接着说，他越说越带劲儿，而且还不断得意洋洋地嘿嘿笑着，在房间里转着圈来回走动。“当然了，您说的没错。上帝把我造成这副模样，只是别人的笑料，一个小丑而已，但是我想告诉您，我再声明一次，请您别怪我这个老头，罗吉昂·罗曼诺维奇，老兄，您还很年轻，可以说刚刚迈入青春年华，因此您跟其他年轻人一样，把人类的智慧看成至高无上的，开玩笑的机智和理智的抽象论据对您有很大的吸引力。就我对军事方面的了解而言，比如说，奥地利以前的御前军事会议：他们坐在自己的办公室里高谈阔论，战胜了拿破仑并且还活捉了他。这都是用最聪明的方法设计和规划好了的，但是再一瞧，马克将军率领全军投降了[1]。嘿嘿嘿！我看出来了，我早就看出来了，罗吉昂·罗曼诺维奇老兄，您嘲笑我，像我这样一个文官竟然总是在军事上找案例。可是我没有办法，这是我的缺点，我对军事特别喜欢，很喜欢看这些作战报告……我把自己的事业都给荒废了。真的，我应该到军队里去任职。我可能成不了拿破仑，但我当个少校应该是没问题的。嘿嘿嘿！好啦，亲爱的朋友，我现在就来将这个所谓的特殊案件的全部案情告诉您吧：亲爱的先生，现实与一个人的性情是极为相关的，嘿，它们有的时候会把周密的计划破坏掉。唉，您就听我这个老头一句话吧，我是认真地说这话的，罗吉昂·罗曼诺维奇（说这话的时候，还不到三十五岁的波尔费利·彼得罗维奇好像真的一下子变老了，连嗓音都变了，不知怎么，好像身子也变曲了）——而且我是一个心直口快的人……我是不是很直爽呢？您觉得呢？应该是吧。我毫无私心地对您说出这些事情，不要求任何报酬。嘿嘿！好了，接着说：我觉得，智慧这玩意儿是最好的，是大自然的光芒和人生的福祉，它玩弄的把戏如此巧妙，因此，一位可怜的法院侦查员怎么可能总是猜得出来呢，而且他本人也常常心存幻想，这是很常见的，因为他毕竟也是人呀！但是天性这玩意儿救了不幸的法院侦查员，这才倒霉呢！（正像您巧妙和聪明地所形容的那样）这是那帮醉心于玩弄机智，'正在闯过一切障碍'的年轻人无论如何都想象不到的一点。假如他隐瞒真相，意思就是，一个特殊的案子中，一个人隐姓埋名，他非常善于撒谎，并且撒得极为巧妙，其手段也是非常狡猾的，这样一来，他好像已经获得自由，可以享受自己的机智成果了一样，但是他扑通一声，突然晕倒了，并且是在最引人注目、丑闻传播得最快的地方。如果说他生病了，可能房间里有的时候会太过憋闷，但那也确实说不过去！他毕竟引起了我们的注意！尽管他撒谎的本事非常高明，但是他错误地估计了自己的天性！他狡猾就狡猾在这里！还有一次，他又陶醉在自己调皮的机智中了，他去戏弄那个他怀疑的人了。他面色苍白，但过于自然了，像是在演戏，那么逼真，于是又让我们产生了想法！尽管他的欺骗首次奏效，可是那个受骗者也会在一夜之间想清楚的，如果他是个精明干练、不会轻易上当受骗的小伙子，并且每走一步都会这样！为什么呢？他之所以会抢先一步，

---

[1] 1805年10月20日马克将军率领的奥地利军队被拿破仑率领的军队在乌尔姆附近包围，被迫投降。

插手那些与己无关的事，四处乱跑，该沉默的时候他却口若悬河地说个没完没了，而且说的还都是些含沙射影的话，嘿嘿！他还会主动跑过来问：为什么这么久了还不逮捕我？嘿嘿嘿！要知道，连最聪明的人，心理学家、文学家也会出现这种情况的。人的天性就是一面镜子，是可照出一切的最明亮的镜子！照一照，顾影自怜吧！……罗吉昂·罗曼诺维奇，您的脸色怎么这么白？是不是房里的空气太闷了？需要打开窗户吗？”

“噢，您不用操心了，”拉斯柯尔尼科夫高声说道，他突然放声大笑起来，“您不用操心了。”

波尔费利在他面前停住了，等一等，他又放声大笑。然后拉斯柯尔尼科夫从沙发上猛地站起来，他那发狂的大笑也停住了。

“波尔费利·彼得罗维奇，”他一字一顿地大声说，他尽管双腿颤抖，但还是勉强站住了，“我终于明白了，您一定是怀疑杀死那个老太婆和她的妹妹丽莎维塔的人是我。您听着，我对这些已经烦透了。如果您认为自己有权提出合法起诉，那您尽管起诉好了；您如果可以合法地逮捕我，那您尽管去抓吧。可是我不允许有人当面嘲讽我，刺激我……”

他的嘴唇不住地发抖，眼睛里冒着凶光，他一直克制着但是声音还是越来越激昂。

“我绝不允许！”他握紧拳头用力砸向了桌子，喊道，“您听到了吗，波尔费利·彼得罗维奇？我不允许！”

“哎呀，主啊，这是怎么了！”波尔费利·彼得罗维奇喊道，他好像被吓坏了，“罗吉昂·罗曼诺维奇老兄！亲爱的！我的祖宗啊！您这是怎么了？”

“我不允许！”拉斯柯尔尼科夫又大声喊道。

“老兄，小点声儿！别人听到里面有动静会闯进来的！到时候我们怎么向他们解释呢，您想一想！”波尔费利·彼得罗维奇的脸凑近拉斯柯尔尼科夫的脸，惊恐地小声说。

“我不允许！我不允许！”拉斯柯尔尼科夫毫无意识地重复着，不过他还是放低了声音。’

波尔费利急忙回转身去，向打开的窗子跑去。

“透透气，呼吸点清新的空气！您应当喝些水，亲爱的，您的老毛病又犯了！”他冲向门口，打算去弄点水，正好在那个角落里发现了一个长颈玻璃瓶，装着水。“老兄，喝点儿水吧，”他拿着水瓶来到拉斯柯尔尼科夫面前，小声说道，“喝点水可能会好点儿……”

波尔费利·彼得罗维奇的惊恐和怜悯之情是那么自然，于是拉斯柯尔尼科夫也不说话了，他猜不透波尔费利葫芦里卖的什么药，很纳闷地看着他，非常专注。但是，他没去喝水。

“罗吉昂·罗曼诺维奇！亲爱的！请您相信我好吗，您这样下去会发疯的，唉！哎呀！喝点儿吧！就喝一点儿！”

最后，波尔费利还是强迫拉斯柯尔尼科夫把装着水的玻璃杯接了过去。拉斯柯尔尼科夫犹豫地将杯子举到嘴边，可是他突然又清醒了，狠狠地把杯子放到桌子上。

“是啊，您在我们这里犯过病！您现在又这样，亲爱的，恐怕您又要犯病了，”波尔费利·彼得罗维奇客气地说，语气中带着关切，他的舌头发出咯咯的响声，但是他一直都神色慌张。“主啊！您怎么这么不懂得爱惜自己呢？德米特里·普罗柯费奇昨天确实去过我那里——我承认，我承认，我这人有点尖酸刻薄，总是嘲讽人，但是人家是怎样看待它呢！……主啊！您昨天走后，他又来过。我和他一起吃饭，他没完没了地说啊，说啊，我不知该怎样回答他，只好无奈地双手一摊。我想，哎呀，主啊……他是不是从您那里来的？请坐吧，老兄，看在基督的份儿上，请稍坐片刻！”

“不，不是从我那里去的！不过我知道他要去找您，也知道他要去做什么。”拉斯柯尔尼科夫冷冰冰地说道。

“您都知道？”

“知道。那又能怎样？”

“没有关系，罗吉昂·罗曼诺维奇老兄，我知道您的光荣事迹还远不止这些儿，我全都清楚！我还知道那天傍晚您去租房子的整个过程，您拉了门铃，还问了那摊血的事，把工人和看门的全搞糊涂了。其实，我非常能够理解您那时候的心情……不过我敢断言，如果再这样下去您真会得神经病的！您会把自己搞得精神失常的！因为您自己受了很大的委屈，最初是命运多舛，然后又遭到警察分局长的侮辱，您的满腔怒火无处发泄，这是义愤，于是您四处跑跳，或者说，您想逼大家把实情快点儿说出来，尽早把这件事做个了结，因为您对这些蠢事和各种猜疑已经厌烦透了，对吗？我说到您心坎里去了吧？……这样继续下去，您不仅会把自己弄糊涂，还会把拉祖米欣也搅进去的。对这样的事情，您也知道，他心地善良。您生病了，他是个好人，所以您很容易就把病传给他……老兄，当您的心情平静以后，我会告诉您的……坐吧，老兄，看在基督的份儿上！请您坐一会儿吧，您脸色很难看，请您休息一会儿吧。”

拉斯柯尔尼科夫坐了下来，他已经不再发抖了，只感到浑身燥热。他非常惊讶地、惶恐不安地听着友好而手忙脚乱地照料着他的波尔费利·彼得罗维奇说话。可是他说的话，拉斯柯尔尼科夫一句都不相信，尽管他感觉自己有些想要相信他的话的奇怪念头。波尔费利居然提起租房的事，这让他感到非常惊讶。“他怎么会知道呢，看样子租房的事他已经知道了，”他忽然这样想道，“竟然还告诉了我！”

“是的，在我们办理的案件中也出现过类似的案子，是一件关于病态心理学的案子，”波尔费利说得很快，“有个人硬说自己杀了人，而且他说得又很逼真，于是他便产生了一种幻觉，并且还提出罪证，说明了杀人的情况，把大家全搞得不知所措了，但事实是怎么回事呢？原来他完全是偶然地和这桩凶杀案在一定程度上有些关系，可这无非是些皮毛的关系而已，当他知道自己给了杀人凶犯们一个逃脱罪责的借口之后，他变得异常苦恼、精神恍惚，他开始胡乱猜想，后来彻底疯了，他认定自己杀了人。不过，参政院最后总算查清了这件案子，把那个可怜人也无罪释放了，而且让人好好照顾他。真该感谢参政院啊！哎呀！如果照这样发展下去，您会变成什么样子呢，老兄？您要是故意用这种方式刺激自己的神经，每天晚上去拉铃，问那摊血的事，您非急出病不可！我在工作中研究过各种心理行为。照这样下去，有的时候，一个人总想从窗户或钟楼上跳下去，这样的感觉甚至颇具诱惑力，拉铃也是这样……这是得病的征兆，罗吉昂·罗曼诺维奇，这是有病的征兆啊！您太不注意自己的病了。您应当去找一位经验丰富的医生咨询一下，那个胖子懂什么！……您神志不清，这些事情全是在您神志不清时干的！……”

突然间，拉斯柯尔尼科夫感觉所有的东西都在他周围打转。

“由此看来，由此看来，”有个念头忽然在他的大脑中跳出来，“难道他现在还在说谎？不，不！”他极力赶走这种想法，他预感到这个想法肯定会让他怒不可遏，以至于彻底爆发的。

“我那时候并没有神志不清，这全是在我完全清醒时干的！”他高声喊着，他用尽力气想要弄清波尔费利到底在耍什么花招，“我当时很清醒，很清醒，您听到没有？”

“是的，我知道，我听到了。您昨天也说您很清醒，您还特地强调了您没有神志不清！您说的这些，我都理解的！哎呀！……听着，罗吉昂·罗曼诺维奇，善良的人，起码这个情况也可以说明问题吧。要是您确实犯了罪，或是和这件可恶的案件稍微有点瓜葛，请问，您难道会强调说您干这些时并没有处于神志不清的状态中，而且是非常清醒的吗？您会这么执拗地强调，一直坚持吗？——请问，您会吗，可能会这样吗？我认为，恰恰相反。要是您认为自己确实有罪的话，您必然会强调说您那时候肯定是神志不清。您说是不是？对吗？”

波尔费利讨论这个问题的时候，话语中带着一丝狡黠的语气。当波尔费利俯身面对他时，拉斯柯尔尼科夫在沙发上急忙向后倒去，紧紧地靠在沙发背上，他一言不发、满心疑虑、眼睛直勾勾地盯着波尔费利。

“或者说拉祖米欣先生，也就是说，昨天是他自己要来呢，还是您鼓动他来找我的？您原本应当说，是他自己要来的，故意隐瞒您鼓动他来的这个事实。可是您没有隐瞒！您却强调说，是您鼓动他来的。”

拉斯柯尔尼科夫并没有强调过这一点。这时候他感到脊背上掠过一阵寒气。

“您自始至终都在说谎，”他慢吞吞地说，声音微弱，嘴上带着一丝病态的笑意。“您又想向我暗示，您知道我的各种把戏，您也已经预料到我会怎样回答，”他说，甚至连他自己都觉得没有仔细掂量每句话的分量，“您想吓唬我……或者，您是在嘲笑我……”

在说这句话的时候，他的两眼仍然直勾勾地盯着波尔费利，他的眼里又冒出极端愤恨的怒火。

“您自始至终都在说谎！”他高声嚷起来，“您说对罪犯来说最明智的办法，就是尽量不去隐瞒没有必要隐瞒的事实。我不相信您说的话！”

“您这人真会随机应变！”波尔费利扑哧笑道，“真拿您没办法了，老兄，您变得如此偏执。那么，您还怀疑我说的话吗？但是您要知道，事实上您已经信了，至少相信了一部分。我要想办法使您百分之百地相信，因为我真心喜欢您，真心地希望您好。”

拉斯柯尔尼科夫的嘴唇开始颤抖了。

“是的，希望您好，我最后还要劝您一句，”他亲切地、关爱地抓住拉斯柯尔尼科夫的手臂，抓住臂肘上面的一点儿地方，接着说，“我最后还要劝您一句：您必须关心您的病。另外，您的家人也都来看望您了，您也该替她们想想，您应该去安慰她们、保护她们，但是您却让她们整天担惊受怕……”

“这与您有什么关系？您怎么会知道这些？为什么您对这些这么感兴趣？这么说来，您在监视我，并且想让我知道，是吗？”

“老兄！这些我都是从您嘴里知道的！您忘了，您情绪激动时，把一切都对我和其他人说了。我昨天从拉祖米欣先生那儿也听说了很多有意思的事情。不，您把我刚才的话都打断了，我要提醒您，您虽然机智过人，可是因为总是处于神经过敏状态，所以几乎不能正确看待事情了。就拿拉门铃这件事说吧，我已经向您透露了那么一个宝贵的材料，那么一个重要的事实（一个完整的事实）。我，一个法院侦查员，竟然将它原原本本地告诉了您！您难道体会不到什么吗？我如果对您有丝毫怀疑的话，我会那么做吗！恰恰相反，我首先要做的就是要打消您的疑虑，不让您看出我已经知道了这件事，把您的思维引向反方向，接着再出其不意地当头给您一棒，就像用斧背痛击您的头一样（用您的话来说），让您措手不及。然后再说：‘先生，请问晚上十点到十一点之间，您去那个遇害的老太婆的房间里做什么？您拉门铃干什么，为什么问起血迹的事？您为什么纠缠看门的，把他们搞得莫名其妙，还让他们陪您去警察分局找那位中尉呢？’如果我对您哪怕有丝毫的怀疑，我绝对不会这么做。我会完全按手续办事，记录您说的话，搜查您的住处，而且大概还会逮捕您……既然我没那么做，也就是说我并没有怀疑您！我再声明一次：您已经失去了正确判断的能力，因此您才什么都没有注意到！”

拉斯柯尔尼科夫感到一股寒气，他不由得打了一个寒战，这一切波尔费利·彼得罗维奇看得非常清楚。

“您在说谎，”他仍然高声喊着，“我虽然不清楚您有什么目的，但您确实在说谎……您刚才说的就和现在完全不同，我肯定……您在说谎！”

“我在说谎？”波尔费利问，显然，他有点激动了，可是他脸上仍然带着得意的嘲讽，仿佛根本不把拉斯柯尔尼科夫对他的评价当回事，“我在说谎？……我刚才是怎么对待您的呢（我是个侦查员），我亲口告诉您事情的经过，给您提供替自己辩解的各种方法，亲自给您找出了心理学上的各种依据——我说：‘那是一种病，受了侮辱，神志不清，那全是忧郁症和蛮横的警察局分局长害的，’还有其他的原因，对不对？嘿嘿嘿！当然了，这些心理上的辩护方法，这些理由和托词都是站不住脚的，可以这么说，也可以那么说。‘有病、神志不清、梦境、幻觉，还有失忆，’这都可以，可是老兄，您为什么在生病和神志不清时，偏偏出现那种幻觉，而不是其他的呢？或许也会出现其他的什么幻觉，是不是？嘿嘿嘿！”

拉斯柯尔尼科夫抬起眼不屑一顾地看了看他。

“总而言之，”他站起来把波尔费利推开了一些，固执地大声说，“总而言之，我想问：您是否坚持认为，我完全没有任何可疑之处？您说呀，波尔费利·彼得罗维奇，您就直说吧，请快点儿，现在就说！”

“哎呀，真烦人！您简直要把人烦死了！”波尔费利高声叫嚷着，脸上带着愉快而又狡黠的神情，完全没有一点儿惊惶失措的感觉。“您为什么非要知道不可呢？您为什么非要追根问底呢？既然还没有人找您的麻烦！您就像个孩子似的喊着：给我火，给我火！您为什么这么惊慌呢？您为什么要自己跑到我们这里来呢，这是为什么？啊？嘿嘿嘿！”

“我再重复一次，”拉斯柯尔尼科夫怒不可遏，狂叫，“我再也无法忍受了……”

“无法忍受什么了？什么都不明白吗？”波尔费利插嘴说。

“不要讥讽人！我不要！……您听着，我不要！……我无法忍受了，也不想再忍受了！……听到没有！听到没有！”他高声喊道，又抡起拳头向桌子砸去。

“小声点儿，小声点儿！人家会听到的！我正式警告您：请您爱惜自己。我没有开玩笑！”波尔费利压低声音说，然而此时他的脸上，已经没有方才那种女性的温柔与惊恐的神情了，现在，他是在严肃地下命令。他眉头紧锁，不再神秘，没有含糊其辞。可是这仅仅保持了一分钟，心乱如麻的拉斯柯尔尼科夫又大发雷霆，但奇怪的是，尽管他火冒三丈，不过仍然服从了波尔费利让他小声点儿的命令。

“我不会任由人们来欺负我的，”像刚才那样，他压低声音说。但仅仅一会儿，他又难过地发现他不得不听从这道命令，想到这些，他更生气了，又喊道：“把我抓起来吧，搜查我的住处吧，可是您必须照章行事，而不能戏弄我！您敢……”

“至于手续，您不必担心，”波尔费利打断了他的话，脸上又出现了先前那种狡黠的微笑，甚至更津津有味地打量着拉斯柯尔尼科夫，“老兄，我现在完全是以友好的态度，而并非正式地请您来这里的。”

“我不需要您的友谊，不稀罕您的友谊！听见了吗？看，我拿上帽子要走了。好吧，倘若你想抓我，现在看你怎么办？”

他拿起帽子，向门那边走去。

“有一件小小的意外的礼物，难道您不想看一看吗？”波尔费利大声笑道，又一把抓住了他臂肘上面一点儿的地方，把他拦在门口。

他似乎更得意，更放肆了，这让拉斯柯尔尼科夫更加发怒。

“什么小小的意外的礼物？到底是什么？”他忽然停下来问，惶恐不安地看着波尔费利。

“这个小小的意外的礼物，它就在这儿，在门后边坐着，嘿嘿嘿！（他用手指了指挡板上，通向他办公室的一扇锁着的门）我用锁把他锁住了，以免他逃走。”

“究竟是什么？在什么地方？怎么回事？……”

拉斯柯尔尼科夫朝那扇门走去，想把门打开，可是被锁住了。

“门锁上了，钥匙在这里！”

他真的从兜里掏出了一把钥匙，让拉斯柯尔尼科夫看。

“你一直都在说谎，”拉斯柯尔尼科夫爆发了，他咆哮起来，“你在说谎，你这个卑鄙的小丑！”他说着朝波尔费利扑了过去，波尔费利朝门那儿退去，脸上没有显出丝毫胆怯的神情。

“我都知道了！”他跳到他面前说，“你在说谎，你在耍我，想逼我自己露出马脚……”

“罗吉昂·罗曼诺维奇老兄，您已经没有什么可暴露的了。您真是被气疯了。别叫了，否则，我就要喊人了！”

“你说谎！什么都没有！你喊吧！你知道我有病，你故意让我激动，让我发怒，好让我自己暴露出来。这就是你的目的！不，你没有证据！我全都知道了！你没有证据，你只是猜测，可是毫无用处，无聊，像扎梅托夫一样！……你了解我的性格，你要把我气得发疯，然后再请你的神父们与代表们来把我镇住……你是在等他们吗？啊？你还在等什么呀？他们在什么地方？让他们都出来吧！”

“哪里有什么代表呀，老兄！亏您想得出来！照您的说法去做，是不合手续的。亲爱的，您根本没有搞清楚……手续一定得办，您会看到的……”波尔费利颠三倒四地说着，一边留心听门外的动静。就在这时，从另一个房间里，就在门口，似乎传出了一阵喧闹。

“噢，是他们来了！”拉斯柯尔尼科夫突然喊道，“你把他们都叫来了！……你正在等他们！你想要……好吧，让他们都进来吧。代表，证人，你愿意叫谁就叫谁……让他们都来吧！我已经做好了准备！做好了准备！……”

可是，就在这时候，一件怪事儿发生了，在事情进行时，完全出乎人的预料，无论是拉斯柯尔尼科夫，还是波尔费利·彼得罗维奇，谁都不会想到他们的这次见面是在这样的情况下结束的。

第六节

后来，回忆起当时的情况，拉斯柯尔尼科夫脑海中出现这样的情景：

门外的喧闹声突然更响了，房门不知什么时候开了一条缝。

“怎么回事？”波尔费利·彼得罗维奇生气地喊了一声。“我先前就说过……”

没有听到回答。不过可以判断，门外有好几个人，而且好像正在推搡着什么人，要把他从这里推开。

“到底发生了什么事情？”波尔费利·彼得罗维奇不安地又问了一遍。

“犯人尼古拉带来了，”不知谁冒出了一句话。

“用不着！带下去！等一等！……他干吗要来这儿！不守规矩！”波尔费利冲到门口，大声呵斥。

“可他……”又是那个声音，但是话没说完突然就止住了。

一场真正的斗争持续了最多不过两秒钟，接着好像有什么人用力把另外的人推开了，然后有一个面色苍白的人大步流星地径直走进了波尔费利·彼得罗维奇的办公室。

看上去，这个人的样子很古怪。他两眼直直盯着前面，可是好像谁都不看。他眼里射出坚决果断的光芒，脸上却蒙着死人般的苍白，双片毫无血色的嘴唇微微发抖，仿佛将要被押赴刑场似的。

看样子他还很年轻，一副平民打扮，中等身材，瘦骨嶙峋，后脑勺的头发剪去一圈，前面的头发耷拉下来，面庞还算清秀，只是实在太瘦了。那个被他推开的人最先跟着他跑进屋里，而且已经抓住了他的肩膀。这是一个押送他的卫兵。但是尼古拉猛一挣扎，又一次从他手里挣脱出来。

门口堆了好些看热闹的人，其中有几个还拼命想往屋里挤。这一切几乎发生在眨眼之间。

“带下去，还早着呢！先在外面等着，等到叫你们的时候再进来！……为什么现在就把他带来了？还不到时候呢。”波尔费利·彼得罗维奇仿佛给弄得不知所措了，他恼羞成怒、压低声音，含糊地说。但是尼古拉突然扑通一声跪下了。

“你这是在干什么？”波尔费利吃惊地喊了一声。

“我有罪！是我的罪过！我是杀人凶手！”尼古拉着急地说，有点儿上气不接下气，不过声音相当响亮。

接下来是约摸十来秒钟的沉默，大家似乎都惊呆了，就连那个押送他的卫兵也急忙闪到了一边，好像要尽量离尼古拉远点，他竟不由自主地退到门口，站在那里不动。

“怎么回事？”波尔费利·彼得罗维奇呆了一会儿，忽然清醒了过来，高声问道。

“我是……杀人凶手……”尼古拉稍微沉默了片刻，又重复了一遍。

“怎么……你……怎么……你杀了谁？”

波尔费利·彼得罗维奇显然不知所措了。

尼古拉又陷入了短暂的沉默。

“阿廖娜·卡捷琳娜·伊凡诺夫娜和她妹妹丽莎维塔，是我……用斧头……砍死的。是我一时糊涂……”他又加上一句，然后又不做声了。他就那么一直跪着。

波尔费利·彼得罗维奇愣了好几秒钟，好像是在思考什么，可是忽然又迅速行动起来，挥手让那些旁观的不速之客走开。那些人也都一哄而散了，门也关好了。于是他瞥了拉斯柯尔尼科夫一眼，这时候拉斯柯尔尼科夫正站在角落里，吃惊地看着尼古拉。他刚要朝拉斯柯尔尼科夫走去，又突然站住了，只是望了他一眼，把目光转向尼古拉，看了看拉斯柯尔尼科夫，随即又把目光落在尼古拉身上，后来他好像发怒了，突然向尼古拉冲去。

“你说什么一时糊涂呢，你急什么？”他简直是在冲他吼叫，“我什么都没有问你，你是不是又头脑发热了……你说：你杀人了，是吗？”

“我是杀了人……我承认……”尼古拉回答。

“哎呀！你是怎么杀的？”

“用斧头，事先准备好的。”

“唉，胡扯！是你一个人干的吗？”

尼古拉没有听清楚他问的这句话。

“是你一个人杀的吗？”

“是的。米季卡是无辜的，他和这事没有一点瓜葛。”

“不要急着说米季卡！哎呀！……那你怎么……你当时是怎么跑到楼下的？看门的看到的不是你们两个吗？”

“我是为了掩人耳目……所以……我和米季卡一起跑下去！”尼古拉就像早有准备一样，对答如流。

“噢，果然这样！”波尔费利恶狠狠地喊道，“他没有说实话。”他仿佛自言自语，忽然又看见了拉斯柯尔尼科夫。

显然，他的注意力一时间都被尼古拉给吸引去了，因此有段时间他甚至忘了理会拉斯柯尔尼科夫。这时候他突然回过神来，而且面露窘相。

“罗吉昂·罗曼诺维奇老兄，真抱歉，”他匆匆走到他跟前说，“这样可不行，请吧……这里没有您什么事了……我自己也……您看，真是出乎意料！……请吧！……”

说话间他抬起手，指着房门。

“这件事情，您也许没有想到吧？”拉斯柯尔尼科夫说，当然了，他也没有彻底弄明白这到底是怎么回事，不过他的底气已经足了很多。

“老兄，这也是您没有想到的吧。看，您的手还在哆嗦呢！嘿嘿！”

“您不也在哆嗦嘛，波尔费利·彼得罗维奇！”

“我也在哆嗦，真是奇怪！……”

他们两个这时就站在门口。波尔费利迫不及待地想让拉斯柯尔尼科夫快点离开。

“那您不让我看那件小小的意外的礼物了吗？”拉斯柯尔尼科夫突然问起。

“他说话时牙齿还在打架哩，嘿嘿！您可真喜欢嘲讽人！好了，再见。”

“我觉得，我们还是道声‘别了’吧！”

“那就要看上帝的安排了，看上帝的安排吧！”波尔费利勉强笑了笑，低声说。

经过办公室时，拉斯柯尔尼科夫看到许多人都在眼巴巴地望着他。在走廊里他发现那所房子的两个看门人都挤在人堆里，那天晚上他就是叫他们俩一起去找警察局分局长的。这时候他们两个都站在那里不知在等什么。他才刚刚走上楼梯，突然听到后面又传来了波尔费利·彼得罗维奇的说话声。他回头一看，只见波尔费利·彼得罗维奇气喘吁吁地从后边追了过来。

“我再说一句，罗吉昂·罗曼诺维奇，其他的事情，就只能顺其自然了，可是得照章行事，有些问题我还要问……因此，我们两个还会再见面的，就这样了。”

波尔费利带着难以捉摸的笑站在了他面前。

“那就这样吧。”他又重复了一遍。

显然，他好像还有话要说，但是又没有说出来。

“波尔费利·彼得罗维奇，我刚才说的那番话，请您一定要包涵……我性子太急了。”

拉斯柯尔尼科夫又补充了一句，这时候他几乎已经完全平静下来了，所以他忍不住想炫耀一番。

“没关系，没关系，”波尔费利按捺不住高兴地说，“我本人也……我承认，我承认，我的脾气太坏了！可是我们两个还会再见面的。如果上帝允许，我们还有很多见面的机会！……”

“我们也能互相理解，对吗？”拉斯柯尔尼科夫插嘴说。

“我们一定能够互相理解的，”波尔费利附和道，眼睛眯成了一条缝，神情严肃地看了看拉斯柯尔尼科夫，“您现在是要去参加命名日吗？”

“去参加葬礼。”

“唔，是的，是去参加葬礼！您自己要多注意身体，多注意您自己的身体……”

“我真不知道我该祝福您什么了！”拉斯柯尔尼科夫接口说，他这时已经下楼了，又突然朝波尔费利·彼得罗维奇回过头来，“祝您万事如意。但是您不觉得吗，您的差事是多么滑稽呀！”

“为什么滑稽呢？”波尔费利·彼得罗维奇本来正准备转身走了，此刻又竖起耳朵听起他的话来。

“难道我说得不对吗？想必您也用过您那种办法从心理上百般折磨过那个可怜的米柯尔卡，直到他的精神不堪忍受，承认为止；您一定不分昼夜地在他面前强调：‘你杀了人，你杀了人……’啊，他现在既然已经承认了，您又想更详细地一步步审问他。您会说：‘你没有说实话，你并没有杀人！你不会那样干的！你在撒谎！’由此看来，你的差事还不够滑稽吗？”

“嘿嘿嘿！这么说您真听到刚才我对尼古拉说他‘没有说实话’了？”

“我当然听到了。”

“嘿嘿！您太精明了，太精明了。您什么都知道了！您简直是个十足的幽默家，您正好拨动了最滑稽的那根弦……嘿嘿！听说，在所有的作家中，果戈理在这一方面最有天赋，是吗？”

“没错，是果戈理。”

“没错，果戈理……希望我们能够愉快地再次相见。”

“愉快地再见……”

拉斯柯尔尼科夫径直向家里走去。他心烦意乱，思维混乱到了极点。回到家之后，他往沙上跌坐下去，大约过了一刻钟，不过是休息一会儿而已，极力想将自己的思维集中起来。他没想尼古拉的问题：他感到非常奇怪，尼古拉的供词简直让人不可思议，有些地方简直无法理解，他此刻无论如何也想不通。但是尼古拉的招供却是铁的事实。他忽然想明白了这件事情的后果：纸是包不住火的，谎言早晚会被戳穿，到时候他们还会找他的麻烦。可是，起码在谎言被拆穿之前他是自由的，他得为自己想条后路，因为这场灾难是躲不过去的。

可是，有多么严重呢？事情的眉目越来越清晰了。他大体地回忆起不久前他和波尔费利见面的情况，不由自主地又颤抖起来。当然了，他还没有完全搞清楚波尔费利的真正意图，也不知道刚才他那样说的目的。可是他的牌有些已经翻开了，当然了，谁也没有拉斯柯尔尼科夫清楚，波尔费利打的这“副”牌对他来说有多可怕。再多待一会儿，他可能就会把自己暴露，并且是彻彻底底地暴露出来。波尔费利深知他的这种病态，并且看他的第一眼就识破了，尽管这样有些武断，可是几乎是很有把握的。毫无疑问，拉斯柯尔尼科夫刚才已经很失态了，不过幸好真相毕竟还没被揭露；这只是相对的。可是眼前他是不是真的还没有弄清这一切呢？他不理解吗？波尔费利今天到底希望得到什么结果？他今天是否真的做好什么准备了？那又会是什么呢？他是否真在等待什么？如果尼古拉没有演出那场出乎意料的戏的话，他们两个会怎样结束今天的会面呢？

波尔费利差不多已经把他的牌全部都摊开了（拉斯柯尔尼科夫觉得是如此）。当然了，他有点儿冒险，可是他还是摊开了，要是波尔费利手中当真有王牌，他同样也会把它亮出来的。那么那个“意外的礼物”到底是什么呢？是嘲笑我吗？这有什么意义呢？其中是否隐藏着什么事实或不可辩驳的罪证之类的东西呢？昨天的那个人呢？他钻到哪里去了？他今天在哪里？要是波尔费利当真掌握了什么确凿的证据，那一定和昨天那个人有关系……

他又坐回到沙发上，垂着头，胳膊支在腿上，把脸埋在手里。他的身体仍然在神经质地颤抖。后来他站了起来，抓起帽子，顿了顿，后来朝门外走去。

说不清为什么，只是有种预感，起码今天，他差不多能确定自己没有危险。他心里甚至感到有种莫名的快感：他急着想上卡捷琳娜·伊凡诺夫娜家里去。要去参加葬礼，不消说，已经太晚了，不过还能赶上吃丧餐，在那里，他能见到索尼娅。

他站起来想了想，嘴角勉强挤出了一抹病态的微笑。

“今天！今天！”他没头没脑地说着，“没错，是今天！应该这样……”

他正准备开门时，门却突然开了。他猛地打了个寒战，不由向后退了几步。门轻轻地、一点点地被推开了，一个人影从后面钻了出来——正是昨天从地下冒出来的那个人。

那个人出现在门口，一声不吭地看着拉斯柯尔尼科夫，随后向前走了一步。他跟昨天一样：一样的身材，一样的穿着，只是脸色和眼神发生了很大的变化：他现在看起来有些忧郁，站在那里，长长地叹了口气。如果他再用一只手捂住脸，头歪向一边的话，那么他看起来就更像一个女人了。

“您有何贵干？”拉斯柯尔尼科夫问道，他早已吓得魂飞魄散了。那个人沉默了一会儿，突然深深地弯下腰，向他鞠了个躬，差点儿碰到地面，至少他的右手指已经触到了地面。

“您有何贵干？”拉斯柯尔尼科夫惊恐地再次问道。

“是我错了。”那个人低沉地说。

“您做错什么了？”

“我不怀好意。”

他们两个面面相觑，互相望着对方。

“我非常内疚。那天您去的时候，可能有些喝醉了，您让看门的去警察局，而且还问了那摊血的事，我感到非常抱歉：我们没有当回事儿，我把您当成了醉鬼。由于生气，我整夜睡不着。后来想到了您的地址，我们昨天便来这里问了问……”

“谁上这里来过？”拉斯柯尔尼科夫插嘴说，突然回忆起来。

“我，也就是说，得罪了您。”

“那么您是从那所房子里来的？”

“那时候我就和他们一起站在门口，难道您忘了吗？我们在那里干活，已经好几年了。我们是做皮革的匠人，是靠小手艺维生的，接到活儿后带回去做……让我非常生气的是……”

这时候，拉斯柯尔尼科夫突然想起了前天在大门口的那幕情景。那天除看门的之外，那儿还有一些人，有几个女的。他想起一个人曾经说过话，那个人提议直接送他去警察局。他已经想不起那个说话的人的样子了，而且现在也认不出来，可是他记得，他当时曾回头看过那个人，还对他说了句什么话……

那么，昨天那场恐慌原来是这样引起的呀。最恐怖的是，这件微不足道的小事差点把自己毁掉，险些把自己毁掉。可见，这个人除了去租房和问那摊血的事，也说不出其他什么事来了。波尔费利也一样，除了神志不清，他什么都不知道，除去分析不同解释的心理状态之外，任何事实都没有，什么任何不可辩驳的罪证都没有。因此，要是再没有别的事情暴露（一定也不再会有可能再暴露了，一定不会，一定不会），那么……那他们还能拿他怎么样？就算把他抓起来，他们又能给他定什么罪呢？由此可见，波尔费利也只不过是近几天才刚知道租房子的事，也就是说在这之前他根本不知道有这回事。

“您今天对波尔费利说了……我去过那里吗？”他大声向他吼道，突然产生了这个疑问。

“什么波尔费利？”

“就是那个法院侦查员。”

“是我告诉他的。看门的没去那里，是我去的。”

“是今天吗？”

“就在您去之前没多久。我都听到了，听到他是如何折磨您的，我全都听到了。”

“您在什么地方？什么时候？听到什么了？”

“就是在那里，在他隔板后面的那个房间里，我一直在那里坐着。”

“什么？这么说，那个意外的礼物就是您了？怎么会发生这样的事呢？怎么会呢！”

“我一看，看门的不听我的，不肯来，”手工匠继续说，“他们说，一切都太晚了，也许他还会生气，怪我们当时没有去。我气得整晚无法入睡，然后便开始打听。我昨天把事情经过都弄清楚之后，今天便去了。我第一次去——他没在。一个小时后我又去——他没有接见我，我第三次去——他才叫我进去。我把事情原原本本地对他说了，他就在房间里捶胸顿足，大吼：‘你们这帮废物都是干什么吃的？如果我早知道是这样，我不派人把他抓来才怪！’说完他又跑出去，叫了一个人进来，不知在角落里对他说了些什么，然后他又回到我跟前，一边叫骂，一边审问我。他把我狠狠地教训了一顿，我把事情的原委都如实跟他说了，我说，您昨天听到我的话，一句话都没敢说，您没认出是我。然后他又在房间里抓起狂来，不停地捶打自己的胸，他火冒三丈地在房间里跳来跳去，当有人报告您来了时，他让我去隔板后面的房间里待着，他告诉我无论听见什么，都不许动。他让我暂且在那儿坐一会儿，他还亲自给我拿进去一把椅子，然后把我锁在里面了。他说，他还会找我的。您刚走，尼古拉就被带进去了，随即也把我放出来了，他对我说：‘我还会找你的，还有事情想问你……’”

“你在那里时，他们审问尼古拉了吗？”

“他打发您走了之后，很快就把我放走了，然后才开始审问尼古拉。”

那个工人不说话了，忽然又深深地鞠了个躬，手指仍然碰到了地板。

“请您原谅我对您的诽谤和陷害。”

“上帝会宽恕你的。”拉斯柯尔尼科夫说。他一说完，那个工人又向他鞠了个躬，可是这次只是欠了欠身，没有一躬到地，然后他慢慢地转身，从屋里走出去了。

“是福还是祸，这些都是难以预料的，眼前的一切都是不可预知的。”拉斯柯尔尼科夫嘴里重复着这句话，他带着前所未有的精神头从屋里出去了。

“我们现在还得较量较量。”他下楼时咬牙切齿地冷笑道。他十分痛恨自己，他羞愧又鄙视地回忆起了自己的“怯懦”。

第五章

第一节

彼得·彼得罗维奇·卢仁跟杜涅奇卡和普莉赫丽娅·亚历山大罗夫娜作了那次决定他命运的交谈，之后的第二天早晨对他起了清醒头脑的作用。昨天他还觉得那件事只是梦境，虽然事实上已经发生了，可仍然好像是不存在的；现在，尽管他仍然无法接受，却不得不慢慢地接受这个铁定的事实，既然已经是木已成舟、无法挽回了。受了伤害的自尊心好似一条毒蛇，整夜在咬噬着他的心。彼得·彼得罗维奇·卢仁一起床，马上跑去照镜子。他担心自己是不是一夜之间害了黄疸病。不过这方面暂时还没出什么问题。彼得·彼得罗维奇·卢仁仔细端详了一下自己的轮廓，那张脸优美、白皙，最近稍微有点儿发胖，他一时竟感到很宽慰，满怀信心，相信一定能在别的地方再找一个未婚妻，没准还会找到一个更好的。可是他忽然又清醒了过来，狠狠地往一边吐了口唾沫。这使与他同住一间房的年轻朋友安德烈·谢苗诺维奇·列别贾特尼科夫的脸上露出了无声的、讥讽的微笑。彼得·彼得罗维奇·卢仁看到他的朋友这样笑，马上觉得他的年轻朋友这样笑是很不对的。最近他对这位年轻的朋友积累了不少怨气。他突然意识到，真不该把昨天那件事的结果告诉安德烈·谢苗诺维奇，这样一想，他心里又感到十分恼火。这是他昨天一时冲动，没有控制好自己的情绪，动不动就发火而犯下的第二个错误……此外，这天早晨好像故意跟他过不去似的，一些令人不愉快的事接二连三地发生。就连他在参政院里为之奔走呼告的那个案件也有可能败诉。是败诉。特别令他不满的是他的房东，为了准备这个婚礼，他向这个人租了一套房子，还自己花钱装修了一番。这个房东，这个发了财的德国工匠，无论如何也不同意废除刚刚签订的租约，坚持要求他按照租约的条款，支付全部违约金，尽管彼得·彼得罗维奇·卢仁交还给他的房子几乎是重新装修过的。家具店的情况也如此，虽然定购的家具还没有搬到住宅里去，却无论如何也不肯退还一个卢布的定金。“我可不会为了家具而特意结婚！”彼得·彼得罗维奇·卢仁咬牙切齿暗暗地想，就在这时那个显然已经无望的希望又在他脑子里忽然一闪：“难道这一切真的已经破灭了，无可挽回了？就这样结束了吗？难道不能再试一试吗？”对杜涅奇卡的恋念又一次刺痛了他的心。他心中痛苦极了，当然，如果现在他能让拉斯柯尔尼科夫马上从这个世界消失，并且立刻实现的话，那么彼得·彼得罗维奇·卢仁一定会欣然去做的。

“除此之外，我也有错，我根本没给过她们钱，”他边想，边闷闷不乐地走回列别贾特尼科夫的那间小屋去，“见鬼，我为什么如此吝啬？这简直是弄巧成拙！我本想对她们先苛刻一些，让她们把我看做神明，可她们竟然这样！……呸！……不，如果在这段时间里，比如，给她们一千五百卢布，在克诺普公司[1]和英国商店里置办些嫁妆，买些礼物、各式各样的首饰、化妆品、光玉髓、衣料以及诸如此类的东西，那么事情就会好一些……我们的关系也就稳固多了！那样的话她们也就不会那么轻易拒绝我了！她们就是这样的人，如果拒绝的话，一定认为必须把礼物和钱都退还给我，可是要退还是很难的，而且她们也舍不得！在良心上她们也会感到不安，心里会想：‘怎么，就这样突然把一个如此慷慨、如此礼貌的人赶走吗？’……嗯哼！我失算了！”彼得·彼得罗维奇·卢仁又一次咬牙切齿，咒骂自己是傻瓜——当然是暗自责骂而已。

得出这个结论之后，他走回家的时候比出去时更加愤怒和烦躁了。卡捷琳娜·伊凡诺夫娜家准备办丧餐的事情，使他感到很好奇。他昨天已经听说了一些有关丧餐的消息，并且似乎也被邀请了，只是他当时陷在一大堆麻烦事中，这些和他没什么关系的闲事也就没在意。他赶紧去问利佩韦赫泽尔太太，因为卡捷琳娜·伊凡诺夫娜不在（她去墓地了），她正在张罗着摆桌子，从她那儿得知，丧餐将会举办得非常隆重，几乎每一个房客都收到了邀请，就连几个和死者不认识的人也被邀请到了，连安德烈·谢苗诺维奇·列别贾特尼科夫也邀请了，尽管他从前和卡捷琳娜·伊凡诺夫娜有过争吵。然而彼得·彼得罗维奇·卢仁，

[1] 当时彼得堡一家著名的服饰用品店。

不仅接到了邀请，并且主人迫不及待地等待着他的到来，因为他几乎是所有房客里最重要的人物。尽管阿玛莉娅·卡捷琳娜·伊凡诺夫娜以前和主妇闹过许多不愉快，也还是收到了非常尊敬的邀请。此刻她正忙着张罗，乐此不疲，她穿着一身崭新的绸缎做的丧服，打扮得非常漂亮，并感到很自豪。眼前的事实和听来的消息让彼得·彼得罗维奇·卢仁心里产生了些想法，于是他回到自己的房间，也就是回到安德烈·谢苗诺维奇·列别贾特尼科夫的房间时，带着一副深思的模样。问题就在于：他得知，在收到邀请的客人当中也有拉斯柯尔尼科夫。

不知道为什么，安德烈·谢苗诺维奇整整一上午都闷在家里。彼得·彼得罗维奇·卢仁和这位先生建立了某种畸形的可是在某种程度上也是十分自然的关系：彼得·彼得罗维奇·卢仁差不多从来到他这里的那天开始，就看不起他，甚至于非常恨他，而且又仿佛有点儿怕他。他一来到彼得堡，就住在他这儿，不只是为了便宜，尽管这差不多是主要原因，不过还有其他的原因。他还在外省时，就听人们谈到过安德烈·谢苗诺维奇，这个受过他监护的人，是最进步的青年知识分子之一，他在一些自己很感兴趣的、近似于神话般的小团体中，起着非常重要的作用。这让彼得·彼得罗维奇感到非常惊讶。这些小团体势力强大，几乎什么都知道，他们蔑视和揭发所有的人，这又给彼得·彼得罗维奇·卢仁带来了一种特殊的、又难以言表的恐惧。当然，他在外省时，对这种小团体，不会有全面的了解，哪怕是粗略的了解也没有。他也像大家一样只是听人说起过，有一些进步分子、虚无主义者、揭发者等诸如此类的人，尤其是在彼得堡，不过他也像很多人一样，将这些名称的含义夸张曲解到了荒谬的程度。很多年来，他最怕的就是被人揭发，这就是他来彼得堡之前，经常感到惶恐不安的一个重要因素。因为他曾经有过这样的经历，他受到过惊吓，就像小孩有时会受到惊吓一样。几年前他还在外省的时候，事业刚刚起步时就碰到两件事。这两件事的主题，都是省里很有威望的大人物受到了无情的揭发，而他们那时都是他的靠山。其中一件以被揭发人身败名裂收场；另一件的结局更加严重，一发不可收拾，引起了很大的乱子。这便是彼得·彼得罗维奇·卢仁一到彼得堡，就下定决心立即摸清情况的原因，有必要时就先行一步，想法讨好“我们的年轻人”。他希望能获得安德烈·谢苗诺维奇的协助。在去探望比如拉斯柯尔尼科夫时，他已勉强学会了一些流行的说法……当然，他很快就发现安德烈·谢苗诺维奇其实是个极其庸俗和头脑愚钝的人，可是这并没有打消彼得·彼得罗维奇·卢仁的顾虑。

即便他相信所有的进步分子都是这样的傻瓜，他的顾虑也仍然会存在。说真的，他对这套学说、思想和制度（安德烈·谢苗诺维奇正是在这几个方面攻击过他）都毫不在意，他有他自己的目的。他只想马上弄清楚：这儿发生了什么事儿和怎么发生的？这些人有没有势力？有给他造成威胁的地方吗？如果他有什么想法，他们是否会揭发他？如果他们想揭发他，那么会揭发他什么呢？现在到处都在揭发，到底在揭发什么？另外，如果他们真有势力，他是否能想法巴结一下这些人，借此机会欺骗他们一下？该不该这么做？他是否能利用他们来飞黄腾达？总之，有成百上千个问题需要得到解答。

这个安德烈·谢苗诺维奇在一个地方工作，他是一个体质虚弱的孩子，个子不高，还贫血，一头黄得出奇的淡黄色头发，长着让他感到自豪的肉饼状的连鬓胡子。他还常常害眼病。他人非常善良，不过说话却很自以为是，有时甚至非常傲慢——与他瘦小的体形相比，这显得十分好笑。他是阿玛莉娅·卡捷琳娜·伊凡诺夫娜那些比较受尊敬的房客中的一个，意思就是说，他不喝酒，能够按时交付房租。尽管有这些优点，但是安德烈·谢苗诺维奇终究摆脱不了一副傻里傻气的样子。由于一时的狂热，他倾向于进步事业和“我们的年轻人”。他是那种多得不可计数的庸人，思想极其幼稚的低能儿，对什么都一知半解却自以为是的人之一，那些人都急于抓住目前最流行的思想，接着马上将它庸俗化，同时把他们有时候最虔诚地信奉的一切转眼间漫画化。

尽管列别贾特尼科夫十分善良，不过对他的室友和从前的监护人彼得·彼得罗维奇·卢仁在某些方面也很反感。这种态度是在不经意间形成的，双方都有关系。虽然安德烈·谢苗诺维奇思想单纯，但他也渐渐发现彼得·彼得罗维奇·卢仁在骗他，心里暗暗鄙视他，他也多少看出了些“此人并非他想象中的那样”。他从前试图向他讲述傅立叶的体系和达尔文的学说，可是彼得·彼得罗维奇·卢仁在听他说话时常常带着讥讽的神情，尤其是近来，他甚至开始张口骂人。问题就在于，他已慢慢看透列别贾特尼科夫不只是个俗不可耐、傻里傻气的人，而且可能还是一个骗子，或许他在自己那个小团体中并没有起到重要的作用，只是听了一些几经转述的材料，拾人牙慧而已。不仅如此，他几乎对自己所做的那套宣传工作并没有好好了解，因为他自己本身就是一个糊涂鬼，这样一个人，怎么会去揭发别人呢！我们顺便说一下，在这一个半星期当中，彼得·彼得罗维奇·卢仁好像很乐意接受安德烈·谢苗诺维奇对他荒谬的赞扬，譬如说，安德烈·谢苗诺维奇赞扬，他打算资助不久即将在市民街上成立的一个新型“公社”[1]；或者，赞扬他，倘若杜涅奇卡在结婚的头一个月就想找一个情夫，他是不会在乎的；或者赞扬他不会让自己未来的孩子受洗礼等等——总之都是类似的话，可他听完这些话并没有表示否认，而是默然无语。彼得·彼得罗维奇·卢仁听见别人对自己的褒奖，总感到十分得意，别人将这种赞美加到他身上时，他依旧不予否认，人们对他的任何赞扬，他都会这样听着。

那天早晨因为要办一些事情，彼得·彼得罗维奇·卢仁去兑换了一些五厘的公债券[2]，他坐在桌前点那些钞票和连号的债券。一向清贫的安德烈·谢苗诺维奇在房间里走来走去，故意用不屑甚至鄙视的神情看着这些钱。彼得·彼得罗维奇·卢仁绝不相信，安德烈·谢苗诺维奇看到这些钱会真的无动于衷。安德烈·谢苗诺维奇也在思索，或许彼得·彼得罗维奇·卢仁真的会这样看他，大概还非常得意有这样的机会来刺激和撩拨一下自己的年轻朋友，把这么多钱放在他眼前，告诉他，他自己是那么微不足道，在他们两个之间有着真正的区别。

他发现彼得·彼得罗维奇·卢仁这次异乎寻常地激动，而且有点心不在焉，尽管他，安德烈·谢苗诺维奇，已开始就成立一个特殊的新型“公社”这个他所喜欢的话题大谈特谈了。当拨弄算盘珠子的响声停下来时，彼得·彼得罗维奇·卢仁总是简短地反驳和提出自己的看法，表现出一副明显的和夸张的嘲讽之态；可是“憨厚”的安德烈·谢苗诺维奇却觉得彼得·彼得罗维奇·卢仁的这种情绪应该归咎于昨天他和杜涅奇卡的决裂，所以他急于要谈论这个话题：对这个话题他有一些进步的、宣传性的言论，这至少能够安慰一下他这位可敬的朋友，而且“无疑”这对他以后提高觉悟会有所帮助。

“这个……寡妇家准备办什么丧餐？”彼得·彼得罗维奇·卢仁突然问，他在安德烈·谢苗诺维奇谈到最有意思的地方时突然打断了他的话。

“您怎么不知道了，昨晚我就已经和您谈起过这个话题了，并且我还针对这些仪式发表了意见……听说她也请了您。昨天您还和她说过话呢……”

---

[1] 1863年，车尔尼雪夫斯基发表了长篇小说《怎么办》，书中描写了按照社会主义原则建立起来的一个缝纫工厂，很激动人心。在这部小说和空想社会主义思想影响下，彼得堡的一些进步青年成立了一些同工同酬，实施集体经济的公社。

[2] 利率为五厘的公债券。

“我绝没有想到，这个穷酸的傻女人会将自己从另一个蠢货……拉斯柯尔尼科夫那里得来的钱，全都用来办丧餐。刚才我路过那儿时大吃了一惊：准备的东西真够丰富的，还有酒呢！……而且叫了几个人来帮忙，鬼知道是在干什么！”彼得·彼得罗维奇·卢仁继续说着，他不断地发问，仿佛另有所图故意转到这个问题上面一样。“什么？您说也请了我？”他抬起眼睛，突然补充道，“什么时候的事儿？我忘了。但是我不会去的。我去那儿做什么？昨天我只不过是顺便和她说说，作为一位官吏的穷苦的寡妇，她也许会得到他一年的薪酬作为一次性补助。我觉得她请我，或许是因为这个吧？嘿嘿！”

“我也不会去。”列别贾特尼科夫说。

“那还用说！您亲自动手打过她嘛，当然不好意思去了，嘿嘿嘿！”

“谁打她了？打过谁？”列别贾特尼科夫突然面红耳赤，显得有点慌乱。

“就是您呀，大约是上个月，您打了卡捷琳娜·伊凡诺夫娜！我昨天才听说的……原来这就是您的信仰！……连妇女问题都处理不了。嘿嘿！”彼得·彼得罗维奇·卢仁好像得到了慰藉，继续打他的算盘。

“这都是胡说八道，简直是诬蔑！”列别贾特尼科夫突然开口说，他特别害怕人们提起这件事。“事实上并不是那样的！正好相反……您听错了。那是谣言。我那时候只是自卫而已。她先张牙舞爪地扑到我身上，把我的连鬓胡都要揪光了……我觉得，人人都有权保卫自己的人身自由，而且我也绝不准许别人对我动用暴力……这是原则。那样的人就是专横霸道，我该怎么做呢？就这样站到她面前让她厮打我？我只是把她推开而已。”

“嘿嘿嘿！”卢仁还在不怀好意地笑。

“您故意这么说惹我生气的，因为您肚子里有火，心里有气……但这全是胡扯，这和妇女问题上没有任何关系！您误解我了。我倒是觉得，倘若我们承认妇女在各方面都和男人一样（像人们主张的那样），连体力也一样，那么在这方面应该平等对待的[1]。当然，后来我考虑，事实上，这种问题就不应当有，因为人与人之间不应当打架，在未来的社会中，打架这种事是无法想象的……在打架中寻求平等，当然会感到奇怪。我还没愚蠢到那种地步……不过，话说回来，打架这种事儿是在

[1] 列别贾特尼科夫宣扬的这种男女平等理论，是对车尔尼雪夫斯基《怎么办》中妇女解放思想的歪曲理解。

所难免的……我的意思是，这样的事以后不会再发生了，但现在仍然存在……呸！见鬼！您把人都给搞糊涂了！我不去参加那个丧餐，并不是因为那件令人不快的事情。我不去只是坚持原则，因为我不想参与办丧餐这样的陋习，仅此而已！事实上去也可以，不过是为了嘲笑它……遗憾的是，没有神父来。倘若神父去的话，我肯定去。”

“意思就是，坐在酒席上享受别人的招待，同时又蔑视人家的招待，甚至于对邀请您的人也是这样。对吗？”

“不是蔑视，是反对。我是带着积极的目的去的。我能够间接促进他们提高觉悟并且做一些宣传。促进人们提高觉悟和做宣传——大家都应该这么做，越多的人参与越好。我播下一粒种子，种植一种思想……那粒种子便会生根发芽，成长起来，最后变成事实。我怎么会侮辱他们？起初他们可能难以接受，不过以后他们会明白我的良苦用心的。您知道，捷别列娃（她在公社里）曾经受到人们的指责，因为她离家出走……当她决定嫁给一个男人时，她给自己父母写信说，她不想生活在别人的指责中，她准备和别人同居，有人觉得她对自己的父母太无礼，她应当估计他们的感受，把信写得委婉点儿。我认为，这全是胡扯，根本不必写得委婉，正好相反，正好相反，应当坚决表示抗议。瓦连茨和她丈夫一同生活了七年，却撇下两个孩子，她在一封信中对自己的丈夫坚决地说：‘我明白了，和您一同生活永远都不会得到幸福。我无法原谅您欺骗我，故意向我隐瞒还有一种借助于公社的社会制度。这些事情都是我最近在一个爽快的人哪里知道的，我已和他在一起了，我们要一同创办一个公社。我这样直截了当地告诉您，因为我觉得欺骗您是不应该的。随便您怎样做，总之不要再希望我能回到您身边，已经太晚了。祝您幸福！’信就是这么写的！”

“这个捷别列娃，就是您那次提起的和人同居过三次的那个女人吗？”

“说真的，总共只同居过两次。即便是四次，十五次，那能算得了什么，这都是不足挂齿的！如果说，我会对自己的父母去世而感到惋惜，那么就是此刻。有那么几次，我幻想着，要是他们还在的话，我一定会毫不客气地向他们提出抗议！我会故意这么做的……我算什么，只是一个‘嫁出去的女儿，泼出去的水’而已，呸！我会叫他们看看！我会吓他们一跳！遗憾的是，我现在连一个亲人都没有！”

“吓他们一跳！嘿嘿！好，您爱怎么做就怎么做吧，”彼得·彼得罗维奇·卢仁插嘴说，“但是请您告诉我：您认识死者的那个女儿，那个弱小的小姑娘吗？人们对她的议论是真的吗？”

“那又怎样？在我看来，意思就是，按照我个人的看法，这对一个女人来说是非常正常的。为什么不是呢？我的意思是，我们要有区别地看。在当今这个社会中，这当然是不正常的，是被逼的；在将来的社会中，那就很正常了，那是自由的。即便现在，她也有权利这么做：她在受苦，这便是她的基金，意思就是，这可以说是她的资本，她有绝对的权利支配它。当然，在将来的社会中就不再需要基金了；可是在合情合理的条件下，她的作用便会在另一种意义上发挥出来。至于索菲娅·谢苗诺夫娜本人，现在我把她的行动看作对社会制度有力的活生生的抗议，因此我非常敬重她，只要看见她我就感到高兴！”

“但是我听别人说，是您把她从这里的公寓逼走的！”

列别贾特尼科夫气得大发雷霆。

“又是谣言！”他大声嚷起来。“绝对不是这么回事！这都是卡捷琳娜·伊凡诺夫娜在污蔑我，她其实什么都不知道！我从头到尾就没有讨好过索菲娅·谢苗诺夫娜！我只不过想帮助她提高觉悟，没有任何私心，而且竭力激发她的反抗精神……我想要的只是教会她反抗，不仅如此，就索菲娅·谢苗诺夫娜本人来说，她也确实不能继续住在这座公寓了！”

“您是不是曾经让她参加过公社？”

“您又来嘲笑我了，但是请听我说，您笑得非常不得体。您不了解！公社里根本不存在这种角色。办公社的目的就是要消灭这种角色。在公社里，这样的角色会改头换面，完全不同于现在的样子，在这里是愚蠢的，在那里便成了聪明的；在这儿是不正常的，在那里就成了非常正常的了。一切都取决于生存在什么样的条件和什么样的环境之下。一切都取决于环境，至于人本身，那是微不足道的。直到现在我和索菲娅·谢苗诺夫娜的关系还是十分和睦，这就能够说明她并没有我当成敌人，也没有把我看成是欺侮她的人。是的！我现在正在劝她参加公社，只是这个公社将建立在与以往的公社完全不同的基础上！您为什么发笑！我们想在比从前更为广泛的基础上，建立一个属于我们自己的公社，一个特别的公社。我们在自己的信仰上又迈出了一步，我们否定的东西也会越来越多！假如杜勃罗留波夫[1]从棺材里站出来，我也会跟他进行一场辩论。别林斯基[2]，我真恨不得把他送进监狱！现在我还在开导索菲娅·谢苗诺夫娜。她的天性非常出色。”

“她那优越的天性正好可以为你所用，是吗？嘿嘿！”

---

[1] 俄国革命民主主义者、文学批评家、政论家。

[2] 俄国革命民主主义者、文学批评家、政论家、唯物主义哲学家。

“不，不！噢，不！正好相反！”

“哼，正好相反！嘿嘿嘿！谁会相信呢！”

“您要相信我！请问，我有什么理由要对您撒谎呢？甚至连我自己也觉得奇怪：她和我在一块儿时，总是那么紧张，有点儿胆怯、害羞，很注意自己的言行！”

“您当然在开导她……嘿嘿！在向她证明，这种害羞全都是胡扯？……”

“不是，不是！您将开导这个词理解得那么粗俗，甚至有些愚蠢（请原谅我这么说）！您什么都不知道！噢，上帝呀……您太……没有觉悟了！我们正在为妇女寻求自由，但是您脑子里只装着那种念头……先不讨论贞洁和女性的羞耻心，因为这些东西本身就没有一点儿用处，甚至存有偏见，我完全赞同她对我保持距离，因为她有权利这么做，有绝对的自由这么做。当然，假如她亲口对我说：‘我要占有你。’那我便会感到自己非常幸运，因为我很喜欢这位姑娘；可是现在，至少是现在，不消说，从未有人像我一样这么礼貌地对她，也没有任何人比我还要尊重她的人格……我在等待着，期待着——仅此而已！”

“您最好送她一份礼物。我敢肯定，唯独这一点您没有想到。”

“我已经告诉过您了，您什么都不明白！当然，她的处境很糟，但这是另外一个问题，完全是截然不同的问题！您就是瞧不起她。您看见了一件被您误以为应当受到蔑视的事实之后，您就不肯用人道主义的观点来看待这个人了。您至今还没有真正了解她！我感到遗憾的是，近来，她不再看书，再也不向我借书了。从前她经常来借的。同样令我感到惋惜的是，她曾经进行反抗的时候表现出了充沛的精力和坚定的意志，但她似乎还缺少自主精神，也就是说，不能独立，否定得不彻底，甚至还不能彻底摆脱一些成见和……愚昧观念，尽管她对一些问题理解得相当透彻。比如说，她对吻手这个问题就理解得非常正确，也就是说一个男人吻一个女人的手，就是以不平等的态度来侮辱女人[1]。我们曾经讨论过这个问题，我很快就把这件事情转述给她听了。她也非常认真地听我讲法国工会的事情。现在我正在向她解释，在未来的社会中，一个人能够自由出入别人房间的问题[2]。”

---

[1]　此处化用车尔尼雪夫斯基《怎么办》中第二章第十八节女主人公的一段话。

[2]　此处讽刺性的套用了车尔尼雪夫斯基《怎么办》中第二章第十八节女主人公的一段话。

“这又是怎么回事呢？”

“近来我们正在讨论这种问题：公社社员是否有权随意出入另一个社员的房间，不管是男士的还是女士的……最后我们认为他有权……”

“噢，如果当时，他，或者她，正在解决一件必须要解决的需要[1]，那该怎么办？嘿嘿！”

安德烈·谢苗诺维奇简直气晕了。

“您总是提这样的问题，提这些该死的‘需要’！”他恶狠狠地大声吼道，“唉，我真气愤，恨我自己，在我向您介绍我们的制度时，我这么早就提起这些该死的需要！见鬼！对您这样的人而言，这是障碍，最糟的是，这些人在还没有弄清是怎么一回事时，就开始嘲笑别人了。仿佛只有他们才是正确的似的！就像他们有什么可以值得骄傲的一样！呸！我声明过多少次了，对一个新人，只有等最后，当他十分相信这一制度，人已变得有高度觉悟，同时有明确目的时候才能跟他谈这一问题。请您说一下，即便在污水坑里，您究竟在里面找到了什么可耻和卑鄙的东西？我就愿意第一个去清洗任何一个污水坑。这谈不上是什么自我牺牲。这只是工作，一项高尚的、对社会有利的活动，它和其他活动一样，并且比什么拉斐尔或是普希金的活动更为崇高，因为它的益处更大！”[2]

“也更为高尚，更为高尚——嘿嘿嘿！”

“什么是更为高尚？我不理解这种用来形容人类活动的言辞。‘更为高尚’，‘更为慷慨’——这全是胡扯，简直毫无道理，这都是我否认的带有成见的那老一套！只要是对人类有好处的事儿都是崇高的！我只知道一个词，有好处！您要是想笑就尽管笑吧，总之这就是事实！”

彼得·彼得罗维奇·卢仁尽情地笑着。他已数完钱，而且收了起来。可是不知道为什么，有一些钱依旧放在桌子上。“污水坑这个问题”虽然很庸俗，不过已经有很多次成为引发彼得·彼得罗维奇·卢仁和他这位年轻朋友之间矛盾的导火线了。最可笑的是，安德烈·谢苗诺维奇当真发火了。可是卢仁却并不在乎，他很想气列别贾特尼科夫一通。

“昨天您受了打击，因此才乱发脾气，总是找别人的碴儿，”列别贾特尼科夫最后开口说。虽然他有“独立精神”，并且有“反抗”的精

---

[1] 指大小便。

[2] 此处套用并夸大了俄国革命民主主义者、文学批评家皮萨列夫关于任何工作首先应给人们带来实际利益的主张。

神，可是不知为什么，他仍然不敢反驳彼得·彼得罗维奇·卢仁，对他始终保持着一种已成习惯了的敬意。

“您还是说说吧，”彼得·彼得罗维奇·卢仁傲慢而又生气地说道，“您是否能……或者说，您和刚才谈到的那个年轻姑娘是不是关系很好，是不是好到能够把她现在就请到这间房子里来一下？他们好像都从墓地回来了……我听见了脚步声……我想见她一面，见一见这个姑娘。”

“您为什么要见她？”列别贾特尼科夫不解地问。

“没什么，有点儿事。我准备今天或者明天从这里搬走，所以我想通知她一声……但是，在我们谈话的时候，您可以留在这里，这样会好一点儿。否则，天知道您又会想什么。”

“我什么都不会想……我只是随便问问而已。如果您有事找她，让她过来就行，那非常简单。我现在就去找她。您就放心吧，我绝不会打扰你们。”

果然，大约五分钟过后，列别贾特尼科夫带着索涅奇卡进来了。她走进来时不由得吃了一惊，并且像平常一样带着点儿胆怯。在这种情境中，她总是感到不安，她非常害怕看到陌生人，与陌生人交往，她从前就怕，如今就更不用提了……彼得·彼得罗维奇·卢仁“和蔼而彬彬有礼地”接待了她，但是带着一点儿快活、亲昵的神情，在他眼里，对待一个这么年轻，从某种意义上说又是很有意思的人，像他这样一个受人尊敬的体面人，采取这种态度是非常得体的。他赶紧“鼓励”她，让她在自己对面的桌子旁坐下。索尼娅坐下后，环顾了一下四周——看了一眼列别贾特尼科夫，看了一眼摆在桌子上的钱，随后把目光停留在彼得·彼得罗维奇·卢仁身上，仿佛被他吸引住了一样。列别贾特尼科夫朝门口走去。彼得·彼得罗维奇站起来，一边示意让索尼娅坐在那里不要动，一边把列别贾特尼科夫拦住。

“那个拉斯柯尔尼科夫在那里吗？他有没有来？”他悄悄地问他。

“拉斯柯尔尼科夫？在那里。有事吗？是的……我刚刚看到他进去……怎么了？”

“那好，此刻我真诚请您留在这里，和我们待在一块儿，不要丢下我独自一人和这位……姑娘相处。这本是件不值一提的小事儿，但是天晓得他们会怎么说。我不想叫拉斯柯尔尼科夫在那儿瞎说什么……您明白我的意思吗？”

“噢，我明白，我明白！”列别贾特尼科夫突然开窍了，“是的，您有理由这么做……当然，就我个人而言，您做的有点儿过分了，但是……您仍然还是有道理的。好吧，那我就待在这儿。我站在这扇窗子前面，不会打扰你们的……我觉得您这么做挺合适……”

彼得·彼得罗维奇·卢仁走到沙发前，坐在索尼娅对面，他仔细打量了她一番，脸上忽然显出一副一本正经、严肃的神情，好像在说：“你不要误会，小姐。”索尼娅有点不知所措。

“首先，索菲娅·谢苗诺夫娜，请您代我向您母亲道歉……我觉得应该这样吧？卡捷琳娜·伊凡诺夫娜是不是您的继母？”彼得·彼得罗维奇·卢仁一本正经而又非常亲切地问。很明显，他是非常和蔼的。

“是的，就是这样的，她是我的继母。”索尼娅匆忙胆怯地答道。

“那么请您代我向她道歉，说我实在没有办法脱身，尽管令堂好意邀请了我，我也不得不缺席了，不能去吃煎饼了……意思就是，不去吃丧餐了。”

“好的……我说……现在就去。”索尼娅说完，急忙从椅子上站起来。

“我的话还没说完呢，”彼得·彼得罗维奇·卢仁留住她，看见她那么天真和不懂礼貌的样子，不禁微笑起来，“假如您以为，我因为一件与我个人有关的小事儿，就打扰一个像您这样的人，叫您来这里的话，亲爱的索菲娅·谢苗诺夫娜，您真是太不了解我了。我还有其他的事情。”

索尼娅又赶忙坐下。依然摆在桌子上的灰色和彩虹色的钞票[1]又闯入了她的眼帘，可是她迅速转过头来，抬起头看了看彼得·彼得罗维奇·卢仁。她突然感觉到，看别人的钱是一件很不合适的事情，尤其是她。她目不转睛地盯着彼得·彼得罗维奇·卢仁拿在左手里的金色长柄眼镜，看着戴在那只手的中指上的一枚金戒指，镶着宝石、又大又沉、十分漂亮——可是她急忙又将目光从他身上移开了，不知道该往哪里看，最后只是直愣愣地盯着彼得·彼得罗维奇·卢仁的眼睛。他比刚才更严肃地沉默了一会儿，然后继续说：

“昨天我和不幸的卡捷琳娜·伊凡诺夫娜顺便聊了几句。从这几句话中我看出她有点儿……可以说是‘反常’。”

“没错……是反常……”索尼娅急忙附和着说。

“或者说得更简洁点儿，更明白点儿——她有病。”

“是的，说得更简洁一点儿，更明白一点儿……是的，她有病。”

“是的。因此，出于人道感，也可以说是出于同情心吧，依我看，

---

[1] 帝俄时代，票面二十五卢布的纸币是灰色的，票面一百卢布的纸币是彩色的。

她的命运无疑是不幸的，就我这方面而言，我很想为她做点事情。看样子，这个潦倒的家庭，现在只能靠您一个人来支撑了。”

“请问，”索尼娅突然站起身，“昨天您告诉她，会得到一笔抚恤金，是不是？昨天她对我说过，您正为她的抚恤金到处奔走。这是真的吗？”

“从来就没有这回事，从某种程度来说，这简直是荒谬的！我仅仅是暗示她，如果有人说情，她能够作为一个任职期间亡故的官吏的遗孀，领到临时补助……可是您已故的父亲不但任职尚未期满，并且不久前就已经离职。总而言之，就算还有希望，这种希望也是非常渺茫的，因为像这种情况，其实是没有权利享受补助的，甚至正好相反……可她已经在梦想得到抚恤金了，嘿嘿嘿……真是一位厉害的太太！”

“是的，她想得到抚恤金……因为她很容易相信别人，并且心肠很好，别人说什么她都会相信，同时……同时她的脑子就是那样……是的……很抱歉，”索尼娅说。她又站起来想走。

“您还没听完我的话呢。”

“是的，我还没听完，”索尼娅声音低沉地说。

“那么，您坐下吧。”

索尼娅极度尴尬，第三次坐下。

“看到她这样的境遇，带着几个可怜的不懂事的孩子，我刚才也说过了，只要是我能够做到的，我都愿意帮助她，意思就是，尽力而为，只能这样。比如说，我能做的就是为她募捐筹款，或办一次抽彩……或者诸如此类的事儿。遇到类似的情况，总有一些亲人或愿意帮忙的旁观者，主动这么做。我想要告诉您的，只有这些。这是我能做到的。”

“是的，很好……上帝会保佑您的，”索尼娅有点结巴地说道，同时凝望着彼得·彼得罗维奇·卢仁。

“这是能够做到的，但是……有一个情况，我们以后再具体计划……意思就是，今天就可以……晚上我们再见一面，商量商量，先打一个，可以这么说，打个基础。七点时您来我这里一趟。我希望，安德烈·谢苗诺维奇也能参加……但是……有一个情况，我应当提前说清楚，也正是因为这个，索菲娅·谢苗诺夫娜，我才惊动您，让您来这里。确切地说，我的想法是：不能把钱交给卡捷琳娜·伊凡诺夫娜，交给她不太合适。今天的丧餐就是证明。可以说，她甚至连明天吃的东西也没有，而且……没有鞋子，一无所有，可是今天她却买了牙买加的糖酒，甚至还买了马德拉的白葡萄酒和……和咖啡。这是我经过的时候看到的。等到明天，所有的负担又会压到您的身上，直至于最后一片面包，这简直太离谱了。因此，我认为，即便募捐，也不能叫那个可怜的寡妇知道有这些钱，不过只有您，只有您自己一人能知道。您觉得我说的怎么样？”

“我不知道。她只有今天才这样……有生以来第一次……她非常想悼念他。对他表示尊敬……她是很通情达理的……但是，就按您说的去办好了，我会十分，十分，十分……他们也会……上帝会保佑您的……还有那些可怜的孩子们……”

她还没说完，就哭了起来。

“那就这样。好，您能明白这一点就好了！为了您亲人的利益，请您先收下我这一点点心意。我希望，在这件事上以后千万别提到我的名字。给……我也有，可以这么说，自己也有用处，因此没法多给……”

彼得·彼得罗维奇·卢仁说完，小心翼翼地摊开一张十卢布的钞票，交给索尼娅。索尼娅把钱拿在手里，脸刷地一下变红了，然后她站起身，嘴里含糊不清地不知说了什么，就赶快离开了。彼得·彼得罗维奇·卢仁得意地把她送出门。她无比激动地带着疲惫的身躯跑了出去，非常不安地回到卡捷琳娜·伊凡诺夫娜那里。

这场戏上演的这段时间里，安德烈·谢苗诺维奇一会儿在窗前站着，一会儿在房间里走来走去，担心打断他们的谈话，索尼娅离开后，他来到彼得·彼得罗维奇·卢仁跟前，郑重其事地朝他伸出手。

“我全都听到和看到了，”他说，特别强调地说出“看到”这个词语，“您做的事无比高尚，我是说，是人道主义的！您不想让别人感谢您，我都看到了！说真的，尽管，就原则而言，我并不同意个人的慈善行为，因为这么做，非但不能铲除罪恶而且会助长罪恶，可是我必须承认，我看见您这么做之后，心里非常高兴……是的，是的，您做的这件事，我认为很好。”

“嗳，其实没什么大不了的！”彼得·彼得罗维奇·卢仁含糊不清地说，不知道为什么他仔细地看着列别贾特尼科夫，好像有些激动。

“不，这并不是一件微不足道的事！一个像您这样的人，虽然自己昨天受了委屈，心里很不痛快，但是还会想到别人的不幸——这样的人……即便他的做法不符合社会的某些规矩——那也……还是应该受到尊敬的！我从来没想到您会这么做，彼得·彼得罗维奇·卢仁，尤其是按照您的那些见解，噢！您的那些见解仍在困扰着您！比如说吧，您昨天受到的挫折就使您感到十分痛苦！”好心的安德烈·谢苗诺维奇大声说，他又对彼得·彼得罗维奇·卢仁产生了一种更强烈的好感，“我最亲爱的、最高尚的彼得·彼得罗维奇·卢仁，您为什么一定要要这个合法的婚姻？您为什么要遵守这种婚姻的合法性？好了，假如您愿意，打我一顿也行，总之我今天非常高兴，我非常高兴看到您这门愚蠢的婚事砸锅，您不会受到婚姻的约束。就全人类而言，您并没有完全毁灭。我感到十分高兴……您瞧，我把自己的心里话全说出来了！”

“我不想在你们那种没有仪式的婚姻生活中戴绿帽子，而且甚至去养育别人的孩子，所以我才需要合法婚姻。”卢仁为了回答他的问题随便说了几句。他心里仿佛有莫名的心事，竟陷入了深思之中。

“孩子？您提到了孩子？”安德烈·谢苗诺维奇突然打了个激灵，就像战马听到了军号声一样。“孩子是个社会问题，而且是最最重要的问题，这我承认，但是孩子的问题可以通过其他方式解决。有的人几乎完全否定孩子，由于孩子是对家庭的暗示。有关孩子的问题我们以后再说，现在我们来讨论一下绿帽子。说实在的，对于这个问题我知之甚少。这种说法是丑恶的、骠骑兵式的，普希金式的，在未来的辞典中这样的用语是不会出现的。绿帽子是什么？简直太荒唐了！什么绿帽子？为什么是绿帽子？简直是胡扯！恰恰相反，在自由结合中绝不会有绿帽子！戴绿帽子——这只是那些传统婚姻导致的结果，这是对它的修正，是种抗议，因此从这一点上说，戴绿帽子甚至没有一点儿侮辱人的意思……倘若有一天——说得荒唐点儿——合法结了婚，我倒比较喜欢戴上您说的那顶让人诅咒的绿帽子，到时候我会对自己的妻子说：‘我的朋友，以前我只是爱你，现在我更要尊敬你，因为你懂得反抗！’您是在笑吗？这是因为您还无法摆脱成见的原因。见鬼，我也理解，合法婚姻为什么在受到欺骗后，会给人们带来痛苦，但是，这只不过贬低了双方的无耻行为所造成的卑鄙结果。在自由结合的婚姻中，戴绿帽子是公开的，因此绿帽子也就随之消失了，戴绿帽子甚至变成了稀奇古怪的事，就连绿帽子这个名称也会消失。相反，如果您的妻子觉得您不会反对她的幸福，而且您很有觉悟，不会因为她另有所爱而向她报复，那么她会向您证明，她非常尊敬您。见鬼，有时我梦想，倘若我出嫁了，呸！我的意思是，要是我结了婚（自由同居或者合法结婚，反正都一样），我会给自己的老婆找一个情夫，如果她很长时间都没有找到的话。‘我的朋友，’我会这样对她说，‘我爱你，不过我希望你能尊敬我——仅此而已！’我这么说对吗？……”

彼得·彼得罗维奇·卢仁一边听，一边嘿嘿笑，但是并不以为然，甚至都没怎么听。他的确在考虑其他的事情，最后列别贾特尼科夫也发觉了。彼得·彼得罗维奇·卢仁看起来十分激动，他在想心事时不停地搓着手。这些都是安德烈·谢苗诺维奇后来记起时才弄明白的……

第二节

很难准确说明，卡捷琳娜·伊凡诺夫娜已经不大正常的头脑里为什么会产生这样的想法：要办一次毫无意义的酬客宴。真的，为酬办客宴，差不多花掉了从拉斯柯尔尼科夫那儿得到的钱的一半，一共也只有二十多卢布，而这笔钱其实是为了安葬马尔美拉多夫才送给她的。也许，卡捷琳娜·伊凡诺夫娜认为自己有责任“好好地”追悼亡夫，让所有房客，特别是要阿玛莉娅·卡捷琳娜·伊凡诺夫娜知道，他“一点都不比他们差，而且，也许要比他们强得多”，让他们知道，他们谁也没有权利在他面前“耀武扬威”。也许，这儿起最大作用的，是穷人们那种奇怪的自尊心，由于这种自尊心的作祟，许多穷人都会耗尽力气，把辛苦积攒下来的最后几个戈比都花在我们日常生活中人人必须遵守的某些社会礼仪上了。他们这样做，只不过是为了“不比别人差”，也为了不受人们的“指责”。很有可能，正是在这种心理的驱使下，就在她似乎已被世界上所有人抛弃了的时候，卡捷琳娜·伊凡诺夫娜想要让所有这些“卑微可恶的住户们”看看，她不但“懂得生活，会接待客人”，而且她所受的教育根本就不是为了来过这种穷日子的；她是在一个高贵的、甚至可以说是在一个有贵族身份的上校家庭里被培养成人的，她所受的教育完全不是为了擦地板，不是每天夜里洗孩子们的破旧衣服的。这种自尊和虚荣有时也会在最为贫困、完全被压垮了的人们心中突然爆发出来，有时甚至会演变成一种激烈的、无法克制的需求。何况卡捷琳娜·伊凡诺夫娜还没有完全被压垮。她本来是会让环境给完全压垮的，但是要在精神上摧毁她，也就是使她畏惧，征服她的意志，却绝不可能。此外，索涅奇卡说她的精神不正常也是有充分根据的。诚然，还不能过早地下定论，不过，最近一段时间，近期这一年来，她那可怜的头脑确实被折磨得够惨的，多少会受到一点损害的。据医生说，肺病急剧恶化也会使神经功能发生紊乱。

酒的数量和品种都不多，并且也没有马德拉酒：话说得夸张了点，只是有酒而已。有伏特加酒、糖酒和里斯本葡萄酒，质量都很低劣，可是数量倒是足够。至于吃的东西，除了蜜粥[1]之外，还有三四个菜（顺便说一下，还有煎饼），这些东西都是在阿玛莉娅·卡捷琳娜·伊凡诺夫娜的厨房里做的。另外，还生了两个茶炊，为了方便吃完饭以后客人们喝茶和喝五味酒。一位房客和一个贫困的波兰人主动帮助卡捷琳娜·伊凡诺夫娜，在他们的协助下卡捷琳娜·伊凡诺夫娜亲自来安排采购。这个波兰人不知出于什么原因住在利佩韦赫泽尔太太这里，他被派到卡捷琳娜·伊凡诺夫娜这里来等待差遣，昨天一整天和今天一个上午，他都卖力地东奔西跑，累得气喘吁吁，好像故意要让别人看到他很卖力。他只要遇到一点小事就马上跑去找卡捷琳娜·伊凡诺夫娜，有时还去商场找她，总是管她叫“军官太太”，最后终于把卡捷琳娜·伊凡诺夫娜惹烦了，尽管她刚开始说过，如果没有这个“好心”人，她几乎什么事都做不成。卡捷琳娜·伊凡诺夫娜有一个性格特点，就是对她初次见面的人，刚开始都是给予最美、最艳的色彩大加称赞，把人家吹捧得快要飞起来了，好些人都觉得不好意思，她还编出很多根本没有发生过的事儿来奉承别人，而她自己内心对这一切深信不疑，后来，她的幻想突然破灭了，就算对几个钟头之前还万分钦佩的人，她也会毫不犹豫地和他决裂，无情又粗暴地把他撵走。她生来是一个爱说爱笑的人，性格活泼，待人友好，可是因为经常遭遇不幸和挫折，她开始狂热地希望世界上所有的人都能够快乐、友好地生活，不许他们过另外一种生活。生活中的任何一些矛盾和最微不足道的挫折，几乎都会让她马上发疯，她刚才还满怀各种最光明的希望与幻想，转眼之间她又开始埋怨自己的命运，撕扯和摔打手里的不管什么东西，使劲儿把头往墙上撞。阿玛莉娅·卡捷琳娜·伊凡诺夫娜在卡捷琳娜·伊凡诺夫娜心目中不知为什么突然得到了尤为重要的地位，受到她的格外尊敬，唯一可能的原因就是要着手办丧餐。而阿玛莉娅·卡捷琳娜·伊凡诺夫娜又真心实意地来帮她做事：她亲自摆好桌子，找来桌布、餐具等其他东西，而且在她的厨房中准备饭菜。于是卡捷琳娜·伊凡诺夫娜把什么都托付给她去做，自己去墓地了。果然一切都安排得很好：桌布铺上了，而且非常整洁；碗碟、刀叉、酒杯、玻璃杯和茶杯等等，这些都是拼凑起来的，样式各异，大小不同，都是从各个房客那儿借来的，但是最终都按时准备好了。阿玛莉娅·卡捷琳娜·伊凡诺夫娜打扮得非常漂亮，她穿着一件黑色连衣裙，戴着一顶系着新黑缎带的头巾，她自认为事情做得非常好，还颇为自豪地去迎接从墓地回来的人。这种自豪感尽管无可厚非，可是

[1] 安葬后招待客人的一种食物。

不知什么原因卡捷琳娜·伊凡诺夫娜却看着不舒服，她心想："说实话，好像少了阿玛莉娅·卡捷琳娜·伊凡诺夫娜，餐桌就准备不好了一样！"那顶系了新缎带的头巾她也不喜欢："这个愚蠢的德国女人之所以这么骄傲，说不定只因为她是女房东，是出于仁慈才来帮助贫穷的房客吧？由于仁慈！真奇怪！卡捷琳娜·伊凡诺夫娜的爸爸曾是一位上校，差点当上省长，她家随便一摆便是四十个人的酒席，所以像阿玛莉娅·卡捷琳娜·伊凡诺夫娜，或者可以说是柳德维戈夫娜这种人，甚至连厨房都不让她进去……"但是卡捷琳娜·伊凡诺夫娜决定先不发表自己的意见，她暗暗盘算好，一定要当天给她个下马威，让她明白她的身份，不然，天知道她会把自己想成一个什么样的人。另外还有一件让人郁闷的事情让卡捷琳娜·伊凡诺夫娜感到非常气愤：在所有邀请的房客中，只有那个波兰人去墓地上看了看，剩下的几乎都没来参加葬礼；而现在来吃丧餐的，就是说，吃点心的全是些贫穷、没有地位的人，而且不少人已经喝得烂醉如泥，真是一群下三烂。房客中较为年长的、有点儿身份的人一个都没来，他们似乎商量好了，串通好不来一样。比如，彼得·彼得罗维奇·卢仁，或者说是房客中最有身份的人，他就没来，但是昨天晚上，卡捷琳娜·伊凡诺夫娜就已经向人们宣布，就是说，已经告诉阿玛莉娅·卡捷琳娜·伊凡诺夫娜、波列契卡、索尼娅和那个波兰人了，说他是一个最大方、最高尚的人；说他见多识广，资产丰厚，是她前夫的老朋友，是她爸爸家的常客，他还答应要想尽一切办法给她弄一大笔抚恤金。在这儿应当说明一下，卡捷琳娜·伊凡诺夫娜在称赞任何人见识广和有财富时，并不是出于要谋取什么利益或是为了个人的利益考虑，纯粹是无私的，也可以说是出于一片热情，把称赞别人与抬高别人的身份地位视为一种乐趣。那个可恶的坏蛋列别贾特尼科夫或许就是"跟卢仁学"，所以也没来。"这家伙自以为自己很了不起！请他是看得起他，因为他和彼得·彼得罗维奇·卢仁住在一个房子里，是他的朋友，所以碍于面子才不得不邀请他。"还有一个颇有大家风范的夫人和她女儿也没来，一个"香销玉殒的老姑娘"，她们在阿玛莉娅·卡捷琳娜·伊凡诺夫娜的公寓里总共住了才两个星期，就不止一次地抱怨马尔美拉多夫的房间总是喧闹不休，尤其在马尔美拉多夫喝醉酒回家时。阿玛莉娅·卡捷琳娜·伊凡诺夫娜已经跟卡捷琳娜·伊凡诺夫娜说过那些抱怨的话了，她还和卡捷琳娜·伊凡诺夫娜吵过一架，用威胁的口气对她说，要将她一家人都赶走，而且扯着嗓子大嚷大叫，她们惊动了"高贵的房客，他们连鞋都不配给她们提"。现在卡捷琳娜·伊凡诺夫娜请"似乎不配给她们提鞋"的这个夫人和她的女儿，主要是因为在此之前偶然遇到她时，她总是高傲地扭过头去——卡捷琳娜·伊凡诺夫娜想让她知道，住在这里的人是“不记仇的，在思想上，感情上都比她们高尚一些，因此才请她们”，也让她们也看一看，卡捷琳娜·伊凡诺夫娜并不安于过这种日子。她准备在进餐前跟她们说清这件事情，并且要她们知道，她过世的父亲的身份和省长差不多，而且间接暗示她们，她们完全不必一看到她便转身就走，那样做很愚蠢。那个胖中校（实际上是个退职的上尉）也没来，原来昨天早晨他就“醉得不省人事”了。总之，应邀赶来的客人只有：波兰人，然后是满脸粉刺、又丑陋又惹人讨厌的小公务员，他穿着一套油污的燕尾服，身上有股刺鼻的臭味，呆坐在那里一句话都不说；随后又来了一个耳聋眼瞎的小老头，他以前在邮政局工作，后来有个人莫名其妙地一直供养着他住在阿玛莉娅·卡捷琳娜·伊凡诺夫娜家。一个喝醉了的退职中尉也跑来了，实际上他是一位军需官，他笑的时候声音特别大，实在有些失礼，并且“想想看吧”，他连背心都没有穿！还有个人一进来就坐在饭桌旁，也没有和卡捷琳娜·伊凡诺夫娜打招呼。最后，还有一个人可能是没有衣服，披着一件睡衣来了，这真是太不像话了，阿玛莉娅·卡捷琳娜·伊凡诺夫娜和波兰人好不容易才把他赶出去。但是波兰人又带来了另外两个波兰人，这两个波兰人根本就没有在阿玛莉娅·卡捷琳娜·伊凡诺夫娜这儿住过，并且公寓中的人都不认识他们。这些事都让卡捷琳娜·伊凡诺夫娜感到不舒服，甚至有些生气。“这么看来，忙了这么多天到底为了什么啊？”为了有足够的座位能够招待客人，甚至没有让孩子们坐在房间桌边，而是让他们在后边角落里的一个箱子上吃饭，并且两个小孩子还被安顿在长凳上。波列契卡因为已经长成大孩子了，应该照料弟弟妹妹们，喂他们吃饭，给他们擤鼻子，好像他们是“贵族子弟”一样。总的说来，卡捷琳娜·伊凡诺夫娜只好漫不经心，甚至摆出一副高傲的态度来接待她的这些客人们。她绷着脸看了一下其中的几个人，用一种很鄙夷的态度让他们落座。不知怎的，她认为，那些客人之所以没来都是阿玛莉娅·卡捷琳娜·伊凡诺夫娜惹的祸，所以她突然对她的态度变得很不礼貌，阿玛莉娅·卡捷琳娜·伊凡诺夫娜马上意识到了这一点，心中感到十分委屈。这种开始不是什么好的预兆。大家总算都坐下了。

差不多就在他们刚从墓地回来的时候，拉斯柯尔尼科夫来了。卡捷琳娜·伊凡诺夫娜非常高兴。首先，由于他是这些客人当中唯一“有教养的客人”，并且“大家都知道，两年之后，他将会在这里的一所大学里任教，当教授”。其次，因为他一来就很恭敬地对他没能前去参加葬礼深表歉意。她几乎是跑着来到他身边，请他坐在自己左边的位置上（坐在右边的是阿玛莉娅·伊凡诺夫娜）。虽然她不停地张罗着生怕端错菜，又关心地让所有的人都能吃到一份，这两天她似乎咳得更厉害了，几次都说不成话，让她觉得难受痛苦，可是她仍然不停地和拉斯柯尔尼科夫谈话，用沙哑的声音迫不及待地向他倾诉她满腔的感情，和她由于丧餐办得不称心而感到的理所当然的气愤；但是气愤的话语中又总是带着不由自主的欢快的笑声，她嘲讽在场的客人们，不过主要是嘲笑她的女房东。

"都怪这只布谷鸟[1]！您明白我的意思：是她，就是她！"卡捷琳娜·伊凡诺夫娜边指着女房东边说。"看她：眼睛瞪那么大，她感觉到我们是在说她，可是又不懂我们在说什么，所以只能瞪大眼睛。呸，猫头鹰！哈哈哈！……咳咳咳！她为什么要戴这顶头巾？咳咳咳！您发现了吗，她想让大家都知道她是在对我施恩，她来这里是瞧得起我。我把她当做一个正经女人，让她去请有身份的客人，就是我亡夫的朋友和熟人，但是您看她请的都是什么样的小丑和邋遢鬼呀！看这小子的脸真脏：几乎就是一条长着腿的鼻涕虫！还有这些波兰人……哈哈哈！咳咳咳！在这里谁都没见过他们，我也一样。您知道吗，他们为什么来这里？他们神气地坐在那里。喂，先生！"她大声向他们中的一个喊道，"您吃煎饼了吗？再吃一些吧！喝啤酒，喝啤酒吧！您要不要喝些伏特加？您看：他跳起来了，正在向我鞠躬呢，您看，您看：他们一定饿坏了，这些穷鬼！没事儿，让他们吃吧！至少不吵吵闹闹了，但是……但是，我真的很担心我们房东的银汤匙！……阿玛莉娅·卡捷琳娜·伊凡诺夫娜！"突然，她大声对她喊，"您的汤匙要是让人给偷走了，我可不负责任啊，我必须提前说清楚！哈哈哈！"她回头冲拉斯柯尔尼科夫哈哈大笑，并指着女房东向他点了点头，她开了一句过分的玩笑，感觉十分高兴。"她不明白，还是不明白！她张大嘴坐在那里，您看，一只猫头鹰，就像一只猫头鹰！真是一只系着新缎带的猫头鹰，哈哈哈！"

这时，她的笑声引起一阵无法抑制的咳嗽，一直咳嗽了整整五分钟。手帕上留了一点儿鲜血，额头上都冒出了冷汗。她悄悄地让拉斯柯尔尼科夫看手帕上的血，可是她刚平静下来，就又兴高采烈地跟他说起话来，脸颊上泛起了一片红晕。

"您看，我交给她一项需要认真对待的，可以说是一项任务，我托付她去请那位太太和她的女儿，您知道我说的是谁吧？这必须非常有礼

[1] 俄罗斯常见的一种鸟，传说它是死亡的先知，此外，它还象征着忧愁的独身女人和对儿女命运漠不关心的女人。

貌地去做，而且做事必须非常周到，但是她把事情都搞砸了：这个外地来的蠢货，这个妄自尊大的畜生，这个无足轻重的外省女人。她是一位少校的遗孀，来这里就是想法申请发给她抚恤金的，几乎连裙子边都被各个政府机关的地板给磨破了。她已经五十五岁了，还描眉，涂脂抹粉的，这是大家都知道的……这个畜生，不仅不来，甚至也不派人来道个歉。就算她不能来，在这样的情况下最起码的礼貌总该懂吧！我真是不明白，为什么彼得·彼得罗维奇·卢仁也没有来？索尼娅在什么地方？她去哪里了？啊，她终于来了！什么，索尼娅，你去哪里了？真怪，甚至连你爸爸的葬礼，你都不准时去。罗吉昂·罗曼诺维奇，挪动挪动，让她坐在您身边。你坐在这里，索涅奇卡……你要吃什么，随便拿吧。吃些肉冻吧，这个最好吃。煎饼一会儿就端来了。给孩子们拿了没有？波列契卡，你们那里什么都有了吗？咳咳咳！唔，好。廖尼娅，听话；科利亚，两只脚不要晃来晃去，安安稳稳地在那儿坐着，像富贵人家的孩子一样坐好。你在说些什么啊，索涅奇卡？”

索尼娅马上对她传达了彼得·彼得罗维奇·卢仁的歉意，并且尽可能说得大声些，好让大家都听到，她极力用最客气的话语，这些话语都是她模仿彼得·彼得罗维奇·卢仁的语气故意编造的，然后她再加工了一下。她还补了一句，彼得·彼得罗维奇·卢仁特意让她告诉卡捷琳娜·伊凡诺夫娜一声，一有时间就马上来和她当面谈几件事儿，商量一下能干什么，还有以后该怎么办，等等。

索尼娅知道，这么说会让卡捷琳娜·伊凡诺夫娜得到安慰，关键是，能够满足她的自尊心。她对拉斯柯尔尼科夫匆匆地鞠了个躬，就坐在他身边，又草率而好奇地看了他一眼。可是在后来的时间里，她总是莫名其妙地躲着他，并且不和他说话。尽管她想讨得卡捷琳娜·伊凡诺夫娜的高兴，一直瞅着她的脸，可是又好像若有所思。她和卡捷琳娜·伊凡诺夫娜都没有穿孝，因为没衣服可穿。索尼娅穿着一件褐色的、颜色发暗的连衣裙，而卡捷琳娜·伊凡诺夫娜穿着唯一一件深色的有条纹的印花布衣服。

关于彼得·彼得罗维奇·卢仁的事，她们谈得非常顺利，没有出现什么情况。卡捷琳娜·伊凡诺夫娜听了索尼娅这番话之后，也同样骄傲地问：彼得·彼得罗维奇·卢仁的身体怎么样？随后马上几乎是凑到拉斯柯尔尼科夫的耳边高声说，像彼得·彼得罗维奇·卢仁那么受人尊敬的、有地位的人，要是来这样“一群稀奇古怪的人”当中，肯定是件怪事，虽然他真诚地关心她的一家人，和她爸爸还是老朋友。

“罗吉昂·罗曼诺维奇，在这种情况下，您居然没有嫌弃前来舍下做客，这是我为什么格外感激您的原因，”她高声补充道，“可是我深信，正是因为您和我那可怜的死去的丈夫的交情非同一般，您才不想违约的。”

随后，她再次骄傲而庄严地看了看自己的客人们，突然关心地隔着桌子高声问对面耳聋的老头儿：“要不要再来点儿烤肉？喝过里斯本葡萄酒了吗？”小老头没有说话，好长时间都没弄明白人家在问他什么，尽管坐在他身边的人取笑着用力推搡他。他瞠目结舌，不知所措地向四下里望了望，这更让在场的人感到好笑了。

“简直是一个蠢蛋！您看，您看！把他叫来干什么？而彼得·彼得罗维奇·卢仁，我一向都比较信任他，”卡捷琳娜·伊凡诺夫娜继续跟拉斯柯尔尼科夫说，“他当然不像……”她脸上露出一种非常得意的表情，扯开嗓门冲着阿玛莉娅·卡捷琳娜·伊凡诺夫娜尖声说，这让她感到害怕了，“不像您那两个穿得招摇过市的下贱女人，这样的女人就是想去我爸爸家的厨房中做厨娘，也不可能有人要的。要说我死去的丈夫没有嫌弃她们，那自然是赏她们的脸，但那也只是他心肠太好了。”

“没错，他很爱喝酒；他只喜欢喝酒，他经常喝酒！”那个退职的军需官突然扯开嗓门一边叫喊，一边喝下第十二杯伏特加。

“我那死去的丈夫的确有这个嗜好，这是众人皆知的，”卡捷琳娜·伊凡诺夫娜接着他的话说，“但他是一个心地善良、品德高尚的人，他爱自己的家，也尊重自己的家，唯一不足的是，他太老实，因此各种各样腐化堕落的人他都相信，天知道他没有和谁一同喝过酒，甚至和那些不配给他提鞋底的人也一起喝过。罗吉昂·罗曼诺维奇，您好好想一下，他们还在他的衣兜中找到了一个公鸡形状的蜜糖饼干：他喝得酩酊大醉的，然而还想着孩子们！”

“公鸡？您是不是说公鸡？”那位军需官先生大声问道。

卡捷琳娜·伊凡诺夫娜不愿意答理他，也不知又想到了什么，就叹了口气。

“您和大家一样，认为我对他管得过于严格了，”她继续对拉斯柯尔尼科夫说，“但是事实并非这样！他尊重我，特别特别尊重我！他是一个好心人！我有时非常可怜他！他经常坐在一个墙角里看着我，我就会觉得他很可怜，很想和他亲热一会儿，可是事后我又想：‘我和他亲热了，他又会去喝酒了。’只能对他更严厉些，才能管得住他。”

“是啊，经常揪头发，而且不止一次。”军需官又接着大叫起来，又灌下一些伏特加。

“对于某些混蛋，不但揪头发对他们有好处，而且用笤帚来对付他们也是很不错的。我现在说的不是指我的亡夫！”卡捷琳娜·伊凡诺夫娜客气地对那位军需官说。

她的脸变得更红了，胸部一上一下地起伏。一分钟以后，她就要和别人吵架了。许多人都在傻笑，显然，他们觉得很有意思。有人正在怂恿那位军需官，跟他说悄悄话。很明显，想挑拨他们俩争吵。

“请——请问，您这话是什么意思，”军需官说，“也就是说，您刚指的是谁……谁……但是不说也没关系！小事儿！一个寡妇！寡妇！我原谅您……我不在乎！”接着他又喝了一些伏特加。

拉斯柯尔尼科夫坐在那里，一声不吭，心里满是厌恶。他出于礼貌吃了一些卡捷琳娜·伊凡诺夫娜盘子中的菜肴，以免惹她生气。他专注地看着索尼娅。可是索尼娅愈来愈担心了，她也觉得今天的丧餐绝不可能平平静静地结束，所以害怕地观察着卡捷琳娜·伊凡诺夫娜的表情。顺便说一下，她知道，那两个刚来的女士对卡捷琳娜·伊凡诺夫娜不正眼看，是由于她索尼娅。阿玛莉娅·卡捷琳娜·伊凡诺夫娜对她说过，那个当母亲的对此次邀请有些不满，她还问：“怎么能让自己的女儿坐在这个女人的身边呢？”索尼娅觉得，卡捷琳娜·伊凡诺夫娜已经知道了这件事情，而对卡捷琳娜·伊凡诺夫娜来说，对索尼娅的侮辱，比侮辱她自己、她的孩子，或她爸爸更严重，总而言之是一种莫大的侮辱。索尼娅知道，卡捷琳娜·伊凡诺夫娜不会就此罢休的，“直到她向这两个下贱女人证明她们两个全是……”等等。有个人似乎有意捣乱一样，从桌子的另一头传来一只盘子，盘里放着用黑面包做的两颗心，还用一支箭穿着。卡捷琳娜·伊凡诺夫娜马上隔着桌子扯开嗓门说，传来这个盘子的那个人，准是一头“喝醉的驴”！阿玛莉娅·卡捷琳娜·伊凡诺夫娜也感觉要出事了，而且卡捷琳娜·伊凡诺夫娜的态度也让她深受侮辱。为了让大家忘记不快的事儿，为了抬高她在人们心目中的位置，她突然莫名其妙地讲起她认识的一个人的故事。他叫卡尔，是开药铺的，一天夜里他搭乘一辆马车，“马车夫想杀了他，卡尔苦苦哀求他别杀他，他吓得心惊胆战，痛哭流涕，拱手作揖，由于害怕而浑身发抖”。卡捷琳娜·伊凡诺夫娜笑出了声，可是她又马上说，阿玛莉娅·卡捷琳娜·伊凡诺夫娜用俄国话开玩笑是不对的。阿玛莉娅·卡捷琳娜·伊凡诺夫娜听到以后，更加气愤，她反驳道，“她父亲是柏林人，是个举足轻重的人物，总是把手插在衣兜里走路”。爱笑的卡捷琳娜·伊凡诺夫娜实在忍不住了了，就开始放声大笑，这样一来让阿玛莉娅·卡捷琳娜·伊凡诺夫娜忍无可忍了，她竭力克制着自己。

“看，这只猫头鹰！”卡捷琳娜·伊凡诺夫娜又对拉斯柯尔尼科夫轻声说，她高兴极了。“她本想说将手插在衣兜中，可是说成了他伸手去摸别人的衣兜，咳——咳！罗吉昂·罗曼诺维奇，您发现了吗？凡是住在彼得堡的外国人，尤其是那些不知从什么地方搬到我们这里来的德国人，比我们都蠢！您应当同意，怎么能说：‘开药铺的卡尔，由于害怕而心惊胆战’呢，他（没出息的人）不是捆住马车车夫，反倒‘拱手作揖，失声痛哭，竭力哀求’。哎呦，真是傻瓜！她还觉得这个故事很感人呢，她竟然没有想到这样会显得她很傻！照我看，这个喝得烂醉如泥的军需官比她倒还聪明，起码能够看出他是一个醉鬼，醉得不省人事。再看看这些人，都那么老实，严肃……您看她坐在那里，瞪着眼睛！她生气了，她生气了！哈哈哈！咳咳咳！”

卡捷琳娜·伊凡诺夫娜高兴起来后，就津津有味地讲起很多小事，她突然说，她拿到抚恤金之后，会用这些钱在自己的故乡T市为贵族女子们建立一所寄宿学校。卡捷琳娜·伊万诺芙娜没有亲自告诉拉斯柯尔尼科夫这件事，现在她马上又津津有味地讲起那些最生动的情节。不知为什么，已经去世的马尔美拉多夫以前在酒店里向拉斯柯尔尼科夫提到过的那个“奖状”，突然出现在卡捷琳娜·伊凡诺夫娜的手里，当时马尔美拉多夫对他说，他夫人，卡捷琳娜·伊凡诺夫娜在大学毕业的前夕，曾给“省长和其他名流”跳过披巾舞。如今这张奖状明显是证明卡捷琳娜·伊凡诺夫娜有能力办一所寄宿学校的；可是她把它随身带在身边主要是想等“那两个卖弄风骚的下贱女人”来吃丧餐的时候，挫挫她们的锐气，让她们明白，卡捷琳娜·伊凡诺夫娜是非常高贵的，“或者说出生于一个贵族的家庭，是上校的女儿，这比刚刚出现的那些女冒险家们或许要高贵一点儿吧”。奖状很快就在那些客人们手里传递起来，卡捷琳娜·伊凡诺夫娜没有骗他们，奖状上确实写着，她是一个获得勋章的七等文官的女儿，因而她确实可以称得上是上校的女儿。卡捷琳娜·伊凡诺夫娜竟然开始没完没了地从头到尾描绘她将在T市的美好而安静的生活；她讲了她准备聘请自己那所寄宿学校里教书的中学教师们，还提到一个受人尊敬的法国老人，叫曼戈，他过去在贵族女子中学教卡捷琳娜·伊凡诺夫娜，现在在T市安度晚年，毫无疑问，如果出的薪水可观，就能请他去她那儿教书。最后她总算提到了索尼娅，说她要和卡捷琳娜·伊凡诺夫娜一起去T市，“并且全力帮助她”。这时候，有人在桌子另一头突然笑出声来。卡捷琳娜·伊凡诺夫娜努力装出一副毫不在乎的神情，但马上又故意提高声音，高兴地讲起索尼娅肯定能当她的助手，说她“温和，有耐心，高尚，又有教养，还富有自我牺牲的精神”。她摸了摸索尼娅的脸，亲热地吻了她两下。索尼娅羞红了脸，这时候卡捷琳娜·伊凡诺夫娜突然哇的一声大哭起来，立刻说她“是一个精神脆弱的糊涂虫，心里烦乱透了，丧餐也快完了，既然已经吃完饭，就应该把茶送过来”。在刚才谈话的时候，阿玛莉娅·卡捷琳娜·伊凡诺夫娜完全插不上嘴，也没有人愿意听她说话，因此她感到非常不满。说到这里的时候，她突然想冒险做最后一次尝试，她犹豫地向卡捷琳娜·伊凡诺夫娜提出一个合情合理、意义深远的建议，她说，在她要办的寄宿学校中，应该格外注重女孩子们的内衣清洁，并且“必须有一个懂得好好管理内衣的好学监”，其次，“年轻的女孩子们夜里不能偷看任何小说”。卡捷琳娜·伊凡诺夫娜情绪非常不稳定，并且也疲惫不堪了。她对今天的丧餐已经彻底失去兴趣了，所以马上毫不客气地对阿玛莉娅·卡捷琳娜·伊凡诺夫娜说：“胡扯，你什么都不懂”；又说照管内衣是女管理员的事，不关贵族寄宿学校的女校长的事；还说看小说，说这种话真是有失体统，请她赶紧闭嘴。阿玛莉娅·卡捷琳娜·伊凡诺夫娜听到以后怒不可遏，红着脸说，她是“为了她好”，“真的是为了她好”，并且说她“房租已经拖欠很久了”。卡捷琳娜·伊凡诺夫娜驳回去，说她说什么为了她好，简直是一派胡言。昨天，她的亡夫躺在桌上时，她还为了房子为难她呢。阿玛莉娅·卡捷琳娜·伊凡诺夫娜马上针锋相对地反驳说：“她去邀请那两位女士，但是那两位女士都不肯来，因为她们都很高贵，不愿去身份卑微的女人家中。”卡捷琳娜·伊凡诺夫娜对她说：“因为她是下三烂，因此她没资格说有身份的人是什么样子的。”阿玛莉娅·卡捷琳娜·伊凡诺夫娜实在忍无可忍，她马上大声宣布，她的柏林父亲是一个“十分、十分有头脸的人物，走路时双手插在衣兜中，经常这样说‘噗，噗’”。这时候，为了更加真实地模仿她父亲，她从椅子上跳起来，双手插进衣兜中，鼓起腮帮，在房客们的狂笑声中，隐隐约约听到她的“噗，噗”的声音，那些房客不停地叫好，趁这个机会拼命怂恿阿玛莉娅·卡捷琳娜·伊凡诺夫娜，期待她们能真的打起来。可是卡捷琳娜·伊凡诺夫娜实在无法忍受了，她马上提高嗓门，一字一顿地大声说，阿玛莉娅·卡捷琳娜·伊凡诺夫娜也许根本就没有爸爸”，阿玛莉娅·卡捷琳娜·伊凡诺夫娜只是一个从彼得堡来的酷爱喝酒的芬兰女人，她以前可能在哪儿当过厨娘，或许比这还要卑贱。阿玛莉娅·卡捷琳娜·伊凡诺夫娜的脸一下子红得像一只死虾一样，她尖声叫起来：卡捷琳娜·伊凡诺夫娜“才没有爸爸”，但是她确实有一个柏林父亲，身穿长礼服，经常说：噗，噗，噗！卡捷琳娜·伊凡诺夫娜轻蔑地指出，她的身世大家都清楚地看到了，这张奖状上用铅字写得清清楚楚的，她爸爸是一个上校，但是阿玛莉娅·卡捷琳娜·伊凡诺夫娜的爸爸（如果她真有爸爸的话），或许是一个芬兰人，现在在彼得堡卖牛奶；但是可能性最大的是，她压根儿就没有爸爸，因为到现在大家谁都不知道，阿玛莉娅·卡捷琳娜·伊凡诺夫娜的父亲叫什么：是叫卡捷琳娜·伊凡诺夫娜呢，还是叫柳德维戈夫娜？阿玛莉娅·卡捷琳娜·伊凡诺夫娜听到这些话以后，怒火冲天。她用拳头用力捶打着桌子，大声叫嚷，说她叫阿玛莉娅·伊万，而并非柳德维戈夫娜，她“爸爸叫约翰，是市长，卡捷琳娜·伊凡诺夫娜的爸爸从来都没有当过市长”。卡捷琳娜·伊凡诺夫娜腾地站起身，用一种严肃而沉着的口吻（虽然她脸色苍白，胸部剧烈地起伏）警告她，假如她敢哪怕是一次“将那个下三烂的爸爸和她的爸爸相比，那么她卡捷琳娜·伊凡诺夫娜就把她的头巾扯下来，用脚把它踩烂”。阿玛莉娅·卡捷琳娜·伊凡诺夫娜听到这些话之后，马上在房间里跳起来，歇斯底里地扯开嗓子叫喊，说她是房东，她让卡捷琳娜·伊凡诺夫娜马上搬出去；随后，不知怎的，她扑到桌前，将银汤匙全部收起来。这时候房间里响起一阵喧闹声和叫喊声，孩子们有的哭，有的叫。索尼娅连忙跑上前去劝说卡捷琳娜·伊凡诺夫娜，可是在阿玛莉娅·卡捷琳娜·伊凡诺夫娜忽然嚷道“黄色执照”时，卡捷琳娜·伊凡诺夫娜把索尼娅一把推开，跑到阿玛莉娅·卡捷琳娜·伊凡诺夫娜跟前，要立刻实现她刚才所作的揪下她的黑色发帽的威胁。这时候，门开了，彼得·彼得罗维奇·卢仁突然在门口出现了。他站在那里，用严肃、专注的眼神扫视了一圈这些人。卡捷琳娜·伊凡诺夫娜马上跑到他面前。

第三节

“彼得·彼得罗维奇·卢仁！”她大声喊，“您可要保护我们啊！请您告诉这个愚蠢的贱货，让她知道，她不能这样对待一个遭遇不测的高贵的太太，这可是犯法的……我要去见总督大人……她要承担责任……您可要记住先父对您的恩情，保护我们这些孤儿寡母。”

“对不起，太太……对不起，对不起，太太，”彼得·彼得罗维奇·卢仁挥手躲开，“您也知道，我根本未曾荣幸地认识您父亲……对不起，太太！（有人哈哈大笑起来）我也不想掺和您和阿玛莉娅·卡捷琳娜·伊凡诺夫娜接连不断的争吵……我来是为了我自己的事情……想要和您的继女索尼娅谈些要紧的事……卡捷琳娜·伊凡诺夫娜……好像是这样称呼吧？有些事想要和她说说清楚。请让我进去……”

于是彼得·彼得罗维奇·卢仁侧着身子绕过卡捷琳娜·伊凡诺夫娜向角落里走去，索尼娅就站在那里。

卡捷琳娜·伊凡诺夫娜站在那里，仿佛五雷轰顶，一下子呆在了那里，不能动弹。她不能理解，彼得·彼得罗维奇·卢仁为什么否认曾经受过她爸爸的款待。虽然她臆想了这个款待，但自己对此已经深信不疑。而彼得·彼得罗维奇·卢仁那种打官腔似的、冷冰冰的、甚至充满轻蔑意味的威胁语气使她深受打击。然而他一出现，不知怎的，大家都渐渐安静下来了。此外，这个“精明能干、神情严肃”的人与这儿的这伙人实在不搭调，他们之间的差别实在太大，不仅如此，而且可以看出，他到这里来是有什么很重要的事情，可能是因为什么特殊原因才使他来到这伙人中间，可见马上就会发生什么事情，一定会出事。站在索尼娅身旁的拉斯柯尔尼科夫走到一旁，让他过去，可是彼得·彼得罗维奇·卢仁好像根本没看到他。过了一会儿，列别贾特尼科夫在门口出现了，他没进屋里来，但他的脸上带着好奇的、甚至有点惊讶的表情站在门口。他在认真听他们争论的内容，不过好像好久都弄不明白，这是怎么回事。

“对不起，我也许打断了大家的谈话，不过我有很重要的事情要办，”彼得·彼得罗维奇·卢仁说，似乎这话是说给大家听的，而不是针对某一个人，“大家都在这儿，我感到很欣慰。阿玛莉娅·卡捷琳娜·伊凡诺夫娜，我极诚恳地恳求您，请您以房东的身份，注意听我和索菲娅·卡捷琳娜·伊凡诺夫娜下面的谈话。索菲娅·卡捷琳娜·伊凡诺夫娜，”他接着对惊慌失措的索尼娅说，“刚才您来过以后，我的朋友安德烈·谢苗诺维奇·列别贾特尼科夫屋里我的桌子上的一张一百卢布的钞票不翼而飞了。不管以什么方式，如果您知道它现在在什么地方，请您告诉我们，那么我以人格担保，并请大家作证，这件事情就算了结了。不然的话，我将会采取很严厉的措施，到那时……一切后果都由您来承担！”

屋里顿时鸦雀无声，死一样的安静，就连正在哭闹的孩子们也突然止住了哭声。索尼娅站在那里，脸色白得像死人一样，看着卢仁，不知道该怎样回答。她似乎还没弄明白这是怎么一回事。几秒钟过去了。

“嗯，那么怎么办？”卢仁死死盯着她，问。

“我不知道……我什么也不知道……”最后索尼娅微弱地回答。

“不知道？您不知道？”卢仁追问道，又沉默了几秒钟。“您想想看，小姐，”他厉声说，不过依然带着劝说的口气，“仔细考虑一下，我可以再给您一些考虑的时间。您要明白，如果我不是这么有把握，当然，凭我的经验，我决不会这样唐突地污蔑您，因为像这样直截了当公开指控别人，甚而是诬告，或者甚至仅仅是误会，从某种意义上说，我是要负责的，这一点我是很清楚的。因为有用，今天早上我把几张五厘债券兑换成现款，票面总额一共是三千卢布。我已经把这笔账记在了我的皮夹子里。回家以后，——安德烈·谢苗诺维奇可以作证——我就开始数钱，点出两千三百卢布，放进皮夹子里，然后把皮夹子装到了长礼服侧面的口袋里。桌子上还剩下大约五百卢布现钞，其中有三张票面是一百卢布的。就在这时候，您来了（是我请您来的）——您在我那儿的那段时间里，一直感到很拘束，谈话中间，您甚至曾三次站起来，不知为什么着急着走，尽管我们的谈话还没结束。这一切安德烈·谢苗诺维奇都可以作证。小姐，您自己大概也不会否认，不能不说，我是让安德烈·谢苗诺维奇把您请去的，请您去的目的只是为了和您谈谈您的亲属卡捷琳娜·伊凡诺夫娜无依无靠的处境（我不能来她这里参加酬客宴），而且商量一下，看能不能做点儿什么对她有益的事情，譬如募捐、抽彩或者其他这一类的事情。您非常感激我，甚至还感动地落泪了（我把这些情况一五一十地说出来，第一，是为了提醒您；第二，是为了让您明白，就连最小的细节我也没有忘记）。然后我从桌子上拿起一张十卢布的钞票，以我个人的名义送给了您，作为对您的亲属的第一次帮助。这一切安德烈·谢苗诺维奇都看得非常清楚。后来我把您送到了房门口，您一直都那么拘束。——后来，就只剩下了我和安德烈·谢苗诺维奇两个人，我和他谈了大约十来分钟，安德烈·谢苗诺维奇出去了，我又转身回到放着钞票的桌子跟前，想把钱点一点，按照原来的计划，把它们另外放起来。结果让我大吃一惊，其中一张一百卢布的票子不见了。请您想想看：无论如何，对安德烈·谢苗诺维奇我是不能怀疑的，就连有这样的念头，我也感到可耻。是我数错了？这也不可能，因为在您来的前一分钟，我点完以后，总数还是正确的。您自己也应该不会反对我的意见。想想您当时的窘态，您那么急着要走，您还有一会儿曾经把双手都放在桌子上，而且考虑到您的社会地位，以及与这种地位有连带关系的习惯，我，可以说是意外地，甚至是违反自己的意志，不得不对您产生怀疑，——当然，这怀疑是无情的，不过也是公正的！我要补充一句，再说一遍，尽管我显然对此深信不疑，可是我也明白，我现在提出的指控，对我来说还是有风险的。不过，我要你知道，我不会就此罢休，我要追查到底，把事情弄个水落石出。而且我要告诉您这是为了什么：小姐，唯一的原因就是您忘恩负义！怎么？我请您去，是为了您那位贫困的亲属的利益，我向您表示，愿意提供力所能及的帮助，周济您十个卢布，您却以这样的行为来报答我！不，这太不像话了！必须接受教训。请您好好考虑考虑，而且，作为您真正的朋友，我请求您（因为在目前您不可能有更好的朋友了），好好想想吧！不然的话，我可是铁面无私的！嗯，怎么样？”

“我什么也没拿您的，”索尼娅恐惧万分地低声说，“您给了我十个卢布，就在这里，您拿回去吧。”索尼娅掏出一块小手帕，摸索到上面打的那个结，把它解开，取出那张十卢布的钞票，递给卢仁。

“另外那一百卢布，您就不承认吗？”他带着责备的口气坚持说，没有去接那张钞票。

索尼娅朝四下里望了望。大家都在盯着她，他们的脸都那么可怕，那么严肃，带着嘲讽和鄙夷的神情。她向拉斯柯尔尼科夫看了一眼……他站在墙边，双手交叉着抱在胸前，目光炯炯，正在看着她。

“噢，上帝啊！”索尼娅突然喊了一声。

“阿玛莉娅·卡捷琳娜·伊凡诺夫娜，应当报警，所以，我真诚地恳求您，先打发人去把管理院子的找来，”卢仁轻轻地，甚至有点温和地说。

“仁慈的上帝啊！[1]！我本来就知道，她常偷东西！”阿玛莉娅·卡捷琳娜·伊凡诺夫娜把双手一拍。

“您原来就知道吗？”卢仁接过话茬说，“这么说，以前您就已经遇到这样的事情了？至少有根据可以作出这样的结论了。尊敬的阿玛莉娅·卡捷琳娜·伊凡诺夫娜，请您记住您说过的话，其实，证人们也都听见了。”

突然四下里的人们都高声议论起来。人们开始骚动起来了。

“怎——么！”卡捷琳娜·伊凡诺夫娜突然大喊一声，好像失去理智，朝卢仁猛扑过去，“怎么！您指控她偷窃？索尼娅偷钱？啊，你们这些卑鄙的家伙，卑鄙的家伙！”于是她跑到索尼娅跟前，用两条干瘦的手臂紧紧抱住索尼娅，就好像把她夹在老虎钳里。

“索尼娅！你怎么竟敢收下他的十个卢布！噢，傻丫头！把钱拿来！赶快把这十个卢布拿来——这就是！”

卡捷琳娜·伊凡诺夫娜夺过那张钞票，攥在手里，把它揉作一团，一甩手，对准卢仁的脸用力扔了过去。纸团正好打中眼睛，弹开，掉到

[1] 原文为德文。

了地板上。阿玛莉娅·卡捷琳娜·伊凡诺夫娜赶紧跑过去把钱捡起来。彼得·彼得罗维奇·卢仁勃然大怒。

“请大家拦住这个疯女人！”他大声叫喊。

这时房门口列别贾特尼科夫旁边又多了几个人，从外地来的那母女两个也在他们当中向屋里张望。

“怎么！疯女人？我是疯女人？傻——瓜！”卡捷琳娜·伊凡诺夫娜喊道，“你自己才是个傻瓜，讼棍，卑鄙的小人！索尼娅，索尼娅会拿他的钱！索尼娅会是个贼！哼，她还会揍你呢，傻瓜！”卡捷琳娜·伊凡诺夫娜发疯似的哈哈大笑起来。“你们见过傻瓜吗？”她一会儿跑到这边，一会儿跑到那边，指着卢仁，让别人看着她。“怎么！你也这么说吗？”她对着女房东，“你这个卖香肠的[1]，你也学他的样，证明她‘偷东西’，你这个无耻的家伙，你这个穿钟式裙的普鲁士母鸡腿！她从你这个卑鄙的家伙那一回来，就坐到罗吉昂·罗曼诺维奇身边，再没离开过这间屋子！……你们搜她的身好了！既然她哪里也没去过，可见钱应该在她身上！你搜吧，搜啊，搜啊！不过如果你搜不出来，那可就对不起了，亲爱的，你就得负责！我要去见皇上，去见皇上，去见仁慈的沙皇本人，我要扑到他的脚下，立刻就去，今天就去！我可是个无依无靠的人啊！会让我进去的！你以为，不会让我进去吗？你胡说，我一定能进去！一定能进去！你以为她性情温顺，可以随便欺侮吗？你就是这样想的吗？可是我，老兄，我可不是好惹的！你失算了！你搜啊，搜啊，喂，搜啊！”

说着，卡捷琳娜·伊凡诺夫娜拽着卢仁，把他推到索尼娅跟前。

“我会负责的……不过，请您先平静一下，太太，请您安静下来！我看出来了，您是不好惹的！……这……这……这该怎么办呢？”卢仁喃喃地说。“应该叫警察过来的……不过现在证人已经够多的了……我会搜的……不过男人到底还是不方便的……因为性别的关系……如果有阿玛莉娅·卡捷琳娜·伊凡诺夫娜帮忙……不过这样做还是不太合适……这可怎么办呢？”

“随便什么人！谁愿意，就让谁来搜好了！”卡捷琳娜·伊凡诺夫娜嚷道，“索尼娅，把口袋儿翻过来让他们看看！看哪，看哪！你瞧，混蛋，口袋儿是空的，这儿只有一块小手帕，口袋儿是空的，看到了吧！再看看另一个口袋儿，看吧，看吧！看到了吧！看到了吧！”

---

[1] 在彼得堡卖香肠的几乎都是德国人，所以骂德国人的时候，都管他们叫“卖香肠的”。

与其说卡捷琳娜·伊凡诺夫娜是把口袋翻过来的，不如说她是一个接着一个，把两个口袋儿拉出来的。但是忽然从第二个，也就是右边的口袋儿里跳出一张钞票，在空中画了一条抛物线，然后落到了卢仁的脚边。这个情形大家都看在了眼里，好多人惊奇地叫了一声。彼得·彼得罗维奇·卢仁弯下腰，用两个手指从地板上夹起这张钞票，把它举到大家的面前让大家看，然后慢慢把它打开。这是一张折成八折的一百卢布的钞票。彼得·彼得罗维奇·卢仁用手举着钞票，向四周缓缓转了一圈，让大家仔细瞧瞧这张票子。

“小偷儿！从这儿滚出去！警察，警察！”阿玛莉娅·卡捷琳娜·伊凡诺夫娜高声喊叫起来，“得把她们流放到西伯利亚去！滚！”

四面八方顿时起了一片惊呼声。拉斯柯尔尼科夫一声不响，目不转睛地看着索尼娅，偶尔，然而很快地把目光转向卢仁。索尼娅仍然失魂落魄似的站在原地：她出奇的镇定。突然她满脸绯红，惊叫一声，用双手捂住了脸。

“不，这不是我干的！我没拿！我不知道！”她撕心裂肺地号啕大哭起来，扑到卡捷琳娜·伊凡诺夫娜的怀里，卡捷琳娜·伊凡诺夫娜把她紧紧搂在胸前，像想用自己的胸膛保护她，不让别人欺侮她。

“索尼娅！索尼娅！我不信！你要知道，我不相信！”卡捷琳娜·伊凡诺夫娜（尽管事情是如此明显），抱着她，像摇小孩儿那样摇她，不停地吻她，抓住她的双手，拼命地狂吻。“说你偷钱！真是愚蠢之极的蠢人！噢，上帝啊！你们是愚蠢的，愚蠢的，”她对所有的人叫喊，“你们都不知道，不知道她有一颗多么善良的心，不知道她是一个多好的姑娘！她会偷钱，她！可她会把自己最后一件连衫裙都脱下来，光着脚去把它卖掉，把钱送给你们，如果你们需要的话，她就是这样的一个人！因为我的孩子挨饿，她甚至去领了黄色执照，为了我们出卖了自己！……唉，死鬼呀，看到了吗？这就是给你办的酬客宴！上帝啊！您要保护她呀，您为什么一直站着！罗吉昂·罗曼诺维奇！您为什么不为她辩护？莫非您也相信了他的鬼话不成？你们都抵不上她的一个小指头，你们大家，大家，大家，所有人！上帝啊！您可要保护她呀！”

可怜的、害肺病的、孤苦伶仃的卡捷琳娜·伊凡诺夫娜的真诚深深打动了在场的所有人。在这张因为痛苦而变得丑陋不堪的脸上，在这两片干裂而且还带着血迹的嘴唇上，在这沙哑的叫喊中，在这好似孩子哭喊的声音里，在这像孩子样轻信、同时又充满绝望、寻求保护的哀告中，可以看出，可以听出，她是多么不幸，多么痛苦，似乎大家对这个可怜的妇人都产生了怜悯之心。至少彼得·彼得罗维奇·卢仁立刻表示同情了。

“太太！太太！”他提高声音清楚地说，“这事与您无关！谁也不会指控您是幕后指使人或合伙人，何况罪证还是您发现的，是您把口袋翻过来的：可见您毫不知情。我非常、非常痛心，如果，可以这么说吧，如果是贫穷的逼迫使索菲娅·谢苗诺夫娜犯了错，可是，小姐，您为什么不肯承认呢？害怕羞辱吗？是第一次干这种事？也许是不知所措了？这是当然的，完全可以理解……然而，为什么要做这样的事呢？为什么自甘堕落，先生们？”他对所有在场的人们说，“先生们！我可怜她，而且，可以这么说吧，深深同情她，大概，我也愿意原谅她，现在就愿意宽恕她，虽然我自己受到了侮辱。小姐，但愿现在的耻辱能成为您以后的教训，”他对索尼娅说，“我不再追究了，事情就这样完了，结束了。够了！”

彼得·彼得罗维奇·卢仁斜着眼睛看了看拉斯柯尔尼科夫。他们的目光撞到了一起。拉斯柯尔尼科夫眼里燃烧着的怒火似乎要把他烧成灰烬。然而卡捷琳娜·伊凡诺夫娜好像什么也听不进去了：她发疯似的抱着索尼娅，使劲吻她。孩子们也用自己的小手从四面抱住索尼娅，看来波列契卡还没完全弄懂这是怎么回事，只是泪痕满面、抽抽搭搭地哭着，把她那哭肿了的、很好看的小脸俯在索尼娅的肩上。

“真是卑鄙！”突然门口传来一声响亮的声音。

彼得·彼得罗维奇·卢仁迅速回头看去。

“多么卑鄙！”列别贾特尼科夫又说了一遍，凝神注视着他的眼睛。

彼得·彼得罗维奇·卢仁甚至好像颤抖了一下。大家都看到了。（后来大家都记起了这一点）。列别贾特尼科夫大步走进屋里。

“您居然想到让我作证？”他走到彼得·彼得罗维奇·卢仁跟前说。

“这是什么意思，安德烈·谢苗诺维奇？您说的是什么？”卢仁含糊不清地说。

“这意思就是，您……是诬陷者，这就是我的话的意思！”列别贾特尼科夫激动地说，用他那双近视眼严厉地盯着他。列别贾特尼科夫颇为气愤。拉斯柯尔尼科夫一直拿眼睛盯着他，仿佛突然明白了他的意思，并且在揣摩着他说的每一句话。又是一阵沉默。彼得·彼得罗维奇·卢仁甚至有点惊慌失措了。

“如果您这是对我说话……”他结结巴巴地说，“您这是怎么了？您精神正常吗？”

“我精神倒是正常的，您可不一定……骗子！啊，真是卑鄙！我一直在听着，我故意等着，为的是把一切都弄明白，因为，老实说，就是到现在，这件事也还不完全合乎逻辑……可是您为什么要这样做呢——我不明白。”

“可我做什么了！您别再瞎说了！还是您喝醉了呢？”

“是您，这个卑鄙的家伙，也许喝醉了，我可没喝醉！我从来不喝伏特加，因为这违背我的信念！你们信不信，是他，是他亲手把这张一百卢布的钞票送给索菲娅·谢苗诺夫娜的，——我看见了，我可以作证，我发誓！是他，是他！”列别贾特尼科夫看着大家，对着大家反复说。

“你这个乳臭小儿，你是不是疯了？”卢仁尖声叫喊起来，“她本人就在这儿，就站在您面前，她就在这儿，当着大家的面，除了十个卢布，她没从我这儿得到过任何东西。既然如此，我怎么会又给了她一百卢布呢？”

“我看到了，我看到了！”列别贾特尼科夫高声叫喊着说，“虽然这违背我的信念，不过我愿意现在就在法庭上宣誓，随便起什么誓都行，因为我看到了您是怎样偷偷地把钱塞给她的！只是我这个傻瓜，还以为您把钱塞给她是做好事呢！就在门口和她告别的时候，她转过身来跟您道别，您用一只手和她握手却用另一只手偷偷地把钞票塞进了她的口袋里。我看见了！我看见了！”

卢仁的脸发白了。

“您胡说些什么！”他像一头发狂的野兽一样高声叫嚷着，“您站在窗前，怎么能看清钞票呢！您眼睛高度近视……这准是您的错觉。您是在说胡话！”

“不，不是错觉！虽然我站得远，可是我什么都看见了，虽然从窗前的确很难看清钞票，——这您说得一点没错，——可是因为有一个特殊情况，我确实知道，这正是一张一百卢布的钞票，因为您把那张十卢布的钞票交给索菲娅·谢苗诺夫娜的时候，我亲眼看到，当时您还从桌子上拿了一张一百卢布的钞票（我看到了，因为那时候我站得离您很近，因为我比较纳闷，所以一直没有忘记您手里拿着一张钞票）。您把那张钞票叠起来，攥在手里。后来我本来忘记了，可是当您站起来的时候，把这张钞票从右手倒到左手里，差点儿没把它掉下来，于是我又开始注意它了，它又让我开始想象您这样做的目的，就是说，您想瞒着我，悄悄地把钱送给她。可以想象得出，当时我是怎样关注着您，——最后果然看到，您偷偷地把那张钞票塞进了她的口袋。我看到，看到了，我可以起誓！”

列别贾特尼科夫似乎喘不过气来了。周围的人发出各种不同的感叹声，多半是表示惊讶的，但也有带威胁意味的喊声。大家都渐渐往彼得·彼得罗维奇·卢仁跟前涌去。卡捷琳娜·伊凡诺夫娜冲到了列别贾特尼科夫面前。

“安德烈·谢苗诺维奇！我真是看错您了！您在保护她！只有您一个人在保护她！她无依无靠，是上帝派您来保护她的！安德烈·谢苗诺维奇，亲爱的老兄！”

卡捷琳娜·伊凡诺夫娜不知道该做什么，竟然扑通一声跪倒在他的面前。

“荒唐！”气得发狂的卢仁乱喊乱叫起来，“您简直是一派胡言，先生。‘我忘了，我想起来了，我忘了’——这算什么！你的意思是我故意偷偷塞给她的了？我为什么这样做？有什么目的？我和这个……女人有什么关系？”

“为什么？这个问题我也很纳闷，可我说的千真万确，这是毫无疑问的事实！我绝对没有弄错，你这个卑鄙的小人，我清醒地记得，当时，就在我对您百般感激，和您握手的时候，我脑子里一直在考虑这样一个问题。您究竟为什么要把钱偷偷地塞进她的口袋？也就是说，为什么要偷偷地？难道仅仅是因为，您觉得我的信念和您的信念相悖，因为我认为个人慈善行为不能从根本上解决任何问题坚决反对它，所以不想让我知道吗？我还天真地以为，您是不好意思当着我的面送给她这么一大笔钱。后来我又想：也许您是想给她一个惊喜，等她在自己口袋里发现整整一百卢布的时候，让她大吃一惊吧。（因为有些慈善家很喜欢这样做，好让人永远感恩戴德，我听说过这样的事。）后来我又想，您或许是想试试她，也就是说，看她发现了这些钱以后，会不会来感谢您！后来我还想，您也许是不想别人为这事感谢您，就像俗话说的，不让右手知道[1]，是不是这么说的……总而言之，大概就这样的吧……唉，当时我想得可多了，所以我决定把这一切先放着等以后再细细考虑，不过还是认为，在您面前把事情说穿，说我知道了您的秘密，不太好。可是我头脑里立刻又冒出一个问题来：索菲娅·谢苗诺夫娜发现这张钞票以前，可能会把钱弄丢了，所以我决定来这里，把她叫出来，告诉她，有人往她口袋里放了一百卢布。我顺便到科贝利亚特尼科夫太太家的女儿科贝利亚特尼科娃小姐的房间里去了一趟，给他们带去一本《实证法

[1] 俄语成语，全句为“左手不知道右手在干什么”。

概论》[1]，特别向他们推荐皮德里特[2]的一篇文章（不过也推荐了瓦格纳[3]的文章），然后才来这里的，可这里发生了什么事啊！如果我不是亲眼看到您把一百卢布放进她的口袋里，我会，我会有这些想法和推断吗？”

安德烈·谢苗诺维奇结束了他那啰嗦的长篇大论，最后得出如此合乎逻辑的结论，把他累得够呛，脸上都淌下了汗水。可惜，即便是说俄语，他也没法有条有理地表达自己的想法（可是他又连一门外语都不懂），所以他一下子感到全身乏力，成功地充当了辩护人这一角色后，他好像连面容都消瘦了。然而他的话却产生了异常强烈的效应，他说得如此激昂慷慨，又那么有说服力，看来，大家都相信了。彼得·彼得罗维奇·卢仁感觉到大事不好。

“您脑袋里装的什么乱七八糟的问题，这和我有什么关系，”他高声叫嚷着，“这算什么证据！这一切可都是您的梦呓，就是这么回事！不过我告诉您，您是说谎，先生！您说谎，您诽谤，因为您一直对我有意见，确切地说，就是因为我不赞同你的那些自由思想的、无神论的主张，所以对我心存芥蒂，就是这么回事！”

但是这个托词没有给彼得·彼得罗维奇·卢仁带来什么好处，反而，四面八方顿时响起轻微的骚动。

“哼，你扯到哪里去了！”列别贾特尼科夫大声喊道，“你胡说！你去把警察叫来，我发誓！只有一点我弄不明白：他到底是为了什么居然冒险干出这种卑鄙下流的事来！噢，卑鄙无耻的小人！”

“我可以解释他为什么冒险做这种事，如果需要，我可以起誓！”拉斯柯尔尼科夫终于坚定地说了一句话，并且走到前面来了。

他看起来坚决而又沉着。只要向他看上一眼，大家就会明白，他是真知道这是怎么回事，事情就要真相大白了。

“现在我心里完全明白了，”拉斯柯尔尼科夫直接对着列别贾特尼科夫继续往下说。“事情一开始，我就怀疑这里面有什么卑鄙的诡计，引起我产生怀疑的是一些只有我一个人知道的特殊情况，我现在就把这些情况告诉大家：问题全在这里！您，安德烈·谢苗诺维奇，您宝贵的证词让我彻底弄清了这是怎么回事。我请大家，请大家都注意听着：这位先生（他指指卢仁）不久前曾向一位姑娘求婚，其实，就是曾

[1]　《实证法概论》是一本译成俄文的自然科学论文集，于1866年出版。

[2]　特·皮德里特（1826—1912），德国作家，医生。

[3]　阿·瓦格纳（1835—1917），德国经济学家，社会学家。

向我妹妹阿芙朵佳·罗曼诺夫娜·拉斯科柯尔尼科娃求婚。但是来到彼得堡以后，就在前天，在我们第一次见面的时候，他就和我争吵起来，我把他从自己屋里赶了出去，这件事有两位证人。这个人非常的阴险狡猾……前天我还不知道他就住在这幢房子里，就住在您安德烈·谢苗诺维奇那里，所以，就在我和他发生争吵的那天，他曾经看到，我作为已故马尔美拉多夫先生的朋友，把一些钱送给了他的夫人卡捷琳娜·伊凡诺夫娜，以便她料理我的亡友的后事。他立刻给我母亲写了一封短简，告诉她，说我把自己的全部积蓄都送给了索菲娅·谢苗诺夫娜，而没有给卡捷琳娜·伊凡诺夫娜，同时，他还用一些污言秽语来形容……索菲娅·谢苗诺夫娜的品行，也就是对我和索菲娅·谢苗诺夫娜的关系的性质作了某些暗示。你们知道吗，他这样做的目的就是要离间我们母子和兄妹，告诉他们，我把她们用来帮助我的仅有的一些钱全都挥霍掉了，干了不正当的事。昨天晚上，当着我母亲和妹妹的面，他也在场，我说出了事情的真相，证明我是把钱交给卡捷琳娜·伊凡诺夫娜做丧葬费用，而不是给了索菲娅·谢苗诺夫娜，而且前天我甚至还不认识索菲娅·谢苗诺夫娜，连她的面都没见过。后来我又说，他，彼得·彼得罗维奇·卢仁，连同他的全部家产，都抵不上被他如此恶意诋毁的索菲娅·谢苗诺夫娜的一个小指头。对于他提出的我会不会让索菲娅·谢苗诺夫娜和我妹妹坐在一起的问题，我回答说，就在那天，我已经这样做了。母亲和妹妹没有听信他的诽谤，不愿和我争吵，他后来恼羞成怒，跟她们你一言我一语地顶撞了起来，说的话粗暴无礼、难以入耳。后来他们谈崩了，他被赶了出来。这都是昨天晚上的事。现在请大家特别注意一下：大家有没有想过，如果他的阴谋得逞，证明索菲娅·谢苗诺夫娜是贼，那么首先，他就可以向我妹妹和母亲证明他对她的怀疑是正确的，证明他看不惯我把妹妹和索菲娅·苗谢诺夫娜放在同等地位也是理所当然的。可见，他攻击我是防御，因而也保全了我妹妹、也就是他的未婚妻的名誉。总之，通过这一切，他甚至可以再次离间我和亲人们，而且，当然啦，他还希望能再次博得她们的好感。我且不说，这样他向我个人也进行了报复，因为他知道，索菲娅·谢苗诺夫娜的名誉和幸福对我来说是十分重要的。这就是他的全部阴谋！对这件事，我就是这样理解的！这就是他这样做的全部动机，不可能有别的原因！”

拉斯柯尔尼科夫就这样，或者差不多是这样结束了自己的论证，他的话不时被聚精会神听着的人们的惊叹声打断。但尽管不时被打断，他却说得尖锐沉着、准确清楚而且坚决。他那尖锐的声音、令人信服的语调、严肃的面部表情对大家产生了异常强烈的感染力。

“是这样，是这样，是这么回事！”列别贾特尼科夫欣喜若狂地支持他的看法。“一定是这样的，因为索菲娅·谢苗诺夫娜一进我们的房间，他就问我您在不在这儿？我是不是在卡捷琳娜·伊凡诺夫娜的客人中看到了您？为此，他把我叫到窗前，在那里悄悄地问我。可见他一定需要您在这里！是这样的，完全是这么回事！”

卢仁一声不响，轻蔑地笑着，不过他的脸色难看至极。他似乎在考虑怎样找台阶下，也许他倒很乐意丢开这一切，一走了之，但在目前，这几乎是不可能的，那样的话不就是默认对他的这些指控完全正确，承认他确实诬陷了索菲娅·谢苗诺夫娜了吗？何况本来这些客人已经喝得醉醺醺的了，现在几乎是一触即发。那个退休的军需官虽然不完全明白是怎么回事，却叫喊得最响，提出要采取某些措施让卢仁难堪。不过也有一些人没喝醉，大家都从房屋里跑了过来，聚集在这里。那三个波兰人极端愤慨，不停地用波兰语冲他叫嚷：“这个先生是坏蛋！”而且还含糊不清地用波兰语恫吓他。索尼娅神情紧张地听着，可是好像也没完全听懂，仿佛正从昏迷中慢慢苏醒过来。她目不转睛地看着拉斯柯尔尼科夫，觉得他是她唯一的保护者。卡捷琳娜·伊凡诺夫娜大口地喘着气，声音沙哑，好像是累坏了。最蠢的是阿玛莉娅·卡捷琳娜·伊凡诺夫娜，她张着嘴站着，似乎还不明白这是怎么回事。她只是看到，彼得·彼得罗维奇·卢仁不知怎么给当场揭穿了。拉斯柯尔尼科夫要求再说几句，但是没有让他把话说完，大家都在高声叫喊，拥在卢仁周围，骂他，威胁他。但是彼得·彼得罗维奇·卢仁并不胆怯。他看到对索尼娅的指控已经完全破产，于是干脆蛮横无理起来。

“对不起，先生们，对不起，请你们别挤，让我过去！”他边说，边从人群中挤出来，“请别吓唬人，老实对你们说，什么事都不会发生，你们奈何不了我，我可不是胆小鬼，反而，先生们，你们用暴力强行掩盖了一件刑事案件，你们是要负责的。这个女贼已经被彻底揭穿了，我要向法院起诉。法庭上不会这样盲目，法官们也……不是醉鬼，不会相信两个臭名昭著的无神论者、捣乱分子和自由主义者的话，他们控诉我，是为了报私仇。他们是愚蠢的，对于这一点，连他们自己也承认了……啊，对不起！”

“请您马上离开我的房子，再也别让我看到您！请您搬走，我们之间一切都结束了！我还以为，我已经尽全力了，给他讲了……整整两个星期！……”

“安德烈·谢苗诺维奇，不久前您挽留我的时候，我自己就对您说过，我要搬走；现在我只想补充一句：您是个傻瓜。希望您能治好您的脑子和您的高度近视。对不起，先生们，让我过去！”

他挤了出去，但是那个军需官不想只是骂他一顿就算了事也不想轻易放他走，他从桌子上抄起一个玻璃杯，一甩手朝彼得·彼得罗维奇扔去，可是玻璃杯正打中了阿玛莉娅·卡捷琳娜·伊凡诺夫娜。她尖叫了一声，那个军需官因为用力过猛，失去了平衡，重重地摔倒在桌子底下。

彼得·彼得罗维奇·卢仁回到自己屋里，半小时后，这幢房子里就不见他的踪影了。索尼娅天生胆小，以前她就知道，要毁掉她，比毁掉任何人都容易，而且每个人都可以几乎不受惩罚地任意侮辱她。但在这以前，她还是觉得，只要她在每个人面前都小心谨慎，温和顺从，就可以避免灾难临头。她彻底失望了。她当然可以忍气吞声，毫不吭声地忍受一切——就连这件事也能忍受。不过刚开始的时候，她感到非常痛苦。尽管她获得了胜利，证明她是无辜的，可是当最初的恐惧和惊吓已经过去，当她清清楚楚明白和了解了一切以后，一种孤单无依和受辱的感觉还是痛苦地揪紧了她的心。她歇斯底里地大哭起来。她终于忍不住了，卢仁一走她就从屋里跑出去，跑回家。这时在卢仁走后几乎马上发现的那只玻璃杯飞来，正好打中了阿玛莉娅·卡捷琳娜·伊凡诺夫娜，引起在场的人们一阵哄堂大笑，她也忍受不了代人受过，她尖叫一声，像个疯子一样向卡捷琳娜·伊凡诺夫娜扑过去，她认为这一切全都怪她：

“从房子里搬出去！立刻就搬！快滚！”这么说着，她随手抓起卡捷琳娜·伊凡诺夫娜的东西，把它们统统扔到地板上去。卡捷琳娜·伊凡诺夫娜万分沮丧，几乎晕倒，她气喘吁吁，面色苍白，这时突然从床上跳起来（她本来疲惫不堪，倒在床上），向阿玛莉娅·卡捷琳娜·伊凡诺夫娜猛扑了过去。但这场斗争力量太悬殊了，阿玛莉娅·卡捷琳娜·伊凡诺夫娜一下就推开了她，就像扔掉一根羽毛。

“怎么，不仅做出诬蔑人这种伤天害理的事——这个畜生还这样对待我！怎么，就在我丈夫下葬的当天，才享用了我的款待，就要把我和这些孤儿们赶到街上去吗！你让我上哪儿去啊！”这个可怜的女人边数落边号啕大哭，哭得上气不接下气。“上帝啊！”她突然高声叫喊起来，两只眼里闪着泪光，“难道这世上就没有公理了吗！我们这些无依无靠的人得不到保护，你去保护谁呢？咱们等着瞧吧！世界上还有法律和正义，肯定有，我一定会找到！马上就去找！你等着吧，伤天害理的畜生，波列契卡，你跟孩子们待在这儿，我这就回来。你们等着我，哪怕在街上等着也行！咱们瞧吧，看世界上到底有没有正义？”

卡捷琳娜·伊凡诺夫娜把马尔美拉多夫在谈话中曾提到过的那块绿色的细呢头巾披在头上，从拥挤的乱哄哄、醉醺醺的房客中挤了出去，号啕大哭、满脸泪痕地跑上街去——她没有明确目标，也不知该去哪里，但是不管怎样必须马上找到正义。波列契卡吓得和孩子们躲到角落里，搂着弟弟妹妹，坐在箱子上，浑身发抖，等待母亲回来。阿玛莉娅·卡捷琳娜·伊凡诺夫娜在屋里跑来跑去，尖声叫喊，嘴里数数落落，不管抓到什么，全都扔到地上，完全失去了理智。房客们高声嚷嚷着，各说各的——有人照自己所理解的，谈论所发生的事；另一些人在争吵，骂人；还有一些却唱起歌来了……

"现在我也该走了，"拉斯柯尔尼科夫想，"嗯，索菲娅·谢苗诺夫娜，看您现在还有什么要说的吧！"

于是他往索尼娅的住处走去。

第四节

拉斯柯尔尼科夫是在索尼娅与卢仁对抗时的一个积极和勇敢的辩护人，尽管他自己心里也淤积了那么多的恐惧和痛苦。然而这天早上他已经经历了暴风骤雨，仿佛很高兴有机会暂时忘掉那些让他无法忍受的印象。至于他渴望为索尼娅辩护，其中也含着他个人的真挚感情，那就更不用说了。此外，他心中还有另外一件占重要地位的事，这使他非常惴惴不安，特别是有的时候，也就是与索尼娅的这个马上的见面：因为他必须告诉她，是谁杀死了丽莎维塔，他想到即将来临的极其可怕的痛苦，又好像想要逃避它。因此，他从卡捷琳娜·伊凡诺夫娜那里出来时，高声说："嗯，索菲娅·谢苗诺夫娜，现在看您说什么吧？"这时他显然表面上还处于情绪激昂的状态，精神振奋，敢于向人挑战，为不久前压倒卢仁的胜利感到兴奋。但是现在却奇怪地发生了变化。他一走到卡佩尔纳乌莫夫的住处时，突然感觉浑身无力，心里升起无形的恐惧。他在房门前站住，陷入了沉思，心里琢磨着一个奇怪的问题："要不要说出，是谁杀了丽莎维塔？"这个问题是奇怪的，因为他突然觉得，他必须说出，而且就连推迟说出的时间，哪怕只是稍微推迟一会儿，也是不可能的。他还不知道为什么不可能，他只是感觉是这样的。他痛苦地意识到，在必然的事实面前他自己是无能为力的，这一想法几乎压得他喘不过气来。为了不再想这个问题，不再折磨自己，他很快推开房门，在门口望了望索尼娅。她坐着，胳膊肘撑在桌子上，用双手捂着脸，但是一看到拉斯柯尔尼科夫，她赶快站起来，走上前去迎接他，仿佛正在等着他似的。

“如果没有您，我将会怎样啊！”他们在房间当中走到一起，她迫不及待地说道。很明显，她迫切地想对他说这句话。为此，她一直在等他。

拉斯柯尔尼科夫走到桌前，坐到她方才坐过的那把椅子里。她站在离他两步远的地方，跟昨天完全一样。

“什么啊，索尼娅？”他说，突然发觉自己的声音在颤抖，“记住，这全都是因为你的‘社会地位和与此有关的各种习惯’。刚才您有没有理解这句话？”

索尼娅看起来很伤心。

“请您不要再像昨天那样对我说话了，”她打断她的话说道，“请您不要再说了，我已经够难受的了……”

她连忙挤出一丝笑容，担心他听到指责会生气。

“我没待在那里，真是糊涂。不知这时那里怎么样了？我本想再返回去看看的，但又一直想，您……您会来的。”

他对她说，阿玛莉娅·卡捷琳娜·伊凡诺夫娜要赶他们出去，卡捷琳娜·伊凡诺夫娜不知跑去哪里“寻求正义”了。

“哎呀，我的上帝！”索尼娅喊道，“我们快去吧……”

说完，他突然抓起了她的短斗篷。

“您总这样！”拉斯柯尔尼科夫气愤地说，“您一心只想着他们！请和我在这儿待一会儿吧。”

“但是……卡捷琳娜·伊凡诺夫娜怎么办呢？”

“卡捷琳娜·伊凡诺夫娜不会有事的，既然她从家里跑出来，就肯定会到您这儿来的，”他用埋怨的口气加了一句，“如果她找不到您，那可又要怪罪您了……”

索尼娅痛苦地犹豫了一下，然后坐下了。拉斯柯尔尼科夫默默地盯着地板，陷入了沉思。

“如果说，这次卢仁不想控诉您，”他说，并没有抬头看索尼娅，“可是，要是他想这么做，如果他这样做会对自己有好处，那么，要是没有我和列别贾特尼科夫在场，他会设法将您关进监狱的！您说对吗？”

“对，”她轻轻地说，“对！”她又说了一遍，有点漫不经心、焦虑不安。

“可是，我倒的确有可能不在那儿！而列别贾特尼科夫去那儿也纯粹是个巧合。”

索尼娅沉默不语。

“如果你真坐牢了怎么办，那该怎么办？您是否还记得我昨天对您说过的话？”

她仍然没有回答。他等了片刻。

“我还以为您又要大叫呢：‘哦，不要再说了，不要再说了！’”拉斯柯尔尼科夫笑了起来，可是不知怎的，笑得很不自然。“怎么，您又不说话了？”片刻之后，他接着问，“我们总该说点儿什么，您说对吧？我想知道，现在有个‘问题’，就像列别贾特尼科夫说的，您想怎么解决。（他似乎有些糊涂了）不，我严肃地对您说，您想一下，索尼娅，如果您早就知道卢仁所有的企图，而且知道（就是说确定知道）这些企图会完全毁了卡捷琳娜·伊凡诺夫娜，并且也会拖累您（您总是认为自己不算什么，不过是被拖累），还有波列契卡……因为她也会走这条路的。好，假设这样：要是这些事突然要由您来做出选择，是让那个人继续活着，还是让他们继续活着，也可以说，是让卢仁继续活着干坏事，还是让卡捷琳娜·伊凡诺夫娜挣扎？您会选择什么呢，他们中哪个该死？您告诉我。”

索尼娅恐慌地看了看他。她感到这些断断续续的话有什么其他的含义，他似乎想拐弯抹角地暗示什么。

“我早就料到您会提出这种问题了。”她探询般地看了看他，说。

“那好，也许是吧。那您会选择什么呢？”

“怎么可能，您为什么要问这个？”索尼娅生气地说。

“那最好让卢仁活着继续作恶吧！连这样一个问题您都不敢决定吗？”

“我不能掌管命运……您为什么要问这些没有答案的问题？问这种无聊的问题又有什么意思？我怎能决定这种事呢？是谁让我当法官，来判决谁该死、谁该活呢？”

“要是这儿牵扯到天意，那就无能为力了。”拉斯柯尔尼科夫郁郁寡欢地抱怨道。

“您想说什么，还是直接说了吧！”索尼娅难过地喊道，“您又把话题扯到哪儿去了……难道您到这里来就是想折磨人吗？”

她再也无法忍受了，突然失声痛哭。他心事重重地看着她，就这样足有五分钟。

“你说得没错，索尼娅。”最后，他低声说。他改变了语气，已经不再是那故作无礼与无可奈何的挑衅语调，就连说话声都变得细微起来了。“昨天，我亲口对你说过，我来这里不是请求宽恕的，但是我一开口，便请求你宽恕……我说的有关卢仁和天意的话，全都是为我自己说的……我这是求你宽恕，索尼娅……”

他很想笑一下，可是在他那凄惨的笑容中露出的却是一种无奈和难以言表的痛苦神情。他垂下头，用双手捂住脸。

他心头突然掠过一阵古怪的、意外的憎恨索尼娅的感觉。这种感觉连他自己都感到吃惊和恐惧，他突然抬起头，凝神看着她，可是他遇到的是她那恐慌的、痛苦的目光，这是爱。他的痛恨瞬间烟消云散了。不对，他将一种感情当成了另一种感情。这只是意味着，那一时刻就要到了。

他又把脸埋在手里，垂下头。突然，他脸色惨白地从椅子里站起来，看了索尼娅一眼，一句话也没说，然后又木然地坐到了她的床上。

他这时的心情就像正站在那个老太婆后面，已经将斧子从套中拿出来，觉得已经“再也不能错过这一瞬间了”。

“您怎么了？”索尼娅问，她十分惊恐。

他一个字都说不出来。这根本不是，根本不是他需要的那种宣布方式，他也不知道自己这是怎么了。她慢慢地走到他面前，挨着他在床上坐下，眼睛紧紧地盯着他，充满期待。她的心狂跳不止，却又像就要停止跳动一样。这真是叫人无法忍受：他把他那张死人般的惨白的脸扭过来对着她。他无奈地撇了撇嘴，想努力说些什么。索尼娅心里害怕极了。

“您怎么了？”她重复了一遍，稍稍离开他一点儿。

“没事儿，索尼娅，不用怕……荒谬！没错，你要是仔细想一下，确实荒谬极了，”他像一个没有理智的人一样含含糊糊地说，“我为什么非要来折磨你呢？”他看着她，又说了一句，“是啊，为什么？我一直这样问自己，索尼娅……”

在一刻钟之前，他也许就向自己问过这个问题，可是此刻他又无可奈何地说了出来，他甚至不知自己在说些什么，只是感觉自己全身不停地发抖。

“噢，您多么痛苦啊！”她痛苦地说，一边认真地打量他。

“这一切是多么荒谬！……是这样的，索尼娅（他忽然没有缘由地笑了笑，可这微笑又凄凉又无可奈何，只大约持续了两秒钟），你是否还记得昨天我对您说过什么？”

索尼娅惶恐地等着他的话。

“我离开时对你说，或许我要和你永别了，不过，假如今天我再回来看你，就要让你知道……谁是杀死丽莎维塔的凶手。”

一股寒流顿时涌遍她的全身。

“喏，我来就是为了要告诉您这个。”

“那您昨天说的话真的……”她费力小声说道，“是从哪儿听说的？”她连忙问了一句，仿佛突然明白了什么。

索尼娅的脸愈来愈白，她开始觉得胸口憋闷。

“我知道。”

她沉默了片刻。

“是否已经发现那个人了？”她胆怯地问。

“不，没有发现。”

“谁说的？”她又沉默了一会儿，用极细的声音问。

他向她转过脸去，专注地看了看她。

“你猜一下。”他说，脸上依然带着刚才那种无奈的、凄惨的笑。

她的周身好像一阵痉挛。

“可是您……把我……您为什么这样……吓我呢？”她像个孩子一样笑道。

“既然我知道……这就可以说，我是他的好朋友……”拉斯柯尔尼科夫接着说，他依然目不转睛看着她的脸，好像他的目光已经无法移动，“他……并没想杀死丽莎维塔……他……杀死她是个意外……他想杀那个老太婆……当她独自在家时……他去了那里……那时丽莎维塔正好走进来……他不得不……一起杀死了她。”

又过了可怕的片刻。两人一直对视着。

“你不会还没猜到吧？”他突然问道，感到自己似乎正从高高的钟楼上往下跳一样。

“猜不到……”索尼娅依旧用极低的声音说。

“好好看看。”

这话刚说出来，以前那种熟悉的感觉又猛然凉透了他的心：他看着她，突然好像在她的脸上看到了丽莎维塔的脸。他很清楚地记得，当他拿着斧子逼近丽莎维塔的时候她的面部表情。她退向墙边，一只手朝前伸着，脸上带着孩子般惊恐的神情，就像有些孩子突然看到什么可怕的东西，于是一动不动地、惊恐不安地看着它，一边向后退，一边朝前伸着小手，马上就要哭出来一样。这时的索尼娅也这样：她也那么不知所措，也那么惊恐地看着他，忽然伸出左手，用手指轻轻地按住他的胸口，然后缓缓地从床上站起身来，慢慢地离开他，向后退去，眼睛仍然呆滞地盯着他的脸。她的恐惧也传给了他：他脸上也露出那种惊恐的神情，他也瞅着她，脸上带着孩童般的笑容。

“你猜到了吗？”最后，他轻声说道。

“主啊！”从她的胸中迸发出一声可怕的哀嚎。她身体瘫软地倒在床上，脸埋到枕头里。可是过了一会儿，她又猛地从床上爬起来快步走近他，抓起他的手，用自己瘦骨嶙峋的手用力握住，用力握住，接着呆滞地、直直地盯着他的脸。在这最后的无望的一瞥中，她极力想从他身上发现并抓住最后一点儿希望。但是根本没有希望，毫无疑问，一切正是如此！后来，当她回顾这一时刻时，自己也觉得不可思议，为什么那时候她马上认定一切已经没有任何可怀疑的了呢？是的，她那时候还不能说，譬如，这种事她早就有预感了？但就在这时，当他将这一切告诉她时，她突然感觉自己真预感到是这么回事。

“不要再说了，索尼娅，够了！不要再折磨我了。”他痛苦地哀求说。

他绝对，绝对没料到会这样来告诉她，但是事实就是这样。

她迷迷糊糊地从床上跳起来，绞着双手，走到房间当中，可是立即又走回来，仍然坐到他身边，肩膀几乎紧靠着他的肩膀。突然她好像被人插了一刀，打了个冷战，尖叫一声，冲过去跪倒在他跟前，连她自己都不明白为什么。

“您，您到底对自己做了什么呀！”她难过地说着，接着又跳起来，跑过去搂住他的脖子，用双臂紧紧地，紧紧地搂住了他。

拉斯柯尔尼科夫连忙躲到一边，带着一丝凄凉看了她一眼。

“你这个人真奇怪，索尼娅——我对你说了这件事，您反而对我又是拥抱，又是吻。您简直不明白自己在做什么。”

“现在世界上最不幸的人就是您！”她没听到他说什么，发疯般地喊道。突然，她又开始歇斯底里地号啕大哭。

一种很久没体验过的情感渗入他的内心，他的心突然变软了。他没有抵抗这种感情：两行泪珠从他的眼中滚下来，粘在了睫毛上。

“那你不会离开我吧，索尼娅？”他说，充满希望地看着她。

“不，不，永远都不会抛弃您，不管在哪里，我都不会离开您！”索尼娅喊道，“我陪您去，陪您去任何地方，噢，我的主！唉，我太可怜了！……为什么，我为什么不早一点儿认识您！您为什么不早点儿来？啊，我的主！”

“现在我不是在这儿嘛。”

“现在！啊，现在还能怎么办！……一起去，一起去！”她一直重复着，好像没有了知觉，然后又搂住了他，说：“我和您一块儿去服苦役！”这句话让他突然打了个寒战，他的嘴边又露出以前那种厌恶的、有点儿高傲的笑意。

“索尼娅，可能我还不想去服苦役呢。”他说。

她很快地瞥了他一眼。

对这个不幸的人表示了热情和痛苦的同情之后，杀人的话题再次让她陷入惊恐，他说话的语调一变，她又忽然觉得自己在听杀人凶手讲话。她惊愕地看着他。她还不明白他为什么要杀人，也不知道他是怎么杀人的以及他要达到什么目的。现在有一连串的问题在她脑中，于是她又感到怀疑了：“他，他是凶手！这可能吗？”

“这是怎么了！我这是在什么地方！”她好像迷迷糊糊地说着，“您，您，像您这种人怎么会……做这种事呢？……这是怎么回事！”

“还不是谋财害命。不要说了，索尼娅。”他有点儿疲惫地、甚至有点不满地回答。

索尼娅仿佛惊呆了一样，可是她突然叫道：

“您在挨饿！您……为了养活您的母亲？对不对？”

“不是，索尼娅，不是，”他低声说，回过头去，低低地垂下头，“我还没饿到这种程度……我确实想帮助我母亲，但是……并不完全是这些……不要再刺激我了，索尼娅。”

索尼娅拍了拍双手。

“难道，难道这一切都是事实！主啊，这不是真的！谁会相信？……您将您仅有的一点儿钱送人，然后去抢劫，这怎么会呢，怎么会呢！哦！……”她突然惊呼叫起来，“您送给卡捷琳娜·伊凡诺夫娜的那些钱……主啊，莫非那些钱也是……”

“不，索尼娅，”他赶紧打断了她的话，“那些钱不是，你不用担心！那些钱是我母亲通过一个商人捎给我的，送来时我正在生病，当天我便送给她了……拉祖米欣看到了……是他代我收的这些钱……这些钱是我自己的，我自己的，确实是我自己的。”

索尼娅感到很困惑，她极力想搞明白这到底是怎么回事。

“至于那些钱……不过，那儿是否有钱，我并不知道，”他小声说了一句，似乎在想什么遥远的事情，“当时我从她的脖子上解下一个钱包，麂皮的……一个塞得鼓鼓的钱包……可是我都没看钱包里装的是什么，可能是当时太紧张……那都是链子、扣子之类的东西——次日早晨，我便将它们和钱包一块儿藏到B大街一个院里的石头下面了……那些东西现在还在那里……”

索尼娅认真听着。

“啊，那为什么……您为什么说您这么做是谋财害命呢，可是您什么东西都没有拿？”她好像抓住一根稻草一样追问道。

“我不知道……我还没想好是否要那些钱。”他说，再次陷入了深思中，忽然又猛地惊醒，脸上马上显现出苦笑。“唉，我方才是胡说些什么呀，你说是吧？”

索尼娅突然想：“他不会是疯了吧？”但她马上又打消了这一念头：不，这是另一码事。她几乎什么都不懂，什么都不懂！

“你知不知道，索尼娅，”他突然激灵了一下，说道，“你知道我想对你说什么吗：我杀死她是因为我没有饭吃，”他又说，每个字都说得清清楚楚，并且神秘而坦然地看着她，“那如今我……就幸福了。这个你应当能理解吧！”

“那你，你又会得到什么，”片刻之后，他又似乎绝望地喊道，“假如我这时坦白了自己的罪行，你又能得到什么好处？就算获得了愚蠢的胜利，你又能得到什么？哦，索尼娅，莫非我今天就是为此才到你这里来的！”

索尼娅还想说些什么，但是没做声。

“昨天我让你和我一起走，是因为我只有你一个人了。”

“让我去什么地方？”索尼娅胆怯地问道。

“不是去偷，也不是去杀人，别担心，不是去干这种事，”他嘲讽地冷笑一声，“我们是不同的人……索尼娅，你应该知道，只是到今天，到这时候，我才明白，昨天我叫你去什么地方。昨天，我叫你时，就连我自己都不知道要去哪里。我是因为一件事来找你的，同样也是为一件事才到这儿来的：请你千万别离开我。索尼娅，您不会离开我吧？”

她紧紧地握住了他的手。

“我为什么，为什么要告诉她？我为什么要让她知道这一切！”片刻之后，他绝望地叫喊起来，带着一副无比痛苦的表情看着她。“现在你在等我的解释，索尼娅，你就坐在这里等着，我能看出来；可是我能向你解释什么呢？这件事你根本不可能理解，只会为了我……而更加痛苦！看，你又哭了，又拥抱我——你为什么要拥抱我？只因为我自己无法承受，所以叫别人来分担——你也受点儿苦吧，这样我就能轻松点儿！’你会爱这种无耻的家伙吗？”

“难道你不是也很痛苦吗？”索尼娅喊道。

刚才那种感情又如潮水般袭上他的心头，刹那间他的心又软了下来。

“索尼娅，你记住，我心狠手辣，这能说明许多问题。我来到这里，就是由于我的毒辣。有些人是不会来的。而我是个胆小鬼……一个卑鄙小人。但是……没关系！问题不在这里……现在应该说，可是我不知该从哪儿说起……”

他停下来，再次陷入深思中。

“唉，我们不是一路人，”他又大声说道，“我们不相配。那我为什么，为什么还要来呢！这件事我永远都不会原谅自己！”

“不，不，你来就对了，”索尼娅高声说道，“我知道这样更好！而且好得多！”

他痛苦地看了她一眼。

“如果事实就是这样，那结果会怎样呢！”他说，似乎心里有了主意，“要知道，事实就是这样的！我想做拿破仑，因此我杀了人……啊，这次你听懂了吗？”

“不——不懂，”索尼娅天真而怯生生地轻声说，“可是……你说，说吧！我能理解，我完全能理解！”她恳求道。

“你能理解吗？好，我们来试试！”他又停下了，沉默了很久。

“是这么回事。有一次我问了自己这么一个问题：假如拿破仑处于我现在的境地，他会怎么办呢？假如他没有土伦，没有埃及，也没有越过勃朗峰[1]口，让他去开创自己的功业，那么代替这些赫赫战绩的，只是一个可笑的老太婆，一个十四等文官的妻子，而且为了抢走她箱子中的钱（为了事业，您明白吗？），还必须杀了她，好，如果他别无选择，他是否会干这件事呢？他会由于这件事太不起眼……而且是犯罪行为，而放弃这么做吗？啊，实话告诉你，这个‘问题’困扰了我很长一段时间，最后，我茅塞顿开（不知怎么就想明白了），他不仅丝毫不会感到厌恶，甚至不会认为这是件不起眼的事……因此我觉得很惭愧……并且他完全不能理解：为什么鄙视这种行为？但是他如果无路可走，他一定会不假思索地立刻掐死她，甚至连一声都不让她喊出来！……所以我也……不再犹豫……以这个权威人士为榜样……杀了她……事情就是这样！您感到好笑吗？是的，索尼娅，最好笑的是，事情或许就是这样的……”

---

[1]　1796—1797年，在法国和意大利战争中，拿破仑率领大军越过勃朗峰，进入意大利境内，赢得战争胜利。

索尼娅丝毫都不感到好笑。

“您还是坦白地告诉我吧……别卖关子了。”她用比过去更恐惧的声音恳求说，声音低得几乎听不到。

他转过身来，面对着他，忧虑地看了她一眼，抓住她的手。

“你说得一点没错，索尼娅。这全是胡扯，都是废话！看，我母亲没有谋生的能力，这您也知道。我妹妹稍微受了点教育，可是命中注定要去当家庭女教师并四处奔波。她们把所有的希望都寄托在我身上。我原来在上学，但我没有足够的学费，所以只好暂时退学。即便这样维持下去，十年或十二年后（如果情况好转），我还是可以做一个有一千卢布年薪的教师或官吏（他好像在背书一样地说）……但到那时，我母亲因为操心和悲伤身体早就垮了，而我还是没能力让她过上安定的日子，而我妹妹……唉，我妹妹的命运也许更不幸！……一个人怎么可以如此冷漠，不顾一切，不顾母亲的生死，看到妹妹被人侮辱也袖手旁观，这么活着还有什么意义？为什么？为了埋葬她们后，然后娶妻生子，然后又没有钱，没有吃的，抛弃他们不管了吗？嗯……嗯，所以我就想得到老太婆的钱，这些钱可以维持这几年的生活，我再也不用折磨我母亲了，这些钱可以作为自己继续读大学和毕业后的初步经费——这就需要真枪实弹地干，好为自己开辟一个崭新的前程，走上新的自主之路……嗯……嗯，这就是我想说的一切……唉，当然，杀死那个老太婆——这件事我做错了……唉，别说了。”

他有气无力地勉强把一切讲完后，垂下了头。

“哎呀，不是这样的，不是这样的，”索尼娅痛苦地大声叫起来，“怎么能这么做呢……不，不能这样，不能这样！”

“您也明白不能这样了。但这些都是实话，绝无虚言！”

“这是什么实情啊！啊，主啊！”

“我只是杀了一个虱子，索尼娅，一个没用的、讨厌的、有毒的虱子。”

“人也是虱子吗？”

“我也知道她其实不是虱子，”他答道，用一种奇怪的目光看着她，“我这是乱说，索尼娅，”他补充说道，“我早就在乱说了……事情并非如此。你说的是对的！可是这完全、完全、完全是另外一回事！……索尼娅，我已经很长时间没和任何人说过话了……我现在很头疼。”

他眼中射出一道火一般的光芒，他似乎是在说疯话，嘴边还掠过一丝不安的微笑。透过他精力旺盛的表面，能看出他已经筋疲力尽了。索尼娅心里知道，他有多痛苦。她也感到头晕。他的话太离谱了：似乎多少能理解一点儿，可是……“不过怎么能这样呢！怎么能这样呢！啊，主啊！”她绝望地绞着手。

“不，索尼娅，不是这样的，”他突然抬起头来说，好像思维突然跳到了另一处，他自己都惊讶不已，这好像又使他醒悟过来了一样。“不是这样的！但你还是……就当，（对！这样当真要好一些！）就当我是一个高傲的、妒忌心强的、残忍的、卑鄙的、记仇的人，而且……可能还有点儿精神不正常。我刚才说过了，我没钱上大学。可是你知道吗，也许我还能勉强维持下去？我母亲会寄钱给我交学费，我再挣点儿钱来买衣服、靴子和面包，这样应该能办得到！我可以去找份教书的工作，一个钟头有半卢布。拉祖米欣不是正在工作吗？可是我脾气一上来，不想干了。就是发脾气（这个词很合适！）。所以我就像蜘蛛一样待在属于自己的小角落。你不是去过我住的小屋吗？你见过的……可是你知不知道，索尼娅，那么矮的天花板，那么窄小的房间会让人的心灵和头脑感到压抑！啊，我恨透了那个破房子！但我还是躲在那个破房子里不想出来！我是成心的！我整天整天地不出来，我不愿工作，甚至都不愿吃饭，我一直躺在那儿。要是娜斯塔霞送饭过来了，就吃点儿，她要是不送的话——就不吃，一天就这样过去了。为了赌气，我也不向她要！晚上没灯，我就蜷缩在黑暗中，甚至不想去挣点儿钱买蜡烛。我应当学习，可是我把书都卖光了，放在桌子上的笔记本和练习本上的灰尘都有一指厚了。我宁可躺在那儿胡思乱想。我总是想些乱七八糟的事……我总是做那种梦，稀奇古怪的、各种各样的梦，究竟是什么梦，也没有什么可说的！可就这样想着，我就有了一种错觉……不，不是这样的！我说得不对！要知道，那时我总是问自己：他们傻，我怎么也这样傻呢？知道那些人很傻，那我为什么不聪明一点儿呢？索尼娅，最后我终于明白了，要是想让所有的人都变聪明了，那就需要等很久……后来我又明白了等到这一天根本不可能，人是不会改变的，也没有人能改变他们，不必为此伤神费力！对，就是这样！这是他们的规律……规律，索尼娅！是这样的……如今我明白了，索尼娅，一个人要是有智慧有能力，他就能控制他们。一个人刚强、坚毅，他们心里就认为他有理。一个人蔑视的东西愈多，他就是他们的立法者。一个人敢作敢为，他就是正确的。从来都是这样，以后也永远是这样。只有瞎子才看不见。”

拉斯柯尔尼科夫讲话时不停地看索尼娅，可是他已经不再管她是否能听明白了。寒热已经控制了他。他陷入一种带着忧郁的兴奋状态。索尼娅知道，这种忧郁的习惯已经成了他的信条和教义。

“那时我终于悟出一个道理，索尼娅，”他激动地说着，“权力只给那种敢于俯身去捡的人。这儿只有这么一条，唯一的一条：一定要勇敢！于是我生平第一次产生这个想法，这个想法还没有人比我提前想到！一个人都没有！突然我像在白天一样清楚地看到：为什么在这之前就没有一个人敢，如今也没有人敢蔑视这些荒唐的东西，索性捡起它，让它去见鬼吧！我……我希望大胆地去做……于是便杀了人……我只是想大胆地尝试一下，索尼娅！这便是所有的原因！”

“啊，不要再说了，不要再说了！”索尼娅惊叫起来，双手使劲拍了一下，“您亵渎了上帝，上帝便惩罚了您，把您交给了魔鬼！”

“顺便问一下，索尼娅，当我在黑暗中躺着想这些时，是不是魔鬼在驱使我？啊？”

“闭嘴！您不要笑，不敬上帝的人！您什么都不理解，什么都不理解！啊，主啊！他什么，什么都不会理解的！”

“别这样说，索尼娅，我没有笑。我自己明白，是魔鬼把我拖下水的。不要再说了，索尼娅，不要再说了！”他面带阴郁地但坚定地重复了一遍，“我都知道。当我在黑暗中躺着的时候，我就反复想过，反复对自己说过……每一个细节，我都和自己辩论过，我什么都明白，什么都明白！我烦透了，烦透了这些不着边际的话！我只是希望能把这一切都忘掉，从头开始，索尼娅，别再空谈了。难道你以为我是像个疯子一样盲目地跑去了吗？不，我是像聪明人一样去的，正是这个毁了我！难道你以为我不知道这些，比如说，如果我反复问自己：我是否掌握着生杀大权？——我当然没有掌握生杀大权。或者，如果我提这么一个问题：人是虱子吗？——那么，我认为，人不是虱子。可是对一个从未考虑过这个问题，并且干脆什么问题都不去考虑的人来说，人就是虱子……要说我苦苦思索了那么多天的问题：拿破仑是否会去干这件事？那是因为我非常明白，我不是拿破仑……我忍受着那些空谈带来的痛苦，索尼娅，我早就想摆脱这些痛苦了：我要理直气壮地去杀人，只为我一个人去杀人，只为我一个人！对于此事，我甚至都不想对自己说谎，我杀人，并非为了养活母亲——那是说谎！我杀人，也并非为了得到金钱和权力之后造福于人类。那也是说谎！我只是杀人而已。我杀人，是为了自己，只是为了我自己。要说杀人以后，我是否成为别人的恩人，还是永远像蜘蛛一样，用网把猎物捕获，吸吮人们的鲜血？那时，这些对我来说都无所谓了！……索尼娅，我杀人时，我最想要的不是钱。我要的并不是钱，而是另一种东西……我现在都知道了……你要理解我：要是继续沿那条路走下去，我是不会再杀人了。我还想弄明白另一个让我作出决定的问题：当时我想弄明白，快点儿弄明白，我是和他们一样的虱子，还是人？我是否能越过障碍？我是否有胆量俯身去捡起权力，我是一个胆小的畜生呢，还是有权……”

“杀人？您有权利杀人？”索尼娅又拍了一下手。

“唉，索尼娅！”他心情烦躁地喊道，好像打算反驳她，可是又不屑，于是不说话了。“索尼娅，让我说下去！我只想让你明白一点：当时是魔鬼把我拖下水的，然后他又告诉我，那条路我走不通，因为我和他们一样，也是一个虱子！他还狠狠地把我嘲讽了一通，因此我便到你这里来了！接待你的客人吧！要是我不是虱子，我来您这里干什么？听着：我去老太婆那里，只是去试试……您要明白！”

“您就杀死了她！杀死了！”

“是怎么杀的？难道有这样杀人的？难道别人是像我那样杀人的？杀了人后还讲给你听，我是怎么去的……难道是我杀了老太婆？我杀的是我自己，我没有杀老太婆！我一下就杀死了自己，永远杀死了……是魔鬼杀了老太婆，不是我……好了，好了，索尼娅，好了！让我静一会儿！”突然，他烦躁不安地喊道，“让我静一会儿！”

他把胳膊支在腿上，双手像钳子一样紧紧地夹住了自己的头。

“真造孽啊！”索尼娅痛苦地喊道。

“那么，你说，现在该怎么办？”他突然抬起头问，用一张因绝望而变得十分狰狞的脸看着她。

“怎么办？”她忽然站起身来喊道，她那双依然泪水盈眶的眼睛突然射出两道光芒。“起来！”（她一把抓住他的肩膀拉他起来，他站了起来，十分惊讶地看着她）“快去，马上就去，站在十字路口，双膝跪地，先吻一下被您玷污的土地，再面向大家，朝各个方向叩拜，高声向大家宣布：‘我杀了人！’到时候，上帝便会重新赐予你生命。你去不去，去不去？”她问他，她像发病一样全身颤抖着，紧紧地把他的双手抓在自己的手里，用坚定的目光盯着他。

他十分惊讶，她那突如其来的兴奋令他感到惊愕不已。

“你是说让我去服苦役？索尼娅，我应该去自首，对吗？”他茫然地问道。

“去受难，借此赎罪，就应该这么做。”

“不！我绝不跟他们在一起，索尼娅！”

“那你以后怎样生活？你靠什么生活？”索尼娅喊道，“难道现在可能吗？你怎么去向你母亲交代？（啊，她们，她们现在会怎么样啊！）我这是在说什么呀！你已经跟母亲和妹妹决裂了。你已经跟她们决裂了，已经决裂了。啊，主啊！”她叫道，“这些他自己都明白！离开了亲人，怎么能活下去，怎么能活下去呢！你现在该怎么办呢！”

“不要再像个小孩一样了，索尼娅，”他低声说道，“我在他们面前有什么罪？我去他们那里干什么？我跟他们有什么可说的？这些都是做戏而已……他们杀人无数，人家还以为那是在做好事。索尼娅，他们都是骗子、坏蛋！……我不去！让我去说什么？说我杀了人，但没敢要钱，把它埋到一块石头下面了？”他讽刺地补充了一句，“他们会嘲笑我的，他们会说我不要钱是傻瓜，是胆小鬼和傻瓜！他们根本不会明白，索尼娅，他们也根本不配明白。我为什么要去？我不去。不要这么幼稚了，索尼娅……”

“你会很痛苦的，你会很痛苦的，”她不停地重复说道，向他伸出双手，绝望地恳求他。

“或许我还侮辱了自己，”他忧郁地说，好像在沉思默想，“也许我还是个人，而不是虱子，我不必过分匆忙地贬低自己……我还想较量较量。”

他的嘴边露出不易觉察的冷笑。

“受这种罪！而且要忍受一生，整整一生啊！……”

“我会习惯的……”他想了想说，“你听着，”稍微顿了顿，他继续说道，“不要再哭了，说正事吧：我来是想告诉你，他们正在抓我……”

“啊！”索尼娅惊呼道。

“喂，喊什么！你不是想让我去服苦役吗？这会儿怎么突然害怕起来了？但是，告诉你吧：我不会让他们得逞的。我还要和他们较量较量，他们无计可施。他们没找到真正的犯罪证据。昨天我陷入了极大的困境，以为自己快完了，但今天的情况有所好转。他们所掌握的那些罪证，都模棱两可，就是说，我能将他们对我的控诉变得对我有利，你懂吗？我就要这么做。因为现在我已经学会了……但他们也许会让我坐牢的。要不是一件意外的事，他们可能今天就将我关起来了，这是肯定的，今天他们可能还会将我关进监狱……但那没关系，索尼娅，坐几天牢就会把我放出来……他们手里根本没有确凿的证据，而且我敢向你发誓，他们永远都不会找到证据。就凭他们现在掌握的东西是无法给人定罪的。啊，算了……我只是想让你知道而已……我努力让母亲和妹妹不要相信谣言，不要让她们受到惊吓……不过，现在我妹妹的生活好像得到了保障……因此我母亲也就有了保障……啊，就说这些吧。但你要当心。我坐牢时，你会不会去看我？”

“噢，我肯定去，肯定会去的。”

他们神情沮丧充满烦恼地并肩坐着，就像被一场风暴抛到荒凉的海滩上的两个孤独的人。他看着索尼娅，感觉她是那么爱他。说来也怪，有人这样爱他，而他却忽然感到心情沉重起来了。没错，这是一种奇怪而令人恐惧的感觉！他到索尼娅这儿来时，就感到他的全部希望和出路全都靠她了，他希望她多少能帮助自己减轻一些痛苦。但此刻，就在她将自己的心交给他时，他突然感觉他比原先想象的还要不幸。

“索尼娅，”他说，“我坐牢时，你还是不要去看我了。”

索尼娅没说话，只是不停地哭，哭了几分钟。

“你有没有戴着十字架？”她突然想起来，赶忙问道。

开始他没有听明白她的问题。

“没有，没戴，是吗？给，把这个柏木的拿去。我还有个铜的，是丽莎维塔的。我和丽莎维塔换了十字架：她把她的十字架给了我，我把我的小神像给了她。今后我戴丽莎维塔的十字架，这一个你拿去。拿着……这是我的！是我的！”她请求道，“我们要一起去受难，一起背十字架！……”

“给我吧。”拉斯柯尔尼科夫说。

他不想让她难过。但他刚伸出手去拿十字架，又立即抽了回来。

“现在不行，索尼娅。还是以后再给我吧。”为了让她放心，他又补充了一句。

“是的，是的，还是以后给，以后给，”她马上热情地说，“你去受难的时候就把它戴上。到时候你上我这里来，我给你戴上，我们祈祷完再走。”

这时门上响起三声敲门声。

“索菲娅·谢苗诺夫娜，我能进来吗？”他们听见一个很客气的、熟悉的声音。

索尼娅惊讶地跑向门口。列别贾特尼科夫怯生生地探进他那长着一头金发的头向房间里张望了一下。

第五节

列别贾特尼科夫有点神色慌张。

“我是来找您的，索菲娅·谢苗诺夫娜。请原谅……我猜会在这里找到你，”他突然对拉斯柯尔尼科夫说，“也就是说我根本没往……这方面想过……不过我想的是……卡捷琳娜·伊凡诺夫娜发疯了，”他突然撇开拉斯柯尔尼科夫，对索尼娅说。

索尼娅惊叫了一声。

“也就是，看上去好像疯了。不过……我们在那儿都不知道该怎么办，事情就是这样！她回来了——好像不知从哪里被赶了出来，可能还挨了打……至少看上去好像是这样……她跑去找谢苗·扎哈雷奇的上司那里去了，但是在家里没找到他，他在另一位将军家里吃饭……您想想看，她就到他们吃饭的那儿去了……也就是到那另一位将军家里去了，而且，请您想想看，她坚持要把谢苗·扎哈雷奇的上司叫出来，而且，好像是要把人家从饭桌旁拉走。可想而知，后来发生了什么事情。不用说，人家把她赶了出来。她却说，她把他骂了一顿，还朝他身上扔了个什么东西。这是可以想象得到的……但是为什么没把她抓起来，——这可就不知道了！现在她逢人便说这件事，对阿玛莉娅·卡捷琳娜·伊凡诺夫娜也说，只不过听不清她说的是什么，她大喊大叫，浑身发抖……啊，对了，她说，而且是高声叫嚷，因为现在大家都抛弃了她，所以她要带着孩子们上街去，背着手摇风琴，让孩子们唱歌跳舞，她也唱歌跳舞，向观众讨钱，而且每天都到那位将军的窗子底下去……她说，‘让他们看到，父亲做过官的高贵的子弟怎样在街上乞讨！’她打孩子们，孩子们直哭。她教廖尼娅唱《农家曲》，教男孩子跳舞，也教波琳卡·米海洛夫娜跳舞。她把衣服撕烂，给他们做了些像艺人戴的那种小帽子，她要带着一个面盆，去敲敲打打，当做音乐……她谁的话都不听……请您想想看，怎么能这样呢？这样下去是不行的！”

列别贾特尼科夫似乎还有话要说，但是屏住呼吸听他说话的索尼娅突然抓起披巾、帽子，跑出屋去。她一边跑，一边戴上帽子，披上披巾。拉斯柯尔尼科夫也跟着她跑了出去，列别贾特尼科夫又跟在他的后面跑了出去。

“一定是疯了！”他们走上大街，他对拉斯柯尔尼科夫说，“我是怕吓坏索菲娅·谢苗诺夫娜，所以说‘好像’，不过，这是毫无疑问的，他已经疯了。据说，害痨病的人，结核还会跑到脑子里去，可惜我不懂医学。不过我也劝说过她，可她一句话也听不进去。”

“您跟她谈疾病了？”

“也就是说说，不完全是谈结核，况且她什么也不懂。不过我说的是：如果从逻辑上劝说一个人，告诉他，其实他没有什么好哭的，那么他就不会再哭了。这是很显然的。您是否也同意，他不会不哭吗？”

“要是那样的话，生活未免也太容易了，”拉斯柯尔尼科夫回答。

“对不起，对不起。当然，要让卡捷琳娜·伊凡诺夫娜明白这些是相当困难的。不过您知不知道，巴黎已经在认真地进行试验了，测试只从逻辑上劝说的方法治好疯子？那里有一个教授，不久前去世了，是个很严谨的学者，他认为可以用这个方法治疗。他的基本理论是：疯子的机体没有受到损害，而发疯，可以说是一种逻辑性的错误，一种判断上的错误，是对事物的不正确的看法。他慢慢向病人指出他们的错误看法，您要知道，据说，获得了成果！不过因为他同时还使用了淋浴疗法，所以这种治疗的效果当然也就受到了怀疑……至少看来好像是这样……”

拉斯柯尔尼科夫早就没听他在说什么了。走到自己住的那幢房子跟前时，向列别贾特尼科夫点了点头，转身进门了。列别贾特尼科夫明白了过来，朝四下里望了望，继续往前跑去。

拉斯柯尔尼科夫回到自己那间小屋里，站到房屋中间。“回到这里来干什么呢？”他环顾了一下这些微微发黄的破旧的墙纸，这些灰尘，那张沙发床……从院子里传来不知是敲打什么的、刺耳的响声，没完没了，好像在什么地方钉什么，在钉钉子……他走到窗前，踮起脚尖，朝院子里望了好久，好像很关心的样子。但院子里空荡荡的，看不见有人在敲打什么。左边厢房里，可以看到有几扇窗子敞着，窗台上摆着几盆长得很不景气的天竺葵，窗外晾着内衣……这一切他都太熟悉了。于是他转身坐到沙发上。

他从来，从来没感到过如此可怕的孤独！

是的，他又一次感觉到，也许他真的会痛恨索尼娅，而且正是现在，他给她造成了更大的不幸以后。“他为什么去她那里乞求她的眼泪？他为什么一定要坑害她一辈子？唉，卑鄙！”

“我还是孤单的一个人吧！”他突然坚决地说，“她也不会到监狱去看我！”

过了大约五分钟，他抬起头来，奇怪地笑了一笑，有了一个奇怪的想法：“也许去服苦役当真会好一些，”他突然想。

他满脑子是奇怪的想法，他记不得这样在屋里坐了多久。突然房门开了，进来的是阿芙朵佳·罗曼诺夫娜。她先站住了脚，像不久前索尼娅进来时那样，从门口看了看他，然后她才进来，在他对面的椅子上坐下，坐在昨天她坐过的地方。他默默地看了她一眼，不知为什么心里一片空白。

“你别生气，哥哥，我只待一会儿，”杜尼娅说。她脸上的表情好像若有所思，但并不严厉。她的目光明亮而且柔和。他看得出来，这一个也是满怀着爱心来找他的。

“哥哥，我现在什么都知道了，一切都知道了。德米特里·普罗柯费奇把一切都告诉我了，讲给我听了。因为无故的怀疑，你受到迫害，受尽折磨……德米特里·普罗柯费奇对我说，没有任何危险，你用不着为这件事而心神不宁。我倒不这么认为，而且完全理解你心里是多么愤慨，这样的愤慨会在你心里留下永远都无法抹去的阴影。我担心的就是这个。你抛弃了我们，我并不怪你，也不敢责备你，我以前责备过你，请你原谅我。我自己也知道，如果我心里有这么大的痛苦，我也会离开所有的人。至于这件事，我不会告诉母亲的，不过我会经常向她提起你，还要以你的口吻告诉她，说你很快就会去看她。你不要为她担心，也不要为他伤心，我会安慰她的，不过请你也不要再折磨她——哪怕去看她一次也好。你要记住，她是母亲！现在我来，只是要告诉你（杜尼娅说着从座位上站起来），如果你需要我做什么事情，甚至你需要……我的整个生命或者别的……那么只要你开口，我就会来。再见！”

她快速转身往门口走去。

“杜尼娅！”拉斯柯尔尼科夫叫住了她，他站起来，走到她跟前，“那个拉祖米欣，德米特里·普罗柯费奇，是个很好的人。”

杜尼娅的脸微微泛红了点。

“继续说！”等了一会儿，她说了一句话。

“他是个能干、勤劳、正直而且懂得疼人的人……再见，杜尼娅！”

杜尼娅满脸绯红，随后突然惊慌起来：

“可你这是什么意思，哥哥，难道我们真的要分开了，所以你给我……留下这几句遗言？”

“总之差不多……再见……”

他转身离开她，朝窗前走去。她站了一会儿，担心地看了看他，带着忐忑不安的心走了。

不，他对她并不是毫无感情。有一瞬间（最后一刹那），他非常想紧紧拥抱她，和她告别，甚至还想告诉她，可是就连跟她握手，他也没有勇气。

“以后，她想起现在我拥抱过她，也许会发抖的，还会说，是我偷去了她的吻！”

“这她经受得住吗？”几分钟以后他自问自答说。“不，她经受不住，像她这样的人是经受不住的！这样的人永远也经受不住……”

于是他又想起了索尼娅。

从窗外飘进凉爽的微风。外面的光线已经不是那么亮了。他拿起帽子，走了出去。

他当然不能，而且也不想注意自己的病情。但是所有这些无尽的担忧和内心的恐惧对他的病情又不能不产生影响。如果说他虽然在发高烧，但是还没有完全病倒，那也许正是因为这内心里不断的忧虑在支持着他，不让他倒下来，让他的头脑保持清醒，不过这种状况是人为的，暂时的。

他漫无目的地走在街上。太阳正在一点一点地落下去。最近他开始感到一种奇怪的烦闷。这烦闷中并没有什么东西特别刺激他、让他特别伤心的；但是他却感觉到，这愁闷是挥之不去的，这令人沮丧的、无情的烦闷将终生伴随着他，无始无终，他将永远站在那“一俄尺见方的空间”。通常，在黄昏来临的时候，这种感觉会使他更加痛苦。

“太阳落山会让人身体虚弱，在这种十分愚蠢、纯粹是体力虚弱的情况下，可要当心，别干出什么蠢事来！这时你也许会去找索尼娅，而且还会去找杜尼娅呢！”他愤愤地喃喃自语。

有人喊了他一声。他回头看到列别贾特尼科夫正向他跑来。

“您要知道，我去过您那里，我去找您。您信不信，她那么想，真的就那么干了，领着孩子们出去了！我和索菲娅·谢苗诺夫娜好容易才找到他们。她自己敲着煎锅，让孩子们跳舞。孩子们在哭。他们停在十字路口几家小铺子前面。一群蠢人跟着他们跑。咱们快去吧。”

“索尼娅呢？……”拉斯柯尔尼科夫焦急地问，慌忙跟在列别贾特尼科夫后面一起走了。

“简直是发疯了。也就是说，发疯的不是索菲娅·谢苗诺夫娜，而是卡捷琳娜·伊凡诺夫娜，不过索菲娅·谢苗诺夫娜也快疯了。我告诉您，她彻底地疯了。她们会被弄到警察局去的。您要知道，这会带来什么后果呀……他们这会儿在B桥附近的运河岸上，离索菲娅·谢苗诺夫娜住的地方不远。挺近的。”

离桥不太远的地方，和索尼娅住的房子隔着不到两幢房子的运河岸上聚集着一小群人，主要是些小男孩和小姑娘们。从桥上就听到了卡捷琳娜·伊凡诺夫娜那激动的、嘶哑的声音。这可真是一个很能吸引街头观众的、特别的场面。卡捷琳娜·伊凡诺夫娜穿着她那件旧连衫裙，披着细呢披巾，歪戴着一顶破烂不堪的草帽，像真的疯了一样。她累得受不了，气喘吁吁的。她那害肺病的疲惫不堪的脸看上去比以往任何时候都更痛苦（何况在街上，在阳光下，害肺病的人看上去总好像比在屋里的时候病得更厉害，显得更难看），但是她那激动的心情无法平静下来，她的怒气反而时时刻刻都在增长。她冲到孩子们跟前，向他们高声叫喊，一会儿骂，一会儿动，当着观众教他们跳舞、唱歌，还对他们解释，为什么要这样做，因为他们不理解她的意思，他们反应慢，她感到绝望，就动手打他们……随后，跟孩子们还没说完，又突然朝观众跑去，如果发现一个穿得稍微像样一点儿的人站下来观看，她就立刻对他解释说，请看，“高贵的家庭里，甚至可以说是贵族家庭的子弟”沦落到了这步田地。如果听到人群中有笑声或者是有人讥笑他们，她立刻就冲到那些无礼的人面前，和他们对骂起来。有人是真的发笑，另一些人却在摇头，总之大家都很好奇地看着这个疯婆娘和那些吓坏了的孩子们。列别贾特尼科夫说的那个煎锅不见了，至少拉斯柯尔尼科夫没有看到，不过卡捷琳娜·伊凡诺夫娜没敲煎锅，在她逼着波列契卡唱歌、廖尼娅和科利亚跳舞的时候，她用那干瘦的手掌打着拍子，而且她自己也跟着唱，可是由于痛苦的咳嗽，每次唱到第二个音的时候，就猝然中断了，这样一来她又感到悲观失望了，于是咒骂自己的咳嗽，甚至大哭起来。最惹她生气的是科利亚和廖尼娅的哭泣和恐惧。她把孩子们装扮起来，给他们穿上街头卖唱的男女艺人们穿的那种服装。男孩子头上裹着不知用什么做的红白相间的缠头巾，让他扮作土耳其人。廖尼娅却没有化装的衣服可穿，她头上只戴了一顶已故的谢苗·扎哈雷奇的红绒线帽（或者不如说是一顶睡帽），帽子上又插了一截白鸵鸟毛，这鸵鸟毛还是卡捷琳娜·伊凡诺夫娜的祖母的遗物，至今一直当做传家宝保存在箱子里。波列契卡还是穿着平常的衣服。她害怕而不知所措地瞅着母亲，一步也不离开她，不让人看见她在掉泪，她猜到母亲疯了，不时焦急不安地朝四下里看看。街道和人群都让她觉得非常害怕。索尼娅寸步不离地紧跟着卡捷琳娜·伊凡诺夫娜，哭哭啼啼地恳求她回家去。但是卡捷琳娜·伊凡诺夫娜却完全不理会。

“别说了，索尼娅，别说了！”她不耐烦地嚷着，说得很快，声音很高，又气喘吁吁，不停地咳嗽。“你自己也不知道你是在要求什么，就像个小孩子似的！我已经跟你说过了，我决不回到那个醉鬼德国女人那里去。让大家都看到，让全圣彼得堡的人民都看到，高贵的父亲的孩子们在乞讨，他们的父亲忠诚地效劳了一辈子，而且可以说是以身殉职。（卡捷琳娜·伊凡诺夫娜臆造出这样一个故事，而且盲目地对此深信不疑。）让这个，让这个卑鄙的将军看看。唉，索尼娅，你真傻：现在我们吃什么呢，你说说看？我们拖累了你，让你受够了苦，我不想再拖累你了！哎哟，罗吉昂·罗曼诺维奇，是您吗！”她看到了拉斯柯尔尼科夫，向他跑了过去，大声喊道，“请您跟这个傻丫头解释解释，再没有比这样更聪明的办法了！就连背手摇风琴的流浪乐师也能挣钱，可是人们一眼就能看出，就能分辨出来，我们是高贵的贫穷人，无依无靠，沦落到赤贫的地步，那个卑鄙的将军准会丢掉官职的，您瞧着吧！我们每天都到他窗子底下去，要是皇上打这儿路过，我就跪下来，让这些孩子们跪在前面，让他看看他们：‘父亲，你要保护他们呀！’他是孤儿们的父亲，他是仁慈的，他一定会保护我们，到时候您就会看到，而那个卑鄙的将军……廖尼娅！站直了！你，科利亚，该你跳舞了。你抽抽搭搭地哭什么？又哭！唉，你怕什么，怕什么呢，小傻瓜！上帝啊！我可拿他们怎么办呢。罗吉昂·罗曼诺维奇！您是不知道，他们是多么不懂事啊！唉，拿这样的孩子们可怎么办呢！……”

她给他指了指那几个嘤嘤啜泣的孩子，自己也快哭了，可是这并不影响她喋喋不休地说话。拉斯柯尔尼科夫想激起她的自尊，好把她劝回去，说他们像一些卖艺人一样在街头卖唱，很不成体统，如果她想做贵族女子寄宿学校的校长的话……

“寄宿学校！哈哈哈！真是白日做梦！”卡捷琳娜·伊凡诺夫娜喊道，笑过之后又咳嗽起来，“不，罗吉昂·罗曼诺维奇，梦已经结束了！人们都抛弃了我们！……至于那个混账将军……您要知道，罗吉昂·罗曼诺维奇，我把一个墨水瓶朝他投了过去——正好在下房的桌上放着一瓶墨水，在用来签名的那张纸一边，我就签了名，拿起墨水瓶向他扔了过去，然后就跑了。噢，那些卑鄙的家伙我看不起他们，以后我要一个人养活孩子们，我绝对不靠别人！她为我们已经受了太多的折磨！（她指着索尼娅）波列契卡，你收了多少钱？让我看看。怎么，只有两戈比！啊，这群无耻的混蛋！他们一个子儿都不给，只是上气不接下气地跟着我们跑。看，那个家伙笑什么？（她指着人群中的一个）都是因为柯尔卡太笨，不管他了！你想干什么，波列契卡？对我说法语，用法语对我说。我不是教过你，你不是会讲两句吗？……否则，怎么能看出你们是上等人家的受过教育的孩子，和那些卖唱的人有着本质的不同呢？我们并不是在街头演《彼特鲁什卡》[1]，而是在唱优美的抒情歌曲……噢，对了！我们唱支什么歌？你们总是打断我，但我们……是的，罗吉昂·罗曼诺维奇，我们停在这里就应该唱点儿什么，唱一支科利亚能伴舞的歌……因为，您想想看，我们没有任何准备。应该先商量一下，从头到尾排练一遍，然后我们去涅瓦大街，那里上流社会的人要

[1] 俄罗斯民间传统讽刺木偶戏。

比这里多，人们很快就会留意我们。廖尼娅会唱《农家曲》……可是，总唱《农家曲》、《农家曲》的，谁都会唱了！我们应当唱点儿更优美的歌……啊，波琳卡，你想起来了吗？哪怕你帮妈妈一下也好啊！我的记性太差了，不然我早就想出来了！我们总不能唱《手持马刀的骠骑兵》[1]啊！噢，我们用法语唱《五分钱》吧！我不是教过你们，教过你们吗？主要是由于这首歌要用法语来唱，那别人一眼就能看出，你们是出生在贵族家庭的孩子，那就更能让人感动了……甚至可以唱《马尔布鲁出发去远征》，因为这完全是一支儿童歌曲，在贵族家庭中都把它拿来给孩子们当催眠曲唱。马尔布鲁出发去远征，何时回来无人知……”

她开始唱起来……“不，最好还是唱《五分钱》！喂，科利亚，双手叉腰，快点儿，廖尼娅，你要往相反的方向转过去，我和波列契卡伴唱，打拍子！五分钱，五分钱安排我们生活的五分钱……咳咳咳！整理好衣服，波列契卡，你肩上的背带掉下来了，”她喘着粗气，一面咳一面说。“现在你们要特别注意，举止必须得体文雅，让大家能看出你们是贵族子弟。当初我就说过，胸衣必须裁得长一点儿，并且得用两块布料。索尼娅，这就是你的错了。你总是主张说‘短点儿，短点儿’，你瞧，听了你的建议，孩子们穿上像什么样儿……怎么回事，你们又哭了！干什么呀你们，傻孩子！来，科利亚，快点儿，快点儿，快——哎呀，这孩子真烦人……五分钱，五分钱……”

“又过来一个大兵！哎，你有事吗？”

一名警察果真从人群里挤了进来。可同时有一位穿文官制服与制服大衣的先生也走了过来——这是一个五十多岁的英俊的官员，脖子上戴着勋章（这使卡捷琳娜·伊凡诺夫娜十分高兴，这也影响了那个警察），他走过来后，什么都没说，只是塞给她一张绿色的三卢布的钞票。他带着一脸真诚的同情。卡捷琳娜·伊凡诺夫娜捧着钞票，向他规规矩矩地、毕恭毕敬地鞠了个躬。

“多谢，先生，”她高傲地说，“让我们流落街头的原因……波列契卡，拿着钱。你看，还是有些乐善好施的人，随时准备接济落难的贵族太太。先生，您看，他们是名门望族的孤儿，而且还有贵族亲友……可那个混账将军坐在那里吃松鸡……由于我打搅了他，还直向我跺脚……‘大人，’我说，‘您和已故的谢苗·扎哈雷奇很有交情，请您一定要保护这几个孤儿，就在他去世的那天，一个最卑鄙的混蛋诬陷了

---

[1] 十九世纪俄罗斯流行歌曲，以俄国诗人巴丘什科夫的《离别》一诗谱成。

他的亲生女儿……'这个大兵又回来了！您可要保护我们啊！”她向那位官员大声叫道，“这个大兵为什么总跟我过不去呢？刚才我们从市民街上一个大兵手中逃到了这里……哎，这儿有你什么事，傻瓜！”“不准在街上卖唱。请您不要在这里胡闹。”

“明明是你胡闹。我跟这个摇手风琴的是一样的。跟你有什么关系？”

“摇手风琴要领取执照，但您擅自惊动了这么多行人。您家在哪里？”

“什么，执照？”卡捷琳娜·伊凡诺夫娜一边哭一边叫，“我今天刚埋葬了丈夫，去哪儿弄执照！”

“太太，太太，冷静点儿，”那位官员说，“来，我送您回家……被这么多人围在这里，影响不好……再说您又有病……”

“先生，先生，您根本不了解情况！”卡捷琳娜·伊凡诺夫娜喊叫道，“我们要去涅瓦大街——索尼娅，索尼娅！她到哪里去了？哎呀，她在哭！你们这都是怎么了？科利亚，廖尼娅，你们去哪里了？”突然，她惊慌地大声叫道，“噢，傻孩子！科利亚，廖尼娅！他们这是去哪里啊！……”

原来是这么回事：科利亚和廖尼娅早就被街上这么多人的指指点点和妈妈疯疯癫癫的样子吓傻了，现在又看到警察想抓他们，不知要送到哪儿去，突然像商量好了一样手拉手逃跑了。可怜的卡捷琳娜·伊凡诺夫娜一边哭叫，一边在后边追赶他们。她边哭边跑，上气不接下气，样子令人不忍目睹。索尼娅和波列契卡紧跟着跑去追她。

“把他们叫回来，索尼娅，快把他们叫回来！噢，这几个不听话的傻孩子！……波琳卡！抓住他们……我这不都是为了你们吗……”

她跑得很快，突然绊了一跤，跌倒在地。

“她受伤了，流血了！主啊！”索尼娅哭喊着，俯下身去扶她。

人们都跑来了，拥挤着围在一起。首先赶来的是拉斯柯尔尼科夫和列别贾特尼科夫，那位官员也赶紧跑来了，跟在他后面的是位警察，他咕咕哝哝地抱怨道：“哎呀！”挥了挥手，预感到事情不妙。

“闪开！闪开！”他赶开围在四周的人。

“她快死了！”有人叫道。

“她疯了。”又一个人说。

“上帝保佑！”一个女人边画十字边说，“他们把那个小姑娘和那个小男孩抓回来了吗？哦，找回来了，是大女儿抓住的……唉，这几个不知好歹的孩子！”

他们认真地看了看卡捷琳娜·伊凡诺夫娜，断定她并不像索尼娅所想的那样是摔到了石头上。但是溅到马路上的血，是从她的胸膛里喷出来的。

“这个我知道，曾经见过，”那位官员对拉斯柯尔尼科夫和列别贾特尼科夫轻声说，“这是痨病。这样吐血，会憋死人的。前不久，我有个亲戚也这样，我亲眼看到的……吐的血有一杯半……就忽然……可是，她很快就要死了，怎么办？”

“抬到这边，抬到这边，抬到我家去！”索尼娅恳求道，“我家就在这边……就是这座房子，从这里数，第二座……抬到我家去，快，快……”她在大家面前跑来跑去，“去找医生！……主啊！”

幸亏有那位官员出面帮助，事情终于办好了，连那位警察都帮着抬，卡捷琳娜·伊凡诺夫娜像死人一样被抬到索尼娅家里，放到床上。虽然仍在吐血，可是她好像已经慢慢清醒过来了。一起进入房间的，除索尼娅外，还有拉斯柯尔尼科夫和列别贾特尼科夫、官员以及警察，警察先赶走了看热闹的人，有人一直把他们送到门口。波列契卡也把一边哆嗦一边哭泣的科利亚和廖尼娅领了进来。卡佩尔纳乌莫夫家的人也都赶来了：卡佩尔纳乌莫夫本人是一个独眼、腿瘸、粗硬的须发直竖着的相貌古怪的人，他的老婆，一个总是带着恐惧神情的女人；还有一些张着大嘴、因为常常吃惊而神情呆滞的孩子。此时，斯维里加洛夫也突然出现在了人们当中。拉斯柯尔尼科夫吃惊地看了他一眼，不知道他是从哪里冒出来的，好像也没在人群中看到过他。人们都在说该去找医生和神父。那位官员尽管悄悄地对拉斯柯尔尼科夫说，看样子，这时请医生也是多此一举了，可他还是派人去请。卡佩尔纳乌莫夫亲自跑去了。

此时卡捷琳娜·伊凡诺夫娜醒过来了，而且也不吐血了。她用她那痛苦的，然而专注并且犀利的目光看着索尼娅，站在一边的索尼娅脸色惨白，全身发颤，正在用手帕为她拭去额头上的汗，最后她请求他们扶她坐起来。他们把她扶起来，从两边扶着。

“那两个孩子去哪里了？”她有气无力地问道，“波琳卡，你是不是把他们领回来了？唉，这些傻孩子！……你们为什么要跑啊？……哎呀！”

她那干裂的嘴边又溢出了鲜血。她向四周望了望：

“索尼娅，你就是住在这儿啊！我一次都没来过你家……现在终于有机会来了……”

她用痛苦的目光看了看她，说：

“我们吸干了你的血，索尼娅……波琳卡，廖尼娅，科利亚，到这边来……看，他们在这里，索尼娅，都在这里，你收留他们吧……我将他们托付给你……我已经尽力了！……全完了！啊！……放下我，希望叫我静静地死去吧……”

他们又把她放在枕头上躺了下来。

“什么？请神父？不用……你们去哪里弄这些闲钱……我没罪……不用神父，上帝也会宽恕我的……他知道我受了多少罪！……如果他不想宽恕，也就算了！……”

她愈来愈频繁地昏厥，偶尔颤抖一下，用眼睛向四下里张望，还能认出大家，可刚过片刻，她就又不省人事了。她嘶哑地、困难地喘息着，喉咙里似乎有东西在咯咯作响。

“我对他说：‘大人！……’”她拼尽全力喊道，说一个字就要喘息半天，“那个阿玛莉娅·柳德维戈夫娜……唉！廖尼娅，科利亚！两手叉腰，快，快，滑步，滑步，巴斯克人的舞步[1]！跺脚……必须做一个能歌善舞的孩子。

你有钻石和珍珠……下面该唱什么了？该唱……你有一双最美丽的眼睛，姑娘，你还需要什么？在难得难受的中午，在达专斯坦的山谷……

“噢，我很喜欢……我很喜欢‘你有钻石和珍珠’这首抒情歌曲，波列契卡！……你知道吗，在你爸爸还没娶我时就经常唱……哦，那段日子是多么快乐啊！……我们要唱这首歌！怎么唱，怎么唱……我不记得了……赶快提示一下，该怎么唱？”此时她很激动，挣扎着想坐起身来。最后，她用沙哑的、吓人的声音拼命唱着，每唱一个字都累得气喘吁吁，她的脸色愈来愈难看。在热得难受的中午！……在达专斯坦的……山谷，胸膛里有颗子弹！……“大人！”一会儿，她突然发出一声撕心裂肺的哀嚎，失声痛哭，“您一定要保护这些孤儿！您知道已故的谢苗·扎哈雷奇生前非常热情好客！……甚至可以说出身于贵族家庭！……啊！”她突然战栗了一下，惊醒过来，惶恐地看着在场的人，然后立即认出了索尼娅。“索尼娅，索尼娅！”她好像看到她站在自己身边而感到吃惊，她温和、亲切地喊道，“索尼娅，亲爱的，你怎么也在这里？”

人们又扶她欠起身来。

“够了！……到时候了！……别了，可怜的人！……一匹瘦马已经折腾得精疲力竭了！……已经累坏了！”她绝望而悲愤地大叫一声，重

[1] 西班牙和法国的少数民族。

重地一头栽在了枕头上。

她再次陷入昏迷状态，可是这最后一次昏迷持续很短的时间。她那惨白、憔悴、消瘦的脸往后一仰，张开嘴，两腿痉挛了一会儿，突然伸直了。她长长地叹息一声。死了。

索尼娅扑向她的尸体，用双臂抱住她，把头紧贴到死人干瘦的胸前，趴在那里一动也不动。波列契卡趴在母亲脚边，吻着她的脚，嚎啕大哭。科利亚和廖尼娅尽管不明白到底出了什么事，可是也感觉到这件事肯定非常可怕，他们相互搂着对方瘦弱的肩膀，盯着对方的眼睛，突然一齐失声哭起来。两人还都穿着用来演出的衣服：一个包着头巾，另一个头戴一顶插着鸵鸟毛的便帽。

那张"奖状"为什么会忽然出现在床上，在卡捷琳娜·伊凡诺夫娜的身边呢？它就摆在枕头旁边。拉斯柯尔尼科夫看到了。

他走到窗前。列别贾特尼科夫急忙走到他面前。

"她死了，"列别贾特尼科夫说。

"罗吉昂·罗曼诺维奇，我想对您说几句要紧的话。"斯维里加洛夫向这儿走来。列别贾特尼科夫赶紧让开，十分客气地退到了一边。斯维里加洛夫把迷惑不解的拉斯柯尔尼科夫拉到远处的角落里。

"由我来办理后事吧，比如安葬等。您知道，这得花一笔钱，我告诉过您，我的钱绰绰有余。我想把这两个孩子和这个波列契卡安置到一个比较好的孤儿院里去，然后再送给他们一人一千五百卢布，作为他们成人之前的生活费，这样索菲娅·谢苗诺夫娜就可以完全放心了。我还要把她救出火坑，她是一位好姑娘，您说对吧？因此请您转告阿芙朵佳·罗曼诺夫娜，我就这样花掉了她的一万卢布。"

"您这么行善，究竟是为什么呢？"拉斯柯尔尼科夫问。

"哎呀，您这个人简直太多虑了！"斯维里加洛夫笑了起来，"我告诉过您，我用不着那些钱。难道您不觉得我这么做完全是出于一片好心吗？因为，她并非一只'虱子'，她和那个放高利贷的老太婆不一样。这您不得不承认，'是让卢仁继续活着干坏事呢，还是让她去死？'如果我不帮他们，那么，波列契卡，譬如说，也会走这条路的……"

他讲这些话时不停地眨着眼睛，露出一种快活而狡黠的神情，他直愣愣地盯着拉斯柯尔尼科夫。拉斯柯尔尼科夫听见自己对索尼娅说过的那些话时，不禁脸色发白，全身打战。他猛地向后退了几步，惊愕地盯着斯维里加洛夫。

"您怎么……知道？"他几乎喘不上气来了，轻轻地说。

“要知道，我就住在这里隔壁的列斯丽赫太太家。这是卡佩尔纳乌莫夫家，那边就是列斯丽赫太太家。她是一个我最忠诚的老朋友。我们是邻居。”

“您？”

“我，”斯维里加洛夫接着说道，他笑得前俯后仰，“我敢向您发誓，亲爱的罗吉昂·罗曼诺维奇，我对您很感兴趣。我不是对您说过，我们会成为朋友吗，我曾经向您做过这种预言——看，我们不是已经成为朋友了嘛。您会发现我是个好说话的人。您还会发现，和我可以融洽相处……”

第六章

第一节

对拉斯柯尔尼科夫来说，一个奇怪的时期开始了：好像一片大雾突然笼罩在他的周围，把他禁锢在孤立无助的痛苦之中。过了很久以后，回想起这段时间，他才恍然大悟，有时他的思想仿佛变得一片迷糊，一直就这样持续下去，直到发生最后的灾难，不过这中间也偶尔有清醒的时候。他相信，当时在许多事情上他都犯了错误，譬如，对某些事件的期限和时间就是这样的。至少在他后来回忆，并竭力想弄清记忆中的那些事情的时候，根据从旁人那里得到的材料，他知道了许多关于自己的情况。譬如，他曾经把一件事情和另一件事情混淆起来；把另一件事情当做只在他想象中有过的那件事情的后果。有时病态的、痛苦的担心完全主宰了他，这种担心甚至会转变为惊慌失措的恐惧。不过他也记得，往往有这样的几分钟，几个小时，甚至也许是几天，支配着他的是一种与以前的恐惧恰恰相反的冷漠态度，很像有些人垂死前的那种病态的冷漠。总之，在这最后几天，他似乎刻意避免完全弄清自己的处境，有些迫切需要立刻得到解释的事情尤其使他感到苦恼不堪。如果能摆脱些许忧虑，能够回避它们，那他将是何等高兴啊，然而处在他的地位上，忘记这些让他担心的事，就不可避免地有遭灭顶之灾的危险。

特别让他担心的是斯维里加洛夫，甚至可以说，他似乎把注意力完全集中在斯维里加洛夫身上了。在卡捷琳娜·伊凡诺夫娜去世的时候，斯维里加洛夫在索尼娅家那么明显地说了那些对他具有严重威胁性的话，他平常的思路仿佛一下子给打乱了。然而，尽管新的境况使他感到焦躁不安，不知为什么，他却并不急于弄清这到底是怎么回事。有时他突然发觉自己到了城市里某个远离市中心区的僻静地方，独自坐在一家下等小饭馆里的一张桌子旁边，陷入沉思，甚至不知道他是怎么来到这里的，这时他却突然会想起斯维里加洛夫来，他突然十分清楚地意识到，需要尽快和这个人达成协议，可能的话，要彻底结束这件事。有一次他来到城外的一个地方，想象着他是在这儿等着斯维里加洛夫，他们已经约好要在这里会面。还有一次，他睡在一个灌木丛里的地上，黎明前醒来，他几乎记不得是怎么来到这里的了。不过在卡捷琳娜·伊凡诺夫娜去世的这两三天里，他已经有两次碰到过斯维里加洛夫，每次几乎都是在索尼娅家里，他去那里并没有什么目的，而且几乎总是只逗留一会儿工夫。他们总是简短地交谈几句，一次也没谈到过那个重要问题，似乎他们之间自然而然地达成了协议，暂时不谈这个问题。卡捷琳娜·伊凡诺夫娜的遗体还停放在棺材里。斯维里加洛夫在料理丧事，忙里忙外。索尼娅也很忙。最近一次见面的时候，斯维里加洛夫对拉斯柯尔尼科夫说，卡捷琳娜·伊凡诺夫娜的孩子们的事情，他已经办妥了，而且办得很顺利。说是他通过某些关系，找到了这样几个人，在他们的帮助下，可以立刻把三个孤儿都安置到对他们来说非常合适的孤儿院里，还说，替他们存的那笔钱会对他们有大帮助，因为安置有钱的孤儿，比安置贫苦的孤儿要容易得多。他还谈到了索尼娅，答应这几天内，说不定什么时候就会去拉斯柯尔尼科夫那里，想要向他请教，有些事情很需要和他谈谈……这些话是在穿堂里、楼梯附近说的。斯维里加洛夫凝神注视着拉斯柯尔尼科夫的眼睛，沉默了一会儿以后，突然压低了声音问：

“您这是怎么了，罗吉昂·罗曼诺维奇，您好像心神不定，精神恍惚？真的！您在听，也在看，可是好像什么也没听懂。您得振作起来。咱们谈谈吧，只可惜事情太多，有别人的事，也有自己的……唉，罗吉昂·罗曼诺维奇，”他又补上一句：“人人都需要空气，空气，空气……首先需要空气！”

他侧过身，让上楼来的神甫和教堂执事过去。他们是来追悼亡魂的。按照斯维里加洛夫吩咐的，每天要按时追悼两次。斯维里加洛夫径自走了。拉斯柯尔尼科夫稍微站了一会儿，想了想，然后跟着神甫走进索尼娅的住房。

他就站在门口。追悼仪式已经开始，肃静、庄严而又悲哀。从儿时起，一想到死，感觉到死亡确实存在，他总是感到很难过，有一种神秘的恐惧感。再加上他已经很久没听到过追悼亡魂了，而且这儿还有一种阴森可怕、令人惊惶不安的气氛。他看看孩子们，他们都跪在棺材前，波列契卡在哭。索尼娅跪在他们后面，默默地祈祷着，低声啜泣着。“这几天她没朝我看过一眼，也没跟我说过一句话，”拉斯柯尔尼科夫突然想。太阳明晃晃地照着这间屋子，香炉里的烟袅袅升起，神甫在念：“上帝啊，让她安息吧。”拉斯柯尔尼科夫一直站着到追悼仪式结束。神甫祝福和告辞的时候，他有点儿奇怪地朝四下里望了望。追悼仪式结束后，拉斯柯尔尼科夫走到索尼娅跟前。她忽然握住他的手，把头靠在了他的肩上，这亲昵的姿态甚至使拉斯柯尔尼科夫都吃了一惊，感到难以理解，甚至觉得奇怪：这是怎么了？对他毫不厌恶，毫无反感，她的手一点儿也不发抖！这是一种极端自卑的表现。至少他是这样理解的。索尼娅一句话也不说。拉斯柯尔尼科夫握了握她的手，就走了出去。他觉得十分痛苦。如果这时能随便躲到哪里去，只有他孤单单的一个人，哪怕终生如此，他也会认为自己是幸福的。然而问题在于：最近这段时间，尽管他几乎总是一个人，却怎么也感觉不出他确实是形单影只，孑然一身。有时他到城外去，走在一条大路上，有一次甚至走进一片小树林里，但地方越安静，他就越发强烈地感觉到，似乎有人站在他身旁，他感到惶恐不安，倒不是害怕，而是莫名其妙地感到苦恼，于是他赶快回到城里，混杂在人群中间，走进小饭馆、小酒店，到旧货市场或干草广场去。在这些地方他反而会轻松一些，甚至也更孤独些。一天傍晚，一家小酒馆里有人在唱歌，他在那里坐了整整一个钟头听人唱歌。他记得当时自己甚至觉得十分愉快，可是最后他又突然感到不安了，仿佛良心的谴责突然又让他痛苦起来：“瞧，我坐在这儿听唱歌呢，但是这是我应该做的吗！”他似乎是这样想的。不过他立刻意识到，并不仅仅是这一点使他感到不安，有一件要求立刻解决的事情，然而这件事既无法理解，也难以用语言表达出来。所有的事情都纠缠在一起，乱作一团。“不，最好还是斗争！最好是波尔费利再来……或者斯维里加洛夫……但愿赶快再来一个什么挑战，再来一次攻击……是的！是的！”他想。他走出小酒馆，几乎要奔跑起来。一想到杜尼娅和母亲，不知为什么他突然感到心惊胆战，有种说不出的恐惧。这天夜里他在克列斯托夫岛上的灌木丛里睡着了，黎明前醒来，他在发烧，浑身发抖。他往家里走去，回到家里已经是清晨了。睡了几个钟头以后，烧退了，但是他醒来的时候已经很晚：下午两点了。

他想起这天是卡捷琳娜·伊凡诺夫娜下葬的日子，他没去参加，还为此感到高兴。娜斯塔霞给他送来了吃的，他狼吞虎咽地吃着，喝着，胃口好极了，几乎是一口气把送来的东西一扫而光。他的头脑清醒些了，心情也比最近三天来安定些了。有一会儿，他甚至为先前那种莫名其妙的恐慌感到吃惊。房门开了，拉祖米欣走了进来。

“啊！在吃饭，可见病好了！”拉祖米欣说，他端过一把椅子，挨着桌子坐在拉斯柯尔尼科夫的对面。他心情焦急不安，也不去刻意掩饰这种心情。他说话时流露出明显的烦恼情绪，可是他还是不慌不忙地说着，也没有特别提高嗓音。似乎他心里有个特别的、甚至是十分独特的打算。“你听我说，”他坚决地说，“对你的事，我一点儿也不感兴趣，不过就目前我所看到的情况来说，我深知，我什么也不明白，请你别以为我是来盘问你。我才不呢！我不想问！就算你现在自己公开你的全部秘密，把什么都告诉我，也许我连听都不要听，我会转身就走。我来找你，只不过是想亲自彻底把这几个问题弄个明白：第一，你是个疯子，这是不是真的？你要知道，对你有一种坚定不容置疑的看法（嗯，不管是什么地方），认为你大概是个疯子，或者很容易变成疯子。我老实告诉你，我自己也非常同意这种看法；第二，根据你愚蠢卑鄙的（且是无缘无故的）行为来看，确是如此；第三，从你不久前对你母亲和妹妹的行为来看，也是如此。如果不是疯子，只有恶棍和坏蛋才会像你那样对待她们，可见你是疯子……”

“你是很久以前见到她们的吗？”

“刚刚才见到她们。而你从那时候起就没去看她们吗？你去哪儿闲逛了，请你告诉我，我已经来找过你三次了。从昨天起，你母亲就病得很厉害。她打算来看你，阿芙朵佳·罗曼诺夫娜不让她来，她什么话也不想听，她说：‘假使他有精神方面的疾病，那么母亲不去照顾他，谁去照顾他呢？’我们和她一道来过这里，因为我们不能丢下她一个人不管。一路上，我们一直劝她要冷静。进了屋，发现你不在家。瞧，她就坐在这儿，坐了十分钟，我们站在她身边，一句话也没说。她站起来，说：‘既然他出去了，可见他身体是健康的，既然他把母亲忘了，那么做母亲的站在门口，像乞求施舍一样恳求他的爱，是不成体统的，也是可耻的。’回家以后，她就病倒了，一直在发烧，她说：‘现在我明白了，为了自己人，他倒是有时间的。’她认为，这个自己人就是索菲娅·谢苗诺夫娜，她是你的未婚妻还是情妇，这我就不知道了。我刚才去找过索菲娅·谢苗诺夫娜了，因为，老兄，我想把事情弄清楚。我到了那里，一看：停着一口棺材，孩子们在哭；索菲娅·谢苗诺夫娜在给他们试穿孝服。你不在那里。我看了看，道了歉，就走了，把这情况告诉了阿芙朵佳·罗曼诺夫娜。这么说，这一切全都是瞎猜，这儿根本没有什么自己人，可见，最正确的说法是，你发疯了。可是，瞧，你坐在这儿狼吞虎咽地吃炖牛肉，就像三天没吃饭似的。假定说，疯子也吃东西。可是虽然你还没跟我说过一句话，可是你……不是疯子！对这一点，我毫无疑问。你既然不是疯子。那么我就不管你的事了，因为这儿准是有个什么秘密，一件不能让人知道的事。我可不想费脑筋去猜测你的秘密，我只是来骂你一顿，”说完他站了起来，“发泄一下，我知道现在该做什么了！”

“你现在想要做什么呢？”

“我现在想要做什么，关你什么事？”

“当心，你要去喝酒。”

“为什么……你怎么会知道呢？”

“唔，我猜的！”

有一会儿工夫，拉祖米欣一句话都没说。

“你一直是个神志清醒的人，你从未，从未发过疯，”突然他激动地说，“你说得没错，我想去喝酒！再见！”

他说完转身就要走。

“可能是在前天，我对妹妹提起过你，拉祖米欣。”

“提起过我！可是……前天你是在哪里见到她的呢？”拉祖米欣停下了脚步，脸色变得很难看。可以看得出，他的心在胸膛中缓慢地、不安地跳动着。

“她来过这里了，一个人来的，坐在这儿，跟我说了会儿话。”

“她！”

“不错，是她。”

“你跟她讲了什么？……我指的是有关我的。”

“我对她说，你是一个好人，正直而又勤奋。我没有告诉她，你爱她，因为这个她自己心里也清楚。”

“她自己清楚？”

“啊，这还用说！以后不管我去哪里，不管我出了什么事——你要坚持做她们的守护神。我可以这样说，我已经把她们都交给你了，拉祖米欣。我之所以这样说，是因为我非常清楚你有多么爱她，并且我对你的心地善良毫不怀疑。我知道，她或许会爱上你，可能已经在爱着你了。你现在自己来选择吧，到底怎样更妥当——你是否应该去喝酒。”

“罗佳……要知道……唔……哎，真见鬼！但是你要去哪里呢？你看：如果这都是秘密，那就算了！但是我……我必须弄清这个秘密……我认为这肯定是一些荒谬可怕又无聊的事，都是你自己胡思乱想出来的。但是，你是一个很好的人！一个很好的人！”

“我正想对你说，但是被你打断了，你方才说，你绝不去打听这些秘密和隐私，这是正确的。你就暂且不要管了，你不要急，到适当的时候，也就是说，到了有必要让你知道的时候，你会知道一切的。昨天，有个人告诉我，人人都需要空气，空气，空气！我打算马上去他那里，弄清他说这句话到底是什么意思。”

拉祖米欣激动地站在那里，沉思着，在想着什么。

“他是一个政治阴谋家！肯定是。他想采取一个战略性的步骤——肯定是这样！不会是其他的事，并且……并且杜尼娅也知道……”他突然暗暗地想道。

“那么说，阿芙朵佳·罗曼诺夫娜经常来看望你，”他一字一顿地说道，“你想去找一个曾说过要多一点儿空气、空气的人，而且……这么说，这封信……也和这件事有关系。”他像是喃喃自语。

“什么信？”

“今天她接到一封信，那封信让她惊慌不安，极其不安，真是糟透了。我一提起你——她就求我别再说了。后来……后来她说，或许我们马上就要分开了……后来不知怎么回事她不停地感谢我，然后她回到自己的房间里，关上门。”

“她接到一封信？”拉斯柯尔尼科夫若有所思地问道。

“不错，一封信。你难道不知道吗？嗯……”

他们两个人都陷入了沉默。

“别了，罗吉昂。有一段时间……老兄，我……但是，再见吧，你知道，有一段时间……唔，再见吧！我也要走了。我不去喝酒了。现在已经用不着了……你胡说！”

他匆匆忙忙地走开了。可是，当他走出去，刚把门掩上一半突然又推开了，看着一边说：

“顺便说一声！你是否还记得那个谋杀案，就是波尔费利经办的那个案件，一个老太婆的案子？告诉你，那个杀人凶手已经查到，他亲自招认了，还提供了证据。凶手就是那两名工人中的一个，那两名油漆匠，你想一下，你还记得吗，我在这里还为他们辩护过呢？你相信吗，当看门的和那两个见证人上楼时，他和伙伴正在楼梯上打打闹闹，放声大笑，这是他事先安排好的，迷惑人的。那个狗崽子多阴险，多镇定啊！几乎让人难以置信。不过他已经做出了解释，供出了一切。我受骗了！嗯，照我看，这人肯定是一个善于伪装和见机行事的天才，逃脱法律制裁的天才——因此也没什么可奇怪的！这样的人难道不会有吗？但他没有坚持下去，最后招认了，这倒让我更加相信他了。更合情合理了……但是当时我竟然受了骗！为他们气得发狂！”

“请你告诉我，你是从哪里知道这些事的，你为什么对这事有这么大的兴趣？”拉斯柯尔尼科夫焦急地问。

“看你说的！我为什么有这么大的兴趣！你问我！……我从波尔费利那儿知道的，也听别人说过……但是我从他那儿几乎了解到了所有的情况。”

“从波尔费利那儿？”

“从波尔费利那儿。”

“他……他说了些什么？”拉斯柯尔尼科夫惊慌不安地问。

“关于这件事，他对我做了很合理的解释。按照他自己的看法，做了心理上的解释。”

“他做了解释？他亲自向你做了解释吗？”

“是的，是的。再见！改天再详细告诉你情况，现在我还有事儿。有……有一段时间，我认为……算了，改天再说吧！……我现在为什么要去喝酒。还没喝酒，你已经把我灌醉了。我醉了，罗佳！现在我不用喝酒就醉了，好，再见。我很快就来看你。”

他走了。

“他是一个政治阴谋家，绝对是这个样子的！”拉祖米欣缓缓地下了楼，心中得出了最后的结论。“并且把妹妹也拉进去了。像阿芙朵佳·罗曼诺夫娜这种性格，那是很有可能的。他们两个见过面……并且她也向我暗示过……从她讲过的很多话……很多只言片语……和很多暗示来看，就是这个意思！否则，这些乱七八糟的事又该怎样解释呢？嗯！我本来还以为……啊，主啊，我在想什么呀！是的，真是一时糊涂，我对不住他！就是那次，他站在走廊里的灯光下，把我弄糊涂了。呸！我的想法真可耻、可恶、不可宽恕！尼古拉真棒，他把一切都招认了……以前发生的一切现在看来是多么明显！他那时候的病，他的那些古怪行为，甚至再早些，他在大学里那种一贯忧郁、愁苦的样子……可是这封信又是怎么回事呢？可能这其中总有什么用意吧。这信是谁寄来的呢？我真怀疑……哦。不，我非要把一切都弄清楚不可！”

他回想了一些有关杜尼娅的事，他的心好像揪紧了，拔腿飞奔出去。

拉祖米欣刚走，拉斯柯尔尼科夫便站了起来，转身脸朝着窗子，从一边转到另一边，仿佛忘了他房间的窄小，随后又坐到了沙发上。他好像完全变了一个人。再和他们斗斗——这么说，有办法了。

不错，这么说，峰回路转了！否则，这些事都积在心中，把人压得实在太痛苦了，几乎要晕倒。自从他看到米柯尔卡出现在波尔费利那儿之后，他就感到无计可施了，感觉毫无出路了，心里闷得难受。看到米柯尔卡以后，也就是在那天，又在索尼娅家里出现了那种场面，他那时的举动与他讲的东西根本不相符……于是他刹那间变得苍白无力！垮掉了！那时候他也赞同索尼娅的见解，他自己赞同的，在心里赞同——他不能把这件事藏在心中，独自一人活下去。

那斯维里加洛夫呢？斯维里加洛夫是一个未解之谜……斯维里加洛夫让他感到心神不定，的确是这样的，可是不知怎的，并非这个问题让他心烦。他也许还要和斯维里加洛夫斗争下去。和斯维里加洛夫斗争，或许也是一个发泄心中苦恼的办法；而波尔费利，那就不一样了。

“看来，波尔费利还亲自对拉祖米欣做过解释，从心理方面做过解释！他又开始搬出他那可恶的心理学来了！波尔费利呢？可是，在米柯尔卡没来以前，他们两个人曾面对面地谈过，对这次见面会谈除了一种解释外，不可能找到其他合理的解释，出现了这种情景之后，波尔费利一点儿也不相信尼古拉是有罪的吗？（这几天，拉斯柯尔尼科夫头脑里好几次闪过并回想起和波尔费利见面时的几个片断；回忆全部情景他是受不住的）。当时，他们两个曾说过那样的话，做过那样的动作，互相递过那样的眼色，讲话又是用那样的语气，并且发展到那样的程度，所以，在发生这种事之后，如果想动摇他的基本信念，绝不是米柯尔卡能办到的（波尔费利从开始的一言一行就已经看透了他）。

“怎么？就连拉祖米欣也起了疑心！走廊上的灯光下的那个情景在当时不是毫无影响的。他曾跑到波尔费利那里……可是，波尔费利为什么这样骗他呢？他让拉祖米欣的视线转移到米柯尔卡身上去，到底有什么意图呢？他心中肯定有什么想法。这儿肯定有某种意图，但是到底是什么意图呢？确实，从那天早上以来，已经过了很久，已经太久、太久了，可是波尔费利却毫无动静。哦，看来事情还要糟糕……”拉斯柯尔尼科夫把帽子拿起来，沉思了片刻，就走出去了。长期以来，这是他第一天感觉起码头脑是正常的。“我需要把斯维里加洛夫这件事解决掉，”他想，“不管怎样，也要解决掉，愈快愈好。他可能也在等着我亲自去找他吧。”转瞬间，仇恨的念头突然涌上了他疲惫不堪的心灵，或许他可以将他们两个中间的一个——波尔费利或斯维里加洛夫——杀掉。起码他认为，就算现在不动手，以后也会的。“我们走着瞧吧，走着瞧吧，”他反复想。

可是他刚刚打开通向走廊的门，就忽然和来找他的波尔费利撞了个满怀。拉斯柯尔尼科夫愣了一会儿。真怪，他看到波尔费利并不感到太惊讶，并且几乎也不感到恐惧。他只是打了个寒战，可是他瞬间就快速地做好了思想准备。“或许该结束了！可是他怎么会像一只猫一样轻轻地走来呢？我竟然一点儿声音都没听到？难道他在偷听？”

“您没想会来客人吧，罗吉昂·罗曼诺维奇，”波尔费利笑着喊道，“我早就打算来看看您了，我从这里经过，心想——为什么不进去看一下，坐五分钟呢？您要出门吗？我不会耽误您太长时间的。就坐一支烟的工夫，如果您同意的话。”

“请坐，波尔费利·彼得罗维奇，请坐。”拉斯柯尔尼科夫以一种看起来十分满意的亲热态度让客人坐下，要是他这时候能看到自己的样子，肯定会感到惊讶的。反正破罐破摔，豁出去了！有时候一个人遇上强盗，有半个钟头会吓得大喊大叫，可是当刀子最后架到他脖子上时，也就不感觉恐惧了。拉斯柯尔尼科夫在波尔费利对面坐下来，目不转睛地看着他。波尔费利眯起双眼，点燃一支烟。

“喂，说吧，说吧，”此话好像要从拉斯柯尔尼科夫的心中跳出来一样，“喂，为什么，为什么，你为什么不讲话呀？”

第二节

“唉，这些香烟，”波尔费利·彼得罗维奇点燃一根烟，抽了几口之后，总算说话了，“有害，绝对是有害的，可是我就是没办法戒掉！我经常咳嗽，喉咙痒痒的，呼吸还很困难。您要知道，我的胆子很小，前几天我到B医生[1]那里去，每一个病人，他至少要看半个小时，他看着我的样子大笑起来，他敲了敲，听了听，然后说：顺便提一下，吸烟有害健康，肺扩张了。可是我哪儿戒得了呢？我拿什么东西来取代它呢？我不喝酒，坏就坏在这里，嘿嘿嘿，不喝酒简直糟糕透顶。任何事都是相对的，罗吉昂·罗曼诺维奇，任何事都是相对的！”

“他这是什么意思，可能他又玩以前那套老把戏了！”拉斯柯尔尼科夫无比厌恶地思忖道。这时候他突然记起前不久他们最后一次见面的整个情形，那时候的感觉又像潮水一样向他的心头袭来。

“前天晚上，我已经来过您这儿了，您不知道吧？”波尔费利继续说，一边向屋子里四处看看，“我进了房间，就是这个房间，也像今天一样，经过这里——我想，叫我去拜访他一下吧。我上楼以后看到您的

[1] 1885年陀思妥耶夫斯基找此人看过病。

屋门开着，我四周看了看，等了一会儿，也没和您的女佣人打声招呼，就出去了。您从来不锁门吗？”

拉斯柯尔尼科夫的面色愈来愈阴郁。波尔费利好像猜到了他的心思。

“我是来对您说明的，亲爱的罗吉昂·罗曼诺维奇，我是为了向您解释才来的！我应当并且有责任向您解释一下。”他微笑着说，甚至用手在拉斯柯尔尼科夫的膝盖上微微地拍了一下。可是，几乎就在同时，他脸上立刻又现出一副严肃而又忧郁的神情。令拉斯柯尔尼科夫感到惊讶的是，他的脸上甚至好像蒙上了一层忧愁的神色。他以前从来没有见到过，也没料到他会有这样的神情。“罗吉昂·罗曼诺维奇，我们最后一次见面时，出现了一个奇怪的情景，或许我们两个初次见面时也出现过这种怪异的情景，可是那时候……哦，如今都凑在一起了！我想说的是：或许我很对不起您，这一点我意识到了。您是否还记得我们上次是怎样分别的：您的神经十分紧张，您的双腿直发抖，我的神经也非常紧张，我的双腿也直发抖。而且，您没忘吧，当时我们的态度都很差，缺少君子的风度，但是我们到底都是正人君子。就是说，无论如何，首先我们应当都是正人君子，必须明白这点。您总该记得，事情闹到了什么程度吧……甚至很不体面。”

“他的这些话是什么意思，他把我当成什么人了？”拉斯柯尔尼科夫不解地问自己，他微微把头抬起来，睁大双眼看着波尔费利。

“我想，我们现在最好还是坦诚相对，”波尔费利又说。他略微仰起头，垂下了眼睛，仿佛不想用自己的目光给他过去的受害者带来困惑，又像很看不起自己从前玩的那些手法与诡计一样。“是的，这种猜疑与这种场面是不能这么一直拖下去的。是米柯尔卡把我们从困境中解救出来，否则，我真不晓得我们之间会闹到什么程度。那个可恶的手艺人那时候就坐在我旁边的那个房间里——这一点您能想到吗？不用说，这件事您肯定听说了。我自己也知道，后来他来过您这儿。可是那时候您所猜测的情况是根本没有的事，我没去找谁，也没有做过什么布置。您会质问我为什么不布置，我应该怎样回答您呢：这各种情况在当时好像晴天里的一声霹雳。连看门的我也好不容易才差人去找来（您出去时，可能看见那两个看门人吧）。那时候在我的头脑中像闪电一样闪过一个念头，您知道，罗吉昂·罗曼诺维奇，那时我对此事是坚信不疑的。那好吧，我想，暂且先把这事搁在一边吧，不过另一件我必须牢牢地抓住——起码我不会让我需要的那个人从我身旁溜走。罗吉昂·罗曼诺维奇，您太容易激动了，这和您的性格和心理上的另一些素质很不相符，而您的那些素质，我感到欣慰的是，我或多或少有点儿了解了。当然，即便这样，甚至在那时，我也能想到，渴望一个人突然站起来，把全部细节都讲出来，这种事是绝无仅有的。不过假如你惹一个人忍无可忍，那么这种事有时也会发生，但是，无论如何，这种情况还是少见的。这一点我还是可以考虑到的。不，我认为，我只要有一点儿依据就行，即使是很小的一点，只要一丁点，可是一定得是看得到抓得着的，确实存在的，而不光是心理上的伎俩。因为，我想，假如一个人有罪，不管怎样，一定能够在他的身上发现一种很重要的东西，甚至可以得到意外的结果。那时候我将希望寄托于您的性格上，罗吉昂·罗曼诺维奇，寄托在性格上！那时候我对您抱着非常大的希望。”

“您……您现在总说这些是什么意思？”拉斯柯尔尼科夫终于含糊不清地说了这么一句话，他甚至不太明白这句话的意思。“他在说什么呢？”他困惑不解地暗暗思忖道，“难道他当真以为我是无辜的吗？”

“光说这些有什么用？我是来向您澄清误会的，而且，我觉得这是我义不容辞的责任。我想向您说明事情的全部经过，说明那时候不愉快的事是怎么发生的。罗吉昂·罗曼诺维奇，我让您蒙受了很大的痛苦。但我不是恶魔。我明白，一个人精神负担如此重，可是又高傲、独断专行、缺乏耐性，尤其是缺乏耐性，他怎么能受得了这一切呢！不管怎样，我觉得您是个非常高尚的人，甚至还有点儿舍己为人的高贵品质，尽管我对您的那些观念并不赞同。我觉得我有义务事先坦率地、十分真诚地跟您说明这点，要知道，我不想骗您。自从我认识您以后，就感觉您非常亲切。我这么说，您或许会笑话我，您可以笑话我。我知道从一开始您就讨厌我，事实上我也没有什么值得您喜欢的。您愿意把我想成什么样子，就怎么想吧，可是从我个人来说，我现在正想尽所有的办法来改变您对我的印象，而且向您表明，我也是个有感情、有良知的人。我说的全是肺腑之言。”

波尔费利·彼得罗维奇庄重地停了一会儿。一阵新的恐惧又向拉斯柯尔尼科夫的心里袭来。波尔费利竟然觉得他是无辜的，这种念头突然让他产生了恐惧。

“那时候这是怎么发生的，可能没有必要把事情的经过再重复一遍吧，”波尔费利·彼得罗维奇继续说，“我觉得这么做是毫无必要的，并且我也不见得能说清。因为，怎么才能把所有的事情都说明白呢？一开始有些流言蜚语。那是些什么传言，从谁那儿而且从什么时候传出来的呢……而这些流言蜚语又是怎么将您牵扯进去的？我觉得，说这些也是毫无必要的。就我而言，这是从一件偶然听说的事开始的，是从一件纯粹是偶然的事开始的，那件偶然的事很有可能还会发生，但也很有可能不会发生——什么事呢？嗯，我想也不用详细叙述了。这一切，这些流言蜚语与这件偶然的事在我的脑海里已经产生了一种想法。我坦诚地交代——因为假如要坦诚，还是把一切都毫无保留地说出来为好——那时候我最先想起了您。关于那个老太婆在抵押品上做的记号等——这些都是无稽之谈，这种东西算起来可以说有百十来件。我那时候恰好听说了有关在警察分局办公室里发生的那件事的具体情节，也完全是偶然的，可是并不是人们随便说的，而是一位特殊的、非常重要的人物对我说的，他把当时的情形描述得清清楚楚的。亲爱的罗吉昂·罗曼诺维奇，要知道，事情一件接一件发生，都凑在一起了！我怎么能不往另一方向想呢？就像一句英国谚语所说的，一百只兔子无论如何也凑不成一匹马，一百个疑点无论如何也构不成一个证据。但这只是理性的说法，可是如果头脑发热，您就难以驾驭了，毕竟法院侦查员也是人。这时候我又想起您在杂志上发表的那篇文章，您还记得，在您第一次来找我时，我们曾深入地探讨过那篇文章吗？我那时候嘲讽了那篇文章，我其实是想让您进一步发挥。我再重复一遍，罗吉昂·罗曼诺维奇，您是个急性子的人，又病得不轻。您勇敢、高傲、严肃，并且……并且多愁善感，这些是我早就知道的。我理解您的这些感受，因此我看您的文章时，感觉并不陌生。那篇文章是在很多个不眠之夜，在发狂的情况下，怀着一颗狂跳的心在压抑情感的支配下一蹴而就的。年轻人那种骄傲的、受到抑制的热情是多么可怕呀！那时候我对您冷嘲热讽，但是现在我想对您说，作为一个读者，我很欣赏这种热情洋溢的处女作。这里迷雾朦胧[1]，琴声在迷雾中回响。您的文意是荒谬的、不合实际的，可是文章中闪烁着诚挚、年轻人坚定不移的骄傲，里面也有无畏的勇敢。这篇文章看起来十分阴郁，可是写得真的很棒。我看完您的那篇文章之后，就把它搁在了一边……当时，我心想：‘哦，这个人绝不会就此止步的！’不错，现在请您说一下，有了那个开始之后，我又怎么能不对它下面的事感兴趣呢？唉，上帝啊，难道现在我在说什么吗？难道我现在在证明什么吗？我那时候只是注意到这件事而已。这有什么大不了的呢？这没什么大不了的，根本没有什么大不了的，根本不足为奇。并且，一个像我这样的法院侦查员，挣扎于这样的想法中，也是绝对不应该的：米柯尔卡已经被我控制住了，并且有事实为证——无论您怎样想，反正事实就是这样的！他也谈到了自己的心理。他的事也要管，因

[1] 套用果戈理《狂人日记》中的句子。

为这是一件生死攸关的大事。现在我为什么对您说这些呢？就是想让您了解，从您的理智和感情上都不至于厌恶我那时的可笑行为。我对您推心置腹，当时我毫无恶意，嘿嘿！你以为呢？那时我没有来您的屋里搜查过吗？来过，来过，嘿嘿！我来时，您正卧病在床。尽管不是正式来的，也不是以侦查员的身份来的，可是我来过。在发现有值得怀疑的迹象时，就将您屋里连最细小的东西都仔细查看过了，可是——徒劳！我想：这个人要来我这里了，他自己会来的，过几天就会来的。他如果犯了罪，他肯定会来的。其他人或许不会来，可是他肯定会来的。您还记得拉祖米欣先生和您交谈时，是怎么把这个消息向您泄露出来的吗？这是我们早就计划好了的，是为了让您发慌，因此我们故意放出谣言，叫他把这些传言告诉您，而拉祖米欣先生是心里有气就憋不住的。您的气愤和您的胆量最先被扎梅托夫看到了：哦，怎么能忽然在小饭馆里冒失地说：'我杀人了'呢？太张狂，太冒失了！我想，他如果有罪，这肯定是一个厉害的对手！我那时就是这么想的。我等待着！我静下心来等待您，但是那次扎梅托夫被您吓得屁滚尿流，但是……您知道，问题在于，这种可恶的心理是可以做不同解释的！哦，我仍在等着您，再一看，上帝真的把您送来了——您来了！我的心怦怦直跳。哎呀！那么，您那时为何要来呢？还有，您的笑，您进门时的那种笑，您是否还记得？当时我像透过玻璃一样，看穿了你的心思，但是如果我没有特殊心情，我就不可能从您的笑声中发现什么。您瞧，在这种心情下会发生什么事情呀！而拉祖米欣先生当时——哦！石头，石头，您还记得吗，石头，东西还放在那块石头下面？我似乎看到了那块石头，就在菜园中的一个地方——您不是曾告诉过扎梅托夫，在菜园中吗？后来您在我这里又说过一遍，对吗？我们当时开始研究您的这篇文章，您也做过解释——可您的每一句话都可以被人看成有双重含意，似乎还有另一种意思似的！因此，罗吉昂·罗曼诺维奇，就这样我走了极端，直至碰壁，我才醒过来。不，我说，我这是做什么呢！只要您高兴，这一切，我想，直至最后的细节都可以做另一种解释，并且听上去更自然一点儿。这真伤脑筋！'不，'我心想，'我最好是掌握一个证据！……'因为当我听到拉门铃的事，我几乎呆住了，甚至全身发颤。'好，'我想，这就是我想要的证据！就是它！那时我甚至没好好思考，也不想去思考。那时候我宁愿自己掏钱，花一千卢布，让我亲眼目睹一下，您在那个手艺人当面叫了您一声'杀人凶手'之后，又与他并肩走了一百步，而您在路上竟然一句话都不敢问他！……哦，您脊髓中的那股冷气又怎样解释呢？您病了，在神志不清时拉门铃，又怎样解释呢？因此，罗吉昂·罗曼诺维奇，我那时和您开了这些玩笑，您听到上边这些话之后也就不会感到惊讶了！您为什么正好在这个时候亲自来呢？不错，仿佛有什么人推着您这么做一样！如果不是米柯尔卡来帮我们走出困境的话，那就……您那时还记得米柯尔卡的样子吗？您还记得清楚他当时的样子吗？那是个霹雳！从乌云里飞出的霹雳，是道闪电！但我是怎么对待他的呢？我根本没把这道闪电当回事，这一点您亲眼看到了！我怎么会相信呢？后来，您离开之后，他对一些问题进行了很有条理的解答，我感到非常吃惊，可是后来他说的那些我一句都不相信！我坚决不信。不，我想，那都是胡说八道！米柯尔卡怎么会跟这件事扯上关系！”

“拉祖米欣方才告诉过我，您现在也相信尼古拉是凶手了，您还想把他说服……”

波尔费利说得上气不接下气，话没有讲完，停顿了一下。拉斯柯尔尼科夫怀着难以描述的焦急心情听着这个揭发他的人怎样放弃自己的看法。他不敢相信，而且也不相信。他试图从那些仍然模棱两可的话中努力寻找并想抓住些较为确定的东西。

“拉祖米欣先生！”波尔费利·彼得罗维奇叫道，一直默默无言的拉斯柯尔尼科夫竟然提出了问题，让他非常高兴，“嘿嘿嘿！但是我不该让拉祖米欣先生操这份心。就我们两个人挺好的，第三者最好别来插手。对于此事，拉祖米欣先生是个局外人，他脸色惨白地跑到我这里来……得了，上帝保佑他，不用他来管闲事！再说米柯尔卡吧，您想知道米柯尔卡是个什么人吗？也就是说，据我所知，首先，他还是一个未成年的孩子，可是胆子一点也不小，倒像是个艺术家。的确如此，请您不要取笑我这么说他。他天真无邪，很敏感，富有感情，喜欢幻想，能歌善舞，很会讲故事，听说人们还从别处专门跑过来听他讲故事呢。他念过书，人们用手指指他，他就会放声大笑。有时候他喝得烂醉如泥，可是并不是因为没有节制，而是有时人们故意把他灌醉的。他还是个初出茅庐的孩子。那次他偷了别人的东西，但是他并不晓得那是偷窃，他说：‘从地上捡到的，怎么能算是偷呢？’您可知道他是个分离派信徒[1]？他不但是分离派信徒，并且几乎到了狂热的地步。他的家族中有人是别古纳[2]，两年来，他自己在村里生活的时候也受到一个长老的精神熏陶。这些事情，我都是从米柯尔卡和他那些扎莱斯克的朋友们那儿了解到的。您猜他打算到哪里去？他一心只想去隐修院！他非常虔诚，

---

[1]　脱离正统东正教会的宗教派别，其中又分不同的派别。

[2]　别古纳是分离派中的一个教派，产生于18世纪末。

每晚都做祷告，念古书，看那些‘来自天籁’的书，而且看得着了迷。彼得堡对他影响很大，尤其是女人和酒。他很容易受环境的影响，他把长老什么的全都抛诸脑后。听说，这里有一位画家非常欣赏他，经常去找他，最后发生了这件事！这样一来，他被吓坏了，他想上吊，又想逃走！老百姓对我们的法律居然是这么理解，那又有什么办法呢！有些人只要听说‘审判’这个词儿就恐惧。这又能怪谁呢！以后的新法庭肯定会有办法的。唉，希望是这样！就这样。在监狱中，他可能又会想起那个正直的长老，于是《圣经》又出现在他的意识里了。罗吉昂·罗曼诺维奇，您知道吗，对于某些人来说，‘受难’这个词儿是什么概念？这倒不是为了什么人，而是‘一个人应该受难’，就是应当心甘情愿地受难，假如是当局使您痛苦，那就更好了。当年，有个很温顺的犯人，坐了一年的牢，每天夜晚躺在炕上看《圣经》，后来愈看愈着迷，您不知道，简直到走火入魔的境地了，有一天，他突然抓起一块砖头，莫名其妙地向那个跟他没有恩怨的典狱长投去。他并不想伤害他，他有意扔到距他旁边一俄尺远的地方，不让他受到丝毫伤害。哦，我们都知道，一个用武器侵袭典狱长的犯人，会是什么下场。所以他就‘受难’了。现在我怀疑米柯尔卡也想受难，或者有类似的想法。我坚信这一点，甚至有事实为根据，但是，他自己并不知道我晓得此事。怎么，您难道不承认，会有这种异想天开的怪人吗？大有人在！那个长老如今又开始影响他了，尤其是从他想上吊那时。但是他会来的，他自己会把一切都告诉我的。您觉得他会顽抗到底吗？您等着瞧吧，他会翻供的！我每时每刻都在等他来推翻自己的供词。我非常欣赏这个米柯尔卡，我正在细细地琢磨他。您的看法呢？嘿嘿！他在某些问题上为我做了很有条理的回答，显然心中已经有数了，做了精心的准备，但是在其他问题上他就感到茫然了，几乎一无所知，他并不认为自己无知！不，罗吉昂·罗曼诺维奇老兄，这件事和米柯尔卡无关！这是一件奇怪的、阴暗的案子，一件现代的案子，一件只有在我们这个时代才有可能发生的事。在我们这个时代中，人心糊涂，人们嘴上常常挂着‘换新的血液’这句话，鼓吹安逸是人生的真谛。这儿有书本上的梦想，这儿有被理论搅得不再平静的心，在这儿，也可以看见迈出头一步的决心，但那是一种特别的决心——当他决定迈出第一步时，就像从山上跌落下来，或者像从高处落下跌入深渊。他忘了随手把门关上，但是他在他的理论驱使下杀死了人，杀了两个。他杀了人，可是又不偷钱，他把能够带走的东西都藏在一块石头下面。当别人想闯进门去，拉门铃时，他藏在门后面吓得失魂落魄，难道他还嫌不够——不，他在神志不清的状态中还想到那个空房子里去，把拉门铃的响声再回味一下，再次体验一下那种冷气传遍脊背的滋味儿……嗯，假设那时他有病，可是还有这样的事呢：他杀死了人，却自认为是正直的人，还看不起别人，装出一副被人冤枉的样子——不，亲爱的罗吉昂·罗曼诺维奇，这和米柯尔卡有什么相干呢，这并非米柯尔卡干的！”

他先前说的那番话，本来像是已经放弃了他以前的思想，最后这几句话，对拉斯柯尔尼科夫而言，简直太出乎意料了。拉斯柯尔尼科夫全身颤抖，就像被人扎了一刀一样。

“那……究竟是谁……杀的呢？”他再也忍不住了，最后气喘吁吁地问。

波尔费利·彼得罗维奇突然往椅背上一仰，就像这个突如其来的问题让他感到惊讶一样。

“怎么是谁杀的……”波尔费利反问道，仿佛不敢相信自己的耳朵，“是您杀的，罗吉昂·罗曼诺维奇！是您杀的……”他用低沉的声音和深信不疑的口气补充了这一句。

拉斯柯尔尼科夫霍地从沙发上一跃而起，站了一会儿，又一声不吭地坐下了。他脸上突然掠过一阵微微的抽搐。

“您的嘴，又像那时一样颤抖了，”波尔费利·彼得罗维奇似乎有点怜悯地喃喃说，“您好像没有理解我的意思，罗吉昂·罗曼诺维奇，”沉默了片刻之后，他又说，“因此您才那么吃惊。我特地来把所有的情况都说出来，跟您推心置腹地聊一聊。”

“不是我杀死的。”拉斯柯尔尼科夫低声说，像个胆怯的小孩犯了错被人当场抓住一样。

“不，就是您，罗吉昂·罗曼诺维奇，是您，不会是别人。”波尔费利严肃地、坚定不移地说。

他们两个人都不说话了，很长时间两个人都没有说话，让人感到不可思议，这种状态持续了大约有十分钟的时间。拉斯柯尔尼科夫把臂肘支在桌子上，默默地用手指抓着头发，把头发都抓得乱七八糟了。波尔费利·彼得罗维奇安静地坐在那里等着。突然，拉斯柯尔尼科夫用轻视的目光看了看波尔费利。

“波尔费利·彼得罗维奇，您又搬出您那老一套来了！用的仍是那套手法：喂，您难道就不感到厌烦吗？”

“哎，算了吧，我现在玩弄手法还有什么用！假如这里有证人，那是另一码事，而实际上这里只有我们俩在私下里谈话。您自己也知道，我来这里，并不是要像抓兔子一样追捕您，不管您承认还是不承认——

现在对我来说都无所谓。即使您不承认，我也心如明镜。”

“既然这样，那您还来做什么？”拉斯柯尔尼科夫生气地问，“现在我要向您提以前那个问题：如果您觉得我犯了罪，为什么不逮捕我，把我关进监狱呢？”

“啊，这问题问得太好了！让我来一个个地回答您：第一，直接抓起您来，对我不利。”

“为什么不利呢？假如您很有把握，您就应当……”

“唉，就算我很有把握，那又怎样呢？这些暂时还只是我的一个设想！而且，我为什么要把您关进监狱，让您获得安宁呢？既然您自己要进去，那您自己也知道这一点。比如说，假如我把那个手艺人找来揭发您，您肯定会对他说：‘难道你喝醉了？谁看到你和我在一块儿的？你只是一个醉鬼而已，你真的喝醉了。’好，到那时我该怎样跟您说呢？尤其是您的话比他说的更像事实，由于供词上只有一些表面的东西——这话甚至不该由他那种人来讲——而您正好说到点子上，因为人人皆知，那个坏蛋经常喝醉酒。另外，我已经坦白地向您说过好几次，这种心理上的东西是可以有两种解释的，而第二种解释甚至更可信，并且看起来也更真实，不过，我暂且还没有掌握对您不利的证据。尽管我还是要把您关起来，甚至会亲自（这完全不合人情）来先告诉您这些，并且我还坦白地告诉（这也违背常理）您，这对我不利。第二，我之所以到您这儿来，是因为……”

“很好，那第二呢？”拉斯柯尔尼科夫依然喘不上气来。

“因为，就像我方才对您说过的，我觉得应当来跟您说明一下，我不希望您把我想成一个无赖，因为我是真诚地欣赏您，不管您相不相信。所以，第三，我到您这儿来是为了给您提出一个坦率的、真诚的建议——去自首。这对您十分有利，对我也有好处——因为我可以卸下这副重担了。怎么样，我对您够坦诚的了吧？”

拉斯柯尔尼科夫思考了片刻。

“听我说，波尔费利·彼得罗维奇，刚才您自己说过，这只是心理上的东西，可是您却又扯到数学上来了。万一您现在搞错了会怎样呢？”

“不，罗吉昂·罗曼诺维奇，我没搞错，我有事实为证。我在之前就掌握了一个很小的事实，这是上帝赐给我的！”

“什么事实？”

“我不能把这个事实告诉您，罗吉昂·罗曼诺维奇，无论如何，我现在没有权利再拖延下去了，我必须把您捉拿归案。因此请您想一想，反正对我来说现在都一样，所以我纯粹是为您考虑。说实在的，这样会更好一些，罗吉昂·罗曼诺维奇！”

拉斯柯尔尼科夫狰狞地笑了笑。

“因为，这不仅可笑，甚至是卑鄙。好吧，就算我犯了罪，既然您亲自对我说，在监狱里能够获得安宁，那我为什么非要向您自首呢？”

“唉，罗吉昂·罗曼诺维奇，您也不要太相信我说的话了，或许待在监狱里压根儿就得不到安宁。那只是一种理论，并且是我自己的一种理论，而对您来说，我的话又有什么用呢？或许到此刻为止，我还有很多事没有告诉您呢。我可不能把一切统统告诉您！嘿嘿！怎么！您还要问有什么好处？您知道吗，这样的话，您就会获得减刑？要知道，假如您去自首，那已经到了什么时候呀？您可以想一下，另一个人已经承认罪行，整个案情已经变得让人焦头烂额的时候。我敢在上帝面前起誓，我会在‘那里’把事情都处理好，让您的自首变成一件似乎是完全出乎意料的事。我们会把这些心理分析统统扔掉，我要将我对您的所有怀疑一扫而净，让您的罪行看上去像是一时头脑发热所为，因为，说真心话，您的确是一时头脑发热。我是个正派人，罗吉昂·罗曼诺维奇，我言行合一。”

拉斯柯尔尼科夫一言不发，低低垂下头去。他想了很长时间，最后又狞笑一声，但是这次的笑是平静的，略带着点凄凉。

“唉，不用了！”他说，好像对波尔费利已经彻底不需要隐瞒什么了，“没有意义！我并不需要您给我减刑！”

“唉，我就是担心这个呢！”波尔费利情绪激动了起来，好像情不自禁地喊道，“我就是因此而担心，担心您不需要我们减刑。”

拉斯柯尔尼科夫痛苦地用冷峻的目光看了看波尔费利。

“唉，您别对生活绝望！”波尔费利继续说，“以后的日子还长着呢。为什么不需要减刑，为什么不需要呢！您这人可真绝！”

“您说什么还长着呢？”

“以后的日子还长着呢！您算什么先知，您能预知什么？寻找，就寻见。[1]或许上帝暗中安排您那么做。镣铐是不可能永远存在的……”

“会减刑……”拉斯柯尔尼科夫大笑起来。

“怎么，您是害怕资产阶级的羞耻吗？或许您害怕的就是这个，只是您自己不知道而已——因为还年轻！但是无论如何，您不应当害怕，也不应当把到那里去自首当做令人感到羞耻的事情。”

---

[1]　《新约全书·马太福音》第七章。

“哼，我才不在乎这些呢！”拉斯柯尔尼科夫用厌恶和轻蔑的语气低声说，似乎不愿再多说话一样。他站起来，好像想出去，可是又失望地坐下了。

“您确实不在乎！您没有信心，您认为我是在不知廉耻地讨好您，但是您一共才活了多久？您知道什么？您创造了一种理论，但是这个理论破产了您又感到羞愧难当，而且一点也不新奇！确实，结果十分无耻，但你依然不是无可救药。您根本不是那种人！起码您没有长期地欺骗自己，而是一步就到了头。您知道我是怎样看待您的吗？我把您看成这样的人：只要您找到信仰，或者说找到上帝，就算人们把您的肠子割掉，您也会站着纹丝不动，面带笑容地对待折磨您的人。好，您去找自己的信仰吧，如果找到了，您就能生存下去。而且，您早就该换一换空气了，受难其实也不是一件坏事儿，那您就去受难吧。米柯尔卡想去受难的想法或许是正确的。我知道您不会接受这些——可是您也别自作聪明。安心接受生活的安排吧，不要担心，生活会将您送上彼岸的，让您立足安身。送到什么彼岸？这个我怎么会知道？我只相信，您一定会长寿的。我知道，您早就听烦了我的这些长篇大论，但是以后您回想起这些话来，或许会觉得很受用的。这就是我说这番长篇大论的目的。幸好您只杀了一个老太婆，如果您发明了第二种理论，或许还会干出更不可收拾的事！或许您应当感谢上帝，您怎么知道他不是在拯救您呢？您应该有一颗高尚的心，不用那么害怕！您是因为将要面对伟大赎罪而恐惧吗？不，恐惧是可耻的。既然您已经做了，那就应当坚强地面对，这就是正义。按正义要求的去做。我知道您并不信这些，可是事实上，生活会将您送到彼岸的。将来您会找回自尊的。如今您需要的只是空气、空气、空气！”

拉斯柯尔尼科夫颤抖了一下。

“您是谁？”他喊道，“您算什么先知？您是从什么庄严肃穆的高度向我宣布这些让人彻底醒悟的预言呢？”

“我是谁？我是一个无可救药的人，仅此而已。或许我是一个富有感情、有恻隐之心的人，或许还有点儿知识，可是已经彻底无可救药了。而您就不同了：上帝赐予您的生活在前面等着您（不过，谁能知道呢，或许您的生活如过眼云烟，丝毫不会留下痕迹），如果您选择的是另外一种人生，那又何妨呢？以您的这种性格，您大概是不会一味追求舒适生活的。或许很长时间都不会有人注意到您，那又有什么关系呢？重要的并非时间，而是您自己。您要是成为太阳，人们就都看到您了。太阳首先应当是一个太阳。您怎么又发笑了：笑我跟席勒一样吗？我敢保证，您一定认为我此刻是想用花言巧语来欺骗您！或许我就是这么做的，那又有什么呢，嘿嘿嘿！罗吉昂·罗曼诺维奇，那也好，您不要相信我的话，甚至永远都不要相信。我不否认，我天生就是这样的人，可是我还要再说一句：我可耻到什么地步，或我正直到什么地步——或许您自己也能做出判断！”

“您打算什么时候来抓我？”

“我可以让您再闲逛几天。您再仔细考虑考虑，亲爱的，要向上帝做祷告，这对您更有帮助，的确，会更有帮助的。”

“我如果逃走了，您会怎么办呢？”拉斯柯尔尼科夫不知为什么，显出一张古怪的笑脸，问道。

“不，您不可能逃走的。一个乡巴佬会逃走，一个异教徒会逃走——他们都是别人思想的奴隶——因此只要让他们看一下指尖，就像对海军准尉德尔卡[1]一样，不管您要他怎样，他们便会铭记您让他们记住的所有东西。而您已不再热衷于您那个理论了——您为什么还要逃走呢？逃跑会给您带来什么呢？逃亡的生活是人无法忍受的，而您最需要的是安定的生活和稳定的地位，一种合适的空气。可是那种空气对您合适吗？您要是逃走了，您自己会回来的，离开我们，您是无法生存的。假如我将您关进了监狱——您在那里待一个月，两个月，或三个月，之后你会突然想起我的话，您自己会主动前来招供的，而且，或许您自己也会感到很奇怪，一个小时前您还没有想过会来自首。我甚至坚信，您会‘决定去受难’的。现在您还不信我说的话，可是您以后自己会得出这种结论的。因为，罗吉昂·罗曼诺维奇，受难是高尚的，不要看我这么胖，那不算什么，因为我知道。您不要笑，在受难中有思想，米柯尔卡做得没错。不，您不会逃走的，罗吉昂·罗曼诺维奇。”

拉斯柯尔尼科夫站了起来，拿起帽子。波尔费利·彼得罗维奇也跟着站起身来。

“您想出去走走吗？晚上是非常不错的，只是别下雷阵雨。但是下了雨后，空气会更新鲜，不是更好吗……”

他也把帽子拿起来了。

“波尔费利·彼得罗维奇，请您别以为今天我已经向您招认了，”拉斯柯尔尼科夫阴沉着脸固执地说，“您一定会很奇怪，我是完全出于好奇才听您讲话的。可是我什么都没向您招认……请您不要忘了这一点！”

[1] 果戈理喜剧《结婚》中的一个未出场人物。

“喂，我知道，我不会忘记的——看，你在发抖。不要担心，亲爱的，您想怎么做都行。出去走走也好，但是时间不要太长，以防万一。我还有一件小事恳求您，”他把声音压低又补充了一句，“这个恳求容易产生误会，可是非常重要。要是，我是说，万一（不过，我相信不会发生那样的事，我认为您是不可能那样做的），要是，也就是说万一，在这四十小时至五十小时以内，你计划用另一种方式，用一种可怕的方式来了结此案，也就是说，自杀（这个假设是有些荒谬，请您原谅我这么想），那就麻烦您给我留个简单详细的字条，写两行字，只要写上简短的两行就行，并且请您提到那块石头，那就更确凿无疑了。好，再见……希望您能仔细考虑一下，来一个好的开始吧！”

波尔费利离开了，他不知为什么弯着身子，好像是避免看到拉斯柯尔尼科夫一样。拉斯柯尔尼科夫来到窗前，焦急地等着，直至他估计波尔费利已经走到了街上，已经走出很远了以后，才急急忙忙地从屋里出去。

第三节

他急于要见斯维里加洛夫。他在这个人身上寄托着什么希望呢——他自己也不知道。但是这个人身上却暗藏着一种能够支配他的力量，意识到这一点，他就已经不能安心了，何况现在已经到了紧要关头了呢。

一路上，有一个问题一直使他感到特别苦恼：斯维里加洛夫去没去过波尔费利那里？

就他所了解的情况来看，他可以起誓——没，没去过！他想了又想，回想波尔费利来访的全部过程，他确定：没，没去过，当然没去过！

不过如果他还没去过，那么他以后会不会去找波尔费利呢？

他暂时觉得，还不会去。为什么？他也不能作出合理的解释，不过如果他能解释的话，现在也就不会为此苦思冥想了，这一切让他非常苦恼，但不知为什么他又顾不得这个了。真是怪事。也许谁也不会相信，然而对自己目前的处境，对必须立刻作出决定的处境，不知为什么他却并不怎么关心，甚至是漫不经心。让他感到痛苦的是另一件更重要、异常重要的事情，——这也是一件只关系到他本人，与别人都不相干的事。不过是另一件事，也是一件非常重要的事情。他感到自己的精神已经疲劳到了极点，尽管这天早上他的思考能力比最近这几天都要好一些。

已经发生了这么多事情，现在还有没有必要努力设法克服这些新的、微不足道的困难呢？比如说，还值不值得设法不让斯维里加洛夫去找波尔费利呢；还值不值得去研究、打听，甚至是在一个什么斯维里加洛夫的身上浪费时间呢？

噢，这一切简直让他烦透了啊！

然而他还是急于想见斯维里加洛夫。他是不是期望从他那里了解到什么新情况，从他那里得到什么指示，找到什么出路呢？抓住救命稻草就不放！是不是命运，是不是什么本能促使他们遇到了一起？也许，这只不过是疲倦和绝望下的幻觉，也许他需要的不是斯维里加洛夫，而是另一个人，而斯维里加洛夫只不过是偶然出现而已。索尼娅吗？可现在他去找索尼娅做什么？又去乞求她的眼泪吗？而且索尼娅让他感到不安。他认为索尼娅就是无情的判决，索尼娅就是不可改变的决定。现在——不是走她的路，就是走他的路。特别是在这个时候，他不能去见她。不，是不是最好去试探一下斯维里加洛夫，弄清他究竟是个什么人？他不得不承认，在内心里不知为什么他似乎当真是早就需要这个人了。

然而他们之间能有什么共同语言呢？就连他们干的坏事也是不相同的，而且这个人还很讨厌，异常放荡，一定十分狡猾，善于玩弄手段，说不定还很恶毒。关于他，就有一些这样的评价。不错，他为卡捷琳娜·伊凡诺夫娜的孩子们奔走张罗，可是谁知道他这样做是为了什么，又意味着什么？这个人总是有什么企图，有什么计划的。

这些天来，拉斯柯尔尼科夫的头脑里还经常出现一个模模糊糊的念头，这个念头让他感到非常不安，尽管他努力不去想它，它太让他苦恼了！有时他想：斯维里加洛夫一直在他周围转来转去，现在还在他周围转悠。斯维里加洛夫已经知道了他的秘密，斯维里加洛夫以前曾经有一些算计杜尼娅的阴谋诡计。是否现在还有这样的阴谋呢？几乎可以肯定地说：他有这个打算。如果现在，他知道了他的秘密，反而控制了他，那么他想不想用这种权力作为武器，来算计杜尼娅呢？

这个想法有时甚至会在梦中折磨他，但是像现在，像他去找斯维里加洛夫的时候这样清楚地想到这一切，却还是第一次。单单是这么想一想，就已经让他心中不快，怒火中烧了。当时的一切都已经不再是那样的了，就连他自己的处境也改变了，所以应该立刻向杜涅奇卡坦白说出这个秘密。或许应该牺牲自己，以免杜涅奇卡行动不够谨慎。一封信？今天早晨杜尼娅收到了一封信！在彼得堡，她会收到谁的信呢？（难道是卢仁吗？）不错，有拉祖米欣在那儿守护着。不过拉祖米欣什么也不知道。或许也应该向拉祖米欣坦白？拉斯柯尔尼科夫不满地想。

无论如何，必须尽快见到斯维里加洛夫，他暗自拿定了主意。谢天谢地，他需要知道的与其说是细节，不如说是事情的实质；不过，如果斯维里加洛夫有算计杜尼娅的阴谋，只要他能做得到，那就……

这些时候，尤其是这一个月来，拉斯柯尔尼科夫已经心力交瘁，对这样的问题现在已经不能作出什么决定了，他能想到的唯一的办法就是“那么我就杀了他”，他怀着冷酷绝望的心情想着。他心情沉重，感到心里很压抑。他站在街道中间，朝四下里望望：他走的是哪条路，这是上哪儿去啊？他正站在X大街上，离他刚刚穿过的干草广场有三四十步远。左边那幢房子的二楼上是一家小饭馆，所有窗子都大敞着，看看窗内来回走动的人影，就知道小饭馆里已经座无虚席。大厅里歌声缭绕，黑管和小提琴奏出悠扬的曲调，土耳其鼓敲得热情奔放。还传出女人的尖叫声。他感到不可思议，不知为什么会转到×大街上来了，本想转身回去，突然从小饭馆最边上一扇开着的窗户里看到了斯维里加洛夫。斯维里加洛夫嘴里叼着烟斗，靠窗坐在一张茶桌旁边，这让他感到十分惊讶，甚至是大吃了一惊。斯维里加洛夫正在悄悄地观察他，仔细打量他，这也让拉斯柯尔尼科夫感到吃惊：似乎斯维里加洛夫本想站起来，在还没被发觉之前悄悄地溜走。拉斯柯尔尼科夫立刻装作没看到他的样子，若有所思地望着一旁，可是还在用眼角盯着他，他的心忐忑不安地怦怦狂跳。一点不错。斯维里加洛夫显然不愿意让人看到自己，他从嘴里拿出烟斗，想要躲起来，可是，站起来推开椅子以后，大概突然想到，拉斯柯尔尼科夫已经看见他了，而且正在观察他。现在的情景跟他们在拉斯柯尔尼科夫家初次见面时十分相似，当时拉斯柯尔尼科夫正在睡觉。斯维里加洛夫脸上露出了狡猾的微笑，笑容越来越舒展了。两人都知道，他们彼此都看到了对方，而且在互相观察对方。最后斯维里加洛夫哈哈大笑起来。

“喂，喂，您要是愿意的话，那就进来吧，我在这里！”他从窗子里喊道。

拉斯柯尔尼科夫上楼到小饭馆里去了。

他在后面一个很小的房间里找到了斯维里加洛夫。这个小房间只有一扇窗子，与大厅毗连。大厅里摆着二十张小桌，歌手们正在合唱，扯着嗓子拼命叫喊。一些商人、官吏和别的各色人等一边听唱歌，一边喝茶。不知从哪里还传来打台球的响声。斯维里加洛夫面前的小桌上放着一瓶已经开口的香槟和一个盛着半杯酒的玻璃杯。这间小房间里还有一个背着一架小手摇风琴的少年流浪乐师，一个身体健康面色红润的姑娘，她把花条裙子的下摆掖在腰里，戴一顶系带子的蒂罗尔[1]式帽子，她是个卖唱的，约摸十七八岁的样子。隔壁屋里正在高声合唱，她却在手摇风琴的伴奏下，用相当嘶哑的女低音在唱一首庸俗的流行歌曲……

“喂，够了！”拉斯柯尔尼科夫一进来，斯维里加洛夫就叫她别唱了。

姑娘立刻停下来，恭恭敬敬地站在一旁等着。她唱那首押韵的庸俗流行歌曲的时候，脸上也是带着这样严肃而又恭敬的神情。

“喂，菲利普，拿个杯子来！”斯维里加洛夫喊了一声。

“我不喝酒，”拉斯柯尔尼科夫说。

“随您便，我不是给您的。喝吧，卡佳！今天不需要再唱了，你走吧！”他给她斟了满满一杯酒，拿出一张淡黄色的钞票[2]来。卡佳按照妇女们喝酒的方式，也就是接连喝了二十来口，把一杯酒全喝光了，然后拿了那张钞票，吻了吻斯维里加洛夫很严肃地伸给她的手，从屋里走了出去，那个背手摇风琴的男孩子也跟着她慢慢地出去了。他们俩都是从街上叫来的。斯维里加洛夫在彼得堡住了还不到一个星期，可是他的生活习惯已经带有点古代遗风了。小饭馆里的堂倌菲利普已经成了他的“熟人”，在他面前奴颜婢膝。通大厅的门锁起来了，斯维里加洛夫在这间屋里就像在自己家里一样，说不定整天整天都待在这里。这家小饭馆很脏，可以说条件很差，甚至够不上中等水平。

“我本想去您那儿找您，”拉斯柯尔尼科夫开始说，“可是不知为什么在干草广场拐了个弯，来到了×大街上！我从来不到这儿来的，也不打这儿经过。我从干草广场往右转弯，而且去您那儿的路也不是往这边来，可是我刚一拐弯，就看到了您！真是奇怪！”

“您为什么不直接说：‘这是奇迹！’”

“因为这也许只不过是巧合。”

“要知道，你们这些人都是这副德性！”斯维里加洛夫哈哈大笑起来，“就算心里相信奇迹，也不肯承认，您不是说吗：‘也许’只不过是巧合。至于发表自己的意见嘛，这儿的人都是些胆小鬼，这您想象不到吧，罗吉昂·罗曼诺维奇！我说的不是您。您有自己的见解，也不怕

[1] 蒂罗尔是奥地利的一个地方。

[2] 一卢布的钞票。

表达自己的见解。正是因为这一点，您才引起了我的好奇心。”

“再没有别的了吗？”

“就这一点已经足够了。”

显然斯维里加洛夫看起来兴奋，不过只是稍有点儿兴奋。他只喝了半杯酒。

“我觉得，在您知道我能有您所谓的个人见解之前，您就来找我了，”拉斯柯尔尼科夫说。

“啊，那时候是另一回事，无论什么事情都有几个发展阶段的。至于说到奇迹嘛，我要告诉您，最近几天的时间您因为睡觉都错过了。是我约您到这家小饭馆来的，您径直到这儿来，这根本就不是什么奇迹。我亲自详细地告诉过您到这儿来的路怎么走，还告诉过您这家小饭馆在什么位置，几点钟的时候可以在这儿找到我。您记得吗？”

“我忘了，”拉斯柯尔尼科夫惊讶地说。

“我相信。我跟您说过两次了，因此这个地址就不知不觉深深印在了您的脑子里，于是您也就会不知不觉到这儿来了，然而您是完全按照路线找来的，虽说您自己并没有意识到这一点。当时我对您说的时候，并没指望您会理解我的意思。您太容易露马脚了，罗吉昂·罗曼诺维奇。我还要告诉您：我深信，彼得堡有许多人走路的时候都在自言自语。这是个人们处于半疯狂状态的城市。如果我们有科学的话，那么医生、法学家和哲学家都可以按照自己的专业作一次极有价值的调查研究。难得找到这么一个地方，人会受到这么多忧郁的、强烈的和奇怪的影响。单是气候的影响就令人吃惊！[1]然而这是整个俄罗斯的中心，它的特征应该在方方面面都反映出来。不过现在问题不在这里，而在于我已经观察过您好几次了，您从家里出来的时候还昂着头，走了二十来步就低下头，把双手背在后面了。您睁着眼睛，可是无论是前面，还是两旁的东西，您什么也看不见。最后，您嘴唇微微翕动，开始自言自语起来，有时您还伸出一只手，做着手势，像在朗诵。最后您在街心站了很久。这很不好。说不定还有其他人注意到你，这可就对您不利了。其实，对我来说，反正一样，我不会治好您这个病，不过您当然明白我的意思。”

“您知道有人在监视我？”拉斯柯尔尼科夫问，同时试探地打量着他。

[1] 德国经济学家、社会学家阿·瓦格纳曾在一篇文章里提出过气候对犯罪率有影响的观点。

“不，我什么也不知道，”斯维里加洛夫回答他，似乎有点惊讶。

“嗯，那就请您不要管我，”拉斯柯尔尼科夫皱起眉头，含糊不清地说。

“好吧，我不管您。”

“您最好还是说说这个事情吧，既然您常来这儿喝酒，而且曾两次想约我到这儿来会面，那么刚才我在街上朝窗子里望的时候，您为什么却躲起来，想要溜走呢？这我看得很清楚。”

“嘿！嘿！我站在您的房门口时，您为什么闭着眼睛躺在沙发上，假装睡觉呢？其实您根本就没睡。这我看得很清楚。”

“我可能有……原因……这您是知道的。”

“我也可能有我的原因，即使你不知道什么原因。”

拉斯柯尔尼科夫把右胳膊肘撑在桌子上，用右手的手指托着下巴，凝神注视着斯维里加洛夫。他仔细端详了一会儿他的脸，以前这张脸也总是让他感到奇怪。这是一张奇特的脸，好像是个假面具：白里透红，鲜红的嘴唇，留着一部光亮的淡黄色大胡子，一头浓密的淡黄色的头发。他的眼睛不知为什么好像太蓝了点，目光不知怎么似乎过于阴沉而又呆滞。在这张就年龄来说，有点过于年轻的美丽的脸上，不知有点儿什么让人感到极不愉快的东西。斯维里加洛夫的衣服极其考究，外面是一套轻而薄的夏装，而他特别向人炫耀的，还是他的内衣。他的一只手指上戴着一枚镶着贵重宝石的大戒指。

“难道我也得和您较量较量吗？”拉斯柯尔尼科夫突然直截了当地说，显得有点焦躁不安，“如果您想伤害我，也许您是那个最危险的人，可是我不想突然改变自己的习惯。我这就让您看看，我并不是像您所想的那样爱惜自己，你可能以为我很自私吧。您要知道，我来找您，是要当面告诉您，如果您对我妹妹还有从前的那种打算，您想利用最近发现的秘密来达到这个目的，那么在您把我关进监狱之前，我就先杀了您。我说话是算数的，您要知道，我说得到，就做得到。此外如果您想对我说什么——因为我一直觉得您好像有话要对我说，那么就请快点儿说吧，因为时间是很宝贵的，也许，稍微等等就没有机会了。”

“您这么急，是急着上哪儿去啊？”斯维里加洛夫问，一边带着好奇仔细打量他。

“每个人都有自己的事，”拉斯柯尔尼科夫忧郁而有点烦躁地说。

“您自己刚才要求我们开诚布公，可是对我的第一个问题，您就拒绝回答，”斯维里加洛夫微笑着说，“您总是觉得我有什么企图，所以一直用怀疑的眼光看待我。那又何妨，不过处在您的地位上，这是可以理解的。不过不管我多么想跟您交朋友，可我还是不敢让您相信事实跟您想象的恰恰相反。真的，这样做得不偿失，而且我也没打算跟您谈任何特殊的事情。”

“那么您为什么那样需要我呢？您不是对我很感兴趣吗？”

“只不过是把您当做一个有趣的观察对象罢了。您的处境很不一样，我喜欢这种很不平常的性质——这就是我对您感兴趣的原因！此外，您是我十分关心的一个女人的哥哥，还有，当时我经常从这个女人那里听说您的事情，可见，您对她的影响很大。难道这还不够吗？嘿——嘿——嘿！不过，我得承认，对于我来说，您的问题非常复杂，以至于我很难回答您。嗯，譬如说，现在您来找我，不只是有事，而且还想来了解点儿什么新情况吧？是这样吧？是这样的，不是吗？”斯维里加洛夫脸上带着狡猾的微笑，坚持说，“既然如此，那么您要知道，就在我到这儿来的路上，在火车上的时候，我就对你怀有希望，希望您也能告诉我点儿什么新情况，我希望能从您这里得到点儿什么对我有用的东西！瞧，我们都是多么富有啊！”

“什么有用的东西？”

“怎么跟您说呢？我还真不知道。您瞧，我一直待在这家小饭馆里，感到心满意足，也就是说，倒不是心满意足，而是说，总得有个地方可以坐坐吧。嗯，就拿这个可怜的卡佳来说吧，——您看到了吧？……嗯，譬如说，虽然我是个喜欢品尝美食的人，俱乐部[1]的美食家，可是您瞧，那样的东西我也能吃！（他伸出一只手指，指指角落里。一张小桌子上摆着一个洋铁盘子，盘子里盛着吃剩的、难吃的土豆烧牛排。）顺便问一声，您吃过午饭了吗？我稍微吃了一点儿，但是不想再吃了。譬如说吧，我一点酒都不喝，除了香槟，就连香槟，也是一整个晚上才喝一杯，就这样都觉得头痛。现在我叫了这杯酒，是为了提提神，因为我打算到一个地方去，您能看得出来吧，我的心情有点儿特别。刚才我所以像个小学生似的躲起来，是因为我觉得您会影响我。不过，现在看来（他掏出表来），还可以跟您在一起坐一个钟头，现在是四点半。要是有个什么专长就好了，要是我是个地主，要么是神甫，要么是枪骑兵、摄影师、新闻记者……那就好了，您觉得呢？可是我什么、什么专长都没有！有时候甚至觉得无聊。真的，我还以为您会告诉我点儿什么新情况呢。”

---

[1] 指莫斯科、彼得堡的英国俱乐部，那里有最好的厨师，美食家们都喜欢到那里去享用烹调得最好的菜肴。

“那么您是什么身份，您为什么要来这里？”

“我是什么身份？您是知道的：我是个贵族，曾在骑兵队里服过两年兵役，后来在这儿，在彼得堡闲荡，后来和玛尔法·彼得罗夫娜结婚，住在乡下。这就是我的履历！”

“您好像是个赌徒？”

“不，我算什么赌徒。是赌棍，不是赌徒。”

“您是赌棍？”

“是啊，是赌棍。”

“怎么，有人打过您吗！”

“有过。那又怎样呢？”

“喂，那么，您可以要求决斗……那么就能使你更活跃了……”

“我不会反驳您，而且我不善于讨论哲学问题。我坦白地对您说，我这么匆忙地赶到这里来，多半是为了女人。”

“刚刚埋葬了玛尔法·彼得罗夫娜，您就赶来了吗？”

“嗯，没错，”斯维里加洛夫微微一笑，感到在开诚布公这一点上，他获得了胜利。“那又怎样呢？您好像认为，我这样谈论女人是不道德的？”

“你的意思是说，我是不是认为生活放荡是不道德的？”

“生活放荡！唉，您说到哪里去了！不过我得按顺序来回答您的问题，首先是一般关于女人的问题，您知道我喜欢闲扯。您倒说说看，我为什么要克制自己？既然我喜欢女人，那我为什么要放弃女人呢？至少可以有事做。”

“那么您在这儿只是为了过放荡的生活了！”

“就算是想过放荡的生活吧，那又怎样呢！他们老是把这看成放荡的生活。至少我喜欢直截了当地说出来。在这种放荡生活里至少有一种东西是不会改变的，它甚至是以天性为基础，而不是为幻想所左右的，它犹如血液中熊熊燃烧的炭火，永远燃烧着，还要燃烧很久很久，就算年龄逐渐在长，也不能很快熄灭它。您说说看，这难道不也是一种工作吗？”

“这有什么值得高兴的？这是一种病，而且是一种危险的病。”

“唉，您又说到哪里去了？我同意您的说法，这是一种病，就像所有没有节制的事情一样——而这种事情是很容易失去节制的，不过要知道：第一，各人的情况不同；第二，当然啦，一切都要有分寸，要有节制，虽然是下流的，可是有什么办法呢？要是没有这种事情可干，大概真会开枪自杀。我同意，一个正派人应该耐得住寂寞，可是……”

“您会开枪自杀吗？”

“唉，”斯维里加洛夫厌恶地把他的话顶了回去，“请您别谈这个。”他又赶紧补充了一句，语气不像先前那样了，已经不再吹牛了，就连他的脸色也好像起了点变化。“我承认我有这个不可理喻的缺点，可是有什么办法呢？我怕死，也不喜欢别人谈死。您知道吗，在某种程度上，我是个神秘主义者。”

“啊！玛尔法·彼得罗夫娜的鬼魂！怎么，还继续出现吗？”

“去它的吧，您别提了，在彼得堡还没出现过，去它的！”他高声说，脸上露出愤怒的表情，“不，最好还是谈谈这个吧……对了，不过……嗯哼！哎呀，时间不多了，我不能跟您在这里待很久了，真可惜！本想告诉您的。”

“您有什么事，是女人吗？”

“是的，是女人，一个意外的机会……不，我要说的不是这个。”

“嗯，这儿环境的卑鄙污浊已经不能对您造成影响了？您已经没有自制能力了吗？”

“那么您也想获得这种力量吗？嘿——嘿——嘿！刚才您说的话让我吃了一惊，罗吉昂·罗曼诺维奇，虽说我早就知道，事情是这样的。您在跟我大谈放荡的生活，大谈美学！您是席勒，您是理想主义者！当然，这是正常的，如果不是这样，倒要让人觉得奇怪了，然而实际上还是奇怪的……唉，可惜时间不多了，你非常有趣！顺便问一声，您喜欢席勒吗？我倒非常喜欢。”

“不过，您可真是个爱吹牛的人！”拉斯柯尔尼科夫有些厌恶地说。

“唉，说实话，我不是这样的人！”斯维里加洛夫哈哈大笑着回答，“不过，我不争辩，就算是爱吹牛吧，既然吹牛不伤人，吹吹又何妨呢。我在乡下，在玛尔法·彼得罗夫娜的庄园里住了七年，所以现在很想跟您这样的聪明人——聪明而又十分有趣的人交谈，真高兴能够海阔天空，尽情聊聊。此外，我还喝了半杯酒，酒劲已经有点儿冲上来了。主要是，有一个事情让我感到十分兴奋，不过这件事……我不想谈。您去哪里？”斯维里加洛夫突然好奇地问。

拉斯柯尔尼科夫站了起来。他在这里感到憋闷、难受，真后悔进来。他断定，斯维里加洛夫是这个世界上最无聊、最渺小的一个恶棍。

“唉——别走，再坐一会儿嘛，”斯维里加洛夫请求说，“至少也得要杯茶喝。好，请您再坐一会儿，我不再胡扯了，也就是说，不再谈我自己的事了。我要告诉您一件事，嗯，如果您想听，我跟您谈谈一个女人怎么，用您的说法，怎么‘救了’我？这可以说就是对您第一个问题的回答，因为这个女人就是您妹妹。可以谈吗？而且咱们还可以打发时间。”

“您说吧，不过我希望，您……”

“噢，请您放心！连我这样空虚的人，心中对阿芙朵佳·罗曼诺夫娜也只有深深的敬意。”

第四节

“您也许知道（不过，我自己也跟您讲过了），”斯维里加洛夫开始说，“因为我欠了一大笔债，又没有任何财产来还债，所以在这儿给关进了债务拘留所。现在就不必细说当时玛尔法·彼得罗夫娜是怎么把我赎出来的了。您知道吗，有时一个女人爱上一个人，会糊涂到什么程度？她是一个正直又聪明的女人（虽然根本没受过教育）。您知道吗，这个正直但是嫉妒心极强的女人发狂似的跟我大吵大闹，把我大骂了许多次以后，竟决定宽恕我，她跟我订了一个合同，在我们婚后的日子里，她一直履行合同上的条款。问题在于，她年龄比我大得多，而且她嘴里总是含着丁香。我的灵魂下流不堪，但是似乎还够诚实，就直截了当地对她说，我不能完全忠实于她。我这么坦白地说出心里的话，把她气得直发狂，不过在某种程度上她倒是喜欢我这种粗鲁的坦率，她说，‘既然他事先向我说明了，也就是说，他不想欺骗我，’嗯，对于一个嫉妒的女人来说，这一点是最重要的。她哭了很久，流了很多眼泪，在这以后，我们订立了一个口头协议：第一，我绝不抛弃玛尔法·彼得罗夫娜，永远是她的丈夫；第二，未经她允许，我哪里也不能去；第三，我永远不能有长期的情妇；第四，作为交换条件，玛尔法·彼得罗夫娜允许我有时跟女仆勾搭，可是一定得让她暗暗地知道；第五，我绝对不能爱上我们同一个阶层的女人；第六，万一我又产生严肃认真的真挚爱情——而这是绝对不允许的，那么我必须坦白地告诉玛尔法·彼得罗夫娜。不过，对于最后一点，玛尔法·彼得罗夫娜一直相当放心。她是个聪明的女人，她把我看成一个浪荡公子和淫棍，而这样的人是不会认真地爱上什么人的。然而聪明的女人和爱嫉妒的女人是两种不同的人，这是最糟糕的。不过，要对某些人作出公正的判断，就得摒弃那些先入为主的偏见，对在我们周围的那些熟悉的人和事物，要改变那些通常的习惯看法。我有理由认为，您会作出比任何人都公正的判断。也许您听到过许多有关玛尔法·彼得罗夫娜的可笑和荒唐的事情，她的确有一些非常可笑的习惯，不过我要坦率地对您说，对于我给她造成的那无数的伤心事，我真心地感到悔恨。我觉得，一个最温柔的妻子死后，她最温柔的丈夫能在安葬时说这样几句像样的临葬悼词，也就够了。我们争吵的时候，我多半一声不吭，也不发脾气，这种绅士风度差不多总会达到预期的目的，这种态度影响了她，她甚至很喜欢，有时她以我为自豪。可是对您妹妹，她还是无法容忍。她竟然冒险请这样一位美人儿到家里来做家庭教师，真不知她的脑袋哪根筋抽到了！我的解释是这样的：玛尔法·彼得罗夫娜是个非常热情和敏感的女人，简直是她自己爱上了——的确是爱上了您妹妹。而且阿芙朵佳·罗曼诺夫娜也真让人爱！第一眼看到她，我心里就十分清楚会出事的，——您想怎么着？——我决定不抬起眼来看她。可是，阿芙朵佳·罗曼诺夫娜自己迈出了第一步——您信不信？起初我绝口不提您妹妹，可是玛尔法·彼得罗夫娜不停地夸奖阿芙朵佳·罗曼诺夫娜。我对她的这些赞词根本不感兴趣，玛尔法·彼得罗夫娜甚至为此很生我的气，您能想象到吗？我自己也不明白，她需要什么！嗯，当然啦，玛尔法·彼得罗夫娜把我的全部底细都讲给阿芙朵佳·罗曼诺夫娜听了。她有个很坏的习惯，总是把我们家的一切秘密毫无保留地讲给所有的人听，而且逢人就抱怨，总是对人诉说我不好，她怎么会放过这么一个极好的新朋友呢？我认为，她们谈话，不外乎是谈论我，而且所有这些看似是我干得很不光彩而又神秘的事情，阿芙朵佳·罗曼诺夫娜无疑已经全都知道了……我敢打赌，您也听说过这一类的故事了吧？”

“听到过，卢仁指控过您，说您杀掉了一个孩子。真有这事儿吗？”

“拜托，请您不要提这些卑鄙的谣言了，”斯维里加洛夫不耐烦地说道，“如果您非要知道这些毫无意义的事，那我以后再抽空把全部的都讲给您听，然而现在……”

“我还听说，您在乡下还有个佣人，似乎有件事情也要归咎于您。”

“够了，请您不要再说了。”斯维里加洛夫再次把他的话打断，脸上露出明显的厌烦的神情。

“是那个死了还为您装过烟袋的佣人吗？……这还是您亲口对我说的呢。”拉斯柯尔尼科夫的情绪愈来愈激动了。

斯维里加洛夫仔细看了看他。拉斯柯尔尼科夫看到，从那双眼里忽然像闪电似的掠过一丝恶毒的讥笑，不过斯维里加洛夫马上就控制住了自己，客气地答道：

“正是那个人。可以看得出，您对这些也很感兴趣，所以我认为我有责任，一旦有适当的机会，就让您的好奇心得到满足。可恶！我知道，在某些人眼里，我确实像小说中的浪荡公子。通过那件事您可以看出，我多么应当好好感激我那已故的玛尔法·彼得罗夫娜呀，因为她把那么多关于我的神秘又有趣的事都对您妹妹讲了。我没敢推测这些事让她产生了什么想法，但是，无论如何对我很有好处。阿芙朵佳·罗曼诺夫娜虽然很有理由讨厌我，虽然我长相令人讨厌，然而她最后还是同情我了，同情我这个无药可救的人了。一位姑娘如果产生了怜悯之心，那，不消说，她会很危险的。这时候她肯定想要‘挽救’他，开导他让他醒悟，让他重生，让他有崇高的理想，让他洗心革面开始新的生活和新的事业——好啦，谁都能想到，这种幻想会发展到什么程度。我一看就明白了，小鸟自己向网里飞，于是我就做好了准备。罗吉昂·罗曼诺维奇，您是不是眉头皱起了？没有必要，就像您想的那样，这些事情都是没有结果的（该死，我喝了多少酒啊）。起初，我就觉得非常可惜，您妹妹没有生在公元二世纪或三世纪，在某个地方做某位当权大公的公主，或是做某位执政或是小亚细亚某位总督的千金。毫无疑问，她将会成为殉难者中的一个，当人们拿着烧得红红的钳子烫她的胸部时，她一定会面带笑容的，她甚至会主动迎上去受这种折磨。如果是在四世纪或五世纪，她会走进埃及的沙漠，在那儿待上三十年，依靠草根、狂热和梦想生活。她只希望能够为别人受苦受难，如果无法达到受苦的目的，她大概会从窗口跳下去。我听说过一个叫拉祖米欣先生的故事。听说他是个年轻的、明白事理的小伙子（从他的姓可以知道这一点，他大概还是个学生），那么就把您妹妹托付给他去照顾吧！总的来说，我认为我很了解她，并且我把这看做是我的骄傲。可是，当初刚认识时，您也知道，一个人不知道为什么总是轻率和愚蠢的，看人看不准，容易看走眼。活见鬼，为什么她会那么美？这不能怪我！总之，我这方面是从最难以克制的性欲的冲动开始的。阿芙朵佳·罗曼诺夫娜那么贞洁，贞洁得可以说是见所未见闻所未闻的程度。（请注意，我同您说的关于您妹妹的这一点，全是事实。尽管她十分聪明，但她的贞节也到了病态的程度，这反而对她是不利的。）那时候我家还有位姑娘，叫巴拉莎，长着一双黑眼睛，这位姑娘是刚刚从另一个村里送过来当女佣人的，我从来都没见过她——她长得相当迷人，可是愚蠢得让人难以置信：她又哭又闹，大喊大叫，搞得整个院子都听见了，闹出了一出丑剧。一个午后，阿芙朵佳·罗曼诺夫娜故意在花园中的一条林荫道上趁没有旁人的时候找到我，她的目光闪闪烁烁，请求我不要再纠缠可怜的巴拉莎了。这也许是我们俩第一次说话。不消说，我认为能满足她的愿望是荣幸的，我极力显出一副困窘不安、不知所措的模样，总而言之，这场戏我演得还挺出色。然后我们就开始往来，私下里交谈、劝告、开导、说服、请求，甚至眼泪——您信吗，还流了泪！您看，宣传的热情，在有些姑娘们身上产生了多大的力量啊！而我，当然把这些全都归咎于我的命运，我极力装出一副追求光明的样子，后来我就使用了一个行之有效的能够征服女人的心的高招。这个办法永远不会让人失望，百发百中。这个办法谁都知道——就是奉承。在世界上，没有比说老实话更难办的事，也没有比阿谀奉承更简单的事情了。在说大实话时，如果有百分之一的虚假，马上就会跑调，接着就是丑态百出。可是，在阿谀奉承时，就算从始至终都是虚伪的话，也会让人乐不可支，觉得其乐无穷，尽管这种愉快很低级，但终归是愉快的。阿谀奉承即使再肉麻，起码还有一半听起来是真的。这对社会上不同水平与不同阶层的人都是适合的。一位贞洁的少女尚且会受阿谀奉承的引诱，而普通人，那就别提了。我一想起那次，我怎么勾搭上了一个忠于自己的丈夫和儿女的严守规训的太太，就情不自禁地想笑。这事是多么让人兴奋，又轻而易举可以做到！但是那位太太确实是恪守妇道，起码是以她自己的方式。我的方法就是时时刻刻都对她表示佩服，屈服于她的贞洁。我厚着脸皮去向她大献殷勤，总算求得让她和我握了握手或是看了我一眼，那时我又责怪自己不应该强迫她这么做，而且还说她曾坚决反抗过，并且是那样坚决，如果我不那样野蛮的话，那我大概永远都一无所获；而且我还说，因为她太天真了，没有预见到我的狡猾，所以才无意间不知不觉地失身于我，连她自己都不清楚自己在干什么，如此云云。不管怎么说，我已经达到了我的目的，但是那位太太还认为自己是纯洁的、清白的，她始终恪守着自己的责任和义务，认为她的堕落是无意的。后来，当我告诉她，我敢肯定她和我一样也在寻欢作乐时，她气得简直想把我一口吃掉！不幸的玛尔法·彼得罗夫娜也是招架不住恭维话，如果我高兴的话，不消说，我在她活着时就能够将她的所有财产都占为己有。（我现在喝酒喝得太多了，废话也说多了）如果我说，我在阿芙朵佳·罗曼诺夫娜那里也渐渐收到了相同的效果时，希望您别生气。因为我太愚蠢，太缺乏耐性，把整件事情都给搞砸了。以前还有过好几次（特别有一次），阿芙朵佳·罗曼诺夫娜很讨厌我的眼神，您能想到吗？总之，在我的眼睛里燃烧着一种欲火，让她感到恐惧，这种火烧得愈来愈旺，愈来愈放肆，最终让她感到非常憎恨。其中的细节就不用多说了，反正我们早就断绝来往了。这时候，我又做了件傻事。我用非常下流的方法嘲讽她的所有宣传和劝导，巴拉莎再次出现在我的生活中，并且不光她一个——总而言之，我过起了荒淫无度的生活。唉，罗吉昂·罗曼诺维奇，有时候您妹妹眼睛里那个闪闪发光呀，您这一辈子哪怕能看见一次就够了！就算我现在已经喝醉了，我喝掉了满满一杯酒，这也不会错，我说的全是真话。您听着，我在梦里都会看到这样的眼神，后来，甚至听见她的衣服发出窸窸窣窣的声音，我都无法忍受了。是的，我以为我也许快得羊癫疯了。我没有料到，我会达到如此发狂的地步。总之，一定得和解，然而这已是无法挽回的了。您猜我当时是怎样做的？疯狂居然会让人糊涂到这种地步！罗吉昂·罗曼诺维奇，在发疯时，您千万别采取什么行动。我想到阿芙朵佳·罗曼诺夫娜其实是个一贫如洗的叫花子（哎，请原谅，我并不是想真这么说，但如果表现的是同一个概念，那也不是一样吗？）。总之，她靠自己的劳动生存，而且还得养活母亲和您，所以，我决定将我的所有积蓄全送给她（那时我能给她三万卢布），叫她和我私奔，到这里或到彼得堡都可以。不消说，我会立即对她起誓，终生爱她，让她幸福，如此云云。您相信吗，我当时真是爱她爱得发疯了，她如果说一句：'你杀死玛尔法·彼得罗夫娜以后，再来和我结婚'——那我肯定会立即照做！但是结果却惹来了一场灾难，这些您已经听说了，您可以想象，当我得知玛尔法·彼得罗夫娜找到了这个无耻透顶的小官僚卢仁，并且险些炮制成了这门亲事时，我气得快要发疯了。我看得出，您好像开始非常留神地听了……一个多么有意思的年轻……"

斯维里加洛夫焦躁不安地挥起拳头向桌子捶去。他的脸已经涨得通红。拉斯柯尔尼科夫看得清清楚楚，斯维里加洛夫一口接一口地喝，不知不觉地喝下去的那杯，或者是说一杯半香槟酒，已在他身上起作用了，于是他决定好好利用这次机会。他觉得斯维里加洛夫非常可疑。

"噢，您说过这些话之后，我敢肯定，您一定是冲着我妹妹来彼得堡的。"他直截了当地对斯维里加洛夫说，想把他惹恼。

"唉，行啦！"斯维里加洛夫说，仿佛突然意识到了什么，"我不是对您说过吗……再说，您妹妹还很讨厌我。"

"我敢肯定她确实非常讨厌您，不过现在问题的关键不在于此。"

"您肯定她非常讨厌我吗？（斯维里加洛夫眯缝起眼睛，嘲讽地微笑着。）您说得没错，她并不喜欢我，但是丈夫与妻子或情夫与情妇之间的那些事，您永远都说不准。这里总是有个很小的角落，它从未向外界打开过，只有他们两个知道。您敢肯定阿芙朵佳·罗曼诺夫娜讨厌我吗？”

“从您的言语中，我可以断定，您还在打杜尼娅的主意，而且准备立即采取行动，这种行动当然是很卑鄙的。”

“什么！我无意中说过这种话吗？”斯维里加洛夫很天真地装出惊慌的样子，仿佛根本没有注意对他将要采取的行动所做的评价。

“就在这一刻，您不也正在说吗。比方说，您为什么这么害怕？您现在为什么突然害怕了？”

“我害怕了？我害怕您？倒是您应当怕我才是，亲爱的朋友。简直是笑话……但是我确实有些喝多了，这点我很清楚。我又险些说露嘴了。酒真不是什么好东西！哎，拿些水来！”

他拿起酒瓶，毫不客气地把它从窗户里扔了出去。菲利普端着水来了。

“这全是胡说八道的！”斯维里加洛夫又说，他把毛巾浸湿，放在头上，“我只要一句话就能让您住口，把您的所有疑虑都清除殆尽。比如说，您知不知道，我快结婚了？”

“这件事您早就跟我说过了。”

“我跟您说过吗？我不记得了。但我当时还不敢十分肯定，我和我的未婚妻还没见过面，我只不过是有这种意愿而已。我现在已有未婚妻了，并且婚事已经定下了，如果不是我有十分紧急的事要办，我肯定马上带您去见他们，因为我想听听您的建议。哎，讨厌！只有十分钟了！您看，您看看我这表。不过我还得接着给您讲，因为我这桩婚事从某方面来看是非常可笑的。您要去哪里？现在就走吗？”

“不，我这会儿还不走。”

“肯定不吗？以后再看吧！我肯定会带您去那里的，是的，让您见见我的未婚妻，但现在不行，因为您马上就要走了。您往右，我往左。您认识那个列斯丽赫太太吗？也就是租给我现在住的房子的那个列斯丽赫太太，您听说过吗？不，您怎么想的，她正是大家议论的那个女人——女儿在冬天里投河了。唉，您听说了吗？我的婚事全是她一手为我张罗的。她说：‘您那么孤单，应当找点儿事做解解闷。’我是一个郁郁寡欢、没有乐趣的人。您以为我是一个快乐的人吗？不，我非常压抑：我不干伤天害理的事，只是常常待在角落里，有的时候连着三天一句话都不跟人说。而那个列斯丽赫可不是什么好人，我跟您讲她心里怎么盘算的：她认为我要是厌烦了，便会抛弃老婆，这样我老婆便会落在她手上，她就可以把她转嫁给别人，也就是说，在我们这个圈子里找个更有身份地位的。她对我说，那位姑娘的父亲是位退休官吏，已经年老体衰，这两年多以来一直都瘫坐在圈椅里。她母亲还健在，是一位明白事理的太太。他们还有一个儿子在外省的不知道什么地方当差，可是不养活家里。还有个女儿已嫁出去了，也没有回来看过他们。他们还照顾着两个年幼的小侄儿（好像自己孩子少似的）。最小的女儿还没念完中学，他们就从学校里把她叫回来了，一个月以后她就满十六岁了，这就是说，一个月以后就可以把她嫁出去了。她要嫁的人就是我。我们去了她家。真是有意思，我是这样介绍我自己的：地主，中年丧妻，出身名门，交友广泛，颇有财产。尽管我已年过五旬，而她还不到十六，可是那又怎样？谁会在意这些呢？唉，这真让人着迷，您说对不对？真让人着迷，哈哈！您如果看到我和她爸爸妈妈当时谈话的情形，那才有意思呢！我当时的样子很值得一看，就算花钱也值得。然后她走过来，向我屈膝行礼，您可以想象一下，她穿的还是件短裙，好一朵含苞待放的蓓蕾！她的脸羞得通红，就像一片朝霞（当然告诉过她）。我不知道您对女人的容貌有什么看法，我觉得，十六岁的时候，一双仍然稚气未脱的眼睛，羞涩、泪眼汪汪的眼神——我觉得，这比美貌更重要，而且她还长得就跟画里的美人儿似的呢。一头浅黄色的头发梳成一绺绺细细的小卷儿，丰满的红润的嘴唇，一双纤足——太漂亮了！……好，这样我们两个就算见了面。我对他们说，我有些家事要尽快处理，于是第二天，也就是前天，我们两个就得到了祝福。从那以后，我每次一到那里，就迫不及待地把她抱到腿上，不准她走……噢，她的脸红得就像朝霞一样，我不停地疯狂地吻她。她妈妈当然会反复叮嘱她，说这是你丈夫，这是应该的。总之，太好了！现在这种状态，当未婚夫的滋味，是的，可能比真正当丈夫的时候还要好。这就是所谓天然和真诚！嘿嘿！我和她说过两次话——她可机灵了。偶尔她偷偷地看我一眼——简直就让我无法忘怀。您不知道，她那张小脸跟拉斐尔画的《圣母像》一模一样。西斯廷教堂里的《圣母像》有一张富于想象的脸，一张忧郁的、狂热的宗教徒的脸，您发现这点了吗？噢，她的脸正是这样的。我们两个刚刚接受了祝福，第二天我就送去了价值一千五百卢布的东西给她：有一副钻石首饰、一副珍珠首饰，还有一个这么大的妇女用的银梳妆盒，里边各种各样的东西一应俱全，因此就连她那个精致的小脸蛋也激动得变红了。我昨天把她抱到我腿上的时候可能有些放肆了——她羞得满脸绯红，眼里闪着泪光，她不想被人看到，身上像火烧一样。当人们都走了以后，房间里只有我们两个，她突然搂着我的脖子（她还是头次），用那两只小手搂着我，吻我，而且还说要做一个顺从、忠诚、贤惠的好妻子，她肯定会让我幸福，为我献出她的一生——一生当中的每分每秒——全部都献给我，为我付出全部，全部。而她想在我这儿得到的，只有我的尊重，她说，除此之外她‘什么也不要，什么也不要，什么东西也不要’。不得不承认，两个人独处的时候，从一个十六岁的小天使那儿听见这么坦率的表白——不得不承认，真是让人神魂颠倒！难道这还不能让人神魂颠倒吗？这还不够吗，您说是不是？噢，足够了？噢……我说……好，我们一块儿去见见我的未婚妻……但不是现在！”

“其实，这只是你们两个在年纪和文化修养上存在的巨大差异，引起了您的情欲而已。您难道当真要和她结婚吗？”

“怎么了？这是肯定的。人人都要为自己考虑，最会骗自己的人，才是最快活的。嘿嘿！但是您为什么非要往道德上扯呢？老兄，原谅我吧，我是一个罪孽深重的人！嘿嘿嘿！”

“卡捷琳娜·伊凡诺夫娜的孩子们您安置好了。不过……当然，您这么做有您的目的……不过我现在总算把什么都弄清楚了。”

“我天生就喜欢孩子，特别喜欢，”斯维里加洛夫放声大笑着，“关于这件事，我还可以给您讲个非常有趣的故事，这件事情至今都没有完。来到这里的头一天，我就去了那些污秽下流的场所，阔别七年以后，我一回来就赶紧地奔向那些地方了。您也许发现了，我并不是急着和自己那些朋友，和过去那些哥们儿会面。我倒想避开他们，一个人待着，尽量拖延时间。您知不知道，我和玛尔法·彼得罗夫娜住在乡下的那段时间里，经常想起这些神秘诱人的地方，简直是魂牵梦萦。每一个懂得享乐的人，都会在那里找到乐趣。可恶！老百姓在狂饮滥喝，受过教育的年轻人无所事事，把大好的青春都抛在无法实现的梦想和幻觉中，他们的头脑里充满了各种各样乱七八糟的理论；也不知道犹太人是从什么地方来的，在所有的人都过着荒淫无度的生活的时候，他们把钱都积攒起来。从我刚来这儿的几个小时起，我就闻到了一种熟悉的气息。我偶然来到了一个所谓的跳舞晚会上——在一个可怕的肮脏的地方（可我正喜欢这种有娼妓活动的下流地方），那当然是我那时候从来没见过，也从来没有听说过的康康舞[1]。当然，这也是一种进步。突然，我看到一个穿戴很时髦，大约十三岁的小姑娘，正在和一个舞艺超群的老手跳舞，那个人和她面对面，而她母亲就在角落里的一把椅子上坐着。您绝对难以想象康康舞到底是怎样的一种舞！那个小姑娘非常害

[1] 法国游艺场所的一种色情舞蹈。

羞，脸都涨红了，后来她觉得自己受到了侮辱，居然失声痛哭起来。那个老手搂着她，让她旋转起来，极力在她面前卖弄，周围的人都在大声笑着，而且——这种时候，我很喜欢他们这些观众的，哪怕是康康舞的观众——他们一边笑一边喊：‘好，好！本来就不该带孩子们来这种地方嘛！’用这种方式安慰她是否合理，我不在乎，也不管！我很快找到了我的座位，就坐在她妈妈身边，和她谈起话来。我对她说，我也是异乡人，这儿的人真是粗鲁，他们不知道谁是真正高贵的人，而且他们缺乏对别人应有的尊重。我跟她说我很富有，请她们乘我的马车回去。我送她们回去以后，就认识了她们（她们来彼得堡没多久，向二房东租着一间斗室住着）。她们说，她与她女儿能认识我感到很荣幸。我还听说她们非常贫困，来这里是因为有事要去政府机关。我表示愿意为她们效劳，资助她们一些钱。我还知道她们参加那个晚会，完全是个错误，以为那里真的是教人跳舞的。我又表示愿意资助那个女孩学习法语和舞蹈。她们非常高兴地接受了，而且感到很荣幸，现在我和她们还在来往……您如果愿意的话，我们可以一道去拜访她们——但眼下还不行。”

“行啦！您这个卑鄙的色鬼，不要再说您那些伤风败俗的故事了！”

“真是个席勒，我们的席勒，真是个席勒！哪里没有美德呀？您要知道，我是有意告诉您这些的，只是为了听听您的喊叫。真是种享受！”

“当然，我现在怎么不觉得自己好笑呢？”拉斯柯尔尼科夫咬牙切齿地说。

斯维里加洛夫又哈哈大笑起来，后来他叫来菲利普，交了钱，站了起来。

“我确实喝醉了，也说够了！”他说，“真是种享受啊！”

“您怎能不觉得这是种享受呢！”拉斯柯尔尼科夫喊道，他也站了起来，“一个无耻下流的好色之徒，满脑子都是这种荒谬无度的鬼主意，大谈这种艳遇，对他怎么会不是享受呢，而且还是在这种情况下，并且是对我这种人说……刺激就更大了！”

“好了，如果确实是这样的话，”斯维里加洛夫说道，他还带着几分吃惊的神情仔细看着拉斯柯尔尼科夫，“如果确实是这样的话，那您就真是一个不折不扣的愤世嫉俗的人了，起码您具备这种条件。您知道许多东西，许多……许多事您也都能干出来。噢，但是，行了，我深感遗憾和您聊得太少了，但您是摆脱不了我的……您走着瞧吧。”

斯维里加洛夫从饭馆里走了出去。拉斯柯尔尼科夫紧随其后，也走了出去。可是，实际上斯维里加洛夫醉得不是那么厉害，酒只是一刹那间冲了上来，酒劲儿正在慢慢消退。他双眉紧锁，心事重重地想着一件相当重要的事，他显然是在期待着一件什么事而深感焦躁不安。在最后的几分钟里，不知道为什么他忽然转变了对拉斯柯尔尼科夫的态度，变得更粗暴，更含讥带讽了。拉斯柯尔尼科夫也注意到了这一些，他有点忐忑不安。他开始觉得斯维里加洛夫这个人十分可疑，决定跟踪他。

他们两个走上人行道。

“您走右边，我走左边，或者换个方向也行。再见了，我的亲爱的，希望我们能愉快地再见！”

然后，他向右边的干草广场走去。

第五节

拉斯柯尔尼科夫在后面紧紧地跟着他。

“这是为什么？”斯维里加洛夫转过头来高声说道，“我似乎已经说过要……”

“这意思是说，现在我是不会和您分手的。”

“什么？”

他们两个都站住了，彼此对视了大约一分钟，仿佛是在互相较量。

“从您似醒非醒的话中，”拉斯柯尔尼科夫毫不顾忌地带着冷漠的口气说，“我敢肯定，您根本没有放弃我妹妹，不仅没有打消这个无耻至极的念头，而且比过去任何时候都要强烈。我知道，我妹妹今天早晨接到了一封信。刚才说话的时候，您表现得如坐针毡……就算您在半路上意外地得到了一个老婆，可是这也不能说明什么。我想自己看一看……”

拉斯柯尔尼科夫自己也不见得能够说清楚他心中究竟是怎么想的，他想要亲自证实什么。

“原来是这样啊！您希望我现在叫警察来吗？”

“叫吧！”

两个人又对视了大约一分钟。最后斯维里加洛夫的表情终于起了变化。他发现，拉斯柯尔尼科夫并不害怕这种恐吓，于是又突然换了一副非常快活和关切的神情。

“您可真是的！虽说我因为强烈的好奇心驱使而感到不安，但是我仍然刻意回避对您提那件事情。这事有些玄。我原想留着下次再说，不过，说实话，连死人都会被您这话激怒的……好了，我们一起走吧，但是我要事先向您说明：这会儿我得先回家一趟，拿些钱，然后再把房门锁好，叫辆马车，去岛上转一夜。啊，您怎么能跟我一起呢？”

“我先去您住的那个地方一趟，不过不是去你家，而是到索菲娅·谢苗诺夫娜那里去，因为我没去参加送葬，得向她道个歉。”

“那就随便您了，但是索菲娅·谢苗诺夫娜没在家。那三个孩子都被送到一位很有名望的老夫人那里去了，那位老夫人我很久以前就认识了，她是几个孤儿院的主持人。我给了她一些钱，把卡捷琳娜·伊凡诺夫娜的那三个孩子交给了她，还捐了些钱给孤儿院，她非常高兴。后来我又把索菲娅·谢苗诺夫娜的故事原原本本地讲给她听，毫无隐瞒，于是出现了些意想不到的事情。那位夫人邀请索菲娅·谢苗诺夫娜今天去她暂住的一个旅馆，她刚从别墅回来。”

“不过不要紧，我还要去那里一趟。”

“随便您吧，这和我有什么关系，我又不跟您一起去。我们现在已经到门口了。请问，您是不是因为我太讲礼貌，至今都没有问过您什么，所以对我产生怀疑了呢？我敢肯定是这样……您明白我说的话吗？在您看来这也许有些不正常，但我敢肯定，事实就是这样！既然这样，您也应该礼貌点儿才对！”

“那为什么还要藏在门后偷听！”

“哦，您说的是这件事！”斯维里加洛夫哈哈大笑起来，“是啊，要是在出了事之后，您对此事还能绝口不提，那才让我感到纳闷呢。嘿嘿！尽管我也稍微知道了点儿，您那时候……在那里……胡闹到什么程度了啊，而且亲自对索菲娅·谢苗诺夫娜说出了真相。但是，这到底是怎么回事啊？也许我真是跟不上时代了，什么都不明白。请您一定要给我解释一下，亲爱的！请您用最新的理论开导我一下吧。”

“您什么都没有听到，这都是胡说八道！”

“哎，我指的不是那件事，绝对不是那件事（虽然我也听到过一些）。不，我说的是您一直那样长吁短叹！您心中的席勒一刻不停地都在骚动，您现在又叫我不要到门后面去偷听。如果是这样的话，那就请您赶紧去通知警察吧，就照这样说，说您遇到了一件让你措手不及的事，在理论上发生了点儿小差错！可是，如果您肯定不能在门后面偷听，却能随心所欲地用什么东西杀死老太婆，那么您就赶紧逃到美国去吧[1]！快逃吧，年轻人！可能还有时间。我是十分真诚地对您说这些话的。缺钱花吗？我给您出路费。”

“我根本就没有想过那件事。”拉斯柯尔尼科夫不耐烦地打断他的话。

“我知道（不过您不用让自己为难，要是您不愿意，我就不说了），我知道您在考虑什么，公民道德方面的问题，对不对？关于公民和人的事，对不对？您就把这些事情都抛到一边去吧，这些问题于您有什么相干呢？哈哈！就因为您还是个人，是个公民吗？既然这样，那您就不要乱管闲事，不要管不该由您管的事了。啊，您真不如去自杀，您不想自杀吗？”

“您好像是在故意惹我生气，好让我马上走开……”

“您这人可真怪！我们现在已经到了。请上去吧。您瞧，那就是索菲娅·谢苗诺夫娜家，看，房间里没有人！您不信吗？您去找卡佩尔纳乌莫夫问一问就知道了，她经常把钥匙放在他们那儿。就是她，卡佩尔纳乌莫夫太太，哦？什么？（她有点聋）她没在吗？去哪里了？看，您听到了吧？她没在家，也许很晚才会回来。那好吧，到我房间里去吧。您不是很想去我家吗？啊，这就是我的住处。列斯丽赫太太不在，这个女人可真忙，不过她人很不错的，没错……如果您有什么不明白的，可能她会对您有所帮助。您看，我从写字台里拿出的这张五厘债券（我还有好多张呢），我今天就能拿去兑现了。啊，您看到没有？我不能再浪费时间了。锁好写字台，把房门也得锁好了，我们又走到楼梯上了。我们叫一辆马车，好吗？我想去岛上。您要不要搭车去转转？我要雇这辆马车去群岛。什么？您不去？您无法忍受？没关系，乘车去转一转嘛！似乎快要下雨了，不要紧，我们将车篷放下就可以了……”

斯维里加洛夫这时已经跳上了马车。拉斯柯尔尼科夫还在考虑中，他的猜疑起码现在看来是毫无根据的。他什么也没说，转身向干草广场走去。如果他走到半道回一回头的话，哪怕只看一眼，就会发现，斯维里加洛夫坐着马车没有走到一百步，便交完钱打发马车走了，他又走上了人行道。可是现在已经什么都看不到了，他早已在拐角处消失了。对斯维里加洛夫强烈的厌恶让他不屑再回头看一眼他。

“我为什么会一时头脑发昏，竟妄想从这个下流的混蛋、淫荡的好色之徒身上得到什么呢，就算只有一分钟！”他情不自禁地高声叫喊道。

[1] 据19世纪60年代俄国报纸报道，当时移居美国的俄国人与日俱增。

当然，拉斯柯尔尼科夫的结论下得太早、也太草率了。斯维里加洛夫的身上，有一些东西就算不会让他显得那么神秘莫测，起码也会让他有些不普通。想到妹妹，拉斯柯尔尼科夫仍然坚信，斯维里加洛夫是绝对不会让她安宁的。可是，翻来覆去地考虑这些事情，他感觉真是太苦恼，也让人难以承受。

像平常那样，在只有他一个人的时候，二十步之内他便会完全陷入沉思之中。上桥的时候，他停住了，凭栏眺望着河水。这时候阿芙朵佳·罗曼诺夫娜就站在他旁边。

他刚走到桥头时就碰到了她，然而他却没有发现她，和她擦肩而过。以前，杜涅奇卡从来没有在大街上看见过他，所以不由得惊住了，她站在那儿一动不动地，不知道是应当叫他，还是不叫他。突然她看到斯维里加洛夫从干草广场那里急急忙忙地赶了过来。

可是，他好像是偷偷地走过来的。他没往桥上走，在旁边站住了，就在人行道上，尽量不让拉斯柯尔尼科夫看到。他已经看到杜尼娅了，而且还向她示意，他给她打手势，让她别管她的哥哥，别去惊动他，而且还让她去他那里。

杜尼娅听从了。她轻轻地从她哥哥身边走过去，来到斯维里加洛夫身边。

“我们快点走，”斯维里加洛夫悄悄地说道，“我不想叫罗吉昂·罗曼诺维奇看到我们会面。我告诉你，我刚刚还和他一起坐在不远处的一个小饭馆里，他就是在那里碰到我的，我费了好大劲儿才摆脱了他。不知道他是怎么知道我给你写信这件事，对我产生了怀疑。当然，您肯定不会对他说的，可是如果不是您对他说的，那还会是谁对他说的呢？”

“好了，我们已经拐了弯，”杜尼娅插嘴说，“我哥哥这会儿不会再看到我们了。我告诉您，我不能继续跟您向前走了。您有什么话要说，就在这里说好了，什么都可以在大街上说。”

“第一，这些是无论如何都不能在大街上说的；第二，您也应当听一听索菲娅·谢苗诺夫娜是怎么说的；第三，我还要让您看一些证据……最后，如果您不肯去我那里，我就拒绝解释，立刻离开您。另外，请不要忘了，您哥哥的那个非同寻常的秘密，可是全都握在我的手里。”

杜尼娅犹犹豫豫地站在那儿，机警地看着斯维里加洛夫。

“您有什么可担心的呢！”他从容地说道，“这是城里又不是乡下。就算是在乡下，也是你给我的伤害比较大，而这里……”

“您是不是已经告诉索菲娅·谢苗诺夫娜了？”

“还没有，我什么都没告诉过她，而且我都不敢保证她今天在家。不过也许她在家。她今天刚刚安葬了她的继母，这个时候，她是绝对不可能出去做客的。我暂时不想让别人知道这事儿，我甚至有点儿后悔告诉了您。在这种事上，只要有一个走漏了风声就相当于告密了。这就是我住的地方，就在这所房子里，我们马上就到了。那就是我们这儿的看门的，他和我相当熟。您看，他正在向我鞠躬呢。他看到我和一位小姐走在一起，当然，他早就看清您的脸了，如果您感到害怕，或者不放心我的话，这对您会有好处的。很抱歉，我说话很粗鲁。我是从二房东那儿租的房子，索菲娅·谢苗诺夫娜就住在我对面，她的房子也是在二房东那儿租的。这层楼已经住满了。您为什么像个孩子似的害怕呢？我真的那么令人害怕吗？”

斯维里加洛夫把脸扭向一边，露出一个宽容的微笑，可是现在他确实没有心情笑，他的心在扑通扑通地狂跳，胸口憋得快喘不上气来了。他故意提高嗓门，以掩饰自己那愈来愈强烈的激动情绪，可是杜尼娅并没有发觉这些。他说什么她像孩子一样害怕他，说什么她感觉他非常可怕——这番话让她很生气。

“尽管我很清楚您是一个……不道德的人，但是我并不怕你。您在前面带路吧，”她说，显得非常镇定，可是她的脸上毫无血色。

斯维里加洛夫走到索尼娅门口的时候停了下来。

“我去问一下她有没有在家。没在家。太不巧了！不过我想她应该快回来了。如果她真的出去了，那肯定是为那些孤儿的事去看望一位太太了。他们的妈妈已经过世了，我掺和了这事儿，帮着他们料理了一下。如果十分钟以后索菲娅·谢苗诺夫娜还没有回来，那我就让她以后去找您，您如果愿意的话，今天也可以。这就是我的房子，我有两个房间，这个门后边就是我的女房东列斯丽赫太太的房间。您瞧瞧这里，我给您看一看我的重要证据：我卧室里的这扇门，可以通向两个正在招租的空房间。就是这两间……您可要仔细去看……”

斯维里加洛夫住着两间非常大的带家具出租的屋子。杜涅奇卡审视地朝四周看了看，可是她在屋里的布局和摆设上并没有发现有什么特别的地方，尽管有些地方让人感到奇怪，比如说，斯维里加洛夫的这个房子，正好夹在两个空房间中间。他的房间，不能直接从楼道里进去，而是必须经过女房东那两间差不多空荡荡的房间。斯维里加洛夫推开他卧室里一扇上了锁的门，把另一个同样空荡荡待出租的房间指给杜涅奇卡看。杜涅奇卡就站在门口，搞不清为什么要让她看这个房间，不过斯维里加洛夫赶紧说：

“请看这里，看另一个大房子，看看那个门，门是上了锁的。这个门旁边放着一把椅子，这是两个房间里唯一的一把椅子。这把椅子是我从我自己那个房间里搬来的，为了听的时候能更舒服些。这扇门的另一边就是索菲娅·谢苗诺夫娜的桌子，她就是坐在这张桌子旁边和罗吉昂·罗曼诺维奇说话的，而我就坐在这把椅子上，连着偷听了两个晚上，每次都听了两个钟头——当然了，我每次都能听见点儿什么，您觉得怎样？”

“您偷听？”

“没错，我偷听了。去我屋里吧，这里坐都没地方坐。”

他把阿芙朵佳·罗曼诺夫娜带回了他的起居室，让她坐在椅子上。他自己坐到了桌子的另一头，和她最少隔着一俄丈，可是他的眼睛里这时候也许又在冒着那曾让杜涅奇卡感到非常害怕的欲火。她不禁战栗了一下，不安地朝周围看了看。她这种动作是装出来的，她不希望让对方发现自己对他的怀疑，可是斯维里加洛夫的房间太偏僻了，这让她感到有些害怕。她想问一下，他的女房东有没有在家，可是出于自尊，她没问……另外，她心中还有另一种比担心自己更强烈的痛苦，她感觉到这种痛苦简直不堪忍受。

“这就是您写的信，”说完，她就把那封信搁在桌上，“您在信上写的是真的吗？您的信里暗示说，我哥哥好像有罪。您那种暗示也太明显了，您现在还敢否认吗？您肯定知道，在您写信之前，我早就听过这样荒唐的谎话了，可是我根本不信。这样的怀疑既卑鄙又愚蠢。这事儿我早听说过了，并且也知道它是怎样编造出来的，那些人为什么要这样干。您什么证据也没有，您说过要证实这一点的！那么您说吧！不过我要提前声明：对于您说的话我一句都不会相信！我不相信！……”

杜涅奇卡很快地说完了这些话，瞬间，她的脸涨红了。

“如果您不信，为什么还来我的房间呢？为什么您会来这里呢？只是因为好奇吗？”

“不要再折磨我了，说呀，说呀！”

“不用说，您是一位大胆的姑娘。是啊，我还以为您会让拉祖米欣先生把您送到这里来呢。可是他没有和您一起来，也没有在周围藏着。我看出来了：您很勇敢，这表明您想救罗吉昂·罗曼诺维奇。再说，您的一切都是神圣的……而您哥哥，我应该怎么说呢？刚才您自己也看见他了，看他是个什么样子！”

“您的根据不会只是这些吧？”

“不，这并不是我的证据，我的证据是他亲口说过的话。他连续两天夜里上这里来找索菲娅·谢苗诺夫娜。我已经给您指过他们两人坐的地方了。他把所有的真相都告诉了索菲娅·谢苗诺夫娜，他杀了人，就是那个放高利贷的老太婆，一位已经去世的官吏的太太。他也在她那儿抵押过东西。他还杀害了老太婆的妹妹，一个叫丽莎维塔的做小生意的女人，在她姐姐被杀时，她出乎意料地闯了进去，于是你哥哥用事先准备好带在身上的那把斧头把她也杀掉了。他杀人的目的是为了抢劫，他确实抢了，他拿了些钱和东西……他把这些都向索菲娅·谢苗诺夫娜和盘托出，她是唯一一个知道这个秘密的人，然而不管在语言还是行动上，她都和这桩凶杀案毫无瓜葛，恰恰相反，就像您现在一样，她听说后害怕极了。不过您不必担心，她是不会出卖他的。”

“不会的！”杜涅奇卡低声说，她面无血色，像死人似的，她感到有点呼吸困难。“不会的，没有根据，没有任何理由，这是没有道理的……撒谎！撒谎！”

“他抢劫了，这就是最好的理由。他抢了钱和东西，是的，他自己说的，那些钱和东西他从来没用过，都放到一块石头下面了，并且现在还在那里，因为他不敢用！”

“他为什么要去偷，要去抢呢，这是真的吗？他怎么会产生干这种事的念头呢？”杜尼娅从椅子上霍地跳起身来喊道，“您知道他，也见过他吗？他怎么会是一个手脚不干净的人呢？”

她似乎在央求斯维里加洛夫，她已经顾不得自己的害怕了。

“阿芙朵佳·罗曼诺夫娜，这事很复杂，情况不同。一个小偷行窃，可是他知道自己是个混蛋；不过我也听说过，有一个高尚的人抢了邮件，谁知道呢，也许他真的以为自己做了件正派的事呢！当然了，假如我是在其他什么人那儿听说的，那我肯定会像您这样，不会相信，可是我相信我的耳朵。他把所有的经过都告诉了索菲娅·谢苗诺夫娜。她开始也不相信自己的耳朵，不过她最终相信了自己的双眼，因为是他亲自跟她说的。”

“为……什么！”

“说来话长啊，阿芙朵佳·罗曼诺夫娜，我该怎么跟您说呢，这好像是种理论，就像我看见的一样，比如，要是主要动机是好的，就算有一两件暴行也是可以原谅的。一件坏事能够成全千百件好事儿！对一个自尊心极强甚至自负的年轻人而言，他知道如果有，譬如说，三千卢布，那么他的事业和前程目标就会完全改变，然而他偏偏就缺三千卢布，这自然会让人感到很委屈。另外，每天忍饥挨饿，住在仅能容身的小房子里，穿着破破烂烂的衣服，而且时刻提醒自己的社会地位和母亲及妹妹的处境，这些怎能不引起他的愤恨？特别是虚荣心、傲慢和虚荣心，但是天知道，他可能还有一些崇高的志向……我并没有责怪他，请您不要多想，而且这也不关我的事。他还有一套自己的理论，您可能知道，按照他的理论，人被分成普通和特殊两种，就是说，有这样一种人，因为他们处的位置高，就不受法律的约束，恰恰相反，他们为其他人，这就是说为那些普通人也就是垃圾制定法律。这种理论也没什么，普普通通的，理论跟别的任何事物没什么差别。拿破仑让他神魂颠倒了，这就是说，尤其让他执迷不悟的是，有很多天才人物做一两件坏事是根本不放在心上的，他们从不犹豫，一步就跨过去了。他或许自以为也是天才了——这是说，有一段时间，他对此深信不疑。尽管他可以创造出一种理论，但是他却无法毫不犹豫地迈过去，由此可见，他还算不上是什么天才，每次想起这些，过去和现在都让他非常痛苦。啊，对于一个自视清高的年轻人来说，尤其是在我们这一时代，这是很没面子的……”

“那么，良心的谴责呢？那么，他沦丧了道德观念吗？难道他是这种人吗？”

“啊，阿芙朵佳·罗曼诺夫娜，现在什么都乱套了，事实上从来也就没有过条理。就一般情况来说，阿芙朵佳·罗曼诺夫娜，俄国人的思路很开阔，像他们的土地那么开阔，非常喜欢幻想，喜欢一片凌乱；但是，假如思路开阔而缺少特殊的才能，那就是种悲哀。您记得吗，这种问题和这个话题，以前每天晚饭过后，我们在花园的露台上坐着谈论过多少回。您就是因为这种开阔的思路而指责我。谁知道呢，或许在我们谈话时，他正躺在这里构想着自己的计划。在我们的知识界中，是不存在什么神圣的传统的，阿芙朵佳·罗曼诺夫娜，除非有人照着书本自己编造一个传统出来……或者从编年史里引申出来。可是干这种事儿的大多数都是那些有知识的人，并且从某个方面来说，都是一些头脑简单的人，因此对一个上流社会的人而言，这么做实在是有伤大雅。不过，我的想法您应该都知道，我绝不会指责什么人，我是一个不劳而获的家伙，并且我已经坚定这个念头了。在这一方面，我们谈过很多次了，您能够对我的意见感兴趣我甚至倍感荣幸……您面色惨白，阿芙朵佳·罗曼诺夫娜！”

“我知道他的这个理论。我看过他写的刊登在杂志上那篇论文，谈到有些人什么都能做……是拉祖米欣给我看的……”

“拉祖米欣先生？您看过您哥哥的文章？登在一本杂志上的？他写

过这样的文章？我一点儿也不知道，想必非常有意思。您要去哪里，阿芙朵佳·罗曼诺夫娜？”

“我想和索菲娅·谢苗诺夫娜见一面，”杜涅奇卡有气无力地说，“去她那里该怎么走？她大概已经回来了，我必须马上见到她。叫她……”

阿芙朵佳·罗曼诺夫娜没有把话说完。她已经上气不接下气了。

“索菲娅·谢苗诺夫娜得到深夜才会回来，我觉得，她本该用不了多久就会回来的，如果没回来，那就要等到很晚……”

“噢，那么您在说谎！我能看出来……您在说谎……您一直在说谎……我不相信你！我不信！我不信！”杜涅奇卡疯狂地高声叫喊，她已经失去了理智。

她好像晕过去了，倒在地上，斯维里加洛夫赶紧把她放到她身后的一把椅子上。

“阿芙朵佳·罗曼诺夫娜，您怎么了，醒一醒！这是水，您喝一点儿吧……”

他往她头上洒了点儿水。杜涅奇卡打了个冷战，醒了过来。

“真有效！”斯维里加洛夫皱着眉头小声说，“阿芙朵佳·罗曼诺夫娜，您不必担心！您要知道，他有很多朋友。我们会救他，一定会救他的。您愿意让我把他带出国吗？我有钱，三天内就能给他买到船票，至于他杀人的事情，他还会做很多好事来将功赎罪的。您不必担心，他还可以成为一位伟人呢。嗯，您怎么了？是不是身体不舒服？”

“恶棍！你居然还在笑。让我离开……”

“您去什么地方？您去什么地方啊？”

“去找他。他在哪里？您知道吗？这道门为什么上了锁？刚刚我们是从这道门进来的，可现在被锁起来了。您什么时候锁的门？”

“我们在这儿说的事儿，可不能让别人听到。我根本就没有笑，我只是不想再多说话而已。可是您这副模样能去哪里？难道您想暴露他？您会把他逼疯的，这么一来，他就会暴露自己。您要知道，已经有人在注意他，跟踪他了。您这么做，只会出卖他。等一等，我刚刚见过他，和他谈过话，还可以救他。您等一等，先坐下来，我们一起想个办法。我让您来，就是想和您单独谈谈这件事情，认真考虑一下。您坐啊！”

“您打算用什么样的办法救他？难道真能救他？”

杜尼娅坐了下来。斯维里加洛夫坐在她身边。

“这就看您的意思了，由您来决定，由您一人决定，”他两眼发光，似乎在说梦话，前言不搭后语，激动得连话也说不出来了。

杜尼娅害怕地避开他，向后退去。他也全身颤抖。

“您……只消您说句话，他就获救了！我……我来救他。我有钱，有朋友。我能马上把他送走，我有办法弄到一张护照，两张护照，一张给他，另一张给我。我有朋友，他们都是一些身手不凡的人……您愿意吗？我还可以给您也弄一张护照……为您的母亲也办一张……拉祖米欣对您有什么用？我也爱您……我非常爱您。让我吻一吻您的衣服边吧，让我吻一下吧！让我吻一下吧！听见您衣服的沙沙响声，我就无法控制。您让我做什么，我就做什么！不管您让我做什么事儿我都立刻照办，就算天大的难事，我也能办得到。您信仰什么，我也信仰什么。任何事情我都会去做！请不要这样望着我，不要这样望着我！您要知道，这让我感到非常痛苦……”

他甚至开始胡言乱语……突然间他似乎有点不对劲，感到脑袋发昏。杜尼娅赶紧站起来，跑到门口去。

“开门！开门！”她在门里朝外面高声叫喊，想让门外的人救她，同时双手拼命地摇着门。“开门！莫非外边没有人？”

斯维里加洛夫回过神来，他站起身，那还在不停地抖动的嘴唇上，渐渐地露出了一丝凶狠的笑。

“外边没有人，”他小声地、一字一顿地说，“女房东不在，你这样叫喊纯粹是白搭，发火也没用。”

“钥匙在哪里？快点儿开门，快点儿，你这卑鄙的家伙！”

“钥匙，我弄丢了，找不到了。”

“噢？你这是强奸！”杜尼娅大叫一声，她的脸色白得像死人一样，她冲到一个角落里，随手拉过来一张小桌子保护自己。

她不再大声叫喊，只是目不转睛地看着这个折磨她的人，机警地注意着他的一举一动。斯维里加洛夫站在她面前，在房屋的另一端，也是一动不动的。他非常镇定，起码从表面上看是这样，但是他的脸上也是没有一点儿血色，那副嘲笑的神态仍旧挂在他的脸上。

“阿芙朵佳·罗曼诺夫娜，您方才说‘强奸’。要是真想强奸你的话，您自己想想，我早就采取行动了。索菲娅·谢苗诺夫娜不在，卡佩尔纳乌莫夫家离这儿又那么远，中间隔着五个上了锁的房间，还有，我的力量起码比您大一倍。除此之外，我也不必害怕。因为往后您也不能起诉我：您该不会真的去暴露您的哥哥吧？并且谁都不会相信您所说的，一位年轻姑娘为什么自己一人去一个单身男人的住处呢？因此，即便暴露了您哥哥，还是无法证明您所说的一切。强奸这件事根本就无法证明，阿芙朵佳·罗曼诺夫娜。”

“下流！”杜尼娅愤怒地说。

“随便您怎样骂，可是请您注意，我只是给您提个建议。我也这么认为，您说得没错：强奸是一种下流的行为。我只是想对您说：即便……即便您心甘情愿地照我的建议去搭救您的哥哥，您也并没有违背自己的良心，您只是受环境所迫，或者干脆说是屈从暴力，如果必须用这个词语的话。您好好考虑一下：您掌握着您的哥哥和母亲的命运。我愿当您的奴隶……一生一世……我就在这里等着……”

斯维里加洛夫坐在沙发上，距离杜尼娅有八步远。她深信他已下定决心，不可动摇了，而且，她了解他的为人……突然，她从自己的口袋里拿出一把左轮手枪，扣下扳机，把拿着手枪的那只手放到桌子上。斯维里加洛夫一下子从沙发上站起身。

“噢！居然会这样！”他惊讶地高声喊道，不过脸上带着一副凶恶的嘲笑的神情，“好，事情发生了根本性的变化！阿芙朵佳·罗曼诺夫娜，您把事情变得容易解决了！但是，这把手枪您是从哪里弄到的？是不是拉祖米欣先生给您的？嗯！这是我的那把手枪，我的老相识了！当时，我到处找它！……看来，我在乡下没有白教给您射击！”

“这把手枪不是你的，而是被你这个凶手杀死的玛尔法·彼得罗夫娜的！在她家，没有你的任何东西。我就想到什么卑鄙的事儿你都能做得出来，就把这把手枪带来了。你要是敢往前走一步，我敢发誓，我就打死你！”

杜尼娅几乎要气疯了，她的手指已经扣下了手枪的扳机。

“嗯，那您哥哥呢？我只是出于好奇随便问一下。”斯维里加洛夫说道，仍然在原地站着。

“你愿意的话，就告他去吧！不许动！别过来！我会开枪的！你下毒害死了自己的老婆，我知道，你就是一个杀人凶手！……”

“您确定，是我下毒害死了玛尔法·彼得罗夫娜？”

“就是你！你曾经暗示过我，你对我提到过毒药……我知道，你买过毒药……你早就做好准备了……肯定是你干的……坏蛋！”

“就算这是真的，也是为了你……终究是因你而起。”

“胡说八道！我一直恨你，一直都恨你……”

“哎呀，阿芙朵佳·罗曼诺夫娜！您也许不记得了，您在宣传最狂热时是怎样对我有了好感，并且缠缠绵绵地流露出了那么一点儿感情……我能够从您的眼睛中看出来，你记得那个月光下的晚上吗？还有夜莺的啼叫？”

“胡说八道！（杜尼娅眼睛里冒着怒火）胡说八道！你在造谣！”

“我胡说八道？好，就算我是在胡说八道，我胡说。本来是不该对女人提这些事的。（他冷笑了一下）我知道你会开枪，你这只美丽的小野兽。好，你只管开枪吧！”

杜尼娅把手枪举起来，她依旧面色惨白，没有血色的下嘴唇在微微抖动着，一双饱含怒火的乌黑的大眼睛紧盯着他，她已决定，根据距离，等着他做第一个动作。他还从来没见过她这么漂亮。当她把手枪举起来的那一瞬间，她眼睛中射出的怒火，好像要把他点燃，让他感到很痛苦。他往前走了一步，枪声响了，子弹从他的头上呼啸而过，打到了他身后的墙上。他停下来，露出一丝微笑说：

“被马蜂蜇了一下！她对准了我的脑袋开的枪……这是什么呀？血！”一条很细的鲜血从他右面的太阳穴上流下来，他拿出手帕把血擦掉。子弹好像正好擦伤了他的头皮。杜尼娅把手枪放下，并不是感到恐惧，她诧异地看着斯维里加洛夫，似乎她也不清楚自己究竟做了什么，出了什么事儿！

“噢，您打偏了！再开一枪吧，我等着呢。”斯维里加洛夫小声说，仍然在冷笑，不过神情有点儿古怪。“你信不信，在您扣下扳机前，我就会把您抓住。”

杜涅奇卡打了个冷战，她快速扣下扳机，再次举起手枪。

“走开！”她绝望地说道，“我保证，我还会开枪的。我……我要打死你！……”

“行……只有三步，您一定能打死。但是，如果您打不死……那么就……”他那双眼睛闪着凶光，又往前走了两步。杜涅奇卡扣了扳机，可是枪没响！

“您没装好子弹。没事儿！您的枪里还有雷管。快点儿摆正，我等着。”

他站在离她两步开外的地方，压抑的眼神中充满怒火，他抱着一不做二不休的想法看着她，等待着。杜尼娅知道他宁愿死也不会让她离开。况且……况且此刻只有两步远，当然，她肯定能够打死他！……

突然，她把手枪扔了。

“扔了！”斯维里加洛夫惊诧地说，长长地舒了一口气。仿佛一个很重的东西突然从他心上掉了下来，可能这不仅仅是对死亡的恐惧，其实在这个时候，他是不怕死的。他只是从另外一种更悲哀、更忧郁的感觉中得到了解脱，究竟是什么，他自己也不知道。

他走近杜尼娅，用一只手轻轻地搂住她的腰。她没有反抗，只是像风中的树叶一样全身抖动，用恳求的目光看着他。他好像想说点儿什么，不过他的嘴只是撇了撇，什么都没说。

“你让我走吧。”杜尼娅恳求道。斯维里加洛夫打了个寒战：她这个“你”字说得和方才有点儿不同。

“难道你不爱我？”他小声问。

杜尼娅摇了一下头。

“而且……你不会……永远也不会爱我？”他绝望地轻声说。

“永远都不会爱！”杜尼娅小声答道。

在斯维里加洛夫的内心深处，又一场可怕的战争在上演。他用一种无法形容的目光看着她。突然他放开手，转过身，快步走到窗边，在窗前停了下来。

沉默了一会儿。

“钥匙在这里！（他从外衣左边口袋里掏出钥匙，把它放在身后的桌子上，没回头看杜尼娅！）拿去，马上离开！……”

他执拗地注视着窗外。杜尼娅来到桌前拿起钥匙。

“马上！马上！”斯维里加洛夫连声说，仍然没有回头，而且站着一动不动。可是“马上”这个词带着一种可怕的腔调。

杜尼娅明白这种语调是什么意思，她赶紧拿起钥匙，跑到门口，快速打开房门，冲出去。她像发疯一样跑到运河岸上，向B桥那边飞奔而去。

斯维里加洛夫在窗边又站了大概三分钟，然后他缓缓地转身，环视了一下四周，用手掌小心翼翼地擦了一下前额，脸上露出一个古怪的微笑，那是一种可怜的、悲哀的、无可奈何的、绝望的微笑。鲜血染红了他的手掌，已经干了。他恶狠狠地看着血迹，把一条毛巾浸湿，擦净太阳穴上的血。杜尼娅的那把手枪刚才被扔到了门边，此刻突然跳进了他的视野，他捡起手枪，仔细地端详着，这是一把老式的三发袖珍小手枪，里面还有两枚子弹和一根雷管，还能够再发射一次。他想了一会儿，将手枪装进口袋，拿起帽子，走出屋子。

第六节

整整这一晚上，直到十点，他出没于各个小饭馆和那些污秽不堪的地方，从这个地方出来，又到另一个地方去。他在一个地方找到了卡佳，她又在唱另一首低级流行歌曲，歌中唱的是一个“下流坯和暴君”：

怎么吻起卡佳。

斯维里加洛夫请卡佳喝酒，还请了一个背手摇风琴的流浪乐师、歌手们、跑堂的，还有两个秘书。他所以要和这两个秘书打交道，说实在的，是因为他们两个鼻子都是歪的：一个歪到右边，另一个歪到左边，这让斯维里加洛夫觉得十分有趣。他们还带着他到一个游乐园去，他给他们买了门票。这个游乐园里有一棵长了三年的细小枞树，有三个灌木丛，还开了一家“瓦格扎尔”（指19世纪上半纪游乐园的音乐厅和音乐台），其实是个小酒馆，不过也可以喝茶，摆着几张绿色的小桌和几把椅子。里面有一些蹩脚歌手在合唱，还有一个从慕尼黑来的德国人，喝得醉醺醺的，好像是个小丑，虽然他鼻子是红的，但是神情沮丧，他和那些歌手的表演都是为客人们助兴的。那两个秘书和另一些秘书发生了争吵，就要打起来了，他们推选斯维里加洛夫作裁判，给他们评评理。斯维里加洛夫给他们评了差不多一刻钟了，可是他们还在大嚷大叫，简直无法弄清是怎么回事。只有一点是明确的，他们当中有一个偷了东西，就在这儿卖给了一个偶然碰到的犹太人，可是卖掉以后，又不愿把赃款分给自己的同伴。原来那件给卖掉的东西是这家“瓦格扎尔”的一把茶匙，“瓦格扎尔”里发现茶匙不见了，追究起来，于是事情就变得麻烦了。斯维里加洛夫赔了茶匙，站起来，走出了游乐园。已经差不多有十点了，这段时间里他自己连一滴酒也没喝过，只是在“瓦格扎尔”里要了一杯茶，而且就连这也多半是为了遵守人家的规矩。这天晚上又闷又热，天阴沉沉的。这时候，黑压压的乌云从四面八方涌来，一声炸雷，挺吓人的，倾盆大雨犹如瀑布一般倒下来。雨水不是一滴一滴地落下，而是像一条条激流倾注到地面。不停地打闪，每次闪电持续的时间都可以从一数到五。他浑身湿透了，回到家里，锁上房门，打开写字台上的抽屉，把所有的钱都取出来，还撕掉了两三张借据。然后他把钱装进衣袋，本想换套衣服，可走到床边，留心听了听雷声和雨声，心想，算了，于是拿起帽子，没有锁门，就走了出去。他径直走到索尼娅的家，她在家。

她的家里不止她一个人，卡佩尔纳乌莫夫的四个小孩子团团地围着她。索菲娅·谢苗诺夫娜正在喂他们喝茶。她默默地、恭恭敬敬地迎接斯维里加洛夫，惊讶地看了看他那件湿透的大衣，可是一句话也没说。孩子们马上害怕地跑掉了。

斯维里加洛夫坐到桌边，让索尼娅坐到他身旁，她害羞地准备好听他说话。

“索菲娅·谢苗诺夫娜，我可能要去美国了，”斯维里加洛夫说，“这大概是我最后一次跟您见面了，所以我得来做个安排。嗯，今天您见到那位太太了吗？我知道她会对您说些什么，用不着重述了。（索尼娅稍微挪动了一下，而且脸红了。）这种人的脾气是众所周知的。至于您的妹妹和弟弟，他们的确都给安置好了，我送给他们的钱也都交给了有关方面，交到可靠的人手里，收据也拿到了。不过，这些收据还是您拿去保存吧，以防万一。给，请您收下！嗯，现在这件事就算办完了。这是三张五厘的债券，一共三千卢布，请您收下这笔钱，这是给您的，这是我们两个人之间的事情，不要让任何人知道，不管以后您会听到些什么。您是需要这些钱的，因为，索菲娅·谢苗诺夫娜，照以前那样生活下去，很不好，而且也不必再那样作践自己了。”

“您的大恩大德真让我感激不尽，那些孤儿们还有去世的继母都受了您的恩惠，”索尼娅急忙说，“如果说，到现在我也没有正式向您表示感谢，那么……请您别以为……”

“哎，够了，够了。”

“不过这些钱，阿尔卡季·伊凡诺维奇，虽然我非常感谢您，可是我现在不需要这些钱了。我一个人，总可以养活自己，请不要以为我忘恩负义。既然您这样乐善好施，那么这些钱……”

“给您，给您，索菲娅·谢苗诺夫娜，请您收下，别再多说了，因为我没有时间了。您会需要这笔钱的。罗吉昂·罗曼诺维奇有两条路可走：要么对准额头开枪自杀，要么去西伯利亚。（索尼娅诧异地看了看他，开始浑身发抖。）您别担心，我什么都知道了，是他自己说的，我可不是个乱说话的人，我绝不会告诉任何人的。那时候您劝他去自首，这是对的，这对他来说要好得多。嗯，如果要去西伯利亚，——您也会跟他去，不是吗？是这样吧？是这样吧？好吧，如果是这样，那么就是说，你是需要一笔钱的。为了他，您需要钱，您明白吗？我把钱送给您，也就等于送给他。何况您还答应过阿玛莉娅·卡捷琳娜·伊凡诺夫娜，要还清欠她的钱，我听别人说的。索菲娅·谢苗诺夫娜，您怎么就这么轻易地承担了卡捷琳娜·伊凡诺夫娜的债呢，又不是您欠那个德国女人的债，您根本就不该理睬她。在这个世界上，您这样的好心人是没法活下去的。嗯，如果以后有人问您，——明天或者后天——有人向您打听有关我的事情（会有人来问您的），那么千万不要提起我现在到您这儿来的事，决不要把钱拿给任何人，也决不要对任何人说我曾经送给您钱绝对不能说。好，那么再见吧。（他从椅子上站了起来。）请问候罗吉昂·罗曼诺维奇。顺带说一声：暂时您可以把钱托拉祖米欣先生代为保管。您认识拉祖米欣先生吗？应该是认识的，那是个还不错的小伙子，明天就把钱送到他那里去，或者……到时候再说吧。送过去之前一定要好好保管起来。”

索尼娅也从椅子上很快站起来，惶恐地瞅着他，她很想说点儿什么，问他点事情，可是在开头几分钟里她不敢说，也不知道该怎样说。

“您怎么……您怎么，现在下着这么大的雨，您就要走吗？”

“嗯，要去美国，还怕下雨，嘿！嘿！别了，亲爱的，索菲娅·谢苗诺夫娜！您要活下去，好好活下去，您会给别人带来福气的。顺便说一声……请您对拉祖米欣先生说，我请您代我向他致意，您就这样对他说：阿尔卡季·伊万诺维奇·斯维里加洛夫向您致意。一定要对他说。”

他走了，只剩下了索尼娅一个人。她感到惊讶和恐惧，心情沉重而又感到纳闷，可又说不清究竟是疑惑什么。

他离开索尼娅以后，在晚上十一点多钟，又进行了一次反常和莫名其妙的访问。雨一直在不停地下。十一点二十分的时候，他浑身透湿地走进了瓦西利耶夫岛第三干线马雷大街上他未婚妻父母家那所狭小的住宅。费了好大的工夫才敲开了门，起初他的到来引起了他们极大的惊慌和不安，但是他这样的人，只要愿意，阿尔卡季·伊凡诺维奇可以做到举止态度都很有风度，所以他未婚妻那深明事理的父母最初的猜测（虽说他们的猜测是很敏锐的）马上就烟消云散了——他们本以为阿尔卡季·伊凡诺维奇准是喝得酩酊大醉，因为失去了理智才闯来的。未婚妻善良又深明事理的母亲把虚弱无力、坐在安乐椅里的父亲推到阿尔卡季·伊凡诺维奇跟前，像往常一样，询问一些她其实并不关心的问题。（这个女人从来不直截了当地提问题，总是先微笑，搓搓手，然后，如果一定想知道什么，譬如说，阿尔卡季·伊凡诺维奇愿意定在哪一天举行婚礼，那么她就会提出一些最有趣的问题，而且渴望得到解答，比如询问有关巴黎的种种事情和那里的宫廷生活，然后才辗转谈到瓦西利耶夫岛的第三干线上来。）如果是别的时候，这种谈话方式当然会让人十分尊敬，然而这一次阿尔卡季·伊凡诺维奇不知为什么却显得特别没有耐心，他坚决要求见他的未婚妻，尽管一开始就已经告诉过他，未婚妻已经睡了。当然，未婚妻还是出来了，阿尔卡季·伊凡诺维奇直截了当地对她说，由于发生了一件很重要的事，他必须离开彼得堡一段时间，所以给她送来了票面不同的一万五千银卢布纸币，请她收下这笔钱，作为送给她的礼物，他早就打算在结婚之前把这一点儿钱送给她了。不过，这样的解释丝毫也不能说明，这礼物与立刻动身出门和一定要冒雨在深更半夜来有什么必然的逻辑联系，然而事情却十分顺利地对付过去了。就连必不可免的“哎哟”和“啊呀”以及刨根究底的询问和惊讶，不知为什么也被控制得很好了，但是对他表达了最热烈的感激，那位最理智的母亲甚至感激涕零，令这种感激显得更加的深切。阿尔卡季·伊凡诺维奇站起身，笑了笑，吻了吻未婚妻，拍了拍她的小脸蛋儿，肯定地说，他不久就会回来。他看到了她的眼睛里虽然带着孩子的好奇，但同时也好像向他提出一个十分严肃的无声的问题，他想了想，又去吻了吻她，心里真诚地感到遗憾，因为他的礼物立刻就会给锁起来，由这位最明事理的母亲来保管了。他走了，留下那些人在那里继续兴奋。然而那位富有同情心的母亲很快得出几个重要的结论，确切地说，就是认为阿尔卡季·伊凡诺维奇是个大人物，是个有作为的人，有很多关系，是个大富翁，——天知道他脑袋里装着什么想法，忽然想要出门，马上就走；忽然想要送钱，立刻就把钱送给别人，所以，用不着大惊小怪。当然，他浑身湿透地来，这让人感到很奇怪，不过，譬如说吧，英国人比这还要奇怪，而且这些上流社会的人都不在乎人家怎么评论他们，也不拘礼节。也许他说不定是故意这样做，好让人看看，他谁也不怕。而主要的是，这件事无论对谁都不能提一个字，天知道会产生什么后果。至于钱嘛，得赶紧锁起来，而且当然啦，菲多西娅一直待在厨房里，这可是再好也不过的事了，更主要的是，绝对，绝对，绝对不要对那个诡计多端的列斯丽赫讲这件事，等等。他们坐在那里悄悄地议论着，一直谈到两点钟。不过，未婚妻早就去睡觉了，她感到奇怪，又有点儿心烦。

斯维里加洛夫在半夜的时候过了X桥，往彼得堡那个方向走去。雨停了，风却在呼啸。他冷得不住地发抖，有一会儿工夫，他怀着一种特别的好奇心，甚至是带着疑问望着小涅瓦河里黑魆魆的河水。但是他站了没多久就感觉冷得受不了了，于是转身往X大街走去。他在长得好像没有尽头的X大街上迈着大步走着，将近走了半个钟头。黑暗中，不止一次地在那条用木块铺成的路面上绊倒，可他还是不死心地一直在大街右侧寻找着什么。不久前他从附近经过这里，就在这里的一个地方，大概在大街的尽头，看到过一家木结构的旅馆，不过相当宽敞，旅馆的名称印象中好像是叫阿德连诺波尔。他的推断是正确的，在这样荒凉的地方，这家旅馆是非常显眼的，就是在黑夜里，也不可能找不到它。这是一座已经发黑的长长的木头房子，尽管已经是深夜了，房子里仍然灯火通明，里面仍然很热闹。他走了进去，在走廊上碰到一个穿得破破烂烂的人，他问那个人有没有房间。那人打量了一下斯维里加洛夫，精神顿时振作起来，立刻把他领到尽头的一间房里，这间房子又闷又狭小，缩在走廊尽头一个角落里，就在楼梯底下。但是再没有别的房间了。全都客满了。那个穿得破破烂烂的人疑惑地望着他。

“有茶吗？”斯维里加洛夫问。

“有，先生。”

“还有别的吗？”

“小牛肉，伏特加，冷盘。”

“拿点小牛肉和茶来。”

“不需要别的什么了吗？”那个穿得破破烂烂的人甚至有点儿疑惑不解地问。

“什么也不要了，什么也不要了！”

那个人大失所望地走了。

“想必这是个好地方，”斯维里加洛夫想，“我以前怎么不知道呢。大概，我这副样子也像是从哪儿的夜酒店里出来的，半路上遇到什么事了的。不过我真想知道，经常住在这里，在这里过夜的是些什么人？”

他点着了蜡烛，更仔细地看了看这间屋子。这间小屋竟是这么矮小，斯维里加洛夫站在里面几乎连腰都直不起来。屋里只有一扇小窗子，床很脏，一张油漆过的普通桌子和一把椅子差不多占据了全部空间。看样子墙壁好像是用木板钉成的，墙纸又脏又破，上面已经积满了灰尘，很多地方都撕破了，它们的颜色（黄的）还依稀可以辨认出来，可是花纹已经完全看不出来了。和一般顶楼的情况一样，天花板有一部分是倾斜的，不过这儿的斜面上边就是楼梯。斯维里加洛夫放下蜡烛，坐到床上，陷入沉思。然而隔壁一间小屋里却一直在嘀嘀咕咕地说个不停，有时还会提高声调，像在叫喊，这最终引起了他的注意。从他一进来，这低语声就没停止过，他侧耳倾听：有人在骂另一个人，几乎是在哭着责备他，不过听到的只是一个人的声音。斯维里加洛夫站起来。用一只手把蜡烛遮住，墙上的一条裂缝里立刻亮了起来；他走近前去，开始往里窥视。那间房间比他这一间稍大一点儿，里面住着两个人，其中一个没穿长礼服，有一头卷曲异常的卷发，红扑扑的脸，情绪十分激动，他站在屋里，姿势活像个演说家，两腿叉开以保持平衡，用一只手捶着自己的胸膛，激昂慷慨地在责骂另一个人，说他是个叫花子，说他连个一官半职都没捞到，还是他把他从泥坑里拉出来的，什么时候想赶他走，就可以赶他走，还说，这一切只有上帝知道。那个受指责的朋友坐在椅子上，看样子像是很想打喷嚏，可又怎么也打不出来。他偶尔用浑浊的羊眼睛看看那个演说家，但显然一点儿也不明白，他在说些什么，甚至根本就没有听到什么。桌子上的蜡烛快要燃尽了，桌上还摆着一个差不多空了的、伏特加细颈玻璃瓶，还有几只酒杯，一些面包，几只玻璃杯，几根黄瓜和一只空茶杯。斯维里加洛夫仔细看了看这个场景，觉得与自己无关，于是离开那条缝隙，又坐到了床上。

那个穿得破破烂烂的人拿着茶和小牛肉过来了，忍不住又问了一次："还需要什么吗？"听到的又是否定的回答，于是就走了。斯维里加洛夫急忙去喝茶，想暖一暖身子，一口气喝了一玻璃杯，却一口肉也没吃，一点都没有胃口。他大概发起烧来了。他脱下大衣，短外衣，裹着被子躺到了床上。他感到有点失落："这一次最好还是别生病，"他这样想着，发出一声冷笑。屋里很闷，烛光也很暗淡，外面风声依旧呼啸，老鼠不知在哪个角落里啃着东西，而且整个房间里好像有一股老鼠味和皮革的气味。他躺着，仿佛开始做梦了：思绪万千，此起彼伏。他似乎很想让思想停留在某一件事情上。"窗外大概是个花园吧，"他想，"树在簌簌地响，我最讨厌夜里刮大风下暴雨，黑暗中传来树木簌簌的响声，让人很不舒服！"他想起刚才经过彼得罗夫公园的时候，甚至一想到这种声音，就觉得反感。这时他又想起了T桥和小涅瓦河，于是又像站在河边的时候那样，似乎觉得浑身发冷了。"我一生中从来就不喜欢水，即便是在风景优美的地方，"他想，突然又为一个奇怪的想法不禁发出一声冷笑："似乎，这些美学和舒适之类的问题，现在应该都无所谓了，可正是在这时候，我却变得特别爱挑剔了，就像一头野兽在这种情况下一定要给自己挑个合适的地方。刚才我真该回彼得罗夫公园去！大概是觉得那里太暗，也觉得冷吧，嘿！嘿！可能是想要舒服点吧！……可是，我为什么不把蜡烛熄掉？（他熄掉了蜡烛。）隔壁已经睡了，"他想，因为刚才窥视的那条缝隙里已经没有灯光了。"唉，玛尔法·彼得罗夫娜，要是现在您来该多好，天又黑，地方也挺合适，而且正是时候。可现在您偏偏不来……"

不知为什么他突然想起，不久前，就在他要实行诱骗杜涅奇卡计划之前的一小时，他向拉斯柯尔尼科夫建议，把她托付给拉祖米欣，让他来保护她。"真的，正像拉斯柯尔尼科夫所猜想的那样，当时我说这话，真是跟自己过不去。不过这个拉斯柯尔尼科夫真是诡计多端！他经历了那么多的事情。等过一段时间，等到他不再胡思乱想，变聪明了以后，准会成为一个大骗子的，可是现在他却太想活下去了！就这一点来说，这种人是卑鄙的。哼，去他的吧，随他的便，与我什么相干。"

他怎么也睡不着。渐渐地，杜涅奇卡刚才的形象又出现在他的面前，突然，他打了个寒战。“不，现在应该放弃这个念头了，”他清醒了过来，这样想，“应该想想别的事情。真是奇怪，真可笑：我从来也没对什么人有过深仇大恨，甚至从来也没想要报复谁，不是吗？这可是个坏兆头，坏兆头！我也不喜欢跟人争论什么，不发脾气——这也是坏兆头！刚才我向她许下了那么多诺言，呸，见鬼！大概，她会用什么办法让我洗心革面重新做人吧……”他又不做声了，而且咬紧了牙。杜涅奇卡的形象又在他面前出现了，就是她第一次开枪的时候那样，那时她吓得失魂落魄，放下了手枪，面无人色，就那样望着他，所以两次他都可以抓住她，她都不会举起手来自卫，如果不是他提醒她的话。他想起，在那一瞬间，他似乎可怜起她来了，似乎他的心揪紧了……“唉，见鬼！又是这些念头，这一切都应该丢掉，丢掉！……”

他睡得迷迷糊糊。寒热病的发抖也慢慢褪去了，突然好像有个什么东西在被子下面从他手臂上和腿上跑了过去。他打了个哆嗦：“呸，见鬼，这好像是只老鼠！”他想，“那盘小牛肉我还摆在桌子上的……”他很不想掀开被子起来，让自己着凉，可是突然又有个什么让人很讨厌的东西从他腿上很快跑了过去。他不得不撩开被子，点着了蜡烛。他不禁打了个寒战，俯身仔细看了看床上，什么也没有。他抖了抖被子，突然有一只老鼠跳到了床单上。他急忙去抓它，可是老鼠并不跳下床去逃走，却在床上东窜西窜，从他指缝间溜掉，从他手上跑过去，突然一下子钻到了枕头底下，他把枕头扔掉；但是一会儿又感觉到有个什么东西跳进他的怀里，从他身上飞快地跑过去，已经跑到背上，钻到衬衫底下去了。他猛地打了个寒战，彻底清醒了。屋里还是那么暗，他像刚才一样，裹在被子里，躺在床上，窗外风声哀号。“真讨厌！”他烦恼地想。

他起来，背对着窗户坐到床边。“干脆别睡了，”他拿定了主意。可是窗边有一股冷气和潮气袭来，他没有站起来，把被子拉过来，裹到身上。他没有去点蜡烛。他什么也不想，而且也不愿想，可是幻想却一个接着一个出现，一个个思想的片断，没头没尾，断断续续，稍纵即逝，一闪而过。他迷迷糊糊，似睡非睡。不知是寒冷，还是黑暗，是潮湿，还是窗外呼啸着摇撼着树木的风，在他心中激起对幻想强烈的喜爱和渴望，——可是浮现在眼前的总是花。他想象出一片迷人的风景：阳光明媚的一天，天气很暖和，稍微有点炎热，还是个节日——圣灵降临节[1]。一座英国式豪华精致的乡村住宅里，周围花坛里鲜花盛开，花

[1] 在复活节后的第五十天。

香袭人，住宅周围是一垅垅菜畦，植物的藤蔓爬满走廊，台阶上摆满一排排玫瑰，一道明亮、清爽的楼梯上面铺着豪华的地毯，两边摆满栽种着奇花异卉的中国花盆。他特别喜欢摆在窗口的那些盛着水的花瓶，一束束洁白、娇嫩的水仙插在花瓶里，碧绿、肥壮的长茎上垂下一朵朵白花，花香浓郁。他对它们爱不释手，但是他走上楼去了，走进一个宽敞高大的大厅，这儿也到处都是鲜花：窗户旁边，通往凉台敞着的门、露台上——到处都摆着门，门边摆满了花。地板上撒满刚刚割下的芳草，窗子都敞着，凉爽的微风送进清新的空气，窗外传来嘤嘤鸟叫。大厅中央，几张铺着洁白缎子台布的桌子上停放着一口棺材，这口棺材包着那不勒斯白丝绸，丝绸边上镶着厚厚的白色皱边，四面缠绕着鲜花编成的花带。一个小姑娘躺在棺材里的鲜花中间，她穿一件透花白纱连衫裙，一双好似用大理石雕成的手叠放在胸前。但她那披散开的淡黄色的头发却是湿的，头上戴着一顶玫瑰花冠。她那表情严肃、已经僵化的脸的侧面也好像是用大理石雕成的，但是那惨白的嘴唇上的微笑却充满失去了稚气的无限悲哀，而且带着深深的抱怨。斯维里加洛夫认识这个小姑娘。这口棺材旁没有圣像，也没点蜡烛，也听不到祈祷的声音。这个小姑娘是自杀的——投水自尽的。她只有十四岁，但她的心已经支离破碎了，因为心灵上受了侮辱而毁了自己。那样的侮辱吓坏了这颗幼小、稚嫩的童心，把它震碎了，意外的耻辱玷污了她那天使般纯洁的心灵，迫使她从胸中迸发出最后一声绝望的呼喊，但是长夜漫漫，黑暗无边，虽已开始解冻，却还潮湿寒冷，而且狂风怒吼，这一声遭受饱含屈辱的呼喊并没有被人听见……

斯维里加洛夫醒了过来，从床上起来，大步走到窗前，摸索着找到了插销，打开窗子。风猛烈地吹进他这间狭小的斗室，仿佛往他脸上和仅有一件衬衫遮盖着的胸脯上贴了一层冷冰冰的霜花。窗外真的像个花园，看来也是个游乐园，大概白天也有歌手在这里唱歌，他们也给人往小桌子上送茶。水珠从树上和灌木丛上飞进窗里，因为天色还很暗，就像在地窖里似的，所以勉强能分辨出某些物体的轮廓。斯维里加洛夫弯下腰，胳膊肘撑在窗台上，他已经目不转睛地对着这片黑暗望了五分钟了。黑暗的夜色中传来一声炮响，接着又一声。

“啊，号炮响了，看来河水暴涨了[1]，”他想，“到早晨的时候水就会涌进低洼的地方，涌到街上，淹没地下室和地窖，地下室里的老鼠

[1] 1865年6月29日到30日的夜里，彼得堡下了暴雨，河水猛涨，曾鸣炮报警。海军部大厦顶楼挂了信号旗，夜晚在房檐挂上了灯笼。

会漂浮在水面上，浑身湿透的人们也将在风雨中咒骂着，把自己的那些破烂儿拖到上面几层去……现在几点了？”他刚一这样想，附近不知什么地方的挂钟匆匆忙忙地滴答起来，打了三响。“哎哟，再过一个钟头天就要亮了！还等什么呢？现在就走，去彼得罗夫公园，在那儿随便什么地方挑一个大灌木丛，被雨淋透的灌木丛，只要用肩膀稍微碰一碰，就会有千百万颗水珠滴到头上……”他把窗户关上，回到里面，点着蜡烛，穿上短上衣和大衣，戴上帽子，举着蜡烛，走到走廊上，想找到那个穿得破破烂烂的人，（他正睡在一间小屋里，被一堆堆废物和蜡烛头包围着。）把房钱交给他，然后从旅馆里出去。“这是最合适的时间，再也挑不到更好的时间了！”

他在那狭长的走廊上走了很久，一个人也找不到，正想要高声呼喊的时候，突然在一个黑暗的角落里，一个旧橱子和门之间看到一个奇怪的东西，好像还是活的。他举起蜡烛，弯下腰去，看到一个孩子——一个五岁左右的小姑娘，不会比五岁更大了，她身上的那件小连衫裙已经湿透了，像一块擦地板的抹布。她浑身发抖，还在哭泣。看到斯维里加洛夫，她似乎并不害怕，用她那双乌黑的大眼睛看着他，目光中带着茫然和惊讶，她间或抽泣几声，就像所有孩子一样，哭了很久，不再哇哇大哭了，甚至已经不再伤心了，却还会间或抽泣一下。小姑娘的脸色苍白，样子很憔悴。她冻僵了，不过，“她是怎么来到这里的？她准是躲在这里，一宿没睡。”他开始跟她说话，小姑娘一下子变得活跃起来了，用孩子特有的的语言痛快地回答他的问题。她说到妈妈，说是妈妈打她，还说有只什么碗叫她给打破了。小姑娘没完没了地说着，从她说的这些话里基本可以猜出，这是个没人疼爱的孩子。她的母亲大概就是这家旅馆里的厨娘，经常喝得烂醉，然后就把她毒打一顿，还吓唬她。小姑娘打破了妈妈的一只碗，吓坏了，所以昨天晚上逃了出来。她大概在院子里什么地方躲了好久，一直淋着雨，最后又偷偷地溜到这里，藏在大橱子后面，在这个角落里坐了整整一夜，她一直在哭。由于潮湿、黑暗和害怕，浑身不住地发抖，要是她妈妈知道了这些，她一定又要挨一顿打。他把她抱起来，走回到自己的房间里，把她放到床边，给她脱去湿淋淋的衣服。她赤脚穿着的那双破鞋子早湿透了，仿佛她整夜都是站在水洼里的。给她脱掉衣服以后，他把她放到床上，给她盖上被子，连头也给盖上了。她一会儿工夫就睡着了。做完这一切以后，他又闷闷不乐地沉思起来了。

“瞧，又在多管闲事了！”他突然想，心里有一种痛苦和气愤的感觉。“真是荒唐！”他苦恼地拿起蜡烛，心想无论如何得找到那个穿得破破烂烂的人，赶快离开这儿。“哎呀，小姑娘！”他心中想道，咒骂了一句，但门已经开了，可是他又回来看看那个小姑娘，看她是不是还在睡，睡得怎么样？他小心翼翼地把被子稍微掀开一个角儿，小姑娘睡得很熟，很香。她在被子里已经暖和过来了，苍白的面颊上泛起了红晕。可奇怪的是，这红晕看上去仿佛比一般孩子们脸上的红晕更加鲜艳、浓郁。“这是发烧的缘故，”斯维里加洛夫想，这就像喝酒后脸上泛起的红晕，就好像给她喝了满满的一杯酒。鲜红的嘴唇仿佛在燃烧，冒着热气，不过这是怎么回事？他突然感觉到，她那长长的黑睫毛仿佛在抖动，在眨巴着，好像要抬起来了，一只狡猾、锐利、完全没有孩子气的眼睛从睫毛底下向外偷偷张望，在递眼色，似乎她并没睡着，而是假装睡着了。是的，真是这样的：她嘴唇张开，带着一点微笑，嘴角微微抖动着，还在努力忍着。不过，瞧，她现在实在是再也忍不住了，现在是真真实实地笑，明显地笑了。那张完全没有孩子气的脸上露出一种无耻的、挑逗的神情，这是淫荡，是风流女人的面孔，是法国妓女的无耻的脸。瞧，那双眼睛毫无预兆地睁开来，用火热的、无耻的目光打量着他，引逗他，而且在笑……在这笑容里，在这双眼睛里，在这孩子的脸上这些下流无耻的表情里，有一种丑恶和可耻的东西。“怎么！一个五岁的孩子！”斯维里加洛夫喃喃地说，他真的吓了一跳，“这……这是怎么回事？”可是她已经把那红艳艳的小脸完全转过来了，面对着他，伸出双手……“啊，该死的！”斯维里加洛夫慌张地大喊一声，举起手来……可是就在这时候他醒了。

他仍然睡在那张床上，还是裹在被子里，像睡前那样。蜡烛没有点着，窗子上已经发白，天已经大亮了。

“整夜都在做噩梦！”他气愤地欠起身来，顿时觉得浑身无力，骨头酸痛。外面大雾弥漫，什么都看不清。都快五点了，他睡过了头！他坐起来，穿上还湿着的短外衣和大衣。他从衣袋里摸到了那支手枪，掏出来，摆正了底火，然后坐下，从口袋里掏出一本笔记本，在最醒目的卷头页上写了几行大字。写完又看了一遍，然后胳膊肘支在桌子上，开始想事情。手枪和笔记本就放在那儿，就在胳膊肘旁边。几只醒来的苍蝇在桌子上那盘没有吃过的小牛肉上慢慢地爬。他盯着它们看了很久，然后伸出一只手去捉苍蝇，他试了好多次，弄得疲惫不堪，可是怎么也捉不到。最后当他清醒过来，意识到自己在干这种可笑的事，打了个寒战，然后站起身，毅然走出了房门。过了一会儿，他已经来到了街上。

乳白色的浓雾笼罩在城市上空。斯维里加洛夫在用木块铺成的又滑又脏的马路上往小涅瓦河那个方向走去。他仿佛看到了一夜之间涨高了的小涅瓦河水，仿佛看到了彼特罗夫岛、湿漉漉的小路、湿淋淋的草、湿淋淋的树木，最后仿佛又看到了那丛灌木……他懊恼地去看旁边的一排排房子，尽量让自己想点别的事情。大街上一个行人都没有，连一辆马车都没遇到。那些肮脏的鲜黄色的小木屋，百叶窗紧闭，让人觉得凄凉。寒冷的湿气浸入他的全身，让他觉得浑身发冷。有时他看到一些小铺和菜店的招牌，每块招牌他都要仔细看一遍。木板铺的路面已经到了尽头，他来到一幢很大的石头房子旁边。一条脏兮兮的、冷得直发抖的小狗夹着尾巴从他面前跑着横穿过马路。一个穿着军大衣、烂醉如泥的醉鬼脸朝下在人行道上趴着。他看了一眼那个醉鬼，继续往前走去。他的左边隐约露出一个高高的瞭望台。“噢！”他突然想，“这个地方就不错嘛，干吗非要到彼特罗夫公园去？至少有个正式的证人……”这个新想法让他高兴了一下，于是他转弯走到C大街上去。那幢有瞭望台的大房子就在这里。房子的大门关着，门边站着一个矮个子的人，他把肩膀靠在门上，身上裹着一件士兵穿的灰大衣，头戴一顶阿喀琉斯[1]式的铜盔。他睡眼惺忪地朝正走过来的斯维里加洛夫冷冷地瞟了一眼，脸上露出那种永远都不满足的悲哀神情，犹太民族所有人的脸上无一例外都带着这副不快的神情。有那么一会工夫，他们俩，斯维里加洛夫和“阿喀琉斯”都在默默地打量着对方，最后，“阿喀琉斯”觉得不大对头，这个人并没有喝醉，可是站在离他三步远的地方，死死盯着他，什么话也不说。

“您想干什么，您要在这儿干什么？”他说，仍然站着一动不动，没有改变自己的姿势。

“啊，不干什么，老兄，您好！”斯维里加洛夫回答。

“这儿不是你要找的地方。”

“老兄，我要到外国去了。”

“到外国去？”

“到美国。”

“到美国？”

斯维里加洛夫掏出手枪，扳起扳机。“阿喀琉斯”皱起了眉头。

“您要干什么，这玩意儿，这里可不是干这种事的地方！”

“为什么不是地方？”

“因为，你找错地方了。”

---

[1] 阿喀琉斯是荷马的史诗《伊利亚特》中的英雄。此处“阿喀琉斯式的铜盔”，指消防队员的铜盔。

“唉，老兄，反正都一样，这地方挺合适的。要是有人问起，你就回答说，他到美国去了。”

他把手枪抵住自己右边的太阳穴。

“您要干什么，这里不行，不许在这儿！”“阿喀琉斯”慌了神，瞳孔变得越来越大。

斯维里加洛夫扣动了枪机。

第七节

就在那一天，大概是在晚上六点多钟的时候，拉斯柯尔尼科夫来到了母亲和妹妹的住处，——就是拉祖米欣给她们找的巴卡列夫房子里的那套房间，楼梯直接通到街上。拉斯柯尔尼科夫来到门口，一直在徘徊，好像在犹豫：是进去呢，还是不进去？不过他无论如何也不能回去，他已经下定决心了。“反正她们还什么都不知道，”他想，“已经习惯把我看做一个怪人了……”他的衣服完全不像样子了，淋了一夜的雨，全都脏了，而且有的地方还划破了。由于疲倦，又淋了雨，他体力已经消耗殆尽，再加上差不多一昼夜的内心斗争，他的脸都扭曲了。整整这一晚，天知道他是在哪儿度过的，不过至少他已经拿定了主意。

他敲了敲门，给他开门的是母亲，杜涅奇卡不在家。就连女佣也不在。普莉赫丽娅·亚历山大罗夫娜又惊又喜，一句话也说不出来，随后抓住他的一只手，把他拉进屋里。

“啊，你终于来了！”她哽咽着说。“罗佳，我这副模样接待你，一把鼻涕一把泪的，你不要生气。我这是在笑，不是哭。你以为我在哭吗？不，我这都是高兴的，我就有这么个习惯：爱流泪。从你爸爸死后，我总是哭。坐吧，亲爱的，我看你一定累了。哎呦，你身上怎么这么脏！”

“妈妈，昨晚我淋了一夜的雨……”拉斯柯尔尼科夫说道。

“噢，不，不！”普莉赫丽娅·亚历山大罗夫娜立刻打断他的话，“你以为我还会像从前那样问长问短，盘问你吗？你放心吧，不会的。我明白了，我都明白了。现在我已经学会像这里的人那样行事了，的确，我也看出这里的人比较聪明，我已经彻底想通了，我怎么能明白你的想法，而且要求你给我解释清楚呢？大概只有上帝才知道你脑子里在想些什么，或者又有了什么计划，我怎能逼问你，问你是怎么想的呢。瞧……唉，上帝啊！我为什么像个疯子一样来回奔波呢？……罗佳，你发表在杂志上的那篇论文，我已经看了三遍了，是德米特里·普罗柯费奇让我看的。我一看见那篇论文，就大叫起来，我发现自己真是个大笨蛋，原来他在做这件事儿，这便是事情的答案！那时候他脑子里说不定正在酝酿着新的想法，他正在斟酌，然而我却折磨他，打搅他。我在读那篇文章，我的孩子，不用说，很多地方不懂，可这是正常的，我哪能都看明白呢？”

“让我看一眼，妈妈。”

拉斯柯尔尼科夫接过杂志，浏览了一下自己的文章。不论这与他的处境和心情多么不协调，可是他心里仍然有种别样的苦中带甜的感觉，就像每个作者第一次看到自己的作品被刊登出来时一样，再说他才二十三岁。这样的感觉只持续了短短几分钟。他看了几行之后，又皱起眉头，一种可怕的忧愁紧紧地揪着他的心，最近几个月以来所有的内心斗争突然又都来了，他心烦意乱地把文章丢在桌上。

“可是，罗佳，不论我有多傻，我也知道，你不久就会变成我国学术界的头号人物，会成为第一流人物的，他们居然敢说你疯了。哈哈哈！你不知道——他们确实都那么认为！噢，这些卑微的小人，他们哪知道聪明人是什么样子呢！但是就连杜涅奇卡也差点相信他们说的了——太糟糕了！你去世的父亲曾给杂志投过两次稿，第一次是一首诗（手稿我还保存着，以后给你看），后来是一部中篇小说（我自己要求要给他抄写的），我们两个拼命祈祷，希望能被采用——但是最后还是没有！罗佳，前几天，我看到了你的衣裳，看到你怎么过日子，看到你吃的是什么、穿的是什么了，我的心都快碎了。可是现在我明白了，我这人真是太傻了，因为靠你的智慧和天赋，很快就能获得一切。看样子，你现在并不想这么做，由于你正在做一些颇为重要的事……”

“杜尼娅不在吗，妈妈？”

“不在，罗佳。她经常不在家，把我自己丢在家里，好在德米特里·普罗柯费奇经常过来陪我坐一会儿，我们总是提到你。他爱你，尊敬你，我的孩子。我的意思不是说你妹妹不尊敬我，我对她没有任何抱怨，她有自己的性格，我有我自己的性格嘛。她好像有了自己的秘密，不过我对你们没有什么秘密。当然了，我相信杜尼娅十分聪明，并且她很爱我，也爱你……可是我不知道这些会带来什么样的结果。罗佳，你来看望我，我感到非常高兴，但是她出去散步了，见不到你。等她回来以后，我会跟她说：你不在的时候，你哥哥回来过，你去哪里了？罗佳，你也不要太迁就我，你能来就来，不能来也没事儿，我是可以等的。无论如何，只要我知道你爱我就够了，我会看你写的那篇文章，听大家谈论你的情况，或者，你偶尔来看看我，难道还有比这更幸福的吗？噢，你现在不就是来安慰你母亲了吗，我明白……’”

说到这儿，普莉赫丽娅·亚历山大罗夫娜突然哭了。

“我又哭了！你不要管我，我太傻了！主啊，我怎么老坐在这里呢，”她很快地站起来大声说，“有咖啡呀，我怎么不给你喝！看，这就是老太婆的自私。我现在，现在就去拿！”

“好妈妈，不必了，我这就要走了。我并不是为了喝咖啡来的。请您听我说。”

普莉赫丽娅·亚历山大罗夫娜疑惑地回到他跟前。

“好妈妈，不论出什么事儿，不论您听到有关我的什么情况，不论别人对您说我怎么了，您能像现在这样一直爱我吗？”他突然冲动地问，他不假思索，也没有斟酌就说出来了。

“罗佳，罗佳，你怎么了？你怎么这么问呢？谁会在我面前说你坏话呢？况且，不论谁来告诉我什么，我不会相信任何人的话，我会直接把他赶出去。”

“我向您保证，我一直都爱您，这会儿我非常高兴，因为只有我们俩，杜涅奇卡也不在，”他还是那么激动地继续往下说，“我来是想当面告诉您，也许您会遇到不幸的事情，不过您应当相信，您的儿子爱您胜过爱他自己，您以前认为我太冷酷，不爱您，其实并不是那样的。我会永远爱您……好了，就说这些吧，我觉得我应该这么做，应该这样开始……”

普莉赫丽娅·亚历山大罗夫娜沉默地拥抱着他，把他紧紧地搂在胸前，轻声呜咽着。

“你到底怎么了，罗佳，我不知道，”她终于说，“这段时间，我一直以为，肯定是我们惹你心烦了，可是现在我预感到，你在准备经受一场大灾难，因此你才这么发愁。罗佳，这我早就感觉到了。对不起，我说起了这件事情，我一直在思考这件事情，每天夜里都无法入睡。昨天夜里，你妹妹胡言乱语的，总是说到你，我听到了一些，可是我什么都听不明白。整整一上午我一直觉得似乎要赴刑场一样，等待着什么，预感会出什么事儿，此刻总算等到了！罗佳，罗佳，你准备去哪里？你是离开这儿，去别的地方吗？”

“是的！”

“我早就应该想到的！要知道，倘若有必要，我和你一道去，杜尼娅也会和你一道去，她爱你，她很爱你。如果需要的话，让索菲娅·谢苗诺夫娜也和我们一道去吧，你知道，我愿意收她当我的女儿……德米特里·普罗柯费奇会帮我们做好准备的……但是……你……准备去哪里呢？”

“再见了，好妈妈。”

“怎么！今天就走！”她高声惊叫起来，仿佛会永远失去他一样。

“我不能再耽误了，我应该走了，我必须得走了……”

“连我也不能和你一道去？”

“不，请您跪着替我向上帝祈祷吧。或许上帝能够听到您祈祷。”

“让我来给你画一个十字，为你祝福吧！对了，对了，就这么做。啊，上帝，我们在做什么呀？”

是的，他感到非常高兴，因为家里没有其他的人，只有他和他母亲。经历了这段可怕的日子，他的心突然变软了，他跪倒在她面前，吻她的双脚，然后两个人抱头痛哭。这次，她丝毫都不感到惊讶，也不再盘问他了。她早就明白，她儿子遇到了一件十分可怕的事情，如今对他而言，一个非常可怕的时刻到了。

“罗佳，我亲爱的，我的儿子，”她号啕大哭，“你就像小时候一样，又这样来到我跟前，抱住我，吻我，你爸爸在世时，我们很穷，可是只要有你和我们在一块儿，我们就感到无限宽慰。把你爸爸安葬后，有多少次我们坐在他坟前，像现在这样抱头痛哭呀！这次，我早就在哭了，这是由于母亲的心已预感到会有一场灾难降临。你还记得吗，我们刚到这里的那晚，我第一次见到你的时候，我就从你的眼光中看出来了。那时候我的心就猛地颤动了一下，今天，我给你开门，看到你，就想到也许那个决定命运的时刻已经到了。罗佳，罗佳，你不会立刻就走吧？”

“不会。”

“你还来这里吗？”

“是的……我肯定会来。”

“罗佳，你不要生气，我不敢多问什么。我不敢，但是，我只要你告诉我一声：你准备去的地方离这里远吗？”

“很远。”

“你去那里做什么，有什么工作吗？”

“一切听从上帝的安排……但是您别忘了为我祈祷……”拉斯柯尔尼科夫朝门口走去，可是她抓住了他，绝望地看着他的眼睛。她的脸被吓得变了形。

“够了，好妈妈，”拉斯柯尔尼科夫说道，他深感后悔，真不应该来这里。

“是永别？还不至于永别吧？你不是还会来吗，你明天来吗？”

“我会来，我会来的，别了。”他总算脱身了。

黄昏是暖和、清新、明朗的。早上天就晴了。拉斯柯尔尼科夫急忙朝自己的住处走去。他十分着急，他想在夕阳落山前结束一切。在此之前，他不希望跟任何人见面。当他上楼往自己房间走去时，看见娜斯塔霞放下茶炊，紧紧地望着他，一直看着他上楼。“莫非有人在我屋里？”他想。他好像看见了讨厌的波尔费利。可是当他推开门，进了自己的房间以后，却看到了杜涅奇卡。她独自一人坐在那里深思，看样子等他很长时间了。他站在门口。她惊恐地从沙发上站起身，直直地站在他面前，目不转睛地看着他，流露出一种害怕和悲哀的神色。就从她这种表情中，他立刻明白，她知道了一切。

“我该不该进去？”他疑惑地问自己。

“我在索菲娅·谢苗诺夫娜那儿待了整整一天，我们两个都在等你，我们以为你会去那里呢。”

拉斯柯尔尼科夫走了进来，疲惫不堪地坐在椅子上。

“不知怎么回事，我没有精神，杜尼娅，我很累了，但是我希望至少现在可以完全控制住自己。”

他怀疑地看了看她。

“整整一夜，你去哪里了？”

“我不记得了。你知道吗，妹妹，我想做出最后的决定，我在涅瓦河畔徘徊了很久。这个我没有忘记。我想过在那里结束生命，然而……我没有这个决心……”他喃喃地说，怀疑地看了杜尼娅一眼。

“感谢上帝！那正是我们俩——索菲娅·谢苗诺夫娜和我——担忧的事儿！这么说，你仍然相信生活：感谢上帝！感谢上帝！”

拉斯柯尔尼科夫痛苦地挤出一丝微笑。

“我对生活并没有信心，我和母亲相拥而泣。我不相信上帝，可是我又请求她替我祈祷。天晓得这是怎么了，杜涅奇卡，我什么都不知道。”

“你去妈妈那里了？告诉她了？”杜尼娅惊慌地高声说，“难道你真决定要告诉她了？”

“不，我没有……用语言说出来，但是她已经知道了很多事儿。昨天夜里，她听到了你说的胡话。我相信她已经猜到了一半。也许我做得不对，不应该去看她，我真不知道自己为什么要去。我真是一个卑鄙的人，杜尼娅！”

“卑鄙的人，但是你甘愿去受苦！你不正准备去吗？”

“是的。我立刻就去。想逃过这种羞辱，我曾想过跳河自杀。杜尼娅，可是当我走到河边时，我想，以前我认为自己很坚强，那么现在我就不能害怕耻辱，”他立即抢先说，“难道这是自尊心，杜尼娅？”

“是自尊心，罗佳。”

从他那双无神的眼睛中，仿佛闪现出一道火花。他还有自尊心，他好像感到很开心。

“妹妹，你不会认为我是怕水吧？”他问道，怪笑着看了看她的脸。

“噢，罗佳，不要再说了！”杜尼娅痛苦地大声说。

沉默了大约两分钟。他低着头坐在那儿，看着地板，杜涅奇卡坐在桌子的另一端，伤心地看着他。突然，他站起身来。

“不早了，我得走了！我马上就去自首。可是我不知道我为什么要去自首。”

大滴大滴的眼泪从她的面颊上滚了下来。

“你哭了，妹妹，我们能握握手吗？”

“难道连这你也怀疑？”

她紧紧地抱住他。

“你心甘情愿去受苦，难道不是已经把你的罪行洗刷掉了一半吗？”她大声说，紧紧地抱住他，吻他。

“罪行？什么罪行？”他突然发疯般地大叫，“我杀的是一只讨厌的、恶毒的和对任何人都没有好处的虱子，一个放高利贷的老太婆。她把穷人的血都吸干了，杀死她，即便有四十桩罪行，也可以得到宽恕，这也能叫犯罪？我想的并不是这个，也并没有想过要洗刷它。为什么人们围着我对我指指点点，说什么‘罪行，罪行！’现在，在我已下定决心去承受这种没有必要的耻辱时，我才发现我的胆怯是多么可笑啊！我做出这个决定，是因为我的卑鄙和无能，还有就是这么做或许对我有好处，就像那个……波尔费利……所说的那样！……”

“哥哥，哥哥，你在说什么！毕竟你杀了人！”杜尼娅绝望地喊道。

“大家都在杀人，”他近乎疯狂地喊道，“这个世界现在杀人，从前也杀人，血就像瀑布一样奔流不息，就像香槟酒一样汩汩外冒，为此，有人在神殿里戴上桂冠，后来又被称作人类的恩主。你只要稍微留心观察一下，便会看得清清楚楚！我也想造福人类，我原本能做千万件好事来弥补这件傻事，事实上这甚至不算傻事，只是做得不够妥当而已，因为我的初衷完全不像如今失败之后看起来那么愚蠢……我干这件傻事，只是想获得独立，跨出第一步，弄点儿钱，过后就可以用很多好处来改正……可是我……我连第一步都没有跨出去，因为我是一个混蛋，就是这么回事。不过我还是不会用你们的观点去看待问题。倘若我成功了，就会为我戴上桂冠，而如今却落入了圈套！”

“可这是错误的，大错特错！哥哥，你在说什么啊！”

“噢！这种方式是错误的，站在美学的角度上来看，这种方式并不优美！但我就是不懂，为什么用炮弹轰炸人，进行大张旗鼓地围攻，就是一种值得尊敬的方式？畏惧美学是无能的首要特征！对此我还从未比现在认识得更清楚！至于现在，我比从前任何时候都更不理解，为什么我这么做是犯罪！我也从来没有像现在这样坚强，这样深信不疑！……”

他那惨白的、疲倦的脸涨得通红。可是当他说完最后一句话时，他的目光正好与杜尼娅的眼睛相遇。他从杜尼娅的目光中看到她为了他而痛苦，于是慢慢冷静下来。他知道，不管怎么说，他已给这两个可怜的女人带来这么多不幸，他毕竟是造成她们不幸的原因……

“杜尼娅，亲爱的！如果我有罪，那就请你原谅我（虽然我是不能宽恕的，要是我真有罪的话）。再见！我们不要再争论了！现在我应该离开了，真的应该离开了。别跟着我，我求你，我还得去另一个地方……你应该赶快回到妈妈身边，去陪她。我求你一定要这么做！这是我对你最后的，也是最大的恳求，永远都别离开她。我离开的时候，她非常担心，她也许经受不住这种打击：她不死也会发疯的。你去陪她吧！拉祖米欣会陪着你们的，我已经告诉过他了……别为我流泪。尽管我是一个凶手，可是我要永远做一个勇敢而又正直的人。说不定将来的某一天你会听到我的名字。我不会让你们难堪的，你会看见的，我还会让别人看到……现在你离开吧。”他赶紧把话说完，他又看到杜尼娅听到他最后这番话和他许下的诺言时脸上那诧异的神情。“你为什么哭啊？不要哭了，不要哭了，我们又不是永远不再见面了！……啊，对了！等等，我忘了！……”

他走到桌子旁边，拿起一本厚厚的落满灰尘的书，翻开它，取出一张小小的画在象牙上的水彩肖像。这是他曾经的未婚妻，他的女房东的女儿，那个得了寒热死去了，曾想当修女的奇怪的姑娘。他对着那张秀气而略带病态的脸端详了片刻，吻了吻，然后递给杜涅奇卡。

“这件事情，我曾跟她，只跟她一个人商量过，”他若有所思地说，“很多后来那样荒谬的事，我都跟她说过。你不必担心。”他对杜尼娅说，“跟你一样，她也不赞成我的观点，我很高兴，她已经去世了。最主要的是，现在一切都会转入新的轨道，要劈为两半，”他突然大声说，重新陷入刚才的烦恼中，“一切都会改变，可是我做好准备了吗？难道我希望这样？按理说，我应该经受这样的锻炼！但是这些毫无意义的‘锻炼’有什么，有什么用呢？它们有什么用呢？莫非服完二十年苦役之后，在我已被痛苦压垮，变成一个白痴或者衰弱的老人时，我会比现在更有领悟力吗？到时候，我还活着干什么？现在我为什么又甘愿这样活着呢？噢，今天早上，在涅瓦河畔站着时，我才知道自己是个低贱的人！”

他们两个终于走出了房间。杜尼娅的心情感到异常沉重，不过她爱他。她走了，但是走了不到五十多步，她又转过头看了看他，那时还可以看到他。可是到了拐弯处，他也转过头，两个人的目光最后一次交织，然而，他发觉她在看着他，于是他满是无奈地，甚至有点沮丧地朝她挥了挥手，让她快走，自己也赶快拐了个弯走了。

“我太狠了，我知道，”他心里想着，过了一会儿，他又因为自己刚才那样对待杜尼娅而懊悔。“但是，既然我不值得被人爱，那她们怎么还会这么爱我呢！啊，要是我孤单一人，谁都不爱我，我也不用去爱别人，那多好呀！那样的话，一切都不会发生了！我真想知道，是不是在以后的十五年或二十年里，我的心也会变得温顺，我会变得在人们面前感到拘束，会痛哭流涕，逢人就说自己是强盗吗？是的，就是这样，就是这样。这便是他们要把我送到那里去的原因，他们想要的就是这个……你看，他们在街上来来往往，事实上他们骨子里都是卑鄙的强盗，也许更甚——是白痴！如果我不被流放，他们一定咽不下这口气，气得发狂！噢，我恨透这群人了！”

他又开始思索：“究竟要经历怎样的过程才能把他变成一个在别人面前俯首帖耳、百依百顺的人呢！怎么，为什么不这么做呢？当然，原来就应该这么做。难道二十年的压迫还不足以让他崩溃？水滴石穿嘛。但是既然都那样了，还为什么，为什么要活下去呢？既然我清楚，这一切会完全像书本上写的那样往下进行，那我现在为什么还要去自首？”

从昨晚开始，他已经就这个问题，问了自己上百次了，不过他还是向警察局走去了。

第八节

他走进索尼娅的住处的时候，已经是夜幕降临了。整整一天，索尼娅一直在异常焦急地等着他，她和杜尼娅一起等着他。杜尼娅想起斯维里加洛夫昨天说的那句话：索尼娅知道这件事，于是她一大早就跑到她这儿来了。两个女人谈了些什么，以及她们怎样抱头痛哭，怎样成了朋友，我们就不详谈了。杜尼娅从这次攀谈中至少得到了一点儿安慰：哥哥不是孤单一人承受痛苦，因为他来找过索尼娅，向她坦白了自己的事情。当他需要有一个人支持他的时候，他找到了她；不管命运安排他去哪里，她都一定会跟着他。杜尼娅虽然没问过，不过她知道，一定是这样的。她怀着尊敬的心情看着索尼娅，起初，杜尼娅的这份敬意几乎让索尼娅发窘了。索尼娅差点儿没哭出来。反而，她认为自己连看杜尼娅一眼都不配。自从她和杜尼娅在拉斯柯尔尼科夫那里第一次见面时，杜尼娅那样诚恳又尊敬地对她行礼，杜尼娅优美的形象就作为她一生中所见到的最梦幻的影像，永远深深留在了她的心中。

最终，杜涅奇卡等得失去了耐心，于是离开索尼娅，到她哥哥的住处去等他了，她想他会先回住处去。只剩下索尼娅独自一人之后，一想到他也许当真会自杀，她就感到害怕起来了，心里痛苦地煎熬着。杜尼娅担心的也是这个。但是一天来她们俩总是争先恐后地搬出种种理由互相说服对方，让对方相信，这样的事绝不可能发生，而且她们在一起的时候，两人都觉得心里有种安慰。现在，两人刚一分开，无论是这一个，还是另一个，心里都只是想着这件事。索尼娅想起，昨天斯维里加洛夫对她说过，拉斯柯尔尼科夫有两条路——到西伯利亚，或者是……而且他知道，他爱慕虚荣，傲慢自大，又有极强的自尊心，而且不信上帝。“难道仅仅因为怯懦和怕死，就能使他活下去吗？”最后她绝望地想。这时太阳已经西沉。她愁眉不展地站在窗前，凝望着窗外，从这窗子望去，只能看到邻家一堵没有粉刷过的墙壁。最后，当她已经完全相信，这个不幸的人准是已经死了的时候，他走进了她的房间。

一声惊喜的喊声从她胸中冲了出来。但是当她凝神注视了一下他的脸之后，她的脸色突然变得惨白。

“嗯，是的！”拉斯柯尔尼科夫苦笑着说，“我是来拿你的十字架的，索尼娅。是你让我到十字路口去，怎么，等到我真的来拿了，你反倒害怕起来了？”

索尼娅吃惊地瞅着他，她觉得他说话的语气怪怪的，不由得打了个哆嗦，可是稍过了一会儿，她又觉得这种语气和这些话都是装出来的。他和她说话的时候，不知为什么眼睛望着角落里，仿佛避免跟她的目光接触。

“跟你说，索尼娅，我想过了，这样做可能会好些。这儿有一个情况……唉，说来话长，不过也没什么好说的。你知道，是什么惹得我发火？让我气愤的是，所有这些愚蠢、丑恶的嘴脸会很快围着我，瞪着眼睛盯着我，向我提出那些愚蠢的问题，这些问题我都得回答，他们还会对我指指点点……呸！你要知道，我不去波尔费利那里，我真是烦透他了。我宁可去找我最好的朋友‘炸药’，让他大吃一惊，就这一点来说，我也会给他留下深刻的印象。应该冷静一点儿，最近这段时间我肝火太旺了。你知道吗，刚才我差点用拳头吓唬我妹妹，就因为她回过头来看了我最后一眼，这种行为真是可恶！唉，我变成什么样了？好了，十字架呢？”

他仿佛若有所失的样子，甚至不能在一个地方安静地站上一分钟，对什么东西都不能集中注意力，他思绪紊乱，百感交集，语无伦次，双手发抖。

索尼娅默默地从抽屉中拿出两个十字架：一个是柏木的，一个是铜的，她在自己身上画了一个十字，又在他身上画了一个十字，然后把那个柏木十字架戴在他胸前。

“这是一个象征，意味着我将要背十字架了。嘿嘿！似乎到目前为止，我还没有受够苦一样！柏木十字架，是平民百姓戴的；铜十字架是丽莎维塔的，你留着——让我瞧瞧，好吗？当时……她就戴着它吗？我记得有两个这样的十字架：一个是银的，另一个是个小神像。当时我把它们扔到那个老太婆的胸前了。实际上我现在戴那两个才合适……我又胡说八道了，差点把正经事给忘了，我有些心不在焉！……你知道，索尼娅——我是来告诉你，让你知道……行了，就是这件事情……我是因为此事才来的。你希望我去的，行，我现在就要进监狱了，你很快就如愿以偿了。你为什么还要哭呢？你也这样？不要哭了，够了，唉，让我心里好难受啊！”

然而，他心里升起一种感情，他看着她，感觉自己的心被揪得紧紧的。“她为什么这么伤心呢？”他心想，“我和她有什么关系？她为什么哭？为什么她要像妈妈和杜尼娅那样照顾我？她要当我的保姆啊！”

“画个十字吧，就算做一次祷告也好。”索尼娅用胆怯的、发抖的语气恳求道。

“啊，那好吧，你说怎样就怎样，画多少个都行！而且是真诚的，索尼娅，真诚的……”

事实上，他根本不想说这些话。

他不停地在自己身上画十字。索尼娅抓起头巾，围到头上，这是一个绿色的细呢头巾，也许是马尔美拉多夫当时说过的那块“全家公用的”头巾。拉斯柯尔尼科夫的头脑中突然掠过这个想法，不过他没有问。的确，他已经感到自己非常心不在焉了，并且莫名其妙地心烦。他就是害怕这个。他看见索尼娅准备和他一块儿去，不觉大吃一惊。

“你怎么了！你要去哪儿？你留在这里，留在这里！我自己去。”他害怕又气愤地喊道，愤怒地向门口走去。“要人跟着干什么！”他出去时喃喃地说。

索尼娅站在房间中央。他还没和她告别，他好像忘记了她的存在，只有一阵让人心痛的、反抗的疑虑在他的心中打转。

“我这样做到底对不对？这样做对吗？”他一边下楼，一边想，“难道就不能再拖一拖，想办法避一避……索性不去吗？”

可是他还是去了。他突然觉得，根本没有必要再考虑了。当他走在街上时，忽然想起，他还没有跟索尼娅道别。她就戴着那块绿头巾站在房间中央，被他的一声呵斥吓呆了，想到这儿，他又停下了脚步。就在这一刻，有个想法突然恍然大悟——它仿佛在等机会，故意让他吃惊似的。

“我刚才为什么要去她那里，我为什么要去呢？我跟她说有事，有什么事呢？什么事都没有！是想告诉她我准备去了吗？那又怎样？完全没有必要！我爱她吗？不爱她，难道我真的不爱她？我刚才像赶一条狗一样把她赶走了。我是不是真的需要她的十字架？唉，我真不像话！不——我想看到她的眼泪，想看到她惊恐的表情，看一看她有多痛苦，多伤心！我想找一个机会，拖延一点儿时间，看看她！并且我居然敢这么自傲，对自己有这么多幻想，我是个见识浅薄、渺小的人，我真卑鄙，真卑鄙！”

他沿着河岸往前走，就快到了。但是他到了桥边，又停下来，突然拐到桥上，向干草广场走去。

他贪婪地左看右看，每样东西都仔细看过，但是又无法把注意力集中到某一个东西上，所有的一切都从他眼前匆匆飘过。“一个星期或者一个月以后，我被关在囚车中，经过这座桥，被押到不知名的地方，到那时，我会怎么看这条河呢？记住它，好不好？”他这样想着。“看这个招牌，到时候我会怎么看这些字母？这上边写着‘贸易公司’，唔，记住当中的字母，一个月后再来看看看，到时候我会怎么看它呢？那时候我会是什么感觉和想法呢？……上帝啊，我此刻的这些……忧虑，是多么平凡啊！当然，这些肯定非常有趣……从某一点来讲……（嘿嘿嘿！我在想什么呢！）我像小孩一样吹牛。我为什么会感到惭愧呢？嗬，真挤！看这个胖子——可能是个德国人——刚才他碰了我一下：他知不知道他碰的是什么人？抱着孩子的那个乡下女人正在乞讨，她如果认为我比她幸福，那才滑稽呢。我可以给她些什么来玩玩。哈，衣兜中还装着一个五戈比的钱币，这是哪来的？给，给……收下吧，老大娘！”

“上帝保佑您！”那个乞丐凄惨地说。

他进入干草广场。他很不愿意挤在人群中，但是他正往人多的地方挤。现在他宁愿把一切都送给别人，换得片刻的安宁，可是他又觉得连一分钟都呆不了了。人群中有个醉鬼在胡闹：他想跳舞，可是他歪歪扭扭站不直，人们围成一圈看热闹。拉斯柯尔尼科夫挤进人群，盯着那个醉鬼看了一会儿，突然放声大笑，笑得很急促，断断续续地。很快，他就想别的事情了，尽管他的眼睛还在他身上，可是他的眼里已经没有那个人的影子了。最后他走开了，甚至忘了自己在哪儿。可是当他走到广场中心时，忽然有一种冲动，这个冲动一下子攫住了他，控制了他的思想和行动。

他突然想起索尼娅的话：“到十字路口，向人们跪下施礼，吻一下大地，因为你对大地也犯了罪，然后高声对全世界的人说：‘我是凶手。’”……想到这些，他全身颤抖。这段时间，尤其是最近几个小时里那种无路可走的苦恼与焦虑几乎快让他崩溃了，所以他竭力想抓住机会体会这种纯洁、全新、完美的感受。这种感受就像疾病发作一样忽然降临在他身上：像一颗火星一样在他心中熊熊燃烧，忽然像一场大火烧遍他全身。他的心顿时变软了，泪流满面。他站在那儿，晕了过去……

他跪在广场中央，俯在地上，带着喜悦和幸福的心情吻了一下这片污秽的土地。他站起来，又跪在地上磕了个头。

“他喝醉了！”站在他身边的一个小伙子说。

忽然传来一阵笑声。

“老兄，他准备去耶路撒冷，这个时候他正告别呢。他向大家磕头，吻着京城圣彼得堡的土地。”一个喝得醉醺醺的小市民补充了一句。

“这个小伙子还年轻着呢。”第三个人说。

“并且是一个高贵的人。”有一个人郑重地说。

“现在根本分不清谁高贵，谁不高贵。”

人们的议论阻止了拉斯柯尔尼科夫的行动，他刚想说“我杀了人”，但是欲言又止。不过，他平心静气地忍受了这片叫喊声和人们的纷纷议论，径直穿过小巷，向警察局走去。在路上，有个人影从他眼前闪过，可是他丝毫都不觉得吃惊。他早就预料到必然会这样。当他去干草广场第二次跪下磕头时，他朝左边回头看了一眼，在离他大约有五十步远的地方，他发现了索尼娅。她躲着他，藏在市场的一座木头棚子后边，可见，她始终陪着他在悲痛中前行！这时候，拉斯柯尔尼科夫意识到，并且确信，索尼娅要永远陪着他，哪怕命运安排他去天涯海角，她都会陪伴着他。他心里翻江倒海……可是——他已经来到那个决定命运的地方了。

他勇敢地走进院子里，要上三楼去。“我还要上楼。”他心想。他总感觉，到那个决定命运的时刻还有很长时间，有很多时间考虑这些事。

在螺旋式的楼梯上，依旧是那些垃圾，依旧是那些果壳，依旧是那些大开着的门，依旧是那些厨房和从厨房中散发出的油烟与臭味。那天之后，拉斯柯尔尼科夫就再没有来过这儿。他的双腿麻木，没有一点力气，可是他还在往上走。他停下来，停留了片刻，休息了一下，振作起精神来，以便像个人样地走进去。“可是为什么会这样呢？这又是为什么？”当他知道自己在做什么时，他突然想，“既然我非得把这杯苦酒喝掉，难道不都一样吗？愈让人讨厌，就愈好。”就在这时，“炸药”伊利亚·彼得罗维奇的样子在他脑海中掠过。“难道真要找他去吗？难道不能去找其他人？找尼科吉姆·弗米契不行吗？赶紧回去，去警察分局长家？至少，这样可以随意一些……不，不！最好找‘炸药’，最好找‘炸药’！既然我必须喝下这杯苦酒，那就一饮而尽吧……”

他感觉全身一阵阵地发冷，不由自主地把警察局的门打开了。这次警察局里只有几个人，一个看门的和一个老百姓，卫兵甚至都没从隔墙后边张望。拉斯柯尔尼科夫走到后面一间屋子里。“或许不说也行。”他的头脑中产生了这个想法。这里有个身穿私人便服的司书，正坐在办公桌旁，打算写点什么。另外还有一个秘书坐在一个角落里。扎梅托夫没在。当然，尼科吉姆·弗米契也没在。

“都没在吗？”拉斯柯尔尼科夫问那个坐在办公桌前的人。

“您要找谁？”

“啊——啊——啊！真是从来没有听说过，也从来没有见过，但是俄罗斯精神……童话中是怎样说的？……忘了！您——好！”突然传来一个熟悉响亮的声音。

拉斯柯尔尼科夫有点哆嗦了。“炸药”就站在他跟前。他突然从第三个房间里走出来。“这是命中注定的！”拉斯柯尔尼科夫想，“他怎么在这里？”

“您是找我们的吗？有什么事情？”伊利亚·彼得罗维奇高声问道。（他显得很高兴，精神上似乎还有点兴奋。）“如果您有事要办，那也太早了。我也是偶然在这里……但是我会尽力帮忙。不瞒您说……您姓什么？姓什么？请多多见谅……”

“拉斯柯尔尼科夫。”

“是的，拉斯柯尔尼科夫。难道您以为我不记得了！请您不要把我当成这种人……罗吉昂·罗……罗……罗吉昂内奇，似乎是这么叫吧，对吗？”

“罗吉昂·罗曼诺维奇。”

“是的，是的，是的！罗吉昂·罗曼诺维奇，罗吉昂·罗曼诺维奇！我都快记起来了！并且还不止一次地向人家打听过。告诉您吧，从我那次和您打过交道之后，我心里一直都很难过……后来从人们那里，我才得知，您原来是一位青年作家，而且是位学者……或者说是初露头角……噢，上帝！作家们和学者们，谁最初没有出过点风头呢！我和我妻子都非常热爱文学，我妻子简直是个文学迷！……文学与艺术！只要人高尚，其他的都可以通过才能、知识、理智和天才得到。比如，帽子——帽子又算什么呢？帽子就像煎饼一样，我可以去齐梅尔曼公司买，不过，帽子下边的东西，帽子遮住的部分，我就买不到了！……实话告诉您，我还想去看您，跟您解释一下，可是我觉得您可能……但是，我忘了问您，说不定您当真想做什么事吧？听说，您的亲人来了？”

“是啊，母亲和妹妹。”

“我已经非常荣幸地和您妹妹见过面了——一位接受过教育而且长得十分标致的姑娘。说实话，上次的事，我对您太粗鲁了，真的非常抱歉。那是出乎意料的！因为您当时神志不清，我那时候对您确实有些怀疑——后来这件事已经查清了！太残暴了，太狂热了！我理解您为什么如此气愤。您是因为家里来了亲人想搬走吧？”

“不——不，我不过是随便……问一下……我以为我可以在这里见到扎梅托夫。”

“啊，是的！你们两个成了朋友，这事我已经知道了。唔，扎梅托夫不在我们这里——您来晚了一步。是啊，亚历山大·格里戈里耶维奇不在我们这儿，他昨天就离开这里了。他调走了……走的时候，差不多和每个人都吵了一架……太不懂礼貌了……他是一个轻浮的小伙子，没别的。他本来是前途无量的。但是，您看，去他们的吧，我们这些卓越的青年也真行！他本来准备考什么试，可是在我们这里，考试只是说说而已。当然，他和您或者您的朋友拉祖米欣先生的情况是完全不同的！你们是研究学术的，即使失败了，也不会迷失方向！对您而言，生活中所有美好的东西都可以说——毫无意义，等于零，您是一个苦行僧、修道士、隐士！……对您而言，一本书和夹在耳朵后面的一支笔，学术研究——就是您放飞心灵的地方！我也或多或少……您没读过利文斯顿的札记[1]吗？”

“没有。”

“我看过。可是，最近这几年冒出数不清的虚无主义者，这是可以理解的，如今都什么时代了啊，请问？但是，我和您……您肯定不是虚无主义者！请您直接回答，直接点！”

“不——不是……”

“不，听我说，您可以坦率地跟我说，不要难为情，就像您自己和自己说话一样！公事是另一码事，是另一码事……您是不是认为我想拉交情？错，您没有说对！不是交情，而是一个公民和人的感情，是人道的感情和对上帝的爱。我可能是一名执法严明的官员，可是我更应该一辈子记得自己是个人，是个公民，而且心中有数……刚才您提到扎梅托夫。扎梅托夫会在低级的地方喝香槟酒或顿河葡萄酒，做那种法国式的不体面的事情——您的扎梅托夫正是这种人！而我或许是出于至上的忠诚和纯真的感情，再加上我的地位、官衔和身份，都为他感到羞耻！我是一个有妻室儿女的人。我正在履行一个人和一个公民应尽的义务，不过，请问，他是谁？我把您看成一个有修养、品德高尚的人……而且，现在还一下冒出来很多接生婆[2]。”

拉斯柯尔尼科夫困惑不解地瞪大了眼睛。伊利亚·彼得罗维奇显然刚刚吃过饭，在拉斯柯尔尼科夫看来，他的话多半是一些没有任何意义的响声，但是有一部分他还是多少听懂了。他满腹狐疑地看着他，不知

---

[1] 指英国旅行家大卫·利文斯顿的《赞比西河游记》。

[2] 19世纪60年代，俄国妇女只能从事助产士和教师两种职业，此处影射妇女教育的捍卫者。

这次谈话如何收场。

“我是说那些剪短头发的少女，”喋喋不休的伊利亚·彼得罗维奇继续说，“我给她们取了个绰号，叫她们接生婆，而且我觉得这个绰号再合适不过了，嘿嘿！她们进入医学院，研究解剖学；您说，如果我生病了，我可否让一个年轻的医生为我治病？嘿嘿！”伊利亚·彼得罗维奇大笑了起来，他对自己的这些俏皮话非常满意。“这就算是对受教育的迫切渴望吧。可是受了教育，也就行了。为什么又去到处乱用呢？为什么要让那些高尚的人蒙受侮辱，就像那个坏蛋扎梅托夫一样？请问，他凭什么侮辱我？您再看一下现在有多少人自杀——您简直无法想象。他们肯定是花完了最后一笔钱，于是只能自杀。小到少年儿童，大到老年人……今天一大早，我们还收到报告，说是一位最近到这儿来的先生，尼尔·帕夫雷奇，尼尔·帕夫雷奇！这位先生叫什么来着，也就是刚刚报告在彼得堡岛开枪自杀的那位先生？”

“斯维里加洛夫。”有个人在另一间屋里用沙哑的声音冷漠地说。

拉斯柯尔尼科夫听了这个消息觉得难以接受。

“斯维里加洛夫！斯维里加洛夫开枪自杀啦！”他不禁叫出了声。

“啊！您认识斯维里加洛夫？”

“认识……认识……他最近，刚来的……”

“是啊，他刚来。他老婆死了，他是一个放荡不羁的人，突然开枪自杀，真不像话，无法想象……他在日记本上写了几句话，说他在死之前神志非常清醒，他的死和别人没有关系。听说，他非常富有。您和他是怎样认识的？”

“我……认识他……因为我妹妹在他们家里做过家庭教师……”

“噢噢噢……这么说，您肯定能对我们说一些有关他的事儿了。您不怀疑他会开枪自杀吗？”

“我昨天还看到过他……他……喝酒了……别的我就不知道了。”

拉斯柯尔尼科夫感觉似乎有个东西落在他身上，把他压住了一样。

“您的脸好像又变白了。我们这里的空气太不新鲜了……”

“确实，我得走了，”拉斯柯尔尼科夫含含糊糊地说，“很抱歉，打搅您………

“啊，别这么说，您随时可以来！看见您，我非常高兴，这是我的真心话……”

伊利亚·彼得罗维奇把手伸了过来。

“我只是想……我来是为了拜见扎梅托夫……”

“我知道，我知道，我非常高兴能见到您。”

“我……非常高兴……再见……”拉斯柯尔尼科夫面带笑容地说。

他踉踉跄跄地走出去了，头晕乎乎的，眼睛也看不清，两条腿软绵绵的。下楼时，他用右手扶着墙慢慢走下去。他好像感觉有个看门的拿着一个户口本从对面走过来撞了他一下，就上楼去了警察局；他又好像感觉有只小狗在楼下狂叫，有个女人惊叫着，抡起一根擀面杖打它。他下了楼，来到院里，索尼娅就站在门口，她面色惨白，毫无血色，正紧张地看着他。他在她跟前停了下来。她脸上显出一副痛苦、忧伤和绝望的神情，无奈地拍了一下手。他的嘴边挤出一丝儿茫然的笑。他站了片刻，苦笑了一下，然后转身上楼，又向警察局走去。

这时候，伊利亚·彼得罗维奇已经坐了下来，正在翻看什么东西，上楼时候撞了拉斯柯尔尼科夫一下的那个汉子在他跟前站着。

“啊——啊——啊？您又回来了！您是不是忘了什么东西？……但是，您怎么了？”

拉斯柯尔尼科夫轻轻地走了过去，他嘴唇发白，目光呆滞，他走到桌前，把手放到桌子上，想说些什么，可是一句话都说不出来，只能发出一些断断续续的声音。

“您不舒服，椅子！坐在这里，坐到椅子上，坐！把水拿来！”

拉斯柯尔尼科夫坐在椅子上，可是眼睛一眨不眨地看着伊利亚·彼得罗维奇那充满疑惑而让人感到不快的脸。他们俩对视着，等待着。水拿来了。

“是我……”拉斯柯尔尼科夫刚想说。

“先喝水吧。”

拉斯柯尔尼科夫把水推到一边，一字一顿地、有些激动但是清楚地说：

“那天是我用斧头砍死了那个老太婆和她的妹妹丽莎维塔，拿走了她们的东西。”

伊利亚·彼得罗维奇大吃一惊。人们纷纷从别处跑了过来。

拉斯柯尔尼科夫将口供又重复了一遍……

尾声

第一节

西伯利亚。在一条荒凉的大河边上，有一个城市[1]，它是俄国的一个行政中心。城里有个要塞，要塞中有座监狱。二等流放苦役犯[2]拉斯柯尔尼科夫被关在这个监狱中有九个月了。从他犯罪的那天起到现在，差不多一年半已经过去了。

他这件案子的审讯过程没遇到什么障碍。犯人非常明确地坚持自己的口供，案情脉络清楚，没有避重就轻，没有歪曲事实，甚至连一个最小的细节都没有忘记。他毫无保留地供述了谋杀的整个过程：他解释了在被害的老太婆手里发现的那件抵押品的秘密（一块有金属薄片的小木板）；详细陈述了他是怎样从死者身上拿到了钥匙，描绘了那些钥匙的形状，描绘了那个小箱子，以及箱子里装着些什么；甚至还列举了其中的几件东西；说明了杀害丽莎维塔的原因；他谈到了柯赫来敲门的情况，后来又怎样来了一个大学生，复述了他们两人谈话的全部内容；后来，他，犯人，是怎么跑下楼去，以及听到米柯尔卡和米季卡尖叫的声音后他又是怎样躲进那套空房子里，又是怎样回家的，最后还说了，那块石头就在沃兹涅先斯克大街上一个院子里，就在大门附近，在那块石头底下果然找到了东西和钱袋。总之，案情一目了然。然而侦查员和法官们对这一点都感到奇怪：他把钱袋和东西藏到了石头底下，但是没有

---

[1]　指额尔齐斯河畔的鄂姆斯克。

[2]　根据1845年俄国颁布的刑法，苦役犯分三级，各级囚犯囚服上有不同记号，生活制度也有所区别。陀思妥耶夫斯基本人服役时，属第二级。

动用过；更让他们吃惊的是：他不但不知道他亲手偷来的东西究竟是些什么，就连究竟有几件，也搞不清楚。至于他从来都没打开过钱袋，甚至不知道里面到底有多少钱，说实在的，这更是不可思议了（钱袋里有三百十七个银卢布和三个二十戈比的钱币，因为长期藏在石头底下，最上面的几张票面最大的钞票已经破损得非常严重了）。法官们花了好长时间就想弄清楚：既然被告对其他所有情况都老老实实自愿供认了，为什么只在这里说谎？最后，某些人（特别是一些心理学家）推测这是可能的，认为他的确没有看过钱袋，所以不知道里面有多少钱，在没有弄清里面装着什么之前，就把它拿去藏到石头底下了，但是由此又可以得出一个结论：一定是由于一时精神错乱才犯这桩罪的，可以说是患了杀人狂和抢劫狂，而没有更进一步的目的和谋财的意图。正好当时风行一种关于间歇性精神错乱的新的时髦理论，在我们这个时代人们喜欢用这个理论来解释某些罪犯的心理。再加上许多证人都出面作证，证明拉斯柯尔尼科夫长期以来就有忧郁症的症状，并且他们还作了详细说明，这些证人中有佐西莫夫医生，他以前的同学，女房东和一个女仆。这些充分的证据使法官们得出这样的结论：拉斯柯尔尼科夫跟一般的杀人犯、强盗和抢劫犯不一样，这儿还有别的原因。令坚持这种意见的人极为遗憾的是，犯人本人并不试图为自己辩护。对于最后几个问题：究竟是什么促使他杀人，是什么促使他抢劫，他的回答十分明确，话说得也很粗鲁，然而很符合实际。他说，作案的动机就是他处境艰难，潦倒贫困，无依无靠，他想在被害者那里至少能弄到三千卢布，指望靠这笔钱来保障他的生活，使他在初入社会的时候能够站稳脚跟。他决定去杀人是由于他轻率和缺乏毅力的性格所致，贫困和失意更坚定了他杀人的决心。对于这个问题：究竟是什么原因促使他来自首的，他直率地回答说，是出于真诚的悔罪。这些话说得都很直率……

然而，就所犯的罪行来说，判决却是出乎意料的宽大，也许这是因为犯人不仅不想为自己辩护，反而甚至似乎故意夸大自己罪行的缘故吧。这一案件的所有离奇和特殊的情况都被考虑到了。犯人犯罪时的病态心理和贫困境况都是毋庸置疑的。他没有动用抢劫来的财物，是这样解释的：一部分是由于他萌发了悔悟之念，一部分是由于犯罪的时候，他的精神不完全正常。无意中杀死丽莎维塔，这一情况甚至成为一个前提，使得如下的假设更为可信：一个人杀了两个人，可是却忘记了房门还开着！最后还有，他来自首的时候，正是案情被一个精神沮丧的狂热信徒（尼古拉）以虚假的供词弄得一团糟的时候，此外，对真正的罪犯不仅没有掌握确凿的罪证，人们甚至几乎都没有产生怀疑（波尔费利·彼得罗维奇完全信守了自己的诺言），这一切最终使被告获得从轻判刑。

此外，出乎意料地又出现了另外一些对被告十分有利的情况。以前的大学生拉祖米欣不知从哪里找到了这样一些材料，而且还提出有力证据：犯人拉斯柯尔尼科夫在大学里读书的时候，曾经用自己仅有的一点儿钱帮助一个害肺病的穷苦同学，维持他的生活差不多长达半年之久。那个同学死后，拉斯柯尔尼科夫又去照顾亡友（他几乎从十三岁起就靠自己的劳动养活自己的父亲）那体弱年迈的父亲，最后还送这位老人住医院。老人死后，又把他安葬。这些材料对决定拉斯柯尔尼科夫的命运起了某些有利的作用。拉斯柯尔尼科夫以前的女房东，他已经病故的未婚妻的母亲，寡妇扎尔尼岑娜也作证说，他们还住在五角场附近另一幢房子里的时候，有一次夜里失火，拉斯柯尔尼科夫从已经着火的房子里抢救出了两个小孩子，为了救人，他自己被火烧伤了。警察对这一事实作了详细调查，许多人都证实这一情况完全属实。总之，结果是，犯人可以减刑，犯人被判服第二类苦役，刑期只有八年。

在审讯一开始的时候，拉斯柯尔尼科夫的母亲就生病了。杜尼娅和拉祖米欣商量，可以在开庭期间安排她离开彼得堡，拉祖米欣挑了一个铁路沿线，并且离彼得堡也很近的城市。这样可以经常留心审讯的情况，同时又能尽可能经常跟阿芙朵佳·罗曼诺夫娜会面。普莉赫丽娅·亚历山大罗夫娜得的是一种奇怪的精神病，同时还有类似精神错乱的迹象，即使不是完全精神错乱，至少也有一点。杜尼娅最后一次看望哥哥回来的时候，发觉母亲已经完全病倒了，她发着烧，说着胡话。就在当天晚上，她和拉祖米欣商量好，母亲问起哥哥来的话，他们该怎样回答，他俩一起编造了一套谎话，说是拉斯柯尔尼科夫受私人委托，到一个很远的地方，到俄国边疆办事情去了，这个任务可以给他带来荣誉和地位。但是令他们深感惊讶的是普莉赫丽娅·亚历山大罗夫娜从未问起过这方面的事。恰恰相反，对于儿子突然远行，她自己早已有自己的解释。她流着泪述说着他是怎样来和她告别的，她还暗示只有她一个人知道许多非常重要的秘密，暗示罗佳有许多很有势力的敌人，因此他必须躲起来。至于说到他的前途，她也认为，只要敌视他的那些势力不存在了，那么他的前途无疑将是光明的。她还告诉拉祖米欣，以后她的儿子会成为国家的栋梁，他的那篇文章和他杰出的文学天才就是最好的证据。她一次又一次地看那篇文章，有时还会念出声来，几乎连睡觉的时候都在拿着那篇文章，可是罗佳现在到底在什么地方，她却从来都不过问。尽管她也看得出来，当着她的面，大家都避而不谈这个问题，——

其实就这一点也足够引起她的怀疑了。而普莉赫丽娅·亚历山大罗夫娜对某些问题始终保持沉默的现象却让他们感到担心了。譬如说吧，她甚至从不抱怨他不来信，而从前，住在故乡县城里的时候，她唯一的精神寄托，就是希望和盼望着快点儿接到心爱的罗佳的信，现在她再也不念叨罗佳的信了，这实在是无法解释，因此杜尼娅感到很担忧。她心里开始怀疑：是不是母亲预感到儿子发生了什么可怕的事，所以她不敢问，以免知道更可怕的事情。无论怎么说，杜尼娅知道普莉赫丽娅·亚历山大罗夫娜的精神不大正常。

不过有两次她自己把话题转到了罗佳身上，而且要回答她的时候，就不能不提到罗佳现在究竟在什么地方，他们勉强的回答当然不能使她满意，而且还引起了她的怀疑，这时她就突然变得非常伤心，一副忧愁的样子，沉默不说话了，这样一直持续了很长时间。杜尼娅后来明白，谎言迟早都会被拆穿的，能做到的只能是：以后对有些事情最好绝口不谈。不过可怜的母亲已经怀疑，准是发生了什么可怕的事情，这一点已经是越来越明显了。而且杜尼娅想起哥哥曾经说过，在命运攸关的那一刻，也就是在她和斯维里加洛夫发生那一幕的那天夜里，母亲曾经听到过她在梦中呓语，那时母亲是不是听清了什么呢？有时候，一连几天，甚至几个星期，母亲都闷闷不乐，心情忧郁，一句话也不说，只是默默地流泪；可是过后，不知怎的，她又会疯狂地活跃起来，突然大声说话，不住口地谈她的儿子，谈自己的希望和未来……她的幻想有时十分奇怪。他们安慰她，附和她（也许她自己看得很清楚，他们是在随声附和她，只不过是在安慰她），可她还是说个不停……

罪犯投案自首五个月之后，他的判决才公布出来。拉祖米欣只要有机会就去监狱里看他。索尼娅也是如此。最后，离别的那一刻如期来临了。杜尼娅对她哥哥起誓，这次离别绝不是永别，拉祖米欣也那么说。拉祖米欣在自己那颗年轻的热血沸腾的心中明确地制定了这个计划，决定在接下来的三四年里，努力为未来的生活打个基础，积攒一些钱，然后搬迁到西伯利亚去生活，那里自然资源丰富，但是缺少居民，劳动力和资本都非常贫乏，他们打算去罗佳流放的那个城市定居，以后……大家共同创造另一种生活。离别之际大家都泪流满面。最后几天，拉斯柯尔尼科夫心里很担忧，经常询问母亲的情况，特别为她担心。他对母亲深深的思念让杜尼娅感到心里很不安。听说母亲生那么严重的病以后，他显得十分忧郁，不知怎的，他沉默起来了，一句话也不跟索尼娅说。索尼娅用斯维里加洛夫送给她的那些钱，把一切都准备好了，打算跟着包括拉斯柯尔尼科夫在内的那些犯人一同上路去西伯利亚。这件事，她连一个字都没有对拉斯柯尔尼科夫说过，然而两人都非常清楚事情肯定会这样的。在最后分别的时刻，他妹妹和拉祖米欣信誓旦旦地说，等到他服刑期满后，他们肯定会过上十分幸福的生活，听到这些热情的话，他也只是淡淡一笑而过，他心里想的是过不了多久母亲的病就会加重的。最后，他和索尼娅两个人出发了。

过了两个月，拉祖米欣和杜涅奇卡结为夫妻。举行婚礼的时候，没有太多欢乐的气氛，显得颇为冷清，在邀请的客人中有波尔费利·彼得罗维奇和佐西莫夫。最近一段时间，拉祖米欣整天一副乐观坚定的样子。杜尼娅心里坚信他肯定可以实现他所有的心愿，并且也必须相信：从这个人身上能够看到坚强的毅力。顺便说一下，他又去大学上课了，为了毕业，他们俩经常制订未来的计划，他们两人打算五年之后迁到西伯利亚。在那之前，只能依靠索尼娅一个人了……

普莉赫丽娅·亚历山大罗夫娜高兴地为女儿和拉祖米欣的婚事祝福。可是在他们举行完结婚典礼之后，她似乎显得更伤心、更忧虑了。为了让她高兴一会儿，拉祖米欣还把那个大学生和他体弱多病的父亲的事情讲给她听，并且告诉她去年拉斯柯尔尼科夫为了从大火中救出了两个小孩子，自己被烧伤，还得了一场大病。这两件事情让普莉赫丽娅·亚历山大罗夫娜原本就不太正常的大脑异常兴奋。她总是提起这两件事，在街上见人就说（虽然杜尼娅时常跟着她）。在公共马车上，在商店里，只要见到一个人，她就立刻说她的儿子，他的文章，他怎么帮助那名大学生，怎么在大火中被烧伤，等等。杜涅奇卡没有办法阻止她。这种过分兴奋的病态心理十分危险。还有一件事情也让人担忧：说不定有人会想起以前审理的那件案子，想到拉斯柯尔尼科夫的名字而且谈论起这件事情。普莉赫丽娅·亚历山大罗夫娜还打听到在大火中获救的那两个小孩的母亲的地址，非要去拜访她不可。后来，她精神极度沮丧。有时候她会突然大哭起来，一直发烧生病，一天早晨，她平静地说，照她的计算，罗佳很快就要回来了，说她还记得，他和她分手时曾亲口对她说过，他九个月之后肯定回来。于是她动手收拾屋子，准备迎接他，她要把房间给他收拾出来，重新装饰一下，把家具擦洗干净，地板刷干净，换上崭新的窗帘，等等。杜尼娅尽管心里非常着急，可是她一句话都没有说，而且还帮她一起收拾房间，准备迎接哥哥。她幻想着，在欢快的梦里和泪水中度过了忧虑不安的一天，可是夜里她又病了，第二天早晨，就开始发烧，神志不清，寒热又发作了。两周以后，她离开了人世。她昏迷的时候说了几句话，从她的话语中可以听出来，她对儿子遭到了可怕命运的怀疑，远远比他们想的可怕。

很长一段时间，拉斯柯尔尼科夫都不知道他母亲的死讯，尽管他在西伯利亚安顿好之后，马上就和彼得堡取得了联系。收发信件的事是索尼娅负责的，她每个月准时写信寄到彼得堡给拉祖米欣，又每个月准时接到彼得堡写来的回信。刚开始，杜尼娅和拉祖米欣觉得索尼娅的信有点儿无聊，不太让人满意，可是后来，他们觉得她的信写得非常好，从这些信中他们可以获得对他们可怜的哥哥的命运最全面的了解。索尼娅的信上都是记录的日常琐事，十分简单明了地述说了拉斯柯尔尼科夫苦役生活的所有情况。信上根本没有提到她的希望，也没有想象她自己的未来，也没有表达她的感情。她从来没有想过要说说他的心理状况和内心想法，只是讲事实，讲他自己都说了什么。她如实汇报他的身体状况，还写到他们见面时他有什么心愿，他让她做什么，交给她做什么事情，等等。她非常详细地叙述了这些情况。他们不幸哥哥的身影终于十分清晰而确切地出现在眼前，这是绝不会有丝毫差错的，因为信上的一切都是真正的事实。

可是，杜尼娅和她丈夫并没有为收到这些信而感到快乐，尤其是在一开始。索尼娅在信上经常提到他总是神情阴郁，默然无语；她每次跟他说他们来信了，他都好像毫无兴趣。他偶尔会问起母亲的状况，当索尼娅发现他已经猜到事情的真相而把母亲的死讯告诉他时，让她吃惊的是，这个噩耗好像并没有激起他的强烈反应，至少从表面上看来是这样的。她还对他们说，尽管他这样闷闷不乐，和外界没有联系，可是他对他的新生活却持一种非常坦率简单的态度。他知道自己的境况，并不指望很快就有什么改变，也不抱什么不切合实际的希望，对于和他过去的处境截然不同的新环境，他几乎从来没表示过惊奇。她说，他的身体不错。他天天干活儿，从不逃避，也不多做。他对伙食条件几乎毫不在意，可是除了节日或星期天，平日的伙食都很差，所以他总算愿意收下索尼娅给他的一些钱，为了每天能给自己弄些茶喝，可是他宁愿她为其他事操心，他说她对他的照顾，只能让他更痛苦。索尼娅在信上写道，他在监狱和其他囚犯们住在一个牢房中，他们牢房中的具体情况，她没有亲眼看到过，可是可以肯定地说，那儿肯定非常拥挤，肮脏。她说他睡在床板上，下边只铺着一块毛毡，其他什么东西他都不想要。他的生活是如此简朴，如此穷困，完全没有什么计划，就是不关心自己的命运和表面上的冷漠而已。索尼娅在信上对他们实话实说，尤其是在刚开始的时候，他不希望她去看他，而且见到她就生气，不想和她说话，还粗暴地对待她。可是到后来，他也习惯有她去探望了，甚至成了必不可少的事情，因此有一次，她由于生病，好多天无法去看他，他甚至十分想念她。每次过节，她都去探望他，见面的地方是在牢房门口或在卫兵室，有时看守把他叫出来和她在一起待几分钟。平时，她就去他干活儿的地方探望他，在作坊里，砖厂中，或额尔齐斯河畔的板棚中。对于她自己，索尼娅是这样写的：她在城里有一些熟人和可以保护她的人。她正在学裁缝，城里做女式时装的裁缝非常少，因此她在很多人家几乎成了一个必要的人物；不过她没有写，因为她，拉斯柯尔尼科夫也得到了长官的关照，让他干稍微轻一点儿的活，等等。最后传来这样一个消息（在索尼娅最近几次的来信中杜尼娅察觉出了些特别的忧虑和不安），说拉斯柯尔尼科夫避免和所有人交往，所以监狱中的苦役犯们都讨厌他。他每天一言不发，面无表情。突然，索尼娅在最近一封信中写道，他得了重病，送到了医院的囚犯病房中……

第二节

他早就生病了。但把他击垮的不是恐怖的苦役生活，不是做苦工，不是这里的伙食，不是剃光头，也不是用布头缝制的囚衣。噢！苦难和折磨对他来说不算什么。恰恰相反，他甚至很高兴能够做苦工，干活可以使身体感到疲惫，他至少可以安安静静地睡上几个钟头。至于伙食——不但没有一点儿肉屑，却漂浮着蟑螂的菜汤，对他来说又算得了什么？他从前读大学的时候，常常连这样的饭都吃不上。他的衣服是暖和的，对他现在的生活方式也挺满意。他甚至对身上戴着的镣铐都没有感觉。剃光头和穿着用两种不同料子做的短上衣[1]，让他感到可耻吗？可是在谁的面前觉得可耻呢？在索尼娅面前吗？索尼娅怕他，在她面前他会感到羞愧吗？

那么到底是为什么呢？就连在索尼娅面前，他也感到羞愧，因此他用粗暴和冷酷的态度对待她，让她感到痛苦。但令他感到羞愧的，并不是因为剃了光头和戴着镣铐，而是他的自尊心受到了严重的伤害，把他打倒的是他那颗受到伤害的自尊心。如果他能甘心认罪，他会感受到多

[1] 第二类苦役犯人穿灰、黑两色的短上衣，背上缝着一块黄色的方布。

大的幸福啊！那样的话他会忍受一切，就连羞耻和屈辱也能忍受。但是他就算用苛刻的目光检查了自己的所作所为，他那顽强不屈的良心也没发现自己犯下什么特别可怕的罪行，而是也许只有那些人人都可能发生的极平常的失误。他所以感到可耻，正是因为他，拉斯柯尔尼科夫，由于偶然的命运的判决，竟这样纯属偶然地稀里糊涂地毁了，如果他想多少安慰自己一下，那就得听天由命，逆来顺受，对这种判决的“荒谬”表示屈服。

目前他只感到空虚和毫无意义的忧虑，将来留给他的只有无望的，一次又一次的牺牲，——这就是他在这个世界上将要面临的命运。八年后他只不过三十二岁，还可以重新开始生活，可这又有什么意义呢！他为什么要活着？有什么打算？拼命追求的是什么？为了生存而活着吗？可是以前他曾无数次准备为思想、为希望甚至为幻想献出自己的生命。他一向坚持，单单活在世上是不够的，他希望生命有更大的意义。也许正是因为他抱有希望，当时他才觉得自己是一个比别人享有更多权利的人吧。

如果命运赐给他悔过之心就好了——沉痛的悔恨会使他心碎，夺走他睡眠的权利。由于悔恨而产生的深深痛苦会使他神思恍惚，产生自缢和投河的念头！噢，如果能够这样，他将会感到多么高兴啊！痛苦和眼泪——这也是生活嘛。但他对于自己的罪行一点都无羞愧之意。

至少他能对自己的愚蠢感到愤慨也好啊，就像以前他对自己那些荒唐、愚蠢透顶的行为感到气愤一样，正是那些愚蠢的行为给他带来今日的监狱之灾。可是现在，他已在狱中，空闲的时候他重新思考以前的所作所为，反复衡量一下，又完全不认为这些行为像他以前，就是在决定命运的时刻，认为的那样愚蠢和荒唐了。

“开天辟地以来，”他想，“这个世界上诞生了数不清的相互矛盾的思想和理论，我的思想从哪一点看能比它们愚蠢呢？只要以完全独立全面的观点来看问题，摆脱世俗观念，那么我的思想根本就不是那么……不可接受。唉，否定论者和那些一文不值的哲人们，你们为什么半途而废啊！”

“从哪一点来看，他们觉得我的行为是那么滑稽呢？”他自言自语。“是因为我残暴吗？残暴这个词儿是什么意思？我问心无愧。当然，犯了刑事罪；当然，触犯了法律，而且杀了人，好，那就按照法律来砍掉我的脑袋吧……一了百了！当然啦，如果这样的话，那么就连许多人类的恩人，不是那些继承权力的人，而是自己争取权力的人，在他们刚刚迈出第一步的时候，就都应该处以极刑了。他们经受住了严酷的考验，所以他们是对的；而我却没能经受住，所以我失去了迈出第一步的权利。”

从这一点上来看，他承认自己是有罪的：他没能经受住考验，他去自首了。

这个想法也让他感到痛苦：当时他为什么没有自杀？为什么当时他已经站在河边，却选择了去自首？难道活命的愿望具有如此强大的力量，以致难以克服吗？怕死的斯维里加洛夫不是克服了吗？

他常常这样问自己，却无法回答。当时，他站在河边的时候，也许已经想到自己和自己的信念是十分虚伪的了。他不理解，这种预感可能就是他生命出现转机的预兆，就是他将来获得新生、以新的观点来看待人生的预兆。

他宁可相信，这只是本能的自我束缚而已，因为自己的懦弱和无能，他既无法挣脱，也无法跨越。他仔细观察他的难友们，惊讶地发现，他们同样很热爱生活，很珍惜生活！他发现，他们在监狱里要比自由的时候更热爱，更珍惜和重视生活。他们当中有些人，比如流浪汉，遭受过什么样的痛苦与折磨啊！难道，一缕温暖的阳光，一片茂盛的森林，密林深处的一眼冰凉的泉水，对这些流浪汉竟然有那么大的意义？他在两三年之前就已经见过这眼泉水，到现在还像期待与情人约会那样渴望重新看到那股泉水，做梦都会梦到它四周的绿草，还有一只小鸟在树林里鸣唱。如果他对监狱的生活再进一步观察的话，还会亲眼目睹到一些更不可思议的例子。

当然，在监狱中，在他身边的环境中，有许多事情他看不到，而且也根本不想看到。他似乎每天都垂着眼睛。他看见它们，就觉得反感，无法忍受。但是后来发生了很多事儿让他觉得不可思议，所以他开始不自觉地开始注意许多他过去甚至连想都没有想过的事儿。一般说来，最让他吃惊的是，他和别的犯人之间居然有一条可怕而无法跨越的鸿沟，他们似乎是来自不同世界的人。他和那些人没有信任可言，彼此都用敌视的眼光看对方。他知道，也明白造成这种鸿沟的主要原因；可是他没有想到这些原因竟然有那么深，那么严重。监狱里也有一部分流放的波兰人，全是政治犯，很高傲，看不起这些犯人们，认为他们是没有知识的文盲。可是拉斯柯尔尼科夫却并不这样看待他们，他看得非常清楚，这些没知识的人在很多方面都比那些波兰人聪明。也有一些俄国人，一个军官和两名学生，他们也很看不起这些人。在拉斯柯尔尼科夫看来，他们简直是大错特错。

至于他，大家都讨厌他，躲着他，最后，甚至开始憎恨他——是怎么回事呢？他不知道。比他罪行更严重的人都看不起他，嘲讽他，取笑他。

“你是老爷！”他们对他说，“你怎么能用斧头杀人呢，这可不像老爷做的事。”

在大斋期[1]的第二个星期，轮到他和同一监狱里的犯人一同斋戒祈祷，他们一块儿去教堂做礼拜。有一天，他跟别人莫名其妙地吵了一架，结果大家都疯狂地来攻击他。

“你不信神！你不信上帝！”他们对他吼道，“应该打死你！”

他根本没有在他们面前谈过上帝和宗教的话题，可是他们却要把他当成一个不信上帝的人打死。他没有什么可说的，也不反击他们。有名苦役犯近乎愤怒地朝他扑过来，拉斯柯尔尼科夫镇定地等着他，一言不发。他连眉头都没有皱一下，脸上的肌肉也没抽一下。幸亏卫兵马上赶来干涉——否则肯定会出大乱子。

还有一件事他也想不明白：大家为什么都非常喜欢索尼娅呢？她从没巴结过他们，他们也难得见到她，只是在干活儿时，偶尔遇到她来看他的时候可以见到。可是大家都已经了解她，知道她是跟着他来的，知道她怎么生活，住在哪里。她从没给过他们钱，也没特意帮他们做过什么事情，只是有一次过圣诞节时，她给监狱里的犯人都带了一些馅饼和白面包[2]。可是渐渐地，他们就和索尼娅之间建立了一种比较亲密的关系：她帮他们给家人写信，帮他们寄信。犯人们的亲人来城里他们就把要送进去的东西，包括钱都交给索尼娅。他们的妻子和情人也都知道她，经常去她那儿。当她去他们干活儿的地方看望拉斯柯尔尼科夫时，或在犯人们去干活儿的途中碰到他们时，犯人们会摘下帽子向她行礼：“妈妈，索菲娅·谢苗诺夫娜，你是我们最温柔、最可亲的妈妈！”那些粗鲁的、脸上刺了字的苦役犯们，经常这样对那个瘦小的人儿说。她听到后会面带笑容地向他们还礼，他们都非常喜欢看她微笑，就连她走路的样子他们都喜欢，常常回过头来看着她慢慢离去。他们赞美她，甚至连她的矮小都加以赞美，都找不出该赞美她什么了。甚至有了病，他

[1] 指复活节前的斋期，持续六周，在此期间，东正教徒吃素食，并去教堂祈祷。

[2] 在圣诞节那天，周济苦役犯人是当时俄国民间的一种风俗。

们也去她那里治疗。

在斋期的最后几天和复活节的这段时间里，他都躺在医院中。康复得差不多时，他才记起他发烧和神志不清时做的那些梦。他梦到，整个地球都不可避免地要卷入一场瘟疫，这场瘟疫空前的恐怖，以前从未见过，它从亚洲的腹地蔓延到整个欧洲。除去很少的几个人幸免于难之外，所有人都会死去。地球上出现一种能够潜入人体的新的旋毛虫、微生物，但是这些微生物都是才智超群和有意志的精灵，只要他们嵌入人体，那些人立即变成疯子，丧失理智。可是人们还从没有像那些病人一样觉得自己如此机智并且坚信真理，也从未有人像他们那样对自己的决定、科学结论、道德观念和信仰深信不疑。每一个村镇，每一座城市和每一个民族都传染上这种病，都发疯了。他们都整天惶惶不安，可是彼此都不信任，人人都认为只有他自己掌握的才是真理，一看到别人就觉得痛苦无比，于是捶胸顿足，痛哭流涕，悲痛欲绝。他们不知应当审判谁以及怎么审判，对于善与恶，也没有共同的看法；他们分不清谁是谁非。人们心中充满无来由的仇恨，互相残杀。他们调集大批军队，互相厮杀，可是军队在行军的征途中就忽然发生了混战，队伍变得混乱了，军人们互相攻击，互相砍杀撕咬。城里成天警钟响个不停：要把大伙儿召集起来，可是谁把他们召集起来以及为什么要把他们召集起来，没有人知道，人人心中都惊慌不安。日常工作也停止了，每个人都提出自己的建议，自己的解决方案，于是他们无法达成一致，农田也荒废了。有的地方，人们聚集起来，商量采取个统一行动，起誓永不分开——可是，没过多久就违背了订立的盟约，他们开始吵架、扭打和残杀。大火燃起来了，饥荒到来了，所有的人都在向灭亡走去。瘟疫在蔓延，愈来愈广，整个世界上幸存的人寥寥无几，这些人是真正的才智超群的人，他们的任务是繁衍新的人类，创造新的生活，让大地彻底净化，焕然一新，可是这些人不管在哪儿都没人能看到他们，也没人听见过他们的声音。

令拉斯柯尔尼科夫困惑的是，这些荒诞的梦呓萦绕在他的记忆中，让他感到悲哀、难过，发烧的时候留下的幻想痕迹很长时间都无法消失。复活节之后的第二个星期，温和明媚的春季来临了，犯人病房中装着铁栏杆的窗子也打开了，哨兵在窗外走来走去。他生病这段时间，索尼娅只去病房中看望过他两次，而且每次都得审批，而要想得到批准是非常困难的。不过她常常会来医院的院子里，在窗下站一会儿。尤其是黄昏时分，有时她只是想在院子里待一会儿，从远处看看病房的窗子。

一天傍晚时分，差不多已经完全恢复健康的拉斯柯尔尼科夫沉沉地睡了一觉，他醒来以后偶然来到了窗前，竟然看到索尼娅站在医院的大门前。她站在那里，好像在等什么一样。这时，似乎有一把刀扎入了他的心，他哆嗦了一下，急忙走开了。第二天，索尼娅没来。第三天，还是没来。他感觉到自己在急切地等着她。最后，他总算出院了，回到了监狱，他从别的犯人嘴里得知，索菲娅·谢苗诺夫娜卧病在床，哪里也去不了。

他非常担忧，托人去问她的病情，不久之后便得到消息说她的病并不严重。索尼娅得知他很想念她，关怀她时，就让人带来一张用铅笔写的纸条，对他说，她不过是稍微有点儿感冒，现在已经快好了，过不了多久就可以去他干活儿的地方看望他。他看这张纸条心扑扑地跳个不停。

又是一个阳光灿烂的好天气。早上大约六点钟，他在河边干活儿，那里有个棚子，棚子中有一个烧石膏的窑，他们正在那里捣石膏。一共派了三个人去那儿干活，其中一个跟着押送犯人的卫兵去要塞领工具了；另外一名犯人正在劈木柴，准备把它们堆到窑里去。拉斯柯尔尼科夫走出棚子，来到河边，在棚子附近的一堆木头上坐了下来，眺望着那凄凉的宽阔的河流。从高高的河岸上望去，周围广阔的土地一览无遗，从很远的对岸传来依稀可闻的歌声。广袤无垠的草原沐浴在阳光下，牧人的帐篷看起来宛如一个个隐约可见的小黑点，那是自由的天地。那里的人和这里的人完全不一样，在那儿，时间好像停住了，就像亚伯拉罕[1]和他的部族的时代还没有成为过去。拉斯柯尔尼科夫在那里坐着，一动不动地凝神望着远方。他的思想渐渐飘向远方，他开始幻想。他什么都不想，可是心里的忧虑困扰着他，让他痛苦不堪。突然，索尼娅来到了他跟前，她悄无声息地走过来，在他身边坐了下来。现在天气还早，寒气逼人，她只穿着一件寒酸的旧大衣，头上裹着一块绿头巾。她还带着病容，看起来十分瘦削。她冲他友好地嫣然一笑，显得很高兴，可是像以往那样胆怯地朝他伸过手去。她把手伸向他时总是很胆怯，有时候甚至连伸都不敢伸出去，似乎害怕会被他推开。他在和她握手时，好像总是非常厌烦，似乎一看到她就感到烦躁，有时在她来了以后，他总是固执地不说话。有时，她在他面前感到非常害怕，最后十分悲痛地

[1] 据《圣经》记载，亚伯拉罕为古代犹太人的族长，约生于公元前2000年。

离开。但是这次，他们两个的手紧紧地握在了一起，没有分开，他朝她匆匆看了一眼，一句话都没说，又垂下眼睛去看地面了。只有他们俩，没有人看他们，连卫兵都把脸转过去了。

怎么会这样，甚至连他自己都不清楚，就像突然间好像有什么把他举起来，扔到她的脚边。他抱着她的膝盖哭起来。起初，她吓得面如死灰，跳起来战战兢兢地看着他，可就在这一瞬间，她立即什么都明白了。她眼中闪烁着无比幸福的光芒，她懂了，没有任何疑问，他爱她，而且深深地爱着她，这个时刻总算来临了……

他们想说说话，可是谁也不知道从何说起。他们眼里含着泪水，脸色惨白，形容枯槁，不过在他们惨白的脸上，闪烁着对未来憧憬的曙光，重新开始一种崭新的生活的曙光。爱，让他们获得了新生，一个人的心中蕴含着滋润另一个人心田的无穷无尽的生命之泉。

他们决定等待和忍耐，他们还要再等七年。在这期间，还要遭受多少无法忍受的痛苦，又要享受多少无尽的幸福呀！可是他已获得了新的生命，他是知道的，他那已经获得新生的身躯能够感受到，而她——她只是为他而活！

那天夜里，牢房的门锁上以后，拉斯柯尔尼科夫躺在木板床上，思念她。这一天，他好像感觉从前那些仇视他的苦役犯也开始用另一种眼光来看他了。他甚至主动和他们交谈起来，他们也亲切地回答他。现在他回忆起来，觉得就应该这样：眼前的这些不都得改改吗？

他在思念她。他想起以前总是折磨她，伤她的心；他回忆起她那张惨白消瘦的脸，可这种种回忆此时好像不会再让他感到痛苦了。他也知道，将来他会用无限深切的爱去补偿她所忍受的痛苦。

从前一切、一切痛苦又算得了什么呢！他感觉，这些，就连他的罪行，就连判决和流放，现在在他初次感情冲动时，好像也是发生在别人身上的，感觉怪怪的，仿佛并非他自己经历的事。可那天夜里，他无法长时间地思考什么事，也无法把全部注意力集中到某一点上去，现在他好像也无法有意识地决定什么事情。他只能感觉。生活取代了推测，他的思想意识中才产生了一种全然不同的东西。

他的枕头下面有本《福音书》，他下意识地把它抽出来。这书是索尼娅的，她曾经把这本书里拉撒路获得新生的故事讲给他听。最初服苦役时，他以为她想用宗教折磨他，和他谈论《福音书》，并强迫他看这本书。但是，奇怪的是，她从来没有对他提起过这些事，甚至也从来没有提过要让他看《福音书》。在他生病的前不久，是他主动提出要这本书的，她把书送给了他，什么话都没有说。可是至今为止，这本书他还没翻开过。

而且现在，他也没有把他翻开，可是有一种想法突然进入他的大脑："难道她现在的信仰，不也应该是我的信仰吗？起码她的感情，她的目标……"

整整一天，她也非常激动，甚至晚上又病了，可她感到非常幸福，以至于她对自己的幸福都感到有点害怕了。七年，仅仅七年而已！在他们刚刚体验幸福的时候，在那一刻，他们两个都把七年的时间当成七天。他甚至忘了，新生是不可能轻而易举地得到的，他需要为它付出昂贵的代价，他以后也必须下很大的工夫来赢取这种崭新的生活……

这已经进入另外一个新的故事了，这个故事讲的是一个人怎样复活。他脱胎换骨，逐渐从这个世界向另一个世界走去，渐渐了解了迄今为止还不为人知的现实。这足以作为一部新小说的题材——可是我们的这部小说到此结束了。